In de donkere nacht

SARAH BAILEY

IN DE DONKERE NACHT

Thriller

Vertaald uit het Engels door Jetty Huisman

uitgeverij marmer

Melbourne, deze is voor jou

‘The eternal stars shine out again,
so soon as it is dark enough.’

Thomas Carlyle

Dinsdag 14 augustus, 0.14 uur

Met elke ademteug snijdt de ijskoude lucht in mijn longen. Om de doorbloeding in mijn verkleumde voeten weer op gang te krijgen, loop ik naar de andere kant van de tunnel. Ik tuur de zwarte diepte in. Het zal wel niet meer zijn dan een lange betonnen buis vol rotzooi, een schuilplaats voor muizen en ratten, die uiteindelijk in andere betonnen gangen onder argeloze wegen en gebouwen uitloopt. De gewelfde wand is bedekt met verbleekte graffiti waarvan de kleurrijke krabbels fel worden belicht door een mobiele schijnwerper, en het politielint voor de ingang is strakgespannen; het beweegt vrijwel niet in de wind. Het asfaltpad vlakbij is spiegelglad van de recente bui. Vanuit de hoogte tuurt een mollige maan neer op de rafelige randen van de stad. Terwijl ik witte wolkjes uitadem, bedenk ik hoeveel rauwer een plaats delict hier altijd lijkt dan in Smithson. Veel onheilspellender eigenlijk.

Ik was net begonnen aan mijn tweede uur slaap toen de melding binnenkwam. Een overval met dodelijke afloop in Carlton. Terwijl ik mijn telefoon neerlegde, wierp ik een blik op de zachtjes snurkende man naast me in het enorme bed. Ik liet me uit de warme cocon glippen, wankelde de kleine woonkamer in en trok toen zachtjes de kleren aan die ik nog maar een uur eerder had afgestroopt. Nadat ik de deur behoedzaam achter me dicht had getrokken, ging ik naar de lift en snelde met neergeslagen ogen door de glanzende lobby, waarna ik in een taxi sprong. 's Nachts is de stad kleiner, en nog geen kwartier later staar ik een dode man in het gezicht, terwijl de wind in mijn neus en oren bijt.

Mijn lichaam snakt naar rust. Mijn adem proeft naar wijn. De seks is nog voelbaar op mijn huid. Ik trek mijn wollen jas dichter om me heen, schud mijn hoofd en dwing me erbij neer te leggen dat er in ieder geval de komende paar uur geen sprake van slaap kan zijn.

De forensisch rechercheurs gaan zwijgend te werk, glimmend in hun bolle witte pakken. Met handschoenen aan rapen ze in opperste concentratie met pincetjes voorwerpen van de grond die ze voorzichtig in bewijszakjes laten glijden, terwijl ze met geoefende blik het verhaal van de plaats delict opnemen.

Het enige wat ik kan horen is het oneindige gedruis van de aanzwellende nacht.

Ik schrik een beetje wanneer de flits van een camera de smerige omgeving verlicht, één keer, twee keer, en weer: het doet me denken aan een videoclip. Maar in plaats van de wulpse vormen van dansende silhouetten zie ik alleen het slachtoffer, zijn hoofd op de borst hangend, zijn rug tegen de muur aan gedrukt. In de dood zijn de knoestige vingers van de oude man lichtjes tot een vuist gebogen. Zijn hoofd is gedeeltelijk door een wollen muts met gaten tegen de kou beschermd. Zijn trainingsbroek hangt tot halverwege zijn knieën, maar zijn lange overhemd zorgt nog voor een beetje waardigheid. Het geronnen bloed op zijn handen wijst erop dat hij het leven in zijn lichaam probeerde te houden. Ondanks deze leefomstandigheden wilde hij niet dood. Het donkere rood mengt zich met afval op de grond en vormt een vunzige, stinkende plas. Ik vraag me af of er nog iemand in leven is die hem als kind gekend heeft. Zijn moeder misschien?

Een gloeiende punt van een sigaret danst mijn blikveld binnen.

'Wat een plek om het loodje te leggen', zegt rechercheur Nick Fleet. Hij drukt zijn sigaret uit, doet die in een plastic zakje en stopt dat in zijn zak.

De vertrouwde geur bereikt mijn neus en prompt steekt het oude verlangen de kop weer op.

'Het is behoorlijk afgelegen', merk ik op. 'En slecht verlicht. Je kunt er rustig van uitgaan dat je hier zo ongeveer met alles weg kunt komen.'

Fleet lacht schamper. 'Als die getuige er niet was geweest, zou ik denken aan een slecht afgelopen gaydate, aangezien deze man half-naakt is.' Fleet tuurt met opgetrokken neus de tunnel in, naar het lijk. 'Maar het zal wel een drugsafrekening zijn geweest. Dat is het meestal.'

'Misschien,' antwoord ik, 'maar ik denk het niet. Alles hier wijst erop dat hij verrast werd. Volgens mij stond hij tegen de muur te plassen toen hij werd aangevallen.' Ik wijs op de smerige, natte kring niet ver van het lichaam vandaan.

Fleet schraapt luidruchtig zijn keel en ik word onpasselijk van de slijmrochel. 'Nah, drugs, daar blijf ik bij.'

'Zou kunnen,' zeg ik, 'maar er is niets wat erop wijst dat hij een gebruiker of dealer was. Geen injectiesporen, geen drugsparafernalia.'

'Misschien heeft hij iemand kwaad gemaakt?'

'Misschien', zeg ik kortaf.

Fleet klakt met zijn tong. 'We moeten niet meteen met ons oordeel klaarstaan, Gemma', zegt hij op quasi-levenswijze toon. 'Tenslotte zijn we nog maar net begonnen.'

Precies op het moment dat ik zoals gebruikelijk kregelig wil reageren, zwenkt het licht van koplampen de duisternis in. Achter ons barst een hond in luid geblaf uit. Niet veel later duikt onze baas, hoofdinspecteur Toby Isaacs, onder het lint door en komt de tunnel in. Hij knikt naar mij en dan naar Fleet voordat hij de plaats delict met grote grijze ogen opneemt. Zonder blikken of blozen blijven zijn ogen hangen bij de versleten schoenen van de dode man: in de zool bij de linkerneus zit een gapend gat, als een brullende mond.

'Praat me even bij', zegt Isaacs.

'Hij is neergestoken', zeg ik, en ik recht mijn schouders en doe mijn best een krachtige stem op te zetten. 'Het lijkt op één enkele wond, maar we hebben hem nog niet verplaatst. Geen spoor van een wapen. Ik laat een veldteam hier morgenvroeg onderzoek doen en we gaan op zoek naar bewakingsbeelden uit de omgeving, als die er tenminste zijn, maar dat zal waarschijnlijk op niets uitlopen. Ik zie nergens een camera hangen.'

Isaacs knikt driftig. 'En weten we zeker dat hij dakloos was?'

'Zo te zien in ieder geval wel', bevestig ik.

'En zo te ruiken ook', zegt Fleet. Hij wijst langs het forensisch team naar een deken en een sjofele rugzak. 'Dat daar lijkt me zijn slaapkamer.'

'We kunnen geen ID-bewijs vinden', voeg ik eraan toe.

'Waar is die getuige nu?' vraagt Isaacs, om zich heen kijkend.

'Ze is op het politiebureau', zeg ik. 'We gaan erheen om haar verklaring op te nemen zodra we hier klaar zijn. Blijkbaar is ze op leeftijd en zelf ook dakloos. Onderweg hiernaartoe heb ik met de agent gesproken die bij haar is, en volgens hem is ze er slecht aan toe.'

'Is het zeker dat zij er niets mee te maken heeft?'

'Dat lijkt me niet. Hij zei dat ze doodsbenauwd is.'

Isaacs klemt zijn lippen op elkaar. 'Is er een omschrijving waar we iets mee kunnen?'

'Een man met een hoody', antwoord ik. 'We proberen meer details uit haar los te krijgen, maar het is hier zo donker dat ik betwijfel of ze veel gezien heeft.'

'Mannen met hoody's zijn echt de bron van alle kwaad, hè', grapt Fleet.

Ik zie dat hij aan zijn elleboog krabt en een hand ruw door zijn springerige haar duwt. Isaacs lijkt hem eerder te verdragen dan dat hij hem graag mag, waar Fleet zich niet over lijkt op te winden – maar ja, Nick Fleet lijkt zich nergens bijzonder druk over te maken.

In de drie maanden dat ik in Melbourne ben, heb ik vooral met hem samengewerkt, meer dan met alle anderen van de brigade. Hij is net als ik rechercheur, maar zeker een jaar of wat ouder; het zou me verbazen als hij nog maar veertig is. Ik heb de indruk dat hij voor zijn baan bij de politie een heel ander leven heeft geleid. Waar ik ook snel achter kwam, was dat hij enorm in trek is bij de dames, al ontgaat de bekoring mij vooralsnog. Hij is onappetijtelijk behaard, komt geregeld grof over en heeft een ruw, primitief trekje – een zekere meedogenloosheid.

De forensisch rechercheurs beginnen de stapel matrassen te doorzoeken. Weer een paar snelle cameraflitsen, waarna een trui en een verbleekte picknickdeken snel in een zak worden gedaan.

Isaacs wrijft in zijn handen en ademt erin. 'Hopelijk was het een bekende van hem. Het laatste waar we op zitten te wachten is iemand die zonder aanleiding daklozen aanvalt.'

'Ik ga nog even roken', kondigt Fleet aan. 'Ondertussen zal ik een beetje rondkijken.'

Als reactie slaat Isaacs alleen zijn armen maar over elkaar en wiegt lichtjes op zijn voeten. Hij draait zijn hoofd en kijkt uit over het grasveld, waardoor zijn hoekige profiel scherp uitkomt. Het maanlicht geeft zijn haar een zilveren gloed. Zoals steeds weet ik niet wat hij denkt.

Ik kijk langs Isaacs en neem de wirwar van lampen en onregelmatige daken in me op. Het is een akelige gedachte dat ik niet weet wie er allemaal vanuit de duisternis kunnen toekijken.

'Rechercheur Woodstock?' zegt Brenton Cardona, een senior forensisch rechercheur. 'We gaan hem zo weghalen. Vindt u dat goed?'

Omdat ik me ervan bewust ben dat Isaacs naar me kijkt, geef ik Cardona op kordate toon toestemming en hurk nog een laatste keer naast het naamloze slachtoffer. Behoedzaam het bloed en de rotzooi ontwijkend bekijk ik zijn gezicht. Zijn mond hangt iets open en er glimt speeksel op zijn lip. Zijn nietsziende ogen zijn op zijn kapotte schoenen gericht. Ik schat hem op een jaar of vijfenzestig, maar dat is moeilijk precies te zeggen met alle lagen vuil op zijn gelooide, pokdalige huid. Hij kon weleens veel jonger zijn. Met mijn kiezen op elkaar zie ik in gedachten zijn macabere levenseinde voor me: de fractie van een seconde waarin hij iemands aanwezigheid opmerkte, zijn verbazing toen hij vanachter werd vastgegrepen en omgedraaid. De felle pijn toen er een mes in zijn borst werd gestoken, zijn grote ogen op het moment dat het bloed rechtstreeks uit zijn hart op de grond vloeide. De paniek toen hij besefte dat hij ging sterven. Zijn doodsangst.

Ik kan onmogelijk zeggen of hij goed of slecht was of iets daartussenin. Maar wat er op het eind ook is gebeurd, deze dode oude man – gestoken, voorovergezakt en levenloos – ziet er nu uit als een in de steek gelaten jongetje.

Dinsdag 14 augustus, 19.43 uur

De zware deur klapt met een bons achter me dicht en ik blijf een ogenblik in het krappe halletje staan. Ik moet even tot rust komen als de dagelijkse drukte wegebt. Door de brute moord op de dakloze man ben ik wat neerslachtig, ik krijg het beeld van zijn ineengezakte lichaam niet uit mijn gedachten. Ik loop naar het raam in de woonkamer en bekijk het bonte gewemel beneden me. Auto's kruipen over kaarsrechte wegen; uit de boze gloed van rode achterlichten wordt de gezamenlijke frustratie van hun bestuurders duidelijk. Iedereen popelt hier altijd om ergens anders te zijn.

Mijn appartement ligt in de zakenwijk van Melbourne, bij de kruising van Little Collins Street en Exhibition Street. Het is op de achtste verdieping en het uitzicht toont de stad op zijn indrukwekkendst. Smithson, mijn geboorteplaats op het platteland van New South Wales, wordt wel steeds groter, maar kan zich met zijn pakweg 25.000 inwoners niet meten met de waanzinnige smeltkroes aan mensen die in Melbourne wonen.

Ik gooi mijn sleutels op de keukenbar, laat mijn jas van me af glijden en zet de antieke straalkachel aan. Hij slaat pruttelend aan en begint halfhartig warme, bedompte lucht in de kamer te verspreiden.

Uiteindelijk ben ik iets voor drie uur van het politiebureau weggegaan, stijf van de cafeïne, mijn ogen als twee gloeiende schijven in mijn gezicht, nadat ik Lara Maxwell, de doodsbenauwde getuige, had ondervraagd. Lara wist ons niet veel te vertellen en kende het slachtoffer alleen als Walt. Doordat ze beiden dakloos waren, hadden ze elkaar af en toe gesproken, maar volgens haar was hij nogal op zichzelf. Ze omschreef hem als simpel maar onschuldig; ze had hem vaak tegen de duiven horen praten en musicalliedjes horen fluiten. Zonder meer een weerloze prooi.

Fleet en ik hebben Lara gekalmeerd, een tijdelijke opvangplek voor haar geregeld en zijn toen naar huis gegaan.

Tegen de tijd dat ik weer op het bureau kwam, rond het middaguur, had Isaacs Ralph Myers aangewezen als leider van het onderzoek en was de identiteit van het slachtoffer vastgesteld. Ik verbeet mijn teleurstelling dat ik alweer was gepasseerd en zat de formele briefing uit.

Het slachtoffer, Walter Miller, een tweeënzestigjarige, eeuwig dakloze man die in het verleden met de regelmaat van de klok door psychische problemen werd geplaagd, leefde al langer dan twintig jaar op straat. Zijn laatste vaste adres dateerde van begin jaren negentig. Tammy Miller, zijn drieëndertigjarige dochter, had haar vader bijna twintig jaar niet gezien nadat haar moeder, Walters ex-vrouw, had besloten dat ze niets meer met hem te maken wilde hebben. Tammy is tegenwoordig evenementenorganisator, heeft twee jonge kinderen en weet zich duidelijk geen raad met het nieuws van de moord op haar van zijn gezin vervreemde vader. Opeens moet ze rouwen om een man die voor haar in veel opzichten al jaren dood was. Haar moeder was in 2013 overleden, en de schok dat ze nu wees is, plus de afgrijselijke manier waarop Walter om het leven is gekomen: dat stond allemaal op haar knappe gezicht te lezen toen Ralph haar naar een verhoorkamer bracht.

Rond drie uur 's middags werd ik teruggestuurd naar de plaats delict om er met arbeiders van de fabrieken in de buurt te gaan praten. Had iemand de vorige avond iets gezien? Nee. Tegen de tijd dat Walter aan zijn noodlottige einde kwam, waren ze allemaal allang vertrokken en lagen ze veilig en wel in bed.

Tot dusver heeft ons onderzoek aan het licht gebracht dat hij tijdens zijn leven even eenzaam was als bij zijn sterven. Er zijn geen aanwijzingen voor chronisch drugsgebruik en hij heeft geen strafblad. Er lijkt geen duidelijk motief achter de aanval te zitten, of het doel moet een koelbloedige moord zijn geweest. We zullen zijn wereldje blijven omploegen, zijn recente contacten analyseren en zijn gangen nagaan, want het is beter een schuldige aan te kunnen wijzen dan helemaal niemand, ook al is die schuldige het slachtoffer zelf. Het gevoel bekruipt me nu al dat Walters dood een onverklaarbare wreedheid zal blijven. Enkel een akelig feit. Soms weet je zoiets gewoon.

Als ik langs mijn piepkleine slaapkamer loop, overweeg ik om me zo op mijn onopgemaakte bed te laten vallen. Nog even wachten. Het is Ben-avond en bijna tijd voor ons Skypegesprek. Ik kan beter iets eten, zodat ik straks mijn volle aandacht op zijn gezicht en stem kan richten. Mijn maag draait zijn vertrouwde trage rondje; mijn lichamelijke reactie voorafgaand aan het gesprek met Ben is altijd dezelfde. Die herken ik tegenwoordig al voordat ik me ervan bewust ben. Het heeft wat weg van verliefdheid, maar met een lint van melancholie er strak omheen gestrikt. Ik vind het heerlijk om met hem te praten, maar dat is tegelijk erg onbevredigend: de pijn is zo vlijmscherp dat ik, nadat hij heeft opgehangen, niet weet of de roes zo'n gruwelijk ontnuchterende anticlimax wel waard is. Maar dit draait natuurlijk helemaal niet om mij.

Uiteindelijk doofde mijn relatie met Bens vader Scott domweg uit. Nadat ik een paar jaar geleden aan een grote moordzaak had gewerkt waarin een oude klasgenoot van me het slachtoffer was, was ik helemaal opgebrand. De moord op Rosalind Ryan had me totaal gevloerd. Er was zoveel uit mijn verleden in het heden doorgedrongen dat ik ten slotte onder de last bezweek.

In de nasleep van de zaak-Rosalind kwamen Scott en ik eventjes dichter bij elkaar, maar uiteindelijk dreven we nog verder uiteen. Scott deed zijn best, dat ben ik me terdege bewust. Hij is een robuuste man, vanbinnen en vanbuiten: breedgeschouderd en gedrongen, met een dikke, donkere haardos en zo'n betrouwbare uitstraling dat mensen altijd een beroep op hem doen. Zijn vriendelijke blik, hoopvol en volhardend, volgde me overal door het huis. Hij wilde dicht bij me zijn, de band met me versterken, maar ik moet tot mijn schande toegeven dat ik na een paar maanden ontzettend mijn best te hebben gedaan om het rustiger aan te doen en onze relatie de aandacht te geven die ze verdiende, terugviel in mijn oude gewoonte en mijn schaarse energie volledig in mijn werk stopte. Ik was een buitengewoon goede rechercheur, maar een belabberde partner en hooguit een redelijke moeder. Rosalind waarde rond in mijn dromen en ik had veel verdriet om Felix, mijn collega die zich had laten overplaatsen naar een politiebureau in Sydney. Onze verhouding en de miskraam die daar het gevolg van was, hadden me, samen met de emoties die door de moord op Rosalind aan de oppervlakte waren gekomen, flink door elkaar geschud. Na verloop van tijd zwakte de pijn af tot onverschilligheid, en ik merkte dat ik die op Scott botvierde. Alsof ik tot de conclusie was gekomen dat het geen zin had moeite te doen voor een andere man wanneer Felix en ik toch niet samen konden zijn. Vanbuiten leek ik prima te functioneren, vanbinnen zat ik helemaal stuk en uiteindelijk ging het niet meer. Toen ik de kans kreeg om naar Melbourne overgeplaatst te worden, kon ik die niet laten schieten. Het leven in Smithson verstikte me langzaam maar zeker.

Ik leun tegen de bar en kijk naar mijn petieterige keukentje. Het is me te veel moeite om te koken, maar ik besef dat ik wel iets moet eten, zeker na de koffie als lunch en alleen wat crackers en kauwgom als tussendoortje. Sinds ik hier woon ben ik vijf kilo afgevallen. Ik doe het gas aan. Rasp wat felgele kaas en schenk een restje flauwe chardonnay in een glas. Als het water aan de kook raakt, mik ik een onsje pasta in de steelpan.

Met gesloten ogen laat ik de wijn mijn keel binnenglijden. Bij de buren schreeuwt een man door de dunne tussenmuur en een schrille vrouwenstem kijft luid terug, waarop een pingpongruzie ontstaat die door het vertroostende schild dringt dat de alcohol hoffelijk rond mijn hoofd probeert te vormen. Ik zie in gedachten de koude, grijze tunnel voor me die Walter Miller als thuis beschouwde en zet rillend de kachel hoger. Ik trek nog een fles wijn open en schenk een glas in. Blijkbaar is het tv-aanbod op dinsdagavond even pover als op maandag.

Als ik van een aflevering van *The Street* naar het nieuws zap, komt het gezicht van mijn chef groot in beeld. Ik ga wat rechter zitten en merk hoe Isaacs de blik van de journaliste vasthoudt met zijn grijze ogen als hij rustig antwoord geeft op haar vragen over de dood van Walter Miller.

Terwijl ik het niet erg smakelijke eten naar binnen schuif, moet ik toegeven dat mijn chef goed overkomt op tv. Zijn dikke grijze lokken vallen na elke hoofdbeweging weer keurig in het gelid. Hij heeft een beetje een haakneus, die prijkt boven volle lippen. Zijn bewegingen zijn langzaam en overwogen, als die van een salamander die zijn bloed moet opwarmen in de zon. Hij heeft een gelijkmatige, diepe stem, een bariton die respect afdwingt.

Isaacs is voorkomend tegen mij, tegen iedereen, maar hij komt altijd wat gereserveerd over. Mijn indruk is dat dat opzet is: hij lijkt vastberaden iedereen op gepaste afstand te houden. We gaan formeel, geforceerd met elkaar om, en tot nu toe heb ik het gevoel dat ik de sollicitatiegesprekfase nog maar net ben ontstegen, wat verwarrend is aangezien ik officieel nog in mijn proeftijd zit. Het is duidelijk dat Nan, Ralph en Calvin zijn favoriete werknemers zijn, maar zelfs tegen hen doet hij vrij koel. Daarin is hij niet te vergelijken met mijn oude chef Ken Jones, die het hart – en elke gedachte die bij hem opkwam – onmiskenbaar op de tong droeg.

Er gaan geruchten dat iedereen een paar maanden geleden dacht dat Isaacs de gedoodverfde kandidaat voor de functie van hoofdcommissaris was, maar in plaats daarvan ging het baantje naar Joe Charleston, een gerespecteerde inspecteur uit Tasmanië. Naar verluidt is Isaacs sindsdien nog afstandelijker geworden.

Het nieuws schakelt over naar een andere rubriek, en nu is een verslaggever opgewonden aan het praten over de opnames voor de Hollywoodfilm *Death is alive*, die morgen beginnen in Melbourne. Ik heb vaag van deze productie gehoord: een paar van onze mensen hebben de afgelopen maanden de bewakingsdienst van de film en de gemeente geholpen, en bovendien houdt Candy er niet over op omdat ze smoor is op de hoofdrolspeler.

Candy Fyfe is reporter in Smithson en eigenlijk mijn beste vriendin. Ze is een echte powervrouw, de eerste journalist in Smithson van Aboriginal-afkomst en waarschijnlijk ook de meest toegewijde. Aanvankelijk waren we geen vriendinnen, eerlijk gezegd hadden we een uitgesproken hekel aan elkaar, maar inmiddels heb ik haar tomeloze energie leren waarderen. In haar eentje probeert ze onze vriendschap via verschillende elektronische communicatiemethodes in stand te houden. Even voel ik me schuldig als ik bedenk dat ik haar laatste bericht niet heb beantwoord, dat ze al ruim een week geleden heeft verstuurd. Ik bekijk het op mijn telefoontje en schiet in de lach als ik haar laatste nieuwtjes uit onze geboorteplaats lees. Ze had horen fluisteren dat de plaatselijke presbyteriaanse dominee een verhouding heeft met de uitvaartverzorgster, vandaar dat ze zich iedere zondag onder de kerkgangers mengt om onderzoek te doen. Ik zie Candy al voor me, met haar getrainde, bruine lijf in een van haar strakke outfits gegoten, rondhangend in de kerk in de hoop het onwaarschijnlijke stel te betrappen.

Het ene na het andere bekende gezicht verschijnt in beeld terwijl de verslaggever doorratelt. Maar beroemdheden interesseren me helemaal niets, dus herken ik vrijwel niemand. Gapend sta ik op om nog wat wijn in te schenken. Mijn heupen kraken als ik overeind kom en de paar stapjes naar de keuken wankel. Ik mag dan afgevallen zijn, maar mijn conditie is nog nooit zo slecht geweest. Hardlopen doe ik niet meer. Ik bezoek de fitnessruimte van het politiebureau net vaak genoeg om mijn goede wil te tonen, maar dat is alleen voor de vorm. Ik moet echt weer in het ritme komen.

Ik moet een heleboel.

Na een blik op mijn horloge stap ik het kleine balkonnetje op voor mijn dagelijkse sigaret en kijk naar de fonkelende stipjes aan de hemel terwijl ik de rook inhaleer. In gedachten zie ik Bens gezicht. Zijn lichtgroene ogen, precies de mijne. Wangen bespikkeld met sproetjes. De schattige welving van zijn mond. 20.28 uur. Hij kan nu elk moment bellen. Hij is punctueel, een eigenschap die hij van zijn vader heeft geërfd.

Soms begroet Scott me ook even, maar we hebben elkaar zondag nog gesproken, dus dat zal waarschijnlijk nu niet gebeuren. De geldzaken zijn voorlopig geregeld, het gaat goed met Ben, er valt niets te bespreken.

Ik druk mijn sigaret uit in het uitdijende kerkhof van gele peuken in een lege bloempot, ga naar binnen en trek de deur dicht. Ik neem nog wat wijn terwijl de herinnering aan de hotelkamer van afgelopen nacht door mijn hoofd spookt. De abstracte kunst aan de muren, de sterke, gretige handen op mijn lichaam. Met bonzend hoofd huiver ik even. En merk opeens dat de fles wijn al halfleeg is.

Mijn telefoon zoemt en ik haast me om het geluid van de tv uit te doen. Ik veeg mijn mond af. Vouw mijn benen onder me. Krul me op als een bal om met mijn zoon te skypen.

'Hoi mam.' Zijn gezicht verschijnt op het scherm en hij zwaait naar me.

'Ha Ben!' Ik zet mijn liefste lach op en duw mijn schuldgevoel resoluut weg. 'Hoe is het met je, lieverd?'

'Goed.'

De achteloosheid, typisch voor een kleine jongen, knijpt mijn keel dicht. Niet dat hij onverschillig is, hij treedt alleen niet in detail. Onze gesprekken bestaan uit een heerlijke mengeling van simpele zinnetjes en liefdevolle stiltes. Ze zijn alles voor me. Ze zijn in de verste verte niet genoeg.

'Ben je wezen sporten vandaag?'

'Ja.'

Glimlachend kijk ik hem alleen maar aandachtig aan. Tijdens het skypen zit hij kaarsrecht. Het is een taak waarvoor hij nog steeds al zijn aandacht nodig heeft, alsof hij bang is dat hij de volgende vraag fout beantwoordt zodra hij zich ontspant. Ben is net vijf geworden en ik bedenk vaak bezorgd dat het niet meer zo heel lang duurt voor hij zo oud is als veel jongeren met wie ik in mijn werk te maken heb. Jongeren die in zulke kwalijke praktijken verwikkeld zijn als ik probeer te ontrafelen. Die zich al zo lang in de buurt van het kwaad ophouden dat het in hun wezen is doorgedrongen en op allerlei nare manieren tot uitbarsting komt. Ik zet het beeld van een toekomstige Ben, geknakt doordat zijn moeder hem heeft afgewezen, van me af.

'Voetbal, toch?' zeg ik.

'Ja. En mijn elftal heeft weer gewonnen!' Hij kijkt me stralend aan.

'Wat fantastisch, schat! En heb je van het weekend ook voetbal?'

'Ja, deze zaterdag, en daarna hebben we een week vrij. Dat zei papa.'

We kletsen over het partijtje van zijn vriendje, ze zijn gaan minigolfen, en hij vraagt naar mijn goudvis.

'Met Frodo gaat het goed', zeg ik en ik draai mijn telefoon zo dat hij de vissenkom kan zien. 'Ik moest hoi tegen je zeggen van hem.'

Ben giechelt en ik lach tot het verdriet weer bij me op komt zetten. Hij heeft daar geen erg in en kwebbelt door over school, zijn juf en wat hij tussen de middag heeft gegeten.

'Wil je nu naar de sterren kijken?' vraagt hij, al weet hij het antwoord al.

'Natuurlijk', zeg ik, voorzichtig zodat hij niet hoort hoe schor ik opeens klink. 'Wedden dat ik weet welke je het eerst gaat noemen?'

'Nou...' Hij loopt naar het raam in de woonkamer. 'Daar, helemaal midden in de lucht, is die grote. En dan drie kleintjes op een rij vlak ernaast. Zie je welke ik bedoel?' Hij draait de telefoon en ik zie een glimp van de bekende kamer langszwiepen voordat een onscherpe lucht het beeldscherm vult.

'Zeker', zeg ik. 'Dat is een mooie. En zie je die fonkelende die zich daar rechts verstopt heeft? Volgens mij is die vlak bij mijn flat.'

'O ja,' zegt hij, en zijn wenkbrauwen schieten omhoog, 'die een beetje geel is. Cool.'

Met een onderdrukte gaap duikelen zijn ogen weer naar beneden. 'Bedtijd', zeg ik streng; af en toe mag ik mijn moederrol nog spelen.

'Oké', geeft hij toe, en hij gaapt weer. 'Volgende week donderdag weer, mam?'

'Zeker weten. Veel plezier morgen. En ik zal Frodo een onderwaterzoen van je geven.'

We werpen elkaar een kushand toe en pas als ik opgehangen heb, merk ik dat ik mijn vlakke hand op mijn hart heb gelegd.

Ik poets mijn tanden, ga naar de wc en kleed me uit, waarna ik tussen de ijskoude lakens glij. Mijn hoofd draait en ik heb akelige krampen in mijn maag. De kachel in de woonkamer maakt een ongezond tikkend geluid. De tv van de buren murmelt. Er bonst rockmuziek door het plafond. Buiten op straat valt glas aan diggelen. Een kat miauwt. Woelend zie ik eerst Ben voor me, ongestoord slapend in zijn bed, en daarna Walter Miller, ineengezakt in zijn koude plas bloed. Totdat ik eindelijk in slaap val.

Woensdag 15 augustus, 5.55 uur

Ik word wakker voordat de wekker gaat, met brandende, zanderige ogen en een vieze, aan de wanden van mijn mond klevende wijnsmaak. Even blijf ik op mijn rug naar het plafond liggen staren en denk aan de dag die voor me ligt. Die zal wel voornamelijk bestaan uit pogingen om Walter Millers laatste gangen duidelijk te krijgen, en uit te vogelen waarom iemand in godsnaam vond dat hij de wereld op zo'n dramatische manier moest verlaten.

Ik sta moeizaam op en gooi de deken slordig terug op het bed. In de badkamer laat ik de douche even lopen tot de stoom de lucht heeft verwarmd voor ik onder de straal stap. Ik was me, kleed me aan. Föhn snel mijn haar droog en dan ben ik klaar voor alles wat de dag me te bieden heeft. Ik schud wat vlokken in Frodo's kom en geef hem terloops een luchtkusje namens Ben. Terwijl ik de trap af roffel slik ik het laatste stukje van een overrijpe banaan door.

Op de begane grond van mijn appartementencomplex is een klein restaurantje, The Boil, waar een ongebruikelijke combi van ontbijtgerechten en noedels op de kaart staan. Ik bestel twee bekers koffie to go en pak een krant. Op de voorpagina staat een korrelige, tientallen jaren oude foto van Walter Miller en zijn dochter, met 'Dakloze de dood in gejaagd' vetgedrukt boven zijn hoofd.

Als ik naar buiten loop, vouwt de kou zich om mijn hoofdhuid zodat mijn haar omhoog schiet. In een poging het te bedwingen wikkel ik mijn sjaal om mijn hoofd. Dan loop ik naar de hoek, waar achter een stadsbankje een kleine betonnen nis in een oud kantoorpand is uitgespaard.

'Goedemorgen Macy', zeg ik, opgelucht als ik de bekende berg dekens zie. Ik reik de grote vrouw die opgekruld onder het harde grijze uitsteeksel ligt een van de bekers aan. Met een enorme wollen muts op die bijna in haar ogen hangt en een ronde kin die uitsteekt boven de sjofele kraag van haar jas taxeert ze de nieuwe dag. Ze duwt zichzelf overeind en neemt dan met een brede glimlach op haar gezicht de beker van me aan. Deze nis, zo'n tweehonderd meter bij mijn voordeur vandaan, komt voor Macy het dichtst in de buurt van een echt thuis. Al haar eigendommen zitten in een oude North Face-rugzak, die ze als kussen gebruikt.

Een paar weken nadat ik in Melbourne was aangekomen had ik me een keer buitengesloten en kon ik na een nachtdienst mijn appartementencomplex niet in. Moe en alleen was ik op een bankje geploft en in huilen uitgebarsten. Macy was uit haar alkoof tevoorschijn gekomen en had ruim een uur bij me gezeten en mijn verhaal aangehoord terwijl ik op de huismeester wachtte. Daarna vertelde ze mij haar geschiedenis. We bleken allebei een zoon te hebben die we amper meer zien. Tegenwoordig vind ik het makkelijker om met Macy te praten dan met alle anderen die ik ken. Toen ik de plaats delict waar ze Walter Millers hadden gevonden inspecteerde had me dat meer aan haar bescheiden allegaartje van aardse bezittingen doen denken dan ik mezelf had willen toegeven.

'Is er nieuws vandaag, grote politiedame? Zijn er nog meer maten van me dood?' Ze glimlacht, maar ze moet wel heel bang zijn na wat Walter is overkomen, lijkt me. Ze moet zich hier op straat heel kwetsbaar voelen. Niet voor de eerste keer vraag ik me af of ik haar niet op de een of andere manier kan helpen. Een verblijfplaats voor haar zoeken of vragen of ze bij mij wil wonen, maar toen ik daar een paar weken geleden op zinspeelde was het duidelijk dat ze daar ongemakkelijk van werd. Ze is een heel trotse vrouw die haar veerkracht als een onzichtbaar schild draagt. Vandaar dat ik koffie en af en toe iets lekkers voor haar haal, maar alles wat verder gaat dan een symbolische geste wordt geweigerd.

'Nog geen nieuws vandaag, Macy,' zeg ik als ik op het bankje ga zitten, 'maar het is nog vroeg.' Ik zwijg even en zeg dan: 'Je hebt de man die is overleden niet gekend, toch?'

Ze veegt haar neus aan haar mouw af. 'Niet echt. Ik kwam hem weleens tegen. Maar mijn vriendin Lara, die heeft hem wel gekend. Ze zei dat je met haar had gepraat, gisteren op het politiebureau. Het gaat niet zo goed met haar. Het blijft maar door haar hoofd spoken wat ze heeft gezien.'

Ik zie direct Lara's doodsbenauwde gezicht, haar schokkerige bewegingen en zenuwachtige blikken weer voor me toen Fleet en ik haar getuigenverslag opnamen van wat ze in de tunnel had gezien. Ik ben benieuwd of ze alweer op straat is: geen idee hoelang de overheid een dakloze getuige beschermt.

'Wat vervelend, Macy', zeg ik. 'We doen er alles aan om degene te vinden die Walter heeft aangevallen.'

Ze haalt haar schouders op en nipt van haar koffie, waar weinig vertrouwen uit blijkt dat dit ook echt zal gebeuren. Als ze haar mond tot een lach plooit, glimmen haar verkleurde tanden in haar donkere gezicht. 'Nou ja. Hoe dan ook, genoeg somber gepraat. Een hele toestand later vandaag hier in de buurt. Ze gaan een film opnemen aan het begin van Spring Street.'

'Klopt', zeg ik en ik zet mijn koffie neer om jazzhandjes te laten wapperen. 'De grote Hollywoodproductie.'

'Ze houden alle auto's tegen, weet je. Jullie zullen hier zo ongeveer overal wezen om de mensen op afstand te houden. Dat heb ik gelezen in het informatieblaadje dat ze rond hebben gedeeld. Het wordt een of andere mega actiescène. Met echte filmsterren.' Haar raspende stem rolt over het pad en af en toe krijgen we verwonderde blikken toegeworpen door werklustig kantoorpersoneel in maatpakken en slaperige nachtploegwerkers op weg naar huis. 'Ik ga ervoor zorgen dat ik vooraan zit. Probeer Lara mee te krijgen.' Ze neemt een flinke slok koffie en sluit haar ogen. 'Wow, dit is lekker spul. Heerlijk, echt heerlijk.'

Ik schuif mijn in nieuwe laarsjes gestoken voeten onder de bank als ik zie dat haar wollen sokken door de gaten van haar versleten schoenen piepen.

'Hoe is het met je zoontje?' vraagt ze.

Ik zucht en neem een slokje van mijn koffie. 'Het gaat goed met hem. Heeft het kennelijk naar zijn zin. Je weet wel, op school. Op voetbal.'

'Dat is het belangrijkste, toch? Maak je nu maar geen zorgen over zaken die niet aan de orde zijn. Als het goed met hem gaat, dan is alles goed. Ja toch?'

Ik knik en glimlach aarzelend. 'Je hebt vast gelijk. Maar hoor eens, ik moet ervandoor, Mace', zeg ik en ik sta al.

Ze kijkt me verwijtend aan. 'Pas maar goed op daar, rechercheur Gemma.'

'En jij ook', zeg ik met een veelbetekenende blik. 'Ik meen het, wees voorzichtig.'

'Ja, ja', zegt ze, maar ik zie de angst weer in haar ogen oplichten.

Ik lach naar haar. 'Ik wil later alles weten over je dag op de filmset.'

Ik weet niet waarom ik die eerste avond naar het hotel ging. Het was op een donderdag. Ik was precies een week in Melbourne en had amper een levende ziel gesproken. Ik zat nog steeds in een gemeubileerd appartement en zocht vandaaruit een huurwoning. Die maandag zou mijn eerste werkdag zijn.

De hele dag had ik doelloos door de stad geslenterd, op en neer tussen de kraampjes van Queen Victoria Market, en in cafés gezeten met een beker koffie in mijn hand tot die koud werd. Net voor vijf uur was ik teruggegaan naar het appartement en had me gedoucht. Ik snakte naar een borrel en bedacht dat ik me net zo goed een beetje kon optutten en even de stad in gaan. Misschien kon ik doen alsof ik hier voor zaken was, hield ik mezelf voor. Ik trok de enige jurk die ik had aan en droogde mijn lange haren. Toen ik de deur uitging en over Exhibition Street in de richting van het stadscentrum liep, zag ik een stroom taxi's afbuigen naar de ingang van een hotel. Daar was vast een bar, dacht ik, waar je gezellig kon zitten met uitzicht op de hoofdstraat. Het begon te regenen, dikke druppels spatten uiteen op het trottoir, en ik haastte me naar de overkant van de weg en door de glazen deuren, langs de glimlachende portier.

Ik bestelde een glas wijn, ging in een pluchen stoel zitten en keek toe hoe de avond bezit nam van de stad. Ieder oppervlak glom, en ik staarde gefascineerd naar de glinsterende kroonluchter. Een verrukkelijk sereen gevoel kwam over me, zo relaxt had ik me in weken niet gevoeld. Ik trok mijn jasje uit, sloeg mijn benen over elkaar en leunde achterover in de pluchen kussens. De ober kwam terug met een vol glas wijn op zijn dienblad en zei dat het drankje van de man aan de bar was.

Toen ik opkeek zag ik een man met een olijfkleurige huid en in donkerblauw pak naar me lachen.

Ik lachte terug, hief het glas en zonder mijn blik van de man af te wenden nam ik het eerste slokje.

Mijn wijn was net op toen hij naar me toe kwam, met twee nieuwe glazen. 'Wat een dag, hè?' zei hij en hij gaf me er een. Achter zijn glimlach liet hij zijn blik begerig over mijn lichaam gaan.

'Zeker. Wel fijn om nu te kunnen ontspannen.'

'Hoelang blijf je hier?' vroeg hij.

Ik knipperde met mijn ogen. 'Morgen terug. Weer naar Sydney.'

'Ik ook. Ik kom uit Auckland', zei hij en ik ving een heel licht accent op.

Onze blikken kruisten, waarna ik mijn ogen neersloeg. Ik ademde uitsluitend door mijn mond.

Tegen de tijd dat we bij zijn kamer aankwamen was ik dronken. Hij had mijn armen al boven mijn hoofd geheven en tegen de muur gedrukt voordat de deur dichtviel. Ik liet hem mijn kleren afstropen; ik liet hem het initiatief nemen. Ik voelde me net een stuk wrakhout, heen en weer geslingerd door het woeste water. Het voelde goed door deze vreemde omhelsd te worden. Dat hij niets van me afwist. Hij hield mijn polsen vast en gooide me op het bed. Zijn lange, slanke lijf kwam zwaar op me neer en hij drong zo diep bij me binnen dat ik ineenkromp.

Uren later, in het holst van de nacht, kroop ik in mijn eigen bed, zwaar ademend alsof ik was opgejaagd. De kamer golfde om me heen en mijn hartslag bonkte door mijn hele lijf terwijl ik bedacht dat ik dit heel graag nog eens wilde doen.

Woensdag 15 augustus, 7.29 uur

'Morgen', zegt Calvin Atkins monter als ik mijn tas op mijn bureau gooi. De koffie klotst in mijn binnenste, eenzaam met alleen de banaan als gezelschap.

'Hoi', zeg ik met mijn ogen al op mijn computerscherm gericht om verder geklets af te weren.

Calvin gaat vrolijk met zijn papierwinkel aan de slag; zijn hoekige, magere gelaatstrekken worden benadrukt door de gloed van zijn computerscherm.

Nan Sheridan komt binnenlopen, bromt iets en laat haar omvangrijke lijf in haar versleten bureaustoel ploffen, die daar kreunend op reageert. Ze doet haar oordopjes uit, begint in haar tas te rommelen en deponeert een verfomfaaide roman van Val McDermid naast de slordige stapel detectives op haar bureau. Nadat ze allemaal fastfoodverpakkingen uit haar handtas heeft gevist zet ze haar computer aan. Tijdens het opstarten blijft ze naar het lege scherm staren.

'Wil je koffie, Nan?'

Ze kijkt Calvin strak aan, wat hij kennelijk als 'ja' opvat, want hij knikt en rept zich naar de kantine terwijl hij 'Sterk, zwart, zonder suiker' mompelt.

Ik zeg niets tegen Nan en zij zegt niets tegen mij. Ik heb de indruk dat we dat van elkaar waarderen.

Bij de afdeling Moordzaken in Melbourne werken iets meer dan honderd rechercheurs. Nan, Calvin, Fleet en ik zitten in een van de zestien teams, samen met Billy Benton, Ralph Myers en Chloe Senna.

Elk team bestaat uit een mix van ervaren senior rechercheurs zoals Nan en Ralph, junior rechercheurs zoals Chloe en mensen zoals ik die daar ergens tussenin zitten. Nan is al bijna tien jaar senior rechercheur en aast vast en zeker op de functie van Isaacs. Ze is goed, dat moet ik toegeven, en ontzettend vastberaden – al heb ik mijn twijfels over haar leidinggevende capaciteiten. Ze kan net iets meer geduld opbrengen voor de doden dan voor de levenden, maar niet veel. Ik zie hoe ze met één vinger op haar toetsenbord rammelt. Technologie is ook zoiets wat Nan slechts duldt – als ze de hele klus met haar blote handen kon klaren, dan zou ze dat doen.

Bij een paar clusters verderop is opeens wat consternatie. Een van de jonge medewerkers is met vakantie geweest en er wordt opgewonden op haar bruine kleurtje gereageerd. Ik blijf aan mijn bureau zitten en werk gestaag mijn e-mails door. Ralph is meestal vroeg, maar ik neem aan dat hij bij de autopsie van Walter Miller is, die voor vanochtend vroeg stond gepland. Billy is er waarschijnlijk ook bij. Isaacs heeft voor halfelf een vergadering belegd om de zaak-Miller te bespreken en de ontwikkelingen in de zaak-Jacoby door te nemen, en tot dan heb ik genoeg werk om me bezig te houden.

Ik vraag me even af waar Fleet is en duw de gedachte dan resoluut van me af. Ik ben Nick Fleets oppasser niet. Pas als hij zich dagenlang niet liet zien, zou ik hem op zijn mobiel bellen. Fleet is niet het type dat graag wordt gecontroleerd, en ik heb liever niet dat hij weet dat zijn afwezigheid me is opgevallen.

We werken alle drie een poosje stilzwijgend verder, en net als ik overweeg nog een kop koffie te halen trilt mijn privételefoon. Het is een bericht van Josh Evans, die vraagt of ik tijd heb om hem vanochtend te ontmoeten. Ik voel me een tikkeltje schuldig omdat ik hem gisteren de hele dag geen berichtje teruggestuurd heb.

Ik bekijk de hoge stapel papier op mijn bureau. Aangezien ik toch de leiding over de zaak-Miller niet heb, kan ik die stukken later wel doornemen. Desnoods werk ik over – tenslotte wacht er thuis geen gezin op me. Ik stop de documenten in de onderste lade van mijn bureau, doe die op slot en pak mijn jas. 'Ik ga even de deur uit', zeg ik tegen Calvin. 'Als de briefing van de twee zaken begint ben ik weer terug.'

Enigszins verbijsterd knikt hij.

Nan trekt een grimas als ik mijn stoel aanschuif. 'Zorg wel dat je op tijd bent', zegt ze botweg.

'Hoi', zegt Josh met een tandpastaglimlach als ik naar zijn tafeltje toe loop. 'Ik heb al voor je besteld. Een latte.'

'O, oké, dank je', antwoord ik, en ik lach terug als ik tegenover hem ga zitten en met mijn horloge begin te spelen. 'Sorry dat ik deze week van de radar was. Hectische toestanden op het werk.'

Hij pakt mijn handen en trekt ze over tafel naar hem toe. 'Doe niet zo raar, Gemma. Ik weet toch dat je het druk hebt.' Hij buigt zich naar voren en geeft me snel een kus. Met mijn ogen dicht snuif ik de muskusachtige geur van zijn aftershave op. Niet voor de eerste keer wens ik dat ik de gevoelens kon beantwoorden die Josh voor mij schijnt te hebben. Hij is zo knap, zo ongecompliceerd. Als ik terugdeins werpt een zakenman aan een tafeltje vlakbij me een verraste blik toe, en ik vraag me af of mijn gedachten zo duidelijk zichtbaar zijn.

'Het lijkt wel eeuwen geleden dat ik je gezien heb', zegt Josh.

'Ik heb je donderdagavond nog gezien', antwoord ik luchtigjes, en trek zachtjes mijn handen los.

Hij lacht. 'Ik weet dat het niet echt heel lang geleden is – maar zo voelt het wel. Je had zaterdag mee uit moeten gaan, dat was zo'n leuke avond.' Daarna begint hij de hele avond gedetailleerd te beschrijven.

Josh brengt een kant-en-klaar sociaal leven met zich mee, vol luidruchtige, drukke mensen met interessante banen die elkaar treffen in piepkleine cafés waar je voor vijftien dollar een bodempje wijn krijgt. Zijn relaxte, plezierige wereldje vond ik enerverend vanaf het moment dat we elkaar ruim een maand geleden tegenkwamen, en ergens wil ik me daaraan overgeven. Me ontspannen in zijn sterke armen. Maar de andere helft van me biedt koppig verzet. Hoe dichter hij naar me toe schuift, hoe verder ik de andere kant op leun. Om me niet al te rot te voelen houd ik mezelf voor dat hij waarschijnlijk ook met andere vrouwen omgaat.

Hij besluit zijn verhaal met een slokje koffie en vervolgt op serieuzere toon: 'Maar eh, dat van die moord op die dakloze man klinkt beestachtig, zeg. Zit jij op die zaak?' Zijn donkere ogen glimmen geboeid en hij haalt een hand door zijn kortgeknipte goudblonde haar.

'Ja. Ik werd maandagnacht opgeroepen.' Weer zie ik het neergestoken lichaam van Walter voor me. 'Dat was geen fijn gezicht.'

Josh fluit zachtjes. 'Arme stakker.'

Hij drinkt net zijn laatste slok koffie als de mijne wordt gebracht. Hij bestelt er nog een en met mijn handen om het warme glas gevouwen zie ik hoe een jongetje dat bij de deur zit met een speelgoedautotje voor zijn bord over het tafeltje rijdt. Opeens doopt het joch de auto in zijn dampend hete chocolademelk. Hij is tenger, zijn smalle schoudertjes amper een handbreedte uit elkaar. Dik, helblond haar valt in volle, tekenfilmachtige lokken over zijn voorhoofd. Zijn woedende moeder tikt hem berispend op zijn hand en ik kijk weg en richt mijn aandacht weer op Josh.

'Verder nog iets spannends gebeurd op je werk?' vraagt hij.

'Gewoon de gebruikelijke geweldsdelicten, schietpartijen en zelfmoorden', zeg ik schamper. Zijn gebruinde gezicht blijft ernstig, ik laat de humor achterwege en voeg eraan toe: 'Deze moordzaak kan enorm worden, zeker als het echt om een willekeurig slachtoffer gaat.'

'En ben je ook nog steeds met al je andere zaken bezig?'

'Zeker', zeg ik. 'Al denk ik dat deze nu prioriteit krijgt.'

'Klinkt alsof het een behoorlijk drukke tijd voor je wordt.'

Ik haal mijn schouders op. 'Zoals altijd.'

'Ik snap niet hoe je het voor elkaar bokst, Gemma', zegt hij. 'Je bent geweldig.'

Met een kinkje wimpel ik zijn lof af. Josh schijnt gefascineerd te zijn door mijn baan en lijkt te begrijpen hoe onvoorspelbaar mijn leven daardoor is: heel fijn voor de verandering – en een scherpe tegenstelling met Scotts aanhoudende stroom irritatie en kritiek. Josh wrijft zijn voet onder tafel tegen de mijne en geeft me een knipoog, waardoor er een golf diepe schaamte over maandagavond door me slaat. En over zaterdagavond. Over alles. Ik weet dat ik daarmee moet kappen. Of ik moet kappen met Josh. Het is niet eerlijk hem aan het lijntje te houden. Maar aan de andere kant: het is zo fijn dat ik hier iemand heb om op terug te vallen, iemand die mij zo leuk vindt. En tot nu toe lijkt Josh er geen bezwaar tegen te hebben het rustig aan te doen, al zal dat op een gegeven moment natuurlijk wel veranderen. Ik stel me voor dat ik met hem in bed lig, maar daar krijg ik direct de kriebels van. Voor de zoveelste keer vraag ik me af waarom het samenzijn met een volslagen vreemde me zoveel makkelijker afgaat. Op de een of andere manier lijkt dat veel minder gevaarlijk dan met Josh.

'En, hoe gaat het met jou?' vraag ik.

'Prima', zegt hij. 'Het is razend druk op het werk. Ik moet vanavond waarschijnlijk overwerken, en morgen misschien ook, vandaar dat ik je vanochtend wilde zien.'

Josh is advocaat in opleiding bij een groot advocatenkantoor met een enorm lange naam. Zijn werkweek zit bomvol rechtszittingen, research, telefonische vergaderingen en koffie.

'En, was het weekend met je vriendin leuk?' vraagt hij.

'O ja, het was heerlijk om weer eens bij te praten', lieg ik. 'Maar we hebben niks bijzonders gedaan, hoor, gewoon uit eten, wat sightseeing.' Met een zwaai van mijn hand benadruk ik hoe leuk mijn denkbeeldige weekend was.

'Klinkt super', zegt Josh en hij schraapt zijn keel. 'Maar hee, wat ik dus dacht was dat het leuk zou zijn als je zaterdag naar mij kwam. Dan kook ik voor ons.'

Ik glimlach en knik, maar er gaat een alarmbel bij me af als ik bedenk hoe pijnlijk dit scenario kan uitpakken.

De vrouw aan het tafeltje bij de deur buigt zich dicht naar het jongetje toe en sist boos in zijn oor. Het joch staart strak naar het met chocolade besmeurde speelgoedautootje op het tafelblad. Met nog steeds een nijdige blik komt ze overeind en ziet me kijken. Ik waag een klein glimlachje, maar ze lacht niet terug: ze herkent bij mij geen moederlijk solidariteitsgevoel.

'Lijkt me geweldig', zeg ik als tot me doordringt dat Josh op een antwoord wacht. 'Zolang het op mijn werk niet te gek wordt.'

Hij pakt mijn hand en vlecht zijn vingers door de mijne. 'Cool. Als je wilt kunnen we daarna een paar vrienden van me opzoeken, of als je moe bent, maken we het niet te laat. Ik wil graag even echt met je samen zijn.' Hij gaat zachtjes verder. 'Dan kun je me alles over je week vertellen en misschien kan ik je zelfs wel masseren of zo.'

Buiten is de wind aangewakkerd en het regent weer. De neerslag valt in schuine vlagen, weet onder de rand van paraplu's te komen en dreigt dure handtassen te ruïneren. Ouders grijpen hun kinderen beet en rukken capuchons over hun hoofdjes in een vergeefse poging ze droog te houden. Ik denk aan Macy en hoop dat ze onderdak heeft gevonden. Ik maak me opeens grote zorgen en wrijf over mijn gezicht: mijn huid voelt strak en droog aan, als een rubber masker. Josh streelt met zijn vingers cirkels over de rug van mijn andere hand, en mijn ogen vallen bijna dicht.

'Ik moet ervandoor', zegt hij licht fronsend met een blik op zijn horloge. 'Ik heb zo een zitting. Maar hee, ik ben blij dat ik je even kon zien. Ik bel je nog over zaterdag. En werk niet te hard.' Hij staat op. 'God, was het maar zomer', mompelt hij als hij ziet dat het regent.

Hij wil me nog eens op mijn mond kussen, maar ik draai mijn hoofd weg en hij raakt de zijkant van mijn gezicht. Ik zie hem stilstaan bij de bak naast de deur om er zijn paraplu, maatje golfclub, uit te pakken. Voorzichtig steekt hij hem in de regen op, waarna zijn lange gestalte de weg oversteekt en in het halfduister verdwijnt. Opnieuw treft het me hoe knap hij is. Hoe attent en prettig in de omgang. Ik moet toegeven dat ik het gevoel heb hem al veel langer dan een paar weken te kennen.

Ik kijk om naar het jongetje en zijn moeder. Nadat zijn gezicht en handen zijn gepoetst zit hij mokkend aan een korstje op zijn hand te peuteren. Zijn moeder fronst ook en scrolt met haar duim op haar telefoon.

Ik zucht diep terwijl mijn tegenstrijdige gedachten met elkaar wedijveren. Ik klok een glas water weg om ze te overstemmen. Er is zo veel wat Josh niet van me weet: waarschijnlijk maakt hij zich snel uit de voeten als hij alleen al de helft ervan beseft.

Als ik zie dat de regen overgaat in gemiezer kom ik overeind en wapen me voor wat ongetwijfeld een lange dag zal worden. Over Josh maak ik me later wel druk. Eerst moet ik al mijn aandacht op de zaak-Miller richten.

Woensdag 15 augustus, 10.29 uur

Als Isaacs net de deur wil dichtdoen glipt Fleet de vergaderzaal binnen. Hij knikt kort in mijn richting, en ik antwoord door mijn hoofd te buigen en een paar losgeraakte haren achter mijn oor te strijken. De verse rook die om hem hangt komt op me af.

Ralph gaat wijdbeens voor de zaal staan en steekt van wal met een samenvatting van de zaak-Miller. We hebben wat korrelige bewakingsbeelden in handen gekregen van een parkeerplaats in de buurt waarop een vage gestalte is te zien die rond de tijd dat Walter werd aangevallen snel door een hoek van het beeld loopt. De figuur lijkt een jonge man te zijn, wat overeenkomt met de beschrijving van Lara, en is misschien iets langer dan gemiddeld, maar dat beperkt het aantal mogelijke verdachten nauwelijks. Walter zelf lijkt geen duidelijke vijanden te hebben gehad. Hoewel uit zijn flinterdunne medische dossier valt op te maken dat hij een lichte verstandelijke beperking had, was hij vooral op zichzelf en wist moeilijkheden uit de weg te blijven, tot nu toe dan. Uit de voorlopige autopsie is gebleken dat hij één enkele, diepe steekwond in zijn borst had en een paar kneuzingen bij zijn sleutelbeen, waarschijnlijk waar de moordenaar hem met zijn arm tegen de tunnelmuur heeft geduwd.

Ik bekijk de akelige foto's en probeer te zien wat er naast de sporen van geweld allemaal opvalt: bleke, gerimpelde huid, een web van aderen, een draderige baard en vuile, afgebrokkelde vingernagels.

Nadat Ralph ons zijn nieuwe informatie heeft gegeven, voegt Isaacs zich voor in de zaal bij hem. Hij kijkt het groepje enkele ogenblikken zwijgend aan, en ik merk dat we ons met z'n allen onbehaaglijk beginnen te voelen. Ik schuifel met mijn voeten en probeer het knorren van mijn maag te laten stoppen.

'We weten dus dat ons slachtoffer dakloos was, al geruime tijd, maar wat we niét weten,' zegt Isaacs, die ons een voor een aankijkt, 'is of hij vermoord is omdát hij dakloos was.'

Ik weet waar Isaacs het over heeft, dankzij Calvin die me vlak voor het begin van de bijeenkomst heeft bijgepraat. Zo'n twee jaar geleden werden er opeens door heel Melbourne daklozen in elkaar geslagen. Destijds had de media zich op het verhaal gestort, en een journalist had zelfs een week op straat doorgebracht om verslag te doen 'vanuit de frontlinie van de armoede'. Een van de vier mannen die waren aangevallen, bezweek aan zijn verwondingen, en maandenlang heerste er een gespannen sfeer in de stad. Er waren bewakingsbeelden van een paar van die incidenten, maar helaas werden de daders niet gepakt. Destijds was men ervan uitgegaan dat de drie jonge misdadigers anderen domweg pijn hadden willen doen, en de perfecte slachtoffers daarvoor op straat hadden gevonden: alleen, zwak en kwetsbaar, en geen gezin dat thuis op hen wachtte. Niemand die naar hen omkeek.

'Nou, ze hebben hem in ieder geval niet voor zijn geld vermoord', zegt Fleet. Hij glimlacht om zijn eigen grap.

Isaacs kijkt hem een moment lang met een effen blik aan en zegt dan: 'Ik zal de pers vanmiddag meedelen hoeveel extra agenten we 's nachts gaan inzetten.' Zijn grijze ogen glijden door de zaal voor hij verdergaat. 'Fleet, Woodstock en Senna, ik wil dat jullie met Myers de gesprekken uit de daklozenopvang en de verhoren van secundaire getuigen uitwerken.'

In de rij voor me knikt Chloe Senna, waardoor haar dikke blonde haar in een rechte lijn over haar schouders danst. Ze wrijft gedachteloos over haar zwangere buik. Naast me schuift Fleet in zijn stoel, hij geeft een schopje tegen de zijkant van mijn schoen.

Ralph schraapt zijn keel. 'We hebben de identiteit achterhaald van drie andere dakloze mannen die geregeld met Miller omgingen, en we nemen aan dat twee van hen hem de dag voor zijn dood nog hebben gezien. Uiteraard willen we hun getuigenis zo snel mogelijk hebben. En we moeten Millers gewoonten en zijn gangen duidelijk in kaart brengen. We willen weten of hij door iemand werd lastiggevallen of dat hij onlangs nog bij ruzies betrokken is geweest of iets tegen iemand heeft gezegd dat met zijn dood in verband kan worden gebracht. Ik wil zo mogelijk graag vrijdag verslag van jullie.' Ralph zet een hoge borst op; hij geniet ervan om bevelen uit te delen.

Isaacs stemt met een knikje in met deze actielijst. ''t Is zonde dat we nog steeds met zo weinig mankracht zitten vanwege de zaak-Jacoby, maar we zullen het ermee moeten doen', zegt hij. Hij richt zich nadrukkelijk tot Nan, waarna zijn ogen mijn kant op dwalen. 'Ik wil niet dat we de focus op Jacoby kwijtraken.'

Naast me onderdrukt Fleet een boer.

Ik weet niet zeker bij welke groep ik nu word gedumpt. Het is duidelijk dat ik Fleet moet helpen met die verklaringen van Millers kennissen, maar Isaacs lijkt ook van me te verwachten dat ik Nan help bij de zaak-Jacoby.

Voordat ik daar zekerheid over heb, begint Isaacs een lijst op te dreunen van zaken waarvan hij wil dat Fleet en ik ze nagaan, boven op de taken van Myers' lijstje, zoals het opvragen van de camerabeelden van de mishandelingen uit 2016. Het lijkt of Isaacs' blik voornamelijk op mij rust; ik kan me niet aan de indruk onttrekken dat ik iets verkeerd heb gedaan. Het vuur dat ik zojuist voelde is meteen weer gedoofd, en als ik om me heen kijk naar de anderen, weet ik zeker dat ik erbuiten sta. Gefrustreerd kijk ik nog eens naar Millers autopsiefoto's. Ik zou graag de leiding over deze zaak hebben, maar het is duidelijk dat Isaacs me niet genoeg vertrouwt, ook al was ik als eerste ter plaatse. Ik klem mijn kiezen op elkaar en ik ben enkele afschuwelijke ogenblikken bang dat ik ga huilen.

Toegegeven, het is ook moeilijk hier. Moeilijker dan ik van tevoren had gedacht. Hier geen bijzondere behandeling, geen geruststellende knipoogjes van Jonesy. Geen knuffel van Ben 's avonds. Niet voor het eerst vraag ik me af of dit geen enorme vergissing is. Ik twijfel werkelijk weleens aan de zin van dit alles. Blijkbaar ben ik niet in staat om voor mijn eigen zoontje te zorgen, bovendien wil zijn vader zo min mogelijk met me te maken hebben. Mijn oude leventje, het enige leven dat ik ooit heb gekend, is hier meer dan duizend kilometer vandaan. Er is niets waar ik naar uitkijk, besef ik, een gedachte die als een laserstraal in mijn hoofd oplicht. En ondertussen geef ik me over aan de omhelzing van vreemden en doe of ik iemand anders ben, terwijl een man waar niets mis mee is mij leuk vindt. Buiten voor het raam schudt een kraai zijn kopje heen en weer en kijkt me langs zijn snavel aan. Na een poosje moet ik mijn blik afwenden.

Ik vind mijn werk als rechercheur heerlijk, het verlangen het kwaad te bestrijden is me ingebakken, al zou het me slecht uitkomen als de misdaad definitief de wereld uit was: dood en verschrikking houden me juist aan de gang. Ik heb verder helemaal niks: geen hobby, niets om de tijd te verdrijven, laat staan te doden. In een ideale wereld waar alles zuiver, gaaf en goed was, zou ik me verloren voelen. Wanneer er een eind kwam aan alle doodslag, pijn en verdriet, zou ik werkelijk niet weten hoe het me zou vergaan. Diep vanbinnen vermoed ik dat me dat de das om zou doen. Gelukkig zijn wij mensen er blijkbaar op gebrand ervoor te zorgen dat ik vooralsnog geen rekening met dat scenario hoef te houden. We vinden het veel te lekker om elkaar pijn te doen.

Isaacs vraagt of Nan de aanwezigen even wil bijpraten over de zaak-Jacoby. Nu die zaak bijna zes weken oud is, begint iedereen in te zien dat die waarschijnlijk niet wordt opgelost. De verandering is duidelijk merkbaar: er hangt een bepaalde geur rond hoop en optimisme, terwijl verslagenheid een heel ander luchtje verspreidt. Maar, alle lof voor Nan: ze is ervan overtuigd dat ze de schuldige te pakken krijgt en negeert doelbewust de steeds penetrantere stank van hopeloosheid die van haar collega's opstijgt.

De zaak-Jacoby is een van die ingewikkelde puzzels waarvan je droomt dat ze je die toewijzen als je een jonge, idealistische rechercheur bent en nog heilig in het rechtssysteem gelooft. Maar voor een stelletje sceptische rechercheurs die al honderden keren met hetzelfde bijltje hebben gehakt, is het vooral een strontvervelende zaak. Op een zondagochtend wordt een dode vrouw aangetroffen aan de voet van een exclusief appartementencomplex. Er wordt al snel vastgesteld dat ze uit het penthouse is gevallen, waar ze de avond ervoor op een Kerstmis-in-juli-feest was. Ze heet Ginny Frost, een escortdame van zevenendertig. De autopsie leverde geen duidelijk beeld op, maar een aantal van haar verwondingen wees erop dat ze was geduwd.

Wat het er niet eenvoudiger op maakt, is dat het appartement van Frank Jacoby is, een gepensioneerde opperrechter van eind zestig. Een charmante man met connecties in de hogere kringen, die de rijke, machtige elite stevig in zijn met zijde gevoerde zakken heeft. Hoewel hij getrouwd is – met Ivy Strachan, een vooraanstaand academica en kunstenares – weerhoudt dat hem er niet van 'een gezonde interesse voor allerlei vrouwen te tonen', zoals hij zijn losbandige gedrag verwoordde tijdens een van de vele verhoren waar Nan hem aan heeft onderworpen.

'Als deze muren konden praten, sloegen ze smerige taal uit', zegt Nan tegenwoordig geregeld als ze weer eens door de schijnbaar eindeloze berg foto's bladert waarop het appartement tot in de kleinste details is vastgelegd.

Maar muren kunnen niet praten, en geen van de gasten die op die fatale avond het drukbezochte feest van Jacoby bijwoonde, lijkt dat te willen. Het enige aanknopingspunt dat we hebben is de verklaring van Ginny's vriendin, Sasha Cryer: zij beweert dat ze die avond vanuit een logeerkamer door het raam getuige is geweest van een woordenwisseling tussen Jacoby en Ginny op het balkon. Jammer genoeg is Sasha ook een escortdame, bovendien met een drugsverleden, en is de knappe blonde man die volgens haar de woordenwisseling ook heeft gezien óf van de aardbodem verdwenen, óf hij bestaat alleen in haar fantasie.

Nan is even vastberaden als altijd, maar ik merk dat zelfs zij haar geduld begint te verliezen met Jacoby's eindeloze ontkenningen, zijn bijzonder loyale vrienden en de subtiele bedreigingen aan het adres van ons bureau. En de pers helpt ook niet bepaald, wekenlang hebben ze de voorpagina's volgeplempt en sociale media beheerst met hun belachelijke theorieën en op eigen houtje uitgevoerde onderzoeken, met telkens als kern van hun verhaal dat de recherche volstrekt onbekwaam is.

Op dit moment loopt Nan de laatste aanwijzingen in de zaak na, die vrijwel allemaal over de ontbrekende mannelijke getuige gaan. Ik peuter aan een randje huid onder mijn nagel. Dan neem ik het tussen mijn tanden en proef tot mijn verrassing bloed als het losscheurt. Onopvallend zuig ik op mijn vinger, die lekker naar koper smaakt, tot ik merk dat Isaacs met een frons op zijn voorhoofd naar me zit te kijken. Ik haal snel mijn vinger uit mijn mond en richt al mijn aandacht op mijn notitieblok.

Nieuwsgierig werp ik een blik op Fleet; zou hij ook nijdig zijn dat hij de zaak-Miller niet mag leiden? Ik kan me niet aan de indruk onttrekken dat we genegeerd worden – dat Isaacs met ons speelt, dat hij overweegt ons een belangrijkere taak te geven, maar alleen als hij ervan overtuigd is dat we die aankunnen.

Met een zucht dwing ik me weer te letten op wat Nan zegt. Hoewel ik haar nogal stekelig vind, zou ik graag meer met haar willen samenwerken: misschien dat iets van de glans die Isaacs duidelijk in haar ziet op mij afstraalt.

'Oké, aan de slag', zegt Isaacs. 'Ik verwacht een flinke inspanning, zodat we Jacoby iets concreets voor de voeten kunnen gooien. Vind die verdwenen getuige, anders kappen we met de zaak. Ik weet niet of we onder een vooronderzoek uit kunnen komen, maar laten we wel ons best doen. En zorg dat die dakloze man een beetje gerechtigheid krijgt. Als blijkt dat er een verband is met die oude mishandelingen, dan wil ik dat meteen horen. Begrepen allemaal?'

'Ja, inspecteur', antwoorden we in koor als hij de zaal uitloopt.

Ik kom overeind en draaf als een jong hondje achter Nan en Calvin aan.

Fleet dringt zich lomp langs me, nog steeds met die sigarettenwalm om zich heen, op weg naar de parkeerplaats. Even kijk ik met een kloppende vinger geïrriteerd zijn verdwijnende gestalte na, voordat ik weer naar mijn bureau terugga om de korrelige bewakingsbeelden te bekijken van jongemannen zonder gezicht die hun medemensen helemaal verrot slaan.

Woensdag 15 augustus, 16.04 uur

De wind blaast regenvlagen door elkaar. Bladeren en rommel doen een wilde rondedans achter de ramen van het kantoor. Nadat ik een paar akelige uren heb besteed aan de gewelddadige bewakingsbeelden van de mishandelingen uit 2016, trek ik een tip na over een daklozenopvang waar Walter Miller eind juli mogelijk enkele dagen heeft doorgebracht, maar dat spoor blijkt dood te lopen. Een van zijn vrienden had Chloe verteld dat hij daar wat problemen had gekregen, dat er sprake was van een woordenwisseling met een andere bezoeker, maar het kost me moeite om een personeelslid te pakken te krijgen dat dit kan bevestigen. Bijna zucht ik in de telefoon, midden in het gesprek. Ik laat mijn naam en telefoonnummer achter, bedank degene aan de andere kant van de lijn en hang op.

Ik rek mijn armen uit boven mijn hoofd en maak aanstalten om Ralph op te zoeken en hem bij te praten over mijn bevindingen als een er elektrische schok voelbaar wordt in het vertrek. Er loopt een koude rilling over mijn blote armen en de donshaartjes gaan overeind staan. Ik stroop de mouwen van mijn blouse af tot over mijn polsen en kijk naar buiten. Alles is roerloos, de wind is gaan liggen. De natte bladeren vormen slordige hopen op de trottoirs. De mensen hebben nog steeds paraplu's opgestoken, maar kantelen die nu bij hun hoofd vandaan om te kijken of het nog steeds regent of dat de druppels alleen maar uit bomen en van luifels vallen. Het licht lijkt gevangen tussen dag en nacht en heeft een vreemde, angstaanjagende kleur waar vlagen rook doorheen zwieren, zoals een regenboog die ontstaat in een restje zonlicht.

Van het ene op het andere moment ontploft de telefooncentrale achter me. Het terreuralarm klinkt en het hele bureau komt plotseling geroutineerd in actie. Pupillen worden groot. Alles versnelt. De geur van gevaar hangt zwaar in de lucht.

Fleet komt uit de kantine binnenlopen, een mok in zijn hand, en staat met een komische uitdrukking op zijn gezicht stil om de consternatie in zich op te nemen. Isaacs stormt naar zijn kantoor, zijn telefoon aan zijn oor. Ik schrik als hij de deur achter zich dichtslaat. Er trekt een siddering door mijn binnenste die me uit mijn stoel jaagt.

Ik ga naar Fleet, die met opgetrokken wenkbrauwen achteloos slokjes thee drinkt. 'Stront aan de knikker', zegt hij onnodig.

Een jonge, knappe agente blijft naast ons staan, een beetje buiten adem. 'Er is iets gebeurd in het centrum', zegt ze. 'Een vriendin van me is journalist en die heeft net een berichtje gestuurd.'

'Geweldig', zegt Fleet. 'Ik ben blij dat de experts vooraan staan als er een misdrijf in de stad gebeurt.'

'Joh', mompel ik.

Isaacs rukt de deur van zijn kantoor open, steekt een hand uit en wenkt Nan, Calvin, Fleet, Chloe en mij. We lopen allemaal zijn kant op.

Dan begint zijn telefoon weer te jengelen en als we halverwege zijn steekt hij vloekend zijn hand in de lucht om ons tegen te houden. Hij verdwijnt in een kleine vergaderzaal, een paar meter bij zijn kantoor vandaan. In een ongemakkelijk kringetje blijven we bij de deuropening staan, wachtend als stoute kinderen. We kunnen delen van zijn gesprek horen: barse woorden, getemperd door rinkelende kantoortelefoons en geruststellende stemmen die ze opnemen.

Isaacs komt het zaaltje weer uit en we lopen in een gehoorzaam drafje achter hem aan.

Ik ga als laatste zijn kantoor binnen en trek de deur dicht. Isaacs vouwt gespannen zijn handen en kijkt ons een voor een aan.

'Wat is er aan de hand?' vraagt Fleet nonchalant.

'Een terroristische aanslag?' vraagt Nan, die met rechte rug klaarstaat voor de strijd, vol enthousiasme om de rotzooi op te ruimen die haar medemensen er nu weer van gemaakt hebben.

'Nee', zegt Isaacs. 'Een incident op de hoek van Spring en Collins. Op een filmset. Er is een volwassen man neergestoken, iets meer dan twintig minuten geleden. Zijn toestand is kritiek, hij moest met spoed naar het ziekenhuis.'

'De grote actiescène', zeg ik wanneer het nieuwsbericht en mijn gesprek met Macy me te binnen schieten.

'Klopt', zegt Isaacs, die zich naar me toe draait. 'Het is live gebeurd tijdens een take, of hoe je zoiets ook noemt. De gewonde is een van de acteurs.'

'Dus het is opgenomen?' Fleet lacht snuivend. 'Dat is ergens wel grappig.'

Isaacs praat verder alsof hij niets heeft gezegd. 'De gewonde man is Sterling Wade. Ik hoef jullie waarschijnlijk niet te vertellen dat dit gigantisch wordt.'

Een ogenblik zwijgt iedereen, maar de energie knettert door het vertrek. Ik herken de naam Sterling Wade: hij is de filmster die mijn vriendin Candy 'haar arische god' noemt. Het duurt eventjes voor ik me het perfecte uiterlijk van een jonge, blonde man voor de geest kan halen. Ik herinner me dat Candy heeft laten vallen dat zijn familie uit de omgeving van Smithson komt; ze zei toen voor de grap dat ze zichzelf voor de kerstlunch zou uitnodigen.

Chloe slikt luid, met ogen als schoteltjes.

'Die kerel uit *The Street*?' zegt Calvin traag. 'Daar zijn mijn dochters bezeten van.'

'Ja, die. Ik heb gehoord dat er al zo'n honderd radeloze tienermeisjes bij de set staan die er niet weg willen. En ze staan ook al bij het ziekenhuis.'

Nan fronst haar wenkbrauwen. Tienermeisjes vindt ze wel de minst aangename mensensoort. 'Goeie hemel', mompelt ze.

'Zijn er verder nog gewonden?' vraag ik.

'Daar lijkt het niet op. Maar het is een volstrekt chaotische situatie daar. Er waren meer dan driehonderd gemaskerde mensen in zombiepakken aan het rondrennen, en dan nog de filmploeg plus het publiek dat stond te kijken, dus een inventarisatie van alle aanwezigen is vrijwel onmogelijk.'

'Is er bekend wat er is gebeurd?' vraag ik verder.

'Uit de verslagen van de bewakingsdienst die we hebben ontvangen komt geen duidelijk beeld naar voren, maar voorlopig behandel ik het incident als verdacht, hoewel ik aanneem dat het waarschijnlijk een ongeluk was. Er kan iets aan de hand zijn geweest met een rekwisiet of misschien had een van de acteurs psychische problemen, in ieder geval moeten we zeer zorgvuldig te werk gaan en een volledig onderzoek instellen. Zeker als we met een beveiligingslek te maken hebben.' Isaacs laat zijn opgetrokken schouders zakken. 'We moeten van iedereen die zich in de nabijheid van Wade bevond een officieel verhoor afnemen en de plaats delict zo snel mogelijk inspecteren.'

Ik ken de verhalen over verschrikkelijke ongelukken die op een filmset kunnen gebeuren: een kapot rekwisiet of mislukte stunt, een flauwe grap met ernstige gevolgen. Je kunt je makkelijk voorstellen dat er iets verkeerd gaat wanneer zoveel mensen onder grote druk van die theatrale scènes moeten spelen.

Fleet wrijft in zijn handen. 'Oké, dus, wie gaat wat doen?'

Nans bleke ogen flitsen fel in het gele kantoorlicht. Met haar grijze stekelkopje ziet ze eruit als een wilde wolf.

Isaacs werpt een terloopse blik uit zijn raam. 'Woodstock en Fleet hebben de leiding', zegt hij even later. 'Met Senna als ondersteuning. Ik wil dat jullie je hier volledig op concentreren. Als het gewoon een ongeluk blijkt te zijn, dan kun je morgen weer met je gewone klussen aan de slag. Maar als het ingewikkelder in elkaar zit, dan dumpen jullie alles waar je momenteel aan werkt, met inbegrip van de zaak-Miller.' Even lijkt het alsof Isaacs nog iets anders wil zeggen, maar in plaats daarvan doet hij er het zwijgen toe. Zijn telefoon gaat weer en hij voert een poosje zachtjes een gesprek.

De endorfine jaagt door mijn lijf. Ook al weet ik dat dit waarschijnlijk maar een ongeluk is, toch heeft Isaacs' beslissing me een tikje uit het lood geslagen. Ik merk dat de anderen verrast zijn. Ik kijk Fleet vluchtig aan, hij vangt mijn blik op en knipoogt.

Isaacs beëindigt zijn gesprek en ik zie dat de adrenaline kleine rimpeltjes over zijn gezicht laat golven. Die stroomt door ons allemaal. Ik wil iets zeggen, hem geruststellen dat ik hier bovenop zit en de volgende logische stap al heb uitgedacht, maar hij is me voor.

'Ga naar het ziekenhuis', zegt hij tegen Fleet en mij. 'Probeer iedereen die heeft gezien wat er is gebeurd te spreken te krijgen, en praat met de ambulancemedewerkers die hem binnengebracht hebben. Blijkbaar ziet het er niet goed uit voor die knul van Wade.'

'Ik kan niet langer met die droefheid van jou leven, Gemma', zei Scott op een avond begin december plompverloren tegen me, nadat hij Ben naar bed had gebracht.

Knipperend met mijn ogen keek ik op van een tijdschrift dat ik half had zitten lezen. Ik was stomverbaasd dat Scott niet inzag dat ik dat zelf ook amper kon.

'We moeten weer verder met ons leven', zei hij. 'Ik wil dat je weggaat. Anders ga ik.'

De volgende dag ging ik weg. Ik meldde me ziek, pakte een kleine tas in, zette Ben bij school af en reed naar pap.

Pap deed zijn deur open en daar stond ik met mijn weekendtas in mijn hand. Hij nam me in zijn armen toen ik begon te huilen. Ik vergoot tranen van vele jaren, net zolang tot mijn botten er zacht en slap van werden. Het enige wat ik dacht was: 'we hebben het niet gered', tot ik niet meer wist of ik dat dacht of zei. Zelfs toen het huilen was gestopt heb ik dagenlang amper gesproken.

Doordat we uit elkaar gingen kwam al mijn oude verdriet weer boven. Ik huilde om mam, die zo plotseling van me was weggenomen toen ik nog maar veertien was. Ik huilde om Jacob, mijn overleden vriendje van de middelbare school. Ik huilde om hoe ik Scott had behandeld, om hoe er een eind aan de relatie met Felix was gekomen, om mijn miskraam en mijn gebroken hart. Maar ik huilde vooral om Ben en dat ik op het punt stond zijn leven overhoop te halen.

Drie weken later ging ik weg bij pap en betrok een klein huurhuis niet ver bij mijn werk vandaan. Verbeten maakten Scott en ik afspraken hoe we de tijd met Ben tussen ons zouden verdelen. Scotts vastberaden houding beangstigde me, maar ik was er ook dankbaar voor: ik was niet zo sterk als hij en hij moest me laten zien hoe we dit voor elkaar konden krijgen. Dat het goed zou komen.

Er waren geen ringen om af te doen. We hoefden nergens een handtekening onder te zetten of een naam te veranderen. We konden ons onmiddellijk van elkaar losmaken, alsof er nooit een wij was geweest.

Ik stortte me op de zorg voor Ben, vastbesloten dat onze tijd samen waardevoller zou zijn dan ooit. We wisten Kerstmis door te komen en op mijn werk zeilde ik langs de gruwelijke misdaden, de stompzinnige misdaden en alles daartussenin. Maar ondertussen begon Smithson me te benauwen en dreigden de angstgevoelens waarmee ik altijd te kampen had gehad me te verpletteren. Elke nacht als ik in mijn kleine huis lag en in slaap probeerde te komen, voelde ik het geklets van het stadje. De eindeloze bush klauwde naar me door de flinterdunne muren. Overdag hoonden de open vlakten en de eenzame wegen me. Ik begon mijn verlangen naar Ben gevaarlijk te vinden. Mijn steeds duisterder wordende gedachten had ik niet in bedwang, en ik werd bang om alleen met Ben te zijn. Bang ook als Ben níét bij me was. Scott werd achterdochtig, hij maakte zich zorgen. Een tijdje had ik zelfs de indruk dat hij me niet met onze zoon vertrouwde – en, als ik eerlijk ben: dat deed ik zelf ook niet.

Toen Scott en ik drie maanden uit elkaar waren vroeg Jonesy of hij even een serieus gesprekje met me kon hebben. 'Ik heb nieuws', zei hij en hij begon een vacature voor een senior positie bij de afdeling Moordzaken van Melbourne te beschrijven.

'Je levert nog steeds uitzonderlijk werk, Woodstock', zei Jonesy. 'Ik steun meer op je dan ik zou moeten. Maar ik wil je niet zien wegkwijnen.’ Hij keek me met droeve, vochtige ogen aan. ‘Dat laat ik niet gebeuren.’

Ik zette me ertoe te solliciteren en verzamelde de energie om gesprekken te voeren.

Toen ze me de baan aanboden raadde Jonesy me met klem aan er ja op te zeggen. De angst knalde door mijn lichaam: ik begreep al voordat ik het wist dat ik zou gaan, dat ik móést gaan, en dat dat me zou verscheuren, maar ook mijn redding zou betekenen.

‘Maar ik kan hier niet weg’, zei ik, met Bens gezichtje scherp in gedachten.

Jonesy keek me alleen maar verdrietig aan: hij wist al dat ik dat wél kon.

Ik kwam halverwege mei in Melbourne aan, waar ik werd verwelkomd door diepgroene gazons, kale bomen en regenjassen met een patroon van metallic polkadots die kennelijk in de mode waren geraakt toen ik even niet had opgelet. Staand voor mijn appartementencomplex, geteisterd door een kille wind en besproeid door een fijne miezerregen, werd ik van beide kanten belaagd door mensen die het ongekend druk hadden. En hoewel ik totaal gedesoriënteerd was, klopte mijn hart vol wilde levenslust.

Het afscheid van Ben voelde als een dolkstoot in mijn hart. In gedachten zie ik telkens weer een looping voor me: een tafereel waar een doodsgeur omheen hangt. Mijn fantastische zoontje, altijd al een ernstig kind, stond naast de auto van pap, zijn handje in de mijne en hij keek naar me, keek bij me naar binnen. Op dat moment keerde de natuurlijke orde zich om. Ik hunkerde naar zijn toestemming en hij gaf me zijn zegen. Ik denk dat hij begreep dat ik moest gaan.

Woensdag 15 augustus, 17.21 uur

Ik scrol langs een eindeloze stroom afbeeldingen en nieuwsberichten van Google over Sterling Wade terwijl Fleet ons naar het Royal Melbourne Hospital rijdt. Hij slalomt tussen het verkeer door alsof hij een raceauto bestuurt. De dag heeft inmiddels flink de bokkenpruik op gekregen. In de vrijwel grijze lucht zijn stukken zachtblauw doorgebroken. Ook Fleet lijkt uit zijn humeur te zijn, hij maakt geregeld rare geluidjes en frutselt voortdurend aan de verwarmingsknop.

'Wade is drieëntwintig', vertel ik. 'Een paar maanden geleden heeft hij een Logie gewonnen voor beste soapacteur. En er gingen geruchten dat hij tegen het eind van het jaar zou stoppen met *The Street* om naar Los Angeles te gaan.'

'Nou, voorlopig kan hij een grote doorbraak in Hollywood wel vergeten', merkt Fleet somber op.

'Uiteraard,' zeg ik, met mijn ogen rollend, 'al weet je maar nooit. Als hij dit overleeft, is het een geweldig verhaal. Het kon zijn gouden toegangskaart tot LA weleens zijn.'

Fleet snuift minachtend.

'Zijn vriendin heeft ook een rol in de film', ga ik verder. 'Er zitten heel veel acteurs van hier in. Zelfs ik herken een paar namen.'

'Misschien kun je wat handtekeningen scoren, Woodstock.'

'Goed idee', antwoord ik bedaard. 'Ik heb nog een leuk weetje voor je. Wade is vlak bij waar ik vandaan kom opgegroeid. Zijn ouders hebben een boerderij net buiten Karadine in New South Wales.'

Fleet snuift weer en mindert vaart om het ziekenhuisterrein op te draaien. 'Stel je voor hoe anders je leven eruit had gezien als jullie paden elkaar jaren geleden gekruist hadden.'

'Je kletst uit je nek. Hij is bijna tien jaar jonger dan ik.'

Fleet wil iets zeggen, maar dan licht zijn privételefoon op. Ik zie een rij emoji's voordat hij hem uit de dashboardhouder grist. 'Jij praat, ik kijk toe', zegt hij terwijl hij een parkeerplaats voor hulpdiensten op glipt en de motor uitzet.

'Tuurlijk', zeg ik meegaand. 'Goed plan.'

Nadat we de beveiligingsmensen voorbij zijn – die minstens vijftig tienermeisjes bij de hoofdingang in bedwang proberen te houden – laten we onze identiteitsbewijzen zien bij de receptie en vragen naar de manager. Overal lopen artsen en verplegers, gonzend als bijen in een korf. De naam Sterling wordt gefluisterd; sommigen zien rood van opwinding nu ze zo'n beroemde patiënt hebben. Er verschijnt een uitgeputte vrouw die zich voorstelt als Lauren Klein, operationeel manager van het ziekenhuis. Ze loodst ons naar een klein vertrek aan het andere eind van de centrale hal. Fleets ogen schieten heen en weer alsof hij het terrein aan het verkennen is, wat me vreemd genoeg geruststelt: ik weet dat die ogen niets over het hoofd zien.

We moeten draven om Lauren bij te houden, die verrassend snel loopt. Ik krijg opeens het gevoel dat ik in de gaten word gehouden, zo doordringend worden we aangegaapt door iedereen die we passeren. Lauren staat stil, legt haar hand op een roomwitte deur en kijkt ons aan met een veelbetekenende blik die ik niet helemaal kan duiden, waarna ze de deur openduwt en naar binnen stapt.

Op een roze bank zit een jonge vrouw tussen twee agenten in. Ze is de shock ver voorbij: ze vertoont het soort radeloosheid dat vrijwel iedereen akelig vindt omdat we dat in de werkelijkheid zelden meemaken. Het schemerig verlichte vertrek lijkt wel een ouderwetse woonkamer. Op de salontafel staan drie dozen met tissues en de banken en leunstoelen zijn bezaaid met dunne kussens. Ik voel de geesten van voorbije slechtnieuwsgesprekken in de lavendelgeurige lucht boven ons zweven.

Terwijl mijn ogen wennen aan het zwakke licht zie ik een man in een leunstoel in de andere hoek van de kamer zitten. Met zijn lange benen lijkt hij te groot voor het meubelstuk; zijn knieën steken uit en wijzen onbeholpen naar het plafond. Hij staart naar de muur, zonder met zijn ogen te knipperen. Ondanks zijn lange, modieuze kapsel schat ik hem rond de veertig.

Een van de agenten komt overeind, duidelijk opgelucht dat wij er zijn.

'Rechercheur Woodstock,' zeg ik, 'en dit is rechercheur Fleet.' Mijn krachtige stem komt scherp over in de zachte ambiance van de kamer. Lauren werpt een blik op haar snerpende pieper. 'Ik ben zo terug', zegt ze.

Het meisje kijkt op, er druppelen tranen over haar gezicht. Ze huilt nog steeds hard, met een vuist voor haar open mond snikt ze het uit.

Ik kijk fronsend naar de agent, en zie dat er 'Roper' op zijn badge staat. 'Kom, we gaan even buiten praten', zeg ik.

Hij wisselt een blik met de andere agent, die knikt. Daarna kijkt hij terloops naar de man in de hoek van de kamer, die er nog steeds ontхutst uitziet.

Roper loopt met Fleet en mij mee, waarna ik de deur achter hem dichttrek en we een kleine nis in duiken.

'Nou, wat is er aan de hand?' vraagt Fleet, leunend tegen de muur.

Ropers ogen flitsen schichtig van de een naar de ander. 'Ik hield de menigte in bedwang toen ze de scène opnamen. Volgens mij was ik de agent die het dichtst bij Wade stond toen hij gewond raakte.'

'Heb je gezien wat er gebeurde?' vraag ik.

'Nee, ik keek de andere kant op, maar er waren veel beveiligers. We hadden grote dranghekken aan beide kanten van de straat gezet en overal waren bewakers de identiteitsbewijzen van de acteurs en de filmploeg aan het controleren. Verder stonden er minstens twintig van onze mensen rond de set tegen de tijd dat ze begonnen met filmen. Volgens mij kon er niemand het terrein op komen. Ik zou niet weten hoe.'

Ik probeer het voor me te zien. 'Wanneer kreeg je in de gaten dat er iets mis was?'

'Nou ja, dat was bizar. Er werd sowieso al druk geschreeuwd. Dat was de bedoeling, hoor, dat hoorde bij de film: honderden zombies moesten door de straat op Wade afstormen. Het regende zachtjes; het was dus wat lastig te zien allemaal. En zoals ik al zei, ik keek de andere kant op. Maar na een tijdje hoorde ik één meisje gillen, en zij klonk anders dan de anderen. Een paar mensen begonnen te wijzen, en toen ik achteromkeek zag ik Wade op de grond met zijn vriendin ernaast. Ze probeerde hem overeind te houden. Die daarbinnen, dat is ze', zegt hij met een hoofdknikje naar de kamer. 'Elizabeth Short.'

'En wie is die vent?' vraagt Fleet.

'De regisseur van de film. Cartwright. Riley Cartwright. Ze zijn allebei bij Wade in de ambulance gestapt – ze waren niet tegen te houden.'

'Wat is er volgens jou gebeurd?' vraag ik.

'Moeilijk te zeggen', antwoordt hij. 'Het moet wel een ongeluk zijn geweest, lijkt me. Iemand die al te enthousiast met een rekwisiet in de weer is gegaan en hem heeft neergestoken. En vervolgens waarschijnlijk in paniek is geraakt toen hij doorkreeg wat hij had gedaan.'

'Heb je nog iemand weg zien gaan?' vraag ik.

'Nou, ze renden allemaal door elkaar. Het was echt een chaos.'

'Ik dacht dat je zei dat er overal beveiliging was?'

'Jawel, maar iedereen ging over de rooie. Ik heb nog nooit zoiets gezien. Overal renden verklede mensen rond. De bewakers schreeuwden dat iedereen op zijn plek moest blijven, onze mensen probeerden de toeschouwers in bedwang te houden, maar het was een gekkenhuis.' Ropers stem heeft een licht jammertoontje gekregen; hij wil begrip van ons. 'Ik bedoel, er werd gegild dat het een terroristische aanslag was... Daar was ik zelf ook even bang voor. Ik sprong over een dranghek en vloog zo snel als ik kon op Wade af, maar die was er inmiddels slecht aan toe. Overal bloed.'

'Was er een dokter ter plaatse?' vraagt Fleet.

'Er was een EHBO-team, en dat was redelijk snel bij hem toen duidelijk werd dat er iets aan de hand was. Ze zijn niet al te lang met hem bezig geweest; volgens mij zagen ze meteen dat ze hem beter naar het ziekenhuis konden brengen.' Hij bijt op zijn lip. 'Ik hoorde de mensen van de ambulance zeggen dat hij geopereerd moest worden. Ik probeerde vooral iedereen die bij hem in de buurt was toen het gebeurde op afstand te houden en zijn vriendin gerust te stellen. Die ging helemaal door het lint.'

'Heb je daarna nog iemand gesproken die je kon vertellen wat er gebeurd was?' vraag ik.

'Alleen mensen die hadden gezien dat Wade plotseling in elkaar zakte. De andere aanwezige agenten waren nog getuigen aan het verhoren toen wij weggingen – maar dan heb je het over heel veel mensen.'

Ik knik; ik begin inmiddels een aardig beeld van de omvang van het incident te krijgen. Bij de meeste zaken willen we eigenlijk alleen maar meer getuigen. Dat lijkt in dit geval geen probleem.

'Oké, prima, wij nemen het van je over', zeg ik tegen Roper. 'Het zou geweldig zijn als we jullie verslagen zo snel mogelijk konden krijgen.'

Hij knikt. 'Natuurlijk.'

Als we de kamer weer binnengaan, huilt Elizabeth niet meer, maar haar gezicht is vlekkerig en betraand. Riley Cartwright zit nog steeds voorovergebogen in een hoek voor zich uit te staren.

'We laten jullie nu alleen met de rechercheurs', zegt Roper tegen de twee. Hij knikt naar de andere agent, die even geruststellend zijn hand op Elizabeths schouder legt voordat hij opstaat. Hij ademt diep in tot zijn wangen bol staan en laat de lucht dan langzaam ontsnappen. Zijn kaken zijn bedekt met een vuurrode halvemaan van puistjes. Hij ziet er doodmoe uit.

'We zorgen dat jullie onze verslagen zo snel mogelijk krijgen', belooft Roper nogmaals terwijl ze de gang op vluchten.

De deur valt achter hen in het slot en het voelt meteen alsof we in een graftombe zijn. De verwarming is afgeslagen en de lucht blijft roerloos hangen. Fleet loopt naar de andere hoek van de kamer en neemt een van de leunstoelen, zijn blik op Riley gericht. Het is duidelijk dat hij Elizabeth aan mij overlaat.

Ik moet wat wegslikken voor ik op de bank naast het intens verdrietige meisje ga zitten. Zachtjes steek ik een hand onder haar elleboog en laat mijn hoofd wat zakken om haar blik te vangen. 'Elizabeth?'

Ze heeft onmiskenbaar filmkleren aan. Hoewel ze minstens twintig jaar moet zijn, is ze gekleed als schoolmeisje: haar golvende bruine haar zit in een strakke jarenzeventigstaart en ze draagt een geruit rokje en een witte blouse. Ze is tenger, maar heeft lange armen en benen. Met haar platte boezem en fijne gelaatstrekken doet ze me aan Mia Farrow denken. Ik weet dat ze actrice is, maar geloof niet dat ik haar ken.

Ze knijpt haar ogen dicht, zet het weer op een janken en begint heen en weer te wiegen. Het geluid galmt door de kamer.

'Elizabeth, ik begrijp dat dit een verschrikkelijke schok voor je is, maar ik moet je een paar vragen stellen.' Mijn oog valt op een glas water op een tafeltje, dat ik haar aanbied. 'Toe, hier, drink wat.' Ze pakt het glas aan, neemt een paar slokken en geeft het dan weer terug.

Haar handen en polsen zijn besmeurd met bloed; in de plooitjes van haar knokkels kleeft iets licht roestbruins en ze heeft donkerrode randen onder haar nagels.

'Ik heb de ambulancebroeder horen zeggen dat hij veel bloed verloren heeft', fluistert ze.

'Zullen we even een stukje lopen?' zegt Fleet tegen Riley. Met tegenzin richt de regisseur zich op in de leunstoel en staat op. Hij lijkt over zijn hele lijf te beven.

Als de deur achter hen dichtvalt slaakt Elizabeth een hortende snik. 'Wanneer kan ik naar hem toe?' vraagt ze me.

Ik wrijf over haar rug en haal diep adem, als aanmoediging voor haar om mijn voorbeeld te volgen. 'Dat kan ik je niet zeggen,' geef ik toe, 'maar ik weet dat ze hier allemaal hun uiterste best doen om hem te helpen.'

Haar hoofd duikt naar voren en ze klemt haar handen samen, alsof ze aan het bidden is.

'Elizabeth', zeg ik zachtjes.

'Lizzie', zegt ze. 'Iedereen noemt me Lizzie.'

'Goed. Lizzie. Jij was er vandaag bij, met Sterling?'

'Onze scènes samen zaten erop.' Ze klauwt door haar haar. 'Maar Sterling had die massale zombiescène vandaag. Daar keek hij ontzettend naar uit.' Haar gezicht betrok weer.

'Je stond dus alleen maar te kijken?'

Ze knikt en na een rilling haalt ze diep adem om mijn vraag te beantwoorden. 'Ja. Bij de andere acteurs.'

'Ik snap dat dit moeilijk is, maar je helpt ons enorm wanneer je vertelt wat je hebt gezien.'

De tranen beginnen weer te stromen. 'Ik stond naar Sterling te kijken. Het ging allemaal goed, de scène liep geweldig, maar na een poosje merkte ik gewoon dat er iets mis was. Hij stond opeens stil. Hij probeerde iets te zeggen, maar met al die mensen was het niet goed te zien, maar toch wíst ik het, ik wist gewoon dat...' Ze wringt haar handen in haar schoot en ze begint al pratend opnieuw te snikken. 'Ik zag dat hij pijn had, maar begreep niet wat er aan de hand was. En opeens viel hij zomaar op de grond. Ik dacht dat hij flauwgevallen was. Maar toen ik zag dat hij echt bloedde begon ik te gillen. Ze zullen waarschijnlijk wel hebben gedacht dat ik gek geworden was. Iedereen staarde me aan. En helemaal niemand die te hulp schoot... O god...' Lizzie snikt even zo hevig dat haar stem het begeeft. 'Ik wil alleen maar weten of hij het redt.'

'Wat moet dat vreselijk zijn geweest', zeg ik.

'Ik kan er maar niet bij', zegt ze huilend, de handen voor haar gezicht geslagen. 'Wat is er toch gebeurd?'

'Daar moeten we achter zien te komen.'

'Ik zou zijn ouders moeten bellen.' Ze kreunt. 'En Brodie.'

'Wie is Brodie?' vraag ik.

Lizzie veegt weer nieuwe tranen weg. 'Sterlings beste vriend.'

Er wordt op de deur geklopt en de afgepeigerde ziekenhuismanager steekt haar hoofd naar binnen. 'Elizabeth,' zegt ze, 'je broer is er.'

Een jonge man komt de kamer binnenwervelen en duikt rechtstreeks op Lizzie af. Ik kan niet uitmaken of hij ouder of jonger is, maar ze hebben veel van elkaar weg: hij is ook lang, heeft eenzelfde soort gezicht en hetzelfde kastanjebruine haar, maar zijn huid is donkerder. Op dit moment hebben ze precies dezelfde onthutste uitdrukking op hun gezicht.

'Goddank, daar ben je', roept Lizzie, die zich luid snikkend in zijn armen werpt. 'Ze weten niet of hij het gaat redden. Ze hebben het de hele tijd over een operatie.'

'Wat afschuwelijk', mompelt hij als hij haar omhelst en over haar haar streelt. 'Ik kan het maar niet geloven.'

'Ik ook niet.' Ze laat zich weer tegen hem aan vallen, met beide handen voor haar mond.

'Ik ben zo blij dat ik je berichtje kreeg voordat ik in het vliegtuig zat', zegt hij.

Lizzie knikt en begint aan een nieuwe huilsessie.

Ik stel me aan hem voor.

'Ik ben Kit', zegt hij, duidelijk met zijn gedachten elders. 'Lizzies jongere broer.'

De deur zwaait open en we schrikken allemaal op. Ditmaal verschijnt er een mooie jonge vrouw in de deuropening. Het lijkt of haar verder volmaakte gezicht naar beneden glijdt vanwege de donkere sporen van uitgelopen make-up. Lauren, de ziekenhuismanager, staat achter haar met een geïrriteerde blik in haar ogen.

'Ze wilden me eerst niet binnenlaten', kondigt de vrouw met een sterk Amerikaans accent aan, waarbij ze haar lange vuurrode haar over haar schouders werpt en zo te zien haar best doet om haar emoties te bedwingen. 'Ik heb eeuwen staan wachten buiten. Waar is Sterling? Mogen we bij hem?' De wilde blik in haar glanzend blauwe ogen schiet door de kamer.

'Hij wordt geopereerd', zegt Lizzie, die naast me merkbaar is verstijfd.

‘Wat is er in godsnaam gebeurd daar?’ wil de roodharige vrouw weten.

Voor iemand antwoord kan geven verschijnt ook Fleet in de deuropening, met Riley Cartwright in zijn kielzog.

De vrouw slingert Cartwright een woedende blik toe en stapt bij hem vandaan, de kamer in. Het begint me te dagen dat ik haar ken van coverfoto’s op glossy magazines en een reclame voor haarverf die ‘de perfecte kleur, keer op keer’ belooft. Meestal heeft ze geen rood haar, maar ik geloof dat haar achternaam James is.

Ik sta op, loop op haar af en stel Fleet en mezelf voor.

‘Ava James’, zegt ze. Ondanks haar tranen steekt ze automatisch haar kin vooruit als ze mijn hand schudt; met het zelfvertrouwen van een Bondgirl. Of misschien wel dat van James Bond zelf. ‘Ik zit samen met Sterling in de film. Ik ben zijn tegenspeelster.’ Ze praat op afgemeten, professionele toon.

Fleet zwaait met een loom handgebaar terwijl hij haar schaamteloos van top tot teen bekijkt.

Ava keert zich abrupt weer naar Lizzie. ‘Geopereerd? Waaraan?’ wil ze weten.

Als reactie haalt Lizzie haar schouders op. ‘Weet ik niet. Het lijkt me dat ze moeten proberen om...’

‘Hoe kon je dit laten gebeuren?’ snauwt Ava Cartwright toe.

Het is vol en benauwd geworden in de kamer. Wolken parfum botsten met lichaamsgeuren en wervelen rond in het vertrek, meegevoerd op de vlagen hitte die de wandroosters nu uitstoten. De pieper van Lauren begint weer te jengelen en ze kijkt verontschuldigend in het rond voor ze achteruitloopt en de deur dichtdoet. Lizzie hangt nog steeds huilend tegen haar broer aan. Cartwright laat van zich horen met een hoestbui. Dat levert hem weer een boze blik van Ava op, die er met de handen in haar zij eerder razend dan aangeslagen uitziet. Fleet komt overeind en klopt een paar maal op Cartwrights rug tot zijn gehoest verandert in hortend gesnik en hij het met de handen op de knieën uitproest.

Ik kan het gevoel niet van me afzetten dat ik op de set van een tv-serie verzeild ben geraakt. Fleet wekt de indruk dat hij het hele tafereel nogal grappig vindt.

De deur gaat weer open en iedereen kijkt vol verwachting op.

'Ik vind het heel naar', begint Lauren, die duidelijk overal zou willen zijn behalve hier. 'Ik ben bang dat Sterling Wade zojuist is overleden.'

Ava gilt. Cartwright laat zich op de grond zakken, de handen voor zijn gezicht geslagen.

'O shit', fluistert Kit.

Naast hem klinkt geruis als alle lucht uit Lizzies lichaam ontsnapt. Met ogen als schoteltjes en witte knokkels zakt ze onderuit op de bank en grijpt met haar met bloed besmeurde vingers de handen van haar broer vast.

Woensdag 15 augustus, 21.16 uur

Het eerste stuk van Spring Street is verlaten; vanaf de kruising met Collins Street tot aan het begin van Flinders is de hele straat afgezet en overal op de trottoirs staan beveiligers. De straatlantaarns werpen een warme gloed op de halfduistere goten en de nachtblauwe lucht wikkelt alles in een ijskoude deken. Nieuwsgierig blikken de sterren neer vanuit hun eindeloze hemelkoepel. Een opossum springt vanaf een elektriciteitskabel in een boom boven ons en geschrokken draai ik me abrupt om.

'Tjonge', zegt Fleet.

'Wat?' zeg ik nerveus, met luid bonkend hart.

'Het lijkt wel of de zombies hier het einde der tijden hebben ingeluid.' Hij zegt het op serieuze toon, maar knipoogt erbij. Hij klopt een sigaret uit zijn onafscheidelijke pakje sigaretten en steekt die in zijn mond, als een slecht verzorgde James Dean.

Toen wij in het ziekenhuis waren, zijn Isaacs, Nan en Calvin naar de plaats delict gegaan om de collega's die er het eerst waren bij te staan: zestien surveillanceagenten die samen met de bewakingsploeg van de film wanhopig hadden geprobeerd de panische menigte in bedwang te houden. Samen hadden ze de plaats delict afgesloten, alvast zoveel mogelijk voorlopige verklaringen opgenomen en bebloede filmkleren en rekwisieten veiliggesteld. Rond zes uur was er een verse lichting agenten aangekomen die nog steeds bezig zijn om de menigte toeschouwers op afstand te houden.

Tijdens de eerste chaotische momenten had een vrouwelijke zombie, met een opengekliefd voorhoofd boven haar rechteroog, hun zenuwachtig een bloederig mes overhandigd dat ze zo'n twintig meter bij de plek waar Wade was aangevallen had gevonden. Het was haar opgevallen dat het mes zwaarder en scherper was dan de andere rekwisieten waarmee de grond bezaaid was. Het mes, dat onder het stadsvuil en de afdrukken van schoenen en vingers zat, deed vermoeden dat we met iets veel grimmigers te maken hadden dan met een mislukte stunt.

Ik stap het trottoir op en kijk in de richting van het Treasury Gardens-park. Blauw-wit geblokt politielint klappert in de wind. Ik draai me om en bestudeer de lege straat. Fleet heeft gelijk: het tafereel roept meteen films over de apocalyps in gedachten. Vreemd dat een verlaten straat in de stad zo onheilspellend overkomt. Zo onnatuurlijk.

Er is al een slordige muur van bloemen ontstaan tegen een van de kunststof verkeerszuilen. Er ligt van alles, zomaar door elkaar op de grond: rekwisieten zoals maskers, maar ook repen zwarte stof, kauwgompapiertjes en opgevouwen blaadjes. Ik buk me en raap met gehandschoende vingers een vel papier op. Het is een uitgewerkte lijst met de scènes voor vandaag. Bovenaan beide pagina's staat de titel van de film: *Death is alive*. De 'massale zombiescène op straat' stond gepland om 16.45 uur. De namen Wade en James staan ernaast. Wades laatste optreden, denk ik wrang.

'Heb je iets?' roept Fleet vanachter de afzetting terwijl hij zijn laatste trekje uitblaast.

'Dit is een overzicht van alle scènes die ze vandaag zouden opnemen.'

'Laat eens zien', zegt hij. Hij komt naar me toe en pakt de lijst aan. 'Klopt, dit is de *call sheet*. Dus dit zombiegedoe was de eerste scène met figuranten van vandaag. De rest werd alleen met de acteurs gefilmd, op andere locaties.'

Ik zie hoe er lijntjes op zijn voorhoofd ontstaan wanneer hij zijn blik nog eens over de lijst laat gaan.

'Hoe komt het dat jij dat toneeltaaltje spreekt?' vraag ik.

Zijn wenkbrauwen gaan even op en neer. 'Ik heb wel wat acteerervaring. Zelfs een paar gastrolletjes gehad in *Neighbours*.'

'Echt waar?' Ik weet nooit helemaal zeker of hij iets serieus meent.

'H-hm', zegt hij en neemt nog een sigaret. 'Ik heb het officiële papiertje op zak. Het moet je toch zijn opgevallen hoe rolvast ik ben?'

'Je zou niet zoveel moeten roken', zeg ik, als de behoefte aan nicotine me bij de lurven pakt.

'Klopt', zegt hij.

Ik rol met mijn ogen. 'Maar goed, wat denk jij dat er hier vandaag is gebeurd?'

Hij neemt een flinke trek van zijn sigaret zodat zijn wangen worden ingezogen. 'Geen idee. Maar door dat mes verandert alles. Iemand heeft het bij wijze van grap ergens neergelegd en die grap is uit de hand gelopen, óf we hebben met moord te maken.' Hij tikt de as van zijn sigaret af. 'Of ten minste met doodslag.'

'Mee eens.' Wanneer ik zijn blik opvang zet ik mijn handen in mijn zij. 'Er klopt beslist iets niet. Zelfs al was het een uit de hand gelopen practical joke, dan nog is het raar dat niemand zich heeft gemeld.'

Ik kijk naar het kleine ploegje forensische collega's van ons, die ijverig het terrein uitkammen bij de kruising met Collins Street op de plek waar Sterling Wade werd neergestoken. 'Kom', zeg ik tegen Fleet en ik loop voor hem uit naar ze toe.

Wade heeft een keurige kring bloed achtergelaten, met hier en daar wat spetters eromheen. Dat is het enige wat erop duidt dat er hier iets akeligs is gebeurd. De rest lijkt eerder te wijzen op een daverend feest.

'Lukt het een beetje, jongens?' vraag ik als we vlak bij het team zijn.

Brenton Cardona, die bijgelicht door een kleine zaklantaarn het asfalt stukje bij beetje minutieus aan het bestuderen is, grijnst zijn tanden bloot. 'Toevallig zeg, dat we elkaar weer op deze manier tegenkomen.' Hij maakt een holle rug en rekt zich dan uit. 'We zijn hier nog wel even bezig.'

Ik hurk naast hem neer. 'Heb je al iets gevonden?'

Cardona komt weer terug in hurkzit en als hij naar me opkijkt krijgt zijn donkere huid een fluwelen gloed in het maanlicht. 'We hebben heel veel gevonden,' antwoordt hij, 'maar als je iets bruikbaars bedoelt: geen donder tot nu toe. De hele plaats delict is één grote rotzooi.'

'Ja', zeg Priscilla Godfrey, een van de jonge technisch rechercheurs. 'Geen lijk, maar wel het afval van honderden willekeurige gekostumeerde mensen die overal nepbloed op hebben gedruppeld. En dan hebben we ook de gewone dagelijkse troep, de voetafdrukken van de ambulancemedewerkers die door Wades bloed hebben gebanjerd en dit soort shit.' Met een gehandschoende hand houdt ze een nepmes omhoog, een neppistool in de andere.

'Deze zaak haalt zeker de annalen', grapt Fleet, die naast me opduikt. 'Hoi Pris', zegt hij met een verlekkerde grijns in haar richting.

'Hoi eikel', antwoordt ze, wat zo ongeveer het gerucht dat ik heb gehoord bevestigt dat ze iets met elkaar hebben.

'Het komt er dus op neer dat we bij nul moeten beginnen', zeg ik, zodat iedereen weer bij de les is. Ik kijk opnieuw uit over het park terwijl mijn adem in witte flarden in de lucht blijft hangen. Mijn werktelefoon gaat, en ik probeer niet te laten merken dat ik even opschrik wanneer het elektronische bliepje in het donker klinkt. Het is Isaacs. Ik loop een eindje bij de groep weg en deel onze baas mee dat we onderweg zijn. Ik knik kort naar Fleet. 'We moeten terug.'

'Hier is toch niet veel te zien', zegt Fleet, die Priscilla weer rechtstreeks aankijkt.

Ze werpt hem een nijdige blik toe en gaat dan in de weer met een pincet, waarmee ze een lapje stof en een sigarettenpeuk opraapt en in een plastic zakje stopt.

Cardona kijkt hen meewarig aan. 'Laten we maar hopen dat er een flinke klodder vingerafdrukken en DNA van de dader op dat mes achter zijn gebleven,' zegt hij, 'want we staan verder met lege handen.'

'Maak je maar niet al te veel zorgen, joh', zegt Fleet bij het weggaan over zijn schouder. 'Blijkbaar staat die hele teringzooi op film.'

Woensdag 15 augustus, 22.38 uur

Bij de ingang van het politiebureau worden we door minstens dertig journalisten bestormd. Het lijkt wel zo'n uitzinnige bende zombies uit Wades film, gewapend met telefoons, opnameapparaatjes, blikjes cola en bekers koffie.

'Onderzoeken jullie de zaak-Wade?'

'Hoe was het in het ziekenhuis?'

'Heeft iemand een wapen de set op gesmokkeld?'

'Was het een gestoorde fan?'

'Was het een willekeurige aanval?'

'Wat vindt de bewakingsdienst ervan?'

'Werd Sterling Wade gestalkt?'

'Hoe heeft zijn vriendin gereageerd?'

'Had Sterling een relatie met Ava James?'

'Is er nog nieuws over de moord op die dakloze man?'

Ik houd mijn ogen op de grond gericht. Een enthousiaste jonge verslaggeefster met een aureool van blond kroeshaar gilt 'Gemma! Gemma!' naar me en houdt een iPhone vlak voor mijn mond. Terwijl ik nee schud en de telefoon van me af duw, stap ik langs haar, de veiligheid van het bureau binnen. De deur glijdt achter mij en Fleet in het slot, en de woeste symfonie wordt getemperd.

We staren elkaar even aan tot hij met zijn gebruikelijke knipoogje het oogcontact verbreekt, maar ik merk dat hij onthutst is. Zelf heb ik wel vaker met de pers te maken gehad, ze hebben me meer dan eens op de huid gezeten, maar zo'n krankzinnig verlangen naar nieuws heb ik nog niet eerder meegemaakt. Het was al erg genoeg toen we bij het ziekenhuis weggingen: een massa verslaggevers cirkelde om het gebouw, samen met minstens tweehonderd verslagen tienermeisjes die net zo naar antwoorden hunkerden als de journalisten. De dood is interessant, dat snap ik. Zeker als het slachtoffer jong is en door geweld om het leven is gekomen. Maar de dood van Sterling Wade is wel van een heel andere categorie. De journalisten hebben hun slagtanden ontbloot, ze willen bloed.

'Hiernaartoe, jullie twee', klinkt een barse stem achter ons. Isaacs staat in de schaduw van een open kantoordeur naast een waterkoeler, drinkt iets uit een mok waar 'top cop' op staat en staart naar de zwerm verslaggevers buiten.

Onder de tl-buizen zindert de kantoortuin van de bedrijvigheid. Telefoons jengelen, printers snorren. Ik hoor het monotone gepraat van een nieuwslezer en een zware bonk als iemand een van de overzichtsborden verplaatst zonder de wielen helemaal van de rem te halen.

Alle blikken zijn op ons gericht wanneer we achter Isaacs aan naar zijn kantoor lopen. Het valt me op dat de ogen van de jonge agenten glanzen – ze staan op scherp, klaar voor de jacht. We lijken meer op de pers dan we willen toegeven: we willen allemaal antwoorden, alleen proberen we die op verschillende manieren te achterhalen. En of we het nu leuk vinden of niet, we zijn allemaal verslaafd aan een goed verhaal.

Nan en Calvin zijn er al, en Chloe ook. Ze zien er allemaal gespannen uit, gefascineerd vanwege de nieuwe moordzaak; het is een spanning die ik zelf ook voel.

'Hoe was het in het ziekenhuis?' vraagt Isaacs, net als de verslaggevers.

'Vrij heftig, inspecteur', antwoord ik, waarna ik het clubje op de hoogte breng van wat er in het met lavendel geparfumeerde vertrek is voorgevallen. Er worden wenkbrauwen opgetrokken als ik Ava's naam noem. 'Er was al niet veel hoop toen hij in het ziekenhuis aankwam, maar toen het personeel kwam zeggen dat Wade inderdaad dood was, hielden ze zich geen van allen erg goed. Zijn vriendin brulde het uit, ze stond erop het lichaam te mogen zien, en Ava schoot direct in de divamodus en verzocht om tranquillizers en een kamer voor zichzelf. Ze had haar eigen beveiligers bij zich – behoorlijk absurd allemaal.'

'En de regisseur?' vraagt Isaacs. 'Die Riley Cartwright?'

'Een rare gast', zegt Fleet. 'Zei amper wat. Maar ja, hij is een vriend kwijt, en kan waarschijnlijk naar zijn film fluiten. Iedereen zou dat nogal een klotedag vinden.'

'We hebben met de mensen van de ambulancedienst gepraat die Wade hebben binnengebracht,' zeg ik, 'maar die konden ons niet veel meer vertellen dan we al wisten. Volgens hen was het vanaf het begin een dubbeltje op zijn kant omdat hij op de set zoveel bloed had verloren.'

'De chirurg zei dat Wade rechtstreeks in het hart was geraakt', zegt Fleet. 'Die jongen had geen schijn van kans.'

'Hebben jullie iets van de acteurs of de filmploeg gehoord wat meer licht werpt op wat er daar gebeurd is?' vraag ik aan de groep.

'Helemaal niks', zegt Nan luid. 'Ze hebben allemaal geen flauw benul. Het ene moment was er niks mis met Wade, hij speelt gewoon zijn rol, het volgende moment ligt hij gillend van de pijn op de grond. Iedereen was erg geëmotioneerd', voegt ze er misprijzend aan toe.

'Maar is hij nou door een zombie neergestoken of hoe zit dat?' vraagt Fleet. 'Of is er iemand stiekem de set opgeslopen waar wij niets vanaf weten?'

Nan haalt haar schouders op. 'Ik vermoed een gestoorde fan die een of ander rolletje heeft weten te bemachtigen. Als je kijkt naar dat mes en de kracht waarmee het is gebruikt, dan moet er toch wel opzet in het spel zijn.'

'Calvin heeft op de plaats delict met de filmproducent gesproken,' zegt Isaacs, 'een zekere Katya March. Die gaat ervoor zorgen dat we zo snel mogelijk het beeldmateriaal krijgen dat vanmiddag is opgenomen, dus hopelijk weten we dan meer. Maar gezien de omstandigheden zullen we moeten uitgaan van een verdacht incident. Het lijkt er sterk op dat Wade doelgericht is aangevallen.'

Mijn hart begint sneller te kloppen. Als Isaacs gelijk heeft, wordt dit mega. Tot nu toe had ik niet durven geloven dat de zaak die Fleet en ik toegewezen hadden gekregen menens was.

'We hebben Wades ouders inmiddels ingelicht', onderbreekt Isaacs mijn gedachten. 'Ze wonen in Karadine, een klein stadje op het platteland van New South Wales. Ik heb de plaatselijke politie een paar agenten naar hun huis laten sturen voor de pers er aankwam; dat is tenminste iets. Ik heb kort met ze gebeld. Ze zijn totaal ontredderd. Ik weet eerlijk gezegd niet zeker of wat ik zei tot hen doordrong, en of ze kunnen behappen wat er gebeurd is, maar ze zijn onderweg hiernaartoe.' Hij kijkt op zijn horloge. 'Hun vlucht vertrekt zo meteen uit Sydney.' Hij recht zijn schouders, kijkt eerst naar mij en daarna naar Fleet. 'Ik wil dat jullie tweeën ze morgenochtend vroeg bij het mortuarium van het ziekenhuis opwachten. Ik regel iemand die ze bij hun hotel ophaalt. Laat ze de formele identificatie doen en vraag dan na wanneer ze hem voor het laatst gesproken hebben. Misschien heeft hij iets gezegd dat achteraf gezien belangrijk kan zijn.'

'We zullen ook met Wades agentschap moeten spreken', zeg ik. 'Beheren ze daar in de regel iemands sociale media-accounts en publiciteit niet? Misschien weten zij of hij dreigementen heeft gekregen.'

'Ja, goed idee. Probeer hen morgen ook te spreken te krijgen.' Isaacs leunt naar voren. 'Ik wil dat er contact wordt gelegd met iedereen die iets met die film te maken heeft. Het veiligheidsplan moet haarfijn worden doorgenomen. Ik wil weten hoe er werd bepaald wie de set op mocht en of er iemand zonder toestemming langs de beveiliging kon komen.'

Ik begin in gedachten aan een actielijst. Isaacs heeft gelijk: we moeten werkelijk alles te weten zien te komen over de filmset, en over Sterling Wade. Als we zijn dagelijkse leventje doorspitten vergroten we de kans om te achterhalen wat er vandaag gebeurd is. Het kan natuurlijk altijd een totaal willekeurige aanval zijn geweest, bijvoorbeeld een bizarre, impulsieve daad van een medeacteur, en dan is ons historische graafwerk tijdverspilling. Maar uit eerdere onderzoeken blijkt dat er eigenlijk altijd wel een aanwijzing te vinden is. Vrijwel niemand wordt in een opwelling gedood, of het moet tijdens een hoogoplopende ruzie gebeuren. En Fleet heeft gelijk, dat mes verandert de hele zaak: daar spat de dodelijke opzet vanaf. De statische elektriciteit knettert letterlijk op mijn huid en er springen schokjes van mijn vingers wanneer ik mijn hand op een metalen rugleuning van een stoel leg.

'Wades zus woont bij zijn ouders in de buurt, maar ik weet niet of zij ook naar Melbourne komt', gaat Isaacs verder. 'Ze hebben ook nog een andere zoon, die woont in de staat Victoria. Probeer die broer en zus te spreken te krijgen. Misschien heeft Wade hun iets toevertrouwd. Zijn vader, Matthew, had het ook nog over een ander gezin waar Wade aardig wat jaar in huis is geweest toen hij naar Melbourne kwam, dus die moeten we ook te spreken krijgen. En zoek uit met wie hij verder nog een goede band had. Praat morgen met de forensische mensen. Ik wil dat al Wades mails en chats, persoonlijk en publiek, tegen het licht worden gehouden. Van de afgelopen anderhalf jaar. Mogelijk stuiten we op aanwijzingen dat hij werd gestalkt. Vraag dat na bij zijn vriendin en alle andere goede vrienden – wie weet hebben zij iets gemerkt.'

'Doen we', zeggen we in koor.

'Wanneer de ouders die identificatie 's ochtends als eerste doen, dan kunnen we die middag direct door met de autopsie. Ik heb het er al met Mary-Anne over gehad. Ze is morgen weer terug van vakantie en kan het zelf doen.'

'Begrepen', antwoord ik.

'En verder?' vraagt Isaacs met een blik naar ons.

'We beginnen met het opvragen van de bewakingsbeelden uit de buurt', zeg ik. 'Als er iemand het terrein af is gevlucht kunnen we mogelijk achterhalen met wie we te maken hebben.'

'En het lijkt me dat we op een gegeven moment een start moeten maken met het bestuderen van de getuigenverklaringen van vijfhonderd zombies', voegt Fleet er wrang aan toe.

'Hoeveel agenten krijgen we op deze zaak?' vraag ik aan Isaacs. 'We kunnen de Wades morgen wel aan, en misschien ook de gesprekken met zijn agent en vriendenkring, maar Fleet heeft een punt, we moeten de getuigenverklaringen gaan screenen, en dat zijn er veel meer dan gebruikelijk. We zullen misschien een dataverwerkingscentrum moeten opzetten.'

Isaacs zucht. 'We hebben al weinig capaciteit, zoals jullie allemaal weten, en er is vanavond alweer een vermoedelijke doodslag gemeld. Vanzelfsprekend heeft deze zaak prioriteit. Ik heb al een paar extra poppetjes aangevraagd; die komen zo snel mogelijk. Als het goed is hebben we morgenochtend dertig man extra. Om eerlijk te zijn: waarschijnlijk zullen jullie de agenten van je af moeten slaan. Iedereen wil hier dolgraag met z'n neus bovenop zitten.'

Ik knik langzaam, want ineens schiet Walter Miller door mijn hoofd. Ik besef dat ik de hele middag niet aan hem heb gedacht.

'En hoe zit het met de zaak-Miller?' vraag ik.

Isaacs kijkt me aan. 'Wou je liever de zaak-Miller blijven doen, Woodstock?'

Er valt een ongemakkelijke stilte. Nan kijkt met een nauwelijks merkbaar grijnslachje van de een naar de ander.

'Zeker niet', zeg ik. 'Ik hoop alleen dat die niet uit beeld raakt.'

'Ralph heeft de zaak-Miller onder controle, en ik zal hem een paar jongere collega's toewijzen die hem kunnen helpen.' Isaacs praat zachter verder. 'Gezien alle media-aandacht voor wat er vanmiddag is gebeurd en de rol van de politie bij de beveiliging, zullen we extra goed op onze tellen moeten passen. Is dat duidelijk?'

'Ja', zeg ik terwijl mijn wangen beginnen te gloeien.

Isaacs richt zich tot Nan. 'Ik wil dat jij hun een helpende hand biedt wanneer de zaak-Jacoby dat toelaat', zegt hij, en daarna met een blik op Chloe: 'Blijf jij straks nog even als we hiermee klaar zijn, dan brief ik je over dat andere levensdelict. We moeten waarschijnlijk een beetje schuiven met de beschikbare agenten.'

In gedachten plaats ik het gegroefde gezicht van Walter Miller naast

Sterling Wades gelikte profielfoto. Zelfs in de dood zal Walter Millers leven worden overschaduwd door degenen die meer privileges hadden, populairder waren. Ook nu gaan de beperkte overheidsmiddelen aan hem voorbij.

Isaacs tikt met zijn voet op de grond, op het punt ons weg te sturen. 'Hier zitten we natuurlijk helemaal niet op te wachten, boven op alle lopende zaken', zegt hij. 'Bovendien maakt alle media-aandacht het nog extra gevoelig. De pers zal hier ongetwijfeld evenveel mensen op zetten als wij, dus we moeten de zaak goed in de hand houden. Bind iedereen met wie je spreekt op het hart dat ze niet met journalisten moeten praten. En dat geldt ook voor de nabestaanden van Wade. We moeten ons best doen de teugels zo strak mogelijk te houden. Ik wil niet dat het later verwijten regent.'

Met vastberaden tred verlaten we Isaacs kantoor. Ik recht mijn schouders en voel een plofje in mijn borst wanneer mijn ruggengraat zich mee strekt. Even overweeg ik om het overzichtsbord op te tuigen voor ik wegga, maar het is wel duidelijk dat er de komende paar dagen niet veel van slapen zal komen en ik heb geen voorraadje rust aangelegd, dus ik kan beter zoveel mogelijk slaap zien te pakken vannacht. Ik ben inmiddels wel zo gepokt en gemazeld dat ik weet dat het niet verstandig is om bij een nieuwe zaak meteen de eerste nacht al door te halen. Hoewel het verleidelijk is je op een golf adrenaline te laten meevoeren, leidt dat alleen maar tot waardeloze beslissingen en het verwijt dat je onbesuisd te werk gaat. Fleet en ik moeten goed slapen. Ik heb ongetwijfeld net zulke donkere wallen onder mijn ogen als hij. Ik schud mijn lange haar los, maak opnieuw een staart en dwing mezelf me nog even te concentreren.

We stellen snel een globaal plan van aanval op voor de komende achtenveertig uur. Zoals altijd lijkt het een onmogelijke opgave van mythische proporties, maar tegelijk verlang ik ernaar alles tot in detail te gaan uitpluizen. Nu al word ik helemaal in beslag genomen door de vraag wat er in hemelsnaam op die filmset is gebeurd.

Er slingeren rode adertjes door Fleets ogen, hij wrijft erin en drukt ook nog eens zo ruw zijn vingers in de hoeken dat ik ineenkrimp. 'Wat een dag, hè?' zegt hij.

'Morgen zal nog wel erger worden', antwoord ik.

'Je hebt ongetwijfeld gelijk, Gemma Woodstock. Zoals meestal.' Hij zegt het met de intonatie van een nieuwslezer van de BBC, maar dan met een flinke dosis sarcasme.

Ik haal half voor de grap naar hem uit. ''t Is goed met je. Nou, ik ga naar huis.'

Fleet laat zich van het bureau afglijden. 'Wil je een lift?' Hij buigt zich naar me toe, iets te dichtbij, en even ben ik bang dat hij me aan wil raken. 'Ik heb een reservehelm.'

Ik doe een stap achteruit. 'Bedankt, maar nee', zeg ik luchtigjes. Ik zie mezelf al bij hem achter op de motor zitten, mijn armen om hem heen als we overhellen in de bochten, de ijskoude wind op mijn verkleumde gezicht. 'Ik heb een hekel aan motoren.'

'En ik vind ze geweldig', zegt hij met een glimlach.

'Nou, tot morgen vroeg dan.' Het is geen vraag, maar ik zwijg in afwachting van een reactie.

Fleet knikt traag en houdt mijn blik vast terwijl hij met een vingernagel over zijn voortand schraapt. Er ontstaat al een behoorlijke baardschaduw op zijn kin. 'Tuurlijk. Ik kom bij het ochtendkrieken in de morgenstond. Zo fris als een klotehoentje.' Hij vist zijn sigaretten uit zijn jaszak en loopt naar de parkeerplaats toe. 'Toedeloe.'

Ik pak mijn tas, trek mijn jas aan en wikkel mijn sjaal om tot boven mijn oren. Als ik na hem een paar minuten voorsprong te hebben gegeven ook via het parkeerterrein bij het bureau weg loop, zie ik nog een paar overgebleven verslaggevers die in elkaar gedoken naast de brandtrap bij de betonnen muur staan te roken en te praten.

Ik loop nog een huizenblok verder tot ik onder de zwakke lichtkring van een lantaarnpaal blijf staan. Mijn pakje sigaretten zit helemaal onder in mijn tas. Ik steek er een op, sluit mijn ogen en neem een trekje dat ik even binnenhoud voor ik de rook uitblaas in de vrieslucht. Als ik verder loop bekijk ik de berichten op mijn privételefoon.

Een gemiste oproep van Scott, enkele uren geleden. Eentje van Josh, die natuurlijk alle roddels wil horen over de aanval op Wade, en drie telefoontjes en een berichtje van Candy, die ongetwijfeld helemaal flipt nu. 'OMG, Gemma!' schrijft ze. 'Dit is toch ongelofelijk! De sexy acteur van mijn dromen is DOOD? Zeg me dat je op deze zaak zit. Please, please? En bel me in godsnaam terug! Ik wil alles weten.' Ik antwoord dat ik haar morgen zal bellen.

Ik zie dat Ben ook een berichtje heeft gestuurd met Scotts telefoon: een foto van zijn nieuwe voetbaltenue, uitgespreid op de vloer van zijn slaapkamer, verstuurd rond de tijd dat ik op de parkeerplaats van het ziekenhuis een hysterische Lizzie Short op de achterbank van de fourwheeldrive van haar broer probeerde te krijgen.

Ik scrol door een paar e-mails, maar de woorden beginnen te dansen op het schermpje. Om de hoek van de straat druk ik mijn peuk uit tegen de zijkant van een vuilnisbak en mik hem erin. Op het nippertje weet ik een groepje dronken mannen te ontwijken die me met voorspelbare wellustige blikken nastaren. Er drupt luid water uit een roestige afvoerpijp.

Bij mijn appartement aangekomen toets ik de toegangscode in en zet mezelf schrap om de zware benedendeur open te duwen zodra de zoemer klinkt. In het trappenhuis stinkt het naar eten en vuile was. Met brandende dijspieren beklim ik de trappen en ik stel me het moment voor waarop Sterling Wade doorkreeg dat hij neergestoken was – dat het mes zijn hart had geraakt – en hij tot zijn grote schrik merkte dat zijn gespeelde wereld samenvloeide met de werkelijkheid, en ik vraag me af of hij op dat moment wist wie hem had aangevallen, of hij wist wie er achter het masker schuilging. Of heeft hij het leven verlaten zoals Walter Miller waarschijnlijk is gestorven: probeerde hij er in paniek achter te komen wat er aan de hand was, terwijl het bloed uit hem stroomde?

Ik trek een oud trainingspak aan en kruip in bed. Terwijl ik wegdommel zie ik een drom zombies voor me, hun afgrijselijke tronies lopen in elkaar over totdat mijn hoofd leeg is en er niets anders meer te zien is dan de donkere kring van Sterlings bloed op de koude, lege straat.

Na twee weken in het onpersoonlijke gemeubileerde appartement huurde ik voor een jaar mijn huidige veel te dure, aftandse bezemhok hoog in de lucht aan Little Collins Street. Het stond leeg, dus ik kon er meteen in. Er prijkten indrukwekkende schimmelkringen op het plafond en de vensterbanken lagen vol met dode vliegen, maar de makelaar verzekerde me dat dit een 'moordlocatie' was. In het kleine huurhuis in Smithson had ik voor het eerst in mijn leven op mezelf gewoond, en de stilte was er zo drukkend geweest dat ik het langzaamaan stikbenauwd kreeg. Hier was het anders. Hoewel ik alleen was, was het rumoerig. Veel energieker. Ik had mensen om me heen. In het bonkende hart van Melbourne voelde ik me veiliger dan ik me ooit in Smithson had gevoeld.

Niet dat ik nooit eerder in een grote stad was geweest. Natuurlijk had ik Sydney en Newcastle weleens bezocht, alleen was ik er niet op voorbereid dat alles in Melbourne in een veel hogere versnelling stond. De aanhoudende geluiden, de onafgebroken stroom mensen. De hoogte van de gebouwen. De kleuren. Alles was geïntensiveerd. Tieners waren hier chagrijniger, zakenmensen veel gladder. De kunst was kunstiger en de muziek harder. Ik was triest en duf geweest toen ik er aankwam, maar ondanks mezelf voelde ik al snel de stimulans van het stadsritme.

Mijn appartement heeft één slaapkamer en een nis, die werd aangeprezen als studeervertrek maar die ik onmiddellijk heb ingericht als een soort van slaapkamertje voor Ben. Ik heb zijn bed nog eerder gekocht dan dat van mij, en sliep meer dan een week in de krappe ruimte. Ik hing er posters op van zijn lievelingsvoetballers en plakte behoedzaam glow-in-the-dark-sterren over de scheuren in de muur.

Hij heeft nog maar één keer bij me gelogeerd, tijdens de vakantie halverwege het schooljaar. Pap was ook meegekomen, samen met Rebecca, zijn nieuwe vriendin. Zo rond de tijd dat Scott en ik uit elkaar gingen hadden die twee een relatie gekregen. Ik had ertegen opgezien om zoveel tijd met Rebecca door te moeten brengen – in Smithson was onze verhouding behoorlijk stroef geweest – maar pap scheen dat gelukkig te hebben voorzien, want hij had een kamer voor hen beiden in een bescheiden hotel vlakbij geboekt. Ben logeerde bij mij, en ik fantaseerde de volle vier dagen van hun bezoek dat het echt was: een alleenstaande moeder die met haar jonge zoontje in de bruisende stad woonde.

Ben was weg van zijn kamertje. Hij was weg van Frodo de goudvis. En ook van de zwermen duiven en meeuwen. Maar het lawaai vond hij minder leuk: het constante verkeersgedruis, het getingel van de trams, het gedreun en gebeuk van de vuilniswagens. Hij had twee nachtmerries in evenzoveel nachten, en ik kon de gedachte maar niet van me afzetten dat hij allergisch was voor mijn nieuwe leven.

Op hun laatste avond in de stad ging ik met ze uit eten. Het was rumoerig in het restaurant, dat vol toeristen zat. De plafonds waren er laag en het menu stond op een houten bord geschreven dat schuin tegen de achtermuur hing: Rebecca kon het vanaf ons tafeltje niet lezen. Er zat te veel peper in Bens eten en pap kon mij boven het onafgebroken geroezemoes uit amper verstaan.

De volgende ochtend gingen we aan Federation Square koffiedrinken. Rebecca wilde binnen zitten vanwege de kou. Pap had hoofdpijn. Ik wees hun mijn vaste adresjes aan en vertelde verhalen over Fleet en Nan en Isaacs, mensen die ze nooit zouden ontmoeten.

Bij een bloemenstalletje kocht ik een heliumballon voor Ben. Er stond HAPPY BIRTHDAY op, ook al was hij twee weken daarvoor al jarig geweest. Hij keek me aan, rillend maar met een glimlach – ongetwijfeld alleen maar omdat ik het was. Ik ving ook een blik van pap op, die met een diepe frons probeerde vat op de hele zaak te krijgen. Vat op mij probeerde te krijgen. Hij begreep niets van deze stad, noch van mijn leven hier.

Die avond ging ik met hen in de taxi mee naar het vliegveld, want ik wilde tot op het laatst van Ben genieten. Ik hield zijn hand vast terwijl Rebecca vanaf de voorbank maar bleef ratelen over dat ze zo bang was om te vliegen. Van opzij bestudeerde ik het lieve gezicht van mijn zoontje, prentte me zijn trekken nog eens goed in. Nadat ik een boek en een modelvliegtuigje voor hem had gekocht, moesten ze gaan en ik knuffelde Ben, ik perste mijn hele wezen in zijn lijfje en bad dat hij zou begrijpen wat ik niet met woorden kon uitleggen.

Na afloop bleef ik een tijdlang naar de vliegtuigen kijken die landden en opstegen in de nacht, waarna ik het sportcafé op het vliegveld opzocht. Ik dronk twee grote glazen wijn, nam mijn aantekeningen van een paar zaken door en keek met een half oog naar groepjes zakenlui die elkaar op de rug petsten terwijl ze glazen bier achteroversloegen en patat met saus verslonden. Eentje van hen die moed had gevat door de drank probeerde een praatje met me aan te knopen en bood me iets te drinken aan, maar ik schudde mijn hoofd zonder van tafel op te kijken.

Ik vluchtte naar de toiletten, ging op een wc-deksel zitten met mijn hoofd tussen mijn knieën terwijl de paniek in me kolkte totdat ik me abrupt omdraaide, het deksel openknalde en keurig in de pot braakte en de hele dag samen met mijn zoon uit mijn lichaam verwijderde. Huilend bleef ik bijna een halfuur in het hokje zitten luisteren naar de geluiden om me heen: ruziënde kinderen, smekende moeders, kijvende schoonmakers en daartussendoor geklater van water uit de kraan en gesnor van handdrogers. Ik was te moe om op te staan, te moe om naar mijn appartement te gaan, te moe om dit nog vol te houden. Dit allemaal.

Uiteindelijk kwam ik trillend op mijn benen overeind. Ik spoelde mijn mond en waste mijn gezicht boven de wastafel, depte het vervolgens droog met een papieren handdoekje voordat ik op weg ging naar de taxistandplaats, kokhalzend omdat ik nog braaksel proefde. Rillend stond ik in de rij tussen de vermoeide maar opgewonden reizigers met hun reusachtige koffers. Eenmaal in de taxi klaagde de chauffeur over het belastingstelsel, de politiek, het weer, zijn zwakke rug. Ik liet de man maar kletsen en keek een vliegtuig na dat zich door de lucht verwijderde, zijn achterlicht knipperend op het ritme van mijn hartslag toen we Melbourne binnenreden. Ik staarde zo lang in het licht van de straatlantaarns dat ze wazig werden, net als de sterren boven ons, totdat de hemel een weerspiegeling van de wereld beneden was. Begeleid door een constante stroom klachten van de chauffeur liet ik me weer door stad opslokken. Ik was een stuk kalmer, maar het kostte me nu al moeite om het timbre van paps stem te herinneren. En hoe Bens kleine hand in de mijne voelde.

Nadat ik de chauffeur had gezegd me bij Bourke Street af te zetten, liep ik Chinatown door, snoof de geuren op en liet me door de drukte troosten. Ik was alleen: amper een moeder, amper een dochter. Maar ergens was ik, ondanks mijn schuldgevoel en mijn neerslachtigheid, veel sneller vertrouwd geraakt met dit nieuwe wereldje dan ik me had voorgesteld.

Donderdag 16 augustus, 7.36 uur

De ouders van Sterling lopen het mortuarium van Melbourne binnen, gebogen en met hun ogen knipperend in het tl-licht. Er kleeft een strootje aan het borstzakje van Matthew Wades katoenen shirt. Ze identificeren het lichaam van hun zoon, naakt als op de dag dat ze hem voor het eerst zagen. Zijn dikke bos blond haar lijkt engelachtig in het witte licht. Na afloop zitten ze als verdwaalde kinderen hand in hand in een familiekamer, ineengedoken op een versleten bank tegenover ons terwijl de damp van overvolle mokken thee opstijgt, en geven zachtjes antwoord op onze behoedzame vragen. Een dergelijke situatie moet voor alle ouders een wrede beproeving zijn, maar zij komen wel heel timide over. Je kunt je moeilijk voorstellen hoe ze zich hebben weten te handhaven met zo'n beroemd kind.

Matthew is lang en mager, met vriendelijke blauwe ogen en een door de zon geplooid gezicht. Zijn vrouw, April, is net een hertje: tenger, met diepliggende bruine ogen en een komisch aandoende krans van lange wimpers. Tijdens het praten draait ze haar gladde gouden trouwring om en om en de tranen beginnen te stromen als de afschuwelijke waarheid steeds meer tot haar doordringt. Dat de twee niet hebben geslapen is ze aan te zien.

'Sterling was een goeie jongen. Altijd geweest.' Ze kijkt eerst mij en daarna Fleet aan, met een deinend hoofd op een smal nekje.

'Wanneer hebt u hem voor het laatst gesproken?' vraag ik, en ik schuif de kop hete thee naar haar toe. Hoezeer ik ook met deze arme mensen begaan ben, ik wil het tempo graag in het gesprek houden. Ik ben heel nieuwsgierig naar de filmbeelden van de aanval die Cartwrights producer, Katya March, gisteravond naar Isaacs heeft gestuurd.

'Eh, nou.' April grijpt naar haar keel alsof ze de lucht er naar binnen wil helpen. Het lijkt wel of haar ogen zich uit angst voor de dood al in hun kassen hebben teruggetrokken. 'Maandag misschien? Hij belt meestal één keer in de week, toch, Matt? Hij belt altijd.'

Matthew kijkt zijn vrouw aan alsof ze hem zojuist uit een diepe slaap heeft gewekt. Hij wrijft in zijn ogen. 'Ja, dat klopt. Hij belt altijd.'

'Hebt u nog meer kinderen?' vraag ik, ook al weet ik het antwoord al.

'Ja, we hebben drie kinderen.' April steekt haar hand weer uit naar haar man, die hem gehoorzaam beetpakt.

'Hebben ze een hechte band?' vraagt Fleet.

Even verdwijnt het verdriet van de Wades naar de achtergrond en wisselen ze een blik.

'Toen ze nog jong waren wel, maar door Sterlings, eh, omstandigheden werd dat lastiger', zegt Matthew zachtjes, alsof hij bang is dat Sterling hem hoort. 'Hij is op zijn dertiende naar Melbourne verhuisd om voor *Team Go* aan de slag te gaan, en daar is hij bij een ander gezin gaan wonen, de familie Beauford. Heel aardige mensen, maar dat was natuurlijk wel een ongebruikelijke situatie.' Hij zwijgt en zegt dan, bijna alsof het nu pas bij hem opkomt: 'Ik denk dat we ze even moeten bellen.'

'Voor Sterling was het uiteraard geweldig', voegt April er haastig aan toe, terwijl ze haar tranen wegveegt. 'Het is alleen een totaal andere wereld, niet echt wat voor Melissa en Paul. Maar Sterling kon niet goed aarden op de boerderij.'

'Waar wonen jullie andere kinderen?' vraag ik, want ik bespeur een onderstroom die het waard is te volgen.

'Melissa en haar man wonen in Karadine, niet ver bij onze boerderij vandaan. En Paul verkast geregeld, hij doet allerlei karweitjes.'

‘Melissa en Paul zijn vrij traditionele namen,’ zeg ik voorzichtig, ‘zeker in vergelijking met Sterling.’

Aprils mond plooit zich automatisch tot een glimlach tot ze zich weer herinnert wat er gebeurd is. Ik herken een zweem van Sterlings beroemde gezicht in haar jukbeenderen. ‘Ja. Hij zei vaak dat iedereen dacht dat hij zijn naam had veranderd, je weet wel, voor de tv, zodat die makkelijker te onthouden was of iets dergelijks. Maar Sterling is echt een oude familienaam.’

‘Had Sterling nog weleens contact met de Beaufords?’ dring ik aan als het me opvalt hoe ineengezakt ze erbij zitten. Ze willen hier niet over praten, ze willen helemaal niets nu, maar ik weet dat dit hét moment is om ze aan het praten te krijgen. Nu hun gedachten zijn afgeleid door de shock kan er zomaar informatie loskomen. Er kunnen kleinigheden bovenkomen die onbelangrijk lijken, zaken waarvoor ze over een paar dagen de energie niet meer hebben om die op te duikelen. Die woordenvloed moet blijven stromen, want straks zullen April en Matthew dit vertrek verlaten en beginnen aan de eerste dag in een wereld zonder hun zoon.

Heel even staat de deur naar de mogelijkheid dat dit allemaal een gruwelijke vergissing is op een kier. Een paar gezinsleden van slachtoffers hebben me dat ooit toevertrouwd, en ik weet het uit eigen ervaring: de eerste dag nadat je daadwerkelijk hebt geslapen is de ergste, want dan pas dringt de werkelijkheid met een dreun tot je door. De zus van een man die werd vermoord tijdens een uit de hand gelopen drugsdeal vertelde me eens dat ze zich in de nacht dat hij stierf had vastgeklampt aan een flintertje hoop dat het om een hapering in het heelal ging, een programmeerfoutje dat verholpen kon worden wanneer de zon opkwam. Ze zei dat ze zich nog nooit zo bedrogen had gevoeld als toen ze de volgende dag wakker werd, haar broer nog steeds dood was en de zon stralend aan de hemel stond.

Matthew neemt een slokje thee voordat hij mijn vraag naar de Beaufords beantwoordt, maar het kost hem blijkbaar moeite de vloeistof in zijn mond te houden. Fleet en ik wenden onze blik af als hij met een tissue zijn kin dept.

'Ik geloof van wel', zegt hij. 'Sterling had het nogal vaak over ze, en ze wonen in Melbourne, dus zij konden hem makkelijker opzoeken.'

Matthews toon is een tikje bitter, en ik stel me direct voor hoe ik me zou voelen wanneer Ben een andere moeder in mijn plaats kreeg, als hij moeiteloos zijn plek in een ander gezin zou innemen.

'En Paul en Melissa, zagen die Sterling nog?' vraag ik.

Matthew slaakt een diepe zucht. 'Tja, volgens mij is het geen geheim dat er wat onenigheid tussen hen was. Dat begon toen hij die rol in de serie kreeg, u weet wel, *The Street*, en het werd in de loop van de jaren steeds erger. April is er kapot van.'

'Ik wilde alleen maar dat ze een beetje met elkaar konden opschieten. Het zijn stuk voor stuk lieve kinderen.' April duikt nog verder ineen en begint weer te huilen. Haar gedachten proberen deze nieuwe werkelijkheid telkens weer te aanvaarden, merk ik. Vanaf nu is ze moeder van een overleden kind, wat ongetwijfeld de minst benijdenswaardige positie op aarde is.

'Ik denk dat het aan het geld ligt', zegt Matthew korzelig. 'Te veel geld is nooit goed. Onze andere kinderen en onze schoonzoon, die werken zo hard; volgens mij voelden ze zich opgelaten vanwege al dat geld waarover Sterling kon beschikken. Dat is ons wereldje niet.'

'Gaan ze vaak naar de stad?' vraagt Fleet.

Ze schudden beiden het hoofd, met kleine vogelachtige bewegingen. 'Melissa is al in jaren niet meer naar Melbourne geweest', zegt Matthew. 'Haar leven, en dat van haar man Rowan, speelt zich in Karadine af. Paul komt hier wel zo nu en dan, geloof ik. Een paar schoolvrienden van hem wonen in Melbourne. Het is een rustige jongen die helemaal opgaat in zijn werk. Hij is hier altijd maar kort. Ik denk niet dat hij Sterling opzoekt als hij in Melbourne is. Sterling had het altijd zo druk.'

'Wat voor werk zei u ook alweer dat Paul deed?' dring ik voorzichtig aan.

'Soms kan hij een paar weken aan de slag als huisschilder. Hij bouwt veranda's, doet ritjes op de vrachtwagen.' Matthew slaakt weer een zucht, die overgaat in raspend gekuch. 'Als het zover is zal Paul de boerderij overnemen. Dat is altijd al het plan geweest, maar ik vond dat hij wel een paar jaar van huis weg mocht. Toen hij van school kwam, kon hij eventjes zijn draai niet vinden in Karadine.'

'Hoe bedoelt u dat precies?' vraag ik.

'Ach, nou ja, niks bijzonders, hoor. Een paar vechtpartijtjes. Dwaas gedoe, in feite. Echt iets voor jongens van die leeftijd.'

Fleet en ik zeggen niets; Matthew Wade kijkt ongerust.

'Ik wilde dat hij ergens anders dan op de boerderij wat ervaring op zou doen', herhaalt hij. 'En goed, eerlijk werk is hem altijd wel bevallen.'

De suggestie dat Pauls jongere broer weleens uit ander hout gesneden kon zijn hangt tussen ons in, en die laten we nog eventjes naklinken.

'Waar zijn Paul en Melissa nu?' vraag ik.

April smoort een snik achter haar hand en haalt dan een paar maal diep adem om tot bedaren te komen. 'We hebben Melissa gisteravond gebeld, direct nadat we het hadden gehoord. Rowan had al iets op internet gezien, maar hij dacht dat dat flauwekul was. Melissa heeft Paul voor ons gebeld... Ik kon het niet aan om het hem ook nog te moeten vertellen. Hij heeft de afgelopen weken op een boerderij van een vriend in Castlemaine gepast en hun nieuwe uitbouw in de verf gezet.'

'Ze komen allebei vandaag hierheen. Ze overnachten in ons hotel.' Matthew werpt snel een blik op zijn horloge en kijkt vervolgens naar zijn vrouw. 'Hoor eens,' gaat hij op iets beslistere toon verder, 'Melissa en Paul hadden geen hecht contact met Sterling, zeker de afgelopen paar jaar niet, maar ze hielden van elkaar. Tenslotte zijn we een gezin', zegt hij, alsof dat iets bewijst, en ik knik geruststellend.

Aprils diepliggende ogen zoeken de mijne. 'We zullen hier nog een tijdje moeten blijven, zeker?'

'Ja', zeg ik. 'Het is makkelijker wanneer jullie in ieder geval de komende paar dagen in Melbourne zijn. U zult samen het een en ander moeten doen.' Ik laat een stilte vallen. 'Later vandaag wordt de lijkschouwing gedaan. Verder zult u de begrafenis moeten regelen. Daarvoor moet u waarschijnlijk met Lizzie overleggen.'

April kijkt me wezenloos aan; het is duidelijk dat ze in gedachten al het ondenkbare dat haar te wachten staat op een rijtje probeert te zetten, alsof de aanblik van het koude, levenloze lichaam van haar zoon niet al afgrijselijk genoeg was.

Ik houd haar blik vast en spoor haar woordeloos aan om de noodvoorraad kracht aan te boren die naar ik hoop ergens diep in haar schuilt. 'De aandacht van de pers zal de komende tijd heel heftig blijven', zeg ik.

Ze knikt afwezig, maar ik merk dat ze niet beseft hoe erg dat wordt.

'Er stonden vanmorgen verslaggevers bij het hotel', zegt Matthew.

'Laat het ons weten als ze u echt lastigvallen', zeg ik. 'Dan kunnen wij ze een officiële waarschuwing geven.'

'We willen ook met Paul en Melissa praten', zegt Fleet.

'Moeten jullie hier ook met hen over praten?' vraagt April. Ze klinkt verbaasd.

'We willen iedereen spreken die Sterling heeft gekend', bevestigt Fleet. 'Alles wat we te horen krijgen kan helpen. Misschien heeft hij hun iets belangrijks verteld.'

April perst haar lippen op elkaar en klemt de mok afgekoelde thee tussen haar handen. Matthew waagt nog een slokje van zijn thee, maar zet zijn mok dan neer.

We praten nog een poosje door, maar inmiddels heeft de shock hun behulpzaamheid in hulpeloosheid veranderd. We brengen ze naar de auto en sturen ze met de agent mee terug naar het kleine boektiekhotel in St. Kilda dat Sterlings management voor hen geboekt heeft.

Fleet en ik kijken ze vanuit de hal van het ziekenhuis na.

'Nou, dat was een superleuk begin van de dag', zegt Fleet terwijl hij zich theatraal tegen de muur laat zakken en met kracht zijn adem uitblaast.

'Het moet wel raar zijn om een kind te hebben dat zo beroemd is', zeg ik. 'Zeker als je uit zo'n provinciestadje komt. Karadine is echt een gat.'

‘Er zal weinig verschil zijn met hoe jouw familie tegen jou aankijkt, Gemma’, zegt Fleet. ‘Hun dochter die opeens een heel belangrijke rechercheur in de stad is.’

‘Welja joh. We moeten dat pleeggezin maar eens natrekken. Die Beaufords. Dat is toch ook nogal een rare situatie, vind je niet? Op je dertiende uit huis gaan en bij een ander gezin intrekken.’

‘Tot nu toe is het allemaal ontzettend vreemd als je het mij vraagt.’ Fleet onderdrukt een geeuw. ‘Oké, en nu?’

‘Nou’, begin ik, precies op het moment dat er luid gejoel opklinkt van de meute persmensen die voor de ingang van het ziekenhuis op de loer liggen: er is er een gestruikeld. Ik verhef mijn stem om boven de herrie uit te komen. ‘Het lijkt me dat we die zombiefilm maar eens moeten bekijken.’

Donderdag 16 augustus, 8.42 uur

In Smithson stond een oude tv in een spreekkamertje waar we beeldmateriaal van lopende zaken konden bekijken. De meeste bestanden werden voor analyse opgestuurd. Maar hier zit een heel team toegewijde experts dat meer onder ogen krijgt dan je een mens zou mogen aandoen, in een paar duistere spelonken de hele dag te proberen cruciale informatie uit vele uren vastgelegde tijd te destilleren.

Fleet trekt de zware deur van Videoruimte C open en we stappen naar binnen. Edo Ng, een van de beeldrechercheurs, steekt even zijn hand op als groet en met vergrote pupillen zoek ik een plek achter in het zaaltje. Fleet en ik gaan naast elkaar op een paar plastic stoelen voor het grote tv-scherm in de hoek zitten en wachten tot we het moment te zien krijgen dat Sterling Wade werd neergestoken. Nans stevige gestalte zit op een hoek van de tafel waar al Edo's apparatuur op staat. Snel typt ze iets op haar mobieltje, dat haar ronde gezicht met zijn glans verlicht. Isaacs leunt met een ondoorgrondelijke uitdrukking op zijn gezicht tegen de achtermuur.

'Even wachten no-og', zegt Edo en hij houdt dat 'nog' een tijdje aan op een manier die me om onverklaarbare reden irriteert. 'Oké, mensen, hier komt-ie.' Met een zwierig gebaar drukt hij een knop op zijn bedieningspaneel in. Het beeld verspringt en toont een breed shot van de weg, aan het begin van Spring Street.

Een slungelige man met een headset duikt in beeld. Met een scheve glimlach houdt hij een filmklapper in zijn handen. 'Scène vierentwintig, take één, en... actie', zegt hij zonder overtuiging als hij het bord op elkaar klapt.

Sterling Wade verschijnt, de camera op zijn achterhoofd gericht. Hoewel ik kan zien dat het Spring Street is – ik herken allerlei elementen uit de omgeving, tot aan een specifieke vuilnisbak toe – ziet alles er totaal anders uit door het oog van de camera. Het lijkt wel of dit deel van de binnenstad een andere wereld is, duister en luguber. Wades blonde hoofd deint verder. Hij is waanzinnig knap, ook al hebben ze hem eenvoudig gekleed om op een doorsnee jongen te laten lijken. Hij is zenuwachtig, draait zijn hoofd nu en dan van links naar rechts, zijn ogen wijd open, bedacht op gevaar. Je hoort hem zwaar ademhalen. Op de achtergrond lopen andere mensen voorbij, maar die zijn niet scherp in beeld en lijken geen deel van de scène te zijn. Als de camera rondzwenkt om zijn gezicht te filmen kun je zijn wanhoop bijna voelen, de spanning wordt subtiel opgebouwd: hier gaat binnenkort iets vreselijks gebeuren. Hij heeft zijn kaken op elkaar geklemd en harkt met zijn handen door zijn haar. Het is duidelijk dat hij bijna geen tijd meer heeft, mocht hij nog iets willen doen. Mijn hart begint sneller te kloppen, terwijl ik toch weet wat voor akeligs hierna komt.

Plotseling verandert de situatie en er komt een wilde blik in zijn ogen. Hij begint te rennen. Dan wordt de scène abrupt afgekapt en gaat het scherm op zwart.

Het beeld komt weer op en het slungelige type met de schuine glimlach verschijnt weer. Hij tilt de bovenkant van de klapper op en laat hem weer vallen en zegt: 'Scène vijfentwintig, take één, en... actie' voor hij uit de weg springt.

De camera zwaait naar boven en filmt honderden wezens die recht op het beeld af komen stormen. Het is een bizar tafereel, net een onaf schilderij. Scheve gelaatstrekken, uitpuilende ogen, gapende wonden waar bloed uit gutst, uitstulpende ingewanden. Veel wezens zijn gemaskerd, andere gruwelijk realistisch opgemaakt, maar het geheel komt toch wat nep over. Er moeten nog heel wat trucages worden toegepast tijdens de nabewerking. Als een vloedgolf komt de homogene massa dichterbij.

Wades personage, dat probeerde te ontkomen door naar links af te buigen, wordt weer naar het midden van de straat gedwongen als de zombies hem van alle kanten beginnen in te sluiten. De situatie krijgt iets onafwendbaars wanneer de ruimte om hem heen steeds kleiner wordt. Het tumult verhevigt nog wanneer het camerastandpunt wordt verlaagd en we een paar tellen naar de lucht kijken, waardoor de onderkant van de heksenketel in beeld komt: overal benen en armen, wanstaltige gezichten die kreunen in doodsangst.

'Nee, nee, alsjeblieft!' roept Wade uit, met zijn armen smekend opgeheven.

Opeens zoomt de camera uit, wat me doet denken aan een voetbalwedstrijd waarbij je de bal uit het oog verloren hebt. Wades hoofd beweegt op en neer tussen de donkere massa, maar ook andere gezichten flitsen door het beeld, misvormd, vlak en met een onthutsend uitdrukkingsloze blik. Ik zie een gehandschoende hand op zijn schouder en op een gegeven ogenblik schiet zijn hoofd omhoog. Was dat het moment dat hij neergestoken werd? Het is onmogelijk om precies te zien wat er gebeurt. Handen graaien naar hem, hijsen hem op; er wordt door de gezichtloze meute naar hem geklauwd en aan hem getrokken terwijl zijn gezicht diverse stadia van pijn doorloopt.

Tot zijn blik een andere uitdrukking krijgt, en ik me realiseer dat hij vergeten is dat de camera draait. De overlevingsdrang heeft het overgenomen.

Zijn mond vormt het woord 'stop', maar zonder geluid. Alleen de symfonie van gekreun is hoorbaar. Hij grijpt naar zijn borst, steekt een arm naar de hemel en slaat radeloos zijn ogen op. Hij wordt half van de grond getild, maar zakt midden in de lucht in elkaar. Een paar zombies wijken terug, maar er is niemand te zien die zich duidelijk uit de voeten maakt. Bovendien maakt de donkere uitdossing het lastig uit te vogelen waar de een begint en de ander ophoudt.

De camera blijft ongeveer een halve minuut onafgebroken op Wade gericht. En dan verschijnt het achterhoofd van Lizzie, die hem aan het zicht onttrekt terwijl ze zich door de stroom wezens een weg naar hem toe baant. Ze gebaart dat iedereen aan de kant moet; ze schreeuwt, waardoor de aderen in haar hals opzwellen, en ze ontbloot haar tanden wanneer ze haar mond in paniek openspert. Een fractie van een seconde verlies ik me bijna in de emotionele scène. Dan schiet Lizzies hand uit, ze duwt mensen opzij, neemt Wade in haar armen en grijpt hem beet wanneer hij op de grond zakt. Nu zit er bloed op haar handen en de acteurs vallen uit hun rol, ze wisselen bezorgde blikken en lopen het beeld uit.

De betovering is verbroken. Opeens is het net een nachtclub in de vroege uurtjes, nadat de lichten zijn aangedaan. Gezichten vertrekken van paniek onder dikke lagen schmink en er ontstaat een vreemd, ongelijk koor doordat de woorden 'stoppen' en 'nee' voortdurend worden herhaald. Het tafereel zakt in, alle furieuze energie vervluchtigt en Sterling en Lizzie blijven alleen op de grond achter. Ze houdt hem nog steeds vast en drukt huilend tegen zijn borst, haar ogen in een wanhopig gebed naar de hemel gericht. Een paar zombies schieten te hulp, met zorgzame gebaren die schril afsteken bij hun monsterlijke koppen.

Riley Cartwright verschijnt in beeld en schreeuwt over zijn schouder om hulp. Met handen die nu donker zijn van het bloed gebaart Lizzie naar hem. Sterling kijkt recht in de camera en er komt een waas over zijn helderblauwe ogen terwijl Lizzie met haar bebloede hand zijn gezicht aait. Dit ogenblik heb ik wel honderd keer eerder gezien: de mooie, jonge heldin die haar stervende geliefde streelt.

We blijven met z'n allen kijken als de band verder loopt, Lizzies gillen in oerkreten veranderen en de paniekerige wanhoopsblikken op de trieste zombiegezichten heftiger worden. Mijn hersenen hebben moeite het verschil te zien tussen de bekende fictie en wat ik weet dat er gebeurd is. Ik verwacht half en half dat Wade zo zijn ogen opendoet en overeind komt, klaar voor een volgende take.

Isaacs schraapt zijn keel wanneer de ambulancemedewerkers Wade bereiken en het scherm op zwart gaat. 'Zoals jullie zien geven de beelden geen uitsluitsel.' Met opeengeklemde kaken ziet zijn gezicht er in het zwakke licht extra streng uit. 'Maar goed, de jongens zijn er nog niet grondig doorheen gegaan, dus hopelijk komt er nog wat uit.'

'Het is wel bizar om iemand zo aan te vallen', zegt Fleet. 'En zo ingewikkeld. Er is toch wel een makkelijkere, minder opvallende manier te bedenken om hem te vermoorden?'

'Daar ben ik niet zeker van', antwoord ik. 'Hiermee heb je een perfecte dekmantel. Behalve als je het mes op de plaats delict achterlaat. Daar begrijp ik dan weer niets van.'

'Misschien was het een of andere performance', mijmert Fleet. 'Een soort postmodern kunstwerk of zo.'

'Nou, wat het uiteindelijk ook is,' antwoordt Isaacs knarsetandend, 'laten we hopen dat dit niet allerlei copycats oplevert. Als we zo doorgaan moeten we straks zowel voor de fine fleur als voor de daklozen beveiliging regelen.' Hij staat op en veegt over de revers van het jasje van zijn dure pak.

Een felle tik op de deur, gevolgd door een kiertje licht in de donkere wand. Chloe's bleke gezicht verschijnt. Haar blik dwaalt het vertrek rond voor hij op mij en Fleet blijft rusten. 'Ah, mooi, daar zijn jullie. Eh...' ze bijt op haar lip en even moet ik aan Ben denken, 'er is een jonge man hier die jullie wil spreken. Over de zaak-Wade. Hij is behoorlijk over zijn toeren.'

'Dank je, zeg ik en ik kom overeind. 'Wie is het?'

Ze krimpt even ineen, strijkt met haar hand over haar opgezwollen buik en ik vraag me af of haar baby schopt. 'Hij heet Brodie Kent. Zegt dat hij bij Wade in huis woont. Hij huilt nu, en was erg overstuur toen hij hier aankwam, maar hij stond erop de leidinggevende rechercheurs te spreken te krijgen. Ravi heeft hem naar een van de voorste spreekkamers gebracht om hem wat te kalmeren.'

'Gaan jullie maar', zegt Isaacs met zijn gruizige stem tegen Fleet en mij. 'Wij zullen de beelden wel verder bekijken tot het tijd is voor de briefing.'

'Hebben we al een namenlijst van acteurs en filmploeg?' vraag ik hem op weg naar de deur.

'Nog niet. We weten alleen wie er gisteren gebleven waren, dat zijn zo'n honderdtwintig van de vierhonderd man. Blijkbaar is een grote groep van hen naar de kroeg gegaan. En de rest naar huis, nemen we aan.' Hij fronst. 'Het was een chaos.'

'Zijn ze in die uitdossing naar de kroeg gegaan?' zegt Fleet met opgetrokken wenkbrauwen.

Edo snuift minachtend en zet de video weer aan het begin. 'Dat valt toch niemand op, man. Heb je weleens gezien wat ze vandaag de dag dragen als ze uitgaan? Daar passen die lui precies bij.'

Ik bijt op mijn tong met een blik op Edo's T-shirt met agressieve slogan, legerbroek en laarzen als bakstenen.

Wanneer ik achter Fleet aan het zaaltje uitloop zakt de moed me in de schoenen bij de gedachte aan al die figuranten. De verklaringen opnemen van al die zombie-acteurs wordt een hels karwei, en dan ook de filmploeg nog.

Terwijl Fleet en ik de verhoorkamer binnenlopen neem ik de jonge man die zich aan de rand van het tafeltje vastklemt aandachtig op. Met witte knokkels zit hij voorovergezakt te huilen. Als hij naar ons opkijkt wasemt hij het wantrouwen uit van een mishandelde hond. Hij heeft wat mijn vader een 'behoorlijke kop met haar' noemt, dik ingeplant en donkerbruin. Ik vermoed dat hij een aantrekkelijke ivoorkleurige huid heeft wanneer die niet rood en vlekkerig is van verdriet. Zijn dikke wenkbrauwen vormen sierlijke boogjes boven grote ogen, en hij beweegt zijn lippen alsof hij iets tegen ons wil zeggen, maar geen geluid kan voortbrengen.

'Je heet Brodie, toch?' vraag ik, waarna ik ons voorstel.

Met zijn vuisten op tafel beukend slaakt hij een gekwelde kreet. 'Ik kan er niet bij dat hij dood is. Ik kan het gewoon niet geloven.'

Fleet schraapt zijn keel luidruchtig, en op de een of andere manier klinkt dat ietwat onsmakelijke geluid geruststellend in de steriele ruimte.

'Ik mocht niet eens naar hem toe', fluistert Brodie. 'Ik wilde afscheid van hem nemen.'

'Bedoel je in het ziekenhuis?' vraag ik.

Hij knikt.

'Tja,' zeg ik langzaam, 'het personeel zal het wel moeilijk hebben gevonden om uit te maken wie echt bekenden van Sterling waren. Ze moeten uiteraard voorzichtig zijn na wat er gebeurd is.'

Brodie tilt zijn hoofd op, met wild trillende kaken. 'Ava mocht wel naar binnen.' Met een verongelijkte blik krult hij zijn bovenlip, waarna hij een pruilmondje trekt. 'En Lizzie.'

'Ja, nou, ik snap dat dat heel rot voor je moet zijn geweest.' Ik laat me op een stoel zakken en werp een blik naar Fleet om ook te gaan zitten.

'En, wat kom je nu hier doen?' vraagt Fleet.

Brodie kijkt ons door zijn tranen aan. 'Eh, ik heb uw kaartje van Lizzie gekregen.' Hij knikt naar mij. 'Ze zei dat jullie de rechercheurs zijn die zich, eh, met Sterling bezighouden.'

'Wil je ons misschien iets vertellen over gisteren?' vraagt Fleet, die zich naar voren buigt.

Brodie deinst terug, met wijd open ogen. 'Nee! Ik weet niet wat er is gebeurd, als u dat bedoelt. Ik wilde er alleen achter komen wat jullie weten. Ik moet weten wat er aan de hand is.' Hij schudt zijn hoofd alsof hij in trance is. 'Ik heb geen oog dichtgedaan. Het slaat gewoon nergens op, Sterling dood.' Zijn stem hapert bij het laatste woord. 'Ik kan het niet geloven', zegt hij weer.

Ik neem hem nauwlettend op. De mensen die uit zichzelf met ons komen praten doen dat soms uit schuldgevoel: misschien hadden ze de dag dat slachtoffer stierf wel ruzie gehad en voelen ze zich ergens verantwoordelijk voor wat er gebeurd is. Af en toe heb je een dader die ons opzoekt uit een soort trots, om te laten merken dat hij zich in de omgeving van de misdaad ophoudt. En soms krijgen nabestaanden zo'n kick van het drama dat ze per se rechtstreeks bij de zaak betrokken willen zijn; vreemd genoeg biedt het veel sociale status als je inside-information hebt over een moord, wanneer je deel uitmaakt van het verhaal.

In sommige gevallen zoeken de ouders of partners obsessief contact met de rechercheurs van de zaak. De gesprekken met ons zijn een van de weinige zaken die hun het gevoel geven iets bij te dragen. Zo kunnen ze laten zien dat het ze aan het hart gaat. Dat ze het niet vergeten.

En dan is er ook nog een kleine kans dat een nabestaande ons iets nuttigs weet te vertellen. Daar hopen we altijd op. Vandaar dat we zoveel tijd aan hen besteden en telkens weer dezelfde dingen met ze doornemen, op zoek naar iets wat afwijkt, een piepkleine hint in een verder onopvallend leven.

Terwijl ik de onthutste jonge man voor ons opneem, probeer ik uit te dokteren in welke categorie hij thuishoort. Geen ervan lijkt voor de hand te liggen.

Aan de start van een nieuwe zaak lijkt het net alsof je aan een legpuzzel bent begonnen zonder naar de afbeelding op de doos te hebben gekeken. Eerst gaan we op zoek naar de hoekstukjes, vervolgens leggen we de rand aan. Het wazige midden kan voor altijd onduidelijk blijven als je niet heel snel een paar belangrijke stukjes vindt. Een schrikbeeld voor iedere rechercheur is wanneer er ten slotte een stukje blijkt te ontbreken. Dat zijn de zaken waarover je je hoofd maar blijft breken. We hebben er allemaal wel eentje: het is net een overgangsrite, je vuurdoop in het echte werk, waardoor je vastberaden, verbeten wordt. Je moet ze alleen niet gaan sparen. Ik weet dat Nan daarvoor vreest in de zaak-Jacoby; ik zie het aan haar ogen.

Fleet leunt achterover en knakt zijn vingers. Brodie verkrampt.

'Nou Brodie, dat klinkt alsof je heel goed bevriend was met Sterling', zegt Fleet. 'Dit is allemaal heel rot voor je en we beseffen dat het een enorme schok moet zijn. We doen ons uiterste best om erachter te komen wat er gisteren gebeurd is, maar op dit moment kunnen we daar nog niet veel mededelingen over doen. Het ligt nogal gevoelig, en is nog een heleboel onduidelijk. Maar ook al denk je dat jij er niets van weet, zou je ons toch kunnen helpen. Mogen we je wat vragen stellen?'

Brodie knikt langzaam, alsof hij helemaal leeg is na zijn laatste vertwijfelde uitbarsting.

Ik zet de band aan, leun achterover in mijn stoel en bekijk hem aandachtig. Zijn gesnuf vult het vertrek.

Ik spreek de verplichte riedel uit en zeg dan: 'Graag eerst je volledige naam en geboortedatum, alsjeblieft.'

'Brodie John Kosmopolous. Maar ik word Brodie Kent genoemd. 5 februari 1997.' Als hij zijn naam zegt pik ik een zweempje van een accent op.

'En wat doe je voor werk?' vraagt Fleet.

'Ik ben acteur', zegt hij zachtjes. 'En danser.'

'Maar je hoort niet bij de cast van Sterlings film, toch?' vraag ik.

'Nee, nee. Ik doe vooral theaterstukken. Hoofdzakelijk tv-reclames eigenlijk. Geen films. En ik zit bij een dansgroep.' Zijn stem trilt en ik heb de indruk dat er een volgende golf verdriet aanzwelt.

Ik praat snel verder om zijn aandacht bij onze vragen te houden. 'En hoelang ken je Sterling al?'

Snikkend haalt hij diep adem. 'Een jaar of twee.'

'Waar was je gistermiddag?' vraag ik.

'Ik ben de hele dag in de stad geweest', zegt Brodie. 'Ik werk aan een nieuw creatief project, en daar was ik over aan het brainstormen.'

'In je eentje?' zeg ik, en hij knikt.

Die informatie sla ik op om er later op terug te komen; we zullen zijn gangen gedetailleerder na moeten gaan, maar daar is het nu uiteraard niet het moment voor.

'Wanneer heb je Sterling voor het laatst gezien?' vraagt Fleet.

'Gistermorgen. Hij kwam mijn kamer binnen om gedag te zeggen toen Lizzie onder de douche stond. Vroeg, een uurtje of zes. Ze moeten allebei om zeven uur op de set zijn.'

'Oké', zegt Fleet op een ietwat verbaasde toon. 'En hoelang wonen jullie al bij elkaar?' Hij klapt zijn notitieblok open en bladert naar zijn aantekening van Wades adres.

‘Ik ben zo’n twee maanden geleden bij hem en Lizzie ingetrokken’, zegt Brodie. ‘Ik heb de laatste tijd wat moeite om werk te krijgen, en Sterling vond het prima als ik een poosje bij hen woonde. We hadden het er al eens eerder over gehad om samen te gaan wonen.’

‘Het klinkt alsof hij een goede vriend was’, zegt Fleet.

Brodie kijkt beurtelings naar ons op met enorme zwarte ogen. ‘Ja. Hij was mijn beste vriend. Maar hij was ook mijn geliefde.’

Donderdag 16 augustus, 9.41 uur

Ik heb altijd enorm medelijden met de nabestaanden van mensen die recent vermoord zijn. Niet alleen zijn ze zomaar, bam, hun geliefde kwijt, maar opeens liggen ook al hun eigen, zorgvuldig bewaarde geheimen op straat. Overal op internet verschijnt hun gezicht, waar iedere oud-klasgenoot, elk ex-vriendje of -vriendinnetje het kan zien, en al hun emoties worden onder een vergrootglas gelegd, elke handeling nauwkeurig geanalyseerd. Hoewel het statistisch gezien aannemelijk is dat een geliefde de trekker heeft overgehaald of de messteek heeft gegeven, dat de echtgenoot zijn vrouw heeft gewurgd of de zoon zijn moeder heeft doodgeslagen, toch heb ik met ze te doen. Tenslotte worden zij tegen hun wil meegesleept. Op een meedogenloze rit.

Natuurlijk vind ik het ook erg voor de slachtoffers. Hoe ze ook om het leven zijn gekomen – op zachte of pijnlijke wijze, in het openbaar of besloten, snel of langzaam – er zijn er maar weinig die ontkomen aan de felle kritiek na hun overlijden. Ze zijn vogelvrij, en als hun geliefden, hun vijanden en mijn team hun stoffelijke resten niet snel genoeg tot op het bot hebben ontleed, staat de pers te trappelen om de klus over te nemen.

Om al deze redenen maak ik me zorgen over Brodie Kent met zijn zachte stem en bleke gezicht.

'Nou zeg, dat was een roddeltje dat we niet hadden zien aankomen', zegt Fleet.

Er staat een ingewikkeld uitziende vergadertelefoon met een barst in het scherm tussen ons in op de tafel. Fleet heeft enorm grote pupillen en zijn gezicht is verhit. Ik weet dat ik er precies zo uitzie. We hebben Isaacs net verzocht bij ons in de verhoorkamer te komen zodat we hem voorafgaand aan de teambriefing kunnen bijpraten over Brodies onthulling.

Nadat Brodie zijn bom had laten ontploffen, deed hij snikkend het hele verhaal van een anderhalf jaar durende geheime verhouding met Sterling Wade uit de doeken. Het was duidelijk dat hij naar erkenning viste – hij wilde van iemand horen dat het oké was dat hij als een geliefde rouwde – maar het enige wat hij van ons kreeg was een hele rits vragen. Het is niet dat ik zonder meer aanneem dat hij liegt, maar het loont altijd om terughoudend te zijn als er geheimen worden onthuld en het erop lijkt dat de enige die ze kan bevestigen of ontkennen zich in bevroren en horizontale toestand in een mortuarium bevindt.

'Dus waarom hielden jullie het geheim?' vroeg Fleet Brodie botweg.

De jongen keek op met ogen boordevol tranen en schokschouderde wanhopig. 'Omdat de waarheid hem te veel zou hebben gekost.'

'Dat hij homo was, bedoel je?' vroeg Fleet.

'Geloof je echt dat dat tegenwoordig nog iets uitmaakt?' voegde ik er vriendelijker aan toe, in een poging Fleets toon wat te verzachten.

'Ja,' viel Fleet me bij, 'want iedereen is vandaag de dag toch homo? Of tenminste bi.'

Brodie ging rechtop zitten en schudde zijn hoofd. 'Echt niet. Tuurlijk, sommigen hebben er hun carrière op weten te bouwen, er hun handelsmerk van gemaakt, maar voor Sterling, de droom van ieder tienermeisje... nee, dat zou rampzalig hebben uitgepakt. Wendy heeft dat zelfs gezegd. Wendy is Sterlings agent.'

'Wist zij dat hij gay was?' vroeg ik.

'Dat denk ik niet. Ze hadden wel een goede band, maar ik weet niet of hij haar dat verteld heeft. Ze heeft het gewoon altijd over dat soort zaken, over hoe belangrijk zijn image is en zo. Ze is nogal conservatief en heeft allerlei meningen over wat Sterling wel en niet moet doen. Hij luisterde vaak naar haar.'

'Goed,' zei ik, 'dus jullie hadden iets samen, maar besloten het geheim te houden. Ik snap ergens wel waarom jullie dat belangrijk vonden. Maar hoe zat het dan tussen hem en Lizzie? Bedoel je nou dat ze geen echte relatie hadden?'

Er veranderde iets in Brodies houding en hij richtte zijn blik op een hoek van de tafel. 'Ze hadden een relatie met elkaar, zeker. Misschien zijn ze ooit ook wel verliefd geweest. Aan de andere kant: ik denk dat hij niet goed wist hoe hij er een punt achter moest zetten. Hij geeft om Lizzie.' Zijn lip begint te trillen. 'Gáf om Lizzie. En ik ook. Hij wilde haar geen verdriet doen. Hij was behoorlijk in de war.'

'Wist er verder nog iemand van jullie relatie? Lizzie moet toch zeker wel iets vermoed hebben?'

Brodie haalde zijn schouders op. 'Zij wilde het niet zien. Ze is conflictmijdend en Sterling had het voor het zeggen in hun relatie. Ik weet zeker dat ze bang was dat ze hem kwijtraakte, maar ze zal vast hebben gedacht dat het kwam doordat ze het allebei druk hadden.' Hij wreef in zijn rode ogen. 'En ze hádden het ook druk. Zeker Sterling. Hij had amper tijd voor mij de afgelopen weken, naast zijn werk, zijn promotieactiviteiten en de tijd die hij met Lizzie moest doorbrengen.'

'Waarom ben je dan toch bij hem ingetrokken?' vroeg ik vriendelijk. 'Het moet heel pijnlijk zijn geweest om ze samen te zien.'

'Ik hield van hem', zegt Brodie oprecht, zoals ik van hem had verwacht. 'Ik wilde gewoon bij hem zijn. Dat klinkt sneu, ik weet het, maar zo is het nu eenmaal. Ik kon nergens anders heen. En Sterling wilde me helpen.' Hij begint weer over zijn hele lichaam te beven en beukt met zijn vuist op de tafel. 'O god, ik kan het gewoon niet geloven. Het is net of mijn verstand er niet aan wil.'

'Denk je dat iemand Sterling kwaad wilde doen, Brodie?' polste ik.

'Er waren heel wat mensen jaloers op hem,' zei hij, nog steeds met een door verdriet verstikte stem, 'maar dat iemand hem zoiets kon aandoen, dat kan ik me niet voorstellen.'

'Dus hij gedroeg zich de afgelopen tijd volkomen normaal?' vroeg Fleet. 'Je hebt niks vreemds gemerkt?'

Brodie keek onthutst in het rond. 'Hij had het druk. En liep te stressen over die film. Begin deze week had ik de indruk dat hij er met zijn hoofd niet bij was, dus ik heb hem gevraagd of er wat was, maar hij zei dat er niks aan de hand was. Hij was alleen moe.'

'En geloofde je hem?' vroeg ik.

Brodie speelt zenuwachtig met zijn vingers. 'Ik dacht dat hij ergens mee zat. Waarschijnlijk was dat de spanning omdat hij met Riley Cartwright moest samenwerken. Die was volgens Sterling totaal geschift.'

'Hoe bedoel je dat?' vroeg ik.

'Grillig. Humeurig. En hij was geobsedeerd door Ava. Sterling heeft me verteld dat Cartwright bij haar over de schreef was gegaan, en dat hij hem daarop aangesproken had. Daarna was het behoorlijk geknald tussen die twee.'

'Hebben ze ruzie gemaakt?' vroeg Fleet.

Brodie knikte. 'Ja. Daar was Sterling nogal door van streek.'

'Wanneer was dat?' vroeg ik.

'Afgelopen weekend. Hij heeft er niet veel over verteld, maar zoals ik al zei was hij behoorlijk van streek.'

'Van streek of kwaad?' drong Fleet aan.

'Allebei een beetje, zou ik zeggen.'

We praatten nog eventjes verder met Brodie, probeerden hem nog iets over Sterling te laten vertellen dat misschien relevant kon zijn, maar Brodie wilde het alleen maar over hun relatie hebben.

Toen het bijna tijd was voor onze teamvergadering begon Fleets onrust me op de zenuwen te werken. Met het telefoonnummer van een rouwconsulent en de belofte dat we Brodie zo veel mogelijk op de hoogte zouden houden van onze vorderingen heb ik hem de deur uitgewerkt.

Nu kijk ik op wanneer Isaacs de verhoorkamer binnenglipt, met een blik op zijn horloge terwijl hij de deur achter zich dichttrekt. 'Gaat dit over die huisgenoot die met jullie wilde spreken?'

'Klopt', zeg ik en ik praat hem bij over wat Brodie ons heeft meegedeeld.

'Dat lijkt bijna ons eigen bizarre filmscript wel', voegt Fleet sarcastisch aan mijn woorden toe.

Isaacs roffelt met zijn vingers op tafel. 'Mijn god', mompelt hij dan. 'Het zal verdomme ook niet eens gewoon zijn wat het lijkt, zeg.'

'Helaas', zegt Fleet met een heimelijke knipoog in mijn richting.

'Het is duidelijk dat we zo snel mogelijk contact moeten zoeken met die Beaufords en met Wendy Ferla', zeg ik.

Er klinkt een felle tik op de deur, en ik krijg even een déjà-vu als Chloe's hoofd verschijnt, net als vanmorgen in de videoruimte. 'Hoi,' zegt ze gespannen, 'er is nog iets gebeurd waarvan ik dacht dat jullie dat direct moesten weten.'

'Wat nu weer?' roept Fleet theatraal uit.

'Ava James heeft Riley Cartwright zojuist beschuldigd van aanranding.'

Donderdag 16 augustus, 9.55 uur

Zoals altijd wanneer ik een zaak onderhanden heb, is mijn tijdsperceptie van slag. Het lijkt niet te bevatten dat Wade vierentwintig uur geleden in leven was. En nog wonderlijker is de gedachte dat we deze ochtend zijn ouders zijn bleke, koude lichaam hebben zien identificeren. De doden houden zich gewoonlijk op in een wereld die zich aan de gangbare tijdsindeling onttrekt, en een deel van hen blijft in leven tot we hun moordenaar hebben gevonden. Voor elk van hen blijft er een sprankje hoop, verscholen in de allerkleinste aanwijzing, dat hun ooit recht zal worden gedaan.

Op de wc van het politiebureau bekijk ik mezelf in de spiegel. Ik wou dat ik wat groter was, zoals Nan. Ik herinner me de eerste briefing die ik meemaakte waar zij bij was. Haar postuur verleent haar onmiddellijk overwicht; met haar rechte houding en nuchtere optreden wekt ze de indruk dat alles wat ze zegt klopt. Ik vraag me af hoezeer het succes van een rechercheur daardoor wordt bepaald: doordat je domweg de goede uitstraling hebt. Ik heb ook wel een serieus gezicht, maar mijn voorkomen heeft iets onbeduidends: je bent mij zo weer vergeten. Mijn bleekgroene ogen zijn groot maar dof, alsof iemand binnen in me het licht heeft uitgedaan. Mijn donkere haar slingert als een oerwoud rond mijn gezicht en golft tot halverwege mijn rug. Mijn uiterlijk houdt het midden tussen meisje en vrouw en ik kom ietwat gejaagd over, wat misschien niet de beste look is voor een leidinggevende rechercheur.

Ik vraag me af wat Ben op dit ogenblik aan het doen is. Waarschijnlijk zit hij op school, te midden van zijn vriendjes op de vloer, met het puntje van zijn tong tussen de tanden naar de onderwijzer te luisteren. Soms wordt het verlangen om hem in mijn armen te nemen, hem in de ogen te zien, zo hevig dat ik me opgesloten voel in mijn eigen lichaam. Bij iedere belangrijke zaak voel ik me schuldig, alsof ik hem op de een of andere manier ontrouw ben. Zo is het altijd geweest, en ik vermoed dat dat altijd zo zal blijven. *Dat is de prijs die je moet betalen*, ik hoor het Scott bijna zeggen, onmiddellijk gevolgd door de nuttige tip dat ik daadwerkelijk zelf iets te zeggen heb over de manier waarop ik mijn leven leid. Onze ruzies liepen er heel vaak op uit dat Scott me voorhield dat ik me net zo gedroeg als de slachtoffers die ik zo wanhopig probeerde te redden. 'Je hóéft dit niet te doen, Gem', zei hij dan op serieuze toon. 'Je hoeft niet de hele tijd zo heen en weer geslingerd te worden. Besef je dan niet dat je ermee op kunt houden wanneer je maar wilt?' Ik schoot dan bijna in de lach om zo'n idiote suggestie, tot ik me realiseerde dat hij het werkelijk meende.

Ik was mijn handen, strijk een paar strengen haar achter mijn oren en ga naar de briefingzaal terwijl ik langzaam en aandachtig ademhaal. Ik zie altijd nogal tegen een briefing op. Het is vast niet ongebruikelijk om aan je eigen kwaliteiten te twijfelen, maar je wordt wel heel onzeker wanneer je door allemaal superenthousiaste mensen wordt aangestaard die maar wat graag hun eigen stempel op de zaak willen drukken en de baas willen overtroeven. Door de gloriedagen van de tv denkt iedere jonge, ambitieuze agent tegenwoordig dat hij Jack the Ripper wel even kan oppakken. Het probleem is alleen dat iedere jonge ambitieuze crimineel nu denkt dat hij Jack the Ripper kan zíjn. Nou ja, dat houdt de zaak tenminste in evenwicht.

We gebruiken de briefingzaal links van de kantine. De ruimte is niet ideaal – telkens als iemand ernaast een kop koffie maakt, schudt de muur – maar groot genoeg en heeft een van die moderne, kekke ingebouwde overzichtsborden waaraan je op magische wijze foto's en documenten kunt bevestigen, heel wat anders dan de armetierige kurkprikborden die we in Smithson gebruikten. Ik moest wel even wennen aan alle extra middelen waarover een recherche in de stad kan beschikken. Niet alleen is er een eindeloze gratis voorraad lekkere koekjes voor het personeel, ook kantoorartikelen zijn er in overvloed en ik kan meer dan twee bestanden tegelijk openzetten op mijn pc. Bovendien lopen er hier meer poppetjes rond. In Smithson moest er wel iets heel ernstigs aan de hand zijn voor we versterking mochten aanvragen, waardoor we voortdurend aan het goochelen waren met capaciteit en om extra mankracht smeekten.

Er is niemand in de briefingzaal als ik er terugkom. Ik kijk op mijn horloge en zie dat het nog tien minuten duurt voor de bijeenkomst begint. Met een rilling past mijn koude binnenste zich aan de warme zaal aan. Ik loop op het bord af, waar de basisinfo wordt getoond die we tot nu toe over de zaak hebben. Terwijl ik mijn blik erover laat gaan probeer ik de ketelmuziek van Wades seksuele geaardheid en de vermeende aanranding door Cartwright te negeren om me te concentreren op de belangrijkste feiten van de aanval, zodat ik zeker weet dat ik niet iets heel voor de hand liggends over het hoofd zie.

Ik blijf heen en weer wiegen op mijn voeten tot ik me ervan overtuigd heb dat er tot dusver niets opvalt. Een aanstormende filmster die midden op een grote filmset wordt neergestoken. Wanneer Wades dood niet de bedoeling was geweest, was het dan misschien een uit de hand gelopen dreigement? Een challenge? Kon een van de toneelknechten een echt wapen tussen de rekwisieten op de set hebben verborgen, bij wijze van grap? Of was Fleet misschien toch iets op het spoor en ging het om een soort moord vanwege de roem? Ik heb gelezen over internetfora waar jongeren elkaar uitdagen om iets krankzinnigs te doen en het resultaat vast te leggen. Dit zou iets dergelijks kunnen zijn: precies de juiste combi van prestige en risico. Maar als dat waar was, en iemand had het mes tussen de rekwisieten gelegd, was het dan niet heel toevallig dat juist Wade werd geraakt? Nee, hij moet toch wel het beoogde slachtoffer zijn geweest. Misschien was een van de acteurs door hem geobsedeerd geraakt en was die fixatie nog aangewakkerd doordat diegene zo dichtbij kon komen op de set, waarna de verleiding om de absolute macht over hem uit te oefenen onweerstaanbaar werd.

Ik heb aan genoeg zaken gewerkt om te weten dat wat op een onschuldige verliefdheid lijkt, zomaar opeens een gevaarlijke afslag kan nemen waardoor iemand het zicht op de werkelijkheid verliest en tot geweld overgaat. Wij mensen zijn er nooit erg goed in geweest om de bezitsdrang uit onze liefdesrelaties te weren. Misschien was er iemand die Wade helemaal voor haarzelf wilde. Of hémzelf, bedenk ik, wanneer Brodies geëmotioneerde onthulling me te binnen schiet. Hoewel ik altijd bedacht ben op verrassingen, heeft zijn bekentenis me wat verward; kennelijk had ik vanwege de parade van betoverend mooie vrouwen in Wades leven ergens toch aan ouderwets, heteroseksueel overspel gedacht. Maar stel dat Wade echt gay was, dan vraag ik me toch af hoeveel mensen daarvan op de hoogte waren. Misschien een klein kringetje ingewijden. Maar of dat hier dan iets mee te maken heeft?

En dus nu die beschuldiging van Ava James aan het adres van Cartwright. Ik herinner me de slungelachtige man gisteren in de wachtkamer van het ziekenhuis. Wezenloos en afstandelijk, dat zeker, maar er was ook nog iets anders geweest: een verscholen agressie die ik lichamelijk direct had opgepikt.

'Het kan zijn dat ze liegt', fluistert Fleet, die opeens achter me staat, in mijn oor.

Ik weet me net op tijd te beheersen om niet van schrik op te springen. 'Ik stond na te denken over de filmbeelden, hoor.'

'Natuurlijk.' Fleet slurpt met een weerzinwekkend geluid van zijn koffie. 'Maar zonder gekheid, mejuffrouw James zou kunnen liegen. En de jonge Brodie ook. Ik bedoel maar: hij komt opeens met een geheime homoseksuele relatie op de proppen, net nu Wade dood is? Dat komt wel heel goed uit. Misschien wil hij alleen maar een plek op de voorste rij als de politie in actie komt. Misschien willen ze dat allebei wel. Ze zijn dol op drama, toch?'

'Brodie kwam best oprecht op me over', antwoord ik. 'En als hij aandacht wilde, dan zou hij wel naar de pers gaan, niet naar ons.'

'Tja, hij zal ook echt wel iets voor Wade hebben gevoeld. Verliefdheid of iets dergelijks. Dat hoeft nog niet te betekenen dat het wederzijds was.'

'Zou kunnen.'

Fleet neemt nog een slurpende slok. 'Ik heb die filmhuisfilm met Wade van vorig jaar gezien', zegt hij met zijn blik op oneindig. 'Je weet wel, met die bloedmooie actrice, Jade Shaw of hoe ze ook maar heet. Daar zaten een paar behoorlijk geile scènes in. Zoiets zie ik hem nog niet met een man voor elkaar krijgen.'

'Kom nou toch', zeg ik geërgerd. 'Dat heeft er weinig mee te maken. Die jongen was acteur. Het was zijn werk mensen iets te laten geloven. Weet je, er zijn er die jou geen behoorlijk rechercheurswerk zien doen, maar ergens flik je dat toch.'

'En jij ook, dametje', zegt hij terwijl ik me weer naar het bord keer, vastberaden me niet te laten stangen. Ik voeg nog een paar foto's van de plaats delict toe.

'Mogen we al naar binnen?' hoor ik even later een stem achter me vragen.

Ik draai me om en zie drie jonge agenten in de deuropening staan. Fleet is verdwenen.

'Natuurlijk, zoek een plaatsje uit. We zitten hier wel even.'

'Fleet is een plasje plegen', zegt degene die nu al grijs is. 'Zo terug, zei hij.'

'Geweldig', mompel ik en ik loop de zaal uit om een glas water te halen. De koude vloeistof baant zich een kille weg naar mijn maag als ik een tiental agenten de briefingzaal binnen zie gaan. Opnieuw voel ik me onzeker vanwege mijn lengte; ik ben vast de kleinste in de hele zaal.

Ik vermoed dat de jonge politieagentes me dolgraag om advies zouden willen vragen, maar me niet goed kunnen plaatsen. Ik ben vast een mysterie voor ze: op jonge leeftijd al een senior rechercheur, waarschijnlijk single, abominabel slecht gekleed, nogal een ijskonijn en nagenoeg geen privéleven. Voor wijze raad over een goede balans tussen werk en thuis moet je niet bij mij zijn. Ik heb geen bruikbare adviezen over hoe je een huwelijk kan verenigen met de eisen van je baan. Geen inzichten over hoe je in deze hardvochtige omgeving de uitdagingen van het moederschap het hoofd kunt bieden. De enige hier die van Bens bestaan op de hoogte is, is Isaacs, en sinds ik hem tijdens mijn eerste sollicitatiegesprek duidelijk heb gemaakt dat ik niet over mijn privéleven wilde praten, is Ben niet meer ter sprake gekomen.

Ik doe wat balsem op mijn lippen en ga weer naar de briefingzaal. In ieder geval ben ik minder ongenaakbaar dan Nan, bedenk ik, als ik zie hoe ze een vel papier verkreukelt en de prop met een agressief gebaar in een prullenbak mikt.

Fleet komt al typend op zijn telefoontje de hoek omzeilen en loopt me bijna omver. 'Sorry Woodstock, ik zag je niet staan', zegt hij met een sneer als hij voor me uit op de gretige gezichten af loopt. 'Hup', roept hij over zijn schouder.

Net voor ik met een stuurse blik de deur dichtdoe, glipt Isaacs naar binnen. Hij knikt naar me en loopt helemaal naar achter in de zaal, waar hij ver bij de anderen vandaan gaat zitten. Het is duidelijk dat we geobserveerd worden.

'Goed', blaft Fleet, met een stem als een zweepslag om de zaal stil te krijgen. 'We hebben een omvangrijke zaak, dus zorg allemaal voor een lege agenda.' Hij loopt naar de andere kant van de zaal, leunt daar tegen muur en kijkt me verwachtingsvol aan. Alle aanwezigen volgen zijn blik.

Ik schraap mijn keel. Ik heb er zo'n hekel aan als hij me dit flikt.

'Dat klopt', steek ik van wal, en ik probeer Isaacs' blik zo veel mogelijk te ontwijken. 'Er is een jonge man op klaarlichte dag neergestoken en niet lang daarna overleden, wat op zich al erg genoeg zou zijn, als het niet om een prominent slachtoffer ging.' Ik zwijg en kijk even met een effen blik de zaal rond, een bewezen tactiek die vertrouwen uitstraalt. 'Alles wat we doen wordt nog meer dan gewoonlijk bekritiseerd en openbaar gemaakt, dus het is uitermate belangrijk dat we onze zaakjes op een rijtje hebben.'

Een man met rossig haar en een bezweet gezicht moet grijnzen, naar ik aanneem om die muffe zegswijze van me, en ik kijk hem strak aan.

In de hoek laat Fleet zijn kauwgom hard knallen en ook hem trakteer ik op een strenge blik. Ik loop naar het overzichtsbord voor in de zaal. 'Ongetwijfeld komt dit gezicht de meesten van jullie bekend voor. Sterling Wade. Een enorme beroemdheid, als je je daarvoor interesseert. Drieëntwintig jaar oud. Komt oorspronkelijk uit Karadine, een boerendorp in het noorden van New South Wales. Hij is de jongste van Matthew en April Wade. Had een oudere broer en zus. Toen Wade dertien was is hij naar Melbourne verhuisd waar hij tot zijn negentiende bij de familie Beauford heeft gewoond, bijna als in een pleeggezin.'

De ogen van de meeste agenten zijn strak op Wades foto's gericht. Ik snap dat ze proberen zijn dood te rijmen met het gezicht dat ze op tv en in tijdschriften hebben gezien. Het is altijd vreemd wanneer je een slachtoffer kent. Dat overkwam me geregeld toen ik nog in Smithson werkte; af en toe was het slachtoffer zelfs een bekende van me. En uiteraard kende ik soms de dader. Ik weet uit eerste hand dat je daar knettergek van kunt worden. Als rechercheur wil je in staat blijven bepaalde zaken af te schermen, muurtjes op te trekken. Maar als de band met iemand heel persoonlijk is, kan zelfs de dikste muur niet alles tegenhouden, en in dat geval word je soms zwetend wakker en stel je je voor dat je eigen geliefden pijn wordt gedaan, of nog erger.

Sterling Wade is zowel een bekende als een vreemde voor ons. Hoewel het eerder voelt alsof hij een kennis is, een vriend zelfs, weten we als het erop aankomt vrijwel niets zinnigs over hem. Dat gegeven zorgt voor een ongewone atmosfeer; we voelen ons wat minder betrokken bij de pijn en angst die hij moet hebben ervaren. Het is nu net of we er een filmversie van bekijken. Net als in een verhaallijn van *The Street* komt zijn dood ons onwerkelijk voor. We zijn er zo aan gewend dat beroemdheden ons eigendom zijn, dat we een deel van hun leven opeisen en verwachten dat ze er altijd gewoon zijn, dat het voor iedereen

een flinke tegenvaller is als ze eens iets onverwachts doen, als we ze verliezen, als ze weg zijn. Eigenlijk is Wades dood simpelweg weer iets waar wij ook deel van mogen uitmaken.

'Er zijn ook beelden van het incident, een van de opnames van de filmset', ga ik verder. 'Die krijgen jullie meteen hierna te zien. Jammer genoeg is het niet duidelijk wie Wade heeft aangevallen omdat ze allemaal een kostuum dragen, maar de technische ploeg pluist de beelden na om te kijken of ze nog ergens op stuiten. We hopen op zijn minst de lichaamsbouw van de aanvaller te kunnen vaststellen.'

Een jonge agent voor in de zaal steekt zijn hand op. 'Weten we zeker dat het geen ongeluk was?'

'Dat is mogelijk,' geef ik toe, 'maar er is een mes aangetroffen op de plaats delict. Dat is een stuk zwaarder dan de namaakwapens, dus een acteur zal vrij snel door hebben gehad dat het geen rekwisiet was. En er is niemand komen melden dat hij of zij Wade heeft gestoken. Maar zelfs al was degene die het incident op zijn geweten heeft zich niet bewust dat het wapen echt was, dan nog zitten we met iemand die het op de set heeft gelegd.'

Ik voeg eraan toe dat we de bewakingsbeelden uit het hele zakencentrum van de stad hebben opgevraagd, en ook alle veiligheidsinfo van het filmproductiehuis.

'Goed, zoals jullie misschien al hebben geraden was Sterling Wade immens populair', zegt Fleet, die zich met een soepele beweging tegen de muur afzet en mijn kant op komt lopen. Met een blik op de aanwezigen neemt hij een autoritaire houding aan. Ik zie dat een van de agentes met haar ogen rolt en probeer niet te glimlachen.

'We zullen het net heel wat breder moeten uitwerpen dan normaal', gaat Fleet verder. 'Wade heeft driehonderdduizend volgers op Twitter, evenveel Facebookfans en bijna het dubbele daarvan op Instagram. Dat zijn heel veel mensen die weten hoe fraai zijn ontbijtje er afgelopen zondag uitzag. De technische mensen zijn al begonnen met zijn sociale media, maar het is een aardige berg om door te ploegen.' Fleet stopt even en speurt de zaal af. 'Ik wil graag dat jullie tweeën'

– hij wijst een jong, donkerharig meisje en een Aziatische man aan – 'doornemen waar ze mee aankomen en alles nalopen wat jullie verdacht vinden. Wij nemen contact op met Sterlings agente en vragen alle berichten op die zij rechtstreeks van zijn fans heeft ontvangen. Dat zetten we allemaal naar jullie door om te registreren en tegen het licht te houden.' Fleet houdt op met ijsberen, gaat op de hoek van de voorste tafel zitten en laat zijn benen bungelen als een kind. 'Ik wil tot in de kleinste details weten wat Wade in de weken voor de aanval heeft gedaan.' Zijn blik schiet naar twee jonge mannen met identieke borstelwenkbrauwen. 'Kunnen jullie zijn gangen in kaart brengen?' Ze knikken ernstig.

'En verder moeten we aan de slag met de getuigenverklaringen', zeg ik terwijl ik voor Fleet kom staan en mijn blik op twee gedrongen mannen met kaalgeschoren koppen laat rusten. 'We krijgen van de filmproducent een lijst met namen van iedereen die gisteren op de set was. Die hebben we al opgevraagd, maar jullie zullen dat verder moeten oppakken. De agenten die gisteravond op de plaats delict waren, hebben nog maar honderdtwintig van de meer dan vierhonderd aanwezige acteurs en medewerkers weten te registreren. Ik wil dat er vandaag een volledige lijst wordt opgesteld en dat iedereen die gisteren een verklaring heeft afgelegd, daaruit gefilterd wordt. Is dat wat?'

Ze knikken. 'Goed.' Ik wijs twee andere jonge mannen aan. Met een van hen, Amir Pavlich, heb ik een paar weken geleden samengewerkt aan de zaak-Jacoby, en ik ben onder de indruk van zijn gestructureerde manier van denken. 'Kunnen jullie tweeën hen helpen met die lijst? Achtergrondcontroles, overzicht van de plaats delict en verklaringen afnemen. Ik wil dat dit zo snel mogelijk in gang wordt gezet.'

'Prima', antwoorden ze.

'Maar hoe redden we dat allemaal als er zoveel data is?' vraagt Chloe.

Ik knik langzaam, en bewonder het feit dat ze de moed heeft dat te vragen waar iedereen bij is. 'Dat zal inderdaad niet makkelijk worden', zeg ik. 'Laten we het productiebedrijf inschakelen, misschien kunnen we een van hun ruimtes gebruiken. Als ze een zaal hebben die groot genoeg is, kunnen we een roulatiesysteem opzetten en zoveel mogelijk mensen tegelijk spreken. Dan lijkt het niet zo'n reuzenklus.'

'Dank je', antwoordt ze, en bijtend op haar lip maakt ze een aantekening in haar notitieblok.

Ik ga verder. 'We willen echt alles van die lui weten: hoe ze bij de film zijn gekomen, of ze misschien iets vreemds hebben gemerkt aan Wades gedrag of überhaupt iets wat opviel. We moeten weten of ze de aanval hebben gezien en waar ze zich op dat moment bevonden. Verder willen we ook weten wat ze daarna hebben gedaan en of ze sindsdien nog met een van de acteurs hebben gesproken. En leg alles vast.'

'Jezus', reageert een ander. 'Dat wordt een hele zooi informatie.'

'Ja, dat klopt.' Ik strek mijn handen achter mijn rug en buig mijn hoofd van links naar rechts. 'Sinds gisteravond zijn er al meer dan tweehonderd telefoontjes binnengekomen op de tiplijn. Dit is duidelijk geen doorsnee zaak.'

Een paar aanwezigen zetten grote ogen op bij dat getal, en er wordt driftig gepend.

Fleet schraapt luidruchtig zijn keel. 'Hoewel we er vrij zeker van zijn dat er maar één aanvaller was, kan die een handlanger hebben gehad. Misschien heeft de dader het mes aan iemand doorgegeven en is het per ongeluk gevallen. Wie weet is de aanvaller vervolgens op de plaats delict blijven rondhangen om zich een alibi te verschaffen.' Fleet krabt ongegeneerd aan zijn kruis. 'We zullen alle bewakingsbeelden die we in handen kunnen krijgen moeten bekijken.'

Ravi Franks stelt een vraag, met zijn melodieuze accent dat zijn woorden laat zingen. 'Zijn er aanwijzingen dat Wade werd gestalkt of bedreigd? Dat hoor je vaak bij beroemdheden.'

'Tot nu toe hebben we niets in die richting gehoord, maar dat is zeker een mogelijk scenario', zegt Fleet. 'Vandaar dat we zijn agente zullen vragen of er via haar rare berichten zijn binnengekomen. Letten jullie dus ook op alles wat erop kan wijzen dat hij gevolgd of in de gaten gehouden werd, al is het maar iets heel kleins.'

'Had hij een vriendin?' vraagt een lange, pezige agent met een dikke, getrimde baard.

Een zo te zien wat oudere blonde agent leunt over de rij stoelen voor hem en wendt zich tot de man met de baard. 'Ja, hij had iets met die actrice. Die van dat kinderprogramma.'

'Elizabeth Short', zeg ik om een eind te maken aan de entertainmentquiz. 'Ze is de Australische actrice die met Wade in de film speelde. Ze heeft de aanval meegemaakt en is met hem naar het ziekenhuis gegaan. Gisteravond was ze er niet al te best aan toe, maar we hopen haar later vandaag of morgen te spreken.'

Hier en daar wordt bevestigend geknikt. Ik wissel een blik met Fleet. 'Maar we hebben redenen om aan te nemen dat Wade misschien ook nog een andere relatie had.' Ik kijk met een strenge blik de zaal rond. 'Dit moet beslist binnen deze vier muren blijven. Het is mogelijk dat hij ook een verhouding had met een man, zijn huisgenoot Brodie Kent.'

Er worden grote ogen opgezet en een van de mannen fluit.

'Ik meen het', zeg ik op besliste toon. 'Dit blijft onder ons.'

Achter in de zaal gaat een hand omhoog.

'Ja?' vraag ik.

'Ik heb gehoord dat Wade iets had met die Amerikaanse actrice. Ava nog wat. Daar had mijn vriendin het een paar dagen geleden over.'

'Joh, dit is de afdeling Moordzaken, niet *Entertainment Tonight*', zegt Fleet lomp, waarna de man een dieprode kleur krijgt.

Isaacs blijft achter in de zaal onverstoorbaar voor zich uit kijken.

'Jullie tweeën,' zegt Fleet als hij zich abrupt omdraait en met gekromde duim naar twee jonge vrouwen op de voorste rij wijst, 'onderzoek die Kent. Breng me alles wat je maar kunt vinden over de afgelopen twee jaar. Woodstock en ik gaan nog eens met hem praten, om zijn alibi te controleren en het vermeende liefdesnestje te bezoeken, maar ondertussen hebben we alle achtergrondinfo nodig die jullie te pakken kunnen krijgen.'

‘Kan het een ruzietje tussen geliefden zijn geweest?’ oppert een lange jonge man met mooie blauwe ogen.

‘Nou, op mij maakte hij in ieder geval nogal een rare indruk’, antwoordt Fleet. ‘Die Kent is zo’n zweverig, artistiek type. En hij was behoorlijk vaag over waar hij gisteren heeft uitgehangen.’

‘Kent beweert dat hij de stad in is gegaan, maar hij kan zich niet precies herinneren waar hij was toen Wade werd aangevallen’, zeg ik, geërgerd omdat Fleet Brodie zo gemakkelijk wegzet.

‘Vandaar dat we hem tegen het licht houden’, onderbreekt Fleet me.

‘Misschien heeft iemand ontdekt dat ze een verhouding hadden en is diegene geflipt’, zegt een vrouw met een dikke vlecht die voor haar schouder hangt. ‘Als Wade homo was, kan het dan een hatecrime zijn geweest?’

‘Best mogelijk’, zeg ik. ‘Het is in ieder geval noodzakelijk dat we alle aan hem gerichte post met een dergelijke strekking onderzoeken.’

‘Mensen kunnen soms geheel misplaatst het gevoel hebben dat ze zo’n jongen goed kennen’, zegt Fleet met nauwelijks verholen minachting. ‘In deze fase houden we alle opties nog open.’

Ik ga weer verder. ‘Probeer zo veel mogelijk te weten te komen. Vergeet niet dat de beveiliging van de filmset behoorlijk streng was, dus het lijkt erop dat de aanvaller een pasje had of hoe dan ook langs de bewaking heeft kunnen glippen. We moeten zo duidelijk mogelijk in beeld zien te krijgen hoe het productiehuis de toegang tot de set gisteren had georganiseerd.’

‘En dan nog iets om de feestvreugde te verhogen: Ava James heeft vanmorgen contact opgenomen met ons bureau om aangifte te doen tegen Riley Cartwright, de regisseur van de film, wegens aanranding’, licht Fleet de groep in. ‘We laten de afdeling Zedenzaken hem hier vandaag van op de hoogte stellen zodat het balletje op dat front gaat rollen, en Woodstock en ik gaan vandaag met James praten over Wades dood. We zijn van plan morgen Cartwright over Wade aan de tand te voelen. Voorlopig beschouwen we dit als twee afzonderlijke onderzoekssporen. We hebben geen idee of er een verband tussen bestaat, maar dat houden we in ons achterhoofd.'

Hoofden buigen zich over notitieblokken.

Als ik rondblik, kijken glanzende ogen naar me op. Ze staan te popelen.

'Zo meteen zal Edo de beelden van de filmshoot hier klaarzetten zodat jullie er allemaal naar kunnen kijken. En vergeet niet: laat je niet in de kaart kijken. We krijgen met hevige media-aandacht te maken, we kunnen het ons niet veroorloven dat iemand zijn mond voorbijpraat.'

Ik neem nog kort de overlegmomenten over de zaak met ze door, de diensttijden en de regels rond overuren. Ze lijken te sprankelen van nieuwe energie en kijken nu al uit naar de etentjes over een paar maanden, wanneer dit allemaal achter de rug is en ze zo nu en dan naar de zaak kunnen verwijzen en sappige details laten vallen over de omgekomen filmster. En dat snap ik ook: uiteindelijk zijn niet veel mensen immuun voor de aantrekkingskracht van beroemdheden en, oppervlakkig bezien in ieder geval, zijn de hoofdrolspelers met wie we nu van doen hebben een stuk interessanter dan de gebruikelijke hopeloze gevallen die we moeten onderzoeken.

Dan verschijnt het levenloze lichaam van Walter Miller voor mijn geestesoog, en ik word overvallen door schuldgevoel omdat deze flitsende nieuwe zaak mijn aandacht zo snel in beslag heeft genomen. Deze zaak heeft iedereen in de ban, en ik vraag me onwillekeurig af wat Millers dochter ervan vindt dat haar vaders dood zo snel van de voorpagina's verdrongen is.

Ik raap mijn papieren bijeen en draai me om naar Fleet, die met zijn duim iets uit zijn neusgat probeert los te pulken. 'En, zullen we eens met mejuffrouw James gaan praten?' vraagt hij.

'Ja.'

Op weg naar het parkeerterrein luister ik mijn voicemail af, waar een ademloze Candy me op mijn kop geeft omdat ik haar niet heb teruggebeld. Ze is van plan een uitgebreid artikel op haar nieuwswebsite aan Sterling Wade te wijden, en haar research heeft aan het licht gebracht dat Matthew en April Wade grote financiële problemen schijnen te hebben. In hun woonplaats wordt gefluisterd dat ze op het randje van faillissement verkeren.

Donderdag 16 augustus, 11.51 uur

Het hotel waar Ava James logeert ligt op nog geen tweehonderd meter van de plek waar Wade werd neergestoken, iets verderop aan Spring Street richting Carlton. Met een schok besef ik dat ik al eerder in dit hotel ben geweest. Het beeld van het grijzende haar en slanke lichaam van een gedistingeerd uitziende zakenman danst voor mijn ogen wanneer Fleet en ik ons tussen treurende tieners, opdringerige verslaggevers, op foto's beluste toeristen en strenge bewakers door worstelen. In de luxueuze lobby laten we onze legitimatie zien en worden we naar een vergulde lift gestuurd.

Als we een paar verdiepingen hoger uitstappen wachten we tot een norse bewaker met een dodernstig gezicht onze pasjes heeft bestudeerd, waarna hij hard op de deur van de hotelkamer roffelt.

Ava verschijnt in de deuropening, met een enorme witte kamerjas aan, haar gekamde lange, rode haar nog vochtig. Ze gaat ons voor naar de zitkamer, ploft neer op een opzichtig gebloemde bank en begint het patroon met haar vinger te volgen. Een blonde assistente met een strak bobkapsel zet flesjes bronwater voor ons neer, verdwijnt vervolgens in een slaapkamer en trekt de deur achter zich dicht.

'Oké', zegt Ava en ze haalt diep adem. 'Zal ik jullie vertellen wat me met Riley Cartwright is overkomen?'

'Ja,' zeg ik, 'maar ik wil het eerst even over gisteren hebben.'

Als ze al verrast is door deze plotselinge ommekeer, dan laat ze dat niet merken. Gehoorzaam steekt ze van wal met een gedetailleerde beschrijving van de gebeurtenissen van gisteren. Ze had de aanval niet zelf gezien; er was een tijdelijke caravan voor haar in het Treasury Gardens-park geregeld, waar ze de opname met een half oog heeft zitten bekijken op een split screen. Na een poosje had ze het gevoel gekregen dat er iets aan de hand was.

'Was er iemand bij je in de caravan?' vraag ik.

'Nee', zegt ze ronduit. 'Ik was aan het mediteren.'

Fleets snuift misprijzend, wat ik met een onhandig kuchje probeer te maskeren, waarna ik vraag: 'En hoelang kende je Sterling al?'

'Nog maar acht weken', antwoordt ze. 'Vanaf het moment dat ik hier kwam repeteren. Maar we hadden meteen een klik.' Ze knijpt haar ogen dicht. 'Het was zo'n geweldige jongen. Zo ruimhartig en zo getalenteerd.'

'Heb je hem weleens horen zeggen dat hij last van ongewenste aandacht had?' vraag ik.

'Alleen van de pers', zegt ze. 'Dat werd behoorlijk heftig. We werden heel vaak achterna gezeten, maar daar ging hij altijd behoorlijk luchtig mee om.' Ze schudt ongelovig haar hoofd terwijl er tranen over haar vlekkeloze wangen druipen. 'Ik kan dit allemaal echt niet geloven. Het is gewoon te bizar.'

'Goed', verandert Fleet van onderwerp. 'Dan nu over Riley Cartwright. Je hebt vanochtend het politiebureau gebeld om aangifte van aanranding te doen.'

Ze dept haar ogen droog en knikt. 'Hoor eens, ik wil eerst even duidelijk hebben dat ik hem als regisseur waardeer. Dat ik met hem kon samenwerken was aanvankelijk de belangrijkste reden dat ik ja tegen deze film heb gezegd; hij is zonder meer getalenteerd. Alleen vind ik dat hij hier niet mee weg mag komen.' Tijdens haar toespraakje houdt ze haar hoofd uitdagend schuin en ik herinner me diezelfde pose van toen we haar in het ziekenhuis troffen. Ze straalt een ongebruikelijk zelfvertrouwen uit dat je doorgaans eerder bij mannen aantreft. 'Ik weet dat dit hem zijn carrière kan kosten en dat is heel jammer, maar dit is echt de juiste weg', gaat ze verder. 'En ik weet dat Sterling zou hebben gewild dat ik hiermee naar buiten kwam.'

'Vertel ons wat er is gebeurd, Ava', zeg ik en ik kijk haar in de ogen, waarmee ik haar wil zeggen dat haar verhaal bij ons absoluut veilig is.

Ze zucht en kamt met haar vingers door haar lange haar. 'Wat wou ik graag dat ik niet in deze situatie was beland.' Langzaam ademt ze in en uit. 'Nou, goed, zodra ik in Melbourne aankwam was het duidelijk dat Cartwright een oogje op me had. In het begin bleef het bij geflirt; soms was hij een beetje handtastelijk, maar dat kon ik wel aan.' Ze gaat rechter zitten. 'Maar toen ontspoorde het. Hij vroeg tijdens elke repetitie of ik na afloop even wilde blijven. Dan stelde hij voor dat we iets gingen drinken om over mijn personage te praten. Hij had het er telkens over dat we allebei single waren. Dat was onprettig, maar niet, zeg maar, gevaarlijk of zo.' Ze haalt haar schouders op, haar blik op de vloer gericht. 'Maar afgelopen vrijdag ging hij te ver.'

'Wat is er gebeurd?' vraag ik.

'Het was op de laatste repetitiedag. Het liep allemaal goed. De grote reddingsscène van Sterling en mij stond er prima op, en die is echt heftig.' Ze bet haar ogen. 'Toen we klaar waren ging ik naar mijn kleedkamer en begon me om te kleden.' Haar blik schiet alle kanten op en ze gaat sneller praten. 'Ik had een muziekje opgezet en was wat aan het ronddansen, gewoon, om te ontspannen, en opeens was hij er en sloeg zijn armen om me heen.'

'Cartwright?' vraagt Fleet voor de duidelijkheid.

'Ja', zegt ze zacht. 'Hij moet naar binnen zijn geslopen, ik had geen idee dat hij er was, eerlijk niet. Hij zat aan mijn borsten en zei dat hij al die tijd zo naar me had verlangd. Dat hij er gek van werd om me met Sterling samen te zien.' Ze knippert met haar ogen en spant haar kaken. 'Hij was heel ruw – hij drukte me tegen de muur aan en zei dat hij wel wist dat ik het wilde. Hij drukte zich hard tegen me aan. Ik voelde dat hij stijf was, en hij begon me overal te betasten.' Met een driftig gebaar schudt ze haar haar over haar schouder. 'Ik zei dat ik zou gillen als hij me niet losliet.'

'En wat deed hij?' vraag ik.

‘Hij vroeg of ik dat zeker wist.’ Ze lacht verbitterd. ‘Flikker toch op, zei ik.’

‘En toen?’

‘Toen ben ik weggegaan. Ik heb tegen niemand iets gezegd en ben er gewoon vandoor gegaan.’ De tranen beginnen weer te stromen. ‘Sterling heeft me een berichtje gestuurd, hij vroeg waarom ik niet meeging om wat te drinken, maar ik wilde absoluut niet bij Cartwright in de buurt zijn.’ Ze bijt op haar volle lippen. ‘En ik wilde de avond niet verpesten voor de anderen. Iedereen was in zo’n goede stemming.’

‘Maar uiteindelijk heb je wel aan Sterling verteld wat er gebeurd was, toch?’ zeg ik.

‘Ja’, antwoordt ze zachtjes. ‘Er waren hem wat dingen opgevallen en daar had hij me al eerder naar gevraagd. Hij wist dat er iets niet goed zat. Ik ben zaterdagochtend met hem gaan koffiedrinken en toen heb ik hem alles verteld. Hij werd woest. Het was machtsmisbruik en schending van vertrouwen, zei hij, wat ik natuurlijk al wist, maar volgens hem moest iemand tegen Cartwright zeggen dat dat verkeerd was, en dat hij er met hem over zou praten.’

‘En, deed hij dat?’ vraagt Fleet.

Ava’s hoofd zakt naar voren en ze kijkt met grote ogen naar ons op. ‘Zeker. Hij is op zondagmorgen naar de studio gegaan om hem erop aan te spreken. Cartwright ontkende dat het zo gegaan was als ik beweerde, en ze hebben knallende ruzie gekregen.’

‘En waar is die studio?’ vraag ik.

Ze vouwt haar benen onder zich en klemt een kussen tegen haar borst. ‘In een pakhuis in het havengebied. Daar worden de meeste scènes opgenomen.’

‘Was jij er ook?’ vraag ik door.

‘Ik heb in de auto gewacht’, zegt ze. ‘Sterling was nogal aangeslagen door het hele gebeuren.’

‘En was er daar verder nog iemand?’ vraag ik.

‘Ik geloof het niet. Misschien Katya March, de producer. Meestal is ze overal waar Cartwright is, maar ik weet het niet zeker.’

'Zijn die twee mannen ook echt op de vuist gegaan?' vraagt Fleet.

Ze schudt haar hoofd. 'Nee, ze hebben alleen maar ruziegemaakt. Cartwright had beweerd dat hij gewoon wat had "zitten klooien" en dat Sterling zich met zijn eigen zaken moest bemoeien.'

'En dat was dat?' vraag ik.

'H-hm. Sterling heeft me weer hierheen gereden en gezegd dat hij Cartwright zou vermoorden als hij ooit nog een vinger naar me uitstak. Hij had heel graag gewild dat ik aangifte zou doen, maar ik wou de film niet verpesten. Ik dacht: als we straks klaar zijn met filmen, dan ga ik er gewoon vandoor en, nou ja, whatever.'

'En hoe ging het de dag daarna?' vraagt Fleet. 'Hoe gedroeg Cartwright zich?'

Ava haalt haar schouders op. 'Alles liep zo'n beetje als altijd. Cartwright deed nogal koel tegen Sterling en mij, maar dat vond ik prima. Het enige wat ik wilde was een goede rol neerzetten en ik weet wel hoe ik met chagrijnige regisseurs om moet gaan.'

'Maar nu heb je duidelijk besloten er werk van te maken', zeg ik.

'Ja.' Haar kaken verstrakken weer, haar ogen vlammen saffierblauw op. 'Absoluut. Die film komt er toch al niet meer. En zoals ik al zei: ik doe het voor Sterling.'

Fleet en ik banen ons een weg door een drom verslaggevers naar onze auto en zijn nog net op tijd bij het forensisch-medisch instituut voor Wades autopsie. We lopen een lange gang door, langs de vertrekken van de gerechtspatholoog, en bellen aan het eind aan. De assistent van Mary-Anne laat ons via de intercom binnen en we lopen onmiddellijk tegen de onmiskenbare geur van dood vlees en chemicaliën op. Dat betekent dat er vandaag een lichaam in staat van ontbinding aanwezig is, weet ik uit ervaring. Ik probeer mijn gedachten door de koele, bedompte zaal te laten bedaren, maar als ik het petsen van chirurgische handschoenen die aangetrokken worden hoor, krijg ik de kriebels. Ik adem diep in en langzaam weer uit. Zelfs na al die jaren met al die lijken moet ik mezelf hier nog steeds tegen wapenen.

Ik concentreer mijn blik op Wade. Vreemd toch dat deze dode man gisteren nog een en al jeugd en gezondheid was en een hoofdrol in een grote Hollywoodfilm had. Het leven is zo grillig; de overgang naar de dood voltrekt zich uiteindelijk in een oogwenk, wie je ook bent.

Dr. Mary-Anne Tallis komt vanuit haar kantoor de zaal in en gaat met een verbeten gezicht aan het werk. Fleet en ik slaan deze horrorshow gehoorzaam vanuit de toeschouwersruimte gade. Wades beroemdheid hangt zwaar in de lucht, en we lijken allemaal naar adem te happen. Het voelt bijna obsceen om naar deze ontmanteling te kijken: zijn lichaam is zo volmaakt dat je de indruk krijgt dat deze hele procedure zonder publiek zou moeten plaatsvinden. Fleet merkt het vast ook, hij kan amper stilstaan en lijkt zijn blik nergens lang op te kunnen focussen. In tegenstelling tot hem ben ik aan de grond genageld en staar voor me uit. Op een of andere manier draagt het rode, gapende gat in Wades borst bij aan zijn status van jonge god; hierdoor lijkt hij nog meer op een leidersfiguur, een die doet denken aan machtige krijgers van weleer, neergehouwen op het slagveld.

De jonge assistente van Mary-Anne doet duidelijk haar best om haar emoties te bedwingen, maar heeft het moeilijk met de aanwezigheid van zo'n prominent lijk. Ze reikt Mary-Anne haar instrumenten met trillende handen aan. Ik kan het haar niet kwalijk nemen; niet veel mensen kunnen beweren dat ze ooit zo dicht bij de beroemde acteur zijn geweest.

Mary-Anne meet Wades armen en benen op, geeft een indruk van zijn conditie en bekijkt zijn tanden en zijn ogen. Dan bestudeert ze de wond, meet hoe lang die is en trekt de randen met een pincet terug. Ten slotte snijdt ze hem open en begint de organen te verwijderen en te wegen. De assistente, Lily, drentelt eromheen, dept Wades lichaam hier en daar droog, bergt haren en vingernagels op in zakjes en neemt foto's als Mary-Anne haar daar geduldig opdracht toe geeft. Zijn laatste foto's, bedenk ik, wat extra ernstig stemt als je bedenkt hoe vaak Wade tijdens zijn leven wel niet is gefotografeerd.

Ik vraag me af hoe het moet zijn om net als Wade zo genadeloos vastgelegd te worden. Zo bekend te zijn, zo begéérd te worden. Niet met de instinctieve hang zoals Ben die als baby naar mij had, niet met de oerbehoefte die ik nu als moeder soms voor hem voel. Zelfs niet met de onverklaarbare aantrekkingskracht van het overweldigende verlangen in het eerste stadium van een relatie. Wat Wade moet hebben ervaren was een massale en gemeenschappelijke behoefte; de verwachting dat hij voor miljoenen optreedt, presteert en altijd beschikbaar is. Wanneer je zoveel bewondering krijgt, je door zoveel mensen persoonlijk wordt gekend: dat moet ergens wel ontregelend zijn. Hoe moet je er ooit achter komen wie je bent als iedereen dat altijd maar voor jou beslist?

'Ik heb niet veel te melden', verzucht Mary-Anne ten slotte op een voor haar ongewoon vlakke toon. 'Behalve wat je zo kunt zien, is hij vanbinnen en vanbuiten perfect gezond. Ik kan niets vinden.' Ze kijkt enigszins afkeurend naar Wade.

Alle pathologen willen aanwijzingen bij de dode vinden. Dit is de laatste kans voor het slachtoffer om iets te zeggen, te verklaren wat er gebeurd is, en wanneer er dan wat wordt aangetroffen, ontstaat er een vreemde maar wezenlijke band tussen patholoog en lijk bij een verder eenzijdige relatie.

Met haar blik nog op Wades lichaam gericht gaat ze verder. 'De moordenaar is waarschijnlijk rechtshandig. Ik ben er vrij zeker van dat het mes van de plaats delict het moordwapen is. De afmetingen van het lemmet komen overeen met de wond in zijn borst. Het duurt minstens een week voor het bloedonderzoek klaar is, maar ik vermoed dat het allemaal van hem is. Er zaten geen vingerafdrukken op het heft, dus de moordenaar droeg waarschijnlijk handschoenen. En het mes is vrij standaard. Niks bijzonders. Het kan uit de keuken van een restaurant komen, maar ook uit een behoorlijk uitgeruste privékeuken, zeker nu iedereen zich tegenwoordig een topkok waant.'

'Denk je dat er nog bruikbaar DNA op het lichaam zit?' vraag ik.

Mary-Anne fronst. 'Weinig kans. Dat was al een hopeloze zaak op het moment dat de ambulancemedewerkers bij hem kwamen. Maar zoals ik al zei: we gaan het wapen, de kleren die hij droeg toen hij in het ziekenhuis aankwam en de andere rekwisieten die de technische mensen rondom hem hebben meegenomen nog eens nauwkeurig bekijken.'

'Het blijft toch typisch dat de dader het wapen zomaar laat vallen en 'm peert.' Fleet heeft ergens een tandenstoker vandaan gehaald waar hij ijverig mee tussen zijn tanden zit te peuteren op de bank die de volle lengte van de zaal beslaat. Ik betrap hem als hij naar Lily knipoogt. Er plooit zich een half lachje om haar mond en haar heupen wiegen net iets meer dan normaal als ze in haar kantoortje verdwijnt. 'Ik bedoel: waarom zou je dat doen? Dat is de voornaamste reden dat we denken dat dit geen ongeluk was.'

'Misschien heeft hij het per ongeluk laten vallen?' speculeer ik. 'Wie weet raakte hij in paniek.'

'Er is toch een band van?' vraagt Mary-Anne. 'Kun je op die beelden niet zien dat de aanvaller het wapen laat vallen?'

'Neuh', zegt Fleet die van zijn plek wipt. 'Er is geen reet te zien. Echt, we hebben een onvervalste snuffmovie in handen en daar valt niks uit op te maken. Staan wij even voor lul.' Hij kijkt weer op zijn privételefoon, zijn vingers vliegen er in een indrukwekkend tempo overheen en ik vraag me af met wie hij contact heeft.

'We zullen je later vandaag een kopietje van die beelden sturen, Mary-Anne', zeg ik.

'Oké, mooi. Je weet maar nooit of er dan wat verbanden aan het licht komen. Misschien wilde Wades aanvaller het mes zo snel mogelijk lozen omdat hij wist dat de mensen erop zouden trappen en het niet meer als bewijs kon dienen.' Ze knikt bij zichzelf. 'Bovendien kon hij dan makkelijker in de mensenmassa opgaan. Slim hoor.'

'Als dit een bewuste aanval was, dan rekende de moordenaar vast op een totale chaos voor en na Wade werd neergestoken.' Ik zie de stroom mensen op de video weer voor me.

'En op een plek in de schijnwerpers', merkt Fleet op. 'Als je daarop kickt.'

Ik knik en denk daarover na. Afgezien van een terroristische actie kan ik me geen misdaad voorstellen die zo publiek is. Misschien hebben we te maken met een obsessieve aandachtstrekker, iemand die zijn *fifteen minutes of fame* wil – maar in dat geval zou diegene zich toch al gemeld hebben om de aanval op te eisen.

'Nou jongens, daar komt het zo ongeveer op neer', zegt Mary-Anne, die mijn gedachten afkapt. 'Er zijn geen verdedigingswonden, maar dat komt vast doordat het een plotselinge aanval was. Afgezien van de steekwond is hij zo gezond als een vis.' Ze doet een stap achteruit en laat de rand van haar handschoenen tegen haar polsen petsen. 'Hierna gaan we alle standaardonderzoeken uitvoeren. De uitslagen van het toxicologisch onderzoek krijgen we pas over een paar dagen, maar er is geen enkele aanwijzing dat er een of ander middel in zijn bloed zat. Het is echt eeuwig zonde, iemand met zo'n talent en nog een hele carrière voor zich.'

Ik wacht tot Lily de deur van haar kantoortje achter zich dicht heeft gedaan, en zeg dan: 'Mary-Anne, we hebben reden aan te nemen dat Wade ook nog een homorelatie had.'

Zoals altijd blijft ze professioneel, alleen haar pupillen worden ietsjes groter. 'Oké', zegt ze langzaam.

'Dat is informatie die je uiteraard voor jezelf moet houden', vult Fleet aan.

'Natuurlijk.' Mary-Anne knikt en perst haar lippen op elkaar.

'Misschien een lastige vraag,' zeg ik, 'maar is het mogelijk om zoiets een beetje snel voor ons te achterhalen? Het zou op een motief kunnen wijzen, daarom moeten we het weten.'

Mary-Anne zucht. 'Dat ligt eraan. Ik kan dat alleen met enige zekerheid vaststellen als het om anale seks met penetratie gaat. En wanneer dat niet onlangs is gebeurd vormt het geen afdoende bewijs. Maar inderdaad, als er sprake was van regelmatig contact dan kan ik jullie een indicatie geven. Al is het natuurlijk zo', voegt ze eraan toe, 'dat mensen van alles uitspoken, dus alleen wanneer ik spermasporen aantref kan ik bevestigen dat hij seks met een man heeft gehad. Er zijn nog andere tests die ik kan doen, maar ook daarvoor geldt dat ze alleen wat opleveren als hij recent seks heeft gehad. En uiteraard kan ik niet vaststellen dat het met onderling goedvinden was, ook al zijn er geen duidelijke signalen van aanranding.'

'Dank je, Mary-Anne', zeg ik zachtjes.

Een lange tijd is het stil als we met z'n drieën rond het verminkte lichaam van Wade staan.

'Mijn kinderen zijn hier helemaal kapot van', zegt Mary-Anne. 'Telkens als ik vroeg thuis was keken we met z'n allen naar *The Street*. We waren allemaal vooral dol op Ed Sloan.' Ze moet lachen om haar eigen sentimentele reactie en veegt haar oog aan een schouder af. 'Ik ben zelf ook een beetje van slag.'

'We zijn allemaal van slag', zegt Fleet, die een pluisje van zijn jas plukt en naar de deur loopt. 'Maar we willen nu eerst graag van je weten of die vent nou van de herenliefde was of niet.'

Donderdag 16 augustus, 20.12 uur

Ik prik een plastic vork in de vettige kip en steek iets wat eruitziet als een stukje rode paprika in mijn mond. Mijn maag knort, want ik heb de hele dag nog niets op. Fleet zit zwijgend op een kippenbotje te kluiven, zijn lippen en kin glimmen van het vocht. Ik dep mijn mond af met een servet en kijk de briefingzaal rond. De dossiers op de twee lange tafels voor in de zaal stapelen zich op. Er lopen agenten af en aan die ons nieuwe informatie voorleggen, als honden die een stok apporteren. Op het tv-scherm in de hoek herhaalt een nieuwslezeres met een bezorgde blik de schaarse feiten over de aanval op Wade die tot nu toe bekend zijn bij het publiek. Haar woorden lijken rechtstreeks tot ons te zijn gericht: *raadselachtige aanval, onduidelijk motief, chaotische plaats delict, verbijsterde rechercheurs.*

Vanmiddag heb ik Wendy Ferla gesproken, de agente van Sterling, terwijl Fleet de familie Beauford opzocht. Wendy's hese stem ademde zwaar door de telefoon, onderbroken door gierende snikken. De Beaufords waren terughoudender, ze hadden Fleet bezorgd een paar vragen gesteld over wat er op de filmset was gebeurd. Amy zei dat het klopte dat Sterling zo'n tien jaar geleden bij hen was komen wonen toen hij een rolletje kreeg in de kinderserie *Team Go*. Hij had bijna zes jaar bij ze gewoond, maar was tussendoor voor langere perioden naar Karadine terug geweest. Amy vertelde dat zij en haar man Steve na Jack geen kinderen meer hadden gekregen, en dat ze graag hadden gewild dat hun zoon met een leeftijdgenootje kon omgaan. Jack is inmiddels twintig, woont in het buitenland en werkt in het talentenmanagement.

Daarvoor deed hij de casting voor *Death is alive*. Amy en Steve bevestigden dat ze Sterling allemaal eind mei hadden gezien toen hij met Lizzie bij hen was komen eten.

'Hij leek heel gelukkig', had Amy droevig tegen Fleet gezegd. 'Het komende jaar zag er veelbelovend voor hem uit.'

Ik liet Wendy weten dat onze technische ploeg binnen het uur bij haar op kantoor zou zijn om alle correspondentie door te nemen die ze voor Sterling had ontvangen, en dat wij haar morgen een bezoekje kwamen brengen. Fleet had de familie Beauford gezegd dat we binnenkort misschien wel weer met ze wilden praten, en ook met hun zoon Jack in Los Angeles.

'Alles waar we jullie mee kunnen helpen', had Amy met ogen vol tranen tegen Fleet gezegd. Ze had ook naar Matthew en April Wade geïnformeerd.

'Er blijken een heleboel mensen erg bij Wades leven betrokken te zijn geweest', zegt Fleet nadat hij me heeft bijgepraat over zijn gesprek met Amy en Steve Beauford. 'Ik denk nog steeds dat het misschien niet de bedoeling was hem te doden', zegt hij peinzend als hij een erwt aan zijn vork prikt. 'Misschien was het als waarschuwing bedoeld? Want hij had het kunnen overleven.'

'Denk je dat Cartwright zo boos op Wade was omdat die hem op zijn gedrag tegenover Ava had aangesproken?'

'Kan best', zegt Fleet, die stukjes kip tussen zijn tanden vandaan peutert. 'Cartwright was er misschien niet zo van gediend om op zijn nummer te worden gezet.'

'O, vast niet, maar geloof je nou echt dat hij zijn eigen film op het spel zou zetten? En wie zou hij er dan opdracht voor moeten hebben gegeven? Zoiets is best riskant.'

'Geen idee', zegt Fleet. 'Maar ik stel me zo voor dat mensen zoals Cartwright veel relaties en behoorlijk wat invloed hebben. Kan hij niet gewoon een acteur of iemand van zijn filmploeg hebben betaald? Of een beveiliger?'

Daar denk ik over na. Een acteur of iemand van de crew zou de aanval het makkelijkst uit hebben kunnen voeren. Of iemand met een pasje die de weg wist achter de schermen.

'Als het zo is gegaan,' zeg ik, 'dan moet dat sporen hebben achtergelaten. Telefoongesprekken of mailtjes.'

Fleet neemt een grote slok water uit een flesje waar een verbleekt logo van een Australian football-club op staat. 'Behalve als hij de opdracht op de set heeft gegeven.'

'We moeten al die verhoren zien af te ronden', antwoord ik. 'Misschien is het iemand opgevallen dat Cartwright onlangs opeens veel met iemand van de filmploeg omging.' Mijn blik valt op Amir, die aan de andere kant van de zaal zit. 'Pavlich, zit er al wat schot in die verhoren van de acteurs en filmploeg?'

'Ja, hoor', antwoordt hij. 'We hebben net de laatste medewerkers geregistreerd. Het wordt een gigantische klus. Ik heb zesendertig agenten ingeroosterd, maar ik ben nog aan het lobbyen voor meer mensen.'

'Mooi, dank je.' De kleffe rijst, die akelig aan mijn tanden blijft plakken, hou ik voor gezien. Ik richt me weer tot Fleet. 'Als het waar is wat Ava zegt en Wade Cartwright zondag ter verantwoording heeft geroepen, dan heeft die wel heel snel iemand met een mes weten te regelen.'

Fleet is niet onder de indruk. 'Waarom er gras over laten groeien? Misschien was Cartwright wel bang dat Wade hem bij ons zou aangeven – of erger nog, bij de Twitterpolitie. Dat kan hem vleugels hebben gegeven.'

Ik knik. 'Mee eens, maar dan nog kon hij er niet van op aan dat Ava niet uit de school zou klappen. Benieuwd met wat voor excuus hij morgen komt.'

Fleet rekt zijn armen hoog boven zijn hoofd uit en buigt zijn lichaam van links naar rechts. 'Mejuffrouw James heeft overigens zelf ook geen alibi, weet je.'

'Ze zat toch in haar caravan?' zeg ik verbaasd.

'Jawel, maar nog geen dertig meter bij de plaats delict vandaan', zegt hij. 'Ze kan makkelijk een kostuum hebben aangetrokken en in de menigte zijn opgegaan. Ze wist wat ze daar aan het doen waren, en hoe ze bij Wade in de buurt moest komen.'

'Maar waarom zou ze hem kwaad willen doen?'

Fleet bijt peinzend op zijn lip. 'Dat weet ik ook niet, maar het is wel raar dat Wade zich opeens als Ava's voorvechter opwierp, en blijkbaar stond te trappelen om haar te hulp te schieten. Misschien was het maar een fantasietje van haar. Of er was echt iets gaande tussen die twee.'

'Of Wade was gewoon een fatsoenlijke kerel die opkwam voor een vriendin die werd lastiggevallen', kaats ik terug.

Fleets oogleden bewegen, maar hij weet zich nog op tijd te bedwingen en niet helemaal met zijn ogen te rollen. 'Zou kunnen', geeft hij toe.

'En zelfs al sliepen ze wel met elkaar of hadden ze iets anders samen, dan zou dat juist betekenen dat ze nog minder reden had om hem iets aan te doen', werp ik tegen.

Fleet haalt zijn schouders op. 'Mwah. Ze kan dat tussen Wade en Kent ook hebben ontdekt, of ze was er klaar mee dat hij een vriendin had. Ik kon in die mooie ogen wel zien dat er een steekje los zit.'

'Ach, volgens jou zijn alle vrouwen gek', wuif ik de suggestie weg.

Hij kijkt me met opgetrokken wenkbrauwen aan. 'Het tegendeel moet nog blijken', grapt hij.

'Hoor eens, ik ben het met je eens dat Ava makkelijk het terrein op kon komen, maar ik snap nog steeds niet waarom ze hem dood zou willen. Dat slaat nergens op.'

'Misschien wilde ze dat ook niet', oppert hij. 'Zoals ik al zei kan het een uit de hand gelopen waarschuwing zijn geweest.'

Ik sluit mijn ogen en doe ze dan weer open om naar het overzichtsbord te kijken. Wades prachtige gezicht kijkt me aan en ik verplaats me in gedachten naar het moment waarop het mes diep in zijn hart doordrong. Ik ril. Het lijkt me geen waarschuwing.

'Ava is vrij lang', zeg ik. 'Het zou ideaal zijn wanneer de technische ploeg de moordenaar op de beelden kan aanwijzen zodat we een paar basiskenmerken hebben. Dan kunnen we een profiel gaan opstellen.'

'Hè, ja', zegt Fleet, die met zijn vingers door zijn haar harkt. 'Hopelijk kunnen we dan een opsporingsbericht uitsturen voor een kleine zombie van middelbare leeftijd die gebogen loopt.'

'Ik ga ervandoor', kondig ik aan. Zijn negatieve houding komt mijn neus uit. 'Ik moet slapen.'

'Cool', zegt Fleet. En daarna: 'Vertel nog even wat voor opwindends je voor morgen op onze agenda hebt staan?'

'Lizzie 's ochtends. Daarna de agente van Sterling, Wendy Ferla. Isaacs vroeg of we nog even bij de Wades wilden gaan kijken; hopelijk zijn Sterlings broer en zus er dan inmiddels ook. En we moeten met Cartwright praten. Ik ben vergeten bij de afdeling Zedenzaken na te vragen hoe hij op de formele beschuldiging heeft gereageerd. We kunnen ze morgen vanuit de auto bellen als we bij Lizzie zijn geweest.' Ik mik de doosjes van de afhaalmaaltijd in de vuilnisbak en veeg het bureau af met een servet, ontmoedigd door de enorme berg werk die ons wacht.

'Spannende dag', antwoordt Fleet. 'Ik kan niet wachten.'

Als ik naar de uitgang loop kom ik langs de briefingzaal van de zaak-Walter Miller. Twee agenten zijn er nog in alle stilte bezig dossiers te sorteren. Ik kijk naar het overzichtsbord en het valt me op hoe weinig daar op staat vergeleken met dat van ons. Een hopeloos gevoel bekruipt me, maar uiteindelijk loop ik maar verder. Op dit moment is er toch niet veel dat ik voor Walter kan doen.

De kille buitenlucht prikt in mijn longen, een abrupte overgang na de weeë kachelwarmte van het bureau. Er is een straatlantaarn stuk en ik loop snel door het donker naar de volgende lichtbundel. Een jonge vent haalt me joggend in en laat me schrikken wanneer hij op een tak trapt. Ergens boven in de flats gaat een deur open en er knalt opgewonden tienergegil door de nacht. Even snel gaat de deur weer dicht en hun geschreeuw verdwijnt.

De sterren zijn flets vannacht, gedempt door de gloed die van de stad opstijgt.

Ik haal mijn telefoon tevoorschijn en zie een hele reeks gemiste oproepen. Pap, Candy, Scott. Ik ben een beetje nijdig op mezelf en neem me voor Ben morgenochtend terug te bellen. Met een zucht bekijk ik vluchtig een bericht van Josh, die wil weten of het goed met me gaat; ik typ snel een verontschuldiging dat het zo druk is op mijn werk. Daarna bel ik Candy.

'Gemma! Dat je het lef hebt me nu pas te bellen. Ik zit letterlijk op hete kolen hier.'

'Echt, letterlijk?' lach ik. 'Tja, dat is niet de bedoeling.'

'Dit is ongelooflijk, toch?' ratelt ze door.

'Eh, nou...'

'Ik bedoel, dit is toch te gek voor woorden. Gewoon bizar. Niemand heeft het nog ergens anders over. Ik probeer mijn persoonlijke gevoelens hierover natuurlijk opzij te zetten, maar ik zit helemaal stuk. Wat een afgrijselijke ramp. Wade was zo verrukkelijk.'

'Ja, en...'

'Ik was smoorverliefd op hem, weet je. Dat had ik je al verteld, toch?

Daar moet ik om lachen. 'Ik geloof dat je dat wel een paar keer hebt laten vallen, ja.'

'Nou, wat heb je voor me?'

'Candy, je wéét dat ik niets mag zeggen.'

'Ach, toe nou. Je kunt toch wel iets verklappen?

'Het enige wat ik je kan vertellen is dat het een absolute nachtmerrie is. Zeker met al die journalisten die in de weg lopen.'

Ze negeert mijn speldenprikje. 'Maar het was zomaar een gevaarlijke gek, toch? Iemand bij de film die opeens is doorgedraaid?'

'Dat weten we nog niet', zeg ik naar waarheid.

'Wat heb ik nou aan een kekke rechercheur als vriendin wanneer die me nooit eens geheime informatie toevertrouwt?' Ze kreunt theatraal.

Daar moet ik weer om lachen. 'Het spijt me, Candy. Maar hé, misschien kun jij mij wel helpen. We gaan morgen weer bij Wades ouders langs dus ik zou graag wat meer willen weten over die geldproblemen waar je het over had.'

'Nou, zoals ik al op je voicemail zei, is het me gelukt die oude klasgenoot van me op te sporen – overigens een heel lekker ding tegenwoordig, dus dat is meegenomen – maar goed, hij liet vallen dat hij had gehoord dat de Wades financieel ernstig in de knel zitten.'

'Maar als de zaken er zo slecht voorstaan, had Sterling ze toch uit de brand kunnen helpen? In ieder geval met een lening?'

'Dat zou je wel denken ja, maar wie weet hebben ze het wel gevraagd en heeft hij nee gezegd, of wilden ze niet dat iemand ervan afwist, zelfs hun kinderen niet. Ik heb uiteraard nog wat verder gespit. De situatie is echt beroerd. Ze hebben een paar bijzonder slechte jaren op de boerderij achter de rug en ze staan diep in het rood. Hun boerenbedrijf is enorm groot en er lekt aan alle kanten geld weg. Het ziet er niet naar uit dat ze het aan kunnen houden.'

We kletsen nog even door – tot Candy me begint uit te horen over mijn liefdesleven en ik met een smoesje ophang.

Op de hoek van Collins Street sta ik stil. Opeens wil ik niet meer naar mijn koude, lege appartement. Ik kijk of ik Macy ergens zie, maar die is niet op haar gebruikelijke stek. Ik hoop maar dat ze veilig is, ergens met Lara samen.

Ik weet al waar ik naartoe ga voor ik het mezelf wil toegeven. Met gloeiende wangen passeer ik tientallen gezichten. Honderden gezichten. In tegenstelling tot Smithson is Melbourne veel dichter bevolkt, met een enorme diversiteit. Al deze mensen, onderweg naar huis, naar heel uiteenlopende levens, met gewoonten die een alchemistische mengeling van allerlei culturen vormen. Het scala aan types dat door de binnenstad wordt aangetrokken vind ik heel stimulerend. Je wordt hier veel sneller geaccepteerd als je bent zoals je wilt zijn. Er is geen traditie waar je aan vast moet houden, geen bepaalde levensstijl die je moet volgen.

Als ik vlak bij het hotel ben voel ik de welving van het wijnglas al bijna in mijn hand, het zachte pluche van de fauteuil onder me. Ik kan me voorstellen dat ik in een van de bovenste hotelkamers het lichaam van een vreemde overal streel. Met een vluchtige blik naar de piccolo loop ik snel op de ingang af, en terwijl ik mijn haar naar één kant schud en mijn jas uittrek stap ik de warme, rumoerige lobby in waar de glazen vrolijk rinkelen alsof ze mijn komst aankondigen.

Vrijdag 17 augustus, 7.12 uur

Met mijn telefoon tegen mijn oor gedrukt zie ik hoe de stad wakker wordt.

'Hoi', zeg ik als Scott opneemt, mijn stem nog warm van de afgelopen nacht.

'Hai', antwoordt hij sarcastisch. 'Wat een aangename verrassing! Je hebt vast wel gezien dat we je gisteravond hebben geprobeerd te bellen. Ben wilde je vertellen dat hij een tand kwijt is.'

'Heb je eraan gedacht om wat geld onder zijn kussen te leggen?' vraag ik zonder na te denken.

Het blijft een hele tijd stil aan de telefoon voor Scott overdreven geduldig antwoord geeft. 'Ja, Gemma. Ik heb aan het geld voor de tandenfee gedacht.'

Met bonkend hoofd doe ik mijn ogen dicht en zie Scott voor me, in de keuken van mijn oude huis, klaar om naar zijn werk te gaan en ons zoontje naar school te brengen. 'Kan ik alsjeblieft met Ben spreken?'

Scott zucht, nu al doodmoe van het onderhoud met mij. 'Ja, momentje, dan ga ik hem halen.' Hij is even stil. 'Je hebt gisteren zeker aan de zaak-Sterling Wade gewerkt? We hebben je gistermorgen op het nieuws gezien.'

'Ja. Sorry, ik had je moeten laten weten dat je beter niet kon bellen. Het was nogal een gekkenhuis.'

Scott lacht vals. 'Gemma, bij jou is het altijd nogal een gekkenhuis. Ik weet heus wel dat een dode filmster van een andere orde is, maar ga hem er nou niet de schuld van geven dat jij niet beschikbaar was. Want dat is zo ongeveer standaard.'

'Scott, ik ga dit nu niet doen', zeg ik bits. 'Geef me Ben nou aan de lijn. Ik moet zo weg.'

Scotts ergernis wervelt mijn kleine woonkamer binnen. 'Tuurlijk, Gemma.' En dan: 'Weet je, je hebt er vast nog nooit bij stilgestaan, maar de ochtenden zijn tegenwoordig voor ons ook behoorlijk hectisch, dus hou het kort, ja? Wij moeten ook zo weg.'

Een zeldzaam neveneffect van het recherchewerk zijn de voyeuristische inkijkjes die je krijgt in de hoogte- en dieptepunten en alle nietige details daartussenin van een mensenleven. In de loop van de jaren heb ik het allemaal mogen zien: drugspanden in woonwijken, huizen als paleizen, schitterende tienerkamers, schamele woninkjes waar de stank van de strijd om het bestaan hangt. Ik heb schuurtjes gezien die dienstdeden als slaapkamer en simpele flatjes waar meerdere gezinnen in woonden. Ik heb schoenendozen vol seksvideo's gevonden, persoonlijke liefdesbrieven gelezen en door verbijsterende internetgeschiedenissen gescrold. Het is een vreemde gewaarwording om zomaar iemands privéleven binnen te stappen. En omdat de meeste mensen niet weten wanneer ze doodgaan is het bij onze komst net of iemand op de pauzeknop van een computerspel heeft gedrukt. Wijnglazen met lippenstiftafdrukken aan de rand, doucheputjes nog verstopt met haren. De hond jankt om uitgelaten te worden.

Het is waar wat ze zeggen, dat er meer overeenkomsten tussen mensen zijn dan verschillen: dezelfde zwaktes, gewoonten en geheimen steken keer op keer de kop op. Maar af en toe valt er iets uit de toon, iets wat vreemd is. Wat schuurt. Er zijn losse eindjes die nergens toe leiden maar waar je toch telkens weer aan moet denken.

Over het algemeen kom ik de vreemden die ik zo goed heb leren doorgronden nooit tegen. Bij twee vermissingszaken waar ik aan heb gewerkt werden de slachtoffers, van wie werd aangenomen dat ze dood waren, levend teruggevonden, en het was ontzettend verwarrend om de mensen uit mijn fantasie in het echt te zien. Doorgaans blijven de doden echter dood, maar hun geest is nooit ver weg, zo volledig hebben ze vorm gekregen in mijn hoofd.

Vaak ervaar ik de nabijheid van een slachtoffer, dat me naar aanwijzingen loodst. Ik voel de kilte van hun teleurstelling als de zaak niet wordt opgelost, hun goedkeuring bij een doorbraak. Slachtoffers van moord zitten nog met onafgedane zaken, en het is aan mij om dat laatste flintertje rechtvaardigheid te ontfutselen aan de wereld die hen zo wreed heeft uitgestoten. De doden die ik aantref kunnen veeleisend zijn, mijn gedachten in beslag nemen en hun kille vuisten stevig om mijn slapen leggen. Het kan behoorlijk druk worden in mijn hoofd. Wist ik maar hoe ik daar af en toe aan kon ontsnappen.

Het getoeter van een claxon roept mijn aandacht weer naar de weg voor ons. Het verkeer is opgestroopt tot een lange, trage file en de vroege ochtendnevel hecht zich nog aan de gebouwen alsof die iets te verbergen hebben. Naast me zit Fleet te wiebelen als een kind.

Ik ben van slag door het gesprek met Scott eerder vanmorgen, en de nacht die ik met een vreemde man heb doorgebracht heeft me opgebeurd maar tegelijkertijd het zaadje van de eenzaamheid diep in mijn ziel geplant.

‘En, zit je te popelen om bij de sterren aan huis te mogen komen?’ vraagt Fleet als hij de auto in het vak voor vergunninghouders voor Wade en Lizzies appartementencomplex parkeert.

‘Kan niet wachten,’ antwoord ik sarcastisch, ‘dat is echt mijn passie.’

‘Misschien kun je er nog wat stijltips opdoen’, zegt hij lomp als hij uit de auto springt.

Er stijgt een blos van mijn borst naar mijn hals. Hij is de hele ochtend al in een rothumeur: er kon amper een gedagje af en hij bleef maar chagrijnige gezichten trekken tijdens de briefing. Ik inspecteer mijn outfit. Een zwart colbertje van een maatje te groot en een broek in een onmodieuze kleur grijs. Fleet daarentegen heeft volkomen lukraak een gebleekte zwarte spijkerbroek en log leren jack aangetrokken waar hij er nog cool in uitziet ook.

'Hup hup', zegt hij alsof ik een kind van vijf ben.

De koude lucht petst op mijn brandende wangen als ik uitstap.

Wades appartementencomplex bevindt zich in een oude fabriek die uit rode bakstenen is opgetrokken – zo eentje waar ze vroeger schoenen of chocola maakten – die een nieuwe bestemming heeft gekregen en nu een comfortabel onderkomen aan rijke yuppen en hun dure eigendommen biedt. We lopen een poepchique lobby binnen waar één enkele bollamp aan een lang touw van het hoge plafond hangt met de zware taak de hele ruimte te verlichten. In de achterste hoek staat een enorme leunstoel. We lopen over spekglad gepolijst beton naar de lift. Een enorme spiegel weerkaatst al onze bewegingen: we lijken piepklein, net hobbits die op de rand van de aarde af kruipen.

'Ah, dat herinnert me meteen aan de tijd dat ik begin twintig was en op kamers zat', grapt Fleet.

'Derde verdieping, appartement A', zeg ik en ik druk de juiste knoppen in. Via de intercom wordt de deur opengedaan. We gaan zwijgend naar boven, getransformeerd tot wazige zilveren gestalten in de liftdeur. Een 'ping' meldt dat we er zijn en we stappen uit de lift op glanzend gewreven parket.

'Hallo', zegt Lizzie met bibberende stem vanuit een deuropening iets verder in de gang.

De gemeenschappelijke ruimtes mogen dan zakelijk aandoen, het appartement is licht en fris. De kamers zijn rond een binnenplaats gebouwd waar alle appartementen van het complex op uitkijken. In het midden staat een grote boom, wat de indruk wekt dat je je hier in een privé-oase bevindt, te midden van het drukke gewoel en het onafgebroken najagen van steeds weer nieuwe trends in hipsterland, slechts een paar meter hier vandaan. Mijn eerste gedachte is dat dit ontwerp een uitgelezen kans voor stalkers biedt. Het ligt er natuurlijk aan hoe bewust Sterling, Lizzie en Brodie zich van hun veiligheid zijn, maar iedereen in de omringende appartementen op deze en hogere verdiepingen kon zijn fantasie de vrije loop laten wanneer ze Wade elke dag zijn gang zagen gaan. Misschien keek iemand wel hoe hij zich 's morgens aankleedde. Of wanneer hij met Lizzie samen was. Of met Brodie. Wie weet had iemand hem wel maandenlang in de gaten gehouden en gefantaseerd dat hij dichter bij hem kon komen. Hem kwaad kon doen.

Lizzie kijkt in gedachten verzonken naar een enorme fotocollage die op een bijzettafel staat. In haar maatspijkerbroek en chique blauwe blazer met gouden knopen, met haar bruine haar in losse krullen en sieraden om haar hals en aan haar vingers ziet ze eruit alsof ze naar een sollicitatiegesprek moet.

Het fascineert me altijd dat sommige mensen met verdriet hun kleding inzetten als schild tegen de pijn; ze trekken hun beste uitrusting aan, alsof ze door er zo goed mogelijk uit te zien de momenten van verlammende radeloosheid beter af kunnen weren. En dat terwijl anderen niet eens in staat zijn zich te verzorgen, alsof je in feite op het graf van de overledene danst wanneer je zelfs maar een minuut aan zoiets triviaals besteedt. In tegenstelling tot Lizzie heb ik nadat mijn moeder was overleden denk ik bijna een week lang niet in de spiegel gekeken. Mijn uiterlijk was wel het laatste waar ik aan dacht.

'Hoelang woon je hier al, Lizzie?' vraag ik.

'Zo'n anderhalf jaar', mompelt ze zachtjes.

Ik loop op haar af en leg een hand op haar schouder. Ook ik bekijk de foto's. Het moeten er minstens honderd zijn. Op de meeste zijn Sterling en Lizzie te zien, omringd door mooie gezichten en perfecte lichamen, allemaal in merkkleding en behangen met sieraden.

Sinds ik rechercheur ben, benader ik een nieuwe omgeving anders. Ik ben al vaak genoeg met verschillende forensische teams mee geweest die door een vertrek razen en een leven ondersteboven keren dat ik hun voorbeeld volg, maar dan met mijn blote ogen. Ik kan het DNA dat van de oppervlaktes druipt bijna ruiken, de vegen van vingerafdrukken, de restjes zweet en andere onfrisse lichaamssappen bespeuren. Hoe luxueus een kamer ook is en hoe duur het beddengoed, we laten allemaal wat van onszelf achter, waar we ook komen. Zelfs mijn duistere hol van een appartement bevat ongetwijfeld heel wat informatie over mij: mijn huid, haar en tranen hebben zich al diep in de goedkope lakens en de kale vloerbedekking genesteld.

Ik kan Sterlings aanwezigheid hier voelen. Zijn gebruinde huid lijkt zich wel in de gladde, gepolijste vloerplanken te hebben vastgezet, zijn gebeitelde trekken in de geheel uit marmer opgetrokken keuken gekerfd. Ondanks de jeugdige leeftijd van de bewoners komen de meubels allemaal uit de jaren zestig. Een paar ontzettend chique lichtgrijze banken valt in het niet bij de gigantische koperen koepellampen. Ertussenin staat een niervormige glazen tafel, en in een hoek een retro-platenspeler. De wanddecoratie bestaat uit gigantische iconische reclameaffiches uit de afgelopen decennia waarop de kwaliteiten van zeep, bier en Coca-Cola worden aangeprezen. Er staat een enorm grote vaas met verlepte witte rozen op de keukenbar. Ik stel me het lange, slanke lijf van Sterling voor, languit op de bank, misschien met Lizzie opgekruld naast hem terwijl hij haar haar streelt. Het beeld verspringt en nu zie ik Sterling en Brodie in een hartstochtelijke omhelzing, met de armen in de lucht als er kleren worden afgestroopt. Ze kussen elkaar.

Ik schud mijn hoofd en maak de bank weer leeg.

Lizzie laat zich in de kussens zakken. Ze lijkt vandaag een stuk ouder; nu geen schoolmeisjesoutfit meer, maar nog wel nuffig. Al heeft ze een symmetrisch gezicht, ze is niet zo knap als Ava. Ze is eigenlijk nogal onopvallend; eerder een leeg doek dan een meesterwerk. Maar toch voel ik me slonzig en gewoontjes naast haar gladde keurigheid.

'Hallo', klinkt een mannenstem achter me, waar ik een beetje van schrik.

Lizzies broer Kit is de keuken binnen komen lopen. Hij schenkt een glas water in en geeft dat aan zijn zus, die daarop met de allerkleinste zweem van een glimlach reageert. Als hij naast haar op de bank gaat zitten knijpt hij even in haar hand.

Fleet en ik laten ons op de bank tegenover hen zakken. Lizzie kijkt me aan met de onscherpe blik van een baby. Ze kan nog net een flauw glimlachje opbrengen. 'Dank je', zegt ze zachtjes. 'Heel erg bedankt dat je een paar avonden geleden bij me bent gebleven. Ik zou het anders niet gered hebben. Je was zo aardig.'

'Het was dan ook heel akelig voor je', zeg ik. 'En, hoe gaat het nu?'

Ze opent haar mond om te antwoorden, maar dan stokt de beweging en klapt ze met haar hele lichaam naar voren, legt haar hoofd in beide handen en snikt gesmoord. Kit streelt haar rug en staart over haar kruin. Na een poosje komt Fleet overeind en pakt een doos tissues van de keukenbar. Die zet hij voor haar op de salontafel, waarna hij weer naast me komt zitten.

'Waar is Brodie?' vraagt hij terwijl zij zich aan de tissues vastklampt als aan een reddingsboei.

'Hij is even een wandelingetje maken', antwoordt Kit.

'Hij is nogal van streek', voegt Lizzie eraan toe. 'En wij allebei ook.'

'We zouden je graag een paar vragen stellen, Lizzie', zeg ik. 'Denk je dat je dat aankunt?'

'Zeker, want ik wil zo veel mogelijk doen om... sorry', zegt ze en ze haalt diep adem om te kalmeren. 'Ik kan nog steeds niet geloven dat dit echt waar is.'

'Lizzie, jij kende Sterling zo goed', begin ik. 'En uiteraard doen we alles wat we kunnen om erachter te komen wat er woensdag is gebeurd. Vandaar dat we willen weten of je iets te binnen schiet wat wij zouden moeten weten.'

Ze kijkt op met ogen vol tranen en ademt diep in. 'Ik geloof van niet.'

'Heeft Sterling nooit iets gezegd over rare berichten van fans? Heeft hij je weleens laten weten dat hij bang was, of zich ergens niet prettig over voelde?'

'Niet echt. Hij kreeg een heleboel online post van mensen, maar niets gevaarlijks volgens mij.'

'En van de andere acteurs, of de filmploeg?' vraag ik door. 'Zat daar iemand tussen met wie hij close was?'

'Hij kon het goed met iedereen vinden, maar was niet echt met ze bevriend. Eigenlijk was hij best verlegen.'

'En hij heeft je nooit gezegd dat hij werd gevolgd?' vraagt Fleet.

Lizzie kijkt op en er verschijnt een sprankje licht in haar ogen. 'Nou, misschien wel. Daar heeft Sterling het weleens over gehad.' Haar stem hapert even bij zijn naam, maar ze spreidt haar handen uit op de salontafel en lijkt zich weer onder controle te krijgen. 'Het leek me toen niets bijzonders, maar nu misschien...'

Ik kijk haar bemoedigend aan. 'Wat heeft hij gezegd, Lizzie?'

'Ongeveer twee weken geleden zei hij dat hij zich wat zorgen maakte omdat hij dacht dat iemand hem achtervolgde.' Opnieuw veegt ze de tranen uit haar ogen. 'Ik heb dat met een lachje afgedaan, want het wás waarschijnlijk ook zo. Tenslotte was hij beroemd. Er wilde altijd wel iemand met hem praten of een foto van hem nemen. Dat overkwam ons allebei af en toe.'

'Maar volgens hem was dit iets anders?' vraag ik.

'Dat denk ik, ja. In ieder geval serieus genoeg om tegen mij te zeggen.'

'Heeft hij diegene gezien?' vraagt Fleet. Hij hangt onderuitgezakt op de bank alsof hij tv zit te kijken, en zijn nonchalance begint me te storen.

Lizzie kijkt ons hulpeloos aan. 'Nee. Hij zei alleen dat hij de indruk had dat een vent hem eens naar huis had gevolgd. Het spijt me, ik wou dat ik jullie meer kon vertellen. Ik weet nog dat het op de dag was dat hij met Katya March, onze producer, had afgesproken om het draaischema te bespreken. Ze hadden geprobeerd het schema rond een geplande reis van Sterling naar LA te plooien. Ze zijn naar een café vlak bij ons appartement gegaan; ik weet niet hoe het heet, maar wel waar het is. Ik kan het jullie aanwijzen.'

'Was het laat toen ze elkaar zagen? Weet je nog wanneer hij thuiskwam?' vraag ik, en ik bedenk dat we als het meezit misschien nog bewakingsbeelden van die avond te pakken kunnen krijgen, al is dat niet waarschijnlijk. De meeste kleine ondernemingen bewaren de banden maar een week of twee.

'Nee, ik kwam net voor hem thuis, zo rond achten waarschijnlijk.

Hij is naar huis gelopen, het is nog geen tien minuten bij ons vandaan. Ze hebben hem weleens eerder gevolgd, maar dat waren meestal gewoon handtekeningenjagers. Deze keer had hij zich opgejaagd gevoeld en dat was eigenlijk niks voor hem.'

'Herinner je je nog wat hij hierover heeft gezegd?' dring ik aan.

Ze bijt op haar lip en schudt het hoofd. 'Ik geloof het niet.'

'In ieder geval gaan we dat onderzoeken', zegt Fleet. 'Mogen we je nog een paar vragen stellen?'

Naast haar op de bank blijft haar telefoon maar zoemen, maar dat negeert ze.

Ze knippert met haar ogen. 'Natuurlijk.'

'Eerst maar over Riley Cartwright. Kende je hem al toen je deze filmrol kreeg?'

'Willen jullie dan niet weten hoe Sterling en ik elkaar hebben ontmoet?' Haar vingers klemmen zich om het waterglas en ze dreigt weer in tranen uit te barsten.

'Ach ja', zegt Fleet. Het klinkt of hij even van zijn stuk is gebracht. 'Dat is een goed idee, vertel maar eens.'

'Nou, dus Sterling zit in *The Street*, die soap weet je wel?'

We knikken.

'Daar heb ik als kind een massa rolletjes in gehad, vooral als figurant: je weet wel, af en toe een regel tekst, maar geen echte rol. Voor ze doodging had mijn moeder erop aangedrongen dat ik eerst mijn school afmaakte voordat ik serieus met acteer- en modellenwerk zou beginnen. Maar ik heb altijd contact met ze gehouden en in de loop van de jaren wat toneelvoorstellingen gedaan met een paar van de acteurs, en ik kwam ze op evenementen tegen, en dat soort dingen.'

'Goed, dus je hebt Sterling op de set ontmoet?' vraag ik.

'Nee.' Ze pruilt met haar zachtjes trillende lippen. 'Nee, de film die we aan het opnemen waren was onze eerste klus samen.'

'Oké, maar hoe hebben jullie elkaar dan leren kennen?' Fleet vraagt het met krachtige stem, hij wil duidelijk niet dat Lizzie weer onbedaarlijk begint te snikken.

'Nou, een van de meiden bij *The Street*, Milla Hersham? Die Rose Flightman speelde?' Lizzie kijkt weer van de een naar de ander, maar krijgt blanco blikken terug. 'Nee? Anyway, die gaf zo'n drie jaar geleden een feestje bij haar thuis, en ik ben met de acteurs meegegaan. Ik vond het zo opwindend dat ik Sterling zou ontmoeten, nou ja, ik en de helft van de meiden, maar ik wilde echt met hem over het werk praten. Over acteren bedoel ik. Het leek me dat ik echt veel van hem kon leren.'

'Maar toen bleek het te klikken tussen jullie?' zeg ik.

Ze glimlacht, maar zakt ineen als de werkelijkheid het verleden overvleugelt. 'Ja. Maar niet meteen. Het is niet dat we die avond al wat kregen samen, maar we hielden wel contact. Hij beloofde een goed woordje voor me te doen bij een bevriende regisseur die bezig was met een korte film. Me op de hoogte te houden als ergens een auditie was, dat soort zaken.'

'Hij klinkt erg vriendelijk', zeg ik zachtjes.

'Ja, hij was geweldig', zegt Lizzie handenwringend. 'Hij had altijd alle tijd voor je.'

'Maar toen ging het dus aan; wanneer precies?' dringt Fleet aan.

'Ongeveer twee, drie maanden daarna. In september dat jaar hadden we voor het eerst een echte date. Ik ben zo ongeveer begin vorig jaar bij hem ingetrokken.'

'En wanneer is Brodie hier komen wonen?' vraag ik.

'Een paar maanden geleden nog maar. Hij had het even nogal zwaar en Sterling wilde hem helpen.'

'Vond je dat niet vervelend, een indringer in je liefdesnestje?' vraagt Fleet.

Lizzie staart ons niet begrijpend aan. 'Nee, hoor. We waren vaak op verschillende tijden thuis. Sterling maakte lange dagen op de set en ik stond vaak 's avonds op toneel of speelde in korte films. Het was fijn dat er dan iemand was om hem gezelschap te houden.'

Ik dwing mezelf om Lizzie aan te blijven kijken en geen blik op Fleet te werpen. Maar ik zie Kits ogen in het rond schieten, en vraag me af of hij niet vermoedt dat er wat speelde tussen Sterling en Brodie.

'Goed', zegt Fleet, die zijn benen over elkaar slaat en dan weer naast elkaar zet. 'En hoe is het zo gekomen dat jullie allebei in de film zaten?'

'Riley wilde al een eeuwigheid iets met Sterling doen. Ze hadden het al een hele tijd over een project samen. Riley wist ongeveer twee jaar geleden de regie van deze film in de wacht te slepen en hij had Sterling voor de hoofdrol voorgedragen. Alles zag er gunstig uit, totdat de financiering werd ingetrokken. Iedereen baalde als een stekker. Sterling had het er al een tijdje over dat hij naar de VS wilde, en nu hij niet meer voor die filmopnames in Australië hoefde te blijven, vond hij dat we net zo goed de kans konden aangrijpen en vertrekken, audities doen en zo. Maar toen werden de verhaallijnen van *The Street* een stuk beter en kreeg hij hier een filmrol aangeboden, en we besloten tot het eind van het jaar te wachten.'

Lizzie praat snel, ze is duidelijk blij dat ze iets heeft wat haar gedachten in beslag neemt en afleidt van het verleden. Ze wringt niet langer met haar handen in haar schoot, maar heeft ze om haar knieën geslagen.

'En uiteindelijk is alles blijkbaar op zijn pootjes terechtgekomen', zegt Fleet, en hij buigt zich naar voren.

Als reactie wijkt Lizzie iets terug. 'Ja. Aan het begin van dit jaar werden de opnames hervat en ze gingen gewoon weer verder waar ze gebleven waren.'

'No hard feelings?' vraagt Fleet.

Lizzie kijkt verbaasd. 'Nee, waar zouden we boos over moeten zijn? Het gebeurt zo vaak dat de financiering niet doorgaat, dat is niets bijzonders. Sterling was alleen maar blij dat hij de film nu nog kon doen. En de gage was geweldig, hoger dan ooit tevoren. Dat gold ook voor mij.' Ze speelt met haar ring voor ze bedachtzaam verder praat. 'Als ik eerlijk ben, denk ik wel dat deze film veel belangrijker was voor Riley dan voor Sterling. Hij had al een tijd geen behoorlijk project meer onder handen gehad, en het ging niet zo lekker met hem. Uiteraard was deze productie voor iedereen geweldig, maar Sterling begon net aanbiedingen uit Hollywood te krijgen. Ze hadden mij ook al gevraagd of ik auditie voor een paar rollen wilde doen. Er was nog niets definitief, maar onze agenten zagen onze kansen heel hoopvol in. Riley had Sterling nodig, geloof ik. Het was algemeen bekend dat de nieuwe investeerders alleen maar aan boord waren gekomen omdat hij in de film speelde.'

Ik laat dit even bezinken. Zou Riley Cartwright het wel zo leuk hebben gevonden om zo afhankelijk van zijn hoofdrolspeler te zijn?

'Wat bedoel je met dat het niet zo lekker met Cartwright ging?' vraag ik.

'Volgens mij had hij wat problemen', zegt ze diplomatiek. 'Er gingen geruchten over drugs en gokschulden, maar dat kan ook gewoon geroddel zijn geweest. Je moet niet altijd alles geloven.'

'Weet je nog meer roddels over Cartwright?' vraagt Fleet.

Er verschijnt een sierlijke frons op haar voorhoofd. 'Nee. Hij kan nogal driftig zijn, maar daar hebben wel meer regisseurs last van. Ik weet dat veel mensen het moeilijk vinden om met hem te werken, maar hij heeft mij altijd goed behandeld.'

Ze heeft kennelijk niet gehoord dat hij van aanranding is beschuldigd.

Fleet gooit het snel over een andere boeg en vraagt opgewekt: 'En, waren Sterling en jij nog steeds van plan om naar Amerika te verhuizen?'

Lizzie kijkt de kamer rond alsof ze bang is dat iemand haar afluistert. 'Ja, na Kerstmis. Sterling wilde dat we de kerstdagen bij zijn ouders thuis doorbrachten. We hadden het nog tegen niemand gezegd. Hij stond nog onder contract voor *The Street*, en we wisten nog niet voor honderd procent zeker of we wel zouden gaan, maar we waren al plannen aan het maken.'

Kit houdt zijn blik op de vloer gericht. Hij en Lizzie zijn duidelijk close, en ik vraag me af wat hij hiervan vindt.

'Cool hoor', zegt Fleet gladjes. 'Dan gaan we het nu even over de afgelopen paar dagen hebben.'

Lizzie krijgt weer een vage blik, alsof ze een tijdje was vergeten dat Sterling dood is. 'De afgelopen paar dagen', herhaalt ze.

'Ja. Jullie begonnen op maandag met filmen?'

Lizzie laat zich in de kussens zakken en knikt vermoeid. 'Ja. We hebben vanaf juni gerepeteerd, maar de opnames zijn deze week officieel van start gegaan. Eerst hebben we wat scènes binnen gefilmd, dat ging nog redelijk onopvallend. Woensdag was de eerste draaidag op straat, wat sowieso al moeilijk buiten de publiciteit te houden zou zijn. We waren bezig met de massale zombiescène op Spring Street toen Sterling... toen het gebeurde. Het plan was om drie dagen achtereen op die locatie te filmen zodat het er allemaal in één keer op stond.' Ze knijpt met haar stem in een poging de tranen te onderdrukken.

'En hoe zat het met Sterling?' vraagt Fleet. 'Iets ongewoons gemerkt?'

'Het hele gebeuren was bizar. Ik heb nog nooit bij zo'n productie gewerkt. Super heftig. Sterling was zoiets wel een beetje gewend, maar volgens mij was hij ook nogal overdonderd.' Lizzie kan een lange, beverige snik niet bedwingen. 'We hadden zo veel plannen, weet je. Wat moet ik nu?'

Kit begint weer over haar rug te strijken. 'Het komt wel goed, Lizzie', zegt hij troostend.

Snuffend knikt ze eventjes en dept haar ogen af met een tissue. 'Het spijt me,' zegt ze, weer tegen ons, 'ik begrijp dat jullie vragen willen stellen.'

'Je doet het prima, Lizzie', zeg ik geruststellend.

Ze haalt diep adem. 'Oké dan. Het was dus een spannende week, maar Sterling leek zich prima te voelen. Hij stond wel onder druk, maar hij vond het filmen geweldig. De repetities waren goed verlopen en de reactie van de pers was heel positief. Het voelde alsof er een nieuwe fase aanbrak.' Er komen weer tranen opzetten, die ze haastig wegveegt.

'En jij? Vond jij het filmen ook geweldig?' vraagt Fleet.

Lizzie valt opeens stil. Ze staart Fleet zonder wat te zeggen aan.

Even denk ik dat ze is dichtgeklapt, maar dan zegt ze zachtjes: 'Ja. Het was opwindend. Ik speel een interessant personage en ik was superblij voor Sterling. Alles ging zo goed.'

'Kon je met iedereen opschieten? Met Ava James bijvoorbeeld?'

Lizzies lip krult een ogenblik omhoog, maar dan is de vage blik weer terug en ik denk dat ze die misschien alleen maar opzet om de tranen terug te dringen. 'Zoals ik al zei, we konden allemaal goed met elkaar overweg. De rollen kwamen al aardig uit de verf. Riley was tevreden. We konden het allemaal goed met elkaar vinden, niks ging mis tot... dit dus.' Haar kin begint weer te trillen en ze krijgt een vlekkerig rode kleur.

'We vinden het heel naar voor je, Lizzie,' zeg ik, 'dit moet je wel zwaar vallen.'

'Ja. Dat klopt. Het voelt alsof ik geen toekomst meer heb', snikt ze.

'Heeft Sterling je weleens bedrogen?' vraagt Fleet.

Lizzies hoofd schiet omhoog, met een betraand gezicht. 'Nee!'

'En heb jij hem weleens bedrogen?' vraagt hij vasthoudend.

'Nee', zegt ze, en ze kijkt naar mij om hulp.

Kit gaat wat rechter zitten, en ik weet bijna zeker dat hij Fleet gaat zeggen waar hij naartoe kan lopen, maar zijn lippen blijven op elkaar.

'Hij was niet jaloers', zegt Lizzie beslist. 'Hij liet dat soort gevoelens domweg niet toe.'

'Was hij nooit bij een vechtpartij betrokken?'

'Nee. Echt, hij was altijd heel relaxed. Hij kwam wel op voor zijn overtuigingen, maar hij was niet opvliegend. We vertrouwden elkaar.'

'Dus je kunt geen verklaring bedenken voor wat er is gebeurd?' gaat Fleet verder.

Lizzie lijkt verbijsterd. 'Alleen wat ik jullie al heb gezegd, dat hij een paar weken geleden gevolgd werd. Nou ja, hij had ook best een paar dweperige fans. Vooral toen hij pas bij *The Street* kwam, maar dat was volgens mij gewoon wat je altijd hebt. Mensen op Facebook en Twitter die bezeten van hem waren. Soms kreeg hij e-mails van dat soort lui, of ze stuurden brieven aan zijn agent of naar de tv-studio. Ik weet niet eens of hij ze ooit las. Het was soms vrij heftig, zeker als er net een film met hem uit was. Er zaten behoorlijke griezels tussen, maar Sterling maakte zich er nooit druk om, dus ik ook niet. Denken jullie dat het een vreemde was? Iemand die hem online heeft benaderd?' Ze komt overeind, opeens alert, en zet grote ogen op. 'Misschien is het er zo eentje die hem heeft aangevallen. Iemand die op een of andere manier de set op is geglipt?'

'Dat weten we nog niet, Lizzie', zeg ik.

Opnieuw knikt ze heftig, maar dan staart ze al snel weer voor zich uit.

'Het klinkt alsof het dik aan was tussen jou en Sterling', vis ik. 'Samenwonen, op het punt staan om naar het buitenland te vertrekken, in dezelfde film spelen.'

'Het was ook dik aan.' Ze kijkt naar haar linkerhand, waar de edelsteen in haar ring fel fonkelt in het zachte zonlicht. Haar ogen worden weer vochtig. 'Sterker nog, we waren verloofd. Vorige week heeft hij een aanzoek gedaan. We hadden het alleen nog tegen niemand gezegd.' Ze werpt haar broer een schuldbewuste blik toe. 'Zelfs niet tegen de familie.'

'Het is een schitterende ring', zeg ik om de stilte waarin er normaal gesproken felicitaties klinken te doorbreken. Zelfs ik kan zien dat het een dure is: de enorme edelsteen is gevat in een zetting in de populaire retrostijl die in de etalages van de juweliers bij mijn appartement liggen.

'Dank je.' Er plooit zich kort een glimlachje om haar mond. Met vochtige ogen bekijkt ze haar ring. 'Ik ben er weg van. Echt helemaal mijn stijl, dat antieke. Sterling heeft me met een romantisch etentje hier thuis verrast, vorige week woensdag. We zouden het bekendmaken zodra we klaar waren met filmen.'

Ik kijk haar meelevend aan, en wend me dan tot Kit. 'Wanneer heb jij Sterling voor het laatst gezien?' vraag ik.

'Ik?' Hij fronst even zijn voorhoofd. 'Ik denk twee weekenden geleden. Ik ben zondagochtend hiernaartoe gekomen en we zijn met z'n allen ergens koffie gaan drinken. Ik heb afgelopen zondag met Lizzie gegeten, maar daar was Sterling niet bij.'

'Hij was aan het repeteren', fluistert ze.

'En waar was je woensdag laat in de middag?' vraag ik.

'Op het vliegveld. Ik stond op het punt op het vliegtuig te stappen voor een zakenreis toen Lizzie belde. Ik ben meteen naar de parkeerplaats teruggegaan en naar het ziekenhuis gereden.' Hij kijkt even naar zijn zus. 'Ik kon niet geloven wat ze me vertelde. Nog steeds niet.' Hij praat zachtjes. In veel opzichten doet hij me aan Brodie denken; ze hebben eenzelfde zachtmoedige uitstraling, en ik vraag me af of Lizzie daardoor eerder geneigd is de twijfels die ze misschien koestert over Sterlings verhouding met zijn vriend te negeren.

Wat ik me ook afvraag is of Sterling Brodie had verteld dat hij en Lizzie verloofd waren, ondanks hun afspraak dat nog even voor zich te houden. Naar mijn ervaring beloven mensen vaak volstrekte geheimhouding, maar zijn er maar weinig zaken, goed of slecht, die daadwerkelijk heilig blijven.

'Lizzie, we zullen je zo met rust laten,' zeg ik, 'maar vind je het goed als we even snel rondkijken? Soms helpt het als we zien waar iemand gewoond heeft.'

'Natuurlijk', zegt ze tegen mij, met een weifelende blik naar Fleet. Ze trekt een dekentje op schoot en krult zich in een hoek van de bank op. 'Gisteravond zijn er een paar andere agenten langsgekomen om Sterlings computer op te halen. Zijn telefoon en laptop hebben ze geloof ik uit zijn locker op de filmset gehaald.'

'Die krijg je allemaal terug', stel ik haar gerust. 'Het kost ons alleen even tijd om alles te bekijken voor het geval er iets tussen zit dat het onderzoek verder helpt.'

Fleet en ik gaan de grote slaapkamer binnen en ik trek de deur dicht. Het is een ruim vertrek met een laag, onopgemaakt kingsize bed dat tegen de hagelwitte wand staat; aan het voeteneind liggen bergen beddengoed. Ook hier ramen van vloer tot plafond zoals in de woonkamer.

Ik loop ernaartoe en kijk omlaag naar de binnenplaats.

'Die boom moet 's zomers een fantastisch gezicht zijn', merk ik op.

Fleet strijkt met zijn vingers over de boekruggen op een grote plank. Daar staan evenveel fotolijstjes als boeken op. 'Ik zat net precies hetzelfde te denken: magnifiek', zegt hij sarcastisch.

Ik werp hem een vernietigende blik toe en ga dan naast hem staan om de mooie, lachende gezichten op de foto's aandachtig te bekijken. Op de meeste ervan staan Lizzie en Sterling, samen met mensen die ik van tv ken. Sterling ziet er gelukkig uit. Zijn perfecte gelaatstrekken worden altijd gesierd door een glimlach en zijn gezicht is zongebruind, heel wat anders dan het lichtgrijs dat ik me van de autopsietafel herinner.

Vanuit de andere kamer hoor ik gedempt hoe Lizzie haar telefoon opneemt en onmiddellijk afwisselend begint te snikken en te ratelen tegen iemand die haar condoleert.

'Hoe meer we over die vent horen, hoe volmaakter hij lijkt', zegt Fleet.

'Vertel mij wat. Perfect uiterlijk, rijk, beroemd en vrijgevig. En nog sociaal bewogen ook.' Ik wijs naar een certificaat van het Royal Children's Hospital; een dankbetuiging voor Wades bijdrage aan hun fondsenwervingsacties.

'En verloofd bovendien; niet iemand die maar wat rotzooide', mijmert Fleet.

'Misschien was het gewoon geen feestbeest.'

'Toch zonde.' Fleet bijt op zijn nagel. 'Stel je voor: alle vrouwen die hij met zo'n uiterlijk had kunnen krijgen.'

'Hij was verliefd, lijkt me', antwoord ik. 'Al ben ik benieuwd wat die verloving voor de situatie met Brodie betekende. Denk je dat hij het weet?'

'Misschien. We weten niet zeker of wat hij zegt waar is. Trouwens, dat weten we van haar ook niet.'

'Het kan zijn dat Brodie lucht van die verloving heeft gekregen en woest is geworden.'

'Dus je gelooft dat hij Wade kan hebben aangevallen?' vraagt Fleet, die kennelijk opveert bij de gedachte.

Tikkend met mijn voet kijk ik om me heen. 'Ik zou het echt niet weten, maar hij heeft een nogal vaag alibi. Als je denkt dat je bedrogen wordt, kan dat een goede reden zijn om uit te halen.' Ik pak een dekentje op dat over een fauteuil gedrapeerd is; iets zachters heb ik nog nooit aangeraakt.

'Kan zijn', zegt Fleet. 'Maar misschien was Brodie het gewoon zat om hem te moeten delen.'

Andere passiemoorden uit mijn werk schieten me te binnen. De daders waren doorgaans jaloerse mannen geweest, en vrijwel altijd hadden ze ontdekt dat de vrouw van wie ze hielden er eigen ideeën op nahield.

'We zouden kunnen nagaan of hun gesprekken opeens stekelig werden', opper ik. 'Misschien wilde Wade er een punt achter zetten.'

'Brodie komt inderdaad heel weekhartig over', zegt Fleet. Hij pakt een stapel boeken op van een nachtkastje en laat ze met een van afkeer vertrokken gezicht een voor een terugvallen. 'Dichtbundels', teemt hij. 'Dat er mensen zijn die zoiets lezen.'

Als we de woonkamer weer inlopen is Lizzie net klaar met bellen. Ik hoor het geborrel van een waterkoker; Kit is teruggegaan naar de keuken. Er staan twee mokken voor hem op de keukenbar met theelabeltjes over de rand.

'We kijken nog even snel in Brodies kamer nu we hier toch zijn', zeg ik tegen haar.

Lizzies gezicht is opgezet. Ze kijkt fronsend op, maar knikt.

'Willen jullie iets warms drinken?' vraagt Kit en we schudden ons hoofd.

Brodies kamer is donker in vergelijking met de grote slaapkamer. Het bed is keurig opgemaakt, maar het dekbed ziet er versleten uit en de enige ingebouwde plank puilt uit van dagelijkse troep. Elastiekjes, snoeppapiertjes, munten. Het nachtkastje is bezaaid met lege sigarettenpakjes. Een grote foto van Sterling en Brodie in een reuzenrad neemt een prominente plaats in.

'Niet erg smaakvol voor een homo', merkt Fleet op, na even rondgekeken te hebben. 'Hij kan wel een voorbeeld aan mij nemen.'

Ik onthoud me van commentaar. Om een of andere reden stemt die foto me treurig; misschien is het wel het enige dat Brodie van Sterling heeft.

'Hij is hier nog niet zo lang', zeg ik. 'En Lizzie zei ook dat hij nogal een moeilijke tijd doormaakte.'

'Misschien neukten ze wel in Wades kamer', fluistert Fleet met een grimas. 'Veel aangenamer daar.'

'Kappen nou', zeg ik. Ik ben helemaal klaar met al die foute grappen.

Ik kijk de kamer nog een keer goed rond en dan gaan we de woonkamer weer in. Ik kijk naar de boom buiten, met zijn kale takken die als kleine handjes naar de omringende appartementen reiken. Ik vraag me af of Sterling zich hier onbeschut voelde.

'We moeten ervandoor, Lizzie', zeg ik. 'Je hoort nog van ons, maar mocht je iets vinden of bedenken dat wij zouden moeten weten, wil je ons dan onmiddellijk bellen?'

'Denk je dat ik hier veilig ben?' vraagt ze aan mij, haar handen om een joekel van een witte mok geklemd.

'Zeker', antwoord ik. 'Maar als je je ergens zorgen over maakt, laat het ons dan weten.'

Wanneer we het appartementencomplex uitkomen, valt mijn oog op een kraampje op de straathoek waar ze sieraden en zelfgemaakte kaarten verkopen. Er slenteren warm ingepakte stellen voorbij met de handen in elkaars zakken die stilstaan om de spullen te bekijken.

Fleet steekt een sigaret tussen zijn lippen als we bijna bij de auto zijn en houdt een hand als bescherming tegen de wind voor zijn gezicht. Hij neemt snel een paar ferme trekken en drukt hem uit op de grond.

'Wow, bij twee mooie actrices thuis geweest in evenzoveel dagen', zegt hij op een lijzige zangerige toon. 'Boffen wij even! Nou, kom,' zegt hij en nog voor ik kan antwoorden rukt hij het portier open, 'we willen niet te laat zijn voor onze afspraak met de agente.'

Vrijdag 17 augustus, 11.56 uur

Het is één grote papierbende in Wendy Ferla's smetteloos witte kantoor in South Yarra, een wijk in het zakencentrum van Melbourne. Het bureau, de stoelen eromheen en het grootste deel van de vloer is bezaaid met losse vellen papier, schrijfblokken, post-its, boeken en oude bioscoopkaartjes.

Op de onderste plank van een boekenkast staat een ingelijste zwart-witfoto van Sterling met een rij brandende waxinelichtjes ernaast.

'Wendy komt er zo aan', zegt een nerveuze jonge vrouw met roodomrande ogen terwijl ze de stapels papier met de bodem van twee flesjes mineraalwater aan de kant schuift. Als ze haar hoofd schuin houdt rinkelen haar lange oorbellen. 'Ze komt eraan, ze is daar.'

Fleet en ik draaien ons om en zien door de openslaande deuren een vrouw die op een binnenplaatsje loopt te ijsberen en met wilde gebaren aan het bellen is.

Haar assistente, die er veel te jong uitziet om officieel te mogen werken, glimlacht triest naar ons. 'Ze wordt constant gebeld. Je weet wel, sinds het gebeurd is.' Ze kijkt even naar de foto van Sterling. 'Ze hangt al uren aan de telefoon. Iedereen wil over hem praten. Zo van dat ze telkens dezelfde dingen herhalen. Best wel raar.'

Fleet kijkt misprijzend naar de massa's papier. 'Mensen zijn nu eenmaal raar', zegt hij.

'O, dat is zó waar', zegt het meisje tegen Fleet alsof hij een genie is. 'Maar goed, ze weet dat u hier bent, dus ze zal zo wel komen.'

'Dank je', zegt Fleet, met een bewonderende blik op haar figuur als ze wegloopt.

Hij kijkt afkeurend naar de bende in het kantoor. 'Tjonge. Gelukkig maar dat we graag staan, hè.' Hij pakt een glanzende gouden presse-papier in de vorm van een pistool op en richt die op een duur uitziende vaas waar één enkele witte roos in staat.

Ik voel de ergernis weer opkomen. De omgang tussen Fleet en mij blijft stroef; er ontstaat geregeld wrijving. Ondanks korte ogenblikken van kameraadschap zijn we meestal net twee stukken hout met een verschillende nerfrichting. Hij is vaak opzettelijk bot, is er om onverklaarbare reden op uit niemand te mogen en doet op zijn beurt nul komma niks om zelf aardig gevonden te worden. Bovendien ergert het me mateloos dat ik niet echt weet wat hij van mij vindt.

'Godsamme, schiet toch op', mompelt hij. Hij tikt op zijn telefoon en slaat met zijn vuist op het bureau.

Buiten loopt Wendy Ferla nog steeds in slordige cirkeltjes te bellen terwijl ze nadrukkelijk met een hand in de lucht gebaart.

Fleet houdt haar in de gaten. 'Dus die stoot is vanaf het begin al Sterlings agente?'

'Dat zei ze toen ik haar aan de lijn had', bevestig ik.

'Zou ze een beetje op de hoogte zijn van zijn privéleven?'

'Agenten zitten meestal vrij dicht op hun cliënten, toch?'

'Heb je weer naar B-films zitten kijken, Woodstock?' Hij grijnst naar me en het valt me op hoe nerveus hij met zijn vingers beweegt; hij zal wel naar een sigaret snakken.

'Doe voor de verandering eens een beetje aardig', zeg ik bits als Wendy met een ruk de deur opent.

Wanneer ze het vertrek binnenstapt komt er een wat zurige vleug bloemengeur mee. Ze is langer dan het leek toen ze nog buiten was, al is het lastig te bepalen waar haar hoofd ophoudt en het haar begint. Een explosie van oranjegeverfde krullen omkranst haar hoofd; sommige lokken zijn met speldjes vastgezet, maar er zijn er een paar ontsnapt die losjes tot over haar schouders op haar rug golven. Haar gezicht is getekend door verdriet, maar ze houdt haar hoofd fier omhoog.

'Sorry dat ik jullie heb laten wachten', zegt ze. 'Maar ze moeten allemaal praten over wat er gebeurd is.'

'Rechercheur Woodstock', zeg ik en ik steek mijn hand uit. 'We hebben elkaar gisteren gesproken.'

Als Fleet zich ook heeft voorgesteld blijven we even ongemakkelijk staan omdat we niet weten waar we kunnen gaan zitten.

'Loop maar even mee', zegt ze als ze langs ons heen naar een aangrenzend vertrek loopt. 'Veel aangenamer, en bovendien is hier nergens plek om te zitten. Dat had Billie moeten bedenken.'

Fleet zet grote ogen op wanneer we haar naar een ruime zitkamer volgen. In het brandschone vertrek staan een tweezitsbank en twee comfortabele fauteuils. Een reusachtige vaas met lelies op een bijzettafel lijkt door de spiegel erachter nog groter. Aan de voet ervan zijn enkele boeketten opgestapeld; een heel legertje condoleancekaarten staat er als soldaten in het gelid naast.

'Excuses als ik er met mijn aandacht niet helemaal bij ben.' Wendy gaat zitten, maar staat meteen weer op en ploft in de andere leunstoel. 'Neem alsjeblieft plaats.' Ze wipt haar been op en neer. 'Ik kan het nog steeds niet geloven, weet je.' Ze zwaait met haar zwaar beringde handen door de lucht. 'Ik weet gewoon niet wat ik met mezelf aan moet.'

'Wanneer heeft u Sterling voor het laatst gezien?' begin ik.

Ze legt een hand op haar hart alsof ze het zo tot bedaren wil brengen. 'Eh, nou, vorige week dinsdag. Hij had het zo druk met de repetities voor *Death is alive* dat we elkaar al eeuwen niet meer echt hadden gesproken. We zijn gaan lunchen en hebben het over zijn toekomst gehad.' Ze laat een vreemd geluidje ontsnappen en wappert met een hand voor haar gezicht. 'O, lieve hemel.'

Ik hou haar blik vast in een poging haar aandacht op het gesprek te vestigen. 'Goed, u zei dus dat u al Sterlings agent bent vanaf het moment dat hij met acteren begon?'

Ze knikt. Ondanks de rimpels die als gekreukt papier haar gezicht tekenen heeft ze een jeugdige uitstraling. 'Ja. Ik heb Sterling op zijn twaalfde leren kennen. Hij was toen echt nog een plattelandsjoch. En toch had hij als kind al een mooi karakter.' Ze tovert ergens een verfrommeld zakdoekje vandaan waar ze haar ogen mee dept. 'Ik heb geholpen om hem bij de Beaufords geplaatst te krijgen. Een geweldig gezin. Die betekenen heel veel voor de filmindustrie. Ze hadden maar één kind, Jack, en stonden te trappelen om Sterling in huis te nemen zodat Jack ook een soort broertje had. Dit nieuws zal bij hen ook wel hard aankomen; Sterling was als een eigen kind voor ze.' Ze haalt een paar maal beverig adem. 'Dit is werkelijk afgrijselijk. Dat gesprek met April en Matthew heeft me erg aangegrepen. Zulke goede, fatsoenlijke mensen, die, nou ja, die horen zoiets vreselijks niet mee te maken. Ze konden al amper met zijn succes omgaan. Ik kan het echt niet geloven. Sorry.' Ze sluit haar ogen en beweegt haar mond alsof ze in zichzelf praat. 'Vraag maar raak', zegt ze na een ogenblik. 'Ik wil gewoon graag dat jullie boven water krijgen wat er gebeurd is. Ik kan de gedachte niet verdragen dat dit een opzettelijke daad was. Maar daarom zitten jullie hier, toch?'

'Op dit moment onderzoeken we alle mogelijkheden', zeg ik.

'U beheert al Wades zakelijke belangen, klopt dat?' vraagt Fleet.

'Inderdaad ja. Elke dollar die hij verdient gaat via mij.'

'En ook alle publiciteit en communicatie?'

'Ja.' Ze knikt ernstig. 'Ik beheer al zijn boekingen, samen met mijn team hier.'

'Toen we elkaar aan de telefoon hadden, zei u dat Sterling beheerderstoegang tot al zijn sociale media-accounts had.'

Ze knikt.

'Is dat gebruikelijk?' vraag ik.

'Ja. Onze meeste cliënten willen wel contact met hun fans, tot op zekere hoogte, maar ze laten het plaatsen van nieuwsberichten en het communitymanagement vaak aan ons over. Maar de jongeren doen het liever allemaal zelf. Tja, het is nu eenmaal hun wereldje.' Ze buigt zich naar voren. 'Ik zit al heel lang in deze business en laat me dit zeggen: er is de laatste jaren zoveel veranderd. Er gelden nu heel andere spelregels. Tegenwoordig moet je het mediamonster voortdurend voeden. Het is een wegwerpmaatschappij geworden en voor je het weet tel je niet meer mee.' Ze laat zich weer in haar stoel zakken en haar blik lijkt bij de vaas met lelies te blijven hangen. 'Het unieke aan Sterling was dat hij het wereldje wel begreep, maar zich er niet door klein liet krijgen. Hij had van jongs af aan al een goed stel hersens. Hij was een zeldzaamheid. Heel bijzonder.'

Fleet strekt zijn benen en zakt onderuit in zijn leunstoel. 'Uiteraard nemen we dat te zijner tijd allemaal door, maar zat er voor zover u weet iets verontrustends tussen de berichten voor hem?'

Wendy zucht en speelt met de telefoon in haar schoot. 'Ik dacht al dat jullie me dat gingen vragen. Ik vind het lastig te bepalen wat ik moet zeggen, en natuurlijk heb ik er mijn hoofd over gebroken sinds... sinds dit allemaal is gebeurd.'

We kijken haar verwachtingsvol aan.

Ze steekt haar handen uit alsof ze zich overgeeft. 'Ik bedoel, hij kreeg het allemaal. Aardige berichtjes, berichten van obsessieve fans, dreigementen. Carrièretips, kritiek en mensen die hem filmrollen aanboden. Huwelijksaanzoeken, verzoeken om geld, voodoobezweringen. De hele rataplan. De wereld is een gekkenhuis vol wonderlijke en prachtige mensen. Maar geen enkele cliënt van ons trok zoveel aandacht als Sterling. Hij was onvoorstelbaar populair.' Haar stem begint gevaarlijk te beven.

Ik praat snel door om haar bij het verdriet weg te houden. 'En wanneer u het over dreigementen hebt, wat bedoelt u dan?'

Haar telefoon zoemt. Ze kijkt naar het schermpje en plukt even met haar vingers aan haar lippen voor ze antwoordt: 'Er zit aardig wat tussen dat nogal ongelooflijk overkomt, dat zullen jullie straks zelf wel zien, maar dat was allemaal niet ongebruikelijk. Zelfs als het erg extreem klinkt. Daar kreeg hij er veel meer van dan onze andere cliënten, maar het is wel typerend voor wat ze allemaal ontvangen. Vanachter een computerscherm kom je overal mee weg.'

‘Heeft hij ooit weleens echt een doodsbedreiging gekregen?’ vraag ik.

‘Nee. Een paar keer hebben mensen beweerd dat ze hem in de gaten hielden. Hem volgden. Of beschreven hoe ze de liefde met hem wilden bedrijven. Heel af en toe heeft iemand met geweld gedreigd.’ Ze kijkt van de een naar de ander, bedelend om ons begrip. ‘Maar echt waar, dat is zo gewoon dat ik me geen zorgen maakte. We kunnen nu eenmaal niet elk dreigement melden; dan zouden we nergens meer aan toekomen.’ De tranen springen haar ogen.

‘Goed, we komen ongetwijfeld nog eens met vragen bij u terug wanneer we hiermee aan de slag gaan. En we moeten misschien een paar van uw zakelijke bankrekeningen bekijken. Ik neem aan dat dat geen probleem is?’ zegt Fleet op een toon die duidelijk maakt dat het een probleem wordt als ze weigert.

‘Natuurlijk’, antwoordt Wendy, die even van haar stuk gebracht lijkt.

‘Mevrouw Ferla,’ zeg ik, ‘u kent Sterling al van kinds af aan en u schijnt een goede band met het gezin Wade te hebben. Wat voor soort mensen zijn dat?’

Ze vouwt haar handen en buigt ernstig haar hoofd. ‘Een geweldig gezin. Gewoon degelijke, fatsoenlijke buitenmensen. April heeft een poosje lesgegeven, maar die leeft toch vooral voor de kinderen en de boerderij. En Matthew is een schat van een man. Ik moet voortdurend aan ze denken. Hier komen ze nooit overheen.’

‘Hoe zit het met hun andere kinderen?’ vraagt Fleet.

Wendy aarzelt. ‘Die ken ik veel minder goed’, zegt ze langzaam. ‘Het zal hun wel niet meegevallen zijn, zo’n beroemde broer. Eentje die zo perféct was.’ Met glinsterende ogen kijkt ze ons een voor een aan. ‘Want dat was hij, weet je. Ik heb me vaak afgevraagd hoe het mogelijk was dat iemand die zo duidelijk de x-factor had uit zo’n kleine, Australische boerengemeenschap kwam. De uitverkorene, zo noemde ik hem voor de grap weleens.’

‘Sterling had niet zo’n hechte band met zijn broer en zus’, onderbreekt Fleet haar.

Het is eigenlijk geen vraag, maar Wendy geeft toch antwoord. 'Ik weet niet zeker of dat wel helemaal fair is. Het was voor hen gewoon lastig om hun houding te bepalen. Ze zijn zo verschillend. Altijd geweest ook. Bovendien is hij al vrij jong het huis uitgegaan en heeft hij negen maanden per jaar bij een ander gezin gewoond. Om eerlijk te zijn: een gezin dat beter bij hem paste. Amy en Steve Beauford hebben Sterling enorm gesteund, ze begrepen hem ook echt. Ik weet dat April en Matt zich voor honderd procent voor al hun kinderen inzetten, maar Sterling was uit een ander hout gesneden, en de passie die hij voor acteren had zal niet makkelijk voor ze zijn geweest. Want hij zou de top hebben gehaald, zeker weten. Daar twijfel ik geen seconde aan.' Wendy buigt zich weer naar voren. 'Wisten jullie dat ze hem vorige week nog een hoofdrol hadden aangeboden in een Amerikaanse soapserie, én een bijrol in een grote Canadese film? Hij zei dat hij wat bedenktijd nodig had, maar ik heb hem gezegd dat hij ze allebei moest aannemen. Die twee rollen zouden een enorme stap vooruit zijn geweest en hem echt op de kaart hebben gezet.'

'Het verbaast me dat hij er überhaupt over na moest denken', zeg ik. 'Het klinkt als een droom die uitkomt.'

'In feite was hij een enorme huismus', antwoordt Wendy, die tranen uit haar ogen veegt. 'Hij wist dat als hij wegging, het misschien voorgoed zou zijn. Hij wilde vooral zeker weten dat hij er klaar voor was.'

'Terug naar de Wades', zegt Fleet. 'Heeft hij het weleens met u over zijn broer en zus gehad?'

'Niet echt', zegt ze. 'Het huwelijk van zijn zus, dat herinner ik me. Toen is hij een paar dagen naar huis gegaan. Hij voelde zich soms een beetje schuldig; je weet wel, vanwege alle geweldige dingen die op zijn pad kwamen. En hij deed echt zijn best om het contact met zijn ouders aan te houden. Hij belde ze trouw en betrok ze voortdurend bij zijn leven. Ze waren natuurlijk trots op hem, ook al was het hun wereldje niet. Ik heb hen altijd geprobeerd bij te staan als ze naar Melbourne kwamen, zeker toen Sterling nog jong was.'

‘En bleef Sterling close met de Beaufords?’

‘Ze hielden in ieder geval contact’, antwoordt Wendy, waarmee ze bevestigt wat Amy Beauford me heeft verteld. ‘Ik weet dat Sterling nog altijd voor carrièreadvies bij hen aanklopte, wat heel logisch was. Op creatief gebied hebben ze veel raakvlakken.’

‘En hoe zat het met Lizzie Short?’ vraagt Fleet.

Wendy perst haar lippen op elkaar alsof ze overweegt wat ze kwijt wil. ‘Het gaat mij natuurlijk niet aan,’ zegt ze, ‘maar persoonlijk denk ik dat Sterling die relatie ontgroeid was.’

‘Hoe komt u daarbij?’ vraag ik.

Wendy ademt langzaam uit en haalt haar schouders op. ‘Lizzie steunde zwaar op Sterling. Ik heb het nooit begrepen, maar hij was ongelooflijk aardig voor haar. Hij leek echt een zwak voor dat kind te hebben. Hij nam haar onder zijn hoede en moedigde haar ontzettend aan.’ Ze steekt haar handen omhoog als om weerwoord te voorkomen. ‘Begrijp me niet verkeerd, het is een schat, maar Sterling was van een andere klasse. Het zou in de loop van volgend jaar of zo toch wel zijn doodgebloed.’

Fleet fronst zijn wenkbrauwen. ‘O, dat is vreemd. We hebben net met Lizzie gesproken en zij vertelde ons dat zij en Sterling verloofd waren. Kennelijk heeft hij vorige week een aanzoek gedaan en wilden ze het tot na de opnames stilhouden.’

Ik bestudeer Wendy’s verraste gezicht.

‘Wat een dom joch’, zegt ze ten slotte.

‘Dus u had dat niet goedgevonden?’ zeg ik.

Ze kijkt naar haar handen, die gevouwen in haar schoot liggen. ‘Als ik eerlijk ben: nee.’

‘Heeft hij ooit weleens laten vallen dat hij Lizzie ten huwelijk wilde vragen?’ zeg ik.

‘Nee’, antwoordt Wendy kortaf. ‘Met geen woord.’

‘Gek dat hij u dat niet heeft toevertrouwd’, merkt Fleet op.

Ze wijkt een stukje achteruit. ‘Ik managede zijn privéleven natuurlijk niet’, zegt ze zakelijk. ‘Maar verloofd of niet, het zou waarschijnlijk toch niet aan zijn gebleven. Ze waren allebei wat hun relatie betreft soms op zichzelf gericht. Zij is weeskind, moeten jullie weten, en heel afhankelijk. Ze had zich echt aan Sterling vastgezogen. Het was een wat verstikkende relatie aan het worden. Tja, dat is nu niet meer van belang.' Ze haalt verslagen haar schouders op. 'De arme meid', zegt ze, alsof ze er nu pas aan denkt.

'Brodie Kent', zeg ik.

Wendy gaat rechter zitten en kijkt me achterdochtig aan. 'Wat is daarmee?'

'Wat was hij van Sterling?' wil ik weten.

'Een profiteur', zegt ze botweg.

Ik laat mijn verbazing niet merken. 'Hoe komt u daar nou bij?'

Ze gaat zachtjes op samenzweerderige toon verder. 'Hoor eens, het klinkt misschien wat hard, maar in de filmwereld heb je altijd mensen die om de verkeerde redenen om je heen cirkelen. Brodie Kent wilde wanhopig graag succesvol worden en zag in Sterling iemand die hem aan een voorsprong kon helpen.'

'Een opportunist dus?' oppert Fleet luid snuivend.

'Ja. Dat is een heel goede typering. Hij is niet bijzonder getalenteerd, maar hij heeft grootse plannen. Ik weet zeker dat hij hoopte dat Sterlings roem op hem zou afstralen.'

'Toch beweert hij dat hij heel close met Wade was', waag ik.

Wendy lacht minachtend. 'Ja, hij en alle anderen. Geloof me, hij haalt zich maar wat in zijn hoofd.' Ze wordt hoe langer hoe energieker en lijkt haar verdriet even te vergeten nu haar tirade op gang komt. 'Ik vermoed dat hij gevoelens voor Sterling koesterde. Bezeten van hem was. Maar dat was eenrichtingsverkeer.' Ze schudde haar hoofd. 'Ik heb Sterling gezegd dat het geen goed idee was dat Brodie bij hem en Lizzie introk. Ongezonde situatie. Die jongen kwam altijd met absurde adviezen aan over welke rollen Sterling moest aannemen en met welke merken hij in zee moest gaan.'

'Dat klinkt alsof u niet vindt dat Sterling een erg goed inschattingsvermogen op het vlak van relaties had', merk ik op.

Wendy duwt haar wilde haarbos opzij terwijl ze dit overpeinst. 'Ik ben altijd nogal beschermend geweest, dat geef ik toe', zegt ze met een schaapachtig lachje. 'Hij was erg loyaal, zoals ik al zei. En vriendelijk. Hij stond altijd klaar om anderen te helpen. Zo voelde hij zich minder schuldig dat hij zo'n succes had.'

'Hij had graag een project onder handen; iemand die hij kon helpen?' opper ik.

'Ja.' Haar telefoon licht weer op en even werpt ze er een blik op. 'Dat klopt. Alsof hij allemaal mensen om zich heen verzamelde die hem nodig hadden. Hij liet zich meestal niet door beroemdheid verblinden. Hij had zelfvertrouwen maar was heel bescheiden. Helemaal niet arrogant.'

'En hoe zat het met Ava James?' vraag ik. 'We hebben de geruchten gehoord. Was er iets gaande tussen die twee?'

'Ik heb geen idee. Maar ze zou een heel goede partij voor hem zijn geweest.' Wendy staart in de verte. 'Ze is een absolute kanjer. Sterling had veel van haar kunnen leren.'

'Daar zal Lizzie niet bepaald enthousiast over zijn geweest', zegt Fleet somber.

'Natuurlijk niet, maar wat die twee hadden was sowieso maar een jeugdliefde.'

'Ze waren verloofd', breng ik haar in herinnering.

Wendy haalt haar schouders op. 'Verlovingen worden verbroken. Ze heeft hem vast onder druk gezet.'

Ik vind het frappant dat Wendy de relatie tussen Wade en Lizzie zo makkelijk afdoet. 'Heeft Sterling weleens iets over Ava gezegd?'

'Ja. Hij vond het heerlijk om met haar te werken. Deze film was een totaal ander niveau voor hem. Riley Cartwright is een imbeciel, maar wel een begaafde regisseur. Ik ben de afgelopen maand naar een paar repetities geweest. Ava en Sterling waren onweerstaanbaar.'

'In welke zin is Cartwright een imbeciel?' vraag ik met een opgetrokken wenkbrauw.

'Het gaat bij hem op en neer als een jojo, zoals bij veel regisseurs.

Waarschijnlijk is hij ergens aan verslaafd, als ik afga op de paar maal dat ik hem heb gezien, maar hij krijgt het voor elkaar. Tenminste, zo lijkt het.'

'En konden hij en Sterling het goed met elkaar vinden?'

'Over het algemeen wel. Sterling vond het irritant dat hij zo wispelturig was, maar kon er verder wel mee leven.'

'Toch hebben we gehoord dat ze het met elkaar aan de stok hebben gekregen', dring ik aan. 'Afgelopen weekend hadden ze ruzie.'

'Daar weet ik niks van', zegt Wendy met een verwarde blik.

'Wat gaat er nu met de film gebeuren?' vraagt Fleet voordat zij ons een vraag kan stellen.

'Ik heb geen idee. Ik moet me er eerst maar eens op concentreren de begrafenis zo goed mogelijk door te komen en de Wades te steunen. De rest kan wel wachten.' Haar zelfbeheersing begint barstjes te vertonen. 'Er is nog nooit een cliënt van me overleden.' Ze bijt op haar lip en kamt met haar vingers door haar haar. 'Het wil maar niet tot me doordringen.' Ze wordt weer gebeld, en na een blik op het telefoonschermpje kijkt ze ons aan. 'Deze moet ik eigenlijk wel opnemen. Duurt het nog lang?'

'We zijn klaar', zegt Fleet. Hij komt overeind, waarbij zijn verrassend gebruinde buik met dik, zwart haar zichtbaar wordt.

Maar ik wil nog meer weten. 'Mevrouw Ferla,' vraag ik, 'hebt u ooit een vermoeden gehad dat Sterling gevaar liep?'

'Ik heb altijd over hem ingezeten', antwoordt ze, met een ernstige blik in haar grijze ogen. 'Ik hield van hem als van een zoon.' Ze slikt een snik weg. 'Maar zelfs in mijn ergste nachtmerrie heb ik niet gedroomd dat er zoiets zou gebeuren. Ik was eerder bang dat hij het helemaal ging maken en bij me weg zou gaan.' Ze lacht bitter. 'Al was dat waarschijnlijk onvermijdelijk.'

'Heeft hij weleens gezegd dat hij dat zou doen?' vraag ik vriendelijk; ik besef dat er met de dood van Sterling ook een eind aan de dromen van deze vrouw is gekomen.

'Hij zei altijd dat ik voor eeuwig zijn agent zou blijven – maar ik weet zeker dat het weleens bij hem is opgekomen. Het zal hem vast van alle kanten zijn toegefluisterd. En het is geen geheim dat ik niet meer de jongste ben.' Er verschijnt een rimpel op haar voorhoofd, gevolgd door een vertwijfelde blik. 'Maar hij was heel loyaal. Waarschijnlijk iets té.' Ze haalt diep adem en strijkt met een vinger onder haar ogen, waardoor ze haar make-up uitsmeert. 'De schat zag altijd het goede in mensen. Zelfs al was dat verder voor iedereen onzichtbaar.'

Vrijdag 17 augustus, 14.27 uur

'Dus naast dat hij de hoofdrol speelde in een grote Hollywoodfilm', zegt Fleet, 'maakte Wade plannen om de wereld te veroveren terwijl hij ondertussen een stiekeme verhouding had met de jongen die bij hem in huis woonde en zich in het geheim met zijn vriendin verloofd had. Bovendien was hij zo ridderlijk om in zijn vrije tijd een onfatsoenlijke regisseur aan te spreken op zijn te vrijpostige omgang met een filmsterretje dat eveneens een geheime liefde van hem was.' Fleet fluit bewonderend. 'Die gast had zijn zaakjes beter voor elkaar dan ik.'

'Hij had het er inderdaad maar druk mee', geef ik toe terwijl ik de politieauto zonder herkenningstekens voorzichtig door een massa zich verdringende verslaggevers loods en koers zet naar hotel St. Kilda, waar Wades familie verblijft. 'Al weten we niet of Ava meer dan zomaar een vriendin van hem was.'

Ik hoef niet te kijken om te weten dat Fleet met zijn ogen rolt. Hij moet wel denken dat het uitgesloten is dat Wade niet met de mooie actrice naar bed ging.

'Er is een heleboel dat we niet weten', mompelt Fleet. 'Geef mij maar zo'n rechttoe rechtaan moord als op die dakloze man.'

Ik wil Fleet weerwoord geven, maar bedenk me. Laat ik de spanning tussen ons niet nog verder aanwakkeren.

Fleet, die erop had gestaan dat ik naar het hotel van de Wades zou rijden, staart nu chagrijnig uit het raampje terwijl zijn privételefoon op zijn schoot met tussenpozen trilt als er een berichtje binnenkomt.

'Moet je die niet lezen?' vraag ik stijfjes.

Alleen gebrom als reactie.

We kruipen over St. Kilda Road met de ruitenwissers dubbel zo snel zwiepend om de zware regenbui bij te kunnen houden. Op de radio hebben ze het over de zaak-Jacoby. Ze gebruiken het woord 'vermeend' heel vaak zodat ze net binnen de kaders blijven van wat wettelijk is toegestaan. Vanuit hun standpunt – één en al drama – klinkt het als een enerverende zaak, wat in schril contrast staat met de stapels papierwerk in het kantoor van de rechercheurs en Nans sombere opsomming van alle op niets uitlopende getuigenverklaringen.

Helaas: ondanks al het werk dat we erin gestoken hebben, zijn er amper concrete bewijzen gevonden. Ondertussen schept de pers er genoegen in om Sasha, de kroongetuige, af te schilderen als een wandelende cocktail van verslavende middelen na jaren drugsgebruik. Wat de zaak er niet beter op heeft gemaakt is dat bekend werd dat de dode vrouw, Ginny Frost, begin dit jaar een zelfmoordpoging had gedaan. Ondanks alle hoog ontwikkelde onderzoeksmethoden draait het bij het oplossen van een zaak nog steeds vooral om wie er wat heeft gezien, en nu zijn we wanhopig op zoek naar een extra paar ogen, graag van een iets betrouwbaarder persoon, dat bevestigt wat Sasha die avond beweert te hebben gezien.

De jonge, blonde man die volgens Sasha ook getuige was van de woordenwisseling tussen Jacoby en Ginny heeft zich nooit gemeld. En Jacoby ontkent sowieso dat hij die avond een voet op het balkon heeft gezet. 'Deze jongedame had veel problemen', placht hij met droeve blik te zeggen.

'Zei hij, zei zij', mompel ik.

'Begin je van het padje af te raken?' bromt Fleet, die als een dolle op zijn telefoon aan het typen is.

'Ik moest alleen aan de zaak-Jacoby denken. Dat het in feite zijn woord tegen dat van de escortdame is.'

'Is dat niet altijd zo met dergelijke zaken?'

'Misschien.'

'Tja, het helpt natuurlijk niet dat de mysterieuze knappe vent die de vrouw beweert te hebben gezien in rook is opgegaan.' Fleet heeft een punt. Ondanks dat ze erg dronken was en zijn gelaatstrekken in de donkere slaapkamer niet kon onderscheiden, heeft Sasha een behoorlijke beschrijving van de jonge man kunnen geven – ongeveer vijfentwintig jaar, blond, sportief postuur – en toch kan geen van de andere gasten zich hem kennelijk herinneren. De meesten van hen zijn veertigers en vijftigers, en laat er nou toevallig geen camerabewaking zijn op de etage van het penthouse en bij de liften. En op de beelden van de camera's die bij de ingang staan is ook niemand opgedoken die aan de beschrijving van Sasha voldoet. Tot groot genoegen van Jacoby lijkt de geheimzinnige man hoe langer hoe meer alleen in Sasha's verbeelding te bestaan.

Ik druk driftig op de knoppen op het dashboard in een poging de verwarming hoger te zetten. 'Allemachtig, wat een kou.'

'Wen er maar aan', zegt Fleet duister. 'Ze zeggen dat er van het weekend sneeuw valt in de bergen. Ik zou bijna heimwee krijgen.'

'Kom je dan niet hier vandaan?' zeg ik verbaasd. Meestal ga ik ervan uit dat ik de enige import ben.

'Nee hoor', zegt Fleet, die duidelijk geen zin heeft uit te weiden.

Ik let weer op de weg. 'Oké, zeg eens waar ik moet zijn?'

'De een of andere chique tent vlak bij Fitzroy Street', zegt Fleet. 'Daar verderop naar links, voorbij die witte auto die daar geparkeerd staat.'

Ik rij onhandig een klein parkeerterrein op. Buiten moeten we opnieuw langs een kluitje verslaggevers die allemaal gebiologeerd naar hun telefoon staan te kijken, en een paar fotografen met hun camera op de ingang van het hotel gericht.

'Ik vraag me af wat voor types de broer en zus van Sterling zijn', zeg ik.

Fleet haalt zijn schouders op, zijn vingers alweer op zijn telefoon.

Water stroomt dramatisch langs een glazen wand achter de receptie naar beneden, en een vrouw met een glanzende paardenstaart en een verblindende tandpastalach begroet ons. 'Komt u inchecken?' informeert ze.

'Nee', zeg ik snel wanneer Fleet schamper lacht. 'We komen voor de familie Wade. We zijn van de recherche.' Ik laat haar mijn badge zien.

Haar glimlach verdwijnt. 'O, natúúrlijk. De arme mensen. Wat een tragedie.' Ze buigt samenzweerderig naar voren. 'Ik heb net op internet gelezen dat hij en zijn vriendin zich vorige week ook nog verloofd hadden. Zo ontzéttend verdrietig.'

Fleet begint overdreven luid te kuchen.

'Nou, in ieder geval is het afschuwelijk', zegt de vrouw, die de hint blijkbaar oppikt, naar de andere kant van de balie loopt en een telefoon oppakt. 'Ik zal ze laten weten dat u er bent.'

'Dat nieuwtje van die verloving verspreidt zich rap', merkt Fleet fluisterend op.

'Tja, nu er geen schot in de zaak zit, hapt de pers waarschijnlijk naar alles wat zich aandient.'

'Net als krokodillen', zegt hij. 'Toch zullen ze het wel van Lizzie hebben gehoord.'

Daar denk ik even over na. 'Dat moet wel. Ze wordt sinds de moord door de pers achtervolgd. Misschien heeft ze besloten het dan maar publiek te maken. En ze wil waarschijnlijk ook dat mensen het weten.'

Hij rekt zijn nek. 'Kan Sterling het niet aan iemand anders hebben verteld en dat die nu de media heeft ingelicht?'

'Benieuwd of de Wades het al weten.'

'Jullie kunnen meteen naar ze toe', zegt het meisje wanneer ze de hoorn neerlegt. 'Die gang in. Kamer drie, eerste rechts.'

'Dank je', zegt Fleet, die haar trakteert op een charmante glimlach. 'Daar zullen we zo wel achter komen', zegt hij tegen mij.

Als ik de hal doorloop bekruipt me een onbehaaglijk gevoel. Sterlings ouders hebben inmiddels tijd gehad om de dood van hun zoon tot hen door te laten dringen, en zullen nu waarschijnlijk in de rouwfase beland zijn waarin ze hun zinnen niet meer afmaken en met doffe ogen voor zich uit staren. Volgens mij is er geen groter verdriet dan dat van ouders die een kind hebben verloren.

Zonder rekening te houden met mijn aarzeling reikt Fleet voor me langs en klopt snel op de deur. Na een poosje doet een jonge man met een rond gezicht open. Zijn blik schiet tussen ons heen en weer en richt zich daarna strak op de grond voor onze voeten. Zijn verwassen grijze T-shirt zit strak om zijn lichaam gespannen. Hij heeft dezelfde kleur haar als Sterling, maar het is van een andere structuur, fijn en slap. Dit moet Paul Wade zijn en niet de schoonzoon, Rowan.

Fleet steekt zijn rechterhand uit en stelt zich voor. Paul schudt Fleets hand en krabt in zijn nek. Hij zegt niets.

'Rechercheur Woodstock', zeg ik en ik wil hem ook een hand geven.

'Mijn pa en ma zijn binnen.' Pauls stem klinkt als laag gebrom. Hij negeert mijn uitgestoken hand en loopt van ons weg, het halletje in.

Fleet haalt sissend adem als we hem volgen.

Het centrale vertrek bestaat uit een woonkamer met open keuken. De koelkast, oven en gootsteen zijn van glanzend roestvrij staal; de rest van de keuken is van een dure, moderne steensoort.

De Wades zien er volstrekt misplaatst uit. Matthew draagt een katoenen overhemd en een spijkerbroek met hoge taille. Hij zit op een kruk en staart naar de keukenbar. April zit op de bank naast een mollige vrouw van een jaar of dertig. Melissa, neem ik aan. Ze strijkt met haar hand in regelmatige cirkels over haar moeders rug en ziet er ellendig uit. April trilt over haar hele lichaam. Paul gaat vlak bij zijn moeder op de grond zitten en leunt tegen de voorkant van een fauteuil. Hij heeft zijn blik gericht op een kookprogramma op de tv, die zonder geluid aanstaat. Misschien is hij in shock, denk ik.

Ergens gaat een telefoon.

'Neem me niet kwalijk', mompelt Matthew, die de telefoon uit zijn zak pakt en ermee in een andere kamer verdwijnt.

Ik ga naast April zitten. 'Hoe is het met u, mevrouw Wade?'

Ze lijkt me niet te horen.

'Zijn dit uw kinderen?' vraag ik.

Ze knikt robotachtig. 'Ik ben Melissa', zegt de vrouw op de bank.

Matthew komt weer binnen. 'Sorry daarvoor. Een paar buren passen op de boerderij voor me. Sommige zaken kunnen niet wachten. De dieren.'

'U hoeft zich niet te verontschuldigen, meneer Wade', zeg ik.

'Is er nieuws?' Er klinkt lichte wanhoop in zijn vraag, die ik besluit te negeren.

'Nog niets concreets,' zeg ik rustig, 'maar we hebben een groot opsporingsteam op de zaak van uw zoon gezet. We doen alles wat in ons vermogen ligt om de dader te vinden.'

Fleet pakt een stoel die aan een bureautje staat, draait hem om en gaat er schrijlings op zitten. 'En hoe heet jij?' vraagt hij aan de man, die onmiskenbaar Sterlings broer is.

'Dat is Paul', zegt Matthew. 'En dit is Melissa. Onze andere kinderen.'

Paul vertrekt geen spier. Wanneer Melissa opstaat om me een hand te geven, merk ik dat ze ongewoon lang is.

Het verwondert me altijd dat sommige mensen uit dezelfde ingrediënten zijn samengesteld, maar toch elk een totaal ander gerecht worden. Sterlings broer en zus zijn allebei blond en hebben dezelfde kleur ogen als die ik gisteren in het mortuarium naar het plafond zag staren. Alleen zijn de proporties van hun gelaatstrekken heel anders en komt de beroemde onschuldige oogopslag van hun broer bij hen op de een of andere manier vreemd en kil over. Ze hebben een zongebruinde huid, maar hun postuur is gezet en pafferig, tekenen van te veel eten en drinken.

'Meneer Wade,' zeg ik tegen Matthew, 'we begrijpen dat dit een zware tijd voor jullie is.' April begint zachtjes in haar handen te snikken. 'Hebt u sinds ons gesprek van gisteren nog iets bedacht wat Sterling heeft gezegd dat nu belangrijk lijkt; iets wat hem zorgen baarde?'

'Maar was het dan niet gewoon een gestoorde fan?' komt Paul tussenbeide, met een stem waarin een plattelandsaccent doorklinkt. 'Dat hoor je overal op het nieuws.'

Melissa snuit luid haar neus in een tissue.

'Het kan een onbekende zijn geweest,' geef ik toe, 'maar we sluiten niets uit. De omstandigheden zijn nu eenmaal heel ongewoon. We zijn er vrij zeker van dat het om een voorbereide aanval ging, vandaar dat we aannemen dat er een motief is. Misschien was het iemand die je broer tegen zich in het harnas heeft gejaagd, mogelijk onbewust.'

'Heeft hij soms iets gezegd over kennissen van zijn werk, of privé?' vraagt Fleet. 'Maakte hij zich ergens druk om?'

Matthew schudt zijn hoofd. 'Daar heb ik over lopen piekeren, geprobeerd terug te halen waar we het over hebben gehad, maar je staat er gewoon niet bij stil dat je je zoiets ooit moet herinneren.' Hij klopt zachtjes met een vuist tegen zijn borst, alsof hij iets los probeert te krijgen. 'We hebben het over de boerderij gehad. Daar vroeg hij altijd naar, ook al boeide die hem niet.'

'En jij, Paul? Heb jij je broer onlangs nog gesproken?' vraagt Fleet.

'Ik? Neuh. We waren niet zo hecht. We hadden elkaar niks te melden.'

'Een paar weken geleden belde hij toen ik bij ma en pa was', voegt Melissa toe. 'Ik heb toen even met hem gepraat. Gevraagd naar zijn film. Mijn man vindt die Amerikaanse actrice leuk.'

'Het zal niet makkelijk zijn geweest met een broer die zo in de spotlights stond', opper ik.

'Daar wen je wel aan', zegt Paul met een schouderophalen.

'Wanneer zijn jullie tweeën hier aangekomen?' vraag ik, onthutst door Pauls botte reactie.

'Gisteren', zegt Melissa. 'Pa belde me woensdagavond om me te vertellen wat er was gebeurd. Ik heb het een en ander voorbereid zodat Rowan, mijn man, een paar dagen voor de kinderen kon zorgen en toen heb ik het vliegtuig gepakt.' Ze werpt even een blik op April. 'Ik wist dat ma stuk zou zitten.'

'Dus jullie zijn niet samen gekomen?' vraag ik terloops.

'Nee, ik woon in Karadine, vlak bij ma en pa', antwoordt Melissa. 'Paul zat in Castlemaine. Nadat ik ma had gesproken heb ik hem gebeld.'

'Woon jij in Castlemaine, Paul?' vraag ik.

'Neuh. Ik pas op een huis van een vriend. Die zit in het buitenland en ondertussen schilder ik de boel. Ik verkas nogal vaak, van klus naar klus, weet je wel.'

'En wat voor werk doe je?' vraagt Fleet, die duidelijk uit Pauls mond wil horen wat Matthew ons al heeft verteld.

'Gewoon, allerlei karweitjes. Verven, hekken maken; wat er maar nodig is.'

'Is de, eh, operatie al gedaan?' vraagt Matthew opeens terwijl hij de rugleuning van de bank vastgrijpt.

'Ja', antwoord ik. 'Gisteren is er een voorlopige autopsie geweest. De patholoog-anatoom heeft haar eindverslag over een paar dagen klaar. Als u wilt kunt u een aanvraag indienen om de bevindingen in te zien, maar ik moet u wel waarschuwen dat die gegevens vaak heel pijnlijk zijn voor de nabestaanden.'

April snikt gesmoord. Melissa pakt haar hand beet.

'Hebben jullie iets gevonden?' vraagt Matthew. 'Iets wat licht op de zaak werpt?'

'Voorlopig nog niet', zegt Fleet, en ik probeer niet te denken aan wat Mary-Anne mogelijk op dit moment met hun zoons lichaam aan het doen is.

Ze knikken, en ik zie het verdriet over hun gekwelde gezichten flitsen terwijl ze zich allerlei gruwelijks voorstellen.

'Hebben jullie een goede band met Lizzie Short?' vraag ik hun. 'En met Brodie Kent, Sterlings huisgenoot?'

April gesnik is inmiddels bedaard, maar haar schouders schokken onrustbarend.

Matthew kijkt zijn vrouw hulpeloos aan. 'Natuurlijk hebben we Lizzie een paar maal ontmoet toen we op bezoek waren. En Sterling heeft haar één keer meegenomen.' Matthew vouwt zijn handen. 'Het leek ons een aardige meid, maar we kennen haar nauwelijks. En Brodie hebben we maar één keer gezien. Vorig jaar, voordat hij bij hem in huis kwam. Hij kwam nogal eh, aanstellerig over.'

Matthews afkeer van homo's blijkt duidelijk uit de manier waarop hij dit zegt. Ik realiseer me dat als Sterling zijn seksuele geaardheid inderdaad geheim probeerde te houden, hij dat misschien niet alleen vanwege zijn carrière deed, maar ook vanwege zijn familie.

'Brodie is vast een aardige jongen, maar heel anders dan Sterling. Heel heftig. Wij vonden het sowieso altijd een overrompelende ervaring om hier te komen.'

'En jullie twee?' vraagt Fleet aan de zoon en dochter.

'Wij hebben haar ontmoet', zegt Melissa. 'Ik bedoel Lizzie. Jaren geleden.' Ze dept haar roodomrande ogen. 'Ze leek me heel aardig.'

'Paul?' wil Fleet weten.

'Knappe meid', zegt hij schouderophalend.

'En hebben jullie Brodie ook gezien?' vraag ik.

Ze schudden hun hoofd.

'Lizzie heeft ons verteld dat zij en Sterling onlangs hebben besloten te gaan trouwen', kondigt Fleet aan met een blik van April naar Matthew. 'De pers heeft dat al opgepikt. Waren jullie daarvan op de hoogte?'

Paul mompelt iets binnensmonds.

Aprils hoofd gaat met een ruk omhoog en ze kijkt opeens helder uit haar ogen. 'Trouwen?' zegt ze toonloos. 'Maar ze waren nog zo jong.'

Matthew kijkt zijn vrouw bezorgd aan. 'Tegen ons heeft hij geen woord gezegd.'

'We weten van Lizzie dat ze het nog tegen niemand hadden verteld', stel ik hem gerust. 'Ze wilden wachten met de aankondiging tot de opnames klaar waren.'

'Wij dachten dat ze samen naar het buitenland zouden vertrekken', mompelt April, die onafgebroken in haar duim knijpt. 'Lizzie kwam altijd heel ambitieus over.'

'Het heeft er veel van weg dat Sterling een paar filmrollen in Hollywood kreeg aangeboden', zeg ik. 'Weten jullie misschien iemand voor wie zijn vertrek een schok kan zijn geweest?'

'Voor ons', zegt April zachtjes.

Enkele ogenblikken zwijgt iedereen. Paul is rood aangelopen, maar zijn gezicht geeft niets prijs. Zijn blik is weer op de tv gericht.

Fleet tikt met zijn voet alsof hij de stilte niet aankan. 'Hebben jullie al contact met de familie Beauford gehad?'

Ik zie Pauls gezicht betrekken.

'Eh...' stamelt Matthew. 'Nog niet. Er waren zoveel anderen die we moesten spreken.'

'Begrijpelijk', zeg ik geruststellend.

'Maar we zijn het wel van plan. Ik weet dat Sterling nog steeds geregeld naar hen toe ging en ze zijn altijd heel goed voor hem geweest.' Hij kijkt naar zijn vrouw alsof hij haar steun zoekt, maar uit Aprils vage blik blijkt duidelijk dat ze het gesprek niet meer volgt.

Mijn werktelefoon in mijn zak begint te zoemen. Ik schuif hem net genoeg naar buiten om het scherm te kunnen zien. Isaacs. 'Sorry', zeg ik tegen de familie Wade en ik glip de gang op. 'Inspecteur?'

'Zijn jullie nog steeds bij de Wades?'

'Ja, inspecteur', antwoord ik, verrast dat hij zomaar begint te praten.

'Goed. Afronden daar en terugkomen. We hebben een bekentenis.'

'Echt waar?'

'Dat weten we niet zeker. Het is een anonieme, maar we nemen de zaak serieus. De knul komt geloofwaardig over. Bel me onderweg hiernaartoe.'

'Doe ik.'

Als ik terugkeer naar de kamer slaat mijn hart op hol en het uitzicht op een mogelijke ontknoping laat mijn hele lijf tintelen.

'En, hoe gaat het nu verder?' vraagt Matthew aan Fleet.

'We proberen de dader te vinden en...'

'We moeten ervandoor', zeg ik en ik probeer te voorkomen dat mijn opwinding te horen is.

'We houden contact', zegt Fleet, die me een verbaasde blik toewerpt. Wanneer hij langs de bank loopt zie ik tot mijn verrassing dat hij zijn hand geruststellend op Aprils schouder legt en naar Melissa glimlacht. 'Bel gerust als jullie iets te binnen schiet wat ons verder zou kunnen helpen bij Sterlings zaak', zegt hij zachtjes. April kijkt dankbaar naar hem op.

'Vanochtend stonden die journalisten nog steeds voor het hotel', zegt Matthew als hij achter ons aanloopt naar de deur.

'Ja, dat zal waarschijnlijk zo blijven tot jullie weggaan', zeg ik. 'Vergeet niet: mochten ze over de schreef gaan, dan tikken wij ze op de vingers. Geef maar een seintje. Helaas moet ik er wel bij zeggen, meneer Wade, dat het overlijden van uw zoon nog wel een poosje enorme media-aandacht zal trekken.'

'We weten gewoon niet wat we tegen ze moeten zeggen.' Als een klein kind wrijft hij met zijn vuisten in zijn ogen. 'Onze zoon was thuis in dit wereldje. Wij snappen er helemaal niets van.'

'In dit soort dingen is niemand goed, meneer Wade', zeg ik als ik de gang oploop en me naar hem omdraai. 'Hoe dan ook, het blijft moeilijk.'

'Daar heb je natuurlijk gelijk in. Maar Sterling voelde zich altijd in zijn element als hij voor een camera stond. Hij genoot van de aandacht. April en ik waren zo bang toen dat acteergedoe begon. We hebben ons zo'n zorgen gemaakt. Dat we hem zouden verliezen. Dat hij aan de drugs ging. Dat er mensen misbruik van hem zouden maken. Het is nooit bij ons opgekomen dat we hem op deze manier kwijt konden raken.' Matthew balt zijn verweerde handen tot vuisten. 'En nu horen we van al die mensen hoeveel ze om hem gaven. Ik word er misselijk van. Ze gaven geen ene zier om hem. Niet zoals wij.'

Ik denk aan Mary-Anne, die bijna in tranen bij de autopsietafel stond.

'Ik vind het heel erg voor u, meneer Wade. Het moet vreselijk zijn, al die vreemde mensen die denken dat ze uw zoon goed hebben gekend.' En dat meen ik, besef ik plotseling, ik word razend om al dat publieke rouwvertoon, op iedereen die zich Wades dood toe-eigent. Nu ik hier bij zijn vader ben komt dat me bespottelijk over.

'Bedankt', zegt Matthew vermoeid, ondanks zijn verdriet nog altijd fatsoenlijk. 'Wij zijn maar eenvoudige boerenmensen. Dit alles hebben wij nooit gewild.'

Vrijdag 17 augustus, 15.44 uur

'Waarom moesten we er nou halsoverkop vandoor?' vraagt Fleet, die achter me aan naar de auto racet.

'We hebben een bekentenis', zeg ik over mijn schouder.

Fleet maakt een fluitend geluid. 'Iemand die we kennen?'

'Het schijnt van niet.'

Ik klik de autoportieren open, schuif mijn telefoon in de houder en toets het nummer van Isaacs in.

'We zitten in de auto', zeg ik als hij opneemt.

'Heb je iets tegen de ouders van Wade gezegd?' vraagt hij.

'Nee', antwoord ik. 'Die zitten behoorlijk stuk. We hebben ons verontschuldigd en zijn ervandoor gegaan.'

'Mooi. Ik wil dit stilhouden tot we erachter zijn hoe serieus we dit moeten nemen. Het heeft geen zin ze onnodig overstuur te maken.'

'Wat is er precies gebeurd?' wil ik weten.

'Ongeveer een uur geleden heeft een man de tiplijn gebeld. Hij beweert dat hij Wade heeft neergestoken.'

'En waarom gelooft u hem?' vraag ik, terwijl ik op de rem trap voor een jonge moeder die de weg over rent. Ze beschermt haar baby tegen de regen met een plastic boodschappentas. 'Ik bedoel, om acht uur vanmorgen waren er al meer dan veertig mensen die de verantwoordelijkheid hadden opgeëist, toch?'

Telkens wanneer er een belangrijke figuur is vermoord krijgen we valse bekentenissen binnen – iedereen is nu eenmaal op zoek naar een doel in het leven, en kennelijk is een moord opbiechten voor sommigen een manier om zich van een solide fundament te voorzien – maar de zaak-Wade heeft een vloedgolf aan bekentenissen teweeggebracht zoals ik nog nooit heb meegemaakt. Fleet en ik hebben drie teams aan het werk gezet om al die beweringen te checken door ieders naam in onze systemen op te zoeken en de IP-adressen te achterhalen.

'Tuurlijk,' zegt Isaacs, 'maar deze wist zo veel details dat we hem serieus nemen.'

'Heeft hij Wade gekend?' dring ik aan. 'Heeft de man op een of andere manier rechtstreeks contact met hem gehad?'

'Voor zover we weten was het mogelijk een van de acteurs, maar dat is nog niet voor honderd procent geverifieerd.' Er klinkt een flinke dosis frustratie in Isaacs' stem door.

'En wat denkt u?' Alweer vraag ik naar zijn mening. Ik ben niet gewend aan een chef die zo weinig mededeelzaam is. Jonesy kwam altijd meteen met zijn complete analyse van een situatie aanzetten, of ik daar nu om vroeg of niet.

Isaacs omzeilt mijn vraag handig. 'Volgens mij is de meest voor de hand liggende verdachte iemand met de een of andere psychische problematiek. En deze vent wist veel details over het delict te melden. Het kan natuurlijk een opportunist zijn die ons zit te dollen, maar voorlopig lijkt het te kloppen.'

'Welke details noemde hij?' vraagt Fleet.

'Hij wist welk mes er was gebruikt en wat Wade aanhad. Hij zei dat Lizzie schreeuwend aan kwam rennen. Hij kon het hele tafereel eigenlijk best goed beschrijven. En hij had blijkbaar iets met Wade te verhapstukken. Een agressief type.'

Daar laat ik mijn gedachten even over gaan. 'Die gegevens kun je toch grotendeels van de pers hebben?'

'Ze kunnen ook gelekt zijn door zo'n honderd aanwezigen', zegt Fleet onheilspellend.

'Natuurlijk is er wat informatie gelekt', kapt Isaacs hem af. 'Een hele massa mensen is hiermee aangekomen, maar het kan ook dat deze man er echt bij is geweest, als dader of als getuige. We willen hoe dan ook met hem praten. De moordenaar kan Wade hebben aangevallen om de aandacht op zich te vestigen; wie weet is dit zijn manier om zijn status als celebrity killer op te eisen.'

'Maar we kunnen de man zeker niet aanwijzen op de camerabeelden van de filmset', zeg ik.

'Nog niet', geeft Isaacs knorrig toe. 'We zijn nog steeds aan het uitzoeken wie wie is.'

Ik grijp het stuur vast als het onaangename gevoel me bekruipt dat al deze ellende weleens toevallig het werk van een gestoorde gek kon zijn.

'We zijn er bijna', zeg ik tegen Isaacs. 'Tot zo.'

Een paar minuten later rijd ik de parkeerplaats van het politiebureau op en zet de motor uit.

'Wat denk jij?' vraag ik aan Fleet.

'Over de bekentenis van deze malloot?' Hij rommelt al in zijn zakken naar zijn sigaretten. 'Wie weet? Het zou het echte werk kunnen zijn, maar ik wed dat het volslagen lulkoek is.'

'Tja. Maar zoals Isaacs al zei is dat scenario het meest aannemelijk. Als deze man inderdaad een van de acteurs was, dan moeten we zijn bekentenis misschien wat serieuzer nemen.'

Uiteraard weet ik dat het mogelijk is dat een volslagen vreemde een obsessie voor Wade heeft ontwikkeld die in iets lugubers is ontaard, maar ik blijf het vrij onvoorstelbaar vinden. Ik voel me niet op mijn gemak als ergens geen logische verklaring voor is; het idee dat alles zomaar mogelijk is vind ik onprettig. Aan de ene kant besef ik dat we allemaal iets van een stalker in ons meedragen: vandaar dat we kranten lezen, vandaar dat sociale media zo populair zijn geworden. Roddelen, geruchten verspreiden, heldenverering: dat is van alle tijden. En toch kan ik er maar moeilijk bij dat iemand een volslagen vreemde gaat stalken. Natuurlijk ben ik zelf ook niet altijd vrij van obsessies geweest – in mijn tienerjaren hebben die zelfs weleens tot ongezond gedrag geleid – maar ik kan me niet voorstellen dat ik zulke intense gevoelens zou koesteren voor iemand die ik nooit in het echt of alleen vluchtig heb ontmoet. Lichamelijke aantrekkingskracht: natuurlijk. Maar voor een emotionele band heb ik tijd nodig.

Zoals ik het zie is het veel aannemelijker dat iemand in de kring rond Wade, ook al was dat een randfiguur, verantwoordelijk is voor zijn dood dan een zomaar een vreemde.

Vorig jaar, toen ik nog in Smithson werkte, kreeg ik te maken met een onderzoek naar een stalker. Een weduwe was verliefd geworden op een rechercheur uit een naburige stad. Hij had onderzoek gedaan naar de dood van haar man, die door een ongeval op hun boerderij om het leven was gekomen, en alleen al doordat hij zo vriendelijk was geweest voor de vrouw en haar dochters tijdens die zware periode was ze hevig verliefd op hem geworden, hoewel hij getrouwd was. Het was redelijk onschuldig begonnen. Ze belde hem net ietsje vaker dan prettig was en reed telkens op de terugweg van de winkel waar ze werkte langs zijn huis. Maar toen ze zijn vrouw overal in de stad ging volgen en daarna zijn gezin vanuit haar geparkeerde auto tijdens het avondeten door het woonkamerraam begon te begluren werd het duidelijk dat er iets niet goed zat. Ik heb het dagboek van de vrouw gelezen dat haar oudste dochter beschroomd bij ons kwam inleveren: de ene na de andere pagina vol waanvoorstellingen. Ze zou het hem aan zijn verstand brengen. Hem duidelijk maken dat alles niet zomaar was gebeurd, maar dat haar dode echtgenoot juist had gewíld dat zij samen kwamen. Het was griezelig, die verbetenheid van haar, de kracht en toewijding waarmee ze een toekomst voor zichzelf en een vreemde man had uitgestippeld, en tegelijkertijd was het ook zielig. Al die energie gefocust op iemand die geen notie had van de uitwerking die hij op een ander had.

Ik kijk opzij naar Fleet, die het slaapzand uit zijn ooghoek aan het peuteren is. 'Wat?' zegt hij als hij mijn blik voelt.

'O, niks', zeg ik werktuiglijk.

'De Wades lijken een behoorlijk hechte familieband te hebben, vind je niet?'

'Je kunt rustig zeggen dat Sterling het buitenbeentje was', antwoord ik.

Fleet kijkt naar een jong meisje dat zich vooroverbuigt bij het raampje van een politieauto om iets tegen een agent te zeggen. Ze draagt een hemdje met een laag uitgesneden hals zodat er een akelig blauw plek vlak boven haar borst zichtbaar wordt.

'Paul leek me ook niet bijzonder aangeslagen vanwege zijn broer', voeg ik toe.

'Voor geen meter. Het monster van de afgunst is nog springlevend bij hem. Doet me denken aan mijn eigen broer.'

Ik wacht op een toelichting, maar er komt niets en hij stapt de auto uit. Ik loop achter hem aan naar de trap waar hij zich op de onderste tree laat zakken en als een tiener begint te roken, met zijn sigaret in de kom van zijn hand en een tuitmondje waar hij grijze rookwolken mee uitblaast.

'Ik zat te denken', zeg ik, 'aan wat mijn contactpersoon in Smithson me heeft verteld: dat de Wades financiële problemen hebben. Ik neem aan dat Sterling voor iemand van zijn leeftijd veel geld had. Wanneer de erfenis vooral naar zijn familie gaat zijn die problemen opgelost. Dan kunnen ze sowieso de boerderij behouden. En misschien zelfs met pensioen gaan, als ze dat willen.'

Fleet knikt en tikt zijn as af op de grond.

'Ze zeiden dat ze niets wisten van de verloving van Sterling en Lizzie,' ga ik verder, 'maar als hij dat nu eens wel gezegd heeft?'

'Hoezo, denk je dat ze bang waren dat Lizzie aan hun pensioenvoorziening zou gaan knabbelen?'

'Het is vergezocht,' geef ik toe, 'en ik geloof heus niet dat de ouders zo dachten, maar misschien vonden Paul of zelfs Melissa dat het vermogen van hun broer wel wat beter verdeeld kon worden.'

De rook vermengt zich met de frisse vrieslucht. Hier op het trapje in de kou naast Fleet voel ik me plotseling eenzaam.

'Goed,' zegt hij terwijl hij vlokjes as van de neus van zijn schoen veegt, 'doen we jou een plezier en zullen eens gaan wroeten in de financiële gegevens van deze prince charming, al denk ik dat we allebei geschokt zijn wanneer blijkt dat een van de overgebleven kinderen dit heeft geflikt. Ze lijken geen van beiden het succes te kunnen omarmen, zoals hun broer.' Op de een of andere manier ziet Fleet er vandaag ouder uit, er tekenen zich fijne rimpelwaaiertjes af naast zijn ogen. 'Waarschijnlijk is het gewoon het gebruikelijke familiegedoe,' vervolgt hij terwijl hij een pepermuntje in zijn mond doet en opstaat, 'maar ik ben het met je eens dat we ze moeten uitsluiten. Paul had duidelijk een gespannen verhouding met zijn broer, en zijn er geldproblemen, dan is er altijd een motief.'

'Misschien heeft Paul kennissen in de stad?' opper ik.

Fleet maakt een toegeeflijk gebaar. 'Weet je, als die mysterieuze beller waar al Isaacs' hoop op gevestigd is onze beroemde vriend echt heeft vermoord, dan heb ik daar geen bezwaar tegen. Ik loop nu heel wat moois op Netflix mis. Alleen heb ik het gevoel dat we het antwoord veel dichter bij huis moeten zoeken... en dat we nog lang niet zover zijn. Die Lizzie en Brodie, die zitten me niet lekker. Paul Wade zit me niet lekker. En Ava niet, met haar beschuldiging van aanranding. Riley Cartwright ook niet. Ik bedoel, kom op zeg, zodra Wade dood is komt iedereen opeens met belangrijke geheimen op de proppen. Ergens klopt iets niet.'

Ik schrik op als mijn werktelefoon gaat. Fleet lijkt het niet eens te horen.

'Hoi Mary-Anne', zeg ik.

'Gemma.' Ze haalt diep adem. 'Ik heb de informatie waar jullie gisteren naar vroegen.'

'Oké', zeg ik, waarna Fleet me nieuwsgierig aankijkt.

'Nou, ik kan jullie niet zeggen met wie, en ook niet precies hoe recent, maar volgens mij had Wade geregeld seks met een man.'

Simon Joseph Carmichael, zevenentwintig jaar oud, is acteur en heeft een bijbaantje in een café. De afgelopen tien jaar was hij figurant in verschillende Australische tv-programma's en films, en eind vorig jaar heeft hij een bijrolletje weten te bemachtigen in een komische serie op ABC. Hij verdient gemiddeld net iets meer dan veertigduizend dollar per jaar. Hij woont in Preston samen met zijn vriendin van drieëntwintig die een opleiding voor tandartsassistente volgt. Hij is een witte man, met bruin haar en bruine ogen, gemiddeld van lengte, gemiddeld postuur. Knap om te zien maar volstrekt onopvallend. Drie maanden geleden meldde hij op Facebook dat hij 'dolenthousiast' was dat hij een zombie mocht spelen in de nieuwe film *Death is alive*. Dat ging zijn 'grote doorbraak' worden in een 'grensverleggende productie'.

Een andere acteur had op woensdagmiddag een foto van hem genomen, met wazige blik, bloed dat over zijn gezicht gutst en een diepe, uitpuilende snee vol pus in zijn hals.

Nadat hij vanochtend onze tiplijn had gebeld, postte hij zo rond drie uur 's middags – onder het pseudoniem 'Dark Knight' – een heel verhaal op Wades Facebookpagina met als titel 'Hét moment', waarin hij de aanval op Wade tot in detail beschrijft. Toen hem gevraagd werd hoe hij dat zo goed wist, antwoordde hij: 'Ik was erbij, ik heb het gedaan. Ik heb het gezien. Ik heb dit veroorzaakt.' Hij schreef er nog bij dat Wade geen talent had, maar gewoon 'een middelmatige acteur met een beetje mazzel' was.

De technische recherche wist zijn computer te traceren en heeft hem net na zessen opgepakt.

Nu sta ik hem vanachter de doorkijkspiegel van de verhoorkamer te bekijken. Hij zit er rustig bij, met gevouwen handen.

'Hij ziet er niet echt uit als iemand die een moord pleegt voor de roem', mompelt Fleet als hij zich bij me voegt. Ik snuif koude sigarettenrook op.

'Nee. Maar hij was wel ter plekke. We hebben hem op de band kunnen vinden. En hij is ook niet rond blijven hangen voor een gesprekje met de agenten: hij is er als de bliksem vandoor gegaan. Hij was een van de mensen die dicht in de buurt van Wade waren, alleen kennelijk niet zo vlakbij dat hij hem aan kon vallen. Maar goed, hij kan een maatje hebben gehad, een andere acteur. Misschien waren ze handlangers, maar heeft Carmichael domweg besloten er in zijn eentje voor uit te komen.'

Fleet legt zijn handen op de stang onder de doorkijkspiegel en zakt plots door zijn knieën, alsof hij aan een reeks push-ups wil beginnen. 'Maar waarom zou je al die moeite doen? Als hij Wade echt iets had willen aandoen, of hem ombrengen, dan had hij dat toch veel eenvoudiger kunnen aanpakken? Op een filmset is van alles te vinden waardoor je kan doen of iets een ongeluk was. Maar dit is ingewikkeld en nogal publiciteitsgeil.'

Ik zucht. 'Klopt. Het lijkt erop dat we met een narcist te maken hebben: iemand die deze bizarre stunt opzettelijk heeft uitgehaald om de aandacht te trekken. Dus gezien de manier waarop hij zich vandaag heeft gedragen, zou deze man in het profiel passen. Maar hij had geen masker op, en de moordenaar moet toch wel een van de gemaskerde mannen zijn geweest die vlak bij Wade stonden.'

Rond de tijd dat Wade werd neergestoken waren er twee gemaskerde mannen en twee mannen met een capuchon op de set. Slechts twee van hen hebben woensdag een eerste verklaring afgelegd. Gedurende de afgelopen paar dagen ben ik ervan overtuigd geraakt dat een van de overgebleven twee mannen niet bij de acteursploeg hoort, maar zich op de een of andere manier bij de uitzinnige menigte heeft gevoegd, zich een weg naar Wade heeft gebaand, hem heeft neergestoken en vervolgens in de massa is opgegaan.

'Zullen we dan maar eventjes met de heer Carmichael gaan kletsen?' zegt Fleet, zich afzettend tegen de stang.

'Ik wil eerst iets meer achtergrondinfo', zeg ik. 'Ik moet mijn theorie duidelijker zien te krijgen. Kennelijk heeft hij geen familie en amper vrienden. Op dit moment worden zijn belgeschiedenis en financiële en medische gegevens nagetrokken. Laten we daarop wachten en dan met hem gaan praten. Stel dat daar een directe link met Wade uit blijkt, dan wordt dit aannemelijker.'

'Prima hoor', zegt Fleet. 'Wil je weten wat ik denk? Volgens mij is deze vent gewoon een janlul die het echte leven met zijn sneue computerspelletjes verwart.'

Ik ken Simon Carmichael nog niet zo lang, maar ik ben hem nu al helemaal zat. Toen we wat beter naar de camerabeelden keken, bleek dat hij zo ongeveer een meter achter Wade stond op het moment dat we denken dat de aanval plaatsvond. Hij lijkt ook behoorlijk extreme waanideeën te koesteren. We zijn er bijna honderd procent van overtuigd dat hij niet de dader is – alleen maar iemand die heel wat van onze tijd verspild heeft.

Gelukkig kwam er die middag nog wel enige nuttige informatie bovendrijven. De probleempjes waar zijn zoon Paul volgens Matthew Wade mee te kampen had na zijn schooltijd, blijken drie verschillende kroeggevechten te zijn geweest. Het schijnt dat Paul telkens weer met cafébezoekers op de vuist ging wanneer ze alleen maar een beetje de spot met hem dreven. Hij heeft geen ernstige verwondingen veroorzaakt, maar hij mocht nergens in de buurt meer een kroeg of hotel bezoeken, wat volgens Fleet en ik waarschijnlijk de werkelijke reden is dat hij uit Karadine is vertrokken.

Uit de telefoongegevens van Riley Cartwright blijkt dat hij Ava James in de twee weken voorafgaand aan de eerste draaidag een keer of veertig heeft gebeld. Altijd 's avonds na de repetitie. Ava heeft hem niet één keer gebeld. Soms nam ze zijn telefoontje niet aan, soms praatten ze kort. Vaak belde hij haar meteen weer nadat ze hadden opgehangen en nam ze niet op. Het begint erop te lijken dat haar aanklacht tegen hem gegrond is. Bovendien staan er een paar bekende drugsdealers in zijn lijst contacten, en hij heeft er onlangs nog een paar gebeld.

Op Sterlings telefoongegevens is juist heel weinig aan te merken. Er zit maar een handjevol in- en uitgaande telefoontjes tussen waar we achteraan gaan. Hij heeft het meest met Lizzie gebeld. Bijna met de regelmaat van de klok belde hij met zijn ouders. Een paar maal met Wendy Ferla, en een enkel telefoontje naar Brodies prepaid mobiel. Heel sporadisch belde hij Ava, maar zeker niet vaak genoeg om het gerucht over hun verhouding te bevestigen. Vrijwel ieder tekstbericht dat Wade verstuurde was aan Lizzie of Brodie, voornamelijk om te melden hoe laat hij thuiskwam: in geen van de berichtenreeksen toonde hij veel genegenheid, al was hij wel zo'n moderne man die ongeremd met kusjes strooit. En Sterling had Ava inderdaad op zaterdagmorgen gebeld, wat haar bewering staaft dat ze elkaar hadden getroffen na de ongewenste avances van Cartwright afgelopen vrijdag, en dat ze hem had verteld wat er was voorgevallen. Ik ben benieuwd of Lizzie of Brodie niet onzeker zijn geworden doordat Wade en Ava elkaar buiten de filmopnamen zagen. Hoe dan ook, het lijkt erop dat hij Ava's privacy heeft gerespecteerd en niemand heeft verteld wat er tussen haar en Cartwright is voorgevallen. En tot nu toe hebben haar beschuldigingen de pers niet gehaald.

Doodmoe wrijf ik in mijn ogen. Fleet is nergens te bekennen. Ik realiseer me dat het al laat is, dus hij zal al wel naar huis zijn. Ik besluit dat het voor mij ook welletjes is vandaag.

Als ik over het parkeerterrein loop, toets ik met driftige gebaren Josh' nummer in op mijn telefoon. Hij neemt op en ik hoor de geluiden van het vrijdagavondvoetbal op de achtergrond. Geproost en getinkel van bierglazen.

'Hé daar', zegt hij boven het lawaai uit.

'Hé.'

'Je gaat me toch niet vertellen dat je voor morgenavond af moet zeggen?'

'Nog niet', antwoord ik. 'Sorry voor de radiostilte. Het was hier een gekkenhuis.'

'Ik probeer het me voor te stellen. Dat met die Sterling Wade is waanzinnig. Ik heb voortdurend naar het nieuws zitten kijken. Ze zenden de hele tijd stukken van zijn soap uit en spotjes en zo, heel triest allemaal.'

Het begint te regenen en ik schuil bij een betonnen pijler. De kille lucht glipt als een slang langs mijn broekspijp omhoog en ik ril over mijn hele lichaam.

'Ja', zeg ik. 'Het was hier een drukte van jewelste.'

'Ik zal proberen het niet te laat te maken vanavond zodat ik morgen goed voor je kan zorgen. Een mooie wijn en een lekker bordje pasta, wat denk je daarvan?'

Daar moet ik om glimlachen; zijn enthousiasme is aanstekelijk, en het idee dat iemand zijn best voor me wil doen spreekt me aan. 'Klinkt geweldig. Hopelijk loopt het morgen niet in het honderd. Ik kom rond halfacht naar je toe als dat lukt. En ik laat het weten als er iets tussen komt.'

Er klinkt luid gejuich door de telefoon en we zeggen gedag.

Ik kijk naar de mensen die voorbijsnellen door de regensluiers. Het ziet er niet naar uit dat het gauw droog wordt. Een oudere man met twee identieke jongetjes met dezelfde voetbalmutsen op aan de hand, brult als een racewagen wanneer hij langs komt rennen. De kinderen gillen het uit van plezier. Ik krijg een vernietigende blik, waarschijnlijk is hij jaloers op mijn schijnbaar zorgeloze bestaan.

Ik loop weer door en voel me onzichtbaar. Onbeduidend. Ik verbaas me er voor de zoveelste keer over dat er op geen enkele manier aan me te zien is dat ik moeder ben, dat een enkele oogopslag niet volstaat om te weten dat Ben bestaat. Ik ken vrouwen die zijn getransformeerd doordat ze een kind hebben gekregen, voor wie dat een levensveranderende ervaring is geweest, maar bij mij is dat niet het geval. Voor mij geen littekens, niets op mijn huid waaraan dat valt af te leiden. Net alsof de zwangerschap even boven me heeft gehangen, maar daarna weer is opgetrokken en verdwenen, zonder een spoor achter te laten. Bij de miskraam was het net zo. Er was iets en toen opeens niet meer. Een mogelijke toekomst werd onmiddellijk weer uitgewist. Niemand weet ervan, op mijn oude vriendin Anna na – en Felix, al weet ik nog steeds niet zeker of hij me wel geloofde. Ik probeer er niet te vaak over na te denken; ik mag van mezelf geen voorstelling maken van de baby die ik verloren heb, een tweede Ben.

Ik hoef nu geen boterhammen klaar te maken voor school, geen speelafspraakjes te regelen of te helpen met huiswerk. Ik heb mijn zoontje gevoed, zijn tranen gedroogd, hem bij de hand gehouden toen hij zijn eerste stapjes deed, maar die oorspronkelijke bijdragen zijn door de tijd verbleekt. Ze konden net zo goed door iemand anders zijn gedaan. Alsof het bedrog is als ik een rol opeis in Bens ontwikkeling.

Afgezien van Macy en Isaacs weet niemand in Melbourne van het bestaan van Ben af. Ik loop door de straten, sjok door de dagen en hou mijn moederschap geheim. Niemand zou dat over mij geloven. Ik ben te hard. Te leeg. Te afstandelijk. Te zelfzuchtig.

Maar Ben heeft me wel veranderd. Ik ben veel banger dan toen ik nog geen kind had. Ik weet maar al te goed wat er mis kan gaan. Zelf heb ik al zoveel verloren, en ik ben niet zo naïef ervan uit te gaan dat verlies gelijk over de mensen verdeeld wordt. Pijn en zorgen maken geen onderscheid en kennen geen genade: ze kunnen je op elk moment treffen. Sinds de geboorte van Ben, vanaf het allereerste ogenblik dat ik het geschenk van mijn eigen kostbare, perfecte mensje ontving, heb ik hem tegen mijn instinct op afstand gehouden, doodsbang dat ik op een dag moet meemaken dat hij me wordt afgenomen.

Zaterdag 18 augustus, 8.54 uur

Vandaag regent het niet, maar de kou hangt zwaar in de lucht. Mensen die met bekertjes koffie door Spring Street lopen vertragen hun pas om Fleet en mij met Cartwright te zien praten. Vermoedelijk hebben ze door dat we iets van doen hebben met het drama dat hier nog maar een paar dagen geleden is voorgevallen. Misschien herkennen sommigen Riley wel.

Hij komt magerder over dan in het ziekenhuis. Zijn gezicht is gevlekt, hij loopt zenuwachtig in cirkeltjes rond en duwt zijn slierterige haar steeds achter zijn oren. Zijn ogen zijn wijd opengesperd en puilen enigszins uit. Omdat ik niet weet wat zijn gewone manier van doen is, kan ik moeilijk uitmaken of dit nerveuze gedrag het gevolg is van Ava's beschuldigingen en Sterlings dood of dat hij altijd zo hyper is. Maar Wendy zei het al en Lizzie zinspeelde erop: Riley heeft een onstuimig karakter. Van onze twee collega's die de leiding hebben in zijn aanrandingszaak weten we dat hij Ava's beschuldigingen bij de officiele start van het onderzoek ronduit heeft ontkend. Hij moet over een week of drie naar de rechtbank voor de eerste hoorzitting, en Ava heeft aangekondigd dat ze in Australië zal blijven om de uitspraak af te wachten.

Alle dranghekken rond de filmset zijn weggehaald en ze hebben de hopen bloemen die er eerder in de week waren neergelegd verplaatst naar de grasvelden van het Treasury Gardens-park. Dankzij het weer zijn ze nog niet verlept. Er rijden auto's voorbij, af en toe aangespoord door een claxon. Dit is geen plaats waar een verdrietige stemming lang kan blijven hangen; de golfbeweging van het dagelijks leven is er te sterk.

'Tegen een uur of drie zijn we begonnen de set voor te bereiden', mompelt Cartwright, die midden op straat stilstaat, vlak bij de plek waar de hoofdcamera zich bevond. 'We hadden die ochtend wat andere dingen gedaan, een paar scènes met alleen Sterling achter zijn bureau op zijn werk. En we hadden de eerste paar opnames van hem en Lizzie in het café gedraaid.'

'Waar was dat?' vraag ik.

'In een studio in het havengebied', antwoordt Cartwright. 'We hebben daar veel scènes opgenomen. Daar waren de decors voor de slaapkamer, keuken, het café en de kantoren.'

'En waar filmden jullie verder nog?' vraag ik.

'Op allerlei locaties in heel Melbourne', antwoordt hij. 'Op straat, in parken en op een paar plekken buiten de stad. Aan het eind van de film, als Ollie en zijn vriendin zich voor de zombies verstoppen, zitten een paar boerderijscènes.'

'Dat zijn de personages die Sterling en Ava James speelden, toch?' vraag ik voor de zekerheid, met een veelbetekenende blik naar Cartwright als ik Ava's naam noem.

Hij ademt in en perst zijn lippen op elkaar. 'Ja, dat klopt. We hebben ook bij een paar bezienswaardigheden gefilmd. In de oude balzaal boven het station op Flinders Street en in de botanische tuinen. Daar hebben de zombies hun holen.'

Fleet ziet eruit alsof hij commentaar wil leveren op het concept van zombieholen, maar in een zeldzaam moment van volwassenheid ziet hij daarvan af. 'Best een grote film, hè', zegt hij dan maar.

Cartwright knikt. 'Enorm. Een monsterklus. Het was hard werken om alles te rond te krijgen. Vergunningen, verzekeringen. Ik heb het nog nooit zo druk gehad. De spanning was heel groot. En nu dit. Tja.' Hij kijkt naar de grond en schudt zijn hoofd. 'Volstrekt onwerkelijk.' Hij steekt herhaaldelijk zijn handen in zijn zakken. Bijt met zijn tanden in zijn lippen.

‘Gedroeg Sterling zich op de een of andere manier anders dan normaal?’ vraag ik.

‘Nee hoor. Hij was geweldig.’

‘Helemaal normaal dus? Geen woede-uitbarstingen?’

‘Ik geloof van niet.’ Cartwright knijpt zijn ogen tot spleetjes alsof hij zijn geheugen raadpleegt. ‘Hij was behoorlijk relaxed. De filmploeg liep met hem weg. Hij nam de moeite hun namen en persoonlijke omstandigheden te onthouden en zo. Hij was goed in dat soort dingen.’

‘En werk je altijd met dezelfde mensen?’ vraagt Fleet terwijl hij een sigaret opsteekt.

Cartwright lijkt wat op te vrolijken. ‘Hé, mag ik er ook een?’

‘Tuurlijk’, zegt Fleet, en hij laat een sigaret uit zijn pakje glijden.

‘Dank je.’ Cartwright steekt hem op en inhaleert diep, met gesloten ogen. ‘Godsamme wat een nachtmerrie’, mompelt hij.

‘Je ging wat over je team vertellen, toch?’ dringt Fleet aan.

‘O, ja. Met veel van hen heb ik al eerder gewerkt. Australië is niet zo groot. Al zie je tijdens elke opname altijd wel een paar nieuwe gezichten, zeker bij zo’n scène als we afgelopen woensdag draaiden. Daar heb je mensen met bepaalde vaardigheden voor nodig.’ Hij zwijgt even, met een peinzende blik. ‘Maar geen van hen had hier iets mee te maken. Ze stonden allemaal ver bij hem vandaan.’

‘We proberen er alleen maar achter te komen of de moordenaar details over de opname van iemand kan hebben gekregen’, zeg ik.

‘Alles over deze film lag al op straat’, zegt Cartwright met een wrang lachje. ‘Het was onmogelijk om iets stil te houden. Zelfs als er iemand van de schmink haar mond voorbij gepraat had, zou dat geen donder hebben uitgemaakt. Ons filmschema was zo ongeveer dagelijks in het nieuws.’

‘En hoe zat het met de beveiliging?’ vraag ik. ‘Zou iemand zich makkelijk onder de zombie-acteurs hebben kunnen mengen?’

‘Geen idee. Dat werd door een team geregeld, daar had ik niets mee te maken.’ Hij kromt zijn handen naast zijn mond en blaast er warme lucht in. ‘Wat ik wel weet is dat we door alle gebruikelijke hoepels moesten springen. Controles door de politie en dat soort gezeik.’

'Hoe goed kende je de figuranten die in de zombiescènes speelden?' vraagt Fleet.

Cartwright haalt zijn schouders op. 'Niet zo goed. Je herkent sommige gezichten wel van andere opnames, maar ditmaal waren er zoveel. En toen ze eenmaal omgekleed waren was het helemaal niet te doen.' Hij kijkt tussen zijn oogharen naar de lucht, waar de zon met alle macht door een dik wolkendek probeert te breken. 'Ik geloof eigenlijk niet dat het makkelijk was om de set op te komen. Er stonden overal dranghekken en we hadden beveiliging.'

'Maar het kon wel', zeg ik.

'Natuurlijk', geeft hij schoorvoetend toe. 'Maar ik vind het een akelige gedachte dat het iemand van mijn ploeg geweest kan zijn.' Hij krabt aan zijn gezicht. 'Hebben jullie iets gehad aan de beelden die we hebben gestuurd? Konden jullie de dader zien?'

'We zijn bezig de lijst met acteurs af te vinken', zegt Fleet, handig de vraag omzeilend.

'Wat jou betrof verliep de opname dus lekker?' vraag ik.

'Ja. Het zag er goed uit. De kostuums waren fantastisch en mijn DOP was enthousiast over het licht. Alles ging precies zoals de bedoeling was.' Hij wijst naar de lucht. 'Dankzij ons grauwe Melbourne.'

Je DOP?' vraag ik.

'Director of photography. De cameraregisseur.'

'Het lijkt bijna of je een heel legertje hebt voor deze film', zeg ik.

'Zoiets krijg je niet zomaar van de grond', antwoordt hij. 'Dit is gigantisch. En peperduur. In elke seconde van de film zit heel veel werk. Dat snappen mensen niet.'

'Hoelang zou je woensdag nog doorgefilmd hebben?' vraag ik.

'Nog ruim een uur', antwoordt hij. 'Er zaten een paar kinderen in de scène, en er zijn massa's regels over hoelang die op de set mogen zijn, dus er was niet erg veel tijd.'

'En wanneer had je door dat er wat mis was?' vraagt Fleet.

Cartwright slaat zijn ogen neer. 'Dat weet ik niet. Misschien heb ik dat verdrongen of zo. Ik kan het me echt niet meer herinneren. In ieder geval duurde dat vrij lang. Ik bedoel, het moest ook een heel dramatische scène worden. Je moest het gevoel krijgen dat je erbij was, bij Ollie, ingesloten door al die zombies. Helemaal wanhopig, snap je? Ik dacht alleen maar dat Sterling er al lekker in begon te komen.'

Met een gekwelde blik gaat Cartwright verder. 'Toen hij op de grond zakte wist ik nog niet wat er aan de hand was. Ik zal wel hebben gedacht dat hij gestruikeld of flauwgevallen was. Ik herinner me nog dat ik dacht dat ik hem daar later voor op zijn kop zou geven.' Hij stoot een hortend lachje uit. 'Uiteraard is het niet bij me opgekomen dat iemand hem wat had aangedaan.'

'Was er vooraf geregeld welke acteurs dicht bij hem zouden komen?' vraagt Fleet. 'Hadden jullie de scène tot in detail uitgewerkt?'

'De enige regel was dat alleen de A-zombies dicht bij Wade mochten komen – die categorie noemen we figuranten. Alle anderen waren B's of C's, dat zijn de massafiguranten. De A's moesten naar de camera toe en een uitval naar Wade doen, maar er was niet geregeld welke A-zombies het dichtst bij hem mochten. We wilden juist dat ze elkaar zouden verdringen terwijl ze naar hem klauwden, zodat het er echt uitzag.'

'Lekker handig voor het onderzoek', zegt Fleet sarcastisch.

Cartwright kijkt hem met grote ogen aan. 'Het was de beste manier om die scène er goed op te krijgen. Het moest overtuigend overkomen.'

Hij loopt met ons het draaiboek voor die woensdagmiddag door en wijst aan waar iedereen op verschillende momenten tijdens de scène hoorde te zijn. Hij licht de rest van het script toe, het gedeelte dat ze niet hebben kunnen filmen. Daarin moest het legertje geïnfecteerde mensen Ollie, het personage van Wade, optillen en het park in dragen terwijl ze zich niet realiseerden dat hij een zeldzaam afweer tegen hun gif bezat. 'Het lijkt alsof hij ook besmet is, maar hij blijft bij zijn volle verstand', legt Cartwright uit.

'Dus hij wordt zoiets als een undercover-zombie?' oppert Fleet.

'Precies', zegt Cartwright. 'Maar hij beweegt zich wel spastisch, alsof zijn hersenen zijn spieren telkens een fractie te laat aansturen. Een gaaf idee. Aan het eind wordt hij heen en weer geslingerd tussen twee partijen, maar kan voor beide begrip opbrengen. Aan de ene kant ziet hij wel in dat de mensen de planeet te gronde richten, maar tegelijkertijd wil hij de mensen van wie hij houdt beschermen.'

Ik knik alsof ik deze indringende boodschap ter harte neem, maar besluit dan dat het hoog tijd is voor de lastige vragen.

'Kun je ons vertellen wat voor relatie Sterling met Ava James had?' vraag ik.

'Ava?' Cartwrights ogen schieten mijn kant op.

'Ja. Uiteraard zijn we ons bewust van haar beschuldigingen aan jouw adres, maar die zijn bij onze collega's in goede handen. Op het moment wil ik alleen weten hoe jij over haar omgang met Sterling denkt.'

Cartwright kijkt me in de ogen, opeens met onverholen vijandigheid. Ik kan me heel goed voorstellen dat hij Ava beetpakt, zij hem smeekt op te houden, hij haar negeert.

'Het klikte meteen tussen die twee', zegt hij. 'Als goede vrienden, hoor. Ik weet ook wel dat er geroddeld werd dat ze een verhouding hadden, maar daar was domweg geen tijd voor. En trouwens, Sterling zou Lizzie nooit bedrogen hebben. Ava zal hem ongetwijfeld knap en aardig hebben gevonden, maar toch wel van een ander kaliber dan haar tegenspelers in Hollywood. In feite was hij nogal gewoontjes. In het begin was hij ook nogal onder de indruk van haar beroemdheid.' Cartwright lacht wrang. 'Dat waren we allemaal.' Hij wrijft in zijn handen en laat dan een voor een zijn knokkels knakken. 'Blijkbaar is ze toen van het padje af geraakt. Ze is boos op me omdat het niks werd tussen ons. Ik ben nogal slecht in relaties en kom soms wat heftig over, snap je? Misschien was ik een beetje opdringerig. Geloof me, ik bewonderde haar alleen maar. En aanvankelijk viel ze op me, dat zweer ik je. Hoe dan ook, zij en Sterling waren een ideaal koppel. De droom van iedere regisseur.'

'Zoals Woodstock al zei gaan we er nu niet op in wie aan wie heeft gezeten', zegt Fleet, waarmee hij de aanrandingszaak wegwimpelt. 'Laten we het liever even over Sterling en jou hebben.'

'Sterling en ik?'

'Juist.'

'Niks aan de hand', zegt Cartwright met een schichtige blik. 'Je weet wel, goede vrienden.'

'We hebben gehoord dat jullie verhouding wat gespannen was', zeg ik.

Cartwright begint met zijn voeten te schuifelen en schudt zijn hoofd, net een klein kind. 'Neuh, niet echt. Gewoon, wat mot op de set. Het is nu eenmaal raar om opeens de baas van je vriend te zijn. Maar dat was oké, we respecteerden elkaar.'

'En die ruzie van afgelopen zondag dan?' vraag ik.

'Ruzie? Dat stelde niets voor. We hadden allebei een soort plankenkoorts, zo vlak voor het begin van de opnames. Zo'n film is echt een stressklus, zeker met het budget dat wij hadden.'

'Wij hebben anders gehoord dat het er fel aan toeging', dring ik aan.

Cartwright weet een kort lachje op te brengen. 'Nee hoor, dat klopt niet. Alleen maar een klein verschil van inzicht over Ava. Sterling vond het blijkbaar zijn taak de vrede op de set te bewaren. Dat heb ik even rechtgezet, en toen was alles weer goed. Ava schijnt nog steeds een beetje in de war te zijn, en dat is ook logisch na wat er allemaal is gebeurd. Het komt vast wel op z'n pootjes terecht.'

'Ik bewonder je optimisme', zegt Fleet op een toon waaruit blijkt dat hij dat misplaatst vindt. 'Dus Sterling was volgens jou een vredestichter. Nu weet ik uit eigen ervaring dat wereldverbeteraars me ontzettend tegen de haren in kunnen strijken. Werd je misschien nijdig toen hij weer op de rechtvaardige toer ging?'

Cartwright zucht. 'Het voelt raar om het hier nu over te hebben.' Hij tilt zijn lange haren uit zijn nek en sluit even zijn ogen als hij een slordige paardenstaart maakt. 'Hoor eens, Sterling was een goeie kerel. Een prima kerel. Was hij soms een tikkeltje te serieus? Tuurlijk. Maar dat wijt ik aan zijn brave boerenafkomst. Ik mocht hem echt graag, en volgens mij zou dat naïeve er in Hollywood op den duur wel uit gemept worden. Daar kom je niet ver als je niet een beetje een hufter bent.'

Opeens zie ik dat Cartwright het klassieke Peter Pan-type is. Een niet meer zo jonge toffe gozer die langzaam aan het verbitteren is.

'Interessante invalshoek', zeg ik. 'Wat wist je precies van zijn plannen om naar Hollywood te gaan?'

'Niet veel. Waarschijnlijk niet meer dan wat jullie ook al uit het nieuws hadden opgepikt. We hadden het vroeger wel vaker over zijn carrière, maar de laatste tijd eigenlijk alleen over de film.'

'En, ooit nog andere roddels over Sterling gehoord?' vraagt Fleet, die weer een sigaret opsteekt.

Cartwright haalt zijn schouders weer op. 'Tuurlijk. Het gebruikelijke: drugs, overspel, aardig, niet aardig. De nieuwshonger moet gestild worden, dus uiteindelijk verzinnen de bladen gewoon maar wat. Veel makkelijker dan zelf iets behoorlijk onderzoeken. En denk maar niet dat er ooit iemand ter verantwoording wordt geroepen.'

'Je hebt zelf anders aardig wat goede pers gehad voor je film', zegt Fleet. 'Ik heb een paar interviews met je voorbij zien komen. Dus niet alle media-aandacht pakt slecht voor je uit.'

'Nee', zegt Cartwright met een zucht. 'Dat klopt. En dat is meteen het probleem. Het zijn profiteurs maar we kunnen niet zonder ze. Zij zijn de intermediairs tussen jou en het publiek. En het geld. Dus je moet het spel maar meespelen.' Hij tikt met zijn voet op de grond en wrijft weer in zijn handen. Het valt me op dat zijn lippen blauw zijn aangelopen. 'Sterling moet zich wel hebben afgevraagd wat er in godsnaam aan de hand was. Wat moet hij verward zijn geweest toen hij werd neergestoken: die gedachte krijg ik maar niet uit mijn kop. We stonden er allemaal omheen, en niemand wist hoe hij hem moest helpen.'

'Later vandaag ondervragen we iedereen die op de set was', zeg ik. 'Ik neem aan dat je daarvan op de hoogte bent?'

'Ja', antwoordt Cartwright. 'Een paar mensen van de filmploeg hebben me gisteravond gebeld. Ze hebben het allemaal niet meer, weet je. Gasten van wie ik dacht dat ze niet stuk te krijgen waren, zaten jankend aan de telefoon. Wat een teringzooi. Katya, mijn producer, maakt zich zorgen dat we wegens nalatigheid of letsel worden aangeklaagd. Ons juridisch team is er volop mee bezig.'

'Je zal de komende maanden sowieso wel aardig wat tijd aan advocaten kwijt zijn', zegt Fleet.

'De hele zaak is één grote nachtmerrie', zegt Cartwright met een norse blik. 'En hoe moet het nou verder met de film?'

We lopen met z'n drieën terug naar Wellington Parade, waar onze auto onder een enorme kale boom staat.

'Hoe houdt Lizzie zich?' vraagt Cartwright.

'Die is natuurlijk erg van streek,' vertel ik, 'maar ze slaat zich erdoor.'

'Het is een lief kind. Waarschijnlijk niet geknipt voor de harde filmwereld, maar best een aardige actrice. Ik weet niet wat ik tegen haar moet zeggen, maar ik zou haar eigenlijk moeten bellen, toch?'

'Dat zal ze vast op prijs stellen', zeg ik. 'Ze wordt bestormd door de media.'

'Tja, daar zal ze wel aan moeten wennen', zegt hij wrang. 'Die smullen van dit soort shit. Harteloze klootzakken.'

'Kunnen we je een lift geven?' vraagt Fleet.

Cartwright heeft beide handen in de zakken van zijn strakke spijkerbroek gestoken. Zonnebril op. Hij kijkt de straat in. 'Neuh. Ik neem de tram wel.'

Ik stel hem nog een laatste vraag, gewoon uit nieuwsgierigheid. 'Heb je echt geen idee hoe het nu verdergaat met de film?'

'Geloof het of niet, volgens Katya zijn we voor zoiets verzekerd. Toch weet ik het niet, hoor. Ik zou de film graag afmaken, maar ik kan me geen andere hoofdrolspeler dan Sterling voorstellen.'

'Misschien heb je gewoon wat tijd nodig', opper ik.

Hij lijkt niet overtuigd. 'Alle acteurs en de mensen van de filmploeg hebben hierna al andere opdrachten. Dus nee, we hebben niet bepaald zeeën van tijd.'

‘Heb je hierna zelf al een ander project?’

‘Niet echt’, zegt hij stijfjes. ‘En ik betwijfel of die kul met mevrouw James mijn vooruitzichten verbetert.’

Fleet en ik kijken hem zwijgend aan.

‘Fuck,’ zegt hij plotseling, ‘waarom is ze er niet gewoon met mij over komen praten? Het was toch verdomme niet nodig om naar de politie te stappen? We hadden het zo uit de wereld kunnen helpen.’

‘Misschien vond ze het moeilijk om er juist met jou over te praten’, antwoord ik bits als zijn gebrek aan invoelingsvermogen me begint te ergeren.

‘Nou ja, nu is het al te laat’, zegt hij cynisch. ‘Ik kijk er echt naar uit om straks de pers op mijn dak te krijgen. Misschien ga ik er wel een poosje van tussen.’

‘Dat zul je dan eerst aan ons moeten vragen’, zeg ik. ‘We willen je waarschijnlijk nog een keer spreken.’

Hij knikt en speelt met de rits van zijn jas, die hij met knokige, trillende vingers op en neer trekt zodat er een scheurend geluid klinkt. We laten hem daar staan en lopen naar de auto. ‘Hé!’ roept hij ons na. ‘Mag ik nog een sigaret?’

Zaterdag 18 augustus, 11.19 uur

We lunchen vroeg – ik met een tegenvallende sandwich, Fleet met een vettig pasteitje – en kibbelen wat over Cartwrights versie van zijn omgang met Sterling. Onderweg naar het pakhuis waar de verklaringen van de acteurs en filmploeg worden opgenomen, belt Chloe, die wat meer te weten is gekomen over Sterlings telefoongegevens.

'Weet je nog, dat telefoontje afgelopen zondagavond? Dat kwam van de vaste lijn in het huis in Castlemaine waar Paul Wade oppaste. Het duurde zes minuten', zegt Chloe, terwijl Fleet agressief een trage Opel Corsa inhaalt.

'Is dat alles?' vraag ik. 'Hebben Paul en Sterling elkaar verder niet gebeld?'

'Nee. Voor zover ik kan zien was dit het eerste telefonische contact tussen de twee in bijna een jaar. Er waren ook geen mailtjes of berichten via sociale kanalen.'

'En, is er uit Pauls telefoongegevens nog wat interessants opgedoken?'

'Hij belt geregeld naar sekslijnen, meer niet. De meeste telefoontjes zijn naar zijn ouders en zijn zus. Een paar maanden geleden was zijn telefoon wel bijna twee weken afgesloten geweest omdat hij zijn rekening niet had betaald.'

Ik bedank Chloe, hang op en praat Fleet bij.

'Sekslijnen?' zegt hij. 'Ongelooflijk dat iemand dat nog doet wanneer je ook op internet kan.'

'Misschien is hij van het ouderwetse type.'

‘Wel interessant dat hij Sterling afgelopen weekend heeft gebeld.’ Fleet kijkt zonder aanwijsbare reden nijdig naar een passerende fietser. ‘Zeker omdat hij tegen ons zei dat hij hem in geen maanden had gesproken.’

‘Precies’, zeg ik en in gedachten zie ik Pauls norse gezicht weer voor me. ‘Bovendien nogal stom om erover te liegen. Hij moet toch hebben geweten dat we belgegevens kunnen opvragen en dan het nummer uit Castlemaine zouden zien.’

‘Ik heb niet de indruk dat hij erg slim is. En voor sommige mensen is liegen hun tweede natuur.’

‘Klopt.’ Er verschijnt steeds meer industriële bebouwing als we de andere kant van de stad naderen. ‘Waar zouden ze het over gehad hebben?’

‘Weet je,’ zegt Fleet, die de auto parkeert en aan de handrem rukt, ‘zodra dit avontuurtje eropzit gaan we het hem vragen.’

Als we de zware deur van het pakhuis openduwen komt het gegons van stemmen ons tegemoet. Buiten leek het net een auditiezaal, met een handjevol agenten die bezig waren om mooie mensen in groepjes bijeen te dirigeren. De straten rondom het pakhuis staan bomvol met slordig geparkeerde auto’s. Binnen is het een kippenhok. Naast onze teamleden zijn er honderden mensen, voornamelijk lange jonge mannen met korte baardjes en trendy kapsels.

Ik krijg Amir in de gaten en wenk hem. ‘Hoeveel zijn dit er?’ vraag ik.

Hij wist zijn voorhoofd. ‘Op twintig na allemaal. Dus in totaal zo’n driehonderdvijfenzestig. Ik moet zeggen dat het me niet meegevallen is. Zoiets heb ik nog nooit meegemaakt.’

‘Dat komt doordat beroemdheden een beschermde soort zijn’, grapt Fleet. ‘Die gaan meestal niet dood.’

‘Vandaar’, antwoordt Amir weifelend, die zich duidelijk geen raad weet met Fleets opmerking. Door zijn reactie besef ik hoezeer ik aan zijn sarcasme gewend ben geraakt. ‘Maar goed,’ vervolgt hij, ‘we komen er wel. Vandaag ronden we hopelijk alle eerste gesprekken af, maar het wordt wel een latertje. Uiteraard heeft het de grootste prioriteit om de identiteit na te trekken van iedereen die zich tijdens de aanval dicht bij Wade bevond.'

Amir loopt de planning voor vandaag met ons door en legt uit hoe ze het gaan aanpakken.

Hij gaat ons voor naar een grote tafel die bedekt is met lange vellen papier. Alle leden van de acteurs- en filmploeg hebben een nummer gekregen en worden op een detailkaart van de plaats delict ingetekend. Zo kunnen we zien welke personen er dicht genoeg bij Wade waren om hem aan te kunnen vallen, maar ook vaststellen of er iemand op de beelden staat die daar niet hoort te zijn. Ten slotte hebben we zo de mensen in kaart die zich aan de rand van de set bevonden, zodat we die kunnen vragen of ze een figurant vlak na het incident tegen de stroom in hebben zien lopen: een zombie die koste wat kost uit het centrum van de aandacht wilde vluchten.

Zodra we alle ooggetuigenverklaringen hebben, gaan we die controleren aan de hand van de uiteenlopende bewakingsbeelden die nog steeds uit het stadsdeel binnen komen stromen. Op dit moment hebben we al meer dan zeventig uur aan beeldmateriaal ontvangen van de gemeente en van winkeliers uit de buurt die we moeten nagaan.

Ergens vlakbij klinkt de schelle melodie van een telefoon, de tonen voegen zich bij mijn hoofdpijn.

Terwijl het geroezemoes in het vertrek aanzwelt knik ik. 'Goed werk', zeg ik tegen Amir. 'Laat het ons weten zodra jullie iets vinden.'

'Doe ik', zegt hij, zichtbaar blij met zijn verantwoordelijke taak.

'Wat een drukte, zeg', verzucht Fleet, die met een verveelde blik het vertrek rondkijkt.

Links van me vraagt een slungelige man met dikke brillenglazen in een zwart montuur aan een agent of hij een paar minuutjes een rustig plekje mag opzoeken om er snel een auditie via Skype te doen.

'Ik word knettergek van die lui', mompelt Fleet als de agent tegen de lange man zegt dat zijn auditie zal moeten wachten totdat hij is ondervraagd. 'En nog een zombiefilm ook, godsamme. Wat een slechte grap.'

Een andere man zie ik onopvallend proberen een selfie te maken terwijl hij doet alsof hij iets op zijn telefoon bekijkt.

'Kom, we gaan terug', zeg ik wanneer mijn cafeïneverslaving keihard opspeelt. 'Onze jongens hebben het hier wel onder controle, en het lijkt me duidelijk dat het nog wel even duurt voor ze iets vinden waar we wat aan hebben.'

Op de terugweg naar het politiebureau belt Chloe. Het team heeft Sterlings testament en de juridische bepalingen rond zijn bezittingen bekeken en kan bevestigen dat zijn ouders het hele vermogen erven.

'Lizzie zal misschien kunnen aanvoeren dat een paar spullen in het appartement van haar zijn,' zegt Chloe, 'maar de twee hadden geen enkele gezamenlijke bankrekening en alleen Matthew en April worden als begunstigden in het testament genoemd. Dat betekent dus dat zijn ouders een flinke som geld erven.'

'Hoeveel?' vraag ik.

'Dat weten we nog niet, maar het is zeker meer dan een half miljoen dollar.'

'Wanneer heeft hij zijn testament voor het laatst bijgewerkt?' vraagt Fleet.

'In januari', antwoordt Chloe.

'Toen was Lizzie toch al wel definitief op het toneel verschenen', merkt Fleet op.

'Klopt,' zeg ik, 'maar ik denk dat veel jonge mensen gewoon opgeven dat hun ouders alles krijgen tot ze getrouwd zijn of kinderen hebben.'

Fleet haalt zijn schouders op. 'Kan zijn. Ik ben alleen benieuwd of Lizzie weet dat ze de selectie niet heeft gehaald.'

Er heerst ingehouden opwinding in de briefingzaal wanneer we weer binnenkomen. Een paar agenten drommen rond een bureau bij de achterwand en staren naar een computerscherm.

‘Wat is er aan de hand?’ vraag ik, geïrriteerd dat Fleet en ik geen seintje hebben gekregen dat er iets interessants was.

‘Sterling Wades blog’, antwoordt Ravi.

‘En waarom is die zo boeiend?’ vraag ik.

‘De techneuten hebben hem net op zijn privécomputer gevonden’, zegt Ravi, die alweer naar het scherm kijkt. ‘Hij heeft dit woensdag vlak voor zijn dood geschreven. De blog is niet online gezet. Er staan er hier nog een paar die nooit gepost zijn.’

Fleet steekt zijn duimen door de lusjes van zijn broek. ‘Ik heb een interview met hem gelezen waarin hij het had over een blog vanaf de filmset. Hij zei dat hij een soort onlinedagboek wilde bijhouden en dan elke week een stuk posten. Als ik hem was zou ik ze na afloop hebben verkocht; even snel cashen in plaats van ze gratis weg te geven.’

Zonder op Fleet in te gaan vraag ik Ravi of er iets interessants in staat.

‘We denken van niet’, antwoordt hij. ‘Er blijkt geen voorgevoel uit of zo, het is alleen een beetje griezelig vanwege het moment waarop. Heel raar om iets te lezen wat iemand een uur voor zijn dood heeft geschreven.’

‘Daar wen je wel aan’, zegt Fleet, die zijn aansteker uit zijn zak vist. ‘Ik heb al heel wat boodschappenlijstjes van pas gestorvenen gelezen. Trouwens, ik ga roken’, zegt hij over zijn schouder als hij het vertrek uitloopt.

‘Mail je de bestanden direct naar ons?’ zeg ik tegen Ravi. ‘En kun je even vragen of de technische mensen ons kunnen zeggen hoever ze zijn met Wades sociale media-accounts?’

Hij knikt instemmend. ‘We hebben ook net gehoord dat Wades uitvaart volgende week is. Donderdag.’

‘Heb je dat uit de pers of van de familie?’ vraag ik.

‘Mary-Anne heeft het ons verteld. Ze heeft met de familie gesproken. Ze hebben kennelijk overwogen het lichaam naar hun woonplaats over te laten brengen, maar uiteindelijk toch voor een crematie hier besloten.’

Er komen meer agenten het vertrek binnen, ze bespreken met zachte stem de verschillende onderdelen van de zaak die ze tijdens de afgelopen paar uur uit hebben zitten kammen.

'Goed, zet het er maar bij op het schema', zeg ik tegen Ravi. 'En ga je achter die sociale media-accounts aan? Ik zie jullie allemaal straks tijdens het overleg.'

Ik ga naar mijn eigen bureau; ik wil Wades blog rustig in m'n eentje lezen. Calvin en Nan staan zachtjes met bedrukt gezicht bij Nans bureau te praten.

'Hoi!' roep ik naar ze.

Nan reageert met een miniem knikje.

'Ha Gemma', zegt Calvin. 'Hoe gaat het met de zaak-Wade?'

'Niet zo vlot als ik zou willen', antwoord ik.

'Jammer dat dat lulletje van een Carmichael niet de dader bleek', zegt Nan. Ze snuift minachtend.

'Tja,' zeg ik met een schouderophalen, 'dat zou het wel een stuk makkelijker hebben gemaakt.'

Ze snuift weer.

Fleet komt eraan. Hij ruikt naar rook en zijn wangen zijn donkerrood. 'Hoi teamgenoten. Wat heb ik jullie gemist. Is er wat?'

Calvin rekt zijn magere armen hoog boven zijn hoofd. 'Sasha Cryer heeft gisteravond zelfmoord gepleegd. De melding is net binnengekomen. Het zal niet lang duren voor het nieuws bekend wordt.'

'O god', zeg ik, en mijn gedachten gaan naar de angstige, magere vrouw die ik heb geprobeerd te troosten toen ze om de dood van haar vriendin huilde. Dat was nog maar een maand geleden.

'Ja', valt Nan hem bij. 'Ze was niet heel erg betrouwbaar, maar toch. Als deze zaak ooit voor de rechter komt, dan hadden we zeker iets aan haar gehad. Ze was de enige die Jacoby en Ginny Frost de nacht op het balkon heeft zien ruziën. Uiteraard afgezien van de geheimzinnige man die ze beweert te hebben gezien.'

'Weet je zeker dat het zelfmoord was?' vraag ik.

'Absoluut, jammer genoeg', zegt Nan met een somber lachje. 'Ik zou graag hebben gezien dat Jacoby haar à la *The Godfather* uit de weg had laten ruimen. Een mooie kans voor ons om de zakkenwasser de bak in te smijten.' Ze steekt haar omvangrijke heup naar voren. 'Maar helaas, dit was een doodgewone noodkreet. De badkuipvariant.' Ze laat een kauwgombel luid klappen en lacht ons toe. 'Irritant, hoor.'

'In ieder geval hebben jullie haar getuigenverklaring, toch?' zegt Fleet, die zijn keel schraapt. Nans botheid kan weleens te veel worden, zelfs voor hem.

'Natuurlijk. Maar nu zij is weggevallen kan Jacoby's verdediging hem nog makkelijker tussen de mazen door laten glippen. En het zal nog moeilijker worden om de identiteit van die ontbrekende getuige te achterhalen – aangenomen dat hij überhaupt aanwezig was. Deze zaak is net zo drabbig als die van jullie, als je dat maar *Wade*', zegt ze met een zelfingenomen lachje en ze voegt eraan toe: 'Het woordgrapje was met opzet.' Ze stopt een pepermuntje in haar mond. 'In elk geval zorgen we zo dat de pers tevreden blijft', gaat ze droogjes verder. 'Zoiets smeuïgs kunnen ze nooit zelf verzinnen. Filmsterren, daklozen, escortdames: ze mogen al hun lievelingswoorden gebruiken.'

Mismoedig laat ik me in mijn bureaustoel zakken en log in op mijn computer. Ik zie Ravi's mailtje met Wades postume blogs.

Nan doet haar jas aan. 'Doei, wij gaan ervandoor, naar het dode meisje kijken', kondigt ze opgewekt aan.

Calvin, die in Inspecteur Gadget verandert als hij zijn bruine regenjas aantrekt, kijkt me verontschuldigend aan. 'Tot later.'

'Hopelijk komt er snel eens een doorbraak', zegt Nan onheilspellend, met een blik naar Isaacs' kantoor.

Onze chef zit aan de telefoon, een hand in zijn zij waardoor zijn arm een puntige driehoek vormt, de kaken gespannen tijdens het praten en zijn voeten als aan de grond genageld.

'Want volgens mij krijgt hij op zijn kop', voegt Nan er in het voorbijgaan aan toe.

Ik knipper een paar keer flink voor een frisse blik en open het Word-bestand van afgelopen woensdag.

Wade schrijft in zijn caravan, vlak voor ze de massale zombiescène gaan filmen, en vertelt over zijn plankenkoorts en welke trucjes hij toepast om zijn zenuwen eronder te krijgen. Het was een stressvolle week, zegt hij, en hij heeft het over 'een paar moeilijke beslissingen' en 'onenigheid met een goede vriend'. Verder heeft hij 'supercool nieuws' dat hij 'heel binnenkort' met zijn fans zal delen. Hij sluit af met de woorden: 'Het ziet ernaar uit dat dit het beste jaar van mijn leven wordt. Ik ben zo'n geluksvogel.'

Het is een beklemmende gedachte: de oplossing van alle zaken waar we aan werken valt hoe dan ook ergens te vinden. Maar of je daar nu tegenaan loopt of niet hangt af van een willekeurige mengeling van geluk, ervaring en stug doorzetten. Vandaar dat je als leider van een onderzoek óók in de gaten moet houden hoezeer er op details wordt ingezoomd. Hoe verleidelijk het ook is om je tot één enkel draadje te beperken en daar keihard aan te trekken, het is net zo belangrijk om een stapje terug te doen zodat je het grotere geheel overziet, en de draadjes tot een patroon te weven. Fleet en ik zijn de dirigent en we moeten oppassen niet de instrumenten te gaan bespelen. Maar je ziet natuurlijk weleens iets over het hoofd, ook al ben je nog zo goed. Ik denk weleens aan de aanwijzingen die overal verspreid zijn, zich in dossiers of op overzichtsborden schuilhouden – een onthullend zinnetje in een gearchiveerd verhoor, een haarlok die is weggeblazen door de wind – en dan raak ik ontmoedigd. Iedere cold case is een doos met bewijsmateriaal dat een stelletje gefrustreerde rechercheurs niet goed wist te plaatsen. De akelige waarheid is dat er tijdens het werken aan een zaak evenveel onbeduidende beslissingen met grote gevolgen zijn als op een gemiddelde dag op kantoor. Alleen leiden onze fouten en slordigheden er soms toe dat er iemand met een moord weg kan komen.

Op de terugweg van de wc probeer ik het zachte zoemen in mijn oor te onderdrukken dat rechtstreeks veroorzaakt lijkt te worden door de toenemende druk van mijn spanningshoofdpijn. Ralph Myers loopt met zijn gewichtig schommelende dikke reet voor me uit.

'Ha Ralph!' roep ik als ik hem heb ingehaald. 'Hoe gaat het met de zaak-Miller?'

Ik volg hem zijn briefingzaal binnen, waar een paar agenten pizzapunten aan het ronddelen zijn. Tot mijn verrassing zie ik op mijn horloge dat het al bijna zes uur is. Ik moet hier snel weg, naar huis en douchen als ik nog op tijd voor het eten bij Josh wil zijn.

'Prima, dank je, Woodstock', zegt Ralph opgewekt. 'Wel een lastige, met zo'n afgelegen plaats delict en eenzaam slachtoffer. Heel anders dan jouw zaak, waar je doodgegooid wordt met getuigenverklaringen.'

Ik knik hem met een beleefd lachje toe en werp een blik op de foto's van Millers autopsie: de slappe huid die los van zijn uitstekende botten hangt, de lelijke donkere snijwond waar de ziel zijn lichaam heeft verlaten.

'Nou, hopelijk kunnen jullie toch niet al te laat naar huis vanavond', zeg ik afgeleid doordat het gezoem in mijn oren luider wordt.

Ralph wrijft over zijn omvangrijke buik. 'Dat was ik zeker van plan; we tanken even bij zodat we nog een uurtje door kunnen knallen en dan zit de dag erop. Eet vooral mee als je honger hebt.'

Ik sla het aanbod vriendelijk af en loop het kantoor uit, weg van de geur van gesmolten kaas. Terwijl ik mijn nek masseer ga ik naar de ruimte waar we de zaak-Wade onderzoeken.

'Hoi', begroet ik Ravi, die achter in het kantoor zit. Ik laat mijn blik snel over de meldingen op de tiplijn en de voortgangslijsten gaan. 'Is er iets waar ik naar moet kijken?'

'Niet echt', antwoordt hij en hij staat zenuwachtig op alsof ik de koningin ben. 'Er zijn nog meer bewakingsbeelden van de gemeente binnengekomen. En we hebben nu al Wades financiële info in huis.'

'Dat is mooi, bedankt', zeg ik en ik knik dat hij vooral weer moet gaan zitten.

'Wil je nog naar de belgegevens van Paul Wade kijken?' vraagt hij langs zijn neus weg. 'Ik weet dat jullie nog met hem willen praten over dat telefoontje van afgelopen zondag naar zijn broer. Volgens ons zit er niets bijzonders tussen, op die sekslijnen na die hij af en toe belde.'

Even doe ik mijn ogen stijf dicht en wrijf erover. Een kleurexplosie cirkelt achter mijn oogleden.

Knipperend met mijn ogen kijk in Ravi aan, die een vel papier boven een open ordner houdt, klaar om op te bergen zodra ik nee zeg. 'Eh, ja', mompel ik. 'Die wil ik wel even zien.'

Hij geeft me het printje.

Wanneer ik een halfuur later mijn bureau opruim, laat ik mijn ogen snel over het document glijden. Voor iemand van eind twintig heeft Paul opvallend weinig met zijn mobiel gebeld; typisch een eenzelvige man. Hij had Sterling afgelopen zondag vanaf de vaste lijn in het huis in Castlemaine gebeld, dus dat telefoontje staat niet op deze lijst. De uitgaande gesprekken zijn meestal naar de boerderij van zijn ouders, de binnenkomende van datzelfde nummer en van nog één ander nummer: dat van Melissa.

Lizzie beweert dat ze niets weet van het telefoongesprek tussen Sterling en Paul van zondagavond: Fleet had er al met haar over gesproken. Ik neem me voor om uit te zoeken of Wade misschien iets over dat telefoontje tegen Brodie heeft gezegd.

Als ik de briefingzaal weer binnenga om het telefoonlog bij de andere verslagen op te bergen, valt mijn oog op de laatste regel van het overzicht: het telefoontje van Melissa met Paul, woensdagmiddag laat na de overval op hun broer. Er gaat een schok door me heen als ik besef dat Paul toen hij met zijn zus belde al in Melbourne was.

Zaterdag 18 augustus, 19.44 uur

Ik ben een kleine twintig minuten in het appartement van Josh en het kost me moeite los te komen van mijn werk en me over te geven aan het huiselijke tafereel dat ik voor me zie. Zinnetjes uit Sterlings blog zeuren telkens door mijn hoofd. Wat zou hij hebben bedoeld met dat 'supercoole nieuws'? Was dat zijn verloving met Lizzie? De rol in de Amerikaanse soap waar zijn agente het over had? De Canadese film? Of iets anders? En waarom had Paul Wade tegen ons gelogen dat hij woensdag niet in Melbourne was? Is er een verband? Hoezeer Pauls gebrek aan medeleven me ook tegenstaat, ik betwijfel of hij genoeg weet over hoe je een film maakt om deze aanval in scène te zetten – of iemand moet hem dat hebben ingefluisterd. Aan de andere kant heeft hij in het verleden weleens gewelddadig gedrag vertoond, bedenk ik. Ik druk mijn vingers tegen mijn slapen in een poging de kakofonie van gedachten te laten verstommen.

In de keuken fladdert Josh als een vlinder rond: hij breekt eieren en zet water op, schenkt wijn in en regelt het volume van de muziek die ergens uit een onzichtbare installatie komt. Geen idee waar hij aan denkt, maar ik gok dat zijn gedachten niet heen en weer schieten tussen alibi's en gewelddaden.

'Kan ik iets doen?' vraag ik, want als ik een taakje heb hoef ik tenminste niet naar zijn drukke geredder te kijken.

'Absoluut niet!' Hij beveelt me met een wijzende vinger om niet van mijn plek te komen. Ik neem gehoorzaam een slokje van mijn wijn en hij knikt goedkeurend. 'Je hebt een zware week achter de rug', zegt hij. 'Je moet uitrusten.'

Met een gespannen gevoel kijk ik de kamer rond en hou mezelf voor dat hij er niets aan kan doen dat hij niet voortdurend met de dood bezig is.

Josh heeft een schitterend appartement. Het is niet bijzonder ruim, maar wel een stuk groter dan het mijne. 'Luxe', zou Candy het omschrijven. Ik weet vrij zeker dat zijn ouders helpen met de huur. De muren zijn onlangs geschilderd; er hangt een vage geur van latex. Het licht weerkaatst van de oppervlakken in de keuken en wordt getemperd door de fluweelzacht ingerichte woonkamer. Gazen gordijnen deinen boven verzonken verwarmingselementen en in een kristallen vaas op tafel staat een uitbundig boeket verse bloemen. Er klinkt jazz uit de muziekinstallatie: een ongebruikelijke soundtrack bij mijn macabere gedachten. Josh is negenentwintig, drie jaar jonger dan ik. Ik denk aan mijn leven op mijn negenentwintigste, trouwens, aan mijn leven nú: wat een enorm contrast!

'Maar eh, Sterling Wade', zegt Josh, tussen zijn tanden door fluitend terwijl hij een ingewikkeld uitziende salade mengt. 'Wow, toch?'

'Ja', zeg ik voorzichtig. 'Je weet dat ik er niet veel over mag zeggen, Josh.'

'Weet ik, weet ik', zegt hij opgeruimd. Hij schenkt nog eens bij. 'Hé, dus, als er opeens zo'n zaak als die van Wade uit de lucht komt vallen, hoeveel rechercheurs worden daar dan op gezet?'

Ik glimlach. 'Je begrijpt toch zeker wel dat iedere zaak uit de lucht komt vallen? We krijgen meestal geen seintje vooraf.'

Daar moet hij om lachen. 'Je snapt me wel.'

'Voor zo'n geruchtmakende zaak is een groot team nodig, en dat zet alles nogal onder druk', leg ik uit. 'Niet dat we de andere zaken laten liggen of zo, maar we stellen wel een paar prioriteiten. Zo ben ik bijvoorbeeld van de moord op die dakloze man afgehaald. En enkele oudere zaken worden afgeschaald. Uiteraard kunnen we niet alles op volle sterkte blijven doen. Daar hebben we gewoon de mensen niet voor.'

Ik denk even aan Walter Miller, die alleen, voorovergezakt in die ijskoude tunnel in zijn eigen bloed zit, en ik kan het gevoel niet van me afzetten dat ik hem in de steek heb gelaten.

Josh zwijgt eventjes en het vertrek vult zich met geluiden van groenten die worden fijngehakt en vervolgens sissen in de pan. Hij neuriet mee met de muziek.

Dit zou mijn leven kunnen zijn, mijmer ik. Hier zou ik de avonden met Josh kunnen doorbrengen terwijl hij een heerlijke maaltijd kookt en vraagt hoe het op mijn werk was. We zouden plannen kunnen maken en praten over restaurantjes die we eens willen proberen, films die we willen zien. Misschien zouden we zelfs op reis kunnen: ik ben nog nooit buiten Australië geweest. Alles aan Josh' lichaamstaal, zijn omgang met mij, maakt duidelijk dat hij dat wil. Een normale relatie waarin je gelukkig een gezamenlijke toekomst uitstippelt en je daarop richt.

Voordat ik zelfs de kans maar krijg om aan Ben te denken, voel ik een ijskoude vuist in mijn binnenste. Zenuwachtig sla ik mijn benen over elkaar en denk aan alle nachten die ik in hotelkamers heb doorgebracht. En dat ik daar niet mee wil stoppen.

De stem van Josh kapt mijn gedachten af. 'Ben je erg gestrest?'

Ik drink mijn glas leeg, schenk nog een wijntje in en adem lang uit. Het is warm en knus in het appartement, en ik gloei van de hitte, de gedwongen ontspanning, de wijn.

'Het hele team staat onder druk', antwoord ik. 'Een zaak die meer aandacht trekt, die bestaat niet. Daar komt dan de moord op die dakloze man nog eens bij – mensen vinden niets zo erg als een kwetsbaar slachtoffer, dus de politiek zit erbovenop. En uiteraard is de zaak-Jacoby nog niet opgelost. Mijn baas is vastbesloten daar nog één laatste klap op te geven.' Ik neem een grote slok wijn. 'Iedereen is zo gespannen als een veer.'

Zelfs tijdens het praten gaat het malen in mijn kop door en worden er stukjes informatie tegen het licht gehouden. Door de alcohol raakt de kluwen onsamenhangende draadjes wat losser, waarna ze zich weer hechten tot een nieuw vlechtwerk. Ergens begint er iets duidelijk te worden, maar ik zie nog niet wat precies.

Waar ik bovendien onzeker over ben, is wat Josh vanavond van me verwacht – of hij dit als een volgende stap in onze relatie ziet. Tot nu toe heeft hij op lichamelijk gebied niets doorgezet, maar we zijn dan ook nauwelijks alleen geweest, en ik ben me bewust waar het op uit kan lopen zonder de afleiding van andere mensen.

Ik kijk zijn kant op in afwachting van een antwoord, maar hij zegt niets. Zijn aandacht is op het koken gericht. Toch lijkt hij vanavond wat afweziger dan anders, en ik vraag me af of hij ook nerveus is.

Nadat ik mijn glas weer heb bijgeschonken sta ik op om uit het raam te kijken. Het uitzicht over de stad is vanaf deze kant van de rivier heel anders. Minder overdonderend, rustiger. Met een vinger volg ik de contouren van een kantoortoren op de ruit voordat mijn blik weer terugkeert naar mijn wazige spiegelbeeld.

Voor de zoveelste keer vraag ik me af wat Josh in mij ziet.

Toen we elkaar ongeveer een maand geleden ontmoetten, kwam ik net bij de persconferentie van de zaak-Jacoby vandaan en zat me met een kop sterke koffie in het café naast het gerechtsgebouw mentaal voor te bereiden op een rechtszaak. Josh dook in mijn gezichtsveld op en gebaarde achteloos dat hij op de lege plaats naast me wilde zitten. Ik schoof een stukje op en glimlachte om aan te geven dat dat prima was. We raakten aan de praat. Hij leek zowel onder de indruk als een beetje geïntimideerd toen ik hem vertelde dat ik rechercheur op de afdeling Moordzaken was. Hij wilde beslist telefoonnummers uitwisselen, al ging ik ervan uit dat ik nooit meer iets van hem zou horen. Maar die avond nog kreeg ik een berichtje of ik met hem uit eten wilde.

Ik vond hem direct al aangenaam gezelschap. Hij is niet alleen buitengewoon knap, maar hij is veruit de meest ongecompliceerde man die ik ooit heb gekend. Berichtjes sturen, afspraken maken: het gaat allemaal soepel. Hij is enthousiast maar nooit opdringerig, en leek vanaf het begin aan te voelen dat mijn appartement verboden terrein is. Het allerbelangrijkste is dat hij snapt dat mijn werk op de eerste plaats komt. Ik vermoed dat hij denkt dat ik emotioneel beschadigd ben, ontmoedigd door eerdere relaties, maar daar vist hij niet naar. Hij lijkt geen bezwaar te hebben het voorlopig rustig aan te doen. Ik twijfel er niet aan dat Josh kan krijgen wie hij maar wil, maar misschien vindt hij mij wel interessant, anders dan de vrouwen die hij doorgaans meemaakt. Wie weet ben ik een soort experiment. Wie weet vindt hij me wel leuk. Ik heb geen idee.

Zelfs als Ben er niet was geweest, en afgezien van mijn onvermogen om ergens echt voor te gaan en daarin te investeren, dan nog zijn we heel verschillend. Josh heeft veel meer van de wereld gezien dan ik, maar in veel opzichten is zijn blik beperkt. Hij heeft altijd een bevoorrecht bestaan geleid, zijn weg naar de volwassenheid is gladjes verlopen door een gestage geldstroom. Hij heeft nergens moeite voor hoeven doen. Hij is een en al flexibiliteit en optimisme. Ik ben hard en sta standaard op cynisme en twijfel ingesteld.

Als een pro serveert Josh twee royale borden pasta en de ingewikkelde salade, die hij met een trots gebaar op tafel zet, waarna hij me nodigt te gaan zitten. Ik heb in geen dagen een behoorlijke maaltijd gegeten en val er enthousiast op aan.

Josh besluit dat we het ergens anders over moeten hebben en begint vervolgens moeiteloos een vloeiend gesprek over zijn zus, haar nieuwe vriendje, een nieuwe collega op zijn werk, zijn imposante saldo frequentflyerpunten bij Qantas en zijn nieuwe trainingsschema. Ik ben onder de indruk dat hij zo makkelijk de vaart in het gesprek weet te houden en waardeer het dat ik me mee kan laten voeren en slechts af en toe hoef bij te dragen.

Als ik mijn bord leeg heb sta ik op om de wijn uit de koelkast te halen. Wanneer ik weer naar de tafel loop zie ik een stapeltje dikke enveloppen op de keukenbar liggen, met in het keurige handschrift van Josh 'rekeningen betaald' en 'rekeningen nog te betalen' op het etiket. Ik vul zijn wijnglas bij. Uit een automatische luchtverfrisser aan de wand komt een wolkje huisparfum wanneer ik langs de tafel loop en me op de bank laat zakken, waar ik met een kwastje van een sprei ga zitten spelen. Ik heb te snel gegeten en voel me een beetje misselijk.

Als Josh ook klaar is met eten neemt hij plaats in de leunstoel tegenover me. Hij houdt zijn hoofd achterover om een slok wijn te drinken, veegt dan zijn haar opzij en laat zijn kin op zijn hand rusten. Eventjes lijkt hij zo op een zanger van een boyband, en ik moet een glimlach onderdrukken.

'Is het raar om te werken aan een zaak met zo'n beroemd slachtoffer?' vraagt hij.

'Ik dacht dat we het niet over mijn werk zouden hebben', antwoord ik glimlachend.

Ik laat me in een enorm kussen zakken en bekijk het rijtje fotolijstjes op de bijzettafel. Foto's van vakanties met het gezin met een veel jongere Josh. Kiekjes met zijn vrienden. Ze doen me denken aan de rijen foto's in Wades appartement. De ontwikkeling van Josh als schattig jongetje naar een knappe jongeman wordt prachtig in beeld gebracht. Er zijn een paar foto's bij van Josh in roeikleding, samen met nog een paar frisse jongens. Een afstudeerfoto, in een toga van de universiteit. Een stralende Josh die een grote verjaardagstaart aansnijdt te midden van een vrolijk groepje zongebruinde klappende mensen. Mijn blik blijft even hangen bij een van de beelden; een oudere vrouw op de achtergrond komt me bekend voor, maar ik herinner me niet waar ik haar heb gezien.

Ik besef dat Josh op antwoord wacht.

'Ja,' zeg ik, 'het is zeker raar om aan een zaak te werken wanneer iedereen het slachtoffer kent. Of tenminste, denkt te kennen.'

'Het moet wel heel bizar zijn', zegt Josh. 'Ik bedoel, alles aan die zaak. Ik kan er nog steeds met mijn verstand niet bij. Maar hé, wat gebeurt er trouwens als je geen enkel aanknopingspunt vindt? Hoelang ga je ermee door voordat iets een cold case of zo wordt?'

Ik onderdruk een geeuw voor ik hem antwoord geef. 'Dat hangt ervan af. Bij een dergelijke zaak moeten we heel wat natrekken. En er zijn veel getuigen. Dat is het goede aan het werk hier in de stad,' voeg ik eraan toe, 'meestal zijn er aardig wat mensen die iets hebben gezien.' Ik strek mijn benen. 'Hoewel je met getuigen juist weer andere problemen hebt. Mensen hebben niet altijd gezien wat ze menen te hebben gezien.'

Josh komt bij me op de bank zitten, en ik schuif naar het andere uiteinde zodat we elkaar aan kunnen kijken. Hij laat zijn benen tussen de mijne glijden en begint aan een langdradig verhaal over een fraudezaak waar zijn advocatenkantoor momenteel aan werkt.

Ik voel me opeens niet lekker en wou maar dat hij ophield met praten. Mijn maag heeft het moeilijk met het verteren van die plotselinge voedselinname, terwijl mijn uitgeputte hersens maar door de restjes van de afgelopen dagen blijven wroeten. Hoe past alles in elkaar? Zit er eigenlijk wel iets van belang bij?

Ging Josh maar weg, dan kon ik mijn ogen dichtdoen en ongestoord hier op zijn bank slapen.

'Je ziet er nogal moe uit', zegt hij. 'Je hebt zeker geen puf om nog met mijn vrienden uit te gaan?'

Ik kijk hem vanonder halfgesloten oogleden aan en concentreer mijn blik op zijn gladde gezicht.

Hij glimlacht verlegen zodat ik kuiltjes in zijn kin zie. 'Als je hier wilt blijven is dat prima, hoor.' Hij slikt, zijn adamsappel beweegt nerveus op en neer als hij nog een slok wijn neemt.

Onder de tinkelende muziek hoor ik ergens in het appartement een klok tikken.

Josh schuift dichter naar me toe en laat zijn hand lichtjes op mijn bovenbeen rusten. 'Wil je een toetje?' vraagt hij met diepe stem. 'Ik heb ijs.'

'Eigenlijk voel ik me niet zo lekker', zeg ik, en ik ga rechtop zitten wanneer het paniekgevoel zich langzaam vanuit mijn maag door mijn lijf verspreidt.

Wat ik wil is dat het zo gaat als met die mannen in een hotel. Dat ik er niet bij hoef te denken en geen rekening hoef te houden met iemands gevoelens. Dat mijn gedachten oplossen en ik de oertoestand van het zalige niets ervaar. Maar in die gevallen is de seks het einddoel. Met Josh zou het weleens het begin kunnen zijn, en dat beangstigt me.

Ik wil niet meer praten. Ik wil hier niet zijn.

Josh buigt naar voren en kust me. Een voorzichtige kus, alsof hij al doende vraagt of het mag. Ik zit nog steeds rechtop en kan me er niet toe zetten te doen wat de bedoeling is: hem naar me toe trekken en mijn houding aanpassen zodat we naast elkaar liggen. Maar mijn handen hangen juist slap langs mijn zij. Mijn lichaam is buiten bedrijf.

'Het spijt me,' zeg ik als ik me terugtrek, 'maar ik voel me echt niet lekker. Ga jij anders uit met je vrienden. We kunnen dit beter een ander keertje doen.'

Hij neemt me aandachtig op. Ik heb geen idee wat hij denkt.

'Als ik me wat beter voel en niet zo moe ben', probeer ik het uit te leggen.

'Ik hoop dat het niet door mijn eten komt', zegt hij met een onzeker lachje.

'Weet je, ik geloof dat ik gewoon totaal uitgeput ben. Sorry dat ik nu niet zulk leuk gezelschap ben.'

Ik weet niet of Josh teleurgesteld is, maar ik bespeur ook bij hem een lichte opluchting. Misschien twijfelt hij er ook aan of we wel meer dan vrienden zijn. Ik pak mijn spullen en verzeker hem dat hij me niet thuis hoeft te brengen. Ik omhels hem als afscheid, bedank hem voor het eten en zeg nog eens dat hij vooral met zijn vrienden uit moet gaan.

Weggedoken in een taxi terug naar de stad voel ik het tintelen in mijn armen en benen.

Ik betaal de chauffeur en stap uit. Ondertussen ben ik alweer redelijk nuchter en klaarwakker. Voor de deur van mijn appartementencomplex sta ik stil, want ik weet al dat ik niet naar huis wil.

Ik zie mezelf weerspiegeld in de ruit. Mijn haar is verwaaid in de wind. Op een bankje een paar meter verderop zit een man met een troebele blik in zijn wazige ogen iets te drinken uit een papieren zak. Ik kijk weg en loop door, terwijl de kille wind tranen in mijn ogen jaagt. Ik heb geen plan maar het is nog vroeg, net tien uur geweest; de restaurants en kroegen verspreiden een gezellig oranje licht en telkens wanneer er een deur opengaat stroomt er gelach naar buiten dat de kou verjaagt. Ik loop zo'n tien minuten door, langs knetterverliefde stelletjes, groepjes luidruchtige, naar rook stinkende jonge jongens, afgepeigerde ouders die hun slaperige kinderen dragen, een dakloze man en zijn hond, met allebei witte ademwolkjes die zich vermengen in de nachtlucht.

Misschien moet ik Josh bellen en zeggen dat ik toch mee uit wil. Maar nee, dat is toch echt niet wat ik wil. Ik wil alleen zijn. Ik wil een borrel. Het begint te regenen, een halfhartig gemiezer valt uit de hemel. Iets verderop wordt een deur opengezwaaid en er komen drie giechelende meisjes een druk café uitlopen.

'Het is toch ongelófelijk wat hij zei?'

'Nou zeg!'

'Serieus, wat de fok?'

Ze zwijgen om een sigaret op te steken, waarna ze weer verdergaan hun gezamenlijke ongeloof te uiten over wat het ook maar was dat híj had gezegd. Ik voel hun blikken als ik op ze af loop, naar de ingang van het café, en de blonde glimlacht beleefd naar me wanneer ze een stapje opzij doet om me langs laten. 'Echt fokking koud!' roept er eentje.

Als ik de deur openduw treft de hitte me vol in het ijskoude gezicht. Ik ruik drank en zweet. Een open haard. Hete patat. Ik laat mijn blik door het kleine vertrek gaan en voel hoe de muziek via de vloer langs mijn benen omhoogkruipt. Met suizende oren van het geroezemoes baan ik me een weg naar de bar en schud mijn jas af. De barkeeper glimlacht naar me terwijl hij een zilveren cocktailshaker bij zijn oren schudt.

Naast me zit een stelletje zacht op serieuze toon te praten en ik vang flarden van hun gesprek op. *Jouw fout. Niet eerlijk. Zo onredelijk.*

'Sorry', klinkt het bij mijn oor als er een man met zijn lichaam tegen me aan duwt.

'Wacht je op iemand?' vraagt de barkeeper die voor me opduikt.

Ik schud mijn hoofd. 'Nee, ik wil alleen wat drinken.'

Hij trekt zijn wenkbrauwen op. 'Dat kan. Waar heb je zin in?'

'Een whisky', zeg ik, waarna zijn wenkbrauwen nog verder de lucht in schieten.

Een halfuur later zit ik achter mijn tweede glas en mijn gedachten dwarrelen in het rond. Ik probeer ze niet meer te vangen.

Afgezien van de barkeeper heeft niemand me aangesproken. In Smithson kon ik amper ergens heen zonder een bekende tegen te komen. Dat ons-kent-ons verstikte me. Het onnozele geklets. Die constante sociale controle. Hier ben ik onzichtbaar, wat me veel beter bevalt.

'Heb je een leuke avond?' De barkeeper is een stukje verder achter de bar schijfjes limoen aan het snijden en even twijfel ik of hij dat echt zei of dat ik het me inbeeldde.

Hij kijk mijn kant op en wacht duidelijk op een antwoord.

'Zeker', zeg ik.

'Mooi zo', antwoordt hij.

Een meisje buigt zich over de bar om een drankje te bestellen. Haar voorhoofd raakt bijna het zijne aan. Dan gaat hij nieuwe cocktails mixen voor het onverzadigbare drukke uitgaanspubliek en ben ik weer op mezelf aangewezen.

Sterling Wade zal zulke momenten nooit hebben gekend, denk ik terwijl ik om me heen kijk. Momenten waarop hij gewoon kon opgaan in de menigte. Overal waar hij kwam kende men hem. Alsof de hele wereld uit één nieuwsgierig stadje bestond. Hij viel overal op, werd altijd in de gaten gehouden, achternagezeten. Ik vraag me af hoe het voelt als je voortdurend herkend wordt. Hij zal bij iedere nieuwe ontmoeting argwaan hebben gekoesterd dat ze de verpakking belangrijker vonden dan de inhoud.

Maar misschien is dat altijd wel zo. Ik weet zeker dat Scott in het begin door mijn werk als rechercheur werd aangetrokken; hij vond het intrigerend en boeiend, tot het uiteindelijk werd wat hem het meest aan mij tegenstond. Ongetwijfeld zal dat bij Josh ook zo gaan.

Er loopt een onscherpe diavoorstelling door mijn hoofd. Sterling die wordt neergestoken, de rauwe realiteit van de schok zichtbaar in zijn ogen, de toestormende zombies, een schreeuwende Lizzie. Ik vraag me af hoe het werkelijk tussen die twee zat. Was de verloving een dekmantel voor zijn verhouding met Brodie? Of had Sterling het misschien uitgemaakt met Brodie? En was Brodie daardoor wrokkig geworden, gevaarlijk zelfs? Of zou Lizzie over het aanzoek hebben gelogen en probeert ze zo de hoogste status als rouwende op te eisen? Want het moment van de verloving is nogal vreemd, zo vlak voor de opnames van een horrorscène, maar het kan zijn dat Sterling wat al te uitbundig op alle prikkels heeft gereageerd. Ze hadden plannen om naar het buitenland te gaan: alles wijst erop dat ze hun relatie serieus namen. En toch kan ik maar moeilijk geloven dat Lizzie niets van Sterling en Brodie afwist. Zoiets kun je toch niet missen als je bij elkaar in huis woont? Maar misschien sloot ze haar ogen er wel voor. En Sterling: was die homo, bi, of gewoon verliefd op Brodie? Kan het zijn dat Lizzie en Brodie een hechtere band hadden dan ze ons hebben voorgespiegeld? Voelden ze zich wellicht allebei door Sterling verraden?

In elk geval zat de jonge acteur een stuk ingewikkelder in elkaar dan uit al die oppervlakkige interviews blijkt. Hij stond aan het begin van allerlei moois. Een volgende fase in zijn beroemdheid, mogelijk een buitenlandse carrière. Wie had daar een stokje voor willen steken?

In gedachten ga ik nog meer beelden langs: de autopsie, de donkere wond bij zijn hart. Zijn prachtige gezicht. Het grote verdriet van zijn ouders. De schijnbare onverschilligheid van zijn broer en zus. De verbijstering van Cartwright. Lizzies tranen. Brodies diepe verdriet.

Mijn glas is leeg. Ik moet eigenlijk weg. Ik heb het warm, mijn oksels zijn klam en mijn voeten branden in mijn laarsjes. De andere vrouwen hier dragen luchtige shirtjes, strakke spijkerbroeken en hoge sandalen. Hun gezichten zijn bedekt met lagen make-up waarmee ze contouren accentueren die ik volgens mij niet heb. Ik weet niet hoe ze het voor elkaar krijgen. Op de zeldzame momenten dat ik mooie kleren aantrek en me opmaak, voel ik me kwetsbaar en naakt, alsof mijn gezicht een boei is. Ik word altijd verlegen van de aandacht die ik dan trek. Ik voel me veel beter als ik me in de menigte kan verschuilen.

'Nog eentje?' vraagt de barkeeper vlak voor mijn neus.

'Misschien beter van niet.'

'Van het huis', zegt hij, opeens met een donkere, veelbetekenende stem.

Onze blikken haken in elkaar en het plezier vlamt in me op.

'Nou, goed dan. Ik ben zo terug, even naar het toilet.'

'Oké', zegt hij terwijl hij me blijft aankijken.

In de halfduistere gang sluit ik me aan bij het rijtje wachtenden en druk me tegen de muur aan zodat de waggelende mannen en vrouwen erlangs kunnen. Een man neemt me waarderend op. 'Heb je 't naar je zin vanavond?' vraagt hij en ik haal met neergeslagen ogen mijn schouders op om verder geklets af te weren.

Weer aan de bar nip ik aan mijn drankje terwijl een luide stem in mijn hoofd me aanmaant te vertrekken. Ik haal mijn telefoon tevoorschijn en zie dat het al na twaalven is. Josh heeft een berichtje gestuurd, hij hoopt dat ik me wat beter voel als ik wakker word. Geschrokken realiseer ik me dat Josh in Melbourne het dichtst bij een echte vriend van me komt. Nou ja, aangezien ik heel slecht ben in het onderhouden van die paar vrienden uit Smithson wordt hij langzamerhand überhaupt mijn enige vriend.

'Gaat-ie?' vraagt de barkeeper, die begint schoon te maken. Met ritmische bewegingen plaatst hij telkens een vuil glas ondersteboven op een kraantje, waarna er een straal spoelwater in wordt gespriëtst.

Ik heb geen idee wat ik daarop moet zeggen.

'Ik geloof van wel', zeg ik.

'En, wat doe je?'

Sterlings dode lichaam flitst door mijn hoofd. 'Ik ben leraar', antwoord ik.

'Ik heb altijd leraar willen worden.'

Ik glimlach naar hem en tik steeds met mijn vinger het ijsklontje in mijn glas naar beneden, waardoor het telkens weer opduikt. Het lijkt wel een piepklein zwemmertje dat snakkend naar adem bovenkomt, en ik duw het weer onder, en hou het deze keer langer vast. Ik zie de hele tijd de diepe, zwarte kras dwars over Wades borst voor me, vlak onder zijn ribbenkast waar het leven hem verliet.

'Waar geef je les?'

Ik knipper met mijn ogen en vang zijn gretige blik op. 'Eh, op een middelbare school. Onderbouw.'

Voor de grap trekt hij een vies gezicht. 'Aha, tieners. Lijkt me vermoeiend.

'Ja. Dat klopt.'

'Maar, hoe komt het dat je hier vanavond in je eentje bent?'

'Wat denk je zelf?' vraag ik in een reflex.

Hij buigt zich aangemoedigd naar voren, en kijkt me diep in de ogen alsof hij het antwoord daar kan vinden. 'Deal je stiekem drugs? Viel je Tinder-afspraak tegen? Ben je een Russische spion?'

Ondanks mezelf schiet ik in de lach. 'Al het bovenvermelde.'

'Dacht ik het niet.' Hij bedient een groepje zwaar getatoeëerde mannen terwijl ik een slokje neem.

Een gedachte probeert wanhopig de juiste plek in mijn hoofd te vinden. Het dode lichaam van Sterling licht weer op, met dat kwaadaardige laatste aandenken erin gekerfd. Het beeld laat me maar niet met rust.

'Hé,' zegt de barkeeper, 'over ongeveer een kwartiertje sluiten we.'

Ik houd zijn blik vast, maar dat lukt me niet erg lang, dus ik doe alsof ik iets uit mijn tas wil pakken. 'Prima hoor,' zeg ik, 'ik moest er toch al nodig vandoor.'

'Cool', zegt hij. Hij verdwijnt door een zijdeur terwijl ik mijn glas leegdrink. Mijn keel brandt en mijn huid lijkt wel los om mijn botten te hangen. Maar al ben ik doodmoe, mijn gedachten blijven rond de bloederige foto's cirkelen.

De barkeeper komt weer terug met een dienblad vol schone glazen en een theedoek over zijn schouder.

'Ik ben Zac', zegt hij en hij reikt over de bar om me een hand te geven.

‘Zoë’, zeg ik snel. Ik weet wat er nu komt.

‘Ik hoef vanavond niet af te sluiten. Ga je mee nog ergens een afzakkertje nemen? Ik trakteer.’ Hij kijkt naar de bar, vervolgens naar het laatste groepje aan het tafeltje achter mij; zijn blikken dwalen overal naartoe behalve naar mijn gezicht terwijl hij op mijn antwoord wacht.

‘Best. Waarom niet.’

Hij kijkt in de richting van de achterkamer. ‘Ik denk dat ik nog een minuutje of tien nodig heb.’

‘Oké. Ik moet even snel iemand bellen, ik wacht buiten wel.’

Mijn longen krimpen in de nachtlucht en ik leun tegen een lantaarnpaal. Er zijn minder mensen op straat, ze banen zich veel rustiger en met gebogen hoofd een weg door de kou.

Blijven of gaan, denk ik. Blijven of naar huis.

Na een paar minuten komt Zac het café uit en glimlacht lief naar me terwijl hij zijn jas dichtritst.

‘Waar wil je heen?’ vraagt hij.

‘Naar jouw huis’, zeg ik zonder aarzelen.

Zac woont op een sjofele zolder in het stadsdeel Collingwood. In het kleine keukentje drupt een kraan luid in de metalen gootsteen en ik betrap me erop dat ik in het regelmatige ritme meetel. Terwijl hij door een eindeloze lijst indierock scrolt nip ik van mijn gin-tonic. Het eerste nummer is nog niet voorbij of Zac neemt me al mee naar zijn slaapkamer, trekt zijn trui uit en duwt me op het bed. Hij is ruw en ik wil het, ik wil hem in me. Ik wil dat alle gedachten ophouden, rust in mijn kop.

Bij elke stoot haal ik diep adem, mijn ogen op een abstract schilderij gericht waar de kleuren over het doek striemen. In gedachten zie ik messen huid doorboren, gapende wonden veroorzaken; van pijn vertrokken gezichten. De paniek zet op nu ik onder Zacs gewicht gevangen ben. Volstrekt machteloos. Hij neemt mijn gezicht in zijn handen en kust me. Ik voel hoe verlangen en schuldgevoel samenkomen tot ik het zalige niets bereik.

Wanneer de extatische roes van de seks voorbij is laat Zac zich naast me glijden en draai ik me bezweet en verhit naar de muur; mijn hartslag wordt weer langzaam en nu wil ik alleen maar dat hij in slaap valt. Ik wil los, maar zijn arm drukt zwaar op me. Ik wurm me onder het gewicht vandaan en mompel iets wat slaperig klinkt.

'Dat was geweldig', fluistert Zac, die zijn vingers teder door mijn verwarde haar vlecht en het uit mijn gezicht strijkt. 'Ik ben blij dat je vanavond wat in mijn café kwam drinken.'

Hij staat op en ik hoor dat hij iets te drinken inschenkt. Als hij terugkomt gaat hij naast me zitten, drinkt van zijn whisky, neuriet mee met de muziek en speelt piano op het laken. Even later trekt hij het beddengoed om ons heen en doet de lamp uit. Ik ruik drank, een vleugje aftershave en de milde muskusgeur van ons zweet. Nadat hij is ingedommeld lig ik voor mijn gevoel nog uren wakker. Ik probeer in slaap te komen, maar elke keer als ik mijn ogen sluit zie ik messen op vlees inhakken.

Zondag 19 augustus, 6.32 uur

Bij het wakker worden lijkt de vorige avond niet meer dan een droom, maar de felle pijnscheuten door mijn voorhoofd vertellen een ander verhaal. Ik kleed me snel aan, sluip Zacs flat uit en loop Smith Street af. Het ochtendlicht port me met nieuwsgierige vingers. Even leun ik tegen een stenen muur omdat ik denk dat ik moet overgeven, maar de misselijkheid zakt weer.

Ik hou een taxi aan en weet mijn appartement te bereiken. Daar kruip ik in bed, waar ik door het raam naar de grijze lucht staar terwijl ik me afvraag wat Ben aan het doen is. Naar een tekenfilm kijken waarschijnlijk. Of misschien ligt hij bij Scott in bed. Ik laat mijn gedachten dwalen van Ben en Scott, samen opgekruld in bed, naar Ben die lekker onder de dekens kruipt bij Scott en een andere vrouw, een vreemde. Ik schreeuw het uit en hijs me overeind. Mijn gedachten laten zich in deze gemoedstoestand niet bedwingen, en ik kijk mijn flat rond op zoek naar afleiding. Ik vang mijn spiegelbeeld op, dat er verschrikkelijk uitziet: gebarsten lippen, vale huid, haar als een donkere, warrige wolk.

Onder de douche smeek ik dat de alcohol snel mijn lijf zal verlaten en de pijn met zich meeneemt. Maar hoe rot ik me ook voel, één gedachte klinkt telkens weer op, in hetzelfde ritme als het bonken in mijn kop. Ik moet snel naar het politiebureau om de autopsiefoto's nog eens te bekijken.

Nadat ik al langer dan een halfuur in de briefingzaal heb lopen ijsberen, mijn theorie overwegend tot ik geluiden hoor waarvan ik weet dat ze er niet zijn, bel ik Fleet.

Zijn stem is dik van de slaap. 'Woodstock? Wat is er?'

Geschrokken besef ik dat het zondagochtend is en nog maar net halfnegen.

'Hoi', stotter ik omdat ik me opeens heel dom voel. Ik schraap mijn keel. 'Volgens mij heb ik iets ontdekt wat Isaacs moet weten.'

Even is het stil als Fleet zijn telefoon afdekt om met iemand te praten, ongetwijfeld een meisje, en ik kan wel door de grond zakken van gêne.

'O, sorry zeg, ik had niet door dat het nog zo vroeg was. We hebben het er later wel over, goed?' stamel ik, nu ik het gesprek waar ik de hele ochtend al naar uitkijk opeens wil afkappen.

'Nee, nee.' Hij klinkt nu wakkerder. 'Nu is prima. Moet toch eens wat gaan doen. Wie wil er op zondag nou uitslapen? Ik niet.'

Zijn stem klinkt als altijd spottend, maar wel ongewoon vlak. Het lukt me niet zijn stemming in te schatten, en of hij zich ergert dat ik hem bel.

'Oké, ik zit overeind', zegt hij. 'Brand maar los.'

'Nou, dus.' Ik doe mijn best wat pittiger te klinken. 'Na onze vergadering gisteren ben ik nog even nagebleven om wat dingen af te ronden. Terwijl ik met Ralph stond te praten viel mijn oog op het overzichtsbord van de zaak-Miller. Daar moest ik later telkens aan denken. En gisteravond drong opeens tot me door dat de autopsiefoto's vrijwel hetzelfde zijn als die van Wade. Ik bedoel: de wonden lijken precies op elkaar.'

Fleet zwijgt en een ogenblik ben ik zowel vreselijk ongeduldig als bang om voor gek versleten te worden.

'En de verslagen?' vraagt hij uiteindelijk. 'Staat daarin dat we mogelijk met dezelfde moordenaar te maken hebben? Wat zegt mijn geliefde patholoog ervan?'

'Ik heb nog niet met Mary-Anne gesproken', moet ik toegeven. 'Ik wilde het er eerst met jou over hebben. Maar daar komt nog bij dat zij de lijkschouwing van Walter Miller helemaal niet heeft gedaan. Ze was er niet, weet je nog?'

Fleet smoezelt iets onverstaanbaars. Dan hoor ik een gedempte vrouwenstem en de telefoon gaat op mute. Na een poosje komt die met een onderdrukte geeuw van Fleet krakend weer tot leven.

'Oké, Woodstock, laten we ergens afspreken. Ik kan wel een kop koffie gebruiken. Geef me laten we zeggen een halfuur, dan doen we net als de jongeren van tegenwoordig en geven we een fortuin uit aan spek met eieren en een stukje toast met avocado.'

Fleet ziet er nog erger uit dan ik. Er moet hoognodig een kam door zijn haar en een dikke stoppelbaard verspreidt zich als een mist over zijn kin. Hij heeft zijn ogen achter een zonnebril verborgen, maar die zijn vast minstens zo bloeddoorlopen als die van mij. We zitten buiten zodat hij kan roken. Even kijk ik alleen maar toe hoe hij afwisselend een haal van zijn sigaret neemt en van zijn koffie slurpt.

'Ruige avond?' vraag ik sarcastisch.

'Zeker wetenn', zegt hij. Zijn verlopen toestand kan hem duidelijk niets schelen. 'Jij?'

'Beetje wel.'

Hij knikt goedkeurend. 'Tja, we zijn nog jong, de boog kan niet altijd gespannen zijn.'

Om ons heen zitten opgewekte mensen, gehuld in lekker warme werkkleding, die gezonde smoothies drinken uit gerecyclede jampotjes. Melkkratten hebben de plaats van stoelen ingenomen en op alle tafeltjes staat een bonsaiboompje. Ik neem voorzichtig een slokje koffie – de geur alleen al doet me kokhalzen.

Ik vertel hem dat ik twijfels heb gekregen over het alibi dat Paul Wade voor de woensdag had. 'Dat komt nog boven op die kroeggevechten in Karadine, dus het lijkt me dat we hem nog eens onder de loep moeten nemen', zeg ik.

Fleet zucht en drukt zijn vingers tegen zijn voorhoofd. 'Denk je echt dat Paul het meesterbrein achter zoiets kan zijn? Op mij kwam hij over als iemand die met de eenvoudigste dagelijkse dingen nog moeite heeft.'

'Weet ik, maar waarom zou hij dan liegen dat hij niet in de stad was? Kan het zijn dat iemand anders de zaak heeft uitgedacht en dat hij de dommekracht was?'

Fleet rekt zijn armen boven zijn hoofd uit, knijpt zijn ogen dicht en knikt nog eens. 'Interessant. Tja, we zullen eens kijken of Sterlings grote broer een aannemelijke verklaring voor zijn bezoekje aan de stad heeft. En voor het feit dat hij erover gejokt heeft.' Hij kucht en schraapt zijn keel. 'Godsamme, wat voel ik me klote', mompelt hij. 'Oké dan. Laat die foto's maar zien voordat ik wat te eten ga bestellen.'

Ik haal ze uit de envelop, spreid ze voor hem uit en dek ze met een menukaart af tegen nieuwsgierige blikken.

'Deze zijn duidelijk van Wade', wijs ik op de gebruinde, strakke torso, ontsierd door de venijnige donkere snijwond, 'en deze van Miller.' Fleet legt de foto's naast elkaar. 'De twee waren ongeveer even lang', voeg ik eraan toe terwijl ik hem aandachtig opneem wanneer hij de foto's bestudeert. 'Niet alleen zijn het vergelijkbare wonden, het was ook nog eens in dezelfde buurt en de handelwijze komt overeen. De tunnel waarin Walter werd overvallen is nog geen kilometer bij het begin van Spring Street vandaan. En in beide gevallen was de aanval onverwacht en niet uitgelokt. Nou ja, het was in ieder geval geen impulsieve daad.'

Fleet knikt traag, maar ik weet niet of hij het met me eens is of juist denkt dat ik gek ben en overweegt hoe hij me dat moet zeggen.

Ik praat haastig verder. 'Ik wil maar zeggen dat er nogal wat overeenkomsten zijn.'

Fleet kucht weer, een akelige keelklank. 'Tuurlijk. Behalve dat het ene slachtoffer een megaster was en het andere een volslagen nobody.'

'Ik geef toe, dat lijkt dan weer niet te kloppen. Of er moet een link tussen de twee zijn die ons op dit moment ontgaat.'

'Toe nou, Woodstock, natuurlijk willen we allebei dat we een HBO-thriller in onze schoot geworpen krijgen, maar erg aannemelijk is dat niet.'

Ik rol met mijn ogen. 'Ik ben heus niet op zoek naar iets sensationeels, ik zeg alleen maar dat er mogelijk een verband is.'

Er verschijnt een tengere serveerster naast hem met opvallend groene ogen en een slangentatoeage op haar handen. Snel veeg ik de foto's bijeen en schuif ze terug in de envelop terwijl hij bestelt.

'Denk je dat ze elkaar hebben gekend?' vraagt Fleet.

'Weet ik niet. Erg aannemelijk is het niet. Maar misschien kende de moordenaar hen allebei?'

'De moord op de dakloze man kan volstrekt willekeurig zijn geweest', zegt Fleet. 'Uiteraard heb ik er sinds die eerste nacht niet meer naar gekeken, maar daar kwam het op neer, dacht ik toch. Gewoon de een of andere gek die een kans zag zich uit te leven, of een psychiatrisch geval. Of iemand die iets tegen daklozen had en meende dat hij de samenleving een plezier deed. Maar de moord op Wade kan niet willekeurig zijn geweest.'

'Klopt', zeg ik, terwijl ik in gedachten de mogelijkheden langsga.

'Ik geloof wel dat je gelijk hebt wat die wonden betreft', zegt Fleet, die weer naar de foto's tuurt. 'Ze zien er precies hetzelfde uit. Hoeveel tijd zat er ook alweer tussen beide incidenten, nog geen twee dagen? Hoe kan het dat dit niemand is opgevallen?'

'Twee verschillende pathologen, om te beginnen. En ik denk dat alles opeens naar de achtergrond is verdwenen met de dood van Sterling. Want op zich heb je gelijk: er is geen voor de hand liggende overeenkomst tussen de slachtoffers.'

'Gelukkig dan maar dat jij bij Ralph in de briefingzaal aan het rondneuzen was', grijnst Fleet.

'Ik was niet aan het rondneuzen', zeg ik defensief, maar de plagerijen tussen ons geven me een goed gevoel. 'Trouwens, stel je voor dat er wél een link is.'

'Dan ziet alles er opeens anders uit', concludeert Fleet wanneer zijn ontbijt wordt geserveerd. Een dampende berg eieren en spek op een vierkante houten plank. 'Ook wat?' vraagt hij als hij een royale zoutstorm over zijn eten laat sneeuwen.

'Dank je, nee.'

Ik voel me inmiddels beroerder dan toen ik wakker werd, maar ik ben heel blij dat Fleet me serieus neemt.

'Bel jij anders Isaacs even terwijl ik eet?' Hij spiest een reepje spek aan zijn vork en zwaait ermee naar me. 'Eens kijken of we jouw theorie wat vlees op de botten kunnen geven.'

Maandag 20 augustus, 8.05 uur

'En, waar hebben we hier mee te maken?' Isaacs is de enige in het kantoor die niet zit, en hij ziet er net zo gespannen uit als toen hij gisteren rond lunchtijd naar het politiebureau was gekomen om mijn theorie aan te horen. 'Nou?' Met zijn handen op de rugleuning van een stoel buigt hij zijn schouders en kijkt ons een voor een strak aan.

Uit de veelbetekenende blikken van Ralph en Billy maak ik op dat ze vinden dat ik maar antwoord moet geven.

Mijn mond gaat al open, maar Fleet valt in voordat ik iets kan zeggen. 'We hebben met Mary-Anne gesproken. Volgens haar zou Woodstock gelijk kunnen hebben dat de twee misdaden door dezelfde persoon zijn gepleegd.'

Ik kijk hem aan, verrast door zijn publieke steun. 'Ja,' ga ik verder, 'Mary-Anne denkt dat het wapen waarmee Wade is vermoord hetzelfde zou kunnen zijn als dat bij Walter Miller is gebruikt. De wonden komen overeen, alleen wachten we nog op het bloedonderzoek. Maar als je vraagt wat het inhoudt als het écht dezelfde dader was: dat weten we nog niet.'

Isaacs beweegt zijn schouders op en neer alsof ze zeer doen. 'Kan dat onderzoek niet sneller?'

'Dat hebben we gevraagd. Hopelijk krijgen we het verslag binnen een paar dagen', antwoordt Fleet.

Isaacs sluit even zijn ogen en laat een beschaafd gromgeluid horen. 'Goed, maar we hebben tot nu toe dus nog geen harde bewijzen die de misdaden met elkaar verbinden, of wel?'

Ik merk dat mijn hart snel slaat. Het zweet breekt me uit, er is niet genoeg zuurstof in het kantoor en alle ogen zijn op mij gericht, zodat ik naar woorden moet zoeken. Dan ga ik rechtop zitten en duw in gedachten mijn zenuwen weg. 'Nee inspecteur, geen harde bewijzen, alleen waar we het gisteren over hebben gehad. 'Vooral dat er zo weinig tijd en afstand tussen zat. En dat het brute, niet uitgelokte misdaden waren.' Isaacs haalt al adem om me te onderbreken, dus ik praat snel verder, met krachtige stem. 'Dat de zaak-Wade van een andere orde is zie ik ook wel, maar beide delicten vonden plaats waar veel mensen waren. De slachtoffers werden overrompeld. Het lijken wel executies. Daar kan een overeenkomst in zitten.'

Ik wil zo graag dat mijn theorie klopt en we een stap vooruit kunnen zetten. Hopelijk hoort niemand anders het lichte smeektoontje in mijn stem.

'Het kan een seriemoordenaar zijn', zegt Chloe, schuifelend in haar stoel zodat haar haar het licht weerkaatst.

Die opmerking lijkt Isaacs te irriteren. 'Er is niets wat daarop wijst', zegt hij beslist.

'Dat er zo'n schril contrast is tussen Walter Miller en Sterling Wade, daar heb ik wel vragen bij', zeg ik tegen de groep. 'Ik bedoel: een groter verschil is niet voorstelbaar. Daar heb ik niet echt een verklaring voor, of de moordenaar moet ze allebei ergens van kennen.'

'Het kan een *collector killer* zijn', zegt Calvin. 'Misschien een gek die probeert om allemaal verschillende typen mensen te vermoorden. Zo'n internet-challenge.' Bedelend naar goedkeuring kijkt hij in het rond. 'Je weet wel: dakloze, beroemdheid, priester, kind.' Hij slikt. 'Dat willekeurige is dan juist de bedoeling?'

Al lijkt Calvins theorie me niet aannemelijk, een dergelijk scenario is ook bij mij opgekomen. Maar als ik Ralph een grijns zie onderdrukken besluit ik maar niets te zeggen.

'Weten we zeker dat er geen link is tussen Walter en Miller?' vraagt Nan. 'Heeft Wade niet een keertje liefdadigheidswerk onder daklozen gedaan of iets dergelijks?'

'Dat moeten we nog verder onderzoeken,' antwoord ik, 'maar tot dusver hebben we niets gevonden. Het kan natuurlijk ook dat ze elkaar ooit zijn tegengekomen maar niet meer te achterhalen valt.'

'Laten we dit allemaal eventjes vergeten,' zegt Isaacs, mijn lastige theorie wegwimpelend, 'hoe staat het met de rest?'

Alle ogen zwenken weer naar mij. 'We zijn een enorme berg gegevens aan het doorploeteren. Vooral alibi's. Toegegeven, we weten niet of we de schuldige op de radar hebben, maar er zijn een paar bekende verdachten van wie we niet kunnen vaststellen waar ze waren ten tijde van de aanval: Brodie Kent en Paul Wade. Fleet en ik vinden dat Paul nog eens goed onder de loep genomen moet worden, al betwijfelen we of hij echt verdacht is. We willen hem graag officieel verhoren en dan hard schudden en kijken wat eruit valt. En niet alle aanwezigen kunnen zonder meer van de lijst worden afgestreept. Ava James bijvoorbeeld beweert dat ze in haar eentje in haar caravan hier in de buurt was. En we onderzoeken nog of Wade in de weken voor zijn dood daadwerkelijk werd gevolgd.' Ik zwijg en kijk het kantoor rond. 'Dan is er ook nog die ruzie van zondag tussen Wade en Riley Cartwright. We weten niet of die ermee te maken heeft.'

'De rest van de acteurs en de filmploeg heeft niks opgeleverd', voegt Fleet eraan toe. 'Uit de verhoren blijkt dat er één ongeïdentificeerde figuur vlak bij Wade op de set was, maar op basis van de camerabeelden kunnen we niet bepalen wie het is. We zitten met een hele lading getuigenverklaringen waar we niets uit op kunnen maken. De bewakingsdienst beweert bij hoog en laag dat er die middag geen veiligheidslek was, maar ja, natuurlijk zeggen ze dat. Iedereen moest zijn pasje laten scannen om erin en eruit te mogen, dus het zal moeilijk zijn geweest, maar niet onmogelijk. De achtergrondchecks hebben alleen wat kleine vergrijpen uit het verleden opgeleverd. Dus als de dader hulp van een medewerker heeft gehad, pikken we die er niet snel uit.'

Ik zucht bij mezelf als ik denk aan de berg gegevens die we nog moeten doorploeteren.

'Goed, goed', zegt Isaacs met een hand in de lucht alsof hij onze onkunde wil afweren. Hij pakt zijn gezicht bij de kin beet zodat de huid naar beneden trekt. 'Ralph en Billy, jullie blijven gewoon aan de zaak-Miller werken. Ik weet dat jullie nu al met beperkte capaciteit zitten en ik wil dat we de focus niet verliezen. Als deze nieuwe theorie niks oplevert, moeten we er volgende week nog meer mensen afhalen.' Zijn ogen rusten even op mij en glijden dan weer naar de andere kant van het kantoor. 'Nan, Calvin, ik wil dat jullie deze mogelijke link onderzoeken. Zorg dat Woodstock en Fleet hun handen vrij hebben om zonder afleiding andere aspecten in de zaak-Wade te kunnen onderzoeken. Chloe, jij blijft hen daarbij assisteren.'

Mijn hoofd schiet omhoog voordat ik Isaacs' woorden goed en wel doorheb.

'We hebben heel wat te stellen met dat gedoe rond Jacoby', zegt Nan somber. 'De familie van Sasha Cryer en die van Ginny Frost hebben de handen in elkaar geslagen en dringen aan op een hoorzitting – en na haar zelfmoord gaat ze dat wel lukken ook, denken we.'

'Tja, probeer het maar te combineren', zegt Isaacs bits. 'We zitten met tekorten en ik heb van hogerhand al in niet mis te verstane woorden gehoord dat we het ermee moeten doen.'

Nan knikt verbeten; het is op haar gezicht te lezen dat ze zich al bij de ontoereikendheid van het politieapparaat, de schaarse budgetten en onze sombere levens heeft neergelegd.

'Oké dan', zegt Isaacs. 'Hou me allemaal op de hoogte als er iets nieuws aan het licht komt. En geen woord hierover tegen de pers – ik wil geen journalist meer horen betwijfelen of onze stad wel veilig is.'

De anderen staan op en ik kom ook snel overeind, met mijn vuisten uit frustratie gebald. Opeens voel ik Fleets hand op mijn schouder en word ik het vertrek uit gevoerd, bij de anderen vandaan. Hij loodst me helemaal het parkeerterrein op. De koude lucht is net een straal water die mijn ribbenkast omvat en de warme lucht eruit perst.

'Wat?' sis ik. 'Waarom moesten we naar buiten?'

Fleet tikt een sigaret uit zijn pakje. 'Omdat ik na dit opbeurende toespraakje een peuk nodig had. En omdat jij nodig moet afkoelen.'

Automatisch sla ik mijn armen over elkaar. Het is ijskoud hier zonder jas. De wind heeft ontdekt waar hij mijn kleren binnen kan dringen en prikt in mijn poriën.

'Niks aan de hand', zeg ik en ik stamp met mijn voeten.

'Welnee, joh', zegt Fleet, die achter een rookwolk verdwijnt. 'Want jij bent supergelukkig dat Isaacs Nan en haar trouwe labrador jouw spoor voor de voeten heeft geworpen.'

'Waarom vertrouwt hij ons niet?' Ik schrik van mijn jankerige toontje.

'Misschien omdat wij hem daar nog geen aanleiding voor hebben gegeven', zegt Fleet botweg, maar met een vriendelijke glimlach. Na een poosje voel ik mijn eigen mondhoeken ook omkrullen tot een glimlach vanwege mijn kinderachtige reactie.

Fleet knipoogt. 'Zeg nou zelf, Woodstock, jij bent hier nieuw en ik ben een twijfelgeval, dus we moeten ons nog helemaal bewijzen.' Met halfgesloten ogen zuigt hij de laatste rook uit zijn sigarettenpeuk. 'Positief gezien: we hebben niet veel te verliezen.'

'Maar we gaan wel achter die link met Miller aan, toch?' probeer ik.

'Zeker. We beunen er gewoon stiekem bij', zegt hij lachend.

'Mag ik er ook een?' vraag ik na een poosje.

Hij knikt, zonder zijn grijns echt te verbergen wanneer hij me er een aanbiedt. 'Trouwens,' zegt hij als ik opsteek, 'vind jij het ook niet raar dat de Wades de begrafenis hier houden?'

'Ja, ik had gedacht dat ze thuis afscheid van hun zoon zouden willen nemen, maar zijn hele leven speelde zich natuurlijk wel in Melbourne af. En ze zullen de hele zaak wel snel achter de rug willen hebben en de rust in Karadine weer opzoeken. Waarschijnlijk willen ze niet dat deze hele shitstorm achter ze aankomt.'

Fleet krabt door zijn overhemd aan zijn buik. 'Dat zal wel. Ik vraag me af of ze het trekken dat zijn pleeggezin er ook bij is.'

'Het zal niet makkelijk zijn om je kind te moeten delen', zeg ik. Er gaat een steek door mijn hart bij de gedachte dat Ben mij zou inruilen voor een ander, wat niet bepaald onmogelijk is gezien de situatie die ik heb gecreëerd.

'Nee, vast niet', zegt Fleet met een blik op zijn telefoon. 'Jezus, eenendertig meldingen op de tiplijn sinds gisteren!'

'Wat een gekkenhuis', antwoord ik, heen en weer wiegend om warm te worden.

'Inderdaad', zegt hij. 'Heb je al die dozen in de briefingzaal zien staan?'

'Nee.'

'De lui van de technische recherche hebben alles van Sterlings sociale media-accounts van het afgelopen halfjaar uitgeprint. En al zijn persoonlijke berichtjes. En alle mailtjes die Wendy heeft ontvangen. Plus de papieren brieven die per snailmail zijn verstuurd. Ik heb mijn hele leven nog nooit zoveel shit gezien.'

Ik zie al die mensen voor me, in hun slaapkamer, op kantoor, op de tram of in de klas, die een man die ze nooit in het echt hebben gezien hun liefde, afkeer en alles daartussenin betuigen.

'Heftig hoor', mompel ik.

'Ja', zegt Fleet. 'En ik heb vorig jaar nog niet één kerstkaart gekregen.' Hij schraapt zijn keel en spuugt doelgericht op de grond. 'Sorry', zegt hij, waarna hij met een weinig schuldbewust schouderophalen weer naar binnen gaat.

Als ik achter hem aanloop neem ik opzettelijk even grote stappen als hij, en ik zie een paar ongehoorzame lokken de kraag van zijn overhemd binnenkrullen. De zaak-Wade mag dan alle kanten opgaan, ik heb voor het eerst sinds lange tijd het gevoel dat ik een medestander heb.

Maandag 20 augustus, 14.01 uur

Paul Wade zit met zijn horlogebandje te spelen. Door de muur van het vergaderzaaltje dat we van het hotel mogen gebruiken kan ik het geplas van de waterpartij in de lobby horen. Ik word er nerveus van.

'Goed', zeg ik terwijl ik me over de tafel buig om hem aan te kijken. 'Vertel ons maar eens wat je de afgelopen woensdagmiddag echt hebt gedaan.'

Paul kijkt stuurs op. Boven zijn linkerwenkbrauw steekt een grote puist de kop op.

'Mijn ouders en zus vragen zich vast af waarom jullie vandaag met me moesten spreken', zegt hij op een kinderachtige toon.

'Je mag het ze gerust vertellen', zeg ik ongevoelig.

'Ik was in Castlemaine', zegt hij.

'Probeer nog maar eens', zeg ik. 'We weten dat je in Melbourne was.'

Hij kijkt naar de vloer. 'Ik heb niks gedaan', sputtert hij.

Toen Fleet en ik bij het hotel aankwamen, zaten de Wades met een gerimpelde begrafenisondernemer en zijn knappe jonge assistente over Sterlings uitvaart te praten. Lizzie en Wendy Ferla waren er ook bij, maar voor zover ik kon zien kwamen de meeste beslissingen op Melissa neer. Ze zat tussen April en Matthew in, die er verslagen uitzagen. We verontschuldigden ons dat we stoorden en vroegen of we even met Paul konden praten, wat zijn verdrietige ouders amper leek te verontrusten. Maar Lizzie zette juist grote ogen van verbazing op toen Paul met ons meeliep, en ik vroeg me af wat er in haar omging.

‘We beweren niet dat je iets verkeerds hebt gedaan, Paul,’ zegt Fleet, ‘maar je was echt niet bezig het huis van je vriend in Castlemaine te verven, en dat vinden we wel een probleem. We willen namelijk alles netjes op een rijtje hebben. Dus. Volgende poging: waar was je woensdagmiddag?’

Paul knijpt zijn ogen even dicht en zegt dan: ‘Ik was sowieso al van plan dit weekend naar Melbourne te gaan. Voor het voetbal.’

‘Ja, daar twijfelen we ook niet aan’, antwoordt Fleet met gespeeld geduld.

We waren de kaartjes voor de wedstrijden van vrijdagavond en zaterdagmiddag al tegengekomen toen we de gegevens van Pauls bevroren creditcard onderzochten.

‘Maar waarom ben je op woensdag al naar de stad gekomen?’ dringt Fleet aan. ‘En waarom heb je erover gelogen?’

‘Ik was met een vrouw’, mompelt hij ten slotte.

‘Wat voor vrouw?’, vraag ik bits.

‘Een prostituee’, antwoordt hij bijna fluisterend.

‘Komt dat even goed uit’, verzucht Fleet. ‘Heb je toevallig een naam opgevangen? Telefoonnummer?’

‘Nee.’ Hij bloost. ‘Ik heb haar opgepikt. Het was zeg maar niet in een gebouw of zo.’

‘Je was dus met een tippelaarster?’ zeg ik zonder de verbazing helemaal uit mijn stem te kunnen weren.

Hij knikt en schuift heen en weer in zijn stoel. ‘Ja. Hoor eens, ik wou daar niets over zeggen. Ik wil niet dat ma het weet. Of pa. Maar het heeft niks met Sterling te maken.’

‘Tja, dat hoeft natuurlijk niet aan de grote klok te worden gehangen, maar we hebben wel wat details nodig om je verhaal na te kunnen trekken. Dit is serieus, meneer Wade. Nu weten we niet waar je was op het moment dat je broer vermoord werd. We moeten deze vrouw vinden zodat we je alibi kunnen controleren.’

Paul loopt nog roder aan. ‘Nou ja, hoe ze heet weet ik niet, maar we waren samen in mijn busje. Ik heb haar opgepikt en ben met haar naar een ondergrondse parkeergarage gegaan. Eh, die aan St. Kilda Road. Overdag is daar nooit iemand. Daarna heb ik haar weer naar St. Kilda gebracht en ben de stad in gegaan. Ik wilde net een kroeg opzoeken, even achter de gokkast of zo, toen Mel belde.' Voor het eerst keer kijkt hij me in de ogen. 'Ik weet dat dat verdacht klinkt, zeker omdat ik niet zo dik was met mijn broer, maar ik zweer dat ik niets te maken heb met wat er gebeurd is.'

'Is dat iets wat je vaak doet, sekswerkers van straat oppikken?' vraagt Fleet.

Pauls schouders schieten omhoog en hij mompelt: 'Alleen zo nu en dan, als ik in de stad ben. Ik vind het niet fijn om naar zo'n tent te gaan. Dat iedereen je aanstaart en zo.'

'Waar logeer je meestal als je hier bent?' vraagt Fleet.

'Weet ik niet. Ergens waar het goedkoop is. En soms slaap ik in mijn busje.'

'Waarom heb je de zondag voor hij doodging met je broer gebeld?'

Het lijkt even alsof Paul dat wil ontkennen, maar dan ademt hij diep in en haalt verslagen zijn schouders op. 'Omdat ma daar maar niet over ophield. Die vond dat we vaker met elkaar moesten praten.'

'Dus het was uit verplichting?' vraagt Fleet ongelovig.

'Soort van', bromt Paul.

'En, ging dat gesprek een beetje?'

'Niet bijster goed. Sterling begon een heel verhaal over al die filmshit van hem. Maar hoe het met mij ging en wat ik deed kon hem geen ruk schelen.'

'En hoe eindigde het telefoontje?

'Weet ik niet. Ik was wel pissig, maar verder... gewoon, geloof ik. We hebben opgehangen. Ik heb er een bloedhekel aan om met hem te praten. We hadden niets gemeen. Nooit gehad eigenlijk. Hij snapte maar niet hoe moeilijk gewone mensen het hebben.'

Nu begint Paul zich op te winden; hij verbijt zich en schuifelt heen en weer op zijn stoel.

'Nou,' zegt Fleet, 'je broer deed blijkbaar veel liefdadigheidswerk en gaf aan goede doelen. Hij had dus ook een zorgzame kant.'

'Dat was allemaal bullshit!' vliegt Paul op. 'Dat je zoveel moeite doet voor een stel volslagen vreemden terwijl je eigen familie amper kan rondkomen. Een pesthekel had ik daaraan, verdomme.'

Pas als die beladen woorden zijn weggeëbd vraag ik: 'Wist Sterling dat je ouders geldzorgen hadden?'

'Dat moet hij geweten hebben. De vorige keer dat hij langskwam kan hij het niet hebben gemist. Mijn ouders zijn trots en bescheiden, maar hij moet het geweten hebben.' Hij probeert zijn gevoelens in bedwang te houden, maar zijn gezicht staat op storm.

'Het zal niet makkelijk zijn om je ouders zo te zien ploeteren', zegt Fleet.

'Voor Mel is het nog moeilijker. Zij woont vlak bij ma en pa. Haar man en Mel helpen vaak mee op de boerderij, maar die hebben zo hun eigen problemen. Ze zitten met een zorgenkindje, dus ze hebben het zwaar.'

'En daar hoefde Sterling zich allemaal niet om te bekommeren', zeg ik.

'Nee!' zegt Paul met ogen die glimmen van verontwaardiging. 'Hij is uit Karadine weggegaan toen hij kind was en amper terug geweest. Die bleef lekker bij zijn coole nieuwe gezin.'

'Hij kwam toch wel op bezoek? En hij heeft altijd contact gehouden met je ouders. Zij vertelden ons dat hij ze elke week belde.'

'Ja, nou, dan zal hij zich wel schuldig hebben gevoeld, neem ik aan.' Paul laat zich weer in zijn stoel zakken. 'Hij kwam maar eens in het jaar langs. En ma en pa laten zich er niet over uit, maar ze vonden al die tv- en filmrollen van hem maar niks. Ze wilden hem gewoon weer thuis hebben. Maar hij voelde zich te goed voor de boerderij. Te goed voor ons.' Paul wrijft met een vlezige vuist in zijn oog. 'Ma is nogal van streek dat hij zich heeft verloofd zonder iemand iets te zeggen. Ik weet wel dat iedereen hem een superster vond, maar het was gewoon een egoïstische zak.'

Daar reageren Fleet en ik niet op.

Na een poosje heeft Paul blijkbaar de aandrang zijn bewering toe te lichten. 'Echt waar. Het was zo'n ondankbare lul, zeker tegenover ma en pa; die hebben zoveel voor hem overgehad en hem als kind naar Melbourne laten gaan.

'Nou, in ieder geval kan hij nu gul zijn', zegt Fleet. 'Hij woonde nog niet zo lang met Lizzie samen en volgens zijn laatste testament gaat zijn hele vermogen naar je ouders. Dus zelfs als zij nog ergens recht op heeft, hoeft jouw familie zich geen zorgen meer over de boerderij te maken.'

Paul gromt en staart nukkig naar de muur.

'Maar misschien wist je dat al', voegt Fleet eraan toe.

Paul blijft zwijgen, zijn stevige armen over elkaar geslagen.

'Oké,' zeg ik zuchtend, 'geef ons dan maar eens een omschrijving van de vrouw met wie je beweert de afgelopen woensdagmiddag te hebben doorgebracht.'

Dinsdag 21 augustus, 11.06 uur

Zelfs in onze moderne, digitale wereld is een alibi niet altijd zo makkelijk na te trekken als je zou denken. We boffen wanneer we met mensen met een strak dagschema te maken hebben, zoals advocaten of artsen. Iemand met een secretaresse is heel fijn als je een dagindeling wilt reconstrueren. Ook aan mensen in loondienst heb je wat: fabrieksarbeiders blijken meestal precies te zijn geweest waar ze zeggen dat ze waren, wat bovendien door diverse personen kan worden bevestigd. Het zijn de werklozen, studenten, alleenstaanden, thuismoeders en -vaders en ouderen die ons de meeste problemen bezorgen. En sommige mensen zijn gewoon vaag over hun gaan en staan. Soms met opzet, maar vaak doordat ze door het leven dolen zonder erg te letten op wat ze wanneer aan het doen zijn. En als je niet per se ergens hoeft te zijn, kun je uiteindelijk overal terechtkomen.

Toen ik net in Melbourne woonde, had ik een zaak waarin een oudere man hoofdverdachte was, een weduwnaar die het merendeel van zijn dagen doorbracht door de metro naar het eind van de lijn en weer terug te nemen. Hij hield van het idee op reis te gaan, en met zijn seniorenkaart kostte dat dagelijkse genoegen hem maar een paar dollar. Toen we wilden vaststellen waar hij voorafgaand aan een geweldsdelict precies was geweest, werd dat een enorm tijdrovend gepuzzel met bewakingsbeelden.

Een van de grootste problemen in de zaak-Wade is dat we niet weten wiens alibi we moeten hebben. We hebben de acteurs en filmploeg nu grotendeels in kaart, maar wie de extra gemaskerde figuur is blijft een raadsel. Of het een bekende van ons is of een volslagen vreemde weten we niet. We kunnen dus niet natrekken waar hij tijdens het steekincident beweert te zijn geweest. Vandaar dat we nu de lukrake methode maar toepassen en domweg van iedereen op onze radar controleren waar ze op dat moment uithingen.

Zo probeert een team agenten Paul Wades vermeende stoeipartij van vorige woensdag te verifiëren. Ze gaan langzaam de straten van St. Kilda langs, op zoek naar de donkerharige dame. Tot nu toe herinnert niemand zich Paul of zijn busje te hebben gezien, en ons team is al helemaal niet op de geluksvogel in kwestie zelf gestuit. Doordat Pauls telefoon het grootste deel van de middag uit stond, kunnen we niet bepalen of hij daadwerkelijk tussen drie en vijf uur in St. Kilda is geweest. We weten alleen dat hij in de buurt van station Flinders Street was toen Melissa hem die woensdag kort na halfzes belde.

Wel hebben we de verklaring van de Beaufords kunnen verifiëren dat ze op de dag van de aanval in Adelaide waren: hun zoon Jack en zijn vriendin waren thuis. Wat we aan correspondentie hebben gezien tussen Wade en de Beaufords én tussen Wade en Jack was allemaal uiterst positief van toon. Hij ging veel vertrouwelijker met hen om dan met zijn eigen ouders. 'Shit zeg, ik heb overwogen ze te vragen of ze míj wilden adopteren', had Fleet gezegd. 'Ze zijn gewoon belachelijk sympathiek. Ik begrijp dat Wade aan ze verslingerd was.'

Tot onze frustratie kan niemand bevestigen dat Ava James in haar caravan was toen Wade werd neergestoken. Er zijn geen bewakingsbeelden van het provisorische kampeerterreintje met drie caravans aan de rand van het park, en omdat het hele gebied om veiligheidsredenen was afgesloten had ze geen eigen bodyguard. Iemand van de filmploeg meende dat hij Ava buiten bij een caravan had zien bellen, vlak voor de zombiescène werd opgenomen; zelf beweert ze dat ze binnen was gebleven en de scène op een splitscreen heeft zitten bekijken. We proberen bevestigd te krijgen of ze in dat tijdsbestek heeft of is gebeld, maar de Amerikaanse telefoonprovider wil ons geen inzage in haar belgegevens geven. Uiteraard kon ze makkelijk een kostuum hebben aangetrokken en zich tussen de krioelende massa hebben gemengd, maar we betwijfelen of ze dan weer naar een van de kleedkamers had kunnen terugkeren zonder achterdocht te wekken. We weten alleen zeker dat Ava de set pas een minuut of twintig na de aanval heeft verlaten toen ze eiste dat een beveiliger haar naar het ziekenhuis zou brengen; veel mensen hebben haar zien flippen.

Brodie Kent houdt vol dat hij die dag 'zomaar wat door de stad heeft geslenterd'. We hebben kunnen vaststellen dat hij om elf uur een kop koffie heeft gedronken in een café, maar verder hoort hij gewoon bij de duizenden mensen op straat die liepen te sightseeën.

We besluiten hem op te roepen voor verder verhoor.

Brodie neemt buiten adem op als ik bel, en wil direct weten of er ontwikkelingen zijn. Hij is teleurgesteld wanneer ik zeg dat ik daar geen mededeling over kan doen, maar hij blijkt in de buurt te zijn en komt meteen naar ons toe.

Met een bleek en angstig gezicht zit hij nerveus tegenover ons in dezelfde verhoorkamer als de vorige keer. We voelen hem stevig aan de tand over wat hij precies deed op de dag dat Sterling stierf. 'Ik liep alleen wat te denken', houdt hij vol. 'Ik ben mijn nieuwe script aan het uitwerken en dan helpt het als ik wat rondloop om naar al die verschillende mensen te kijken. Ik heb af en toe een koffiepauze genomen en ben in de David Jones naar de wc geweest, maar heb verder alleen door de stad gelopen en naar muziek geluisterd.'

Brodie geeft toe dat hij in de loop van de dag een paar keer vlak bij Spring Street is geweest. Hij kan zich niet precies herinneren waar hij was toen Wade werd neergestoken, maar hij beweert dat hij de drukte daar met opzet had vermeden. Ergens in de loop van de middag was zijn telefoon leeggeraakt, en volgens hem kwam hij er pas achter dat Sterling dood was toen hij rond halfzeven thuiskwam en het nieuws zag.

Ik zucht uit frustratie omdat wij, net als Brodies omzwervingen van die dag, domweg in zinloze kringetjes ronddraaien.

‘Vertel eens, Brodie,’ gooi ik het over een andere boeg, ‘heeft Sterling iets gezegd over een telefoontje van afgelopen zondag?’

Met een diepe frons denkt hij na. ‘Afgelopen zondag?’ herhaalt hij.

‘Ja, aan het eind van de middag, waarschijnlijk rond halfvijf.’

‘Hij heeft zondag met zijn broer gebeld’, zegt Brodie. ‘Hij was nogal van streek toen ik thuiskwam van dansles.’

‘Zei hij waar ze het over hadden gehad?’

‘Niet echt. Alleen dat zijn broer had gebeld en dat die vrijwel meteen ruzie met hem had gezocht. Paul is zo’n homofobe eikel.’

‘Weet je ook waar die ruzie over ging?’ vraag ik verder.

‘Nee, dat zei hij niet. Hij was niet zo close met zijn familie. Ze hebben hem nooit echt begrepen.’

‘Denk je dat Sterlings broer wist dat jullie iets hadden?’ vraagt Fleet.

‘O, nee. Absoluut niet.’

‘Hoe weet je dan dat hij homofoob is?’

‘Gewoon, door wat Sterling heeft gezegd. Zijn ouders komen best vriendelijk over, maar ze zijn wel heel ouderwets. Net als die van mij eigenlijk. Maar van zijn broer valt het niet goed te praten. Volgens mij was hij jaloers op Sterling, ook al had die alles voor zijn familie over. Wat dat betreft was hij echt geweldig. Het lag grotendeels aan Paul dat Sterling het gevoel had dat hij niet voor zijn ware aard uit kon komen. Jullie zouden eens moeten lezen wat Paul allemaal op Facebook zet. Echt heel gestoord.’

‘We krijgen niet de indruk dat Sterling veel contact had met zijn broer en zus’, opper ik.

‘Dat geloof ik ook niet. Zeker niet met Paul. Het deed hem veel verdriet dat zijn familie een heleboel dingen van hem niet konden accepteren.’ Brodie vertrekt zijn mond als hij een snik onderdrukt. ‘Ik zie ontzettend tegen de begrafenis op. Hebben jullie enig idee hoe bizar dat voor me moet zijn?’

‘Dat zal wel heel moeilijk zijn’, zeg ik vriendelijk en ik probeer me in Brodie te verplaatsen.

Hij knikt terwijl de tranen over zijn wangen stromen. ‘Ik voel me zo eenzaam zonder hem', zegt hij snikkend. 'Mijn familie zie ik amper en ik heb niet veel vrienden. Ik zou zo graag willen dat hij er nog was.'

'Je hebt Lizzie', zeg ik voorzichtig.

Zijn donkere ogen glimmen. 'Ik vind Lizzie aardig hoor, echt waar, en ze is lief voor me... maar, nou ja, dit zal wel raar klinken, maar Sterling was degene die ons bij elkaar hield. Ergens voelt het onnatuurlijk als hij er niet bij is. Zij en haar broer hebben sowieso massa's vrienden. En ze zijn voortdurend thuis. Zeker nu. Ik verdraag al die herrie niet.'

'Heb je er spijt van dat je haar zo bedrogen hebt?' gaat Fleet verder met zijn verhoor, waarin doorklinkt dat dat wel zou moeten. 'Het is nogal wat om het onder hetzelfde dak met haar vriendje aan te leggen.'

Brodie zucht en laat zijn hoofd even in de handen rusten. 'Het was verkeerd, dat weet ik wel, maar ik geloofde zo heilig in wat Sterling en ik hadden dat ik dacht dat het op een of andere manier wel goed zou komen. Ik wilde Lizzie geen verdriet doen, en dat wou Sterling ook niet. Ergens moet ik mezelf hebben wijsgemaakt dat het wel uit zou gaan tussen hen. En dat wij voor onze relatie konden uitkomen als zij vertrokken was.'

'Weet je zeker dat ze het niet wist?' vraag ik.

'Ik denk echt van niet. We zijn supervoorzichtig geweest. En Sterling bleef lief tegen haar doen.'

'Brodie,' zeg ik, 'we twijfelen niet aan wat je hebt gezegd – dat je een seksuele relatie met Sterling had – maar het helpt niet bepaald dat het berichtenverkeer tussen jullie zo summier was.' Ik staar naar hem tot hij me aankijkt.

'Zoals ik al zei: we deden heel voorzichtig', zegt Brodie mat. 'Hij was doodsbang dat iemand erachter zou komen. Vooral Lizzie.'

'In de afgelopen weken hebben jullie elkaar amper een mailtje of tekstbericht gestuurd, en vrijwel nooit gebeld', valt Fleet me bij. 'Daardoor kunnen wij onmogelijk achterhalen wat voor relatie jullie precies hadden, met name de laatste tijd.'

Brodie steekt zijn kin trots vooruit zoals alleen jongeren dat doen. 'Ik weet wat we samen hadden. Toen ik bij hem introk, was het meteen duidelijk dat we voor elkaar bestemd waren.' De tranen springen in zijn ogen. 'Het was zo gaaf wanneer Lizzie er niet was, net of we een echt stel waren.' Hij veegt zijn wangen droog. 'Maar jullie hebben gelijk, ik heb nu geen enkel bewijs. Ik heb nooit gedacht dat dat nodig zou zijn. Het voelt nu of ikzelf doodga.' Hij wappert theatraal met zijn handen voor zich en vouwt ze dan als in gebed op zijn borst.

Naast me steekt Fleet zijn weerstand tegen Brodies aanstellerij niet onder stoelen of banken, en hij vraagt hem botweg: 'Wat ik nou maar niet begrijp, is waarom je hiermee naar ons toe bent gekomen. Ik waardeer het dat je niet op de pers bent afgestapt, maar als niemand hier iets van wist dan staat het los van de zaak. Sterling kan het niet bevestigen. Waarom zou je ons ermee lastigvallen?'

Brodie kijkt ons smekend aan. 'Ik wilde gewoon dat iemand ervan wist. Ik kan het mijn ouders niet vertellen, ik kan het Lizzie niet vertellen. Iemand moest weten hoeveel ik om hem gaf. Ik hoop maar dat hij dat wist. En ik wil weten wie hem dit heeft aangedaan.'

'Dat begrijp ik wel', zeg ik als tegenwicht voor Fleets hardvochtigheid. 'Het moet moeilijk zijn zo'n groot verdriet verborgen te houden.'

'Absoluut', zegt hij huiverend. 'Een nachtmerrie.'

'Het probleem is wel,' gaat Fleet verder, 'dat we doorgaans bij familie en geliefden als eerste een motief vinden. En we weten nog steeds niet waar jij was op het moment dat Sterling werd aangevallen.'

'Ik heb hem geen kwaad gedaan', zegt Brodie beslist. 'Ik ben niet gewelddadig. Ik zou iemand zoiets nooit aan kunnen doen. Zeker niet iemand van wie ik zoveel hield.'

Fleet kijkt hem strak aan. Ik rol mijn hoofd van links naar rechts om mijn stijve nek te strekken, zonder mijn ogen van Brodie af te houden.

Net als ik wat wil zeggen zwicht Brodie onder Fleets starende blik en gaat zachtjes maar beslist verder: 'Ik kan alleen zeggen dat alles wat ik heb verteld waar is.'

'Denk je dat Sterling jullie relatie net zo belangrijk vond als jij?' vraag ik voorzichtig. 'Maakte je je daar zorgen om?'

Er sluipt weer een scherp toontje in zijn stem. 'Ik ben nu even nergens heel zeker meer over, maar wel wat we voor elkaar voelden.'

'En waarom denk je dan dat hij Lizzie ten huwelijk heeft gevraagd?'

Zijn gezicht verstart en hij klemt zijn kiezen op elkaar. 'Ik vraag me af of hij dat wel heeft gedaan. Volgens mij liegt Lizzie.'

Dinsdag 21 augustus, 17.43 uur

Ik kijk op van mijn dossier en schud mijn hoofd in een poging mijn ogen, die scheel zien van vermoeidheid, scherp te stellen. Ik mis Ben, besef ik, dat is het verdrietige verlangen dat ik opeens voel. Ik mis onze ongecompliceerde, vertrouwde omgang, zijn stortvloed aan vragen en zijn zachte, gladde huidje. Ik mis het zijn kleine lichaam in mijn armen te nemen. Een ogenblik laat ik mijn gedachten de vrije loop en zit weer in mijn oude woonkamer waar Ben aan mijn voeten speelt. Maar het beeld beklijft niet. Ik krijg kramp in mijn kuiten. Al mis ik mijn zoontje, ik zie mezelf niet weer in Smithson wonen. Opnieuw schud ik mijn hoofd en ik rol mijn schouders los. Je kunt de tijd niet terugdraaien, bedenk ik voor de duizendste keer. Laat ik me liever inzetten voor het leven dat ik gekozen heb.

Na Brodies beschuldiging zijn we alle verslagen nog eens nagelopen die ons team op basis van Sterlings en Lizzies bank- en creditcardgegevens had opgesteld. Er zit geen afschrijving tussen die erop wijst dat hij een verlovingsring heeft gekocht. Van April Wade weten we dat de ring niet uit de familie komt, en Lizzie zegt dat ze geen idee heeft waar of wanneer Sterling hem heeft gekocht. Lizzie stemde in met een taxatie van de ring en gistermiddag is Chloe met haar naar een juwelier gegaan. De edelsteenkenner heeft bevestigd dat de steen in de populaire retrozetting van hoge waarde is, maar de herkomst van de ring blijft een raadsel.

Nadat we de rapporten hadden doorgenomen heeft Fleet Lizzie gebeld en haar gevraagd om Sterlings aanzoek nog eens te beschrijven.

Dat deed ze nauwkeurig, inclusief het knielen tijdens een romantische, zelfgekookte maaltijd in hun appartement, de week voor zijn dood. En inderdaad, Wade had aan het begin van de avond waarop zij beweert dat hij zijn aanzoek deed een dure fles champagne gehaald en meer dan honderd dollar uitgegeven bij een delicatessenzaak. En of dat nog niet genoeg was, blijkt uit zijn creditcardgegevens dat hij bloemen heeft gekocht. Ik herinner me dat ik een vaas verlepte witte rozen op Lizzies keukenbar heb zien staan toen we bij haar waren. Brodie moest die avond werken, er werd een tv-commercial in een supermarkt opgenomen, dus Sterling en Lizzie hadden het rijk alleen.

Ik moet telkens aan ons gesprek met Wendy Ferla denken – toen we het hadden over Sterlings verloving. En aan de uitdrukking op Aprils gezicht toen we het haar vertelden. Beide vrouwen waren duidelijk minder op de hoogte van Wades privéleven dan ze hadden gewild. Ondanks zijn open en vriendelijk karakter lijkt het erop dat Wade voor heel wat mensen zaken achterhield.

'De man was verdomme nog een thuiskok ook', mompelt Fleet als hij de kassabon van de slijterij en de delicatessenwinkel bestudeert; een assortiment kaasjes, zalmfilet met verse kruiden en witte asperges.

'Zeker. De ideale schoonzoon.'

'Nou ja, afgezien van de geheime homorelatie', zegt Fleet als hij een bekertje water uit de koeler voor me neerzet. 'En wellicht een verhouding met zijn tegenspeelster.'

Ik bedank hem met een glimlach en neem een grote slok.

Sinds mijn telefoontje van zondagochtend gaan we gelukkig wat soepeler met elkaar om. Waarschijnlijk beseffen we allebei dat de speelruimte die Isaacs ons tot nu toe gunde, nog maar heel beperkt is: de klok tikt door en dat merken we allebei. Logisch dus dat we de schouders eronder zetten, goed samenwerken en het beste uit ons team halen.

'Mijn god, wat een berg verhoren', moppert Fleet, die driftig aan het scrollen is met zijn aftandse computermuis. Toen hij vanmorgen binnenkwam viel het me op dat hij er heel wat beter uitzag dan normaal. Hij had zich geschoren zodat je zijn lichte huid kon zien en er zat gel in zijn haar. Hij denkt vast dat hij vroeg of laat op het nieuws verschijnt, en dat is geen gekke gedachte: de aanstaande begrafenis van Wade is als een bloeddruppel in zeewater. De haaien worden woest.

'Ik begrijp niet waar Wade de tijd vandaan haalde om die tv-soap te doen,' zegt Fleet, 'laat staan de rest. Werkelijk, hij zat de godganse dag alleen maar met de pers te kletsen.'

'Je hebt gelijk, die pr alleen was al een volledige baan.'

Ik weet wel dat Sterling een enorme beroemdheid was, maar toch verbaast het me hoeveel recent materiaal er over hem te vinden is. Alleen al de afgelopen maand heeft hij veertig interviews gegeven en zijn er honderden nieuwe foto's online gezet. Ik klik op het volgende item: 'Wade te water' en word getrakteerd op een paar foto's van Sterling in hemelsblauwe zwembroek, die samen met een vriend en een bordercollie een duik neemt bij St. Kilda Beach.

'Wat heb ik toch een pesthekel aan internet', zucht ik.

Fleet snuift, maar ik weet niet of hij dat instemmend of spottend bedoelt.

'Het zou een soort therapie kunnen zijn', opper ik.

'Wat?'

'Die interviews. Zonder gekheid, hij heeft de laatste paar jaar, nou, minstens driehonderd interviews gegeven. Dat is heel wat zelfreflectie. Heel veel tijd dat je over jezelf zit te praten. Sommige mensen betalen een psycholoog daar goudgeld voor.'

Fleet snuift weer. 'In ieder geval werkt het niet. Zijn de meeste acteurs niet permanent in therapie?'

'Zal wel, ja.' Ik sta op en loop naar de centrale ruimte om mijn benen te strekken. Het is vanavond rustig op het bureau. Er klinkt alleen wat zacht geroezemoes en af en toe gerammel op toetsenborden. Het mechanische brommen van de verwarming vormt een gelijkmatige achtergrondmuziek. Ik ga in de kantine een Monte Carlobiscuit halen en pak er ook een voor Fleet.

'Dank je', mompelt hij. Hij propt hem naar binnen terwijl hij aan zijn gezicht krabt.

Ik buig me weer over de financiële gegevens van Sterling. Voor een man van begin twintig verdiende hij niet bepaald slecht. Hij kon zich die ring voor Lizzie makkelijk veroorloven, en het irriteert me mateloos dat we geen enkel spoor van de aankoop kunnen vinden. Ik vraag me af of hij een geheime bankrekening had. Of ergens een hamstervoorraad cash had verstopt.

'Sterling zal zich niet hebben gerealiseerd hoe beroerd zijn ouders er financieel voorstonden', zeg ik als ik de bedragen zie die geregeld op zijn rekening werden bijgeschreven. 'Hij had ze makkelijk uit de brand kunnen helpen.'

'Kinderen gedragen zich niet altijd zoals je verwacht, denk ik', zegt Fleet, die verslagen over de zaak aan het bestuderen is.

'Vast niet, maar toch. Ik ben geneigd te geloven dat hij het echt niet wist. Als dat wel zo was, en zijn broer had gelijk, dan was hij inderdaad nogal egoïstisch.'

Fleet bromt iets vaags. 'Misschien zijn die ouwelui van hem wel niet zo lief als het lijkt. Misschien hebben ze zijn aanbod wel afgewezen. Ouders kunnen eigenwijs zijn.' Fleets laatste woorden klinken gevoelig.

'Wat een massa telefoontjes', zeg ik even later als ik door de update van de tiplijn blader. We hebben weer een royale mix van fantasie en feiten ontvangen om na te trekken. Mijn koppijn wordt nog heviger.

'Dit is wel heel anders dan het recherchewerk in een kleine stad zeker?' vraagt Fleet.

Ik kijk verrast op. Dit is de eerste keer dat hij een echt gesprekje met me aanknoopt.

'Zelfde maar anders', antwoord ik.

'Ben je van plan om vaak naar huis te gaan?'

Ik wil net wat terugzeggen – iets bijdehands zoals dat ik niet weg wil nu hij en ik zulke dikke vrienden zijn – als Isaacs zijn hoofd om de hoek van de deur steekt.

'Meekomen jullie', blaft hij.

We wisselen een blik, staan op en lopen dan door het vertrek. In de unit naast de onze zit Nan achter haar bureau. Met haar forse postuur voor haar enorme beeldscherm zit ze driftig op haar toetsenbord te rammen. Het lijkt of ze ons niet opmerkt, maar ik weet dat ze niets mist. Wat dat betreft is het net een sluwe cyperse kat en ik twijfel er geen moment aan dat ze precies weet wat er in haar straatje gebeurt.

We gaan Isaacs' kantoor binnen.

'Meneer', groet ik.

'Chef', zegt Fleet.

'Zitten', zegt Isaacs.

We gaan zitten. Hij knakt met zijn knokkels, loopt om zijn bureau, blijft er even achter staan en laat zich dan in zijn versleten leren stoel zakken. In gedachten ga ik al na wat we verkeerd gedaan kunnen hebben; het vertrek wasemt de geur van straf uit.

'We hebben een probleem', kondigt hij aan, met enigszins opengesperde neusgaten.

Fleet en ik zwijgen.

'Wades blogs, die stukjes die we op zijn eigen computer hebben gevonden, zijn op de een of andere manier bij de pers terechtgekomen.'

'Een lek?' vraag ik.

'Daar ziet het naar uit. Het is niet aannemelijk dat Wade de bestanden ooit heeft geüpload.'

'Ik kan toch niet geloven dat iemand van ons team het onderzoek zo op het spel zou zetten', waag ik.

'Nou, dan ben je erg naïef', bitst Isaacs.

Ik deins even terug terwijl het bloed naar mijn wangen schiet.

'Hoor eens,' zegt Isaacs gedecideerd, 'jullie zijn allebei jong.'

Ik bal mijn vuisten; ik heb de onredelijke aandrang er Nans zelfvoldane gezicht mee te bewerken. Fleet blijft met ijzige blik kaarsrecht zitten, maar er klopt een adertje in zijn hals. Ook hij is des duivels.

'Jullie zijn jong,' zegt Isaacs nog eens voor het geval we het de eerste keer gemist hebben, 'en deze zaak trekt heel wat publiciteit. Er zitten veel meer haken en ogen aan dan ik aanvankelijk dacht. En het is mijn ervaring dat een lek in zo'n geval wijst op een gebrek aan ontzag voor de teamleiders.'

Ik denk aan al die gezichten die naar ons opkeken tijdens de bijeenkomsten, het vastberaden gevoel er samen de schouders onder te zetten, en kan me gewoon niet voorstellen dat een van hen ons in zo'n lastig parket zou brengen.

Al kan ik Fleet bijna horen smeken dat ik mijn mond moet houden, reageer ik toch. 'Het is een hecht team, inspecteur. Er wordt hard gewerkt, we staan onder druk en toch loopt het tot nu toe soepel.'

'Ik wil liever geen informatie moeten toelichten die zonder toestemming dit bureau heeft verlaten', gaat Isaacs verder alsof ik niets heb gezegd. 'Tot dusver was ik nogal onder de indruk van jullie aanpak, maar vanaf nu worden we alleen nog maar meer door de buitenwacht op de vingers gekeken. Ik heb zojuist gehoord dat ze vanavond een item over Wades blog op het nieuws uitzenden. Een lek is onacceptabel, en ik moet er zeker van zijn dat jullie door jullie team gerespecteerd worden. Ik wil honderd procent samenwerking bij jullie zien, en ik verwacht streng toezicht op de geheimhouding. Begrepen?'

Ik knik en Fleet knikt, en een ogenblik zitten we daar maar, met z'n tweeën te knikken als gekken.

'De vaart raakt uit de zaak-Jacoby', zegt Isaacs. 'Binnenkort hebben Nan en Calvin hun handen vrij en ik wil dat ze dan aan jullie team worden toegevoegd. Nan kan jullie helpen om de jongere agenten in toom te houden.'

Ik word witheet. Deze tik op de vingers, net nu Fleet en ik een beetje op dezelfde golflengte zitten, is heel onrechtvaardig.

'Hebt u nog meer, inspecteur?' vraag ik na een poosje voorzichtig.

'Daar zal ik jullie maar niet mee vermoeien', verzucht hij. 'Laat ik ermee volstaan dat het voor geen van ons positief zal uitpakken als we deze zaak niet snel afronden.'

Dinsdag 21 augustus, 20.34 uur

Ben vertelt me over het aanstaande slottoernooi met prijsuitreiking van zijn voetbalclub. Zijn gezichtje vult het scherm van mijn telefoon en hij straalt van opwinding als hij vraagt of ik ook kom.

'Dat weet ik nog niet, schat', zeg ik. Het kost me moeite te blijven lachen. 'Wanneer is het?'

'Op zondag, geloof ik. Dat weet papa.'

'Nou, we zien wel. Het is nu even heel druk op mijn werk.'

'Ja, papa zei al dat je dat zou zeggen.'

Mijn hand klemt de telefoon vast, maar ik pers er een lachje uit. 'Je papa is heel slim', weet ik te zeggen.

'Het wordt echt superleuk', gaat Ben verder. Hij barst los met een uitgebreide beschrijving van wat er volgens een schoolvriendje vorig jaar allemaal gebeurd is; tijdens het praten zwaait zijn rechterhand door de lucht. Hij slist een beetje omdat hij aan het wisselen is en net twee nieuwe tanden heeft. Ik krijg een brok in mijn keel als ik hem zie praten.

Dan gaan we zoals gebruikelijk sterrenkijken, en mijn keel wordt dichtgeknepen als hij vol overtuiging roept dat hij een konijntje aan de hemel ziet.

Na afloop ben ik ongedurig. Ik loop heen en weer in mijn appartement en overweeg wat ik eens zal gaan doen. Het was de bedoeling dat ik Josh zou zien, maar hij heeft afgezegd; te veel werk, zei hij. Helemaal lekker zit me dat niet, en ik vraag me af of onze afgebroken date van zaterdag niet de werkelijke reden is dat hij me mijdt. Als ik hem was, zou ik het ook voor gezien houden met mij.

Uiteindelijk bel ik pap. Hij vertelt over de schuur die hij bij een vriend aan het timmeren is, en over de nieuwe bibliotheek die in Smithson gebouwd wordt.

'Echt een schitterend bouwwerk, Gemma', zegt hij. 'Heel modern. Lijkt wat op sommige gebouwen die ik heb gezien toen we in Melbourne waren. Jij vindt het vast mooi.'

'Klinkt gaaf', antwoord ik. Kennelijk heeft pap nog steeds niet door dat mijn vertrek uit Smithson niets te maken heeft met de attractieve architectuur en alles met mijn ademnood en mijn razende hart.

'Kom je zondag naar huis voor Bens prijsuitreiking?' vraagt hij voorzichtig.

Het kost me veel moeite niet geërgerd te klinken. 'Je weet toch hoe lastig het met mijn werk is om naar huis te komen, pap.'

'Tuurlijk, tuurlijk', zegt hij snel. 'Ik vroeg het me alleen af. Rebecca en ik gaan wel, dus ik zal zeker een paar foto's voor je maken.'

Het irriteert me dat Rebecca naar mijn zoontje gaat kijken en ik niet. 'Dank je, pap', zeg ik na een korte aarzeling.

'Wat denk je, wanneer kun je weer eens langskomen?' vraagt hij.

'Weet ik nog niet', antwoord ik stijfjes. 'Ik zat te denken dat jij en Ben in de schoolvakantie weer hierheen konden komen. Waarschijnlijk heb ik pas veel later in het jaar wat langer vrij.'

'O, nou', zegt pap, bepaald niet enthousiast over het voorstel. 'Ja, daar zullen we over nadenken. Het lijkt me goed om weer eens echt tijd met je door te brengen, Gemma.'

We praten nog even verder en hangen dan op.

Ik gris mijn sigaretten uit de ladekast in mijn slaapkamer, open de schuifdeur en stap mijn balkonnetje op. De ijskoude lucht bijt in de blote huid van mijn gezicht en handen wanneer ik me op de omgekeerde plastic krat onder het badkamerraampje laat ploffen. Als ik een sigaret opsteek besef ik dat ontkennen zinloos is: ik rook weer, want dit is minstens het vijfde pakje sigaretten dat ik sinds ik hier woon heb gekocht. Een gewoonte van vijftien jaar die ik me niet kan veroorloven – wat bankrekening noch gezondheid betreft – maar die me troost biedt. Mijn vader en Scott zouden me vermoorden als ze het wisten, en als ik afga op de anti-rooktirade die Ben afstak toen hij in Melbourne was, denk ik dat hij ook niet bepaald onder de indruk zal zijn. Ik hoor vlakbij iemand hoesten, en als ik me vooroverbuig kan ik een paar verdiepingen lager het opgloeien van een brandende sigaret en de vage contouren van een man zien. Als ik denk aan al die eenzame mensen die hier in de buurt op hun balkon zitten – te roken, hun kont eraf te laten vriezen en voor zich uit te staren – voel ik kort een vleugje genegenheid voor mijn buren bij me opkomen. Het eenzame paniekgevoel dat me in het huurhuisje in Smithson naar de keel greep is verdwenen, en er is een toenemend saamhorigheidsgevoel met honderden vreemden voor in de plaats gekomen.

Ik inhaleer diep en kokhals bijna als de rook mijn longen vult. Beneden op straat toetert een auto hard en als ik naar beneden kijk, krijg ik acuut hoogtevrees. De grijze nevelslierten die ik heb uitgeademd prikken in mijn ogen waardoor ze tranen. Mijn god, denk ik, ik zou echt niet moeten roken.

De laatste tijd heb ik te veel uitgegeven: het geld lijkt mijn bankrekening wel in en uit te slippen als glibberige visjes. Ik zit krap bij kas, ook al verdien ik nu ietsje meer dan vroeger. De huren zijn hier hoog. En Scott draait dit jaar niet zo goed; vanwege de onzekerheid rond de mogelijke sluiting van de conservenfabriek zijn ze in Smithson voorzichtig met nieuwe bouwprojecten.

Ik neem nog een laatste trekje en druk de peuk uit tussen zijn vergeelde broertjes in de overvolle bloempot. Als ik aan Isaacs reprimande van vanmiddag terugdenk, word ik weer woedend. Uiteraard kan ik me indenken dat hij een risico ziet in Fleet en mij – dat vind ik verdomme zelf ook – maar waar ik niet tegen kan is die frons op zijn voorhoofd, en dat ik ook nog eens heel even een glimp medelijden in zijn ogen zag. Van medelijden word ik altijd giftig.

Net als ik nog een sigaret opsteek gaat mijn werktelefoon in mijn jaszak.

'Hoi', zeg ik een beetje buiten adem als ik hem tevoorschijn heb gefrutseld.

'Goedenavond', zegt Fleet. 'Komt het gelegen?'

Ik moet moeite doen om wat te kalmeren.

'Natuurlijk.'

'En, wat ben je aan het doen?'

Ik neem een trekje. 'Op mijn balkon zitten en roken.'

Daar moet Fleet bulderend om lachen en onwillekeurig lach ik mee. 'Goed zo!' zegt hij, nog steeds grinnikend. 'Bovendien een heel passende reactie op de opbeurende toespraak van Meneer de Grapjas.'

'Ik ben laaiend.'

'Maak je niet druk, Woodstock. Het zegt meer over hem dan over ons. Hij is gestrest en bezorgd over zijn reputatie. Laat je vooral niet in zijn drama meeslepen.'

'Ik laat me niet meeslepen. Ik ben er alleen maar over de zeik van.' Ik inhaleer diep.

'Joh,' zegt Fleet, 'als het erop aankomt ben je volgens mij een betere rechercheur. Hé, ik belde eigenlijk niet om te informeren hoe het met je was. Ik dacht alleen dat je dit nieuws wel meteen zou willen horen.'

'Wat voor nieuws?'

'Het team dat Ava James' beschuldiging van aanranding onderzoekt, is op nog een aanklacht tegen hem gestuit die een paar jaar geleden werd ingediend. En weer ingetrokken.'

'Interessant', zeg ik.

Bij meer dan de helft van de aangiften die bij de Australische zedenpolitie binnenkomen, gaat het om recidivisten, dus heel verrassend is dit niet. Dat een aanklacht wordt ingetrokken komt ook geregeld voor. Als de slachtoffers, vooral vrouwen, zien dat de daders toch vaak vrijuit gaan, besluiten ze dat het slimmer is de akelige herinneringen te verdringen en vooruit te kijken.

'Waren de omstandigheden vergelijkbaar?' vraag ik. 'Ook een actrice?'

'Nee,' antwoordt Fleet, 'maar we kennen de vrouw wel. Het was Katya Marsh, de filmproducent.'

Woensdag 22 augustus, 7.12 uur

Macy is weer op haar oude plekje terug. Haar donkere lokken piepen onder de dikke wollen ribbels van haar muts uit, en ze neemt wat er voor haar gebeurt met een lege blik op.

Ik ben klaarwakker na een onverwacht diepe nachtrust en zo'n hete douche dat ik het nog net uit kon houden. Ik zet een dampende kop koffie voor haar neer. 'Goedemorgen.'

Ze laat haar blik omhoog glijden tot die op mijn gezicht is gericht, schokschoudert, bedankt mompelend en neemt een slokje.

Ik wacht een ogenblik. 'Ik heb onze gesprekjes gemist van de week', zeg ik dan. 'Gaat het wel goed met je?'

'Ik mag niet klagen', zegt ze, zonder het gebruikelijke spottende toontje.

'En, waar heb je uitgehangen?' probeer ik, onzeker of ze wel met me wil praten.

Ze drinkt nog wat koffie. Veegt haar mond af. Komt overeind zitten. 'Ik heb wat met Lara opgetrokken. Het gaat nog steeds beroerd met haar. Ik bekommer me een beetje om haar, maar we hebben allebei behoorlijk de bibbers door wat er met Walter is gebeurd.'

Ik zeg niets omdat ik weet dat ik haar geen echte troost te bieden heb. Ik probeer me in te denken hoe het is als je geen veilig toevluchtsoord hebt. Macy mag dan in veel opzichten onzichtbaar zijn, tegelijkertijd is ze permanent onbeschut.

'Daarbij komt nog dat ik weer pijn in mijn rug kreeg', gaat ze verder. 'We zijn een paar nachten naar een opvang geweest en hebben in een echt bed geslapen. Ik vind het daar vreselijk, met al die mensen overal, maar ja,' zegt ze gelaten, 'dit prachtige lichaam is nu eenmaal niet meer zo taai als vroeger.' Ze glimlacht me kort vrolijk toe en heel even is de oude Macy terug.

'Nou, ik heb me zorgen om je gemaakt', zeg ik terwijl ik me volslagen nutteloos voel. 'Gaat het inmiddels wat beter met je rug?'

'Beter dan een paar dagen geleden', zegt ze en ze staart weer naar de weg voordat ze haar bijna zwarte ogen op mij laat rusten. 'Zijn jullie er al achter wie die filmster heeft vermoord?'

'Nee', zeg ik. 'We doen ons best.'

'Hmpf', mompelt ze. 'Dan zou ik maar een beetje haast maken. Jullie willen toch niet dat de rijken straks net zo paranoïde zijn als wij arme sukkels?'

De fitnessruimte van het politiebureau is donker en leeg; er hangt een spookachtige gloed vanwege de rij tv's tegen het plafond.

Ik ben op een van de fietsen gestapt en voer het tempo flink op zodat mijn dijspieren al snel beginnen te branden. Ik zoek het nieuws op. De presentatoren van een ontbijtshow bespreken Sterlings begrafenis die morgen plaatsvindt. Ze schakelen over naar een verslaggever die buiten voor de kathedraal staat en enthousiast uiteen begint te zetten waar het allemaal precies gaat gebeuren.

'En, weten we hoe de naaste familie zich houdt?' vraagt de knappe vrouw in de studio met een frons op haar gladde voorhoofd.

'Voor hen moet dit een absolute nachtmerrie zijn', antwoordt de verslaggever terwijl er recente beelden worden getoond van een angstige en gedesoriënteerde Matthew en April Wade die voor hun hotel in St. Kilda staan.

'En hoe is het met Lizzie Short, zijn verloofde?' vraagt de presentatrice verder.

'Ach, dit zou de gelukkigste tijd van haar leven moeten zijn, maar nu zal ze straks afscheid moeten gaan nemen van de man met wie ze haar leven zou delen', is het dramatische commentaar van de verslaggever terwijl het tv-scherm zich vult met een collage van foto's, allemaal van het gelukkige stel.

De mannelijke presentator neemt nu het woord. 'En ons is ter ore gekomen dat Lizzie voor deze tragedie plaatsvond eigenlijk nog meer opwindend nieuws te onthullen had, toch?'

'Dat klopt, Phil', antwoordt de verslaggever. 'De productiemaatschappij van Wades succesvolle soap *The Street* heeft laten weten dat Lizzie in de loop van dit jaar de cast komt versterken. Voor de fans zal dit nieuws natuurlijk een bittere bijsmaak hebben, want die hadden het paar vast graag samen op het doek gezien.'

'Maar zal ze die rol wel aannemen in het licht van wat er is gebeurd?' vraagt Phil.

'Daar valt nu nog niets over te zeggen. Na de dood van Wade afgelopen woensdag is de hele productie stilgelegd, maar we hebben vernomen dat ze volgende week van plan zijn weer te gaan filmen. Tegen die tijd weten we ongetwijfeld hoe ze het vertrek van Wades personage gaan verklaren.'

'Eén ding is in ieder geval zeker,' mompelt de presentatrice, 'het wordt morgen ongetwijfeld een heel droevige dag.'

De twee maken meelevende susgeluidjes, waarna ze een item starten over voedsel waarin hormonen zijn aangetroffen, en ik begin aan mijn cooling down.

Als ik onder de douche sta bedenk ik dat het wel vreemd voor Lizzie moet zijn om met Sterlings oude filmploeg samen te werken nu hij er niet meer is. Of zal ze zich dan misschien juist dichter bij hem voelen?

Ik kleed me aan en loop terug naar het bureau, achter Brenton Cardona, die net een telefoongesprek beëindigt.

'Rechercheur Woodstock', zegt hij met een knikje.

'Hallo meneer Plaats Delict Cardona', zeg ik met een glimlach.

'Het lijkt wel eeuwen geleden dat we elkaar bij een plas bloed of een lijk hebben getroffen.'

'Minstens een week', antwoord ik.

'Nou, in ieder geval hebben mijn jonge tienerdochters het sindsdien nergens anders over dan Sterling Wade. Ik heb het idee dat ik nu echt alles weet wat er te weten valt over die arme knul.'

'Zijn ze de shock al een beetje te boven?' vraag ik als we bijna bij de kantine zijn.

'Nog niet zo', antwoordt hij wrang. 'Maar jongeren zijn veerkrachtig. Je vindt het vast leuk om te horen dat mijn oudste me heeft gevraagd of ik niet stiekem het lijkhuis binnen kon sluipen om een lok van Wades haar voor haar af te knippen. Ze dacht dat ze daar op eBay wel flink wat voor kon krijgen.'

'Die heeft een goed zakeninstinct', zeg ik en ik moet lachen als hij met gespeelde ontzetting zijn hoofd schudt.

'Vorderen jullie een beetje?' vraagt hij opeens ernstig.

'Ja, hoor', antwoord ik met een blik in zijn vriendelijke ogen. 'Alleen niet zo vlot als we wel zouden willen.'

Met een knikje neemt hij afscheid als ik de briefingzaal binnenga.

Fleet staat over een van de jonge agenten gebogen, allebei kijken ze geconcentreerd naar het beeldscherm. Wanneer hij opkijkt priemen zijn donkere ogen in de mijne. Dat geeft me een ongemakkelijk gevoel en ik kijk weg.

'Iets interessants gevonden, jongens?' vraag ik.

Fleet haalt zijn schouders op. 'Tot nu toe niet.' Hij richt zich op. 'Ik blijf het lastig vinden om die Paul Wade te plaatsen. Ik kom er maar niet achter of hij nou zo dom is als een os of dat er achter die idiote uitdrukking op zijn gezicht een meesterbrein schuilgaat.'

'Zeker', zeg ik met een blik op de nieuwste vermeldingen in het register. 'Er is nog veel onduidelijk. En waarschijnlijk moeten we vandaag ook met Katya March gaan praten.'

Fleet sluit zijn ogen alsof hij in gedachten is verzonken. Het duurt lang voor hij ze weer opendoet.

'Gaat het wel?' informeer ik, verbaasd om zijn vreemde gedrag.

'Ja, ja', antwoordt hij. 'Sorry, ik was aan het nadenken. Zo nu en dan doe ik dat, weet je.'

Ik rol met mijn ogen. 'Misschien moet je dat maar uitstellen tot na de bespreking. Denken kan je straks wel als we onderweg zijn om mevrouw March aan de tand te voelen.'

'Nou nou, een en al zakelijkheid vandaag', mompelt hij, maar op vriendelijke toon. 'Ik zal iedereen optrommelen.'

Ik lees het register verder door, terwijl onze agenten binnen komen druppelen en me verwachtingsvol aankijken. Ik probeer de negatieve gedachten die me laten twijfelen aan hun betrokkenheid bij de zaak – aan hun betrokkenheid bij mij – van me af te zetten. Mocht die blog van Wade door een van hen zijn gelekt, dan was dat vast geen boze opzet maar onoplettendheid.

'Oké, het onderzoek loopt nu een week en morgen wordt Wade begraven', zeg ik tegen het clubje gretige gezichten. 'We moeten nodig resultaten boeken.'

Ik loop onze belangrijkste aandachtsgebieden langs en deel het team dan mee dat Fleet en ik van plan zijn na te gaan of de oude, ingetrokken aanklacht tegen Cartwright mogelijk relevant is.

Er wordt geknikt en genoteerd. Natuurlijk lossen we deze zaak op, denk ik als ik ze zo zie zitten. Ik steek mijn kin vooruit en laat me meevoeren door de aangename overtuiging dat we de dader echt wel te pakken krijgen.

'Ik wil dat er nog eens naar Wades financiën wordt gekeken', zeg ik. 'Als je wat afwijkends vindt, meld dat bij mij. Misschien werd hij gechanteerd, of was hij in schimmige zaakjes verwikkeld. Misschien is er wel geld weggesluisd. En verder moet er nog worden uitgezocht waar die verlovingsring vandaan kwam.'

Fleet en ik zijn het erover eens dat het alleen maar logisch is dat Brodie aan Wades aanzoek twijfelt, maar toch zit het ons dwars dat we de herkomst van die ring nog steeds niet hebben achterhaald. Hoe kwam Sterling eraan? Gestolen misschien? Of had hij hem gekregen?

En ik houd er nog steeds rekening mee dat Sterling Brodie heeft verteld dat hij zich had verloofd – en zelfs dat hij het ergens in die week met hem uitgemaakt had. Als dat zo is, dan komt Brodie wat motief betreft boven aan de lijst verdachten te staan, naast Paul.

'Ik wil ook een seintje als er iets opduikt uit de analyse van de bewakingsbeelden', voegt Fleet toe. 'Vooral als het erop lijkt dat iemand van de plaats delict wegvlucht.'

'Nog één ding,' zeg ik met krachtige stem, 'ik moet er absoluut zeker van zijn dat alle informatie binnen deze groep blijft. Jammer genoeg blijkt er onlangs gelekt te zijn. Dat is onaanvaardbaar. Er wordt dan ook een volledig intern onderzoek ingesteld. We moeten de gelederen strikt gesloten houden. Het is niet de bedoeling dat onze competentie of professionaliteit door de media in twijfel wordt getrokken, is dat duidelijk?'

Met instemmend gemompel komt de groep overeind. Ik kijk ze stuk voor stuk streng aan wanneer ze de zaal uit marcheren. Net als de laatste agent wegloopt, steekt een technisch rechercheur haar hoofd om de deur. Ik kijk haar verwachtingsvol aan als ze binnenkomt.

'We hebben misschien iets', begint ze.

'We nemen alles wat je maar te bieden hebt', zegt Fleet.

'Zoals jullie weten zijn we Wades computers aan het doorzoeken. En we hebben alle banden met opnames van het film- en productiebedrijf in beslag genomen. Verder hebben we op een computer van het bedrijf naar hun verzekeringspolis gezocht. Alleen om in kaart te brengen wat er allemaal was gedekt en wat niet.' Ongeduldig strijkt ze een paar weerbarstige lokken achter haar oor. 'Ik heb dus de verzekeringsmaatschappij gebeld om een kopie van de polis op te vragen, en zij vertelden me dat Katya March, de uitvoerend producer van Cartwright, hen vorige week, twee dagen voor de aanval op Sterling, ook heeft gebeld om te vragen of ze haar de volledige polis konden toesturen.'

Woensdag 22 augustus, 13.28

Katya March kruist haar lange benen en zet ze dan weer naast elkaar. Op de voorkant van haar zwarte gebreide trui is een groot blauw oog geborduurd dat versierd is met lovertjes en losse draadjes. Ze draagt een blauwgroene baret en heeft haar lippen gestift in het felste rood dat ik ooit heb gezien. Ze ziet eruit als een kunstwerk.

De dreunende popmuziek uit de luidsprekers aan de wand van het café mengt zich met de rocksong van een straatmuzikant die buiten voor de ingang gitaar staat te spelen. Een serveerster met een tatoeage van een traan op haar wang krabbelt wiegend op de muziek onze bestellingen in haar notitieblokje.

'Ik maakte me zorgen over de productie', zegt Katya. 'Ik wilde me er alleen van verzekeren dat alle kosten gedekt waren.'

'Waar was u in het bijzonder bezorgd over?' vraag ik.

Katya kijkt ons aan, duidelijk overwegend wat ze kwijt wil.

'Hij gebruikte weer', zegt ze nadat we hebben besteld.

'Sterling?' vraagt Fleet.

'Nee!' schiet ze uit. Daarna met zachtere stem: 'Cartwright.'

'Drugs?' vraag ik.

'Natuurlijk drugs. Zo ongeveer alles waar hij maar aan kan komen.'

De serveerster komt onze koffie brengen en ik wacht tot ze weer wegloopt voor ik vraag: 'Heeft u dat met eigen ogen gezien?'

'Geloof mij maar, dat merk je heus wel. Als hij onder invloed is stuitert hij door de kamer.'

'Vertel eens over de aangifte wegens aanranding die u een paar jaar geleden tegen Cartwright hebt gedaan', zeg ik.

Ze perst haar lippen samen en schept een flinke theelepel suiker in haar koffie. 'Dat is verleden tijd.'

'Laten we toch maar even samen herinneringen ophalen', zegt Fleet.

Ze zucht. 'Luister, dat was gewoon een groot misverstand. Riley heeft een fel karakter. We werkten samen de klok rond aan een film en stonden onder enorme druk. Ik wist toen nog niet hoe het eraan toe ging in de filmwereld. Ik was jong en ben geflipt. Reageerde veel te sterk. Na een poosje besefte ik dat Riley zeker zijn problemen heeft, maar verder wel oké is. Ik heb de aangifte volledig ingetrokken en sindsdien hebben we altijd samengewerkt.' Ze neemt een slokje en laat rode kusmondjes achter op de rand van het glas. 'Hij is een genie, en ik bekommer me om hem. Dat probeer ik tenminste.'

'Er gaan geruchten over gokken', probeer ik. 'Denkt u dat...?'

'Tuurlijk', onderbreekt ze me. 'Dat hangt allemaal samen. Drugs, drank, geld. Net een dominospel. Riley is een alles-of-niets-type.'

'En ging het met u toen ook zo?' vraagt Fleet, die luidruchtig koffie slurpt. 'Wilde hij alles?'

'Wat ik al zei: ik was toen nog jong', zegt ze resoluut. 'Ik had de situatie verkeerd begrepen. Hij bedoelde er helemaal niks mee.' Ze schept nog meer suiker in haar koffie en roert krachtig alsof ze daarmee van onderwerp verandert. 'Het ergste is nog dat ik me er echt voor heb ingezet dat hij deze film kon maken. Volgens mij ging het juist goed.' Ze neemt een slokje. 'Vandaar dat ik zo de pest in had toen ik merkte dat hij weer aan het afglijden was.'

'Laten we het even over Ava James hebben', zeg ik.

Katya kijkt ontstemd.

'U bent vast op de hoogte van het feit dat mevrouw James formeel aangifte tegen Cartwright heeft gedaan, en dat we dat nu onderzoeken.'

Katya knikt heel licht.

'We weten dat Sterling zich opwierp als Ava's beschermer', ga ik verder. 'En dat hij Cartwright vorige week op zijn intimiderende gedrag heeft aangesproken. Denkt u dat Cartwright pissig was omdat hij zich ermee bemoeide? Als hij vermoedde dat ze een stiekeme verhouding hadden was hij misschien heel jaloers.'

'Hoor eens, ik heb alle roddels over Sterling en Ava ook gehoord, maar ik weet het echt niet.' Ze veegt het haar op haar voorhoofd omhoog, dat nu rechtovereind staat als een klein kuifje. 'Misschien deden ze het met elkaar, misschien ook niet. Maar Sterling zag zichzelf als haar beschermer, dat is wel zeker.'

'Zozeer dat Cartwright zich aangevallen kon hebben gevoeld?' dringt Fleet aan.

Katya haalt haar schouders op. 'Het ergerde hem dat hij er verwijten over kreeg. Hij belde Ava constant op, zogenaamd om over de film te praten maar in werkelijkheid om het met haar aan te leggen. In het begin leek ze dat prima te vinden. Het kwam volgens mij door Sterling dat ze er ineens een probleem van begon te maken. Wat een divagedrag! Als je het mij vraagt genoot ze van de aandacht tot ze van mening veranderde.'

Ik houd mijn hoofd schuin, teleurgesteld dat ze Ava's beschuldiging zo luchthartig wegwuift.

'Was u erbij toen Cartwright en Wade ruzie maakten?' vraagt Fleet.

'Ja. Maar dat was Sterling ten voeten uit. Hij had wat moralistische trekjes.'

'Liep het hoog op?' vraag ik.

Ze haalt haar schouders op. 'Nogal ja.'

'Maar uiteindelijk hebben ze de strijdbijl begraven?' vraagt Fleet.

'Zo'n beetje. Cartwright moet wel van slag zijn geweest dat hij voor dat kleinigheidje met Ava ter verantwoording werd geroepen. Doorgaans krijgt hij weinig weerwoord. Maar hij heeft op de eerste draaidag met Sterling gesproken en toen konden ze weer door één deur. Het was geen ideale situatie, maar zoals ik al zei: Cartwright denkt niet helder als hij in deze toestand verkeert.'

'Gelooft u dat hij iets te maken heeft met wat Sterling is overkomen?' vraag ik terwijl ik de starende blik van het enorme oog op haar trui probeer te negeren.

Ze kijkt ons aan of we ons verstand verloren hebben. 'Echt niet', antwoordt ze. 'Cartwright is een van de goeden, hij is alleen een beetje van het padje af. Zeker, hij gaat met een paar nare types om, maar hij heeft geen baat bij Sterlings dood. Dat heeft niemand.' Ze speelt met haar horloge, een enorm houten plakkaat met zwarte wijzers en cijfers erop. 'Geloof me, dit is een absoluut rampscenario. Niemand die weet hoe je hiermee om moet gaan.'

'Nou ja, hij hoeft die film nu niet meer te maken,' merk ik op, 'maar hij krijgt wel betaald, toch? Kan hij lekker thuis gaan zitten trippen. Misschien was hij wel op zoek naar een uitweg en heeft hij van de gelegenheid gebruikgemaakt. Wie weet was hij wel zo pissig na die ruzie dat hij dacht: rot maar op met die onzin. Of hij wilde niets meer met Ava te maken hebben nadat ze hem had afgewezen en was bang dat ze aangifte zou doen. Kan hij een van zijn vriendjes uit de drugsscene hebben gevraagd om met Wade af te rekenen?'

Katya kijkt me met grote ogen aan, alsof het nu pas tot haar doordringt dat Cartwright weleens serieus in de problemen kon zitten. 'O nee, dat lijkt me niet. Hij is niet kwaadaardig. Bovendien, en dit snappen jullie misschien niet, maar echt: in wat voor toestand hij ook is, hij zou altijd die film willen maken. Films zijn zijn passie. In feite is dat alles wat hij heeft.'

Woensdag 22 augustus, 15.00 uur

Sinds we Cartwright zaterdagochtend voor het laatst hebben gezien zijn er dikke stoppels op zijn wangen en kin verschenen. Hij ziet eruit of hij in de tussentijd weinig slaap heeft gehad. Zijn ogen liggen diep in de kassen, hij beweegt zich ingehouden en schokkerig en het lijkt wel of zijn gedachten hoorbaar door de kamer tiktakken.

'Ach, sorry,' zegt hij met een gebaar naar de rommel in de huiskamer, 'ik wilde vanmorgen een beetje opruimen, maar laat de brandweer nu toevallig net een ontruimingsoefening hebben gehouden. Eh, jullie kunnen hier wel zitten.' Hij schuift een berg kranten en kleren op een kleine futon bij elkaar om plaats te maken, klapt in zijn handen en kijkt ons verwachtingsvol aan.

'Dank je', zeg ik en ik laat me resoluut neerploffen.

Rileys appartement lijkt perfect bij hem te passen. Het is een mengelmoesje van items uit allerlei stijlperioden: een beetje rock, een beetje pop en heel eclectisch. Ik heb de neiging de verwaarloosde planten water te geven die op een rijtje onder een aan de muur bevestigde flatscreen-tv staan.

'Ik blijf wel staan', zegt Fleet en hij kijkt naar een nieuwe krant die op een traytje bier ligt. Het gave gezicht van Sterling staart naar het plafond, met in koeienletters 'SLOTEPISODE?' ernaast.

Riley aarzelt even en kijkt van de een naar de ander, waarna hij op een krukje tegenover mij plaatsneemt. 'Het is zo verschrikkelijk', zegt hij alsof hij het tegen zichzelf heeft. 'Dat ene ogenblik spookt telkens door mijn kop.' Hij steunt zijn hoofd in zijn handen. 'Denken jullie dat het iets had uitgehaald? Als ik het eerder had gemerkt?'

'Lijkt me niet,' zegt Fleet bot, 'het mes heeft hem direct in het hart geraakt.'

'Mijn god', zegt Riley met verstikte stem.

'We hebben gehoord dat je de laatste tijd de grip op de dingen een beetje kwijt bent', zegt Fleet terwijl hij het vuil onder zijn nagels wegpeutert. 'Nog voor de aanval op Wade zelfs.'

Rileys blik schiet van Fleets handen naar zijn ogen. 'Zoals gezegd heb je bij zo'n grote film altijd veel stress. Reken maar dat het tegenwoordig niet meer alleen om filmkunst gaat. Het belangrijkste is dat de dikke grote geldschieters steeds dikker en groter worden.'

'Neuh, daar heb ik het niet over.' Fleet klakt akelig met zijn tong. 'We hebben vernomen dat je nogal in de kreukels ligt. Misschien verboden middelen inneemt.'

Riley trekt eerst een nijdig gezicht, maar dan begint zijn kin te trillen en kijkt hij de kamer rond alsof hij hoopt dat er iemand opduikt die onze aandacht afleidt. 'Het gaat de laatste tijd niet zo, nee.'

'En hoe is het met je alcoholinname?' Ik werp een veelbetekenende blik naar de keukenbar, die bezaaid is met lege bruine flesjes.

'Prima, dank je.'

'Toch hebben wij iets heel anders gehoord', zeg ik.

'Oké, ik drink veel. Wat dan nog? Wie doet dat tegenwoordig niet?'

'Wade', antwoord ik. 'Die schijnt echt een fitnessfreak te zijn geweest die alleen superfood at.'

'Ja, hèhè. Wonderboy stond aan de andere kant van de camera. Voor acteurs is het anders, die hoeven hun gezicht maar te laten zien en ze krijgen alle eer.' Rileys minachtende gesnuif gaat over in hoongelach.

'We hebben ook gehoord dat Ava James niet de enige vrouw was met wie je in de loop van de jaren in de clinch hebt gelegen', voegt Fleet toe. 'Katya March heeft een paar jaar geleden een aanklacht tegen je ingediend.'

Cartwright krabt aan zijn polsen. 'Dat had niets te betekenen. Katya en ik zijn inmiddels goede vrienden. Ik was gewoon aardig tegen haar, daar reageerde ze nogal overdreven op, maar dat is weer rechtgezet. Dat met Ava is precies hetzelfde – als ik alleen maar even met haar kon praten is het zo uit de wereld.' Hij kijkt naar de keuken en er trekt een siddering over zijn gezicht, een kleine tic. Als hij vervolgens aan zijn gezicht krabt valt het me op dat zijn hand ook beeft.

'Dat is geen goed idee', zeg ik. 'Ik zou je op het hart willen drukken om mevrouw James met rust te laten.'

Zijn blik dwaalt af naar de vloer en ik betwijfel of hij überhaupt wel naar ons luistert.

'Was deze film belangrijk voor je?' vraagt Fleet.

'Absoluut', antwoordt Cartwright. 'Voor mij draaide dit hele jaar om deze film. Eerlijk gezegd hield die me op de been. Ik had hier zo lang op gewacht. Ik heb geen idee wat ik nu moet gaan doen.'

'Misschien zit het antwoord in die stapel post verstopt', zegt Fleet met een gebaar naar twee torens ongeopende enveloppen op een gecapitonneerde leren sofa. Hij duwt zich van de muur af, loopt naar de deur en laat in het voorbijgaan zijn vingers over een paar fotolijstjes glijden. 'Of het moeten alleen maar rekeningen zijn.'

'Cartwright,' zeg ik, 'we zitten met een probleem. Uit ons onderzoek is naar voren gekomen dat je geregeld contact hebt met een paar personen die wij toevallig nogal goed kennen.'

'Ik begrijp niet wat je bedoelt', zegt Cartwright, die op zijn krukje heen en weer schuift.

Fleet zucht geïrriteerd. 'Wat we proberen te zeggen is dit: ook al heb je Wade uiteraard niet zelf aangevallen, je kent wel degelijk mensen die zoiets zonder blikken of blozen zouden doen. Begrijp je ons nu?'

'Ik heb daar helemaal niets mee te maken gehad', zegt Cartwright met wijd open ogen. 'Dat zweer ik.'

'O, mooi', zeg ik. 'Dan hoef je je geen zorgen te maken.'

Riley likt langs zijn lippen. 'En wat doen jullie nu? Gaan jullie mijn bankrekeningen bekijken en zo?'

Er komt een berichtje binnen op mijn telefoon: het team denkt dat ze de mysterieuze straatprostituee van Paul Wade hebben gevonden. Ik kijk naar Fleet, die ook iets op zijn telefoontje leest; hij heeft vast hetzelfde bericht ontvangen.

'Maak je geen zorgen, Cartwright', zegt hij met een blik op de regisseur. 'We nemen contact op wanneer we toch nog iets ontdekken waar we je over willen spreken. Pas jij ondertussen maar op dat je je neus niet in de problemen steekt. We houden je in de gaten.' Fleet kijkt veelbetekenend naar een spiegeltje op een van de barkrukken en veegt langs zijn neusvleugels.

Ik sta op en Riley maakt aanstalten mijn voorbeeld te volgen.

'Doe geen moeite', zeg ik. 'Blijf vooral zitten.'

Bij de deur draaien we ons nog eens om. Cartwright staat midden in de kamer met een diepe frons, alsof hij erachter probeert te komen wat hij nu moet doen.

'Ik zou even gaan slapen', stelt Fleet voor. 'Morgen is een belangrijke dag.'

Donderdag 23 augustus, 10.19 uur

'Moet je horen', zeg ik tegen Fleet en ik lees onderweg naar de kerk een onlineartikel voor. *'Vandaag wordt tijdens een besloten uitvaartplechtigheid in Melbourne in kleine kring afscheid genomen van de populaire acteur Sterling Wade. Zijn nabestaanden hebben verzocht hun privacy te respecteren wanneer ze de vermoorde filmster de laatste eer bewijzen. De rechercheurs van de afdeling Moordzaken tasten nog steeds in het duister omtrent de bizarre aanval op Wade van vorige week, die plaatsvond op de set van zijn nieuwste film,* Death is alive. *Ze willen niet loslaten of ze momenteel een verdachte op het oog hebben.'*

'Ja ja, zij zullen het wel weten', zegt Fleet geïrriteerd.

'Het artikel gaat verder over Ava die niet voor de begrafenis is uitgenodigd en dat het in feite neerkomt op een who's who van de Australische filmwereld.' Ik scrol verder. 'Er staat ook een linkje onder naar een exclusieve fotogalerij van Sterling plus nog niet eerder getoonde familiefoto's.'

'Daar zitten zijn ouders vandaag natuurlijk net op te wachten', zegt Fleet, die een sigaret opsteekt. 'Laat eens zien?' Hij wenkt dat ik mijn telefoon moet geven en begint driftig rokend te scrollen. 'God, wat een commentaar!' zegt hij met een smalende lach. 'Wat is er met die lui aan de hand?' Hij kijkt willekeurige voorbijgangers lelijk aan alsof zij verantwoordelijk zijn voor wat er op mijn telefoon te lezen valt. 'Ik bedoel maar: hier is er een die zich STERLINGS VROUW noemt en plechtig belooft haar eerste kind naar hem te vernoemen.' Zijn duim swipet over het schermpje. 'En dan zijn er nog een heleboel mensen die vinden dat we ons werk belabberd doen; allemaal experts uiteraard.' Hij geeft me mijn telefoon terug, drukt zijn peuk uit en mikt hem in een vuilnisbak. 'Kom, we gaan even koffie halen voor de show begint', zegt hij en hij loopt al weg.

We gaan het restaurantje binnen waar we afgelopen zondag hebben ontbeten en bestellen een kop koffie. Fleet is nog steeds chagrijnig, hij strekt zijn benen uit onder de tafel en typt een bericht op zijn privételefoon.

Ik zit naar hem te kijken en vraag me af wat er zoal in zijn leven speelt.

'Best naar voor Lizzie, dat juist op de dag van Wades begrafenis al die roddels over zijn verhouding met Ava uitgebreid in het nieuws zijn', zeg ik in een poging met hem aan de praat te komen.

'Ze heeft vast wel andere dingen aan haar hoofd,' antwoordt hij zonder op te kijken van zijn telefoon, 'zoals welke kleur lippenstift mooi staat op een rouwplechtigheid.'

Als onze koffie op is gaan we op weg naar de kerk. De dienst begint pas over een halfuur, maar het ziet er nu al uit als de rodelopershow van een prijzengala dat overdag wordt gehouden. De menigte filmsterren wordt omgeven door een drom cameralenzen, met hun glimmende, starre blikken als een geweer op de gasten gericht.

'Een besloten uitvaart, m'n reet', mompelt Fleet en hij stopt een kauwgompje in zijn mond.

Het is echt een aanval op de zintuigen: prachtige vrouwen, wiegend op hoge hakken begroeten elkaar luid kirrend, omhelzen en kussen elkaar alsof ze net uit de oorlog zijn teruggekeerd, maar ik bespeur ook een wanhopig verlangen bij de pers dat de voor Sterling Wades laatste afscheid verzamelde mensen in een onbewaakt ogenblik hun emoties zullen tonen, die zij dan kunnen vastleggen en de wereld rondsturen.

Naast de hoge kerkdeuren spot ik twee blonde hoofden: Sterlings broer en zus. Hun haar is met gel achterovergeplakt, wat hen niet zo goed staat. Vooral Paul kijkt stuurs. Matthew en April zie ik nergens, maar Amy en Steve Beauford, het toonbeeld van chic verdriet, wel. Ze staan naast een jonge, blonde man, waarschijnlijk hun zoon Jack, die veel meer op Sterling lijkt dan diens biologische broer en zus.

Ik kijk weer naar Paul, die kennelijk wat vuil van de bovenste traptree schopt. Afwisselend doet hij zijn stropdas recht en wrijft in zijn handen.

Joanne Scanlon, een spichtige vrouw met lange, bruine haarslierten heeft Paul voor woensdagmiddag een week geleden een alibi van iets langer dan een uur verschaft. Ze beweert dat hij haar in St. Kilda heeft opgepikt en met haar naar een parkeergarage in de stad is gereden. Achter in zijn busje heeft ze hem gepijpt en iets later seks met hem gehad. Daarna heeft hij haar weer afgezet waar hij haar had aangetroffen. Ze weet wel dat dit allemaal na 14.30 uur heeft plaatsgevonden, maar kan geen specifieke tijd noemen.

'Hij zei niet veel', heeft Joanne ons verteld. 'Het stille type, zeg maar. Maar hij heeft keurig betaald, meer vraag ik niet.'

'Dat zou je niet denken, dat Paul het twee keer in een uur voor elkaar krijgt, toch?' zegt Fleet, die nog steeds onrustig naast me schuifelt.

Ik antwoord niet maar kijk naar de groepjes knappe mensen die op het kerkportaal aflopen om hun ID-bewijs te tonen en op de gastenlijst worden aangekruist. Een vrouw moet haar enorme handtas aan een bewaker afgeven om te doorzoeken, waarna ze haar armen in de lucht steekt om gescand te worden. De camera's versnellen, zodat het driftige geklik in mijn oren galmt.

Ik voel een beklemming, een zekere afstand tot dit alles, alsof iemand zo meteen 'Cut!' zal roepen, waarop iedereen begint te lachen en de droevige stemming van zich afschudt.

Een paar verslaggevers praten ernstig in videocamera's en wijzen op de sterren achter zich terwijl ze hun verwaaide haar gladstrijken. Ondanks dat de meeste gasten grote zonnebrillen dragen herken ik een paar bekende figuren; het lijkt wel of Sterling Wades begrafenis in een parallel universum plaatsvindt waar een aantal favoriete personages van Australië thuishoren, die zich nu in onze werkelijkheid begeven om samen met ons te treuren.

Een groepje magere jonge mannen met keurig verzorgde baardjes verschijnt om de hoek, en de journalisten slingeren als een golf op hen af. Ik kijk Fleet vragend aan. 'Een boyband', legt hij uit. 'Die knullen zijn helemaal hot and happening, ze verdienen een hele smak meer geld dan jij of ik ooit bij elkaar zullen krijgen, alleen maar door aanwezig te zijn met hun mooie snoetjes.'

'Spreek voor jezelf', zeg ik voor de grap en ik trek mijn oversized shirt recht en strijk over mijn haar.

'Kom', zegt Fleet met een blik naar de kerk. 'We kunnen naar binnen.'

Terwijl de genodigden achter elkaar de kerk in gaan breekt het wolkendek open, alsof dat zich zo veel mogelijk van alle droefenis wil distantiëren. Ik ril in een plotse windvlaag en mijn blik kruist die van een man met vierkante kaken, van wie ik vrij zeker weet dat hij een agent speelt in een televisieserie. We glimlachen beleefd naar elkaar en ik vraag me af of Sterling Wades moordenaar hier ergens is en dit allemaal in de gaten houdt.

De dienst heeft iets werktuiglijks, alsof de Wades alles het liefst zo snel mogelijk achter de rug hebben. Matthew leest een kort stukje uit de Bijbel voor en spreekt even over Sterling als kind. Bij Sterlings tienerjaren aangekomen breekt hij zijn verhaal af. Aprils luide snikken galmen tijdens zijn praatje door de hele kerk. Daarna neemt de dominee het van hem over en beschrijft de resterende tien jaar van Wades leven, alsof hij zijn cv opsomt. Dan staat Lizzie op, geflankeerd door Kit en een vriendin. Ze ziet er broos uit in haar lange jurk van zwart kant. Ze betuigt haar eeuwige liefde voor Sterling en zegt toe alles uit te voeren wat ze zich samen hadden voorgenomen. 'Ik beloof je alles te doen, zodat je trots op me kunt zijn', zegt ze, haar blik met een trillende kin op Sterlings kist gericht.

Er ontstaat een soundtrack van veelstemmig gesnotter, waarvan de echo's rondwervelen onder de hoge koepel. Fraai gevormde armen, behangen met juwelen, worden geheven om betraande ogen te wissen.

Een klein oud dametje dat bijna onder een joekel van een hoed verborgen gaat, kreunt zo nu en dan, terwijl een prachtige jonge man troostend op haar rug klopt.

Ik zie April achter de kist van haar zoon aan schuifelen, gearmd met Wendy Ferla, net twee schoolvriendinnen. April maakt een terneergeslagen en verwarde indruk. Op een gegeven moment kijkt ze mijn kant op, maar ik zie geen herkenning in haar blik. Onder de pillen, denk ik; die versluierde blik herken ik.

Lizzie huilt keurig netjes in een zwart zakdoekje, gesteund door de troostende armen van haar broer en vriendin. Buiten de kerk omhelst ze de Wades gauw en wordt dan een kring van jonge vrouwen binnengetrokken, die haar aanraken, haar handen strelen en haar tegen zich aandrukken.

'Het is allemaal heel beschaafd, hè?' zegt Fleet, die een pluisje van zijn jas plukt.

Ik ontdek Brodie, bleek en onthecht, die zich als een spook links van de menigte ophoudt, duidelijk niet zeker waar hij bij hoort. Hij lijkt in de richting van Lizzie getrokken te worden, die dat niet opmerkt; hij volgt haar als een schuw hondje.

Cartwright daarentegen staat naast Katya tegen de kerkmuur geleund, rookt als een dolle en slaat het tafereel van achter zijn Ray-Ban-zonnebril gade.

De hijgerige journalisten drommen nog steeds rond de groepjes betraande filmsterren, roepen ze condoleances toe en bedelen om soundbites die tot krantenkoppen omgevormd kunnen worden.

Fleet hoest luidruchtig en kijkt naar de drukke straat. Het autoverkeer is tot stilstand gekomen omdat alle aandacht is gericht op wat er voor de kerk plaatsvindt en niet op de weg voor hen. Een man met een koptelefoon op het trottoir is zo afgeleid wanneer hij een bekende nieuwslezer ziet dat hij tegen een vuilnisbak op loopt.

'Nou, dit was leuk hoor, ook al heeft het niet tot een publieke bekentenis geleid', zegt Fleet. 'Waarom gaan we niet iets lekkers eten en dan terug naar het bureau?'

'Wel ja', zeg ik, na nog een laatste blik op de Wades. Melissa en Paul zien er stijfjes uit in hun slecht zittende kleren. Melissa is in een gesprek met de begrafenisondernemer verwikkeld en een man, het hoofd beveiliging neem ik aan; ze gebaart naar de roedel persmensen, waarvan ze overduidelijk wil dat ze op afstand worden gehouden. Matthew en April hebben alleen oog voor de kist van hun dode zoon, die achter in de lijkwagen staat. Er lopen een paar beveiligingsagenten in pak het terrein rond, en twee van hen houden de rouwstoet bij de lijkauto vandaan.

Ik weet me los te rukken van de aanblik van al die bekende gezichten en voeg me bij Fleet. Lizzie staat een paar meter bij Sterlings familie vandaan, Kits hand in de hare geklemd, en praat ingetogen in de microfoon van een ernstig kijkende journalist terwijl haar blik voortdurend afdwaalt naar Sterlings kist.

'Geen Ava', merk ik op.

'Nee', zegt Fleet, knipperend in het felle winterlicht. 'Ze zal echt wel niet uitgenodigd zijn.'

We steken de natgeregende weg over.

'Wel een beetje raar dat ze niet welkom was bij het afscheid', zeg ik. 'Sterling en zij waren bevriend en het was niet bepaald een besloten bijeenkomst, wat de media ook mogen beweren.'

'Misschien wilde de familie niet nog meer heisa dan er nu al was. Ava zou ongetwijfeld voor extra pers en beveiliging hebben gezorgd. Dat zal Lizzie wel niet zo leuk hebben gevonden; wie weet heeft ze op Melissa ingepraat.' Hij staat stil voor een vettig eettentje waar je friet en hotdogs kunt krijgen. Ik haal mijn neus op. 'Je kan hiernaast een salade halen', suggereert hij attent.

'Ik vraag me af wat ze nu doet', zeg ik.

'Ava bedoel je?' vraagt hij.

'Ja. Best vreemd wanneer je niet naar de begrafenis mag van iemand die wat voor je betekend heeft. Dat komt nogal kleinzielig over.'

'Kom nou, Woodstock. Je weet net zo goed als ik dat de dood mensen nog kleinzieliger maakt dan het leven.'

'Klopt', zeg ik en ik kijk naar een paar mussen die vechten om de resten van een vleespasteitje.

'Maar je hebt me aan het denken gezet over wat de lieftallige Ava in haar enorme hotelkamer zou kunnen uitvoeren.' Hij gaat verder met dromerige stem. 'Ik ga er even van uit dat ze geen naalden in een voodoopop van Riley Cartwright aan het steken is en waarschijnlijk wat afleiding zoekt van haar verdriet. Een lekker bubbelbad, misschien? Een paar geurkaarsen. Wellicht stiekem een glas bubbels en dan even fijn uithuilen. En mocht het haar allemaal wat te veel worden, dan dwaalt er misschien een hand naar haar roomwitte dijen en...'

'Bestel maar patat voor me', snauw ik en ik been weg voordat hij iets terug kan zeggen.

Ik loop naar Swanston Street, alleen maar om even bij hem vandaan te zijn. Een dakloze man stoot tegen mijn schouder en vraagt om wat geld. Er komen een paar jonge meisjes langsrennen die hem opzijduwen en mij de goot in dwingen.

Het begint zachtjes te miezeren, en ik voeg me bij een groepje mensen onder de luifel van een schoenenwinkel. Ik buig me naar voren om de straat af te kijken of Fleet er al aankomt. Want ik verdom het om hem te gaan halen. Ik glimlach naar een klein meisje met een bol snoetje en adem warme lucht uit in de kou. Eindelijk ontdek ik Fleet, die zich met twee papieren zakjes in de hand een weg door de menigte baant.

Op dat moment belt Mary-Anne, die bevestigt dat het laboratorium bloedsporen van Walter Miller heeft aangetroffen op het mes waarmee Sterling Wade werd neergestoken.

Donderdag 23 augustus, 15.37 uur

Een doorbraak kan een zaak vooruithelpen, een blokkade opheffen en de juiste weg wijzen – of keihard op de rem trappen. Nu maak ik me zorgen dat de koppeling van de zaak-Wade aan Walters dood tot het laatste zal leiden.

'Oké allemaal', zeg ik. 'Ga zitten, alsjeblieft. Er zijn nieuwe ontwikkelingen.'

Het wordt onmiddellijk stil in de vergaderruimte, de gespannen verwachting zindert in de lucht.

'Nou dan,' zegt Fleet laconiek, op zijn rug krabbend waardoor zijn shirt omhoogschuift, 'het ziet ernaar uit dat er twee zaken van ons samenkomen.'

Overal grote ogen en fronsende voorhoofden.

'Uit het bloedonderzoek is gebleken dat het mes waarmee Sterling Wade is vermoord nog geen achtenveertig uur daarvoor werd gebruikt om Walter Miller mee neer te steken, de dakloze man van tweeënzestig uit Carlton', deel ik ze mee.

'Nu zijn daar meer verklaringen voor', ga ik kalm verder. 'Millers moordenaar kan het mes ergens hebben weggegooid, waar degene die Wade heeft aangevallen het vervolgens heeft gevonden en later gebruikt. Maar dat is wel heel onwaarschijnlijk, want de wonden zijn vergelijkbaar, bijna identiek zelfs. Op basis van het huidige bewijs gaan we ervan uit dat het een en dezelfde dader is.'

Iedereen knikt en doet duidelijk hetzelfde als wat wij de afgelopen paar dagen hebben gedaan: verschillende theorieën tegen het licht houden en kijken of de puzzelstukjes passen.

'Voor alle duidelijkheid: dit hoeft niet te betekenen dat de dader nog eens zal toeslaan, maar die mogelijkheid bestaat. We weten ook niet of dit wil zeggen dat er een verband tussen de twee slachtoffers was. Tot nu toe is daar geen bewijs voor.'

'Vanaf nu', zegt Fleet, 'gaan we beide onderzoeken combineren. Het lopende recherchewerk naar verse sporen moet worden voortgezet, maar kijk daarbij vooral of er een verband met Miller is, en check of er alibi's voor beide misdaden zijn. We kennen uiteraard meer mensen uit de omgeving van Wade dan van Miller, dus we beginnen daar, maar we moeten ook vanuit de andere richting werken.'

'We moeten erachter zien te komen of Miller contact had met iemand die met de film te maken had – misschien een lid van de filmploeg die vrijwilligerswerk onder daklozen deed', zeg ik. 'We denken dat Miller mogelijk op informatie is gestuit die de moordenaar in de problemen kon brengen.'

Fleet zet het plan van aanpak voor de komende achtenveertig uur uiteen en we wijzen er nog eens met klem op dat alle informatie over de zaak absoluut vertrouwelijk is. Ralph, die al bezig was de zaak-Miller over te dragen, kijkt welwillend toe; uit zijn vermoeide houding blijkt duidelijk dat de jongere garde wat hem betreft de teugels mag overnemen.

'Goed, laten we Cluedo spelen', zegt Fleet en hij doet alsof hij met zijn vingers een vergrootglas vormt.

'Doe niet zo stom', kaats ik terug. Ik heb hem ooit verteld dat mijn vroegere partner Felix en ik soms voor de grap zeiden dat we Cluedo speelden als we een zaak aan het uitvogelen waren, waarop Fleet met zijn ogen had gerold en spottend iets over provinciaaltjes had gezegd.

'Nee, echt,' zegt hij, 'ik meen het. Het helpt vast om mijn theorieën los te krijgen. Als een speels laxeermiddel.'

Hij kijkt me vriendelijk aan, wat me mild stemt. Het is zoveel makkelijker als we een beetje met elkaar kunnen opschieten.

'Oké, kolonel Van Geelen, spelen dan maar.'

We zijn alleen in de briefingzaal. De laatste agenten zijn vijf minuten geleden vertrokken. Het onherroepelijke van Wades begrafenis hang zwaar om ons heen, en meer dan voorheen voel ik de druk om de zaak op te lossen. Het is altijd het best om een zaak af te ronden voordat er afscheid van het slachtoffer is genomen; beter voor ieders verwerking.

'Het zijn allebei gewelddadige overvallen', begin ik met een blik op de uitvergrote autopsiefoto's.

'Maar wel met precisie', vindt Fleet. 'Een schone wond. De dader had zichzelf volledig onder controle, zelfs als hij of zij ze niet allemaal op een rijtje had. Iemand die zijn emoties kan beheersen.'

Ik duw me uit mijn stoel en strek mijn pijnlijke rug. 'Misschien is het zo'n psychische afwijking waarbij je denkt dat iemand je vraagt iets te doen. Dat je stemmen hoort. Kennelijk begint stalking vaak op die manier. Iemand beeldt zich in dat hij het bevel krijgt om bepaalde mensen te volgen.' Ik kauw even op een nachochipje. 'Heb je dat stuk over celebritystalkers gelezen dat die psych uit Sydney ons heeft gestuurd?'

'Ja', zegt Fleet vrolijk. 'Wat was dat een lulkoek zeg!'

'We kunnen het niet uitsluiten.'

'Zal wel niet, nee. Het is nog steeds het aannemelijkst dat onze dader een gestoorde loner is die wij nog niet in beeld hebben. Dus dat fraaie exemplaar blijft bovenaan de lijst staan. Verdachte nummer één: een naamloze, gekke, rechtshandige stalker met machtswanen, op de filmset met een scherp mes, en geen bekende van Wade, Miller of ons.' Fleet kijkt naar het overzichtsbord.

Ik wacht een paar tellen af. 'Maar je denkt nog steeds dat dat niet klopt, toch?'

'Niet echt', zegt hij. 'Jij?'

'Ik weet het niet. Onze andere verdachten heb ik nog lang niet afgeschreven. Zeker als je bedenkt wat er verder allemaal in Wades leven speelde.'

'Mee eens', zegt Fleet en hij wijst naar Paul Wades rijbewijsfoto.

'Verdachte nummer twee', zeg ik. 'Een jaloerse, leugenachtige oudere broer met een zwak alibi en een kort lontje, die zich zorgen maakte om een dreigend faillissement van zijn ouders en een mogelijkheid zag dat te verhelpen. Wat denk je?'

Fleet gaapt. 'Die competitie tussen broers en zussen verveelt me. Waarom kan iedereen niet gewoon blij zijn voor zijn enorm succesvolle broer of zus en blij zijn met de dure kerstcadeaus?'

Een jonge vrouw loopt langs onze open deur, ziet ons en keert op haar schreden terug. 'Willen jullie koffie?'

'Nee, dank je', zeggen we en we steken tegelijkertijd onze lauwe mokken in de lucht.

'Vervelend of niet,' zeg ik weer met een blik op het overzichtsbord, 'die competitie kan onder je huid gaan zitten. Jarenlang voel je je al minderwaardig terwijl de ster van Sterling steeds hoger rijst. Altijd weer dat verhaal van het wonderkind; maar vanuit Pauls optiek is hij gewoon een broer die zich aan zijn plicht onttrekt. Vervolgens raken je ouders in de problemen en mag jij met je zus de brokken opruimen, wat helemaal unfair overkomt. Paul en Sterling spraken elkaar die zondagavond voor het eerst sinds lange tijd. Volgens Paul was hij boos en Brodie zegt dat ze ruzie hadden. Misschien is Paul wel doorgedraaid.'

Fleet knippert een paar keer met zijn ogen en tuurt dan naar de foto. 'Ze lijken niet echt broers van elkaar, vind je niet?'

Ik bestudeer Pauls ronde gezicht, zijn doffe blik en slappe, stroblonde haar. 'Nee, niet bepaald.'

Fleet kijkt even naar het plafond, waardoor het kraakt in zijn nek. 'Oké, dus Paul komt ergens tussen zondagavond en woensdagochtend naar Melbourne. Hij heeft Miller dus kunnen vermoorden, maar waarom? We weten dat hij woensdag ergens tussen 14.30 en 16.00 uur achter in zijn busje met een prostituee een keer of twee afgaat. En wat dan: hij loopt naar de filmset, schiet een zombiekostuum aan en steekt zijn broer neer? Ik zie het niet voor me.'

'Dat ben ik met je eens', zeg ik. 'Maar waar heeft hij die ontbrekende paar uur dan uitgehangen?'

'Geen idee', antwoordt Fleet. 'Misschien heeft hij nog iets anders uitgespookt waarvan wij niets mogen weten.'

Ik werp weer een blik op Pauls foto.

'Wie weet', zeg ik. 'Goed, dan hebben we verder de geheime minnaar die alle geheimdoenerij zat was.'

'Ik ben ervan overtuigd dat Kent iets achterhoudt', zegt Fleet. 'Ergens is hij niet helemaal koosjer.'

Ik kijk naar Brodies foto. 'Meen je dat? Volgens mij zit hij gewoon helemaal stuk. Alsof hij nog steeds in shock is. Bovendien zie ik nog steeds geen motief. Stel dat hij achter die verloving was gekomen en erg van streek is geweest, zou hij dan als reactie Wade hebben aangevallen? Dat is niet logisch. En kun je je hem als moordenaar van Walter Miller voorstellen?'

'Obsessie en liefde liggen vlak bij elkaar, toch?' zegt Fleet. 'Misschien is hij woest geworden en door het lint gegaan bij de gedachte dat hij Wade kwijtraakte. Zoiets is weleens eerder voorgekomen.'

Ik kijk Fleet nadenkend in de ogen. 'Klopt. Maar Brodie lijkt echt kapot van verdriet.'

'Hij heeft een waardeloos alibi. Voor beide moorden.'

'Klopt ook', geef ik zuchtend toe.

Fleet komt overeind en wijst snel achter elkaar twee foto's op het bord aan. 'In tegenstelling tot de pas verloofde Lizzie Short.'

'Lizzie kan erbij betrokken zijn', zeg ik, terwijl er zich beelden van Brodie en Sterling in elkaars armen aan me opdringen. 'Ze is er misschien achter gekomen dat Wade haar bedroog en kan Brodie ervan hebben overtuigd dat ook hij werd gebruikt. Ze kunnen samengewerkt hebben.'

'Jezus, Woodstock, dit is *The First Wives Club* niet.'

'Ga maar na', zeg ik. 'Het is best aannemelijk. Al dan niet met slechte bedoelingen, Sterling heeft ze allebei gebruikt.'

'Tuurlijk, zoiets is klote. Maar wat heb je eraan als hij dood is?'

'Misschien wilden ze hem gewoon uit de weg ruimen? Omdat ze zich vernederd voelden en hem wilden straffen?'

Fleet geeft zachte klapjes aan weerzijden van zijn gezicht, kennelijk kost het hem moeite bij de les te blijven. 'Misschien wilde Ava haar ridder in nood ook wel uit de weg ruimen', merkt hij op. 'Dat met Cartwright kan gelogen zijn, of aangedikt.'

'Dat is een mijnenveld, hoor,' waarschuw ik, 'een vrouw beschuldigen van een valse aanklacht wegens seksuele intimidatie.'

'Weet ik, weet ik,' zegt hij, zijn handen smekend omhoog, 'maar laat me uitpraten. Stel dat Ava wilde dat Sterling dacht dat Cartwright haar lastigviel? Misschien wilde ze die twee tegen elkaar opzetten.'

'Is mogelijk,' geef ik toe, 'maar bedenk dan hoe vaak Cartwright haar heeft gebeld en dat Katya in het verleden al eens aangifte heeft gedaan. Het is overduidelijk dat hij een probleem met vrouwen heeft. Ik durf te wedden dat er meer slachtoffers zijn.'

'Misschien vond Ava het maar niks dat Sterling haar als een hulpeloze schone jonkvrouw behandelde. Of hoopte ze juist op een liefdesrelatie, maar heeft hij haar afgewezen.'

'Maar dat ze iets met elkaar hadden is nog steeds louter geroddel', breng ik hem in herinnering.

'Ja, en het lijkt nogal een extreme reactie op een afwijzing om hem aan te vallen of daar iemand voor in te huren', geeft hij toe.

'Tja, nu zíjn dit natuurlijk extreme persoonlijkheden', zeg ik peinzend. 'Bovendien zijn ze gewend altijd hun zin te krijgen. Al ligt Ava niet erg voor de hand. En Miller dan – waarom hem ook nog vermoorden?'

'Oké, maar bij Cartwright zat er duidelijk iets niet helemaal goed', zegt Fleet. 'Zondag heeft hij ruzie met Wade gemaakt. Hij was vast bang dat alles door zijn vingers begon te glippen. Hij staat onder enorme druk, is weer aan de drugs, en dan komt zijn onberispelijke hoofdrolspeler hem ook nog vertellen hoe hij zich moet gedragen. Het kan zijn dat de druk hem te veel werd.'

'Misschien,' zeg ik mijmerend, 'maar dan nog: wat is het verband met de zaak-Miller?'

Fleet haalt zijn schouders op. 'Uiteraard kan hij geen van de misdaden zelf hebben gepleegd. Zou een van zijn drugsvriendjes die week voor twee klusjes zijn ingehuurd?'

Ik duw mijn vuisten tegen mijn hoofd. 'Het slaat nergens op. Een huurmoordenaar raakt zijn mes toch niet kwijt?'

'Alles klopt wel als die moordenaar een gestoorde gek is', merkt Fleet op. 'Misschien zoeken we naar logische verbanden die er niet zijn.'

'Weet ik, weet ik.' Zuchtend kom ik overeind, de handen in mijn zij, terwijl het overzichtsbord voor mijn vermoeide ogen danst. 'Waarmee we weer terug zijn bij de onbekende impulsieve dader.'

Fleet tikt zachtjes tegen mijn schouder. 'Vanavond maken we dit spelletje Cluedo niet af. Kom, Rosa Roodhart. Tijd om een tukje te doen.'

Vrijdag 24 augustus, 10.52 uur

Mijn telefoon zoemt in mijn zak terwijl we Brodie Kent aan de tand voelen. We hebben ontdekt dat hij vrijwilligerswerk heeft gedaan bij een grote daklozenopvang in de stad toen hij net uit Adelaide naar Melbourne was gekomen, en we proberen vast te stellen of hij toen met Walter Miller in contact is gekomen. Tot onze ergernis worden we net zo veel wijzer uit de dossiers van de opvang als van Brodies vage herinneringen aan zijn tijd daar. Sinds Sterlings begrafenis lijkt het beetje licht dat hij nog in zich had te zijn gedoofd, en zijn stem klinkt mat. In mijn verbeelding leg ik een scheiding in zijn dikke haar, splijt zijn schedel in het midden en pel zijn hoofdhuid af om de waarheid daaronder te kunnen bekijken. Ook al komt zijn verdriet oprecht op me over, het zit me niet lekker dat hij schimmig blijft over zijn doen en laten.

Hij beweert dat hij afgelopen maandagavond tot een uur of negen met Sterling en Lizzie in het appartement tv heeft zitten kijken. Daarna is hij de stad ingegaan, heeft ergens wat gedronken en vervolgens een kaartje voor de laatste film in Melbourne Central gekocht. Hij is iets na middernacht naar huis gelopen, waar hij vlak na enen aankwam. Gezien de omstandigheden is hij langzaamaan onze hoofdverdachte geworden.

'Kan Lizzie bevestigen dat jullie afgelopen maandag samen televisie hebben gekeken, en vertellen hoe laat je de stad in bent gegaan?' vraag ik.

Hij knippert even met zijn ogen. 'Ja. Maar toen ik thuiskwam sliepen ze allebei al.'

'Vertel ons eens wie je je allemaal uit de daklozenopvang herinnert.'

'Ik herinner me niet echt iemand in het bijzonder, eerder wat voor gevoel het me gaf om daar te werken', zegt hij, de blik voor zich op tafel gericht. 'Ik vond het heel bijzonder om zulke mensen te kunnen helpen.' Even is hij stil en dan zet hij opeens grote ogen op. 'Vermoeden jullie dat iemand uit de daklozenopvang Sterling heeft overvallen? Een zwerver?'

'Probeer alsjeblieft gewoon onze vragen te beantwoorden', zeg ik.

'Ik gebruikte toen van alles en nog wat', geeft Brodie rustig toe. 'Ik kwam vaak high bij de opvang aan, dus alles is nogal onscherp. Ik wou dat ik jullie beter kon helpen.'

'En weet je zeker dat je afgelopen maandag alleen naar de film bent geweest?' vraag ik, terwijl mijn telefoon weer zoemt.

Hij knikt vermoeid. 'Ja, ik ga vaak in m'n eentje. Als Sterling met Lizzie bezig was ging ik altijd naar de film. Dat was een goede afleiding voor me.'

'Heb je het bioscoopkaartje nog?' vraagt Fleet.

'Dat denk ik niet. Maar misschien zit het nog ergens in een jaszak.'

'Eventueel een afschrift van je creditcard?' opper ik.

'Ik zit bij al mijn kaarten aan de limiet', zegt Brodie een beetje defensief. 'Waarom vragen jullie eigenlijk waar ik die nacht was? Er was niks mis met Sterling, hij was thuis met Lizzie. Ik begrijp het niet – wat is er aan de hand?'

Fleet mompelt iets onverstaanbaars en zegt dan: 'Het probleem is, Brodie, dat we moeite hebben om je gangen na te gaan. Je bent vaak alleen en kennelijk zwerf je voortdurend zomaar wat rond.' Fleet staat op, loopt in een klein kringetje het vertrek door en strekt zijn rug. 'Heb je dan helemaal geen vrienden?'

Met vlammende ogen ontbloot Brodie zijn tanden. Zijn scherpe stem doorklieft de ruimte. 'Snappen jullie het dan niet? Mijn hele leven stond in de pauzestand vanwege hem. Hij liep met Lizzie te flaneren, maakte plannen om naar het buitenland te gaan, en tegen mij maar zeggen dat hij van me hield en dat ik geduld moest hebben.' De huid in zijn hals trekt strak als hij de woorden uitspuugt. 'En ik wachtte gewoon maar af, als een idioot, altijd maar wachten!' Hij slaat met zijn vuist op tafel en barst in tranen uit.

De lucht in de spreekkamer knettert door zijn uitbarsting. Mijn hart schiet in de hoogste versnelling en begint hard te bonken.

Fleet trekt een wenkbrauw op en schraapt zijn keel. 'Even rustig, knul.'

De woede smeult nog steeds in Brodies ogen en hij heeft zijn handen tot vuisten gebald.

'Zegt de naam Walter Miller je iets?' vraag ik.

'Nee!'

Ik praat met zachtere stem verder. 'Wist je dat Sterling een belangrijke filmrol in Amerika was aangeboden?'

Brodie ademt zwaar, alsof hij heeft hardgelopen. Hij duwt zich van tafel af en slaat zijn armen over elkaar, nu met glasheldere blik. 'Hij kreeg altijd rollen aangeboden. Af en toe hadden we het daarover. Ik heb gezegd dat dit een goede gelegenheid zou zijn om het uit te maken met Lizzie.'

'En, was hij het daarmee eens?' vraag ik.

'Ik geloof het wel.'

'Was je met hem meegegaan?' vraagt Fleet.

'Dat was tenslotte het plan, niet dan?' antwoordt Brodie kortaf.

'Maar dat weten wij niet, Brodie,' zegt Fleet, 'was dat zo?'

Brodie fronst en met een venijnige stem sist hij: 'Hoe moet ik dat in godsnaam weten? Misschien was dat aanzoek echt en heeft hij me maar wat op de mouw gespeld. Ik weet niet meer wat ik moet geloven.'

We draaien nog een poosje in kringetjes rond met Brodie, maar hij is weer dichtgeklapt. Hij blijft vaag over zijn alibi's en ondanks de link via de daklozenopvang hebben we geen directe relatie tussen hem en Walter Miller kunnen vaststellen.

'Goed om te zien dat onze schijnbaar karakterloze vriend toch nog wat ruggengraat blijkt te hebben', zegt Fleet als ik Brodie naar de deur heb begeleid.

'Ja.' Ik denk aan de woest opflitsende ogen van de jongeman. 'Hij is wel dichter bij het randje dan we ons hadden gerealiseerd.'

'En misschien ook eerder bereid geweld te gebruiken dan we ons hadden gerealiseerd?'

'Nou, die kleine woede-uitbarsting was wel interessant, maar of dat betekent dat...' Mijn telefoon zoemt. 'Ja', zeg ik ongeduldig.

'Hallo', zegt Chloe. 'Sorry dat ik stoor, maar ik wou jullie iets meedelen. Twee dingen zelfs, en ze hebben allebei met Paul Wade te maken. In de eerste plaats heeft de technische recherche een overboeking gevonden die Sterling voor zijn dood had ingepland. Er wordt dit weekend vijfduizend dollar op Pauls bankrekening bijgeschreven.'

'Stond er een omschrijving bij?'

'Alleen maar "voor pa"', antwoordt Chloe.

'Oké, en verder?' vraag ik. Ik heb geen flauw idee wat die overboeking te betekenen heeft.

'Paul staat op de bewakingsbeelden van vorige week woensdag. Een winkelier heeft ze vanochtend langsgebracht.'

'Waar was hij dan?' vraag ik en ik kijk naar Fleet, die blijkbaar dolgraag wil weten waar dit over gaat.

'Vlak bij de kruising van Collins Street en Spring Street. Het lijkt erop dat hij net na de aanval op Wade bij de filmset vandaan loopt.'

Zaterdag 25 augustus, 11.17 uur

De boomgroei wordt steeds dichter wanneer ik met mijn huurauto Smithson nader. Ik doe de zonneklep naar beneden om mijn ogen te beschermen tegen het ongefilterde licht. Het lijkt wel of er niet genoeg lucht de auto binnenkomt en ik friemel nog eens aan de knoppen op het dashboard. Ik heb besloten om de binnenweg vanaf het vliegveld te nemen; dat duurt net zo lang, maar de weg is bochtig waardoor veel mensen hem mijden. En inderdaad ben ik de enige die hier rijdt. Even bekruipt de idiote gedachte me dat ik alleen ben, dat er misschien helemaal niemand meer is, dat iedereen zomaar verdwenen is. Na een slapeloze nacht en een vroege start ben ik zo moe dat het pijn doet. Ik klem het stuur vast in mijn bleke, met een netwerk van fijne adertjes overdekte handen. Ze zien er niet uit als de handen van een moeder, of het soort handen dat het kan opnemen tegen een moordenaar.

We hebben sinds de begrafenis geen contact meer met de familie Wade gehad. Pauls mobieltje staat sinds woensdag uit en geen van de berichten die we voor hem en zijn ouders hebben achtergelaten zijn beantwoord. Gistermiddag nam Rowan, de man van Melissa, zijn mobieltje op, maar toen we zeiden wie we waren hing hij direct op. Kortom, Sterlings familie houdt zich schuil.

'We moeten Paul Wade spreken', zei ik tegen Isaacs toen Fleet en ik hem gistermiddag in zijn kantoor overvielen. 'Hij heeft ons drie keer voorgelogen – we hebben nu het bewijs dat hij op het moment van de aanval in de buurt van de plaats delict was. Bovendien weten we niet wanneer hij precies in Melbourne is aangekomen. Hij zegt dat hij soms in zijn busje overnacht, dus hij kan hier vanaf zondagavond zijn geweest. Wie weet was hij hier al eerder in de week, toen Miller werd aangevallen.'

Isaacs had zich voorovergebogen en de randen van zijn bureau vastgepakt. 'Is er iets wat erop wijst dat Paul Wade Walter Miller heeft gekend?'

'Voor zover we weten niet. Maar het lijkt erop dat hij zonder aanwijsbare reden vrij veel tijd in Melbourne doorbracht. Hij leeft een beetje als een nomade, dus het is niet ondenkbaar dat ze elkaar zijn tegengekomen.'

'En weten jullie zeker dat Paul met de familie naar Karadine is teruggekeerd?' vroeg Isaacs.

'Vrij zeker', antwoordde Fleet. 'We wachten nog op terugkoppeling van de vliegmaatschappijen. En we hebben de politie van Castlemaine naar het adres van zijn vriend gestuurd, maar daar is hij in ieder geval niet.'

'Goed dan', zei Isaacs. 'Stuur er maar een agent naartoe om hem te verhoren. En zoek uit waarom de familie niet met ons wil praten.'

'Ik had gedacht dat ik wel kon gaan', zei ik en ik stak mijn vinger in de lucht als een schoolkind. 'Het is niet ver van mijn geboorteplaats vandaan en ik moet er dit weekend sowieso voor een familieaangelegenheid zijn.'

Even bleef het stil. Met neergeslagen blik pakte ik mijn notitieblok en kwam overeind alsof het al besloten was.

'Oké,' zei Isaacs, 'jij gaat morgen naar Karadine. Wanneer ben je weer terug?'

'Maandag, inspecteur', antwoordde ik, terwijl de zenuwen om de thuisreis de kop al opstaken.

Als ik bij de bekende T-splitsing kom minder ik vaart. Dikke graspollen groeien rond de hekstijlen. Midden op de weg voor me doet een grote kraai zich tegoed aan de ingewanden van een dode kangoeroe. Rechts ligt Smithson en iets verderop Karadine. Naar links ga je de binnenlanden in. De rode woestenij in. Het niets in. Ik kijk afwisselend beide wegen af en blijf met draaiende motor stilstaan, ook al komt er niemand aan.

Een paar kilometer buiten Smithson zet ik de auto langs de weg en bel nog eens naar de boerderij van de Wades. Daarna probeer ik Pauls mobiel, dan die van Melissa. Er neemt weer niemand op.

Ik rij de afslag naar Smithson voorbij, ik wil mijn bezoekje aan de Wades achter de rug hebben voor ik pap en Ben verras. Ik stel me voor hoe blij Ben zal zijn dat ik morgen naar zijn voetbaltoernooi kan komen. Ik wil niets liever dan hem in mijn armen nemen, maar het heeft ook iets bedwelmends om dat nog een paar uur uit te stellen.

Ongeveer een halfuur later meldt een bord dat ik Karadine nader. Ik ben hier maar een paar keer geweest. De kleine boerengemeenschap bestaat uit wat winkeltjes en een paar wijnhuizen. Ik rij langs dit geringe bewijs van beschaving tot de weg steeds smaller wordt en overgaat in een onverhard pad.

Achter mijn auto wervelt een stofwolk op, als een rooksignaal. Enorme eucalyptusbomen flankeren de weg en overal in de weiden staan koeien en paarden. Ik passeer verschillende afgeleefde brievenbussen die eenzaam aan het begin van een toegangsweg staan die in de verte verdwijnt.

Ik bereik het perceel van de Wades. In tegenstelling tot de andere hoeven waar ik langs ben gekomen, is de poort hier gesloten. Aan beide kanten liggen een paar bossen bloemen voor de houten spijlen. Vlak voor ik de oprit inrij, zet ik de auto op de handrem, spring er snel uit, duw het hek open en raap de bloemen op. Nadat ik ze voorzichtig op de passagiersstoel heb gelegd, stuur ik de wagen langzaam over de kaarsrechte weg tot er als een oase een frisgroene ovaal opdoemt. Als ik dichterbij kom, zie ik een gedrongen stenen huis tussen de bomen op een dichtbegroeid gazon staan. Links van me strekken schilderachtige maar wel uitgedroogde akkers zich uit. Voorbij het huis rijzen de bergen geleidelijk op.

Ik zet mijn auto achter een afgeragde pick-up en bekijk het huis aandachtig. Het ziet er precies zo uit als een boerderij eruit hoort te zien: kruidenbedden in vruchtbare aarde onder de beschutting van het overhangende dak, een weelde aan wilde bloemen in een slordige slagorde ervoor.

Voor ik de kans krijg uit te stappen, zwaait de voordeur open en komt Melissa naar buiten. Ze heeft een nijdige uitdrukking op haar gezicht. 'Nee', zegt ze, en ze zwaait naar voren gebogen met een uitgestrekte hand in mijn richting. 'Nee.'

'Hallo Melissa', zeg ik kalm, een hand boven mijn ogen tegen de zon.

'Alsjeblieft', zegt ze. 'We zijn het beu.'

'Ik moet Paul spreken.'

'Nee. Geen woord meer over Sterling.' Ze haalt haar vingers door haar slappe haar en duwt het uit haar rode gezicht. 'Weet je wel wat dit met mensen als mijn ouders doet? Dit hebben ze niet verdiend.'

'Ik moet Paul spreken', herhaal ik. 'Als hij niet hier met me wil praten dan zal ik hem mee moeten nemen naar Melbourne.'

'Waarom?'

'Kun je hem alsjeblieft halen? Of mag ik met je mee naar binnen?'

Ze snuift een paar tellen verontwaardigd. 'Wacht hier.'

Ik zet mijn zonnebril op, pak de bossen bloemen en drapeer ze op een schaduwplek in het gras. Tegen de auto geleund adem ik de ongelooflijk zuivere lucht in, die licht naar gras en bloemen geurt. Ik vang flarden van een gesprek op totdat de deur weer openzwaait en Melissa op me af komt, gevolgd door een onwillige Paul.

'Ha Paul', zeg ik. 'Wij moeten heel eventjes met elkaar praten.' Ik kijk om me heen. 'Laten we daar gaan zitten.' Ik wijs naar een houten bank bij de zijkant van het huis. 'Melissa, jij hoeft er niet bij te blijven.'

'Ik kan sowieso beter weer naar ma toe', antwoordt ze met een bezorgde blik op Paul. 'Laat me maar weten als je, eh, iets nodig hebt.'

Wanneer ze weg is kijk ik Paul recht in de ogen. Hij slikt moeizaam.

'We weten dat je in de stad was toen je broer werd aangevallen, Paul. Heel dicht bij de plaats delict.'

'Dat is niet waar', zegt hij nors.

'O jawel. Je staat op een bewakingsvideo.'

Hij wringt zijn handen in zijn schoot en heeft zijn blik op het gras voor ons gericht.

'Waarom lieg je ons de hele tijd voor, Paul?' zeg ik.

'Heb ik een advocaat nodig?' vraagt hij eindelijk.

'Dat moet je zelf uitmaken', antwoord ik. 'Volgens mij kunnen we hier samen wel uitkomen, maar als je dat liever hebt pakken we het officieel aan en regel je juridische bijstand.'

'Ik wil niet naar Melbourne terug.'

'Prima', zeg ik. 'Maar dan moet je me vertellen wat je op woensdag 15 augustus in de stad deed. We weten dat je tot ongeveer vier uur 's middags met Joanne hebt doorgebracht, maar er zijn bewakingsbeelden waarop te zien is dat je ongeveer een kwartier na de aanval op je broer bij de plaats delict vandaan loopt. Wat deed je daar, Paul?'

Hij petst met beide handen naast zich op de houten bank. 'Dat wéét ik niet.'

'Probeerde je bij Sterling in de buurt te komen, Paul?' opper ik. 'Wilde je hem misschien iets zeggen?'

'Weet ik niet', herhaalt hij.

'Was je kwaad op hem?'

'Ook wel, ja.' Hij stampt op de grond. 'Maar daar ging het niet om. Je snapt het toch niet als ik het probeer uit te leggen.'

'Goed, dan beginnen we gewoon eerst met wat je daar deed.' Geen reactie. Ik zucht. 'Oké. We weten dus dat je de zondagavond voor zijn dood met Sterling hebt gebeld. Was je daarom naar Melbourne gegaan? Heeft hij toen iets gezegd waardoor je van slag was?'

Paul trekt met de neus van zijn laars een streep door de aarde en kijkt even snel naar de boerderij. Opeens springt hij overeind en barst in woede uit. 'We hadden geld nodig, oké! Het kind van Mel moet naar een speciale school, mijlen verderop.' Hij gebaart om zich heen. 'Ma en pa geven het nooit toe, maar hun huis stort in waar ze bij staan en het boerenbedrijf is een zwijnenstal. Als Sterling op bezoek komt heeft hij wat luxe prullen bij zich waar niemand iets aan heeft, en dan denkt hij: klaar is Kees. Belachelijk, echt volkomen belachelijk.'

Ik zeg eventjes helemaal niets tot zijn woede wat bekoeld is.

Dan vraag ik rustig: 'Dus je hebt Sterling gebeld om hem om geld te vragen?'

Paul lijkt verrast te zijn als hij merkt dat hij overeind staat, en weet blijkbaar niet wat hij met zijn handen aan moet. 'Pa wordt binnenkort zestig. Ik dacht, als we nou zouden zeggen dat we geld nodig hadden voor zijn verjaardag, dan konden we daar een paar gaten mee dichten.'

'Waarom heb je hem het niet gewoon direct gevraagd? Hem uitgelegd hoe het er met de boerderij voorstond. Dat had hij toch vast wel begrepen?'

'Hij vond al dat hij veel beter was dan wij. We wilden verdomme ons handje niet ophouden.'

'Ik kan me indenken dat je geen medelijden wilde, maar hij was familie.'

'Snap je dat dan niet? We wílden zijn hulp niet,' sist Paul, laaiend nu, 'maar die hadden we echt nodig.' Hij buigt zich dreigend naar me toe. 'Weet je wel hoe hard we hier moeten ploeteren om te kunnen overleven?'

'Dat is vast heel zwaar.'

'Zwaar?' snauwt hij. 'Het boerenbedrijf is de hel op aarde, en Sterling wist niet hoe snel hij ertussenuit moest knijpen! Hij heeft nooit een vinger uitgestoken op de boerderij, maar er wel in elk klote-interview over gewauweld. Als het zo uitkwam was het opeens goed voor zijn image.' Pauls blauwe ogen spuwen vuur.

'Wat zei hij toen je hem om geld vroeg?'

'Ik zei dat we een feestje voor pa aan het organiseren waren, en dat we een aanbetaling voor de huur van het zaaltje nodig hadden, en toen kwam hij met allemaal ideeën aanzetten over hoe we het moesten aanpakken, in feite kaapte hij het van ons weg en opeens had ik het niet meer. Hij had echt geen idee! Ik zei dat hij ons gewoon het geld moest geven en dat Mel en ik het allemaal wel zouden regelen, en toen werd hij echt boos en zei dat wij hem altijd buitensloten en dat hij ook mee wilde denken. Alsof alles om hem draaide.'

'Was hij bereid je het geld te geven?'

'Ja', geeft Paul toe. 'Hij zei dat hij het zou overmaken.'

'Waar hebben we het dan over?'

'Vijf mille.'

'Oké, dus Sterling heeft ermee ingestemd je wat geld te geven. Maar ik snap nog steeds niet waarom je in de stad was, Paul.'

Stampvoetend grijpt hij naar zijn haar. 'Dat weet ik niet! Ik weet de helft van de tijd niet waarom ik iets doe.' Hij slaat met een vlakke hand tegen zijn voorhoofd en laat een primitief gegrom horen. 'Ik ben een idioot.'

Als ik zijn pafferige gezicht zie krijg ik een beetje medelijden met hem.

In een veld vlakbij wordt een tractor gestart en het gebrul van de motor zweeft over de weiden. De zon staat hoog boven ons, en ik begin een beetje te zweten in mijn jas. Van al die open vlaktes krijg ik het benauwd.

'Ik wilde gewoon zien hoe die film werd gemaakt', zegt hij eindelijk.

'Wou je de opnames zien?'

'Ja.'

'Waarom?'

'Dat weet ik niet!' Hij kijkt me smekend aan. 'Ik wilde het gewoon eens zien. Mijn broer is een beroemde filmster en ik verdien nog geen twintig dollar per uur met lullige klusjes.' Hij veegt met zijn mouw langs zijn voorhoofd, laat zich dan weer op de het bankje ploffen en begraaft zijn hoofd in zijn handen. 'Iedereen vraagt altijd maar wat Sterling aan het doen is, en ik bedacht dat het voor een keertje weleens cool zou zijn om te kunnen zeggen dat ik erbij was. Dat ik een VIP-kaart had en live op de set aanwezig was. Dat klinkt nu heel achterlijk.'

'Vertel eens waar je naartoe bent gegaan?' vraag ik.

'Ik heb mijn busje in de buurt van het cricketstadion geparkeerd en ben naar de hoek van Spring Street en Flinders Street gelopen waar al die dranghekken stonden.' Hij likt over zijn gebarsten lippen. 'Overal stonden mensen, maar ik ben naar voren gedrongen tot ik de regisseur kon zien – hij zat op zo'n hoge stoel en had een schermpje waarop je al een beetje kon zien hoe de film ging worden.'

'Heb je gemerkt dat Sterling werd aangevallen?'

'Zo ongeveer, ja. Ik wist niet wat er aan de hand was, maar toen begon iedereen opeens te schreeuwen. Lizzie klonk erbovenuit en toen brak er paniek uit, maar ik begreep niet wat er precies gebeurde.'

'Waarom ben je niet gebleven? Als je dacht dat je broer wat was overkomen, moest je je dan niet om hem ontfermen?'

Paul kijkt me aan en haalt zijn schouders op. 'Tja. Weet ik niet. We zijn nou eenmaal geen gewone broers.'

'Je ging best vaak naar Melbourne, toch, Paul?'

'Af en toe.'

'Heb je Sterling ooit gezien, misschien zonder dat hij dat heeft gemerkt?'

'Ik wist waar hij woonde', antwoordt Paul.

'Is dat een ja?' wil ik weten.

'Ik zag hem weleens, ja.'

'Wanneer ben je vorige week in Melbourne aangekomen, Paul?'

'Maandag', geeft hij toe. 'Ik kom er graag. Net of ik er in mijn eentje ben, ook al is het heel druk. Hier word je altijd en eeuwig naar Sterling gevraagd, daar is geen ontkomen aan. Zelfs in Castlemaine wisten ze wie ik was. In Melbourne kan ik als het ware onderduiken.'

Ik bespeur een beweging bij de deur van het woonhuis; ik herken Melissa's silhouet achter het vliegenhor.

'Heb je ooit met je broer gepraat wanneer je in Melbourne was, Paul?' vraag ik.

'Nee.' Hij schudt beslist zijn hoofd. 'Nooit.'

'Maar waarom bespioneerde je hem dan?' vraag ik door. 'Waarom ging je naar hem op zoek?'

'Weet ik niet', zegt hij met vertwijfelde blik. 'Ik geloof dat ik het gewoon met eigen ogen wilde zien. Zijn leven, snap je. Ik heb altijd het gevoel gehad dat ik dat had kunnen zijn.'

Zaterdag 25 augustus, 14.18

Ik parkeer de auto bij mijn vader voor de deur. Het huis ziet er nog precies hetzelfde uit, alleen staat er een grote oranje pot vol bloeiende planten pal naast de voordeur. Die steekt fel af tegen de neutrale kleuren van het huis.

Ik bel kort met Fleet en praat hem bij over mijn gesprekje met Paul.

'Dus hij is toevallig in de stad, vlak bij de plek waar zijn broer is neergestoken, maar heeft er absoluut niks mee te maken?' zegt Fleet, die luid in de telefoon smakt.

'Dat beweert hij.'

'Geloof je hem?'

'Eigenlijk wel', zeg ik met een zucht.

'Denk je dan niet dat hij na dat eerste beetje geld de smaak te pakken heeft gekregen en dat het vooruitzicht van een grote klapper hem over de rand heeft geduwd?'

'Zou kunnen. Hij is in ieder geval kwaad. En heel verbitterd dat Sterling het zoveel beter had. Hij is ook behoorlijk eenzaam.'

'Maar?'

Ik probeer de hopeloosheid die van Paul Wade uitging onder woorden te brengen. 'Hij is in de war. En niet geschikt voor het boerenleven, dat kon hij duidelijk niet aan, waardoor hij zich nog gedesoriënteerder voelde. Hij had de zoon moeten zijn die de boerderij erft en doet wat er van de oudste wordt verwacht, en zal zich een grote mislukkeling voelen. Hij heeft geen relatie, en waarschijnlijk allang weinig geluk met vrouwen. Matthew en April steunen zwaar op hem en Melissa, wat zijn wrok jegens Sterling alleen nog maar erger maakt. Misschien moet je zijn tripjes naar de stad zien als een vlucht in de anonimiteit.'

'Dat weet ik niet, hoor, Woodstock', zegt Fleet. 'Rondhangen in de stad, naar de hoeren gaan en je broer bespioneren? Hij lijkt me knettergek.'

'Ik denk dat hij oprecht gelooft dat alle pech in zijn leven op de een of andere manier te wijten is aan het succes van zijn broer.'

'Maar waarom volgt hij hem dan stiekem?' dringt Fleet aan. 'Het is verdomd griezelig als je door je eigen broer wordt bespied.'

'Volgens mij wilde hij gewoon met eigen ogen zien wat voor geweldig leven Sterling had. Gek genoeg rechtvaardigde dat ergens zijn rancune.'

'Tja, we hebben allemaal zo onze geheimen', zegt Fleet, een boer onderdrukkend.

'Misschien wel, ja.'

'Ga je hem nog eens aan de tand voelen?' vraagt hij.

'Ik heb het gevoel dat hij er niets mee te maken heeft, maar dat hangt waarschijnlijk van de camerabeelden af. Is er nog iets opgedoken waaruit blijkt dat hij dichter bij de plaats delict was?'

'Nee. En ik denk dat ik het met je eens ben – boos of niet, ik zie Paul zoiets niet voor elkaar krijgen. Hier is een plan voor nodig, en daar is hij niet toe in staat, althans niet zonder hulp.'

'Een motief, maar geen middelen.'

'Een griezel, maar geen benul.'

'Ik moet ervandoor', zeg ik lachend.

'Is het nog steeds de bedoeling dat je maandag terugkomt?' vraagt hij.

'Ja. Maandagmiddag, hopelijk. Ik heb hier nog wat te doen.'

Even denk ik dat hij nog meer wil weten, maar hij hoest alleen maar door de telefoon.

'Laat het me weten als jullie iets belastends over Paul vinden', zeg ik. 'Ik kan makkelijk nog even bij de boerderij langsrijden als dat moet.'

'Komt voor elkaar, Woodstock', antwoordt Fleet en hij hangt op.

Ik gooi mijn werktelefoon in mijn tas, check mijn eigen mobiel en zie dat ik een oproep van Josh gemist heb. Ik realiseer me dat ik hem niet eens heb laten weten dat ik weg ben. Wat we ook hebben samen wordt door mij zo gruwelijk verwaarloosd dat er binnenkort waarschijnlijk niet veel meer van over is.

Als ik uit de auto stap wervelt vogelgezang door de warme lucht. Bij nader inzien valt me op dat paps huis er verzorgder uitziet dan normaal: het gras is gemaaid en er ligt een nieuwe deurmat.

Ik druk op de bel en hoor het geluid door het huis dansen.

'Gemma!' roept Rebecca uit. Ze heeft een schort voor en haar verzorgde bob zwiert om haar gezicht als ze de deur opendoet. 'Lieve hemel, wat een verrassing.'

Ik glimlach stijfjes, nogal geïrriteerd dat ik haar hier tref.

'Ned!' roept ze de gang in. 'Het is Gemma!' Ze lacht me stralend toe en klapt in haar handen. 'Wat zal je vader zíélsgelukkig zijn.'

Pap komt eraan en geeft me een reuzeknuffel. 'Gemma, lieverd! Wat doe jij hier?'

'Ik moest in de buurt zijn, een spoor in een lopend onderzoek checken, dus ik dacht, ik kom even langs.'

'De zaak-Wade', zegt Rebecca nuffig. 'Zijn familie woont niet ver hiervandaan. Weet je niet meer dat ik je dat verteld heb, Ned?'

'Kun je blijven tot Bens voetbaltoernooi zondag?' vraagt pap. 'Wat zal hij dat geweldig vinden.'

Ik knik en wou maar dat Rebecca in het niets oploste.

'Ongelooflijk dat ze van je vragen om ook in het weekend te werken', zegt ze, en ze geeft me onhandig een klopje op de arm.

'Tja, het is geen baan van negen tot vijf', kaats ik terug.

Pap schraapt zijn keel. 'Kom binnen, lieverd. Je ziet er moe uit. Rebecca is aan het bakken geweest, dat ruik je waarschijnlijk wel. Kom binnen, kom binnen', zegt hij druk.

Als ik naar binnen ga ruik ik Rebecca's huisvlijt meteen. Ik laat mijn tas naast de bank ploffen, en het valt me op dat er een vaas bloemen op de keukenbar staat en een gebloemd kleed over de bank is gedrapeerd.

'Ik snij meteen een plak cake voor je af', zegt Rebecca, die een mes omhooghoudt. 'Hij is nog warm.'

'Ik hou niet zo van zoetigheid', zeg ik.

'Gemma...' waarschuwt pap.

'Wat? Dat is toch zo?'

'Geeft niet, hoor', roept Rebecca uit. 'Wat wil je dan? Er is heerlijke zelfgemaakte soep, of heb je liever een boterham?'

'Gewoon een glas water, graag.'

Pap kijkt me aan terwijl hij op de bank gaat zitten. 'En, wanneer moet je weer thuis zijn?'

'Maandag', zeg ik. 'Ik kan niet langer blijven. De afgelopen weken waren heel hectisch.'

Pap schudt met verbijsterd medeleven zijn hoofd. 'Het klinkt allemaal heel akelig, lieverd. Pas je een beetje op?'

Ik wuif zijn bezorgdheid weg. 'Niks aan de hand, pap.'

Rebecca reikt me een groot glas water aan en zet een bordje met een enorme plak rozijnencake op de armleuning van de bank.

'Dank je, Bec', zegt pap met een glimlach.

'Dank je', mompel ik, en ik verslik me bijna als ik te snel een slok neem.

Pap en Rebecca beginnen over de laatste nieuwtjes uit Smithson; ze maken voortdurend elkaars zinnen af. Ik klem het glas tussen mijn vingers, ik was vergeten hoe schril haar stem klonk.

'En, gaan jullie allebei naar dat voetbaltoernooi?' vraag ik.

Pap pakt Rebecca's hand beet en knikt. 'Nou en of. Ben heeft ons officieel uitgenodigd. We hebben een kaartje van hem gekregen – het ligt hier ergens.'

'Schattig', zeg ik, terwijl ik mijn ergernis niet probeer te laten merken. 'Uiteraard ga ik vanmiddag naar Ben om wat tijd met hem door te brengen. Maar daarna had ik gedacht dat wij vanavond laat samen konden eten, pap, als Ben naar bed is?'

Hij lacht me even toe en wisselt dan een blik met Rebecca. 'Tja, lieverd, wij hebben al wat, maar je bent van harte welkom om aan te schuiven.'

'De buren komen bij ons eten', vult Rebecca aan. 'De Parsons, ken je die? Nee? In ieder geval zou het fijn zijn als je erbij bent.'

Er borrelt iets bij me naar boven, en opeens sta ik rechtop, net als Paul Wade eerder. 'Kun je dat etentje misschien uitstellen?' Ik slik. 'Ik wil gewoon graag een poosje met jou samen zijn, pap, even bijkletsen.'

'Gemma.' Hij duwt zich overeind op de bank. 'Kom, ga zitten, lieverd.'

Ik wil tegenstribbelen, maar iets in zijn blik weerhoudt me en ik ga zitten. 'Wat is er?' vraag ik stijfjes.

'Lieverd, er is iets wat ik je al eerder had willen zeggen, maar ik heb gewacht tot ik het je persoonlijk kon vertellen.' Hij zet zijn bril af, wrijft achtereenvolgens in beide ogen en zet hem weer op. 'Dus nu je hier toch bent.'

'Waar gaat het over?' vraag ik terwijl ik zijn blik vasthoud.

'Tja,' zegt hij met onvaste stem, 'Rebecca was hier zo vaak dat we dachten dat ze net zo goed bij me kon intrekken.'

Ik krijg opeens een gortdroge mond. 'Oké', krijg ik er met moeite uit. 'En sinds wanneer is dat?'

'Een week of drie geleden', zegt Rebecca. 'Ik knap mijn oude huis een beetje op, geef het hek nog een likje verf en zo, en dan kan het in de verkoop.'

Pap geeft een kneepje in haar hand en kijkt dan weer naar mij. 'Alles gaat zo goed, Gemma', zegt hij zacht. 'Zo goed zelfs dat we ook hebben besloten te trouwen.'

'Trouwen?' gooi ik eruit.

'Ja. We hebben nog geen concrete plannen of zo, hoor. Wie weet komt het er nooit van, maar ooit geven we elkaar hopelijk officieel het jawoord.'

Ik krijg een drukkend gevoel op mijn borst, alsof ik ga flauwvallen. 'Trouwen', zeg ik nog eens.

Rebecca steekt haar hand uit. 'We hebben mijn moeders oude ring opnieuw laten zetten', zegt ze, en ze laat een gouden ring met een rijtje saffieren zien. 'Mooi, hè?'

‘Waar zijn mama’s ringen?’ vraag ik plotseling als ik me realiseer dat ik geen idee heb.

Geschrokken werpt pap snel een blik op Rebecca, die nog steeds haar ring bewondert.

‘Daar is ze mee begraven, lieverd’, zegt hij. ‘Ze had alleen haar trouwring maar.’

‘Nou’, zeg ik in de wetenschap dat ik moet blijven praten, dit moment met woorden moet vullen. ‘Gefeliciteerd.’

‘Ik had het je al eerder willen vertellen, Gemma’, zegt pap. ‘Maar dat wilde ik niet over de telefoon doen. Dat leek me niet correct.’

‘Geeft niks’, zeg ik en ik spring op. ‘Het is geweldig.’

‘Ja’, zegt pap nerveus. ‘Tja, dat vinden wij in elk geval.’

Ik kijk op mijn horloge als de kamer me opeens benauwt. De baklucht. ‘Ik moet ervandoor. Ik moet maar eens naar Scott.’

Pap krabbelt op. ‘Ben je weer terug voor het eten?’

‘Ik zal de logeerkamer klaarmaken’, zegt Rebecca en blikt van de een naar de ander.

‘Nee, nee,’ babbel ik, ‘ik denk dat ik maar bij Ben blijf.’

‘Ik zal je de sleutel geven zodat je er ook later in kunt’, zegt pap.

‘Niet nodig’, zeg ik. ‘Ik overnacht bij Scott.’

Met de ogen van pap en Rebecca op me gericht pak ik mijn tas en wijk van hen terug, een gemaakte glimlach op mijn gezicht. ‘Fijne avond dan maar. En nog gefeliciteerd, zoals ik al zei. Ik zie jullie op Bens voetbaltoernooi.’

Zaterdag 25 augustus, 14.59 uur

Mijn hartslag wil maar niet tot rust komen als ik het korte stukje naar mijn oude huis rijd. Het voelt of ik drugs heb gebruikt, elke centimeter huid is strak gespannen en de gedachten buitelen zo over elkaar dat ik eigenlijk helemaal nergens aan denk.

Ik rij iets te hard mijn oude straat in, een onverwachte snik wegduwend, en parkeer de auto op een paar meter afstand van wat nu Scotts huis is. Met een hand voor mijn mond bekijk ik mezelf in het achteruitkijkspiegeltje en laat de emotie betijen. Dit is kinderachtig, ronduit belachelijk, dat weet ik. Mam is al jaren dood en pap heeft recht op een beetje geluk. Bovendien woon ik hier niet eens meer. Wat is er toch met me aan de hand? Ik gedachten wijs ik mezelf terecht en som op waarom dit huwelijk juist goed is, maar mijn handen blijven maar trillen en de tranen liggen gevaarlijk op de loer.

Achter me komt Scotts auto de straat inrijden. Vreemd, maar ik had er niet eens bij stilgestaan dat ze misschien wel niet thuis waren. Scott parkeert de auto op de oprit, stapt uit en tilt Ben van de achterbank. Ben komt met een voetbal in zijn handen tevoorschijn, maait met zijn korte beentjes door de lucht en maakt Scott aan het lachen tot hij hem neerzet. Hij rent de voortuin in, draait zich dan om en roept iets tegen Scott.

Scott schreeuwt wat terug, zet zijn telefoon aan, waarna hij met zijn duim over het scherm scrolt en hem weer uitzet. Hij ziet eruit als een leuke man. Een leuke vent. Hij straalt nog steeds iets vriendelijks uit, iets aardigs, zelfs na alles wat ik hem heb aangedaan. Zijn haar zit grappig door de war. Een man van doorsnee lengte, met een doorsnee postuur en doorsnee uiterlijk. Bovendien in alle opzichten een beter mens dan ik.

Hij buigt zich voorover en wenkt dat Ben de bal naar hem moet schieten.

Ik stap uit de auto en tuur tegen de zon in als Scott naar voren rent om de bal terug te schoppen. Beiden draaien hun hoofd om wanneer ik het portier dichtsla. Scotts blik vangt de mijne en hij richt zich weer op tot mijn ooghoogte. Met licht opgetrokken wenkbrauwen komt hij in beweging.

Ik til mijn hand op alsof ik bij een verre verwant langsga. Ik laat mijn arm weer zakken zodat hij tegen mijn bovenbeen kletst, en ik moet moeite doen om te voorkomen dat mijn tas van mijn schouder glijdt. Ik weet me geen houding te geven.

'Gem', zegt Scott, en in dat ene vertrouwde woordje weerklinken jaren van samenzijn.

'Mama!' schreeuwt Ben, die over het gras aan komt rennen en in mijn armen springt. Als ik Ben omhels, ontstaan er rimpeltjes rond Scotts ogen, maar ik kan niet zeggen of die liefdevol of geïrriteerd zijn bedoeld. Dat heb ik eigenlijk nooit gekund.

Scott loopt naar me toe en slaat op een nadrukkelijk broederlijke manier een arm om me heen. 'Wat een verrassing', zegt hij op neutrale toon.

'Mam, mam, mam', zegt Ben telkens. 'We wisten niet dat je zou komen.'

'Dat wist ik zelf amper', zeg ik.

'En, wat doe je hier?' vraagt Scott.

Ik zet Ben weer neer en neem zijn hoofdje tussen mijn handen. Ik verlang zo hevig naar hem dat ik ineens niet goed weet wat ik met mezelf aan moet.

'Ik moest iemand spreken die hier in de buurt woont, dus ik dacht: ik ga even langs. En nou schijnt het dat iemand morgen een heel bijzondere voetbalmiddag heeft.'

'Kom je naar de prijsuitreiking, mam?'

Ik glimlach en kus hem op het puntje van zijn neus. 'Ja, schat, als dat mag van jou.'

'Tuurlijk', zegt Ben en geleidelijk raakt de knoop in mijn binnenste losser. Dan worstelt hij zich los. 'Ik zal je laten zien hoe goed ik kan scoren, mam', zegt hij en hij rent de voortuin in.

Scott en ik kijken ons zoontje na.

'Rij je maandag weer naar Melbourne terug?'

'Ja.'

'Ben zal dolblij zijn dat je er morgen bij bent, weet je.'

'Ja. Echt mazzel dat dit zo uitpakt.'

'Toch had je even moeten laten weten dat je van plan was te komen. Je kan niet zomaar ineens op de stoep staan, Gem.'

'Sorry.'

Ben scoort een denkbeeldige goal en rent joelend een rondje.

'Ga je ook nog naar je vader?' vraagt Scott.

'Daar kom ik net vandaan', zeg ik terwijl de knoop in mijn maag terugkeert. 'Hij zei dat Rebecca en hij verloofd zijn, en dat ze bij hem is ingetrokken.'

'Aha', zegt Scott, en hij laat zijn hoofd zakken.

'Dat wist je al!' roep ik gekrenkt.

'Haar ring was me opgevallen', antwoordt Scott schaapachtig.

'Nou zeg, wat ben jij een verdomd scherpe detective', zeg ik bitter.

Scott ziet eruit alsof hij nog wat wil gaan zeggen, maar doet er het zwijgen toe. Met een blik op Ben zegt hij: 'Ik moet eigenlijk nog wat werken, dus waarom ga jij vanmiddag niet iets met hem doen en dan gaan we vanavond met z'n drieën uit eten, als dat jou uitkomt? Ik was sowieso al van plan met hem naar de pub te gaan.'

'Klinkt geweldig', zeg ik, opgelucht dat hij het me zo gemakkelijk maakt.

'Goed dan.' We staan even ongemakkelijk bij elkaar tot Scott naar Ben roept: 'Hé jochie, mam komt nu een balletje met je trappen. Ik moet nog het een en ander doen.'

Ben knikt opgetogen. 'Mam, jij gaat bij de brievenbus staan, en dan zal ik je laten zien hoe ver ik kan schoppen.'

Ik zet alle andere gedachten even van me af, knik en sjok naar mijn plaats. Voor een keertje vind ik het prima om bevelen op te volgen.

Zaterdag 25 augustus, 18.12 uur

'Zijn we zover?' vraagt Scott die een trui aantrekt, nog met vochtig haar van het douchen.

'Ja', zeg ik, door Bens haar woelend als hij de dobbelstenen gooit. 'Ik denk dat we dit potje een andere keer af moeten maken', zeg ik, terwijl ik mijn schoenen aandoe.

Nadat we het speelbord voorzichtig op het bureautje in Bens kamer hebben gezet, gaan we naar buiten.

'Neem je je huurwagen niet?' vraagt Scott als ik op zijn auto afloop.

Verward kijk ik hem aan. 'Nee, hoezo?'

'De pub is dichter bij het huis van je vader, dus het heeft geen zin straks hierheen te komen en dan weer helemaal terug te moeten.'

'Ik dacht dat ik misschien hier kon overnachten', zeg ik zachtjes.

'Gemma, je kan hier niet slapen.' Scott doet het achterportier open en klikt Ben in zijn zitje vast.

'O', antwoord ik beteuterd. 'Waarom niet?'

'Dat is gewoon geen goed idee', zegt hij beslist over de auto heen.

Ik kijk de straat in. De lichtslinger langs Sheri Fabers veranda gaat aan. Sheri is altijd een uitslover geweest en een enorme aandachttrekker.

'Heb je een vriendin?' vraag ik Scott.

Hij volgt mijn blikken en kijkt me dan vernietigend aan. 'Gemma. Luister, ik beloof je dat ik niks met Sheri Faber heb. Nu niet en nooit niet.' Hij schudt zijn hoofd. 'God, je bent echt ongelooflijk.'

'Maar waarom kan ik dan niet bij jou logeren?'

Hij zucht – een diepe, uitgeputte zucht van iemand die grote verantwoordelijkheid draagt. 'Daarom, Gemma. Dat gaat gewoon niet, oké?'

'Hoezo niet?'

'Omdat ik niet wil dat Ben in de war raakt. Omdat ik niet terug wil naar het verleden. Omdat ik écht een nieuwe vriendin heb, en dat niet wil verkloten. Om al die redenen, Gem.'

'Heb je een nieuwe vriendin?' herhaal ik.

'Ja, Gemma. Dat klopt. Je kent haar niet.' Scott praat langzaam, als tegen een kind.

'Maar je zei net dat je niet wilt dat Ben in de war raakt. Hoe krijg je dat voor elkaar als je een ander hebt?'

'We zien je daar wel', zegt Scott, die instapt en het portier dichtslaat.

Bronte's Bar and Grill is een vrij redelijke eetgelegenheid aan de westelijke rand van Smithson. Mijn huurauto bonkt over de hobbelige straten. Ik ken deze stad op m'n duimpje, maar in het schemerlicht vallen me kleine veranderingen op, alsof iemand een paar penseelstreken aan een schilderij heeft toegevoegd. Mijn jeugd vliegt aan me voorbij. Ik rij te hard en heel even vraag ik me af wat er zou gebeuren als ik het gaspedaal vol intrap, mijn ogen sluit en me helemaal overgeef. Het universum over mijn lot laat beslissen. Maar ik grijp het stuur stevig beet, puf de vlaag van verstandsverbijstering weg en draai de slecht verlichte parkeerplaats op.

'We krijgen een hond', zegt Ben nadat we naar ons tafeltje zijn gebracht en de drankjes zijn geserveerd. Telkens weer adem ik zijn frisse, aardachtige geur in. Hij ruikt naar thuis. Naar herinneringen. Als we eten bestellen pak ik onder tafel zijn hand beet – hopelijk duurt het even voor ze het komen brengen, zodat ik hem vast kan blijven houden.

'We dénken erover om een hond te nemen', verbetert Scott.

'Goh, spannend joh', zeg ik glimlachend tegen Ben.

Terwijl Scott zijn bier drinkt, neem ik hem op en probeer uit te vinden of hij anders overkomt, of hij van die nieuwe vriendin houdt.

'Wat?' vraagt hij, en ik schud mijn hoofd.

Ben zwenkt met zijn hoofd tussen Scott en mij heen en weer, met zijn handen om zijn glas water gevouwen.

'Als je maandag niet al te vroeg weg moet, dan kan Ben die ochtend misschien wel thuis blijven.' Scott praat langzaam. Dat doet hij meestal niet. 'Denk je dat het je lukt om hem naar school te brengen voor je weggaat?'

Ik krijg de kriebels, zo neerbuigend praat hij. 'Ik weet niet of dat me lukt, hoor', antwoord ik sarcastisch.

Scott neemt een flinke slok bier en kijkt me dan strak aan. 'Gemma', waarschuwt hij, als tegen een ongehoorzaam huisdier.

'Moet hier nog wat te drinken komen?' vraagt een pittige serveerster met een blik die van Scott naar onze ringloze vingers schiet.

'Nee', zeg ik lomp, al snak ik naar een tweede glas wijn.

'Ja, graag', zegt Scott, die naar haar lacht en op naar zijn bijna lege bierglas wijst.

'Mag ik limonade alsjeblieft?' vraagt Ben beleefd.

'Natuurlijk', zeggen we tegelijkertijd.

'Weet je zeker dat je niets wilt drinken, Gem?' vraagt Scott.

'Nee, dank je. Ik drink tegenwoordig eigenlijk niet meer.'

Hij kijkt me met een opgetrokken wenkbrauw aan.

De serveerster stopt haar pen en notitieblokje weer in het zakje van haar schort. 'Eén Sprite en één bier, komt eraan!' zegt ze met een tinkelende stem.

'Hé, maar dat met Sterling Wade moet wel heel interessant zijn.' Het is een serieuze vraag van Scott, al weet ik dat hij alles wat met mijn werk te maken heeft verafschuwt. Voor hem heeft de dood – in het bijzonder die met verdachte oorzaak – altijd vooral betekend dat ik eerst geestelijk en al heel snel daarna ook lichamelijk niet meer aanwezig was. Dat de behoefte puzzels op te willen lossen er bij mij ingebakken zit heeft hij nooit begrepen. Eerlijk waar, gaandeweg kon hij de misdrijven aan me ruiken; telkens als ik thuiskwam trok hij een vies gezicht, alsof het kwaad met me meegelopen was. Maar blijkbaar is zelfs Scott niet helemaal immuun voor beroemdheid.

'Zoiets heb ik inderdaad nog nooit meegemaakt', zeg ik. 'Het mediacircus is echt krankzinnig.'

'Ja, we hebben je een paar keer op het nieuws gezien. Mijn moeder heeft er me erover gemaild. Het was voor het eerst in tijden dat ik iets van haar heb gehoord.' Scotts ouders wonen in Groot-Brittannië en leven zo ongeveer als kluizenaars. Ik zie zijn kloeke, volgzame moeder voor me, die zich op haar gebloemde zitbank heeft genesteld en opgetogen naar afleveringen van *The Street* zit te kijken.

'Is hij echt gewoon op klaarlichte dag door zomaar iemand aangevallen?' gaat Scott verder.

'Ja, zo ongeveer. Je weet dat ik er niet veel over kwijt kan, maar er gebeuren rare dingen onder de oppervlakte. Allemaal behoorlijk frustrerend.'

'Maar jij hebt de leiding over het onderzoek, toch? Dus dat is mooi.'

'Klopt. Nou ja, met Fleet samen. En natuurlijk onder toezicht van Isaacs, mijn chef. Alleen vertrouwt hij ons volgens mij nog niet zo', voeg ik eraan toe.

'Is Fleet ook rechercheur?'

'Ja.'

'Een aardige vent?' informeert Scott gemoedelijk.

'Een aparte vent', zeg ik.

Scott knikt, glimlacht naar Ben en pakt dan een servet om zijn mondhoeken af te vegen. Ik vraag me af of Scott aan mijn verhouding met mijn vroegere partner Felix moet denken. Scott en ik hebben het er nooit over gehad, niet echt tenminste, maar volgens mij vermoedt hij wel dat er zich iets heeft afgespeeld. Ik druk een lawine van herinneringen aan Felix weg. Ik heb geen idee waar hij nu is; ik neem aan nog in Sydney met zijn vrouw en dochters.

'Blijf je bij ons slapen, mam?' vraagt Ben, waarmee hij mijn gedachtestroom afkapt. Hij neemt een slokje limonade en veegt zijn pony uit zijn ogen.

'Toe nou, knul, ik heb je al gezegd dat mam bij opa en Rebecca logeert', zegt Scott luchtig. 'Ze moet Rebecca gezelschap houden.'

Ik trek een lang gezicht, net als ons eten wordt gebracht.

'Ze is echt niet zo erg, Gem', zegt Scott. 'Ik weet dat het allemaal een beetje snel is gegaan, maar je vader lijkt echt gelukkig te zijn. En ze geeft duidelijk om hem. Het is goed voor hem zo iemand om zich heen te hebben.'

'Nou, ze heeft in ieder geval haar stempel op het huis gedrukt', zeg ik somber en ik begin in mijn rode biefstuk te zagen. 'Stomme planten en bloemen waar je maar kijkt.'

'Ik vind Rebecca aardig', verkondigt Ben, die een paar patatjes naar binnen schuift.

'Natuurlijk, ze is een aardige mevrouw', zeg ik diplomatiek en ik houd mijn blik op mijn bord gericht als ik nog een stukje vlees eet. Een poosje zitten we zwijgend te kauwen, tot Scott in lachen uitbarst. Dan volgt Ben en uiteindelijk lach ik ook mee.

Na het eten bestellen we warme chocolademelk voor ons drieën en dan komt Ben echt los; hij babbelt tegen me over zijn schoolvriendjes en het toneelstuk waarin hij een rolletje heeft. Scott heeft het kort over de winkelpromenade die zijn bedrijf aan het bouwen is en de scherpe zorgrimpel op zijn voorhoofd wordt nog dieper. Het is duidelijk dat hij geldzorgen heeft.

Buiten is de nog warme lucht zwoel en zacht. Er fonkelen sterren aan de hemel.

'Dag mam', zegt Ben en hij slaat zijn sterke armpjes om me heen.

Met gesloten ogen adem ik hem in. 'Dag schat. Ik zie je morgen, oké?'

Hij zwaait even kort naar me en klautert in zijn kinderzitje.

'En, is het dik aan? Met die vrouw?' vraag ik aan Scott als hij tegen de auto leunt nadat hij Ben geïnstalleerd en het portier dichtgeklapt heeft.

'God, Gemma, je bent ongelooflijk. Echt.' Met een schamper lachje steekt hij zijn handen in de zakken.

‘Dat wil ik gewoon graag weten’, zeg ik. ‘Kom, vertel op.’ Ik verplaats mijn gewicht van de ene naar de andere voet, mijn benen jeuken. ‘Komt ze bij ons thuis? Weet ze van mij?’

‘Weet ze wát van jou, Gem?’

‘Tja, geen idee. Alles, lijkt me. Zeg eens, neuk je haar als Ben thuis is?’

‘Echt, Gemma, nu ga je te ver. Uiteraard ben je overstuur vanwege je vader en Rebecca, maar hier ga ik het niet met je over hebben.’ Dan ontspannen zijn gelaatstrekken zich, en nu ziet hij er eerder bezorgd dan boos uit. ‘Hoor eens, Ben logeert één keer per week bij je vader. Dan spreken we soms af. En Ben heeft haar een paar keer ontmoet. Soms gaan we ergens eten. Je hoeft je over mijn gedrag beslist geen zorgen te maken. Ze is aardig. Met Ben gaat het prima. Het jochie zit goed in z’n vel.’

‘O, super. Dus jullie gaan gezellig uit eten samen, zoals daarnet. En als mijn zoontje bij mijn vader is, ga je met dat mens liggen rampetampen. Geweldig, hoor.’

Een stel komt het restaurant uit en werpt ons een verwonderde blik toe voor ze naar hun auto snellen. Ik zie Bens gezichtje; een witte schijf tegen de halfduistere achterbank.

‘Ons zoontje woont bij jou’, ga ik verder. ‘Ik heb er recht op te weten met wie hij zoal in aanraking komt.’

‘Tuurlijk. En waar kom jij in Melbourne allemaal mee in aanraking? Nee, nee, kom op, vertel’, zegt Scott als ik mijn ogen ten hemel sla. ‘Met welke prachtige voorbeeldfiguren ga jij om?’ Hij slaat potsierlijk met een hand tegen zijn voorhoofd. ‘O, nou weet ik het weer. Dat maakt niet uit. Want jij kan doen wat je maar wil.’

‘Je wilt toch dat Ben bij je woont?’ vraag ik, en ik vrees een ogenblik voor het antwoord.

Scott zucht en ik herinner me al die keren dat hij dat deed voor ik wegging. ‘Natuurlijk wil ik hem hier bij me. Ik wil absoluut niet dat hij bij jou in de stad woont. Maar toch is het niet makkelijk, Gem. Dat moet zelfs jij toch kunnen begrijpen?’

Ik knik afwezig en denk aan die keer dat Ben in Melbourne was. De onverbiddelijke verantwoordelijkheid om voor hem te moeten zorgen, altijd die ongerustheid, had ik verpletterend gevonden. Mijn dagen in Melbourne draaien nog steeds om hem, maar daar is de druk om voor zijn welbevinden te zorgen veel minder sterk. Ondanks mijn zorgen ben ik in wezen vrij.

'Ik geloof dat ik alleen maar niet wil dat hij me vergeet. Dat is alles.' Ik fluister de woorden, want het is te eng om ze hardop te zeggen.

Scott wrijft in zijn ogen. 'Ach Gemma. Hij veráfgoodt je. Zie je dat dan niet? Dat baart me eigenlijk de meeste zorgen.'

'Jij hebt me ook verafgood', breng ik naar voren.

'Klopt', zegt Scott. 'Maar inmiddels weet ik beter. Onze kleine man daarentegen, die groeit daar nooit overheen.'

Ik kijk naar Ben, die met zijn hoofdje opzij is ingedommeld. 'Daar ben ik niet zo zeker van', zeg ik.

'Ik wel.' Scott rukt de bestuurdersdeur open. 'Als je wilt kun je morgen voor het voetbaltoernooi begint bij ons langskomen. En anders zien we je daar.'

'Oké.' Ik wou dat we net bij het eetcafé aankwamen, zodat we weer naar binnen konden gaan en het etentje over konden doen.

Het portier klapt dicht, Scott zwaait kort en rijdt de parkeerplaats af. Nog even dansen twee rode ogen in het duister om daarna in het niets op te lossen.

Ik blijf doodstil staan en laat het lichte briesje om me heen wervelen. Dan draai ik me om en ben even gedesoriënteerd, tot ik me een paar tellen later herinner dat ik een huurauto heb. Naast de wagen pak ik mijn sigaretten tevoorschijn en steek er een op. Er is niemand in de buurt; de bladeren van de eucalyptussen graaien naar de lantaarns en veranderen de grond in een glinsterende zee. Ik neem een paar diepe halen terwijl allerlei taferelen van de dag door mijn hoofd spelen. Dan trap ik de peuk uit en bliep de auto open. Binnen is de lucht bedompt en nep, een geur van nieuwigheid die helemaal niet bij een plaats als Smithson past.

Ik rij naar het centrum en sla de hoofdstraat in. Daar zet ik de auto stil, doof de lichten en kijk een kroeg in. Er dreunt muziek en achter de ramen zie ik contouren van mensen die staan te lachen, te praten en te drinken. Ik stel me voor dat ik naar binnen ga en een drankje bestel. Lach, flirt. Niet op de tijd let en me geen zorgen over morgen maak.

Ik pak mijn telefoon.

'Gemma!'

'Ha, Candy', zeg ik met een zo vast mogelijke stem. 'Ben je thuis? Ik ben in Smithson en ik heb een slaapplek nodig.'

Maandag 27 augustus, 14.14 uur

De skyline van Melbourne doemt op terwijl de taxi over de snelweg kruipt. Net als ik naar de rijbaan voor ons kijk, staan we met een ruk stil. Iemand toetert.

'Klootzak!' roept de chauffeur. 'Sorry', mompelt hij tegen mij.

Er voegen zich meer claxons bij het koor, dat een medley vormt met de jarentachtigsong op de radio.

Ik ga even verzitten op de bank. De hele terugrit heb ik al last van kramp in mijn benen. Mijn enkels jeuken en mijn nek ook. Ik buig naar voren om langs de file te kunnen kijken.

'Wat is er aan de hand?' vraag ik.

De chauffeur haalt zijn schouders op. 'In deze stad kan niemand meer autorijden.'

We trekken weer traag op. Ik ga verder met het checken van mijn mail. Een paar minuten later spits ik mijn oren als de radiopresentator een interview met Lizzie Short aankondigt over hoe ze de tragische dood van haar verloofde verwerkt.

'Kunt u de radio wat harder zetten alstublieft?' vraag ik aan de chauffeur, terwijl ik ondertussen bedenk hoe ik op een berichtje van pap moet antwoorden. Hij is duidelijk laaiend over mijn reactie op het nieuwtje van zijn verloving, en hoewel ik me aan de ene kant schuldig voel zijn geluk te bederven, verzet mijn hele wezen zich zó tegen het idee dat ik niet redelijk kan reageren.

Na de reclames stelt de presentator Lizzie op ernstige toon voor en vat de gewelddadige dood van Sterling nog eens samen. Dan vult haar stem de auto en ik zie haar bleke gezicht en lange, glimmende haar voor me. Ze klinkt ouder, afgemat. Ze formuleert zorgvuldig; na elke vraag valt een stilte voor ze antwoord geeft.

'Het hele land treurt met je mee, Lizzie', zegt de presentator op plechtige toon. 'Zeg eens, weet je je een beetje te redden?'

'Bedankt', zegt ze. 'Of ik me red, dat weet ik eigenlijk niet. Meestal probeer ik alleen maar de uren, soms zelfs de minuten door te komen. Het is echt heel zwaar.'

'Daar kan ik me geen voorstelling van maken', mompelt de presentator. 'Het moet een enorme schok zijn geweest.'

'Zeker. Het overkomt me nog steeds dat ik 's ochtends wakker word en me een paar tellen niet herinner wat er gebeurd is. En dan komt dat vreselijke besef weer dat hij er niet meer is.' Lizzie slaakt een gedempte kreet. 'Sorry, sorry.'

'Geeft niets, hoor, huil gerust', zegt de presentator als we Collins Street inrijden.

Lizzie ademt diep in. 'Ik weet dat het altijd vreselijk is als je iemand verliest, maar zo plotseling, dan weet je echt niet meer waar je het zoeken moet.'

'Absoluut. En deze omstandigheden zijn echt, nou ja, niet te bevatten eigenlijk. Iedereen die ik ken is erdoor aangeslagen. Bovendien weet ik dat je al eerder zoiets tragisch hebt meegemaakt. Want je was nog jong toen je je moeder verloor, nietwaar?'

'Dat klopt. Mijn vader is ervandoor gegaan toen ik vijf was, dus we waren altijd met z'n drieën: ik, mama en mijn broertje. We hadden het niet breed, maar we waren wel een hecht gezin. Ik heb een heel gelukkige jeugd gehad. En toen, op mijn veertiende, brandde ons huis af en daarbij kwam mijn moeder om het leven. Kit en ik hebben bij mijn tante gewoond tot ik achttien werd, en daarna zijn we samen naar Melbourne gekomen. Dat was een zware tijd, maar die heeft ons nog dichter bij elkaar gebracht.'

'Stop hier maar, alstublieft', zeg ik tegen de chauffeur en ik wijs naar de ingang van het parkeerterrein van het politiebureau.

'Vreselijk hè, wat er met die Sterling Wade is gebeurd', zegt hij als hij stilstaat en de meter uitzet. 'Zomaar op klaarlichte dag doodgestoken worden.'

'In het donker vermoord worden is ook geen pretje', antwoord ik en ik betaal de rit.

'En daar is ze weer!' Fleet kondigt me luid aan, zo nadrukkelijk alsof hij een datingshow presenteert. 'Vertel, rechercheur Woodstock, hoe was je weekendtripje?'

'Geweldig, dank je', zeg ik zachtjes, laat mijn tas op mijn bureau ploffen en doe mijn computer aan. 'Heel veel frisse lucht.'

Op zachtere toon zegt hij: 'Voel je je goed genoeg om weer op het bureau te zijn?'

Ik lees echte bezorgdheid in zijn ogen. 'Het gaat prima, bedankt.'

Hij kijkt me lang aan. 'Oké. Nou, dan gaan we weer aan het werk.'

'Precies,' zeg ik, en dan: 'ik hoorde Lizzie Short net op de radio.'

'O ja?' zegt Fleet. 'En, wat had onze treurende weduwe mee te delen?'

'Niet veel. Volgens mij was het eerder een gelegenheid voor de presentator om zijn medeleven met haar tragische leven eens flink aan te dikken.'

'We hebben duidelijk het toppunt van de traumacultuur bereikt', zegt hij en hij neemt een hap van zijn mueslireep. 'Warhol was vast trots geweest.'

'Vertel mij wat', zeg ik terwijl ik in mijn ogen wrijf. Ongelooflijk dat het pas halfvier is. 'Hoe staat het er hier voor?'

Fleet schuift heen en weer op zijn stoel. Zijn leren jasje kraakt als hij zich beweegt. De geur van verschaalde sigarettenrook doet denken aan schimmige kroegen en harde muziek.

'Nou, we zijn erachter wie die blog heeft doorgesluisd', zegt hij.

'Echt? Wie dan?'

'Een of ander jonkie, Kate Joosten, dat indruk wilde maken op haar hipster-huisgenoot', antwoordt hij. 'Het arme wicht had een fotootje van de print in de briefingzaal gemaakt en die aan hem laten zien. Die heeft hij naar zijn telefoon doorgestuurd en nu weet iedereen het dus. De idioot.'

'Er zat in ieder geval geen boze opzet achter', zeg ik, terwijl ik de onopvallende donkerharige vrouw voor me zie en me indenk hoe rot ze zich nu moet voelen.

Fleet haalt zijn schouders op. 'Gewoon heel stom als je het mij vraagt.'

'Nou ja, het is toch fijn dat we helderheid hebben', zeg ik. 'Nog meer?'

'Ja. Brodie wordt vermist.'

'Waar is hij naartoe?' vraag ik verstrooid.

'Wat begrijp je niet aan het woord "vermist"?' zegt Fleet lachend. 'We hebben geen idee.'

'Weet Lizzie niet waar hij is?'

'Nee.' Fleet geeuwt. 'Vanaf dat hij na zijn babbeltje met ons op vrijdag thuis is gekomen, heeft ze hem niet meer gezien. Zijn telefoon staat uit en zijn bankrekeningen zijn onaangeroerd.'

'Ben je er ook zelf langsgegaan?' vraag ik Fleet. 'Misschien heeft hij Lizzie gevraagd om als dekmantel te dienen.'

Daar lijkt Fleet over na te denken. 'Goed punt. Ik ga erachteraan.'

Het schelle gezoem van de kantoorlampen doet pijn aan mijn ogen. Ik kijk naar Fleet, die aan het telefoneren is, verplaats mijn blik dan naar Nan en Calvin, die in de buurt van de kantine in een verhitte discussie verwikkeld zijn. Wie zijn deze mensen? Wat doe ik hier?

Ben en ik zijn vanochtend koffie gaan drinken met Jonesy, mijn oude baas. We hadden afgesproken bij Reggie's, een van mijn lievelingscafés, omdat ik liever niet naar het politiebureau wilde komen.

Jonesy vond het heerlijk om me uit te kunnen horen over het dagelijkse reilen en zeilen bij de politie in Melbourne en praatte me daarna enthousiast bij over recente zaken in Smithson. Ik zat daar naar Jonesy's vertrouwde gebabbel te luisteren, met Ben tegen me aangedrukt en tekende cirkels met een pen op mijn hand toen ik opeens door heimwee werd overspoeld. En dat terwijl ik gek genoeg thuis was.

'En, alles goed met jou, Woodstock?' had Jonesy bij het afscheid gevraagd, het hoofd licht gebogen zodat ik hem wel in de ogen moest kijken.

'Gaat het goed met je, Woodstock?' vraagt Fleet nu, mijn gedachtestroom onderbrekend.

'Wat?' Ik voel een kloppende druk achter mijn ogen. Ben vond het super dat ik bij zijn voetbaltoernooi was, maar voor mij was het alsof er gistermiddag een felle schijnwerper op me gericht stond. Ik ben nog steeds aan het bijkomen van al die vragen die op me afgevuurd werden. De starende blikken. Pap en Rebecca. Scott. Bovendien heb ik Josh nog steeds niet teruggebeld, dus die relatie kan ik vast wel op mijn buik schrijven.

'Best vreemd af en toe, hè, om weer thuis te zijn', zegt Fleet.

Verrast kijk ik hem aan en haal mijn schouders op. 'Gaat wel.'

'O, het is ongetwijfeld een schattig stadje, die geboorteplaats van je. Daarom kan je er nog wel knetter van worden.'

Hij ramt even op zijn toetsenbord. En krabbelt iets in zijn notitieblok.

Ik waag het erop. 'En jij, ga jij vaak naar huis?'

'Niet echt', zegt hij op vlakke toon. Hij onderstreept zoveel woorden in zijn tekst dat het geen zin meer heeft.

'Mis je het weleens?' ga ik verder.

Hij snuift misprijzend, maar zijn blik is vriendelijk. 'We gaan hier toch geen therapiesessie van maken? Kom, parttimevriendin', zegt hij als hij opspringt. Met een pen als een sigaret tussen twee vingers tikt hij tegen zijn bureau. 'We hebben een hele berg werk.'

Net als we aanstalten maken om naar de midddagbriefing te gaan, komt Ravi Franks met uitgestoken telefoon op ons af.

'Kijk hier eens naar', zegt hij. 'Ava James heeft zojuist op een persbijeenkomst over de aanval op Wade gesproken, maar ze liet ook vallen dat ze problemen met Cartwright had.'

Ik zie Ava's gezicht onder de afspeelknop op Ravi's telefoon. 'Zegt ze dat hij haar heeft aangerand?'

'Niet direct. Ze heeft het over zijn arrogantie en aanmatigende gedrag. Ik geloof dat ze de woorden "ongepast" en "roofdier" gebruikt.'

Als we in de gang de opname bekijken verbaas ik me erover hoe graag deze mensen hun hele hebben en houwen met vreemden willen delen.

Hoewel Ava niet openlijk naar Cartwright uithaalt, is haar boodschap niet mis te verstaan: ze bijt van zich af. Ze laat ook duidelijk doorschemeren dat haar band met Sterling heel vertrouwelijk was, en ik vraag me af of dat geen middelvinger richting Lizzie is omdat ze niet voor de uitvaartplechtigheid was uitgenodigd.

Fleet en ik gaan de vergaderzaal binnen en beginnen met de briefing. 'Is er nog nieuws?' vraag ik het team feller dan de bedoeling was.

Ava's mediaoptreden ergert me. Ook al levert niets wat ze heeft gezegd echt problemen voor ons op, het versterkt de indruk dat deze zaak zijn eigen plan trekt. Het frustreert me dat we net als ieder ander alleen kunnen toekijken terwijl de plot zich steeds verder ontwikkelt.

De verslagen die onze teamleden een voor een uitbrengen, doen me denken aan een groot, onbeheersbaar zoekspelletje, waarbij de spelleider door 'heet' of 'koud' te roepen ons telkens doodlopende straatjes in leidt, over elkaar laat struikelen en weer terug bij af brengt.

'We hebben misschien wel iets', zegt Ravi weifelend. 'We hebben de filmproductie tot in detail bekeken: het beveiligingsplan, de contracten, het doorlichten van de bewakers, dat soort dingen. Daarbij hebben we ook inzage in de financiering van de film en de honoraria gekregen, en het lijkt erop dat Katya March bijna het dubbele betaald krijgt dan wat voor een dergelijke film gangbaar is.'

'Kan ze dat hebben bedongen?' vraag ik.

'Dat weten we niet. Maar we hebben met wat mensen uit de filmbusiness gesproken, en het is zeker een forse beloning.'

'Oké', zeg ik. 'Goed. We gaan het onderzoeken.'

'Dan zijn er nog een paar andere getuigenverklaringen die we moeten uitpluizen: een jonge vrouw beweert dat ze bijna door een vent met een hoody omvergelopen is toen ze via Carlton naar huis liep, vlak na de moord op Walter Miller', zegt Chloe.

Ik deel de groep mee dat ik betwijfel of Paul Wade met de zaak te maken heeft. 'Maar hij is nog niet helemaal vrij van verdenking. Moeten er nog bewakingsbeelden bekeken worden?' vraag ik aan de agenten die over het videomateriaal gaan. 'Het mooiste zou zijn als we beelden van hem hebben op het moment van het misdrijf.'

'Er zijn nog steeds winkels die banden inleveren', bevestigt een van hen. 'Maar van de gemeente is alles binnen en we hebben hem alleen op die ene band aangetroffen.'

'Blijf zoeken', zeg ik.

Terwijl ze een voor een de zaal uitlopen probeer ik Brodie te bereiken, maar zijn telefoon staat nog steeds uit. Ik stop mijn toestel weer in mijn zak.

Fleet kijkt me vragend aan.

'Brodie neemt nog steeds niet op', antwoord ik en ik til mijn haar uit mijn nek.

'Ik geloof dat het tijd wordt hem als vermist op te geven', zegt hij.

Dinsdag 28 augustus, 10.35 uur

Katya kijkt ons argwanend aan terwijl ze tegenover ons in de verhoorruimte zit. Vandaag draagt ze een felrode blouse onder een marineblauwe bolero van nepbont. Haar zwarte haar heeft ze hoog opgestoken.

'Riley en ik hebben een overeenkomst', verklaart ze als we naar haar riante honorarium informeren.

'Zo'n "ik trek die beschuldiging wegens aanranding in wanneer je me nu en voortaan een hele smak geld betaalt"-overeenkomst zeker?' vraagt Fleet.

Ze perst haar lippen op elkaar. 'Zo ongeveer', zegt ze.

'Heeft Cartwright je drie jaar geleden aangerand?' vraag ik.

'Zoals ik al zei,' zegt ze met haar vingers gespreid op tafel, 'het is geen slechte vent, maar soms gedraagt hij zich als een eikel. Toen wist ik niet hoe ik met hem om moest gaan.'

'Maar nu wel?' vraagt Fleet sceptisch.

'Nu weet ik hoe het eraan toegaat in dit wereldje', zegt ze. 'Mensen als Riley, die veranderen nooit, dus daar moet je gewoon omheen manoeuvreren.'

'Oké,' zeg ik, 'dus jij hebt ermee ingestemd die aangifte in te trekken als hij meer geld neertelde?'

'Daar komt het op neer. De eerste keer dat hij me lastigviel wilde ik hem laten merken wie de baas was, je weet wel: een feministisch statement maken, een formele aanklacht indienen, niet over me heen laten lopen. Maar ik kwam er al snel achter hoe slecht dat voor mij uitpakte. Niemand wilde ervan weten en ík was het probleem, niet Riley. Ik zou onmogelijk nog een andere opdracht kunnen krijgen.' Schokschouderend steekt ze haar kin vooruit. 'Dus toen hij me zwijggeld aanbood besloot ik er een nog betere deal uit te slepen.'

'En hoe zit die deal precies in elkaar?' vraag ik.

'Heel eenvoudig. Ik zwijg over wat hij heeft gedaan en negeer bewust een paar andere "zwakheden" van hem, en in ruil daarvoor word ik tegen een exorbitant honorarium bij al zijn films als uitvoerend producent aangesteld.' Ze slaat haar armen over elkaar. 'Geloof me maar, als je bedenkt hoeveel extra werk het is om hem uit de wind te houden, is dat meer dan redelijk.'

Ze straalt een onverstoorbaar zelfvertrouwen uit, en onwillekeurig ben ik onder de indruk dat ze zo overtuigd is.

'Maar zo leert hij zijn lesje toch nooit?'

Ze zucht. 'Het spreekwoord van de vos en zijn streken dringt zich op. Zo hou ik er tenminste nog een carrière aan over, en dat verdien ik. Ik ben een goede producer.'

'Weet je of hij andere vrouwen heeft aangerand?'

Ze kijkt ons uitdagend aan. 'Geen idee.'

'Maar raden kun je wel', zegt Fleet.

'Het zou me niet verbazen, nee.'

'Zoals Ava James', zeg ik.

'Er is vast niets aan de hand met mevrouw James', zegt Katya, die haar ogen samenknijpt en de vraag ontwijkt.

'Is er misschien nog iets wat je van Cartwright weet dat je ons niet hebt verteld?' vraag ik.

'Nee.'

'Zeker weten? Er is niet nog een fors bedrag naar je onderweg in ruil voor je stilzwijgen over een andere zaak?'

'Zoals ik al zei weet ik zeker dat Riley niets met de dood van Sterling te maken heeft. Het is misschien een griezel, maar geen moordenaar.'

'Hij kan ten einde raad zijn geweest. Wade had ook belastende informatie over hem, maar was uiteraard niet ontvankelijk voor zwijggeld', oppert Fleet.

Ze kijkt ons geamuseerd aan. 'Sterling heeft Cartwright niet bedreigd. Zo was hij niet. Zijn kleine confrontatie was eerder ingegeven door ouderwets fatsoen. Dat ergerde Cartwright wel, maar eerlijk gezegd denk ik dat hij eerder kwaad op Ava was omdat ze Wade te hulp had geroepen.'

'Blijf je met Cartwright samenwerken?' vraag ik.

'Tuurlijk, als het honorarium goed is tenminste. Maar eerlijk gezegd weet ik niet of hij binnenkort met een ander project kan beginnen. Hij heeft zich in een afkickkliniek laten opnemen. Wisten jullie dat?'

'Nee', zegt Fleet wrang. 'Blijkbaar hebben we de groepsapp niet gekregen.'

'Het gaat deze keer echt klote met hem', zegt ze. 'Ik ben gisteren bij hem langsgegaan. Tja, wie weet hoe het nu verdergaat.'

'Je lijkt je niet al te grote zorgen te maken', zeg ik.

'Het is niet mijn reputatie die aan gort is', antwoordt ze vol vertrouwen, maar ik bespeur onvervalste angst in haar ogen.

'In ieder geval weten we waar Cartwright uithangt', zeg ik tegen Fleet, terwijl we teruglopen naar de briefingzaal als Katya is vertrokken. 'In tegenstelling tot Brodie.'

Eerder hebben we met Brodies ouders in Adelaide gesproken, een ouder Grieks echtpaar dat ons in gebrekkig Engels vertelde dat ze hun zoon sinds Kerstmis niet meer gezien hadden en al langer dan een maand niets van hem gehoord hadden. Het zware accent van zijn vader vulde de kleine briefingzaal toen hij op berustende toon zijn afkeuring uitsprak over de gewoonte van zijn zoon om zomaar te verdwijnen.

Op de dag van de begrafenis had Brodie een afscheidsgroet op Wades Facebook gepost. Het was een van de meer dan vierhonderdvijftigduizend afscheidsberichten die op die dag op Wades online platformen werden geplaatst, allemaal blijken van meeleven, van een paar lieve woordjes tot complete emotionele uitweidingen. Brodie deelde op

Instagram ook een foto van een woeste oceaan met daaronder: 'Bedankt voor alles. Nu ben je deel van aarde, lucht en zee.'

Een vriend reageerde later die dag op zijn bericht met de vraag of het wel goed met hem ging. Drieëntwintig mensen plaatsten een like onder deze opmerking, en in de afgelopen dagen reageerden er nog drie mensen; ze uitten hun bezorgdheid en boden aan hem te helpen. Maar geen antwoord van Brodie.

Hij lijkt spoorloos verdwenen te zijn. Er staat geen auto op zijn naam en zijn bankrekeningen zijn al langer dan een week onaangeroerd gebleven, al zegt dat niet veel want er staat bij elkaar nog geen dertig dollar op. Zijn creditcards waren sowieso al aan de limiet. Zijn telefoon staat nog steeds uit.

'Laten we eerst eens checken of hij echt niet bij Lizzie is', zeg ik tegen Fleet. 'Misschien wilde hij net als de familie Wade de wereld een poosje buitensluiten. En heeft hij haar gevraagd hem af te schermen.'

We moeten naar de andere kant van de stad, wat twee keer zo lang duurt als normaal omdat overal aan de weg wordt gewerkt.

'Het wordt steeds erger met het verkeer hier' foeter ik. Maar Fleet heeft alleen aandacht voor zijn privételefoon.

We worden begroet door Lizzie, die op het punt staat de deur uit te gaan.

'Ik heb vanmiddag een tv-interview', deelt ze ons mee. 'Omdat ik later dit jaar bij *The Street* ga spelen hoort dat bij mijn pr-verplichtingen.' Ze haalt diep adem en recht haar rug. 'Het helpt om bezig te blijven. Dat vormt een goede afleiding voor...' Ze gebaart naar de lege woning.

Lizzie bevestigt dat ze Brodie sinds de dag dat Sterling werd begraven niet meer heeft gezien.

We vragen of we even snel in zijn kamer mogen rondkijken. 'Natuurlijk', zegt ze.

Daar is niets veranderd.

'Dus je weet niet waar hij nu is?' vraag ik als we de woonkamer weer in komen.

'Ik heb geen idee, maar ik wou dat hij had gezegd waar hij naartoe ging. Ik begin me echt zorgen te maken. Volgens mij heeft hij niet veel vrienden. Misschien is hij naar zijn ouders? Ik geloof dat hij uit Adelaide komt.'

Ik kijk uit het raam achter haar en zie dat er al knopjes aan de reusachtige boom verschijnen.

'Nou,' zeg ik, 'je laat het ons meteen weten als hij thuiskomt of iets van zich laat horen, oké?'

'Natuurlijk', mompelt ze.

Terwijl ze naar de keuken loopt, vallen me de donkere kringen onder haar ogen op die haar make-up niet kan camoufleren.

'Pas je wel een beetje op jezelf?' vraag ik.

'Ik sleep me van de ene dag naar de ander', zegt ze. 'De begrafenis was verschrikkelijk. Ik ben zo blij dat die achter de rug is.' Ze strijkt haar haar glad. 'Zoals ik al zei, het was hier een hele drukte. De pers is meedogenloos en ik heb massa's interviews gegeven. Maar dat is goed, dat houdt me op de been. Kit heeft hier meestal overnacht,' zegt ze met een blik naar Brodies slaapkamer, 'want ik was bang om alleen te slapen. Denk je dat alles in orde is met Brodie?'

'Vast wel', zeg ik. 'Waarschijnlijk heeft hij gewoon even rust nodig.'

Fleet en ik zeggen niets op de terugweg naar het politiebureau. Het valt me op dat hij maar uit het autoraam blijft staren, en ik vraag me af waar hij aan denkt.

Een paar uur later nip ik aan een mok instantsoep die ondanks het uitgesproken rundvleesaroma volgens het pakje naar kip hoort te smaken en bestudeer Brodies onregelmatige verdiensten van de afgelopen jaren.

'Dat volwassen zijn gaat hem niet erg goed af, hè?' zeg ik tegen Fleet.

'Sommigen van ons krijgen het nooit helemaal onder de knie', antwoordt hij, en hij legt zijn voeten op een hoek van het bureau, leunt achterover in zijn stoel en vouwt zijn armen achter zijn hoofd, waarbij er een gescheurd hemdsnaadje zichtbaar wordt.

'Wade moet Brodie wel voor niks bij zich hebben laten wonen', zeg ik. 'Hij kon onmogelijk een derde deel van de huur opbrengen, of hij moet zwart bijgeklust hebben.'

'Brodie heeft hem natuurlijk op een andere manier betaald', meent Fleet.

Ik rol met mijn ogen en zwijg. Als altijd vraag ik me af waarom heteromannen het nooit kunnen laten commentaar te leveren als het over seks tussen mannen gaat.

'Misschien wilde hij bij zijn vriend in de hemel zijn en heeft hij zich dramatisch van een klif gestort', peinst Fleet, waarmee hij een van mijn angstige vermoedens onder woorden brengt. 'Of,' vervolgt hij, 'hij is zo schuldig als heb ik jou daar en heeft voorgoed de pleiterik gemaakt.'

Mijn ogen beginnen te branden; zelfs knipperen doet pijn. 'Ik geloof dat ik even een wandelingetje moet maken', zeg ik tegen Fleet, en ik probeer wakker te blijven door in mijn wangen te knijpen. 'Ik val bijna in slaap.'

'Ja, ik ben ook afgepeigerd', zegt hij.

Ik laat mijn blik over de laatste bijschrijvingen op Brodies bankafschriften gaan. 'Hé', zeg ik, als er opeens twee woorden tussen de andere op de bladzij uitspringen. 'Is dat het bedrijf van Riley Cartwright niet?' Ik wijs de naam aan: Blood Productions. Het bedrijf heeft zo'n twee jaar geleden bijna zesduizend dollar op de rekening van Brodie Kent gestort. Het is een van de grootste bedragen op het treurige lijstje met schaarse binnengekomen betalingen die we hebben kunnen achterhalen.

Fleet loopt naar mijn kant van het bureau, buigt zich over mijn schouder en tuurt op het vel papier. Ik voel zijn adem langs mijn gezicht strijken. 'Ja,' zegt hij, met een zweem opwinding in zijn stem, 'laat je daar nou volkomen gelijk in hebben, Rosa Roodhart.'

Dinsdag 28 augustus, 14.59 uur

We vinden Cartwrights kamer in de kleine privékliniek aan de rand van de stad. Hij zit in een leunstoel en neemt een voetbad. Als we binnenkomen kijkt hij op, maar hij lijkt onze aanwezigheid nauwelijks op te merken, zijn friemelende handen voeren onafgebroken een vreemde dans uit. Ook de op haar hurken voor hem in elkaar gedoken verpleegster onderbreekt het ritmisch kneden van zijn voeten en enkels in het dampende water maar een fractie van een seconde.

'Meneer Cartwright...' begin ik voorzichtig.

'Ga zitten, ga zitten', zegt hij en hij wenkt ons.

'Hoe gaat het ermee?' vraag ik en ik pak een stoel. Fleet leunt tegen de muur en schopt zachtjes met zijn hak tegen de plint. Cartwrights blik schiet naar Fleets voet, zijn ogen knipperen bij elke tik.

Hij lacht vreugdeloos. 'Niet bepaald jofel.'

'We moeten met je praten', zegt Fleet. 'Komt het nu uit?'

Met een zacht plonzend geluid blijft de verpleegster hem in het water kneden. Cartwright kijkt vertederd op haar neer. 'Tuurlijk. Waarom niet?'

'Alleen', zeg ik met een blik naar de verpleegster.

Met een scheve grijns haalt Cartwright zijn voeten uit het water. De verpleegster pakt onmiddellijk de handdoek naast haar en begint ze af te drogen.

'Ja, ja, dank je', zegt Cartwright, en met een 'zo is het goed, bedankt' stuurt hij haar weg.

Met een abrupt knikje tilt ze het voetenbad op en waggelt de kamer uit, haar kleine spierballen aangespannen.

'Mooi hier', merkt Fleet wrang op terwijl hij op het queensize bed gaat zitten. Dat is niet opgemaakt met het gebruikelijke ziekenhuisbeddengoed, maar met een zachte, grijs met wit gedessineerde quilt.

'Het kan ermee door', zegt Cartwright effen.

'Ken je Brodie Kent?' vraag ik, als een vuistslag.

Cartwright geeft geen krimp, maar toch zie ik een lichtje in zijn ogen flitsen. 'Wie moet ik kennen? Dat weet ik niet zeker. Ik ken heel veel mensen.'

'Brodie Kent', herhaal ik. 'Een jonge toneelspeler en danser. Hij heeft zo'n twee jaar geleden in een van je films gespeeld. Je hebt vijf weken lang met hem in Nieuw-Zeeland op een filmset doorgebracht. Gaat er geen lampje bij je branden?' Mijn stem klinkt vals en ik besef hoe ontzettend ik deze lui zat ben.

Cartwright laat zijn hoofd achterover tegen de stoel leunen en begint zijn nek los te rollen. 'Misschien', zegt hij ten slotte. 'Donker haar?'

'Heel donker', zegt Fleet. 'En hij was Sterling Wades huisgenoot.'

Cartwright komt rechter zitten; bij de les opeens. 'Dat wist ik niet', zegt hij argwanend. 'Ik dacht dat Sterling alleen met Lizzie samenwoonde.'

'Aha, je kent hem dus wel', zeg ik honend.

'Vaag. Hij had me aan m'n kop gezeurd voor die rol, ik werd knettergek van hem. Ik heb hem uiteindelijk maar gecast, maar erg goed was hij niet.'

'En daarna nog gezien?' vraag ik.

'Ik ben eerder dit jaar naar een borrel geweest, die een van de castingbureaus had georganiseerd, en daar was hij ook. Verder niet, geloof ik.' Cartwright trekt zijn lange benen op en gaat in kleermakerszit op zijn stoel zitten.

'Heb je hem gesproken op die borrel?' vraagt Fleet.

'Nee. Toen ik hem herkende ben ik hem uit de weg gegaan. Het is een strontvervelende vent en ik wou voorkomen dat hij weer om een rol kwam bedelen.'

'En je weet zeker dat je hem sindsdien niet meer hebt gezien?' vraag ik weer.

Cartwright schudt zijn hoofd. 'Volgens mij niet.'

'Hij was op Sterlings begrafenis', zeg ik.

'Dat is me niet opgevallen. Ik was die dag behoorlijk van de wereld, mochten jullie dat niet gehoord hebben.' Hij wijst om zich heen. 'Vandaar dat ik hier terecht ben gekomen.'

'Oké,' zegt Fleet onaangedaan, 'en je weet zeker dat je sindsdien geen contact meer met hem gehad?'

'Zeker niet. Ik was óf knetterstoned, óf ik zat hier binnen. Ik heb sowieso met bijna niemand contact gehad.'

'Wat is er gebeurd?' vraagt Fleet. 'Heeft die begrafenis je het laatste zetje gegeven?'

'Zoiets ja', mompelt Cartwright.

'Oké,' zegt Fleet, 'dus je hebt geen contact meer gehad met Brodie Kent sinds een feest aan het begin van dit jaar, klopt dat?'

'Ja. Maar het is eerlijk gezegd niet iemand aan wie ik veel gedachten besteed. Hij is niet alleen irritant, maar ook volstrekt onopvallend. Ik vind het nogal vreemd dat hij bij de kring rond Wade hoorde.'

'Dus als we je bel- en mailgegevens nagaan komen we geen enkel contact tussen jullie tegen?' vraag ik bits.

Hij houdt mijn blik vast. 'Het zou me erg verbazen als dat wel zo was.'

'Hoelang moet je hier blijven?' vraagt Fleet.

'Geen idee. Waarschijnlijk wel een tijdje. Ik heb wat mijn psychiater een "zware inzinking" noemt.'

'En zegt je psychiater toevallig ook dat een zware inzinking handig kan zijn voor iemand die van een levensdelict wordt beschuldigd?' vraag ik.

Cartwright blijft me strak aankijken, maar zegt niets.

'Hoor eens, man, we weten natuurlijk dat jij niet degene was die

Wade heeft aangevallen', zegt Fleet. 'We willen alleen zeker weten dat je geen handlanger had die het vuile werk voor je deed terwijl jij stond toe te kijken.'

Cartwright schudt ongelovig zijn hoofd. 'Denken jullie echt dat ik daar iets mee te maken had? Het heeft me de das omgedaan. Ik kan niet meer slapen en niet meer eten. Telkens zie ik Sterlings gezicht weer, op het moment dat hij ineenzakte. Ik zit helemaal stuk.'

'Misschien is de verantwoordelijkheid voor zo'n filmproductie domweg te stressvol voor je,' oppert Fleet, 'en vind je het vooruitzicht van een flinke dot verzekeringsgeld veel aantrekkelijker. Kun je je lekker in deze tent schuilhouden terwijl je voeten worden gemasseerd. Misschien wat geld doorsluizen naar je huurmoordenaar?'

'Hoe kom je erbij!' snauwt Cartwright, die met een ruk overeind komt in zijn stoel. 'Sterling was mijn vriend en ik had geen idee van dat verzekeringsgeld tot Katya het tegen me zei. Nee, het moet een of andere idioot zijn die geflipt is.' Hij buigt zich dreigend naar voren en wijst met een vinger naar me. 'Geloof me maar, als je in zo'n kliniek zit merk je pas hoe gek mensen zijn. Het is best aannemelijk dat iemand met een obsessie voor Sterling te ver is gegaan.'

Fleet en ik staan zwijgend op.

'Dan niet', mompelt Cartwright. Daarna: 'Denken jullie werkelijk dat dat joch van Brodie er wat mee te maken heeft? Hij kwam altijd wat halfzacht op me over.'

Onderweg naar de deur steekt Fleet zijn handen in zijn zakken; zijn pakje sigaretten ongetwijfeld al tussen de vingers. 'Wel of niet halfzacht, Brodie wordt momenteel vermist, dus laat het ons alsjeblieft weten als hij op bezoek komt, ja?'

Woensdag 29 augustus, 00.03 uur

Het gezoem van mijn telefoon rukt me uit mijn slaap.

'Het is Ava James', zegt Chloe buiten adem. 'Ze is aangevallen.'

'Is ze ongedeerd?' vraag ik als ik overeind kom.

'Naar het zich laat aanzien wel', antwoordt Chloe. 'Ze is net naar het ziekenhuis gebracht. Shock en lichte schaafwonden.'

Ik verwissel mijn trainingspak voor een spijkerbroek en jasje en haal een warm nat washandje over mijn gezicht voor ik het korte stukje vanaf mijn appartement naar Southbank loop.

Het water van de Yarra lijkt net tin dat is omgewoeld door wit maanlicht. Ik kijk naar de andere oever, waar ik de silhouetten van mensen naar huis zie lopen, of op weg naar een café of het casino om daar nog meer geld te verspillen. Naast mij staat Fleet aan één stuk door te roken, zijn ogen tot spleetjes dichtgeknepen. Het forensisch team heeft het gebied met politietape afgezet. Twee gigantische schijnwerpers staan op het betonnen pad gericht terwijl de medewerkers iedere vierkante centimeter afspeuren. Een vreemd allegaartje van nieuwsgierige toeschouwers dromt samen.

Ondanks mijn dikke jas voel ik dat de lucht ijskoud is; hoe de temperatuur van het troebele water moet aanvoelen laat zich slechts raden. We spreken met degene die Ava met zijn kordate optreden heeft gered: een kleine, pezige student kunstgeschiedenis die toevallig een springtouw in zijn rugzak had zitten. Helaas heeft hij niets gezien, hij had alleen een plons en geschreeuw gehoord, waarna hij was toegesneld en ongeveer een meter onder zich de radeloze Ava in het ijskoude water zag spartelen.

Ik doe mijn mond open om iets tegen Fleet te zeggen, maar door de koude lucht stokt mijn adem. Ik slik en probeer het opnieuw. 'Deze zaak wordt steeds ingewikkelder, toch?'

'Komt dat even goed uit.'

'Ik geloof geen seconde dat dit toevallig was.'

'Nee.' Hij blaast lucht in zijn gebalde vuisten en trappelt met zijn voeten om warm te worden. 'Nee, anders zou die gast haar vast beroofd of betast hebben of zoiets.'

'Ja.' Dat was precies wat ik dacht. 'De jongens zoeken nog in de buurt, maar langs dit stuk is er blijkbaar geen camerabewaking. Waarschijnlijk kunnen we wel zien wie het pad heeft genomen, maar niet als ze op een of andere manier over de muur zijn geklommen.'

'Denk je dat ze het in scène kan hebben gezet?' vraagt Fleet als die gedachte ook bij mij opkomt.

Ik adem een wit wolkje uit en stampvoet, zodat mijn bloed in beweging blijft. 'God, dat weet ik niet. Dat lijkt me nog al ver gaan, maar het kan wel.' Ik kijk omhoog naar de maan, een geaderde witte lichtbol. Vanavond schijnt hij bijna net zo fel als de zon. 'Misschien heeft de mediastorm na haar persconferentie haar onaangenaam getroffen en probeerde ze weer in een gunstig licht te komen', mijmer ik. 'De pers heeft haar tegen Lizzie uitgespeeld, toch? De arme treurende weduwe. Misschien wil ze weer wat sympathie kweken.'

'Zou kunnen', zegt Fleet die naar het water kijkt.

We kijken toe hoe een van de technische mensen met een zaklantaarn over het stenen muurtje het water in schijnt en zijn hoofd schudt.

'Het kan ook dat deze zaak spelletjes met mijn hersenen speelt,' zeg ik, 'en me voorspiegelt dat een van Agatha Christies plots werkelijkheid is geworden.'

Fleet laat zijn sigaret zomaar op de grond vallen en trapt er met zijn voet de laatste gloed uit. 'Deze mensen zijn stuk voor stuk mesjokke. Ik weet dat we helaas niet het geluk hebben gehad om de jonge heer Wade tijdens zijn leven mee te maken, maar ondertussen lijkt hij me wel de normaalste van het stel.'

‘Vertel mij wat. Mijn waarheidsradar is helemaal van slag.’

Fleet grijnst zelfgenoegzaam, maar port me goedmoedig tegen de schouder. ‘Waarheidsradar. Die hebben we hier in de grote stad niet, meisje. We gaan ervan uit dat iedereen liegt. Statistisch gezien is dat veel aannemelijker.’

Ik glimlach naar hem, en heb het gevoel dat het steeds soepeler tussen ons loopt sinds ik uit Smithson terug ben. Ik besef dat ik hunker naar zijn goedkeuring, wat me erg van mezelf tegenvalt.

We lopen iets verder het pad op. Ik knik naar een paar technici en laat mijn blik over de verzameling gezichten in het schemerlicht achter het politielint gaan. Wie zijn deze mensen? Wat doen ze allemaal? Welke geheimen verbergen ze? Als ik iets te lang blijf staren, beginnen alle gelaatstrekken in elkaar over te lopen en in mijn hoofd ontstaat een bizarre collage van versmolten koppen.

‘Tja,’ zeg ik, terwijl ik mijn ogen focus en het beeld uitban, ‘één ding weet ik zeker, namelijk dat we Brodie Kent zo snel mogelijk moeten zien te vinden.’

Ava James zit rechtop in haar ziekenhuisbed, haar ogen wijd open, als een bezetene. Haar helderblauwe ogen volgen ons als we binnenkomen, maar ze zegt niets. Haar haar is niet langer rood, maar heeft een diepe kleur donkerbruin en is een stuk korter. Ze heeft het uit haar gezicht gekamd en het is nog vochtig; vermoedelijk het gevolg van een warme douche en niet van een duik in de rivier. Ze heeft een schaafwond op haar rechterslaap en een paar blauwe plekken bij haar sleutelbeen. Haar ogen knipperen niet.

‘Mevrouw James?’ vraagt Fleet zachtjes, en ik merk dat zelfs hij haar uitdrukkingsloze blik eng vindt. ‘We zouden je graag wat vragen willen stellen. Is dat goed?’

‘Ja’, fluistert ze.

‘We vinden het heel naar wat je is overkomen’, begin ik.

Ze knikt met een gezicht zo strak als een masker.

‘Wat heb je eerder op deze avond gedaan,’ vraagt Fleet, ‘voor dit gebeurde?’

Ze praat langzaam, op vlakke toon. 'Ik ben met een paar vrienden ergens wat gaan drinken. Een vriendin zit in een hotel aan de andere kant van de stad. Daar ben ik naartoe gelopen. Ik had behoefte aan wat frisse lucht. Ik heb veel gewandeld sinds het allemaal is gebeurd...'

Ik vraag me af of ze nog wel doorheeft dat wij er zijn. Het lijkt of ze tegen zichzelf praat.

'Goed', zeg ik. 'Hoe heet het hotel van je vriendin?'

'The Spence.'

'En zijn jullie nog ergens anders heen gegaan?' vraag ik.

'Nee. Mijn vrienden wilden nog de stad in, maar daar stond mijn hoofd niet naar. Ik ben nog een blok met ze opgelopen, tot aan een tapasbar, en daarna alleen doorgelopen. Ik heb veel moeite met grote groepen mensen sinds de... de aanval op Sterling.' Haar handen rukken aan het beddengoed.

'Hoe laat was dat?' vraagt Fleet verder.

'Net na tienen, denk ik.'

'Was die tapasbar in de buurt van de rivier?'

'Nee.' Ze heeft nog steeds een wezenloze blik. 'Het restaurant was vlak bij de kruising van Spencer Street en Bourke Street. Vandaar ben ik naar de rivier gelopen. Ik wilde niet naar mijn hotelkamer terug.' Een bitter lachje krult rond haar lippen. 'Ik kan niet tegen drukte en ik kan niet alleen zijn. Straks raak ik nog helemaal van het padje af.'

'Ik dacht dat je vierentwingtiguursbescherming had?' zegt Fleet, in de hoop dat ze haar verhaal weer oppakt.

'Dat is ook zo.' Voor het eerst slaat ze haar ogen neer en bekijkt haar zenuwachtig frutselende vingers. 'Ik heb ze verteld dat ik die nacht in het hotel van mijn vriendin zou logeren.' Ze kijkt op en heel even vlamt haar oude strijdlust weer op.

'Dat komt nu behoorlijk stom over, maar soms heb ik nu eenmaal een time-out nodig. Ik ga 's nachts graag een blokje om. Dan word ik meestal niet herkend. Dat zullen jullie wel niet snappen.'

'Iedereen moet er af en toe weleens tussenuit', zegt Fleet.

'Ja', zegt ze, en haar glazige blik keert terug. 'In ieder geval heb ik een uurtje of zo rondgelopen. Ik had mijn koptelefoon op en heb naar muziek geluisterd. Ik heb niet op de tijd gelet, domweg wat geslenterd.'

Als ik Ava bekijk vraag ik me af hoe het toch mogelijk is dat zo'n mooie vrouw zo verloren en eenzaam is. Met haar benen in de ziekenhuisdeken gewikkeld en haar krullende, vochtige haar ziet ze eruit als een zeemeermin uit een sprookje.

'Waarom ben je naar de rivier gegaan?' vraag ik haar.

Ook al lijkt ze niet te bewegen, toch valt er een lok haar over haar schouder. Ze pakt hem en begint ermee te spelen. 'Dat weet ik niet', zegt ze ten slotte op dezelfde griezelig vlakke toon. 'Ik heb besloten om langs het water naar mijn hotel terug te lopen. De afgelopen week ben ik daar meestal 's ochtends gaan wandelen.'

'Met je bodyguard?' vraagt Fleet.

Ze knikt. 'Ja. Deze avond was ik er voor het eerst alleen.'

'Zit je nog steeds in hetzelfde hotel als waar wij je toen hebben opgezocht?' vraagt hij.

'Ja.'

'Zo'n wandeling langs de rivier is nogal uit de route', merkt hij op.

'Ik had geen haast. Ik was toch maar op weg naar het hotel, waar ik uren in bed lig zonder te kunnen slapen.'

'Oké,' meng ik me in het gesprek, 'dus je gaat direct naar de rivier en loopt langs de kade. Was je van plan om door het station te lopen en bij de hoek van Flinders Street en Swanston Street weer naar buiten te komen?'

Ze knikt weer. 'Ja. En dan over Flinders naar het hotel op Spring Street.' Haar felle blik boort zich in mijn ogen. 'Jij moet daar ook ergens wonen', zegt ze plotseling. 'Ik zie je daar 's morgens vroeg ook weleens lopen.'

Ik negeer Fleets nieuwsgierige blik en zeg: 'Vertel ons eens wat er vervolgens is gebeurd, Ava. Wat herinner je je?'

Haar handen fladderen over de deken. 'Ik weet het echt niet. Ik slenterde er zomaar, en stond even stil om wat op mijn telefoontje te bekijken. En toen ging het allemaal heel snel. Ik voelde handen om mijn hals, die me grepen – me wilden wurgen in feite. Ik verzette me niet eens, ik dacht alleen maar dat ik doodging.' Ze gaat zachtjes, bijna onverstaanbaar verder. 'Net als Sterling.'

'Heb je al eerder het gevoel gehad dat iemand je volgde?' vraagt Fleet.

'Ik geloof van niet. En ik let nogal goed op dat soort dingen, vooral de laatste tijd.'

'Heb je je overvaller überhaupt gezien?' vraag ik. 'Kun je je misschien iets opvallends herinneren?'

'Ik wachtte in volslagen paniek tot hij me dood zou steken. Heel even dacht ik dat ik er geweest was.'

'Weet je zeker dat het een man was?' vraagt Fleet, die op zijn hakken heen en weer wiegt.

'Daar ben ik vrij zeker van', zegt ze, nu op dringende toon. 'Hij was heel sterk.'

De tranen springen in haar ogen en dreigen ieder moment over haar wangen te stromen.

'Nadat hij me vastgepakt had hoorde ik hem ademen bij mijn oor, en daarna liet hij mijn keel los.' Ze kijkt ons als een verschrikt diertje aan. 'Ik ben op de grond gevallen, mijn benen lieten me in de steek en ik kon me niet bewegen, maar ik was verschrikkelijk opgelucht. Ik dacht dat het voorbij was. Ik krabbelde overeind, want ik wilde er meteen vandoor omdat ik bang was dat hij me ging verkrachten, maar toen voelde ik een druk onder mijn oksels.' Ze knijpt haar ogen dicht, draait wanhopig haar gave handen om en om, haar nagels in een schitterend paars met parelmoer gelakt. 'Hij pakte me nog een keer beet en toen vloog ik de lucht in. Ik kon helemaal niets zien. Ik wist eigenlijk niet wat er gebeurde tot ik in de rivier terechtkwam.' Met vertrokken mond probeert ze de snikken te onderdrukken. 'Het was zo koud. Ik wilde gillen, maar toen bedacht ik dat het water misschien vervuild was en raakte ik in paniek. Er liep een man in donkere kleren langs de kade, met bedekt gezicht. Hij stond niet stil, ook al heb ik gegild, maar ik weet niet of hij het was die me heeft aangevallen. Het was zo koud dat ik amper meer kon denken.'

Huiverend trekt ze haar benen in, kromt zich naar voren en rolt zich op. Ik merk dat het ijs nog steeds door haar aderen stroomt.

Dan barst ze in tranen uit. Hevig snikkend zegt ze: 'Ik wil alleen maar naar huis.'

Woensdag 29 augustus, 9.49 uur

In de briefingzaal ruikt het naar verbrande toast. Fleet en ik zien er allebei verschrikkelijk uit, alsof we plotseling tien jaar ouder zijn geworden. Hij schraapt zijn keel, een geluid dat een beginnende verkoudheid doet vermoeden.

Toen we het ziekenhuis uitkwamen heb ik een taxi naar huis genomen en geprobeerd weer in slaap te komen. Ik zal zo rond een uur of vier eindelijk ingedommeld zijn en schrok vlak voor zeven uur wakker. Mijn vermoeide ogen zijn zo zwaar dat ik de druk op mijn hele gezicht voel en het ritmische kloppen achter mijn voorhoofd lijkt wel een countdown voor een explosie.

Ik schud mijn vingers los en beweeg ze een voor een omhoog en omlaag. 'Wat wil deze gast bewijzen?' vraag ik aan Fleet.

Hij hoest, wat overgaat in een fluitend gezucht. 'Ik zou het bij god niet weten.' Geeuwend draait hij zijn hoofd in een langzame cirkel. 'Ik weet dat we hebben gezegd dat het ernaar uitzag dat de zaken met elkaar in verband stonden, maar het kan ook een doodgewone psychopaat geweest zijn die er 's nachts op uit trekt.'

'Maar er moet toch zeker een verband zijn?' zeg ik met een blik op de prachtige gezichten die me vanaf het overzichtsbord tegen de achterwand aankijken.

'Ze kán natuurlijk zomaar gevolgd zijn', zegt Fleet. 'Misschien heeft ze in het café iemands aandacht getrokken en is diegene achter haar aangelopen tijdens haar avondwandelingetje? Misschien was het de bedoeling haar te beroven of aan te vallen, maar is de dader op het laatste moment teruggeschrokken en heeft hij haar toen in de rivier geduwd.'

Daar denk ik even over na en dan knik ik. Hij heeft gelijk. 's Avonds laat en in een vreemde omgeving zou Ava niet makkelijk te herkennen zijn; ze had haar haar onder een wollen muts weggestopt en droeg een vormeloze jas. Maar in de kroeg zal ze de andere gasten zeker zijn opgevallen. Misschien was er iemand achter haar aan gegaan toen hij merkte dat ze alleen was.

Domme meid, denk ik, maar ik wijs mezelf dan meteen terecht.

'Ergens wel raar dat ze juist op de avond dat ze geen bodyguard bij zich heeft aangevallen wordt', zeg ik.

'Dat vind ik ook. Misschien heeft ze een stalker. En toch kunnen we niet uitsluiten dat ze ons wat op de mouw speldt.'

'We zouden de bewakingsbeelden van de kroeg op moeten vragen. Kijken of iemand haar in de gaten hield of rond dezelfde tijd als zij is weggegaan.'

'Ja', zegt hij terwijl hij in zijn ogen wrijft. 'Ik stuur er iemand achteraan.'

'Vandaag is het twee weken geleden dat Wade is vermoord', zeg ik na een poosje. 'Misschien wil de dader niet dat Ava hier blijft rondhangen. Misschien weet ze meer over de moord op Sterling en was dit een waarschuwing.'

'Wel een vrij dramatische manier om "oprotten jij" te zeggen', constateert Fleet.

'Maar het heeft wel gewerkt. Je hebt haar gisteravond gehoord – die neemt het eerste vliegtuig naar huis zodra ze uit het ziekenhuis ontslagen is.'

'Tja, we weten dat Lizzie haar bloed wel kan drinken, maar of ze haar daadwerkelijk te lijf is gegaan: dat lijkt me wat vergezocht. Misschien is onze vriend Brodie inmiddels helemaal ondergedoken, verschuilt hij zich in het donker en komt hij alleen nog in het holst van de nacht tevoorschijn om mensen te overvallen?'

'Cartwright heeft waarschijnlijk de meeste reden om van haar af te willen, maar hij kan het niet geweest zijn. Hij heeft de afkickkliniek sinds hij er opgenomen is niet verlaten.'

'Klopt', zegt Fleet. 'Maar zoals we de hele tijd al zeggen: áls Cartwright in deze klerezooi verwikkeld is, heeft hij zelf geen vinger uitgestoken. Dan heeft hij een handlanger.'

'Ja.' Ik ben gefrustreerd dat we met onze pogingen om een verband tussen Brodie en Cartwright te vinden in een doodlopende straat zijn beland – we hebben geen enkel contact tussen hen aangetroffen. 'Misschien was Ava aanvankelijk bij de aanval op Wade betrokken, maar wil degene die erachter zit nu domweg dat ze haar mond houdt en naar de VS ophoepelt.'

'Als dat waar is, dan hebben we dus met dezelfde dader te maken. Is dat echt waarschijnlijk? Dat er iemand is die mensen in Wades omgeving opjaagt, als in een tienerhorrorfilm?'

'Denk je echt dat het Brodie kan zijn?' vraag ik.

'Weet ik niet. Het idee dat hij 's nachts over straat zwerft en allerlei rare shit uitdenkt lijkt me niet eens heel vergezocht. En dan heb je Walter Miller nog: Brodie is nog steeds de enige die een link heeft met beide slachtoffers, hoe vaag ook.'

Ik krab onder mijn dikke sok aan mijn enkel. De huid op mijn benen is droog en bedekt met stekelige stoppeltjes. 'Nou ja, hij heeft jaren geleden vrijwilligerswerk bij een daklozenopvang gedaan. Niet bepaald een vers spoor.'

'Nee', geeft Fleet toe. 'Dat klopt. Maar we hebben niks anders.' Ik schrik als hij opeens op de grond stampt. Met een blik op de klok zegt hij: 'Wat een klotezaak is dit toch.' Hij drukt met zijn vingers tegen zijn slapen, buigt zich voorover naar het bureaublad en ik bedenk dat hij mij zijn gevoelige kant nog nooit zo heeft laten zien.

'Gaat het wel met je?' vraag ik na een poosje.

Zonder op mijn vraag te reageren kijkt hij op zijn horloge. 'De troepen zullen zo wel komen, dan kunnen we ze het goede nieuws over Ava vertellen. Alweer een celebrity om hier met rode oortjes te bespreken en vanavond ook nog eens thuis met hun geliefden over te babbelen.' Hij vertrekt misprijzend zijn mond. 'Ik heb nog een kop koffie nodig.' Dan komt hij geeuwend overeind. 'Jij ook eentje?'

'Graag,' zeg ik, 'dank je'.

Hij glimlacht in het voorbijgaan naar me en het geroezemoes van de echte wereld dringt naar binnen als hij de deur opendoet.

Woensdag 29 augustus, 23.02 uur

Ik lig in een diepe slaap en droom van vingers en tenen. Van nietsziende ogen in close-up. Flarden uit oude zaken schieten voorbij. Angstige kinderen. Dode kinderen. Bens slapende gezichtje. Zo vredig. Te vredig? Ik raak in paniek en vrees dat Ben misschien helemaal niet slaapt. Ik kom dichterbij en zie het maanlicht over zijn gave gezichtje vallen. Hij is zo rustig. Ik kan niet denken, wil niet geloven wat ik zie. Ik zet nog een stap dichterbij en huil al. Ben verroert zich niet, ik roep telkens zijn naam en hij beweegt nog steeds niet. Ik raak zijn gezicht aan. Mijn hand voelt de koude huid en dan verdwijnt hij. Ik klauw naar het lege bed, zoek wanhopig naar mijn kleine jongen, ruk het beddengoed op de grond en mijn geschreeuw schalt door de kamer. Hij is weg.

Een stuiptrekking met mijn been en ik word wakker. Een autoalarm loeit in de nacht.

Bezweet en angstig lig ik naar het plafond te staren terwijl ook mijn lichaam langzaam wakker wordt.

Josh en ik zijn vanavond samen wat gaan drinken. We zaten op ongemakkelijke barkrukken naast elkaar. Ik vertelde hem over mijn werkweek en tot mijn eigen verrassing ook dat mijn vader zich met Rebecca had verloofd en zelfs over de dood van mijn moeder. Ik was ervan uitgegaan dat hij koeltjes zou reageren nadat ons romantische avondje zo abrupt was beëindigd, maar hij was juist heel voorkomend en leek mijn complexe gevoelswereld te begrijpen. Het gaf een goed gevoel om mijn hart te kunnen luchten bij iemand die er niet direct bij betrokken is. Terwijl ik praatte speelde hij met mijn hand en maakte me met verhalen over zijn pretentieuze collega's aan het lachen. Ik keek naar hem en vond hem opeens heel lief. Zoals altijd beloofde ik mezelf dat ik echt meer moeite zou gaan doen als de zaak-Wade eenmaal voorbij was. Hem een eerlijke kans te geven. Iemand als Josh komt niet elke dag voorbij, ik moet ophouden zo achteloos met hem om te gaan.

Toen ik naar huis liep, belde Ben, en ik moest me bedwingen om niet naar Scotts vriendin te vragen. We praatten over school, ik nam een foto van de hemel boven de stad en stuurde die naar hem. Nadat we hadden opgehangen, ben ik naar huis gegaan, waar ik in bed kroop voor een paar onrustige uurtjes gebroken slaap.

Met een blik op de klok zie ik dat het nog niet eens middernacht is. Ik blijf even naar het kreunen en steunen van de nacht liggen luisteren, hijs me dan uit bed en ga naar de keuken. Vermoeid en kriegel als ik ben, erger ik me eraan dat ik de slaap niet kan vatten nu ik eens een keertje de kans heb. Ik laat de kraan lopen tot het water warm wordt en drink het voor het raam met kleine slokjes op.

Al snel is mijn glas leeg en ik speel met de gedachte aan alcohol, maar ik weet dat ik moet proberen nog wat te slapen. Ik strijk met mijn vingers langs de muur als ik door het appartement loop en weer in bed kruip, waar ik mijn ogen dichtdoe in de hoop ze pas de volgende dag weer open te doen.

Ik moet ingedommeld zijn, want opeens schrik ik wakker. Mijn werktelefoon, die op de een of andere manier onder mijn kussen is beland, roept me uit mijn bewusteloosheid terug. De naam 'Nick Fleet' verschijnt op het schermpje en ik neem met een naar voorgevoel op.

'Wat is er?' vraag ik.

'Woodstock? Ben jij dat?' Hij is ergens waar veel lawaai is; ik hoor geschreeuw en gelach op de achtergrond. 'Gemma?' Het geluid verandert, alsof hij een trappenhuis op gelopen is.

'Ja? Wat is er aan de hand?'

'Je moet naar me toe komen.'

'Nu?' Even denk ik dat ik dit droom. 'Waar ben je?' vraag ik als ik me uit bed laat rollen.

'In het casino', antwoordt hij. 'Kom snel, er zijn nieuwe ontwikkelingen.'

Ik werp de taxichauffeur een briefje van tien dollar toe en ga snel de warme ingang van het casino binnen. Terwijl ik me langs een mensenstroom dring bel ik Fleet. Lange, elegante vrouwen in blote jurken aan de arm van statige mannen, groepjes dronken tieners die elkaar gillend en giechelend bekloppen en betasten. Een gezin dat zo uit een Ralph Lauren-advertentie lijkt te komen, ziet er gedesoriënteerd uit zoals ze daar bij elkaar drommen met elk een chique koffer in de hand. Een jonge vrouw danst met gesloten ogen in haar eentje door de foyer. Strak voor zich uit kijkende bewakers schijnen dit niet op te merken, en komen alleen in beweging om de legitimatie van een groepje meisjes, de ogen zwaar opgemaakt met eyeliner, te controleren.

Voor ik van huis ging, heb ik een grijze trui en een spijkerbroek aangetrokken met een ruime marineblauwe jas erover. Even verwacht ik dat de bewaker om mijn legitimatie gaat vragen, maar hij gebaart dat ik door kan lopen naar de hal met gokautomaten. De plastic bliepgeluidjes geven me het gevoel dat ik me in de buik van een computerspel bevind. Overal waar ik kijk zitten mensen aan de verlichte beeldschermen gekluisterd en heffen als robots hun armen om hun geld te verspelen. Fleet neemt zijn telefoon niet op. Ik laat mijn blik door de gangen met speelautomaten gaan en verwacht half en half hem daar te vinden.

Ik schrik op als mijn telefoon overgaat. Ik ben maar gedeeltelijk hier, de rest ligt nog thuis te slapen.

'Ben je er al?' vraagt Fleet.

'Ja. Ergens. Alleen heb ik geen idee waar ik naartoe moet.'

'Ik zit in de Solar Bar, in de buurt van de hoofdtafels.' Hij hangt op.

'Super', sis ik tussen mijn tanden en ik loop terug naar de bewakers.

'Hoi schatje', roept een verlekkerd grijnzende man met een glimmend jasje. Als ik langsloop, pakt hij me bij mijn middel.

'Val dood', zeg ik en hij steekt lachend zijn handen omhoog.

'Ik wou alleen maar aardig zijn.'

'Waar is de Solar Bar?' vraag ik aan een van de bewakers, die zonder een spier te vertrekken heeft toegekeken.

Langzaam knippert hij met de ogen en richt zijn lege blik op mij, om dan zijn hand op te heffen en me de weg te wijzen. 'Die kant op, naar links. Gewoon de kroonluchters volgen.'

Al snel zie ik Fleet, die in een zitje achter een halfleeg glas martini op zijn telefoontje aan het typen is.

'Hier ben ik dan', meld ik en ik neem de stoel tegenover hem.

'Gemma Woodstock', zegt hij. 'Wow. Je bent het echt.'

'Je bent dronken', zeg ik teleurgesteld terwijl de opkomende gêne al snel plaatsmaakt voor boosheid. 'Wat is er gebeurd?'

'Weet je, ik weet eigenlijk niet eens waarom ik je heb gebeld.' Hij slaat de laatste slok achterover, zuigt het olijfje van de prikker en gebruikt die vervolgens als tandenstoker. 'Ik zal er wel aan gewend zijn je om me heen te hebben.'

'Als het je alleen maar om een praatje te doen was, dan ben ik weg.' In plaats van woede voel ik een diepe treurnis en ik wil alleen nog maar naar bed. 'Praten kunnen we morgen wel.'

Wanneer ik opsta grijpt hij mijn pols. 'Hé, toe nou, Gemma. Blijf alsjeblieft.'

'Laat me los, Nick', zeg ik. Zijn voornaam klinkt onwennig uit mijn mond.

'Sorry', mompelt hij en hij laat mijn pols los. Dan schuift hij het glas van zich af en legt kreunend zijn hoofd in zijn handen.

Ik kijk neer op zijn kruin, waar zijn weerbarstige strengen haar geen besluit kunnen nemen welke kant ze op moeten. Hier en daar vallen me wat grijze haren op.

Plotseling kromt hij zich voorover, met het hoofd tussen de knieën.

'Gaat het wel met je?' vraag ik.

Zijn lach is net een klap in mijn gezicht. 'Of het wel met me gáát?' herhaalt hij op schampere toon.

'Oké dan.' Ik draai me om en loop naar de ingang terug.

'Gemma!' De stoel krast over de vloer als hij hem onbeheerst achteruit schuift. Een van de bewakers kijkt ons aan en vraagt met zijn blik of ik het wel red. Ik knik: dit kan ik wel aan.

'Ongelooflijk', sis ik Fleet toe. 'Me midden in de nacht hier op laten draven omdat je lazarus bent. Of heb je al je geld verloren? Moet je een lift naar huis?'

Hij doet zijn ogen dicht, misschien uit schaamte. 'Zo was het niet', mompelt hij.

'Ik zie je morgen', zeg ik en ik draai me weer om.

'Het spijt me, Gemma. Blijf alsjeblieft en drink wat met me.'

Ik aarzel, wat ik heel ergerlijk vind van mezelf. Maar zijn stem klinkt zo verdrietig. Spijtig. Ik wil hier niet boos weggaan – onze samenwerking is zo belangrijk – maar ik kan het niet uitstaan dat hij me onder valse voorwendselen hierheen heeft gelokt.

'Alsjeblieft, Gemma. Het gaat niet zo goed met me. Ik wist niet wie ik anders moest bellen.'

Ik merk dat ik me laat vermurwen. Eigenlijk ben ik wel blij dat hij bij mij heeft aangeklopt. 'Eéntje dan', geef ik toe.

'Niet hier', zegt hij en hij pakt me bij de arm en loodst me de zaal uit.

Tien minuten later zitten we in een hoekje van een kleine wijnbar naast het casino. Vanuit een plafondventilator wordt er warme lucht in mijn gezicht geblazen wanneer ik de drankkaart bekijk. We geven onze bestelling op en onze drankjes worden bijna meteen gebracht.

'Dus je komt hier wel vaker, zeker', zeg ik schamper en ik nip aan mijn wodka-soda. Mijn lichaam reageert verward op de smaak van de alcohol omdat ik vannacht al twee keer naar bed ben gegaan. Maar ik ben niet moe meer, klaarwakker juist.

'Ik ben geen gokker', zegt Fleet zonder aanleiding.

'En al was het wel zo, dan gaat dat mij niks aan', zeg ik terwijl de drank een warm spoor naar mijn maag trekt.

'Toch is het waar.' Hij slaat zijn bier achterover. Zijn gezicht is roze aangelopen en zijn lippen zijn dieprood. Door de drank glimmen zijn ogen. 'Die slechte eigenschap heb ik dan weer niet.'

'Oké.' Ik neem nog een slokje en ben benieuwd of ik eindelijk meer over het mysterie Nick Fleet te weten kom.

We worden omringd door nachtvlinders. Eenzame kroegtijgers. Prille stelletjes. Verveeld voor zich uit kijkende bediening. Ik denk aan de barkeeper van afgelopen weekend en vraag me af of hij mij aan zijn verzameling trofeeën heeft toegevoegd, of hij zijn vrienden heeft verteld over die vrouw die in haar eentje naar zijn kroeg kwam, met hem mee naar huis ging en zich na een wilde vrijpartij voor dag en dauw uit de voeten had gemaakt.

Fleet lacht toonloos. 'Weet je wat ik vanavond gedaan heb?' Hij kijkt me met gejaagde blik aan. 'Ik heb een date gehad. Deze vrouw zeurt al weken aan mijn kop, dus ik dacht: oké, cool, tuurlijk, laten we maar eens uitgaan. Waarom ook niet? We komen toch geen donder verder met dit onderzoek. Goed idee om wat stoom af te blazen.' Hij trekt aan zijn kraag. Duwt met zijn polsen tegen zijn voorhoofd.

Ik kijk hem zwijgend aan en vraag me af waar hij nou zo kwaad over is. Ik voel de energie die van zijn lichaam komt, merk dat zijn bloed begint te koken.

'Dus: wij op een afspraakje. Uit eten. Iets te drinken erbij. Het loopt vlot. Gaat goed. Maar als ik voorstel om nog ergens naartoe te gaan, voor een cocktail of zo, dan zegt ze: nee. Ik heb een negatieve uitstraling, meent ze. Dus ze bedankt voor het etentje en moet er opeens vandoor.'

'Tja,' zeg ik langzaam, 'jammer dat je een beroerde date had, maar ik weet zeker dat je er zonder problemen weer een nieuwe kan krijgen. Een betere, bedoel ik.'

Met een handgebaar wimpelt hij mijn opmerking weg. 'Je had moeten zien hoe ze me aankeek. Alsof er iets mis met me was. Ze zei dat ik agressief overkwam.' Hij lacht schamper. 'Het is toch te gek voor woorden: ik zit achter mannen met losse handjes en misdadigers aan, en dat wijf vindt míj agressief.'

'Je komt wel wat opgefokt over', zeg ik voorzichtig. 'We staan allebei erg onder druk. Het was misschien niet zo'n goed idee om vanavond af te spreken.'

'Inspecteur Gemma van de relatierecherche.' Lachend laat hij zich achteroverzakken in zijn stoel. 'Nou ja, ze weet niet wat ze mist.' Hij neemt een slok van zijn bier. 'En, heb jij iemand?'

'Niet echt.' Ik wil het met Fleet niet over Josh hebben.

Fleet zet een flemerige stem op. 'Maak je geen zorgen, eens komt je prins.'

'Ja ja.' Ik wil het echt niet over mezelf hebben. 'En wanneer is dit allemaal gebeurd? Hang je sindsdien hier rond, zwelgend in zelfmedelijden?'

Hij klokt de rest van zijn bier achterover en wenkt naar de serveerster dat hij er nog een wil. Met een blik op de klok vraag ik me af of ik vannacht nog wel wat slaap krijg.

'Ik heb me een stuk in de kraag gezopen', zegt hij. 'Ik ben naar de speeltafels gegaan. Ik meende het: ik ben geen gokker, maar ik kijk er wel graag naar. Die lui die er bedreven in zijn – dat is zo cool, weet je.'

Zijn bier wordt gebracht en de serveerster kijkt me vragend aan, maar ik laat haar weten dat ik genoeg heb aan mijn drankje.

'Maar goed, toen zag ik die Jacoby opeens,' zegt hij, 'en daarna werd het interessant.'

Ik zette mijn glas neer. 'Heb je Frank Jacoby gezien?'

'Ja. Raar, hoor. Hij kwam spelen aan een van de tafels vlak bij me. Met zijn gebruikelijke vriendjes om zich heen.'

'Zeg alsjeblieft dat je niet met hem gesproken hebt', zeg ik, en ik stel me voor hoe agressief Fleet overkomt als hij dronken is en welke problemen hij zichzelf kan bezorgen. Ons allemaal.

'Neuh. Maak je geen zorgen, relax. Ik heb ze alleen geobserveerd. Zoals het een goede rechercheur betaamt.'

'Oké', zeg ik opgelucht. Ik bestudeer Fleet en bedenk wat ik verder tegen hem moet zeggen. Er is een vreemde schittering in zijn blik, en ik kan niet uitmaken of dat zelfhaat is of woede. Of allebei.

'Jacoby had zijn entourage bij zich. Daar hangt een link sfeertje omheen, net een roedel wolven. Veel gefluister, vast over schimmige zakendeals. En escorts die besteld worden.' Fleet klinkt afwisselend als een tv-verslaggever en een sarcastische cabaretier. Hij neemt nog een slok bier en veegt driftig zijn mond af. 'In ieder geval herkende ik iemand uit zijn gevolg ergens van. Ik geloof dat wij hem vorig jaar hebben verhoord in verband met een zelfmoord – een vent die zich had verhangen in de plee van een advocatenkantoor, en deze man was zijn partner of zo.' Fleet klopt met een vinger tegen zijn neusvleugel. 'Weet je, dat soort gasten zit altijd tot hun nek in de louche zaakjes. Kunnen ze niet helpen.'

'Nou ja, als het zelfmoord was dat is dat toch niet per se verdacht?', vraag ik zonder veel animo om hierover met hem in discussie te gaan.

'Misschien niet, nee. Maar weet je, volgens zijn weduwe was de man onder druk gezet en kreeg hij de zwartepiet toegespeeld voor allerlei shit waar hij niets mee te maken had, dus ik weet het niet, hoor.' Fleet klopt een sigaret uit zijn pakje en draait hem om en om tussen zijn vingers. 'Die Jacoby en zijn amices die denken dat ze onaantastbaar zijn. Schijtziek word ik daarvan.'

'Heb je me daarom gebeld?' vraag ik. 'Om over Jacoby te praten? Of over je beroerde date?'

'Geen idee. Echt niet. Had ik gewoon zin in.'

Ik zucht. 'We moesten er maar eens vandoor.'

'Als jij het zegt, baas', antwoordt hij en hij salueert nonchalant terwijl hij zijn glas leegdrinkt.

Ik betaal de rekening en we lopen naar buiten.

'Waar zat Jacoby eigenlijk?' vraag ik, toch een beetje nieuwsgierig.

'Aan de speeltafels,' zegt Fleet, 'door die deur.'

'Ik wil hem zien', zeg ik en ik loods Fleet langs het doolhof van gokautomaten.

Fleet loopt onvast, maar samen banen we ons een weg naar de speeltafels. Het klopt; daar zie ik Jacoby en zijn vriendjes, die elkaar amicaal op de rug kloppen en daarbij een uitermate zelfvoldaan gezicht trekken. Het ziet ernaar uit dat ze op het punt staan op te breken, ze trekken hun jas aan en geven de croupier een hand. Ik wacht tot ze zich naar de hoofduitgang begeven voor ik Fleet meetrek en achter ze aan ga. Een man uit Jacoby's gevolg praat hard in zijn mobiel en zegt waar ze opgehaald kunnen worden.

Als we het casino uitgaan krijgen we nog een laatste vlaag warme lucht in het gezicht geblazen, en dan stappen we de nacht in. Fleet struikelt en schiet op een betonnen pilaar af; door zijn gebogen houding lijkt het of hij moet overgeven. Ik buk me naast hem en zeg in zijn oor: 'Gaat het met je?'

Hij knijpt zijn ogen dicht en hoest in de richting van de grond.

Ik kijk op naar Jacoby en zijn vrienden. Luidruchtig herinneren ze elkaar aan een van de grote klappers van die avond.

Dan laat ik mijn hoofd weer zakken en fluister tegen Fleet: 'Kom, ik help je in een taxi.'

Hij kreunt als ik hem beetpak en in de richting van de taxistandplaats sleur. Ik open het achterportier van de voorste taxi en probeer hem te laten instappen.

'Als jij niet meegaat, komt hij er niet in', zegt de chauffeur met een misprijzende blik op Fleet.

'Ik weet niet waar hij woont', zeg ik.

'Niet mijn probleem, schat', antwoordt hij. 'Stap je in of niet?'

Fleet laat zich nu zwaar tegen mijn linkerkant aan vallen en sukkelt langzaam in slaap.

Een zacht glanzende zilveren Audi buigt af naar de gewelfde oprit van het casino en blijft ter hoogte van de taxi stilstaan. Jacoby's entourage sukkelt er met een juichkreetje op af.

Jacoby doet het voorportier van de wagen open, en plotseling kijk ik recht in het gezicht van Josh Evans, *míjn* Josh, met een wollen muts op en een blik die tussen de oprit en de weg heen en weer schiet terwijl Jacoby en zijn beschonken makkers de auto in klauteren.

Ik buig naar voren en verberg mijn hoofd achter dat van Fleet. Helaas lukt het me niet nog een blik in de auto te werpen, want Jacoby trekt de deur dicht en ze verdwijnen allemaal achter de getinte ramen.

Donderdag 30 augustus, 2.33 uur

Behalve Ben, pap en Rebecca is er sinds ik er woon nog nooit iemand in mijn appartement geweest. Terwijl Fleet en ik ons de krakende trap opslepen overvalt me een hevige paniek nu ik hem in dit deel van mijn leven toelaat. Toen de taxi bij het casino wegreed – ik was nog steeds verbijsterd doordat ik Josh had gezien – porde ik Fleet eerst tegen zijn schouder, daarna raakte ik zijn gezicht aan en vroeg naar zijn adres. Op zoek naar zijn portemonnee heb ik zelfs in zijn zakken gevoeld. Na een gênante zoektocht van enkele minuten, plus een geërgerde blik van de chauffeur, heb ik met tegenzin mijn eigen adres maar opgegeven.

Fleets hoofd rolt tegen het mijne aan als we voor mijn deur staan. Zijn stugge haar kriebelt op mijn wang.

'Sorry,' mompelt hij in mijn haar, 'ik zit helemaal stuk.'

Daar ga ik niet op in en ik vrees nu al voor een pijnlijke situatie morgenochtend. Mijn uitgeputte geest heeft moeite mijn gedachten bij te houden als ze heen en weer schieten tussen de zaak-Wade, Josh' bleke gezicht in de Audi en de bizarre babysitrol waarin ik nu ben beland.

Met mijn schouder duw ik de zware deur open, waarna Fleet en ik een mal dansje doen als ik hem naar de bank dirigeer. Ik leg hem zo zachtjes mogelijk neer en haast me dan naar mijn kamer voor een reservedeken, in de hoop dat hij niet wakker wordt en weer begint te praten. Wanneer ik terugkom, heeft hij zijn hoofd diep in een kussen begraven en ademt regelmatig. Ik trek zijn schoenen uit, drapeer de deken over hem heen, haal een glas water en zet dat op de salontafel. Hij verroert zich niet.

Ik gris de foto van Ben van de boekenplank, verstop die in een kast en sluit het gordijn voor zijn kamertje in de nis. Dan ga ik naar mijn slaapkamer. Mijn armen doen pijn doordat ik Fleet heb moeten ondersteunen. Snel kleed ik me uit. Ik krijg overal kippenvel, net speldenprikjes in mijn armen en benen. In mijn ondergoed schuif ik onder het dekbed en ik moet bijna huilen van opluchting als ik mijn hoofd op het kussen leg. Ik pak mijn telefoon en stuur snel een berichtje aan Isaacs waarin ik hem uitleg dat het vanavond laat is geworden en we morgenvroeg een spoor in de zaak-Wade verder willen volgen. Hopelijk winnen we daarmee wat tijd. Want hoe zal Fleet eraan toe zijn als hij morgen wakker wordt?

Josh' gezicht speelt weer door mijn hoofd, maar dat beeld zet ik resoluut van me af. Morgen bedenk ik wel wat ik daarmee moet.

Minuten, of misschien wel uren later, beweegt het bed en ben ik meteen klaarwakker. Met mijn ogen nog dicht denk ik even dat Ben bij me in bed kruipt, en ik laat me gauw weer in mijn droom terugzakken.

Een grote hand pakt mijn heup beet en ik verstar.

De hand schuift over mijn dij, vingers glijden onder de dunne stof van mijn ondergoed. Gekreun kruipt mijn oor binnen.

Fleet.

'Nee', fluister ik en ik knijp mijn ogen dicht.

Mijn hele lichaam doet pijn – vooral mijn keel, alsof die dichtgeknepen wordt. Zijn hand grijpt mijn been steviger vast en beweegt dan naar mijn middel, net boven mijn heup, ruw en dwingend. Ik ruik hem, alcoholwalmen en man. Heel even komt het bij me op het gewoon te laten gebeuren. Zijn huid drukt heet op de mijne, zijn begeerte is onmiskenbaar. Hij drukt zich tegen me aan. Mijn lichaam reageert op zijn nabijheid, maar of dat uit angst of verlangen is weet ik niet. Even overweeg ik me naar hem om te draaien en me door hem te laten aanraken. Hem bij me binnen te laten. Dat zal waarschijnlijk makkelijker zijn dan hem afweren. Maar ik wil niet.

Opeens voel ik een sterk verlangen om overal te zijn, als het maar niet hier is. Ik maak me zo klein mogelijk in de hoop dat hij weggaat.

'Ik wil je, Gemma.' Zijn stem is hees, eerder dierlijk dan menselijk, komt vanuit het donker achter me en blijft in het zwart voor me hangen. Ik ben bang voor wat hij me zou kunnen aandoen.

'Nee', zeg ik weer, harder nu, ondanks de pijn die mijn kaak verkrampt. Ik ga niet huilen, dat vertik ik.

'Toe nou', zegt hij als hij me weer betast en met zijn vingers bij me binnen probeert te komen.

'Raak me niet aan', zeg ik, het is bijna een schreeuw.

Na een eeuwigheid laat hij los, het matras buigt door wanneer hij op de andere helft gaat liggen.

Zwaar ademend wacht ik tot mijn bonkende hart bedaart. Ik staar recht voor me uit en wens dat ik mezelf op de een of andere manier kon uitschakelen. Me helemaal afsluiten. Ik kan niet geloven dat hij me dit flikt. Dat hij me met dit probleem opzadelt. Ik draai me om, kijk hem aan en bedenk of ik iets kan zeggen waarmee wat er zojuist is gebeurd kan worden uitgewist. Het enige wat ik kan onderscheiden, is het dunne witte lijntje van zijn profiel; hij drukt zijn vuist midden tegen zijn voorhoofd. Of hij zijn ogen open of dicht heeft kan ik niet zien, maar zijn lichaam straalt nog steeds iets agressiefs uit. Ik draai me weer naar de muur en wilde maar dat deze hele nacht voorbij en uit onze herinneringen gewist was. Tegen alle verwachting in val ik in slaap, al gaat mijn hart wild tekeer en wervelen mijn gedachten in het rond.

Donderdag 30 augustus, 7.58 uur

Het is stil in mijn slaapkamer, de zwakke geluiden van een nieuwe dag klinken ver weg. De resten van een boze droom lossen op in het niets, maar ik voel nog een huivering langs mijn huid trekken. Als ik mijn slaapkamer uitkom zie ik dat Fleet is vertrokken: de deken die ik eeuwen geleden over hem had gedrapeerd ligt netjes opgevouwen op de leuning van de bank, een omgespoeld waterglas staat ondersteboven in het droogrek naast de gootsteen. Bij de gedachte aan wat er zich een paar uur geleden in mijn slaapkamer heeft afgespeeld, word ik kotsmisselijk. Ik had nooit naar hem toe moeten gaan, laat staan hem mee naar huis nemen.

Ik stap onder de douche en geniet van het gloeiend hete water dat langs mijn ruggengraat stroomt. Ik boen alle plekken schoon die hij heeft aangeraakt en zou willen huilen, maar dat gaat niet. Met mijn hoofd achterover laat ik het water over mijn gezicht en in mijn mond gutsen. Stel dat ik op dit moment de zee in kon lopen en me door de stroming kon laten meesleuren, dan zou ik het doen.

Ik draai de douche dicht en blijf als verlamd staan bij de gedachte aan de onvermijdelijke confrontaties die me te wachten staan. Ik zal met Josh moeten praten om erachter te komen wat er in godsnaam aan de hand is. Waarom had hij midden in de nacht Jacoby en entourage bij het casino opgehaald? Had dat iets met zijn fraudezaken te maken? Josh' irritante betrouwbaarheid, de saaie maar vaste rots die hij in mijn leven is geworden, blijkt opeens in een gevaarlijk gapende afgrond te zijn veranderd. Wie is hij verdomme werkelijk?

En dan Fleet. Ik moet er niet aan denken dat ik hem straks zie.

Ik dwing mezelf me klaar te maken voor de dag terwijl spijt en woede als wilde honden door mijn hoofd jagen. Ik trek een shirt aan met een trui erover. Dan haal ik een kam door mijn vochtige haren, bind het in een lage paardenstaart en drink een groot glas water. Een reutelende snik ontglipt me, die ik met een gebalde vuist probeer te onderdrukken. Als ik mijn spiegelbeeld zie, vraag ik me af wat Fleet in me ziet. Een eenzame vrouw op haar retour? Een sneu type? Een vriendin? Een verovering? Een makkelijke prooi? Niets? Het beeld van Ben schuift voor al die gedachten aan Fleet en ik voel weer een snik opkomen. Ik mag nu niet instorten.

Ik veeg mijn tranen weg, snuf even luid en haal diep adem. Dan stomp ik hard met een vuist tegen de deurpost en ga met een pijnlijk kloppende hand naar buiten.

'Fleet heeft zich ziek gemeld', zegt Isaacs in het voorbijgaan. 'Buikgriep, of iets verkeerds gegeten. Hopelijk krijg jij dat niet ook, Woodstock. Kun je me even bijpraten als je tijd hebt? Ik wil graag weten waar jullie gisteravond zo druk mee waren.'

'Waarschijnlijk maar goed dat hij weg is gebleven', sombert Nan. 'Hij ziet er de hele week al verschrikkelijk uit. Jullie allebei.'

De briefing begint over een paar minuten al en met een flauw glimlachje naar Nan sprint ik naar de gehandicapten-wc, gooi de deur achter me dicht en leeg mijn maag in de pot. Hijgend en met een rood gezicht zie ik in de spiegel dat ik wit wegtrek van de geur. Ik kan die Fleet wel met blote handen wurgen. Hoe durft hij me zo te laten zitten na gisteren? Ik had me opgepept tot ik zover was dat ik de onvermijdelijke eerste confrontatie met hem aan durfde te gaan. Het lijkt me ondenkbaar dat ik me nu weer helemaal opnieuw zou moeten voorbereiden. Zijn verraad zit me erg dwars. Ik spat water in mijn gezicht, wacht tot de blos wegtrekt en dep mijn huid dan droog met een ruw papieren handdoekje voor ik op weg ga naar de briefingzaal.

We zijn twee teamleden kwijt aan een gewelddadige verkrachting die gisteravond laat werd gemeld, nog eens drie man aan een verdachte dood van een winkelier in Balaclava en twee aan iemand die na een verkeersongeval is doorgereden. Maar de overige achttien gezichten die naar me opkijken terwijl ik voor het overzichtsbord heen en weer loop, zien er nog steeds net zo vastberaden uit als twee weken geleden – en lang niet zo vermoeid als ik me voel.

Ik ga van start en word gaandeweg steeds rustiger. Ik klem mijn notitieblok vast, blader door mijn papieren en laat mijn blik over mijn aantekeningen gaan. We voeren het bekende dansje weer op: Brodie wordt nog steeds vermist. We weten nog steeds niet precies waar Paul Wade zich bevond op het moment dat zijn broer werd neergestoken en of hij in Melbourne was toen Miller werd vermoord. Er is geen correspondentie tussen Cartwright en Brodie gevonden, en we hebben geen idee of een van beiden iets met de aanval op Ava van doen heeft. De enige echte ontwikkeling is dat Simon Carmichael – die van de bekentenis – naar de pers is gegaan met het verhaal dat Wades geest tot hem heeft gesproken en hem heeft meegedeeld dat een van zijn geliefden hem heeft vermoord.

Terwijl de teamleden hun vorderingen melden, bekijk ik de uitvergrote foto van de gemaskerde zombie op het overzichtsbord. Het is om gek van te worden dat Sterling Wades moordenaar daar hangt en we toch geen fluit dichter bij een oplossing zijn gekomen.

Eigenlijk gaat dit allemaal makkelijker zonder Fleet. Zonder zijn kritische opmerkingen denk ik niet bij ieder woord na, maar spreek vrijuit. Ondanks dat mijn hoofd tolt voel ik me vastberadener dan ooit. 'Hoe ver zijn we met de bewakingsbeelden van het restaurant waar Ava James een paar avonden geleden was? Ik wil dat dat vandaag afgevinkt wordt.'

Hier en daar wordt gefronst om mijn barse toon, en opeens begin ik vanbinnen te steigeren. Hoe moet ik me dan gedragen na zo'n nacht?

'Waar is rechercheur Fleet vandaag?' vraagt Chloe, die op me afkomt terwijl de briefingzaal leegstroomt.

'O, sorry,' antwoord ik, 'daar had ik iets over moeten zeggen. Hij voelt zich niet lekker. Hij is er morgen vast wel weer. Kan ik je verder ergens mee helpen?'

'Nee. Nee.' Met gebogen hoofd wil ze weggaan, maar dan bedenkt ze zich. 'Ik wilde alleen even zeggen dat ik het een hele stimulans vind, een vrouw aan het hoofd van zo'n zaak. Volgens mij heb ik er al veel van geleerd.' Gedachteloos strijkt ze over haar zwangere buik.

'O', zeg ik, en mijn gezicht begint te gloeien. 'Dank je wel, maar uiteraard zijn rechercheur Fleet en ik gelijkwaardige partners.'

'Dat weet ik,' zegt ze, 'maar toch, je snapt me wel.'

Ik knik, en ze zwaait even naar me en vertrekt. Als ik haar nakijk vraag ik me af wat ze daarmee bedoeld kan hebben.

Weer achter mijn bureau bel ik het ziekenhuis, waar ik te horen krijg dat Ava nog die middag wordt ontslagen. 'Ze zegt dat ze morgen de allereerste vlucht naar Amerika neemt', deelt de arts mee. 'Ze is erg overstuur.'

Ik hang op en blader door de gedetailleerde verslagen van de gesprekken met de A-figuranten die vlak bij Wade waren toen hij werd neergestoken.

We renden als wilde dieren op hem af.
Ik ging helemaal op in het moment.
Het was net een roes.
Toen raakte ik in paniek.
Er klopte iets niet.
Ik wist niet wat er aan de hand was.
Ik heb geen idee wie zoiets zou kunnen doen.
Nee, tijdens het filmen is me niets vreemds opgevallen.
Ik kan niks anders meer bedenken.
Eventjes was het allemaal super.
Ik speelde ineens in een Hollywoodfilm, met echte sterren.
Het volgende ogenblik was alles anders.
Het was vreselijk om hem daar zo te zien liggen.
Weet je, merkte een figurant op, *het is bizar dat alles het ene moment*

absoluut geweldig is en een seconde later in een complete nachtmerrie kan veranderen.

Tegen drie uur bel ik Josh op, met een steen in mijn maag.

'Hé Gemma', groet hij vrolijk. Voor gisternacht zou ik die blijmoedigheid een beetje zoetsappig hebben gevonden; nu draait mijn maag zich om.

'Heb je vanavond al plannen?' vraag ik en ik sluit mijn ogen. Ik wil eigenlijk niet met hem afspreken – sterker nog, als ik hem van de aardbodem kon laten verdwijnen, deed ik het – maar ik wil dit achter de rug hebben. Vreemd genoeg krijg ik het gevoel in mijn kracht te staan nu ik eindelijk eens iets echt af kan sluiten.

Er valt een korte stilte. Waarschijnlijk probeert Josh mijn toon te proeven. 'Eh, nee', zegt hij. 'Ik ben alleen nogal moe – ik moest gisteravond ineens overwerken. Maar als je bij wilt praten kan dat, hoor. Hoe is het met je? Loopt het een beetje met de zaak?'

'O, prima', antwoord ik. 'Ik dacht dat we misschien ergens wat konden gaan drinken of zo.'

'Tuurlijk', zegt hij. 'Super!' Hij doet merkbaar zijn best om enthousiast te klinken, in de hoop dat dat op mij overslaat. 'Ik ben om een uur of zeven wel klaar.'

'Mooi', antwoord ik met vaste stem. 'Zullen we afspreken in dat café waar we een tijdje terug waren, daar naast het casino'

Weer een stilte. 'Prima, Gemma, dat klinkt goed.' Er is een zenuwachtig ondertoontje in zijn stem geslopen, en ik vraag me af of hij wel op komt dagen.

'Tot zo dan', zeg ik en ik hang op.

Donderdag 30 augustus, 19.03 uur

Ik controleer mijn werktelefoon, daarna die van mezelf. Een berichtje van pap, maar nog steeds niks van Fleet. Mijn gevoelens draaien in het rond als een kieskeurige kat die geen plekje kan kiezen. Herinnert hij zich überhaupt nog wat hij heeft gedaan? Ligt hij te tobben in bed of hij me nog onder ogen durft te komen? Of is hij boos op me, of schaamt hij zich? Ik kan de gedachte maar niet van me afzetten dat alles nu kapot is, en dat raakt me erg.

Ik heb mijn jas nog aan, ook al wordt het café goed verwarmd; niets aan deze ontmoeting is relaxt. Ik nip van mijn gin-tonic. Zachte gesprekken druppelen mijn gedachten binnen en mengen zich met verschillende aspecten van de zaak-Wade. Net als er van een tafeltje bij het raam een lachsalvo opklinkt, komt Josh binnen. Een koude windvlaag strijkt over mijn huid als hij vooroverbuigt om me een kus te geven, waarna hij zijn sjaal afdoet en zijn dikke jas over de stoelleuning drapeert.

'Sorry dat ik aan de late kant ben – god, wat een dag!' zegt hij, even opgewekt als altijd. Hij wrijft in zijn handen. 'Maar dit is leuk, zeg. Twee avonden achter elkaar. En, hoe was jouw dag?' vraagt hij met een blik op de drankkaart. 'Interessante ontwikkelingen in die zaak van je?'

Ik wacht tot hij wat te drinken heeft besteld en vraag dan: 'Waarom was je gisteravond in het casino, Josh?'

Zijn mond zakt open en hij zet grote ogen op. 'Hè?'

'Waarom was je gisteravond in het casino?' herhaal ik kalm.

‘Ik was niet in het casino.’ Als zijn wijn wordt gebracht neemt hij een grote slok, kijkt om zich heen en lacht dan onschuldig naar me. ‘Waarom, beweren je vrienden dat ze me daar gezien hebben of zo?’

‘Je kwam er vanmorgen vroeg met een zilveren Audi Frank Jacoby en zijn clubje ophalen’, zeg ik zonder zijn glimlach te beantwoorden. ‘Waarom?’

Hij schuifelt op zijn stoel, het is duidelijk dat hij mogelijke antwoorden de revue laat passeren. Dan kijkt hij me recht in de ogen, bijna om begrip smekend.

‘Ik heb ze alleen maar een plezier gedaan’, mompelt hij.

‘Wat is er in godsnaam aan de hand, Josh?’

Hij wordt bleek en begint te draaien op zijn stoel. ‘Hoor eens, Frank is een vriend van de familie. Een maat van mijn oom. Soms vraagt mijn oom weleens of ik iets voor ze wil doen.’ Nerveus lachend neemt hij een slokje wijn, waar hij zich bijna in verslikt.

‘Hoe ken je hem?’ wil ik weten.

‘Zijn vrouw is een nicht van mijn oom.’

‘Ivy Strachan?’ vraag ik, en eindelijk kan ik het gezicht op de foto bij hem thuis aan een naam koppelen.

‘Ja.’ Josh zit nu ineengezakt in zijn stoel, met hangende schouders en gebogen hoofd.

‘Was je oom er gisteravond bij?’ vraag ik.

Hij knikt.

‘Jacoby heeft die baan op het advocatenkantoor voor je geregeld, zeker?’

Josh knikt langzaam. Ik heb het warm, mijn oksels, borst en nek voelen klam. Mijn pols klopt en jaagt het bloed door mijn lichaam. We weten allebei wat er nu gaat komen.

‘Jij was die nacht in Jacoby’s penthouse’, zeg ik, en ik voel me zo mogelijk nog vermoeider dan voorheen. ‘Jij hebt gezien dat Jacoby op dat balkon ruzie met Ginny Frost had. Jij bent de ontbrekende getuige.’

Josh kijkt me recht aan en bevestigt zwijgend, buigt zich dan naar voren en grijpt mijn hand. 'Het spijt me', zegt hij domweg. 'Ik heb nooit gewild dat het zo zou gaan.'

Uren later zit ik nog steeds in het café, mijn buik vol met patat en hamburgers. Josh is allang weg. De dag nadert ondertussen de finish, maar mijn gedachten komen maar niet tot rust. Mijn woede over zijn bedrog is afgezwakt tot doffe apathie. Onze eerste ontmoeting in het restaurant naast de rechtbank maalt maar door mijn hoofd, en ik kan me wel voor mijn kop slaan dat ik geen enkel vermoeden heb gehad dat hij de sleutel was tot die zaak die me toen zo in beslag nam.

Zenuwachtig met zijn handen wringend had Josh me het hele verhaal verteld. Zoals zo vaak was het eerder toeval dan opzet dat hij, ondanks ons grondige onderzoek, buiten beeld was gebleven. Zijn oom had geregeld dat hij een paar dagen in Jacoby's woning kon bivakkeren omdat er bij hem thuis geschilderd werd en hij voor zijn examens moest blokken. In de loop van het semester was hij achterop geraakt en uit vrees te zakken was hij tijdens de drie dagen voor Jacoby's Kerstmis-in-juli-feest ondergedoken om te studeren – en zodoende stond hij niet op de beelden van de bewakingscamera bij de ingang die wij hadden verwerkt en geanalyseerd.

Jacoby was Josh' aanwezigheid helemaal vergeten toen hij het winterfeestje plande. Tegen zes uur 's avonds kwam hij met zijn beste vrienden om het feest voor te bereiden en trof er een uitgeputte Josh aan, die stijf stond van de cafeïne. Josh wilde ervandoor gaan, maar zijn oom wist hem over te halen om te blijven; hij vond dat Josh na al dat harde werken wel een verzetje verdiende. Nadat hij drie dagen vrijwel zonder te slapen had doorgeknald, dronk Josh aan het begin van de avond een paar borrels met zijn oom en Jacoby's andere vrienden en trok zich vervolgens terug voordat de meeste gasten binnenkwamen. Hij nam een slaappil en ging in de logeerkamer aan de andere kant van het appartement naar bed.

Toen hij uren later wakker werd, zag hij dat er een vrouw op de bank bij het raam lag te slapen. Jacoby stond op het balkon te ruziën met een andere vrouw; het was een verhitte discussie en Jacoby klonk woest. Na een paar minuten kroop Josh naar het raam en zag dat Jacoby de huilende vrouw agressief tegen de muur drukte. Ongeveer op dat moment werd Sasha Cryer wakker op de bank, en Josh ging snel weer naar zijn bed. Toen hij Ginny een ogenblik later hoorde gillen, vreesde hij het ergste, maar besloot de confrontatie met Jacoby toch maar niet aan te gaan. Hopend dat de vrouw op de bank te dronken was om zich later iets te herinneren, hield hij zich slapend terwijl hij piekerde wat hij nu verder moest. Uiteindelijk verliet Sasha de kamer.

Tegen drie uur 's ochtends kwam zijn oom bij hem om te vertellen dat ze weg moesten: er was een verschrikkelijk ongeluk gebeurd en ze moesten Josh het appartement uit zien te krijgen. Hij kleedde zich aan terwijl zijn oom het bed afhaalde en opnieuw opmaakte. Jacoby, de oom van Josh en een andere vriend loodsten hem via de brandtrap naar beneden om de beveiligingscamera's te vermijden. Ze brachten hem naar het huis van zijn oom, waar hij zich tot de volgende dag laat in de garage schuilhield.

Jacoby gebood hem zijn mond te houden, anders kon hij zijn carrière wel vergeten.

Josh had vanaf het begin geweten wie ik was; hij had me herkend van de persconferentie die was uitgezonden op de ochtend dat we elkaar bij het gerechtsgebouw tegenkwamen. Hij dacht dat als hij met mij kon aanpappen, hij misschien op de hoogte kon blijven van de vorderingen in de zaak – en zo weer bij Jacoby in de gunst kon komen. Ik had hem mijn nummer gegeven. Na een beetje naspeuren begreep hij dat ik pas in de stad was en dacht dat ik vast wel nieuwe mensen wilde leren kennen. Dat vond zijn oom een goed idee.

'Maar weet je, Gemma, ik vind je echt leuk. Ik had dat niet verwacht, maar het is wel zo. Je bent zo anders dan de mensen met wie ik doorgaans omga. En nu heb ik alles verknald. Ik had meteen al naar de politie moeten gaan.'

Ik duwde zijn hand weg en zei dat als hij de volgende dag niet stipt om negen uur op het politiebureau was om een verklaring af te leggen over wat hij die julinacht had gezien, ik hem zou aangeven. Josh bleef maar sorry zeggen en beloofde dat hij dat zou doen. We spraken af dat hij niet direct mijn naam zou noemen, maar ik weet dat mijn band met hem wel vrij snel aan het licht zal komen.

Ik kom met moeite overeind en wikkel mijn sjaal om mijn nek. Onderweg naar huis valt elke stap samen met een bonkende koppijn. Ik voel me gebruikt door Josh, door Fleet en ik voel me zo dom als een ezel.

Een tram ratelt voorbij als ik Bourke Street in loop. Enorme reclameborden schreeuwen me uit de etalages toe, met beloftes van koopjes en kortingen. Een juwelier adverteert dat ze oude edelstenen opnieuw kunnen zetten, voor een nieuwe liefde, en ik moet aan de verloving van papa en Rebecca denken. Met mijn kiezen op elkaar en gebogen hoofd steek ik Swanston Street over. Het lijkt wel of er koude windvlagen uit de grond opstijgen. Ik pak mijn sigaretten, duik een steegje in om de vlam tegen de wind af te schermen en probeer er een op te steken. Een paar maal klikt mijn aansteker tevergeefs. Dan ga ik met mijn rug naar de straat staan, uit de wind.

Ik hoor een geluid achter me en het volgende ogenblik word ik met zo'n kracht tegen de muur geslagen dat ik even aan een aardbeving moet denken. Direct na de klap trekt er een vlammende scheut door mijn gezicht, gevolgd door een doffe pijn die het denken onmogelijk maakt. Ik probeer te begrijpen wat er gebeurt, maar hoor alleen het eindeloze tuiten van mijn oren.

Dan verplaatst de grote hand op mijn achterhoofd zijn greep, en duwt iemand me met zijn volle gewicht tegen de muur aan. Handen betasten me van boven naar beneden. Ik ben gevangen. Langzaam blaas ik mijn adem uit, te zeer geschrokken voor tranen.

'Alsjeblieft', fluister ik.

'Jij stomme trut', sist een stem terwijl de hand mijn hoofd kort loslaat en vervolgens weer keihard tegen de muur knalt.

Mijn benen begeven het, ik val op de grond, mijn sigaretten overal om me heen, terwijl het geluid van weglopende voetstappen in mijn oren klinkt.

Vrijdag 31 augustus, 7.16 uur

Ik word door een opgewonden pieptoon gewekt en zie een hagelwitte muur voor me. De pijn heeft zich vastgezet in mijn hoofd, maar het ondraaglijke dreunen van gisteravond is beteugeld door het handje pillen dat ze me hebben aangespoord te slikken.

Het lichtblauwe gordijn aan het voeteneinde van het bed ruist en het lachende gezicht van een verpleegster verschijnt. 'Ah, goed zo, je bent al wakker. Hoe is het met je hoofd?' Haar stem klinkt bekend en dan weet ik het weer: ze heeft me vannacht met tussenpozen wakker gemaakt, mijn naam genoemd en met een lampje in mijn pupillen geschenen.

Ik slik en probeer wat speeksel mijn droge mond in te krijgen. 'Prima.'

'Ach, arm kind', zegt ze monter.

Dan komt alles weer terug: de kegel van Fleet, die zich aan me opdrong, de bekentenis van Josh. De hand tegen mijn achterhoofd voor ik tegen de muur geramd werd.

'Hoe laat is het?' vraag ik aan de verpleegster.

'Kwart over zeven.'

Voorzichtig kom ik overeind. Witte stipjes vormen een sneeuwstorm voor mijn ogen, maar aan de pijn verandert dat niet veel.

'Ik moet ervandoor', zeg ik, een geeuw onderdrukkend, en schuif naar de andere kant van het bed.

Ze fronst haar wenkbrauwen en bijt op haar lip. 'Je zou echt nog een paar uur moeten blijven. We houden mensen die bij een val akelig op hun hoofd terecht zijn gekomen graag nog even onder observatie.'

'Ik red me wel', verzeker ik haar en ik kom overeind.

'Tja, heb je wel een partner? Iemand die voor je kan zorgen?'

'Ja, hoor', zeg ik en ik glimlach naar haar.

Nadat ze me nog eens goed heeft nagekeken gaat ze snel verder met haar ronde. Ik kleed me aan en duw bij wijze van experiment tegen mijn slapen. Dan schuif ik het gordijn open en loop de afdeling af. Ik zet een krabbel onder een verklaring dat ik op eigen risico het ziekenhuis verlaat en neem een taxi.

Als ik mijn appartement binnenkom tref ik het tot mijn verrassing precies zo aan als ik het gisterochtend heb verlaten. De deken die ik Fleet had gegeven ligt nog steeds opgevouwen op de leuning van de bank. Frodo spert zijn bek dwaas open in de hoop dat er eten in belandt. Ik bestudeer mezelf in de badkamerspiegel. Een enorme bloeduitstorting verkleurt de huid bij mijn slaap. Gelukkig bevindt de grootste verwonding zich aan de zijkant van mijn hoofd, onder mijn haar, al loopt er een lelijke kras net boven mijn oor langs mijn haarinplant en begint mijn oog blauw te worden. Ik was dat deel voorzichtig onder een lauwwarme douche en camoufleer de blauw-paarse vlekken zo goed als het gaat met make-up.

Dan overdenk ik wat er precies gebeurd is. Was het een willekeurige aanval of een soort waarschuwing? Door degene die ook Ava heeft overvallen? Zit daar een verband tussen? Behoedzaam kam ik mijn haar, staar naar mijn gezicht in de spiegel en overweeg dat dit wellicht met Jacoby te maken heeft. Ik slik en voel me opnieuw een enorme idioot. Ik had de stem niet herkend; bij de mogelijkheid dat dit Josh geweest kan zijn weiger ik stil te staan.

Josh. Een diep gevoel van vernedering vliegt me aan als ik bedenk hoe hij me misleid heeft. Ik vraag me af of hij al op het politiebureau is. Zou hij zich werkelijk melden? Mijn ultimatum was duidelijk en hij leek bijna opgelucht dat ik hem voor het blok zette, alsof hij niets liever wilde dan een eind aan het verdrietige verhaal maken. Een deel van mij gelooft dat hij gewoon op het verkeerde moment op de verkeerde plaats was. Maar ik ken hem niet. Ik weet niet hoe ver hij met zijn misleidingspogingen is gegaan, hoeveel invloed zijn oom en Jacoby op hem hebben.

Wat ik wel weet is dit: zonder een bekentenis van Josh is er weinig bewijs dat Jacoby Ginny Frost van het balkon heeft geduwd. Misschien heeft hij gisteravond met zijn oom gesproken; misschien hebben ze iets bekokstoofd om mij aan te pakken.

Mijn angstige gedachtestroom wordt onderbroken door het geluidje van een bericht op mijn werktelefoon. Het is Fleet, die vraagt of ik naar het overleg kom. Precies zo'n tekstbericht als hij twee dagen geleden heeft gestuurd. Voordat hij over een meer dan duidelijke grens ging

Mijn ademhaling slaat op hol en even ben ik bang voor een paniekaanval. Maar als ik me aan de badkamerkast vastklamp, wijkt de beklemming en ebt de schrik alweer snel weg.

Nu ik niet weet wat Josh gaat doen, vind ik het moeilijk te beslissen hoe het verder moet. Zal ik naar Isaacs gaan en onze relatie opbiechten, met het risico dat ik voor gek sta, of doen alsof ik van niks weet? Als Josh geen verklaring komt afleggen, zal ik zelf in de aanval moeten, waardoor er een sneeuwbaleffect ontstaat met als mogelijk gevolg dat ik met pek en veren naar Smithson kan vertrekken.

En dan heb ik mezelf nog niet eens de tijd gegund om te bedenken hoe ik Fleet moet aanpakken.

Met trillende vingers antwoord ik dat ik onderweg ben. Ik föhn mijn haar, maar laat het loshangen om de sporen van de overval van gisteravond te maskeren. Ik schiet in mijn jas en ga met mijn kiezen op elkaar de deur uit, terwijl ik de dreinende herinnering aan de hand die mijn achterhoofd vastklemde en doodsangst die ik toen voelde van me af probeer te zetten.

'Jemig, wat is er met jou gebeurd, Woodstock?' vraagt Fleet met een geschrokken blik naar mij, en ik vraag me af of hij misschien bang is dat hij dit op zijn geweten heeft.

'Ik ben gevallen', zeg ik kortaf.

Ik heb mijn lichaam niet onder controle; ik reageer op zijn aanwezigheid alsof hij elektriciteit uitstraalt. Mijn mond wordt opeens kurkdroog. Herinneringen aan de minuten in mijn slaapkamer schieten door mijn hoofd.

Hij wil net nog iets gaan zeggen als er opwinding achter ons losbarst. Nan en Calvin worden naar Isaacs' kantoor geroepen. Josh, denk ik. Isaacs werpt me een kille blik toe en ik zie in gedachten mijn carrière aan me voorbijtrekken als zijn deur in het slot valt.

'Wat zou daar aan de hand zijn?' zegt Fleet terwijl hij overeind komt. 'Tjonge, ik voel me vandaag minstens duizend keer beter dan gisteren.' Hij lacht schaapachtig. 'Ik word zo onderhand te oud om midden in de week aan de boemel te gaan.' Hij gaat op weg naar de briefingzaal. 'Kom je ook?'

Met lood in mijn schoenen pak ik mijn notitieblok en volg hem op een paar passen afstand terwijl ik probeer zijn achteloze houding te verklaren. Weet hij nog wel wat hij gedaan heeft? En, denk ik opeens, maakt dat wat uit?

'Kop op', roept hij over zijn schouder, en ik staar naar zijn achterhoofd en speel met de gedachte dat tegen een muur te rammen.

Niemand zegt iets over mijn gezwollen gezicht, maar uit diverse blikken blijkt dat ik de blauwe plekken niet zo goed heb gecamoufleerd als ik dacht.

'Goed', zeg ik, veel enthousiaster dan ik me voel. 'Rechercheur Fleet was er gisteren niet, dus laten we hem snel bijpraten. Ravi, breng jij even verslag uit, en daarna graag de laatste stand van zaken rond de alibi's en het beeldmateriaal.'

Ik haak een beetje af wanneer Ravi aan het woord is; met wazige blik staar ik naar het donkere patroon van de vloerbedekking. Ik merk nu al dat er geen belangrijke nieuwe ontwikkelingen zijn, anders dan de doorbraak die Nan en Calvin op dit moment waarschijnlijk zomaar toevalt.

Fleet onderbreekt Chloe en vuurt zijn vragen op het team af, duidelijk geïrriteerd dat er nog steeds geen enkel levensteken van Brodie is. Fleet mocht Brodie direct al niet, besef ik. Ik herinner me hoe ongemakkelijk hij zich bij Brodies spontane liefdesverklaringen en onbeheerste verdriet had gevoeld.

Fleet verdeelt de dagtaken, waarna de bijeenkomst opbreekt. Ik loop naar het overzichtsbord, staar naar de beide dode mannen en het schuldgevoel treft me opeens keihard. We zien iets over het hoofd. Ik sta daar terwijl de hitte naar mijn hoofd stijgt waardoor mijn gehavende gezicht weer begint te kloppen, en ik denk aan Wade en Miller die in een plas van hun eigen bloed neerzakken. Dat had mij ook zomaar kunnen overkomen, gisteren; het kost maar even om een mensenleven te beëindigen.

Ik schrik me wezenloos als Chloe langs mijn arm strijkt om een bewakingsfoto van de menigte te bevestigen: de toeschouwers kijken hoe Wade in de ambulance geschoven wordt.

'Sorry', zegt Chloe.

'Geeft niets. Ik was even op een andere planeet.'

Ik kijk naar de foto. Het lijkt wel een oud schilderij van een slagveld, met Wade als gevallen krijgsheld op de voorgrond.

'Hoe gaat het met je?' vraag ik Chloe en ik laat mijn blik naar haar dikke buik afdwalen.

Zichtbaar blij met de vraag bolt ze haar wangen. 'Best, hoor. Ik beweeg me wat trager dan normaal, maar ik voel me prima. Ik wil zo lang mogelijk door blijven werken.'

Ze bevestigt nog een foto aan het bord, waarbij haar ring langs mijn gezicht schiet. Ik herinner me Rebecca's liefdevolle blik naar haar verlovingsring, vorig weekend, en de weemoedige droefheid in Lizzies ogen toen ze de hare bekeek. Achter de zwakke pijnscheuten bij mijn slapen beginnen gedachtenflarden samen te komen.

'Prachtige ring', zeg ik tegen Chloe.

'O, ja, dank je. Ik vind 'm ook mooi.'

Ik herinner me de juwelierszaak waar ik gisteren langskwam, waar alle edelstenen voor de nacht uit de etalage waren gehaald en alleen die advertentie nog stond.

'Chloe,' zeg ik, 'zou je iets voor me willen doen?'

'Natuurlijk.' Ze strijkt het haar uit haar gezicht en kijkt me vorsend aan. 'Ik wil me nergens mee bemoeien, maar gaat het echt wel goed met je? Het is me opgevallen dat je gewond bent.' Haar blik staat bezorgd en het verbaast me hoe makkelijk het haar afgaat om haar meeleven te uiten.

'Prima hoor', zeg ik afwerend en ik schuif achteruit. 'Ik had graag dat je een oude zaak nog eens uitpluist – een woningbrand van ongeveer acht jaar geleden aan de kust waarbij een vrouw is omgekomen.'

Ziek van de zorgen om Josh' bekentenis neem ik de trap naar de tweede verdieping van het parkeerdek en loop tussen de rijen auto's door naar het platform dat uitkijkt op straat. Beschut tegen de wind en nieuwsgierige blikken steek ik een sigaret op en leun tegen de muur. In gedachten zie ik Brodies bleke, smekende gezicht weer voor me, dat me niet met rust laat. Mijn intuïtie vertelt me dat hij gevaar loopt.

'Nou ja zeg, dat ik jou hier aantref', bast Fleet.

Ik laat mijn sigaret vallen. Vreemd genoeg schieten de tranen daarvan in mijn ogen.

'Niet zo best als je zelfs tijdens het werk rookt', zegt hij.

Ik antwoord niet, maar schuif naar de hoek, zo ver mogelijk bij hem vandaan.

'Gaat het echt wel goed met je?' vraagt hij als hij een sigaret opsteekt en me aandachtig opneemt.

'Prima.'

'Ik geloof geen seconde dat je bent gevallen.' Zijn donkere ogen kijken me vriendelijk aan en hij klinkt bezorgd.

Dan knapt er iets bij me, en tot mijn schrik kan ik me niet meer goed houden en begin ik te huilen.

'Woodstock, wat is er?' Hij komt naar me toe en legt verlegen een hand op mijn schouder.

'Raak me niet aan', zeg ik en duik met een ruk opzij.

Met zijn handen in de lucht doet hij een stap achteruit. Asvlokjes wervelen om hem heen. 'Oké, oké.'

Een poosje zeggen we allebei niets. De wind fluit rond de betonnen pilaren, alsof hij in afwachting is van wat er hierna komt.

'Kun je me in ieder geval zeggen wat er aan de hand is?' vraagt Fleet. 'Of heb je liever dat ik wegga?'

'Ik weet wie de mysterieuze getuige in de zaak-Jacoby is', zeg ik. Het lukt me niet het nog voor me te houden, en bovendien komt het toch allemaal wel uit.

Met een grappig gebaar haalt hij zijn wenkbrauwen op. 'Echt waar?'

Ik kijk naar zijn gloeiende sigaret. 'Het is een man met wie ik omga. Ik geloof dat hij vandaag een verklaring komt afleggen. Volgens mij is hij op dit moment hier.'

Fleet lijkt hier even over na te denken. 'En wist je dat?'

Ik kijk hem in de ogen en dan snel weer weg. Ik voel me nog dommer dan ooit tevoren. 'Nee, pas sinds gisteren.' Ik wis mijn laatste tranen weg. 'Maar het ziet er natuurlijk niet goed uit voor me. Ik duik telkens op als zijn telefoongegevens worden onderzocht.'

'Gaat hij iets over jou zeggen?' vraagt Fleet. 'Kun je hem per ongeluk informatie hebben verstrekt?'

'Ik geloof van niet. Hij zei dat hij er niets over zou zeggen, maar daarmee ben ik er nog niet klaar mee.' Een gesmoord geluid ontsnapt me. 'Ik voel me zo'n idioot.'

Fleet knikt peinzend. Opeens krijgt hij een nijdige blik. 'Heeft die vent je verwond?' Hij wijst naar mijn hoofd. 'Als hij het was die dat gedaan heeft, dan vermoord ik de klootzak.'

Ik denk aan Fleet die tegen me aanrijdt, zijn hete drankadem tegen mijn wang, zijn vingers die bij me binnen proberen te dringen. Ik voel de hand die me gisteravond bij het achterhoofd vastpakte, en daarna de shock toen ik tegen de muur knalde.

Ik wil alleen maar dat ze allemaal verdwijnen. Ik schud mijn hoofd en dring me langs Fleet. 'Ik moet naar huis', zeg ik terwijl er een wolkbreuk losbarst.

Er is niemand in de buurt als ik mijn spullen van mijn bureau gris en het onweer in ren. De regen komt met bakken naar beneden, kolkt door de goten en blaast oude rotzooi nieuw leven in. Ik ben al snel doorweekt en tot op het bot verkleumd. Ik ben uitgeput. Ik moet slapen.

Thuis wikkel ik een handdoek om mijn natte haar, neem met water een paar pijnstillers in, kruip in bed, en geef me over aan het geruststellende gezoem van de bewusteloosheid.

Iets na halfvier word ik in dezelfde opgekrulde houding wakker. Met een kloppende pijn bij mijn slaap, maar zo uitgerust als ik me in lange tijd niet heb gevoeld. Buiten hangen de regenvlagen nog boven de stad.

Ik drink nog wat water en ga bij het raam zitten nadenken hoe het nu verder met me zal gaan. Dat Josh wordt doorgelicht zou me mijn baan weleens kunnen kosten. Of tenminste een behoorlijke smet op mijn blazoen kunnen betekenen. Misschien klopt het wel wat ik tegen Fleet heb gezegd – misschien kon ik echt maar beter naar huis gaan, naar Smithson terugkeren, en ophouden met doen alsof ik het hier wel red.

Een bliksemschicht trekt door de lucht, op de voet gevolgd door een angstaanjagende rollende donder. Als op gang gebracht door het onstuimige weer, gaat mijn werktelefoon over.

'Rechercheur Woodstock', zeg ik wanneer ik zie dat het een nummer van het politiebureau is.

'Ik ben het, Chloe.'

'Ja?' Ik ben opgelucht dat het Isaacs niet is, maar ik merk de spanning in haar stem.

'Ik heb die oude zaak bekeken; die woningbrand waarbij iemand was omgekomen. Ik weet niet waar je op had gehoopt, maar het was inderdaad geen doorsnee zaak.'

'Kun je me er alles over vertellen?' vraag ik. Als ik maar niet aan het perfecte gezicht van Josh hoef te denken.

'Goed. Ze hebben brandstichting nooit echt uitgesloten, maar het onderzoek heeft niets doorslaggevends opgeleverd. Zoals je weet is Lizzie Shorts moeder gestorven. Ze kon haar slaapkamer niet uitkomen. Maar haar zoon Kit wist zich met een paar lichte verwondingen te redden.'

'Waar was Lizzie?'

'Die logeerde bij een vriendin thuis.'

'Waarom kon brandstichting niet uitgesloten worden?'

'Ze konden niet duidelijk vaststellen of er brandversnellers waren gebruikt. Bij het onderzoek zijn er in de carport aan de zijkant van het huis onder de slaapkamer van Jenny Short sporen van chemicaliën aangetroffen. Het huis was nogal vervallen, dus het kan zijn dat er iets vlam heeft gevat – of dat iemand de carport ingeslopen is en de brand heeft aangestoken. Jenny had destijds een vriend met een criminele achtergrond. Er was sprake van huiselijk geweld, en zijn alibi is nooit bevestigd.'

Daar denk ik even over na, met mijn blik nog steeds op de grauwe regenwolken gericht.

'Heeft de politie die vriend indertijd voor mogelijke brandstichting aan de tand gevoeld?' vraag ik.

'Daar lijkt het wel op, maar ze hebben hem kennelijk niet kunnen aanhouden', zegt Chloe. 'Bovendien was er een week eerder ook al een brand geweest. Een oude schuur een paar straten bij het huis van de familie Short vandaan ging in vlammen op toen het gezin niet thuis was. De omstandigheden waren vergelijkbaar, dus men vroeg zich af of er geen pyromaan aan het werk was.'

Kit Shorts beschermende greep om de gebogen schouders van zijn zus in het ziekenhuis schiet me te binnen. Het onopgemaakte bed, die dag dat we bij Lizzie in haar appartement langsgingen, dat aan beide kanten beslapen was.

'Chloe,' zeg ik plotseling, 'je bent dus geen bedrag in Lizzies bankgegevens tegengekomen dat een betaling voor die verlovingsring kan zijn, toch?'

'Niet in die van de afgelopen twee jaar. We hebben al haar rekeningen onderzocht. De ring kwam ook beslist niet van de familie Wade – dat hebben we bij zijn ouders nagevraagd. Van de Beaufords ook niet. Hij moet hem contant hebben betaald. Of gestolen, dat kan natuurlijk ook', lacht ze kort.

'Of het was een cadeau', zeg ik.

'Een cadeau?' herhaalt ze niet-begrijpend.

'Je hebt toch een foto van de ring?'

'Ja. Van Lizzie gekregen, hoewel ze duidelijk niet begreep wat het met de moord op Sterling te maken had.'

'Dat weet ik zelf ook niet echt,' zeg ik, 'en ook niet of ze iets verkeerd heeft gedaan, maar ik zou graag willen dat je alles wat je van Jenny Short kunt vinden opdiept, vooral foto's waarop haar handen zichtbaar zijn.'

De regen houdt even plotseling op als hij begonnen was. Ik douche en kleed me aan. Ik wil zo snel mogelijk mijn appartement uit. De lucht is ijskoud en vochtig en mensen in pak, onderweg van werk naar weekend, kijken bezorgd naar de lucht. De daklozen hebben zich verplaatst naar de grote doorgangswegen, waar ze onder de bredere luifels van de winkel naast stoïcijnse straatmuzikanten schuilen. Ik loop de lobby in van het hotel waar ik vaker kom, bestel een drankje en laat me in de heerlijk zachte fauteuil zakken.

Scènes van gisteren spoken door mijn gedachten tot ze zich samenballen in de knal van mijn hoofd tegen de bakstenen muur. Maar na een paar slokken wijn schuif ik de herinneringen opzij en concentreer me op mijn theorieën, die steeds meer vorm krijgen.

Ik weet nog dat Kit Short in het ziekenhuis riep dat hij rechtstreeks van het vliegveld kwam, maar ik kan me niet herinneren of dat nagetrokken is. Was dat een rookgordijn, bedoeld voor ons? Telkens als ik Kit zag, zat hij aan zijn zus, besef ik nu. Is hun lichamelijk contact abnormaal, of zie ik iets wat er niet is? Is hij geobsedeerd door Lizzie, voelt hij zich door hun tragische kindertijd zo sterk aan haar vastgeklonken?

Ik vraag me af of Sterling Kit iets over zijn verlovingsplannen heeft gezegd. Misschien heeft Kit zijn moeders verlovingsring wel aan Sterling gegeven zodat hij zijn aanzoek kon doen. Heeft Kit vervolgens ontdekt wat zijn zus had gemist: dat Sterling en Brodie iets hadden samen? Heeft hij Sterling vermoord?

Heeft hij Brodie iets aangedaan?

Ik drink mijn glas leeg en bestel er nog een. De kloppende pijn bij mijn slapen vuurt me aan. Ik pak mijn notitieblok en stel een chronologie vast.

Heeft die verloving de hele zaak in gang gezet? Maar hoe past de moord op Walter Miller dan in het plaatje? Misschien was Sterling er op de een of andere manier bij betrokken. Speelt hij met Kit onder één hoedje? Lizzie beweert dat zij en Sterling thuis waren in de nacht dat Miller werd neergestoken, maar stel dat ze liegt om haar vriend en broer een dekmantel te verschaffen? Het zou ook kunnen dat Sterling en Brodie ergens in verwikkeld waren, en dat zij hen beschermt. Of we hebben het helemaal verkeerd gezien, en heeft Sterling Miller aangevallen. Zou iemand hem daarom hebben vermoord?

Ik druk met mijn pen op de bladzij van het notitieblok en bekijk de lijst namen en data nog eens. Bij moord gaat het altijd om voordeel. Wie profiteert er van Sterlings dood? Het antwoord staat hier ergens, dat weet ik – ik kan de puzzelstukjes gewoon niet in elkaar passen.

'Is deze stoel bezet?'

Als ik opkijk zie ik een man met een verzorgd kastanjebruin kapsel en fijne kraaienpootjes rond beide blauwe ogen.

'Eh, nee', zeg ik.

'Je hebt het druk, zeker?' zegt hij. 'Geeft niet, ik moet ook werken. Ik had alleen geen zin om de hele avond op mijn kamer te zitten.'

Ik knik beleefd zonder van mijn aantekeningen op te kijken.

'Dat is het vervelende van alleen reizen', zegt hij een poosje later. 'Het lijkt allemaal fantastisch als je nog jong bent, maar uiteindelijk ben je soms behoorlijk eenzaam.' Hij nipt van zijn drankje en kijkt me glimlachend aan.

Ik glimlach terug.

Dan haalt hij zijn laptop tevoorschijn en het volgende kwartier zit hij met gefronste wenkbrauwen aan één stuk door te typen.

Opgelucht keer ik terug naar mijn gedachtegang en probeer een voor een de puzzelstukjes uit.

'Moet je de hele avond door?' vraagt de vreemde.

'Zo ongeveer', zeg ik.

Mijn telefoon gaat over. Isaacs.

Ik kijk de man verontschuldigend aan. 'Hallo', zeg ik met schorre stem.

'Woodstock. Ik hoor van Fleet dat je vandaag ziek naar huis bent gegaan?'

'Dat klopt.'

'Ik heb je hier morgen nodig', gaat hij gedecideerd verder. 'Om elf uur in mijn kantoor. We moeten een paar zaken bespreken. Dat lukt je toch wel?'

'Ja, inspecteur', zeg ik als hij ophangt.

Dit is het dan, denk ik. Een kille paniek verspreidt zich vanuit mijn voeten door mijn lichaam.

'Gaat het wel goed?' vraagt de man.

'Hè?' vraag ik. Ik was glad vergeten dat hij daar zat.

'Je ziet eruit alsof je wel een drankje kunt gebruiken.' Hij zet zijn laptop op het bijzettafeltje en buigt zich naar voren. Het is wel duidelijk wat hij wil. 'Ik trakteer. Misschien kunnen we een korte pauze van het werk nemen.'

'Ik hoef niks te drinken', snauw ik, waarna ik mijn notitieblok pak en opsta.

'Shit, dame', zegt hij, terwijl hij terugwijkt en zijn mond tot een akelige grimas vertrekt. 'Ik bied je alleen maar wat te drinken aan. Je hoeft niet meteen zo frigide te reageren.'

Terwijl ik wegloop, mompelt hij: 'Stomme trut.'

Zaterdag 1 september, 10.32 uur

Op internet is de doorbraak in de zaak-Jacoby trending nieuws. Josh' gezicht vult tv-schermen. De beelden zijn gisteren gemaakt toen hij met gebogen hoofd het politiebureau verliet. Opnames van Jacoby voor zijn villa in de wijk Toorak die de pers wegjaagt, worden ook continu afgespeeld. Nadat de regen de stad heeft schoongewassen is een nieuw schandaal weer welkom; de dood van Ginny is kennelijk een acceptabele prijs voor een sappig verhaal.

Een ander artikel gaat in op Lizzies nieuwe rol in *The Street*. 'De zwaarste rol van haar leven' staat boven het stuk, met een foto van haar op Wades begrafenis, waarop ze huilend staat terwijl zijn kist langs gedragen wordt.

Ik ga achter mijn bureau zitten en staar naar mijn spiegelbeeld in het zwarte computerscherm. Vreemd genoeg voel ik me heel rustig.

Anders dan Nan, die als een hongerige spin gespitst is om zich bij de eerste de beste gelegenheid op Jacoby te storten en hem met huid en haar te verslinden. Met haar telefoon continu aan haar oor loopt ze met glanzende ogen voor Isaacs' kantoor heen en weer. Calvin, die achter zijn bureau ook zit te bellen, straalt ondanks zijn bleke huid eenzelfde innerlijke gloed uit. Het is de speciale glans die je krijgt wanneer je op het punt staat een zaak op te lossen en de laatste paar puzzelstukjes in handen hebt.

Fleet is nergens te bekennen, gelukkig.

Het lijkt of de tijd stilstaat. Ik wil alleen maar dat de confrontatie met Isaacs achter de rug is.

Dan komt Chloe uit de gang naar me toe snellen, met de handen op haar buik. 'Heb je even?' vraagt ze.

'Een paar minuutjes maar', zeg ik met een blik op de dichte deur van Isaacs' kantoor.

We lopen naar de briefingzaal en ze doet de deur achter ons dicht. 'Volgens mij is het dezelfde ring', zegt ze opgewonden. 'Ik heb drie foto's van Jenny Short gevonden waarop haar handen zichtbaar zijn. Kijk maar.' Ze spreidt de foto's uit.

Jenny was een knappe vrouw met een enorm jarentachtigkapsel. Op twee foto's heeft ze haar armen om twee peuters geslagen, waar ik Lizzie en haar broer in herken. Beide afbeeldingen zijn onscherp, krantenfoto's bij een artikel over haar zeegezichten. Haar ring is niet duidelijk te zien.

'Toen was ze nog met Lizzies vader getrouwd, voordat hij het gezin in de steek liet', legt Chloe uit. 'En kijk hier eens naar.' Ze wijst op de derde foto, in kleur ditmaal: Jenny staat op het podium in een gemeentehuis en ontvangt de een of andere prijs. De verlovingsring die Lizzie Short van Sterling kreeg is duidelijk te zien.

Ik adem een keer heel diep uit en kijk Chloe recht aan.

'Ga hiermee naar rechercheur Fleet', zeg ik.

Ze kijkt me verbaasd aan. 'Wil je het hem dan niet liever zelf vertellen?'

Na een korte aarzeling zeg ik: 'Ik heb mijn handen even vol met wat anders. Help jij hem vandaag. Kijk of je het alibi van Kit Short voor de moord op Wade kunt verifiëren – Hij heeft tegen ons gezegd dat hij op het punt stond voor een zakenreis op het vliegtuig te stappen, maar of dat ooit bevestigd is weet ik niet. Zoek uit of daar bewijzen voor zijn: of hij een ticket had of op het vliegveld was.'

'Oké.' Ze knikt en maakt zich groot. 'Laat dat maar aan mij over.'

'Dank je, Chloe', zeg ik met een oprechte glimlach. 'Heel fijn dat je me helpt.'

Weer alleen in de briefingzaal erger ik me dat ik Kits alibi nooit heb gecheckt, maar daar is nu niks meer aan te doen. Ik haal een paar keer diep adem, keer de foto's van de dode mannen de rug toe en ga naar Isaacs' kantoor.

'Binnen!' blaft hij als ik aanklop.

Ik ga zitten en leg mijn handen gedwee in mijn schoot.

'Nou, Woodstock, dit verdient geen schoonheidsprijs.'

'Dat besef ik', zeg ik.

'Ik bewonder je pit, maar je weet natuurlijk wel dat zo'n aanpak niet volgens het boekje is.'

Ik kijk hem niet-begrijpend aan. 'Eh, nee', antwoord ik.

Hij loopt om zijn bureau heen en leunt er met gekruiste armen tegenaan. 'Fleet heeft me de situatie uitgelegd en me verteld dat je zo bezorgd was dat je er ziek van werd. Nu zijn er verschillende mogelijkheden om hier een draai aan te geven, daar denken we nog over na. Maar laat me één ding duidelijk zeggen: ik ben niet bepaald ingenomen met je solitaire optreden. Je had met je vermoedens en al je informatie over de getuige in de zaak-Jacoby naar Nan en Calvin moeten gaan. Tenslotte is het hun onderzoek. En je hebt jezelf in gevaar gebracht, wat me ook niet bepaald bevalt.'

Moeizaam ademend knik ik. Fleet heeft het op de een of andere manier zo voorgesteld dat ik Josh de hele tijd al in de smiezen had en undercover ben gegaan om hem een bekentenis te ontfutselen.

'Hier is uiteraard het laatste woord nog niet over gezegd,' vervolgt Isaacs, 'maar zoals je weet hebben we zo weinig concreet bewijs dat Josh Evans' getuigenis cruciaal is. Prima resultaat, Woodstock, ondanks je methode.'

'Dank u, inspecteur', zeg ik versuft.

'Voorlopig stel ik voor dat je je gedeisd houdt en je op de zaak-Wade concentreert. Zorg dat je die vermiste knul, die Kent vindt. En let een beetje op jezelf. Er lopen hier allerlei mensen rond die je om hulp kunt vragen als dat nodig is. Je moet leren je grenzen te respecteren.' Hij geeft me een veelzeggende blik. 'Iets om over na te denken.'

Als ik zijn kantoor uit kom, voel ik een grote afstand tussen mezelf en de anderen en ben ik zo nijdig dat ik er bijna misselijk van word.

Hoe durft Fleet alles zo te vertroebelen?

Ik blijf ruim een uur aan mijn bureau zitten en doe weinig anders dan naar mijn beeldscherm staren. Dan jaagt de onrust me overeind, maar mijn zwierige beweging stokt en ik weet niet wat ik nu moet doen. Er is vandaag geen briefing. Ik werp een blik op Fleets bureau, dat vol staat met mokken en halflege waterflesjes. Een opgevouwen krant ligt schuin over het toetsenbord zodat er nog net een stukje foto zichtbaar is. Vanwaar ik sta kan ik niet zeggen of het blonde hoofd van Sterling of Josh is.

Ik ga naar de kantine om koffie te zetten. Tot het water kookt scrol ik langs de laatste nieuwsberichten. 'Ava James keert terug na horror-draaidagen' luidt een schreeuwerige kop. Ik klik op de link en er verschijnt een filmpje waarop een aantal kleerkasten een horde journalisten terugdringen als Ava het vliegveld van Los Angeles verlaat, haar gezicht achter een donkere zonnebril verborgen. 'Een absolute nachtmerrie', beantwoordt ze een vraag naar haar verblijf in Australië. In het artikel merkt de journalist op dat James na Wades dood ruzie kreeg met de regisseur van de film en hem beschuldigde van seksueel grensoverschrijdend gedrag, een aanklacht die de actrice inmiddels heeft ingetrokken. 'Het was allemaal maar een misverstand', wordt ze in het stuk geciteerd. 'Ik wil gewoon weer verder met mijn leven.'

Al denkend roer ik suiker door mijn koffie en geef ik mijn hersencellen vrij baan om met de losse brokjes informatie te stoeien die voor mijn ogen bungelen.

Ik spoel mijn mok om en ga weer naar mijn bureau, waar ik alles wat we over Kit Short hebben tevoorschijn haal. Ik bestudeer de foto van zijn rijbewijs. Hij lijkt beslist op Lizzie, maar hij ziet er gewoontjes uit zonder dat glanzende lange haar. Onopvallend.

Ik ga weer naar de briefingzaal om de recente meldingen op de tiplijn te bekijken, die zijn teruggelopen tot onder de tien per dag. Ik werp een blik op het logboek en zie dat een van de zombiefiguranten gisteravond wegens mishandeling is opgepakt. Brodie heeft nog steeds niet gebeld en geen geld opgenomen.

De aanval op Ava zit me niet lekker. Wat was daar de bedoeling van? Heeft het iets met de moord op Wade te maken?

Ik raak voorzichtig mijn slaap aan en laat een vinger langs de schram glijden terwijl ik die handen weer over mijn lichaam voel strijken. Ik huiver bij de gedachte hoeveel erger het had kunnen zijn. Had dat iets met Wade te maken, of was ik gewoon op het verkeerde moment op de verkeerde plaats? Waarom ik dit per se voor mezelf wilde houden is me niet helemaal duidelijk: misschien wil ik wel geen slachtoffer meer zijn.

Net als ik weer naar mijn bureau loop gaat mijn telefoon.

'Woodstock', zeg ik als ik zie dat het Chloe is.

'Hoi', antwoordt Fleet.

Ik wacht even. 'Hallo,' zeg ik stijfjes, 'ben je bij Chloe?'

'Inderdaad', zegt hij vrolijk. 'Ze zit achter het stuur. Ik geloof dat ze een stuk beter rijdt dan jij, tot nu toe tenminste. Hoe dan ook, je theorie van die ring, daar lijkt me wel wat in zitten. Klinkt aannemelijk.'

Ik zeg niets.

'Dus...'

'Dus wat?' zeg ik terug. Ik vertik het hem te bedanken voor wat hij tegen Isaacs heeft gezegd.

Hij schraapt verlegen zijn keel. 'Dus. We hebben de vluchtgegevens van Kit Short nagetrokken naar aanleiding van dat vage luchthavenalibi. Hij heeft inderdaad een heen- en terugvlucht naar Sydney geboekt, en ook online ingecheckt, maar er is geen bewijs dat hij daar die dag ook daadwerkelijk is geweest.'

'En hoe zit het met taxibonnetjes? Uber-boekingen? Luchthavenbus?'

'Daar wachten we nog op', zegt Fleet. 'Maar we hebben zijn baas gesproken, een hoge pief op de IT-afdeling van de beveiligingsfirma waar hij werkt. Hij zegt dat Kit die week geen vrije dagen heeft opgenomen en dat hij geen idee heeft waarom hij een vlucht naar Sydney zou hebben genomen. Met zijn werk had het dus niets te maken. Kit was die ochtend om acht uur uit de nachtdienst gekomen.'

Mijn polsslag versnelt. 'Wat denk jij?' vraag ik Fleet.

'Ik weet het niet, ik wou je gewoon even op de hoogte brengen', antwoordt hij op zo'n manier dat ik opeens dolgraag de tijd terug zou willen draaien.

'In theorie zou hij de dader kunnen zijn, vooral wanneer hij had ontdekt dat Sterling zijn zus belazerde. Het probleem is dat hij nachtdienst had toen Miller vermoord werd en ook toen miss Ava in de Yarra werd geduwd.'

'Kan hij ongemerkt weggegaan zijn van zijn werk?' vraag ik. 'Hoeveel mensen zitten er in die ploeg?'

Fleet zucht. 'Misschien wel, ja. Dat moeten we uitzoeken.'

'Of misschien is er geen verband tussen de twee incidenten. Hij kon het mes waarmee Miller is vermoord domweg gevonden hebben, en de overval op Ava kan toeval zijn geweest, zoals we aanvankelijk dachten.'

'Tja', zegt Fleet en ik zie voor me hoe hij met zijn vingers door zijn haar harkt. 'Daar gaan we nu in ieder geval niet achter komen. Hij is niet thuis.'

'Zijn jullie bij zijn huis?'

'Ja. Er staat wel een fiets voor, maar er wordt niet opengedaan. Hij is vandaag ook niet op zijn werk, maar daar rijden we nu even langs om wat uitgebreider met zijn baas te gaan babbelen.'

'Heb je het bij Lizzie geprobeerd?' vraag ik. 'Misschien is hij wel bij haar. Ze zei dat hij daar de laatste tijd vaak was.'

'Lizzie neemt haar telefoon niet op, maar we gaan direct naar haar toe. Het lijkt me hoog tijd om haar naar het politiebureau te brengen. We hebben ondertussen meer dan genoeg bewijs.'

'Goed idee', zeg ik en ik zet me schrap voor de pijnlijke afscheidswoorden die nu vast zullen komen.

'Gemma?'

'Wat?' snauw ik.

Ik hoor hem ademen. Ik zie hem in gedachten op de bijrijdersstoel zitten, breeduit, terwijl hij naar woorden zoekt. 'Ik wilde even weten of je er later vandaag nog bent.'

'Dat denk ik wel.'

'Oké. Dan kunnen we misschien weer wat bijpraten?'

'Ik zal er zijn', herhaal ik. 'Maar nu moet ik weg.'

Ik hang op voor hij nog iets kan zeggen.

Terwijl ik het ondraaglijke ongemak dat ik nu telkens krijg als ik hem spreek van me af probeer te zetten, blader ik door Ava's oorspronkelijke aangifte tegen Cartwright. Ik google het televisie-interview dat ze die dag waarop ze 's avonds werd overvallen heeft gegeven, en bekijk het twee keer. Ze komt zo beheerst en zelfverzekerd over, niet te vergelijken met de lege huls van een vrouw die we in het ziekenhuis spraken.

Ik sta op en ga naar de videoruimte. 'Edo?' vraag ik als ik de deur openduw.

'Jo, mevrouw de baas', antwoordt hij.

'Heb je al het beeldmateriaal van de omgeving van de Yarra gekregen, van de avond dat Ava James werd aangevallen?'

'O, ja. Zeker.' Hij spreekt de woorden met een lijzig Amerikaans accent uit. 'We hebben alles bekeken. Het lijkt er niet op dat ze door iemand werd gevolgd. Er is alleen die vent met een hoody – daar heb ik je al een still van gegeven. Die lummelde wat bij de rivier rond toen ze werd aangevallen. Verder verschijnen een vrouw en een stelletje een paar keer op het pad dat Ava heeft genomen. Maar ik betwijfel of we daar iets aan hebben.'

'Kun je het gezicht van de vrouw zien?' vraag ik.

'Niet heel goed. Ze heeft een sjaal om het hoofd gewikkeld. Niet iets religieus of zo – volgens mij was het die avond gewoon stervenskoud.'

'Zou je me dat allemaal willen opsturen?' vraag ik.

'Uw wens is mijn bevel.' Hij knipt met zijn vingers en laat ze dan met een indrukwekkende snelheid over het toetsenbord vliegen.

Zaterdag 1 september, 15.37 uur

Uren aan beeldmateriaal en twee koppen koffie later weet ik het vrijwel zeker: Katya March heeft Ava de rivier in geduwd. Op de bewakingsvideo van het restaurant waar Ava haar vriendinnen had ontmoet, herkende ik Katya, die met een vriendin aan de bar cocktails zat te drinken. Katya was weggedoken achter een brede pilaar, maar ze wist vast dat Ava er was – ze keek telkens haar kant op. Katya ging veel eerder weg dan Ava. De vage gestalte die vanuit een portiek aan de overkant het restaurant in de gaten houdt als Ava rond kwart over tien uur naar buiten komt, herken ik aan de hoekige heupen. Dezelfde figuur duikt ook op in een bewakingsvideo die een minuut of twintig later is opgenomen, en volgt Ava op een afstandje. De sjaal waar Edo het over had bedekt het gezicht van de vrouw, maar ik weet zo goed als zeker dat het Katya is.

Ik ga van de kleine vergaderruimte waarin ik me had teruggetrokken naar de briefingzaal om te zien of Chloe en Fleet al terug zijn, maar ik kan ze nergens vinden.

Omdat ik weet dat ik vandaag geen energie heb om me met Katya bezig te houden, vraag ik twee agenten om haar morgen vroeg op te halen.

Met mijn ziel onder de arm loop ik naar het kantoor waar ze de zaak-Miller onderzoeken.

'Hoi Ralph', zeg ik vanuit de deuropening.

'Woodstock', zegt hij met een knik. Hij kijkt toe als ik het vertrek rondkijk. 'We hebben het hier al bijna afgerond', zegt hij. 'Vanaf morgen is Miller voor honderd procent van jou. Isaacs heeft Billy en mij net bij een nieuwe zaak ingedeeld.' Hij propt zijn dikke vingers tussen de band van zijn broek en hijst die een paar centimeter op. 'Tja, er is altijd veel werk aan de winkel, hè?'

Ik knik. 'Om wat voor nieuwe zaak gaat het?'

'In de afgelopen nachten zijn een paar vrouwen overvallen in de stad en er is net een vent gearresteerd. Er zijn tot nu toe drie aangiften van mishandeling gedaan. Een vrouw is gisteravond ernstig mishandeld – haar toestand is kritiek.'

Ik slik. 'Is ze verkracht?'

'Gelukkig niet', zegt hij met een grimmige blik. 'Deze vent wil vrouwen alleen maar de stuipen op het lijf jagen.' Hij neemt een slok cola. 'Echt, als ik een dochter had, mocht ze van mij niet 's nachts in de stad rondlopen.'

Ik wil bijna uitleggen dat het zo natuurlijk niet hoort te gaan als ik me opeens doodmoe voel. 'Nou, hopelijk hebben jullie genoeg om hem op te sluiten', zeg ik dan maar.

Bevend stap ik in een dienstauto en manoeuvreer door het drukke verkeer zonder precies te weten waar ik naar op weg ben, tot ik het begin van Spring Street bereik. Daar schiet ik een leeg parkeerplekje op, laat het knipperlicht aan en bel eerst Chloe en vervolgens – met tegenzin – Fleet. Niemand neemt op. Geërgerd bel ik Chloe opnieuw en spreek een bericht in. Ik vertel wat Katya volgens mij heeft gedaan en vraag of Chloe of Fleet me wil terugbellen met het laatste nieuws over Kit. Ik zet mijn zonnebril op, stap uit, loop een stukje en ga op een bankje zitten. Ik kijk om me heen naar de drukte op straat en moet denken aan die woensdagavond, toen die na het incident leeg was. De bloedvlek op de grond waar Sterling had gelegen.

De gedachte dat ze Cartwright verdedigde door Ava aan te vallen moet vast op een rare kronkel van Katya berusten. Op de een of andere manier is ze in de loop van de jaren met hem verknoopt geraakt; ze lijkt bijzonder trots te zijn dat ze het misbruik door hem te boven is gekomen en dat in haar voordeel heeft omgebogen. Ongetwijfeld heeft

Cartwright nog andere vrouwen lastiggevallen, maar Ava was de enige die het precaire evenwicht dreigde te verstoren. Katya loog de vorige keer: haar nauwe betrekking met Cartwright hield in dat ook haar reputatie op het spel stond, en ik vermoed dat de onzekerheid daarover haar het laatste zetje heeft gegeven. Met tegenzin moet ik toegeven dat haar strategie heeft gewerkt: Ava is in haar schulp gekropen.

Een fietsbel rinkelt waarschuwend en jaagt een overmoedige voetganger het trottoir weer op. Ik blijf een poosje naar de stroom voorbijgangers kijken. Taxi's, auto's, trams.

Ik ben ervan overtuigd dat Katya niets met de moord op Sterling te maken heeft. Vanuit haar bezien had het op dat moment geen enkele zin om hem te vermoorden of te bedreigen. Ava had Cartwright nog nergens officieel van beschuldigd. Wade had hem wel op de vingers getikt, maar daarmee was de kwestie die woensdag in feite afgehandeld.

Ik check mijn telefoon: nog steeds niets van Chloe of Fleet.

Ik overweeg naar huis te gaan – ik zou tenminste even kunnen slapen nu mijn baan geen gevaar meer loopt – maar opeens staat de gedachte aan alleen zijn me vreselijk tegen. Naar alle waarschijnlijkheid zie ik Josh nooit meer. Als ik nareken hoe vaak we elkaar gezien hebben, kom ik nog niet eens op twintig keer, en toch is hij deel van mijn leven gaan uitmaken. Ook al begon ik hoe langer hoe meer op hem te steunen, ik heb niet het idee dat het me al te zwaar zal vallen om het gat dat hij achterlaat te vullen. Het ging mij bij onze relatie toch altijd meer om de mogelijkheid van een bepaalde levensstijl dan om een echte band.

Ik loop een stukje verder over het pad tot aan de hoek van Flinders Street en Spring Street. Enorme druppels vallen uit de lucht, zo groot dat het bijna grappig is om ze op de grond uiteen te zien spatten. Precies wanneer een bliksemschicht door de hemel schiet, duik ik de auto in.

Beschut tegen de regen zet ik de ventilator op de hoogste stand om de beslagen ruiten schoon te blazen. Ik voeg weer in, rijd Spring Street af en over Nicholson Street, langs het museum. Er is hier veel minder verkeer en ik kan in mijn warme cocon lekker vaart maken en nadenken. Het is kermis in de hel: de zon piept door de wolken en beschijnt de regen.

Ik ben er zeker van dat Kit Short de brand waarbij zijn moeder is omgekomen aangestoken heeft, en dat hij ook wat te maken had met de moord op Wade, maar of Lizzie daarvan op de hoogte is, weet ik niet. Het kan toch niet dat ze haar moeders ring niet heeft herkend? Hoewel, als Jenny Short die heeft afgedaan toen haar man ervandoor ging, is dat mogelijk; Lizzie zal toen nog maar een jaar of vijf zijn geweest. Zelf kon ik me de verlovingsring van mijn moeder niet eens herinneren, en toch was ik een stuk ouder toen ik die voor het laatst moet hebben gezien.

Aangezien ik niet zo ver bij Lizzies appartement vandaan ben, neem ik een korte route door een paar zijstraatjes naar Brunswick Street. Ik bel Lizzie, maar ze neemt niet op. Nu het niet meer regent zijn er veel mensen op straat, hun ogen verscholen achter zonnebrillen in alle soorten en maten, die lattes drinken voor ze aan de wijn mogen en met zware boodschappentassen aan de arm voortsnellen. De etalagepoppen hebben hun beste zomerkleren al aan: luchtige jurkjes en retroshorts. Ik ben bijna bij Lizzies appartementencomplex. Op zoek naar een parkeerplaats zet ik de auto langs de weg en laat de richtingaanwijzer aan.

Net als ik haar weer wil bellen komt er een zwarte SUV uit de ondergrondse parkeergarage die langs me de straat op schiet. Het is dezelfde auto waarmee Kit Short die eerste nacht bij het ziekenhuis aankwam. Door mijn getinte achterruit zie ik de wagen wegrijden. Zonder er lang over na te denken trek ik op en rijd achter de SUV aan.

Er komt een berichtje van Fleet binnen op mijn werktelefoon, dat ik snel lees als ik voor rood moet wachten.

Nog steeds geen teken van Kit. We houden het voor gezien vandaag. Ik zie je morgen.

Opgelucht dat ik hem niet hoef te spreken, vraag ik me af of hij en Chloe al bij Lizzie zijn geweest terwijl ik de SUV blijf volgen. Die rijdt het centrum uit. Waar gaat Kit naartoe? Komt hij net bij Lizzie vandaan, of was hij alleen in huis? Ik schuif mijn mobiel in de houder en toets Lizzies nummer in. Er wordt weer niet opgenomen.

In het drukke verkeer verlies ik de wagen even uit het oog, maar dan krijg ik hem weer in het vizier wanneer hij rechtsaf slaat en een weg naar een voorstad neemt. Ik herinner me vaag op zijn ID te hebben gezien dat Kit in Coburg woont, en vermoed dat hij op weg naar huis is. Op een hoek zet ik de auto stil terwijl de dag nu op zijn einde loopt en zie hoe de SUV ongeveer halverwege de straat een oprit in rijdt. Ik parkeer op zo'n vijftig meter afstand onder een grote boom. In het schemerlicht neem ik de eenvoudige houten woning in me op, en zie dan tot mijn verrassing Lizzies lange paardenstaart voorbijzwaaien als ze in het huis verdwijnt.

Ik wil net Fleet bellen en zeggen dat hij hiernaartoe moet komen wanneer het tot me doordringt dat er een burgerauto van de politie voor de SUV geparkeerd staat. Ik krijg kramp in mijn buik. Zijn Fleet en Chloe hier nog steeds? Dat kan toch niet; het is uren geleden dat ik voor het laatst met Fleet sprak. Ik lees zijn berichtje nog eens en probeer hem te bellen, maar ik krijg direct zijn voicemail.

Ik zet de auto op de handrem, stap uit en loop naar het huis.

Er dreunt muziek bij de buren en er hangen etensgeuren in de lucht. Ik tuur over het hek aan het einde van de oprit, maar aan het huis is niets te zien. Geen enkele beweging.

Ik sluip langs de SUV naar de lege politieauto. Er ligt een jas op de achterbank waarvan ik weet dat die van Chloe is.

Aan de voorkant van het huis zijn de gordijnen dicht. Dan zie ik dat er een pad tussen het huis en de garage naar de achtertuin loopt.

Met mijn ogen op de voordeur gericht bel ik Isaacs, en op dat moment klinken er harde stemmen op in het huis. Ik spreek zijn voicemail in en zeg hem dat hij versterking naar het adres van Kit Short moet sturen.

Het geschreeuw gaat door. De stemmen van een vrouw en een man. Gebukt kruip ik het pad verder af.

Met bonkend hart schieten er allerlei scenario's door mijn hoofd. Ik weet niet waar Kit toe in staat is en of hij Lizzie wat aan kan doen, maar het is duidelijk dat hij me dat berichtje met Fleets telefoon heeft gestuurd. Waar zijn Chloe en Fleet? Zijn ze ook hier, of hebben ze hun auto om een of andere reden hier laten staan?

Onder de ramen van het huis doorkruipend weet ik om de hoek een kleine veranda te bereiken. Ik kijk om me heen in de tuin. Geen planten of bomen, alleen een gammel schuurtje en een paar vierkante meter verdord gazon.

Het wordt nu echt donker. Achter het hek klinken de laatste maten van een rocksong.

'Jij idioot', zegt een schrille stem, gedempt door het venster. 'Dit is erg, Kit, heel erg.'

Een vreemde, dierlijke kreet klinkt door de nacht.

'Kop dicht!' roept een stem die volgens mij van Kit is. Gevolgd door een harde klap.

Ik kom iets overeind en buig me naar voren zodat ik naar binnen kan kijken. Chloe zit op een keukenstoel, de armen achter haar rug gebonden. Haar shirt spant zich om haar bolle buik en haar vlekkerige gezicht is betraand. Om haar mond en hoofd zijn brede repen tape gewikkeld.

Lizzie en Kit Short staan ongeveer een meter bij haar vandaan en kijken elkaar woedend met identieke vlammende blauwe ogen aan.

Fleet is nergens te bekennen.

'Verdomme, hoe moet het nou verder?' sist Lizzie.

Kits ogen schieten in het rond, alsof ze het antwoord zoeken.

Stampvoetend schreeuwt Lizzie het uit.

'Sorry', jammert Kit. 'Ze hadden het over jou. Ik hoorde ze zeggen dat ze wisten dat het mama's ring was en dat ze je op gingen halen. Naar het politiebureau brengen. En toen raakte ik in paniek.'

'Dat had ik wel geregeld, zegt Lizzie. 'Kut. Ik wist wel dat je bij mij had moeten blijven. Ik kan je niet vertrouwen in je eentje. Het was al erg genoeg dat je dat mes liet vallen, maar dit is echt een blunder. Je moet dit fiksen, Kit.'

Waanzin flakkert op in zijn ogen. 'We kunnen ze hier laten en de boel in brand steken.'

'Fuck, wat ben je toch stom', snauwt Lizzie. 'Hoe denk je dat dat overkomt?'

'En het park hier achter dan?' zegt hij. 'We kunnen ze naar de beek brengen. Daar komt toch niemand.'

Lizzie knikt, ze pijnigt duidelijk haar hersens. 'In ieder geval kunnen we hier niet blijven. Kom, we gaan. Die auto van ze lossen we later wel op.'

Mijn vingers doen amper wat ik wil als ik mijn telefoon uit mijn zak haal. Een gemiste oproep van Isaacs. Met mijn rug naar het raam gekeerd begin ik hem te beantwoorden wanneer er een glazen deur openschuift.

Ik stop mijn telefoon weer weg, laat me op de grond vallen en maak me zo klein mogelijk.

Alle lichten in het huis gaan uit en Fleet strompelt de veranda op, gevolgd door Kit, die nerveus een pistool bij zijn hoofd houdt. Fleets handen zijn met een touw vastgebonden, en hij heeft een rode plek boven zijn rechter wenkbrauw. Zijn mond en hoofd zijn met dik tape omwikkeld.

Daarna verschijnt Chloe. Bij haar slaap glinstert een mes.

'Vooruit', zegt Lizzie. 'Laten we dit niet moeilijker maken dan nodig is.'

Het merkwaardige viertal loopt over het grasveld naar de tuinpoort, die openzwaait naar het duistere struikgewas erachter. Ik ren langs het hek naar de achtertuin en bereik de poort als ze die net achter zich dichttrekken. Na een minuutje wachten duw ik hem voorzichtig open. Hij kraakt niet, en ik laat de lucht die ik had ingeademd eindelijk ontsnappen. Ik kan verderop nog net de vage gestalten onderscheiden, die al halverwege de flauw glooiende helling zijn. Schuilend achter de bomen ren ik achter ze aan en ik hoop vurig dat ik me het zachte geklingel van een deurbel achter me niet inbeeld.

Zaterdag 1 september, 18.24 uur

De wind zwiept de takken van de bomen in een wilde dans heen en weer. Het is ijskoud, de laatste restjes warmte van de winterzon zijn vervluchtigd en door de opkomende maan weggejaagd. Opossums rennen door hun houten gangenstelsels hoog boven me, hun hortende gekrijs weerklinkt in de nacht. Ik blijf op het gras en ga geruisloop op het groepje af dat koers zet naar de voet van de heuvel. Terwijl ik mijn pistool trek en het voor me uit houd, trilt mijn telefoontje herhaaldelijk in mijn zak. Ik stel mezelf gerust met de gedachte dat de agenten zo meteen de open poort wel zien en begrijpen dat ze ons hiernaartoe moeten volgen. Ik weet alleen niet hoelang dat nog duurt.

Lizzie? denk ik, nog steeds vol onbegrip. Ik denk aan hoe ze op de bank in het ziekenhuis zat en dat haar enorme verdriet door het vertrek gierde, hoe ze zichtbaar ineenstortte bij het nieuws van Sterlings dood. Was dat van opluchting? Opluchting dat haar monsterlijke plan geslaagd was? Maar waarom had ze Sterling dood gewenst? Het was niet zeker dat ze zijn vermogen zou krijgen. En haar kans op een leven in Hollywood was verkeken. Het moet zijn affaire met Brodie wel zijn geweest. Of zou ze de roddels over Ava hebben geloofd? Iets anders lijkt me onzin.

Voor me, onder aan de heuvel, houden de vier silhouetten halt. Ik sta ook stil. Iets verderop zie ik een flauw lichtschijnsel. Iemand houdt een telefoontje omhoog om zich bij te lichten. Er klinkt geritsel wanneer lichamen met geweld door struiken en varens worden geduwd. In het zwakke maanlicht zie ik twee bleke gezichten dicht bij de grond, de ogen wijd opengesperd boven het glanzende tape voor hun mond.

De wind draagt gespreksflarden van een ruziënde Kit en Lizzie naar me toe.

Ik sluip dichterbij en doe mijn best niet op een tak te trappen.

'Je moet ze doodschieten', zegt Lizzie.

'Ja, weet ik, weet ik', zegt Kit, die om zijn eigen as ronddraait, het pistool met de loop naar boven tegen zijn slaap gedrukt.

'Het water staat vrij hoog', zegt ze. 'Als we hun kleren volstoppen met stenen of zo, dan worden ze voorlopig niet gevonden. Misschien wel nooit. We pakken hun telefoons af en brengen die ergens anders naartoe zodat het spoor niet hierheen leidt.'

'Ja, ja', mompelt Kit.

'Nou, waar wacht je nog op?' snauwt Lizzie, die het mes in haar hand laat ronddraaien.

'Het is alleen... ze is zwanger', zegt Kit.

Lizzies blik schiet even naar Chloe en dan weer naar Kit. 'Tja, nou, dat verandert er niks aan dat ze alles kan verstieren. Dit is jouw schuld, Kit, niet die van mij. Alles ging prima tot jij je kop verloor. Iedereen wil me nu hebben. Ik word voor allerlei rollen en interviews gevraagd. Eindelijk gaat het gebeuren.'

'Ik weet het, sorry.' Met trillende lip drukt hij de platte kolf van het pistool weer tegen zijn hoofd. 'Idioot', fluistert hij, kennelijk tegen zichzelf.

Fleet zit met zijn rug tegen een boomstam aan. Een paar meter links van hem leunt Chloe tegen een rotsblok; ze ziet eng bleek. Kit loopt met neergeslagen ogen op Chloe af.

Ik hoor water kabbelen. Hoog in de lucht zie ik de lichten van een vliegtuig knipperen. Lizzie is maar een paar meter van me vandaan, haar lange paardenstaart glanst in het maanlicht. 'Schiet nou op, Kit', snauwt ze. 'We moeten ook die auto van ze nog zien te lozen.'

Met gestrekte arm richt Kit zijn pistool op Chloe. Het lijkt of hij diep ademhaalt als voorbereiding.

Ik stort me uit het donker naar voren, ik kan niet langer op de versterking wachten die ongetwijfeld onderweg is. 'Doe het niet, Kit', zeg ik als ik de loop van mijn pistool tegen Lizzies slaap druk.

Zonder zijn arm te laten zakken wendt hij zich naar zijn zus. 'Nee, nee', jammert hij. 'Blijf van haar af.'

Lizzie zwijgt, maar draait haar ogen opzij om me aan te kunnen kijken. Ik zie een leegte in haar blik die ik voor verdriet had aangezien.

Ik kijk naar Chloe, een paar meter verderop, gewond en doodsbang. Ik vang Fleets blik op en zie onbeteugelde angst, vermengd met opluchting.

'Waar is Brodie?' vraag ik.

Kit beweegt zijn arm niet en richt zijn pistool nog steeds op Chloe, maar kijkt zijn zus nu recht in de ogen. 'Brodie?'

'We weten niet waar Brodie is', snauwt Lizzie.

Ik schuif mijn pistool onder haar haar, vlak boven haar oor. 'Je liegt.'

Ze kijkt me aan en lacht. 'Wat kan mij het schelen of je ons gelooft?'

Ik denk aan het schuurtje in Kits achtertuin. Of zelfs de beek voor ons. Ze hadden het lijk makkelijk ergens kunnen dumpen.

'Waarom, Lizzie?' vraag ik.

Ze zucht. 'Waarom wat?'

'Waarom Sterling neersteken? Waarom dit hele gedoe?'

'Omdat', zegt ze met diepe stem, 'niets ooit om mij ging!'

'Het ging nooit eens om jou?' herhaal ik.

'Nee!'

'Dat snap ik niet', zeg ik.

'Hij wilde bij me weg', zegt ze met een griezelig kalme stem. 'Hij wilde naar Amerika en mij als oud vuil behandelen.'

'Jullie gingen toch allebei naar Amerika?'

'Dat zei hij, ja!' schreeuwt Lizzie. 'Het was altijd de bedoeling geweest dat we samen zouden gaan, maar toen zei hij dat ik vanwege mijn rol in *The Street* beter hier kon blijven.'

Ik knik. Ik hou Kit nog steeds in het oog, die zijn blik tussen Fleet, Chloe en Lizzie laat schieten. 'Hij probeerde je vast alleen maar te steunen.'

'Nee', fluistert Lizzie. 'Hij heeft me die rol bezorgd omdat hij van me af wilde. Hij zei dat hij dacht dat ik een goede soapactrice zou worden – dat dit mijn grote doorbraak zou worden. Weet je wel hoe vernederend het was om door hem gedumpt te worden zodat hij naar Hollywood kon?'

'Hij heeft je nooit ten huwelijk gevraagd, hè, Lizzie? Tijdens dat romantische etentje heeft hij je verteld dat hij die rollen in Amerika en Canada had gekregen.'

'Ik heb zóveel geduld gehad', zegt ze met een stem die als een mes door de lucht snijdt. 'Nu was ik eens aan de beurt.' Met een verwrongen glimlach draait ze haar gezicht naar mijn pistool toe. 'En toen bedacht ik opeens hoe ik alle aandacht op mij kon richten. Is het je opgevallen dat iedereen sinds de aanval met me wil praten? Ik ben de treurende weduwe. Nu ben ik veel beroemder dan ik ooit als de vriendin van Sterling Wade zou zijn geworden.' Ze glimlacht flauwtjes. 'Er worden me zo veel rollen aangeboden. Daar had ik al op gerekend. Iedereen is dol op een tragedie.'

Met mijn pistool dwing ik haar weer de andere kant op te kijken. 'En Walter Miller dan, Kit? Heb je die ook vermoord?'

'Walter Miller?' vraagt Lizzie verbaasd.

'Ze bedoelt die dakloze.' Kits gezicht is rood en vlekkerig, en hij hupt van de ene voet op de andere. 'Ik zag hem altijd wanneer ik na een nachtdienst naar huis liep. Hij sliep altijd in zijn eentje in die tunnel.'

'We moesten zeker weten dat het zou lukken', zegt Lizzie onaangedaan. 'Ik wist niet of Kit er wel toe in staat was. Sterling kon niet de eerste zijn, dat zou te riskant zijn geweest.'

'Dus je hebt een man vermoord om te oefenen?' zeg ik, vol ongeloof en afgrijzen. Ik stel me voor dat ik tegen Tammy Miller moet zeggen dat haar vader als rekwisiet voor eenmalig gebruik is behandeld.

'We moesten absoluut zeker zijn', stamelt Kit. Inmiddels beeft hij van top tot teen.

'Net als bij die brand, toch?' raad ik. 'Jij hebt de brand gesticht waarbij je moeder is omgekomen, nietwaar?'

Hij begint zenuwachtig te schuifelen en werpt vertwijfelde blikken op zijn zus. 'Nee', zegt hij onzeker.

‘Kit en ik hadden een nieuw begin nodig’, zegt Lizzie, die zo nijdig wordt dat ze steeds harder gaat praten. ‘Onze moeder was een zielenpoot. Pap is vanwege haar bij ons weggegaan. Ze had bijna alles verpest.’

‘Ze wilde niet dat Lizzie actrice werd’, voegt Kit toe.

‘Ik mocht nergens auditie voor doen’, spuugt Lizzie. ‘Ze was gewoon jaloers op me.’

‘Lizzie’, begin ik, maar dan realiseer ik me dat er niets te zeggen valt. ‘Zo had het toch niet hoeven lopen?’

‘Hij wilde bij me weg’, herhaalt ze zachtjes met haar kiezen op elkaar. ‘Dat kon ik niet laten gebeuren.’

‘Hoe ben je die dag op de set gekomen, Kit?’ vraag ik.

Lizzie rolt met haar ogen en geeft in zijn plaats antwoord. ‘Dat was een makkie. Ik heb weken geleden gezegd dat ik mijn pasje kwijt was en heb er toen gewoon nog een gekregen.’

‘Dus je kon zomaar naar binnen lopen’, zeg ik en ik zie het voor me: Kit die van achter zijn masker toekijkt. Niemand die een flauw vermoeden heeft dat er een moordenaar in hun midden is. Sterling die opgaat in zijn rol en opeens een onvoorstelbare pijn voelt. Niemand die te hulp schiet. Lizzies radeloze gezicht. Klauwende handen. Bloed dat over de straat stroomt terwijl Kit zich geruisloos en langzaam tussen de menigte uit de voeten maakt.

Ik kijk naar Lizzie en zie een monster.

Een stem klinkt van boven door het donker en er dansen witte lichtkegels grillig tussen de bomen door. Kit schrikt op en strekt zijn arm weer naar voren.

Chloe snikt en haalt raspend adem.

‘Kit,’ zeg ik, ‘doe dat pistool weg. Je weet dat het voorbij is. Ik kan je helpen. Maak het nou niet erger.’

‘Nu, Kit!’ gilt Lizzie, die zich op de grond laat vallen en op Fleet afrolt. Fleet en ik komen tegelijkertijd in beweging. Hij duwt zich krachtig overeind, werpt zich de lucht in en komt op zijn benen neer, waarna hij tegen Kit aan ramt en hem een kopstoot verkoopt.

Er kraakt iets in het duister, gevolgd door een luid schot.

Ik stort me op Lizzie, duw haar tegen de stam van een enorme boom en plof dan neer. Met een mond vol aarde krabbel ik naar Chloe toe en bescherm haar dikke buik met mijn lichaam tegen al het gevaar achter ons.

'Chloe!' zeg ik indringend.

De paniek is in haar ogen te zien. Ze kreunt. Er druipt bloed, plakkerig en vochtig, langs haar witte shirt naar beneden.

Kit slaakt een akelige kreet op de plek waar hij gevallen is.

Dan blikkert er iets zilvers op in het maanlicht wanneer Lizzie op Fleet af komt en zo snel weer terugwervelt dat ik aanvankelijk niet doorheb wat er is gebeurd. Ze deinst terug, raakt een andere grote boom en houdt hijgend als een wild dier een mes voor zich uitgestrekt, waarna ze zich omdraait en in de nacht verdwijnt.

Een rode streep lijkt Fleets gezicht in tweeën te splijten. Versuft rolt hij op zijn zij en knijpt zijn ogen dicht. Het bloed stroomt van zijn hals op de aarde.

'Hierheen!' schreeuw ik tegen de heuvel naar boven. 'Help. Alsjeblieft!'

Kit verroert zich niet. Fleet hoest en rochelt.

Ik draai me weer om naar Chloe en probeer rustig te blijven ademen. 'Alles is in orde', zeg ik werktuiglijk. 'Je redt het wel.'

Ik trek mijn jas uit en probeer wanhopig achter te komen waar dat bloed vandaan komt. Ik druk de stof tegen haar schouder. Ze is nog bleker geworden, probeert uit alle macht de tape los te duwen en schopt vergeefs met haar benen.

'Ssst, ssst, niet bewegen', probeer ik haar te bedaren terwijl de tranen in mijn ogen springen.

Ik leg een hand op haar buik en bedenk dat ze hier alleen maar is vanwege mij. Ze heeft het niet meer, en ik voel iets zachtjes trillen onder mijn hand. Zwaaiende zaklantaarns verlichten de nacht om ons heen op en ik houd haar dicht tegen me aan, zeg haar dat alles goed komt en bid of dat waar mag zijn.

Maandag 17 september, 10.55 uur

Gekwetter van toeristen vermengt zich met gepiep van elektronische apparaten rond Fleet en mij als we in de zon op de zandkleurige traptreden van Federation Square aan een beker koffie nippen.

Zijn litteken gaat schuil achter een dunne reep beige verband. Die begint midden op zijn voorhoofd, loopt schuin door zijn gezicht, over zijn neus tot onder zijn kin. Ik moet er telkens naar kijken. Met zijn linkerhand tikt hij een sigaret uit zijn pakje, steekt hem op, neemt een flinke hijs en vertrekt zijn gezicht. Een dikke zwarte zonnebril beschermt zijn ogen. Hij klopt verstrooid zijn as af, gaat even verzitten en vloekt dan zachtjes voor zich uit.

De lucht tussen ons in is zwaar van het onuitgesprokene, hoewel de giftige sfeer van die nacht bij mij thuis is weggeëbd en vervangen door iets doffers.

'Dus het gaat wel met je?' vraagt hij ten slotte terwijl hij de straat af kijkt, in de richting van station Flinders Street.

'Prima, dit is alleen een beetje lastig.' Met een grimas til ik mijn verbonden arm op, die in een mitella zit.

Ik heb mijn elleboog verstuikt toen ik me op Lizzie stortte, al merkte ik de hevige pijn pas later op, toen Chloe naar het ziekenhuis werd gebracht.

'En jij dan?' vraag ik Fleet. 'Met jou... alles in orde?'

'Met mij gaat het goed', antwoordt hij afwerend, zijn blik op de passerende auto's.

Het loopt tegen het middaguur en de onafgebroken verkeersstroom die mensen naar zakenlunches en vergaderingen vervoert, kruipt traag langs de rij taxi's en luidruchtige straatmuzikanten.

Ik ben inmiddels zo gewend aan het constante achtergrondgeluid dat ik betwijfel of ik ooit wel weer naar de stilte zou kunnen terugkeren.

Ben, pap en Rebecca zijn drie dagen geleden weer naar Smithson teruggegaan. Ze waren de dag na onze showdown met broer en zus Short naar Melbourne gekomen.

'Dit moet je me niet nog een keer aandoen, meisje', had pap gezegd, die voorzichtig zijn lippen op mijn voorhoofd drukte terwijl hij naar de blauwe plekken op mijn gezicht en arm keek.

'Je staat in alle kranten', zei Ben met een spoortje trots in zijn stem.

'Echt waar, hoor', viel Rebecca hem enthousiast bij. Ze wees op haar dikke canvas tas. 'Ik heb ze allemaal gekocht.'

Rebecca had voorgesteld dat we de dag na hun aankomst met z'n tweeën een kop koffie zouden gaan drinken. Ik kon zien dat ze al haar moed bijeen moest rapen, waarna ze mij flink op mijn nummer zette. Ze vertelde me hoeveel ze van mijn vader hield. Dat mijn gedrag tegenover haar onvolwassen en unfair was geweest, en dat we vanwege pap moesten proberen elkaar voortaan een beetje te verdragen. Ik schaamde me diep en verontschuldigde me.

Sowieso verliep hun bezoek ditmaal heel anders dan de vorige keer. Toen ze zich er eenmaal van overtuigd hadden dat mijn verwondingen niet ernstig waren, grepen ze de kans aan om de stad te verkennen en ontdekten ze allerlei verborgen schatten. Nu september was aangebroken legde Melbourne maar wat graag zijn winterkleed af. Dikke knoppen ontvouwden zich op spichtige takken. Bloembollen staken hun kopjes boven de vruchtbare, bruine grond uit. Het zonlicht walste door de steegjes van de binnenstad, eerst schuchter, vervolgens met meer vertrouwen, en lokte de mensen naar buiten.

Ook ik ben als een soort vlinder uit mijn pop gekropen: herboren of in ieder geval ontwaakt. Mijn hoofd is helderder dan het in lange tijd is geweest.

Vlak bij ons heeft een gezin optimistisch ijsjes gehaald, en ik moet glimlachen als ik zie dat de jongste met moeite het hoorntje rechtop kan houden.

'Tss, zo warm is het nou ook weer niet', zegt Fleet met een frons op zijn gezicht.

'Joh, niet zo kritisch,' wijs ik hem terecht, 'als zij het nou naar hun zin hebben?'

Met een grom neemt hij nog een trekje van zijn sigaret. 'Godzijdank komt het wel goed met Chloe.'

'Ja, gelukkig.'

'Denk je dat ze weer aan het werk gaat?' vraagt hij.

'Ik weet het niet. Het lijkt me nog te vroeg om te zeggen.'

Hij knikt. 'Isaacs weigert me ook maar iets te vertellen, hij vindt dat ik er even helemaal tussenuit moet, maar toen ik naar de baby vroeg, zei hij dat ze het wel redt.'

'Ik krijg van niemand een duidelijk antwoord. Maar volgens mij gaat het naar omstandigheden best goed.'

Uiteindelijk hadden de artsen besloten dat het voor Chloe's baby veiliger was prematuur geboren te worden dan in haar getraumatiseerde lichaam te blijven. De kogel was vlak onder haar sleutelbeen in het vlees blijven steken en ze had een paar flinke klappen op haar buik gehad. Met iets meer dan achtentwintig weken kwam haar baby door een keizersnede ter wereld: een piepklein meisje dat Olive werd genoemd.

Toen ik Chloe in het ziekenhuis bezocht, bleef ik me er maar voor verontschuldigen dat ik haar in mijn plaats naar dat huis had gestuurd. Daar wilde ze niets van horen. 'Niemand had kunnen vermoeden dat Kit zo door zou draaien', verzekerde ze me.

Kit Short was die middag kennelijk inderdaad in paniek geraakt. Zodra Fleet en Chloe waren verschenen, wist hij dat we hem in de smiezen hadden. Hij had het ongeregistreerde pistool gepakt, dat hij bijna tien jaar geleden van zijn moeders vriend had gejat, was de achterdeur uitgeslopen en had zich tegen de zijkant van het huis verstopt.

Daar had hij Fleets telefoongesprek met mij afgeluisterd, waarin we onze verdenkingen tegen hem bespraken en Fleet me vertelde dat ze naar Lizzies huis wilden gaan om haar te verhoren. Dat Lizzie gevaar liep was, voor Kit de trigger geweest om zonder waarschuwing uit zijn schuilplaats te springen en Chloe zijn pistool tegen het hoofd te drukken. Hij dwong ze de keuken binnen, waar hij ze vastbond. Daarna had hij al ijsberend afwisselend lopen huilen en vertwijfeld met zijn zus gebeld.

'Hij was buiten zinnen', zegt Fleet. 'Als Lizzie er niet is om te zeggen wat hij moet doen, is het net een kleuter van vijf. Maar dan wel een vuurwapengevaarlijke.'

'Dacht je dat hij je zou doden?' vraag ik zachtjes.

Fleet steekt nog een sigaret op en rookt werktuiglijk voordat hij antwoord geeft. 'Ik vond niet dat het er goed uitzag', zegt hij uiteindelijk en hij strijkt met zijn hand over zijn litteken. 'Ik maakte me zorgen over Chloe en haar baby.' Hij drukt zijn peuk uit in een voeg tussen de treden. 'Heb je Lizzie gezien?' vraagt hij en hij gaat zo verzitten dat hij tegen de tree kan leunen.

'Ja.'

Lizzie werd in de vroege ochtenduren ongeveer twee kilometer verderop bij de beek opgepakt. Ze zat daar in het donker. Toen ze een paar uur later op het politiebureau werd verhoord, heb ik toegekeken – ze weigerde alle commentaar en heeft sindsdien amper een woord gezegd.

'Het is echt een verknipte jonge vrouw', zeg ik.

Volgens de kranten lijdt Lizzie aan een persoonlijkheidsstoornis die zich in een obsessie met beroemdheid uit. Haar verdedigingsteam heeft deze theorie uiteraard meteen aangegrepen en al een aantal gerenommeerde psychologen ingeschakeld. Het lijkt erop dat haar verlangen naar bekendheid, naar succes tot elke prijs, voor een verstoorde relatie met de pers en een fixatie op haar celebritystatus heeft gezorgd.

'Haar broer ook', zegt Fleet. 'Kits afhankelijkheid van zijn zus is even ongezond.'

‘Hun advocaten zullen die psychische problemen vast goed kunnen gebruiken bij hun pleidooi.’

‘Wat een gelul’, mompelt hij.

‘Tja,’ zeg ik als ik denk aan Walter Miller, het zuiverste voorbeeld van nevenschade dat ik tot nu toe ben tegengekomen, ‘het is duidelijk dat ze allebei hulp nodig hebben. Of ze nu naar de gevangenis of naar een instelling moeten, ze komen voorlopig niet meer vrij.’

‘Heb je nog iets van Brodie gehoord?’

‘Ik heb gisteren met Calvin gesproken’, zeg ik. ‘Blijkbaar heeft Brodie eerder deze week zijn ouders gebeld. Hij heeft hun verteld dat hij in New Farm was. Dat is een buitenwijk van Brisbane.’

‘Dus hij is er echt tussenuit geknepen?’

Ik haal mijn schouders op. ‘Waarom zou zijn vader daarover liegen? Kit en Lizzie houden vol dat ze geen idee hebben wat er met hem is gebeurd. Ik geloof nog steeds dat Kit achter dat van Sterling en Brodie is gekomen, maar ik vraag me af of hij de moed heeft gehad het tegen zijn zus te zeggen. Een geval van plaatsvervangende schaamte misschien?’

Daar moet Fleet even over nadenken. ‘Eigenlijk kan ik na alles wat er gebeurd is wel een beetje begrijpen waarom Brodie wilde verdwijnen.’

Ik stel me Brodie voor, die de natuur opzoekt om daar te proberen zijn verdriet een plekje te geven. Vermoedelijk is hij ergens waar weidse open vlakten zijn, net als in Karadine of Smithson. Ik kijk naar al die mensen om ons heen, de honderden gezichten, de niet-aflatende bedrijvigheid, en snap waarom Brodie weg wilde om in een ander leven onder te duiken. Om wat rust te vinden na alles wat er gebeurd was. Paradoxaal genoeg is het luidruchtige gewemel dat hij is ontvlucht nu juist de plek waar ik eindelijk wat tot rust kon komen.

‘Ik heb gemerkt dat er nogal wat gekkies op internet zijn die Lizzie hun liefde verklaren’, zegt Fleet. ‘Blijkbaar heeft ze een paar echte fans. En haar broer ook.’

‘Misschien krijgt ze nu eindelijk de bewondering en de roem die ze wilde. Ik heb ook al gehoord dat een uitgever haar na het proces een boekcontract wil aanbieden.'

'Fuck', zegt hij hoofdschuddend. 'Het deprimerende is dat dat waarschijnlijk nog een bestseller wordt ook.'

Ik knik en glimlach wrang. 'Heb je ook al van Ava James' grote onthullende interview gehoord?' vraag ik.

'Nee.'

'Blijkbaar heeft ze een interview gegeven over de moord op Sterling en Cartwrights losse handjes dat in twee delen wordt uitgezonden op de Amerikaanse televisie.'

'Inclusief dat Katya haar heeft aangevallen?'

'Tja, op dit punt wordt het wat ingewikkeld', zeg ik, en ik voel me er heel ongemakkelijk bij om dit met hem te bespreken. 'Isaacs heeft me verteld dat Katya nu beweert dat Cartwright en Ava toen zij net voor hem werkte een relatie hadden die van twee kanten kwam. Maar toen hij voor haar ogen een visagiste begon te versieren, vond ze het tijd om hem een lesje te leren. Volgens Katya heeft Ava dat voorval met Cartwright overdreven en Sterling opgejut het voor haar op te nemen.'

Fleets blik volgt de voorbijgangers. 'Maar als dat klopt, waarom heeft Ava na Wades dood dan de openbaarheid gezocht?'

'Katya denkt dat ze een uitweg wilde. Ze wist niet zeker hoe het verderging met de film, maar volgens haar contract moest ze die hoe dan ook afmaken. Uiteraard kon niet van haar worden verwacht dat ze met Cartwright zou blijven werken als hij haar lastig had gevallen.'

Fleet reageert niet en ik vraag me af wat hij denkt. Mijn gedachten gaan weer naar die nacht in mijn bed, naar zijn hand die me betastte.

'Tijdens de verhoren heeft Katya toegegeven dat ze Ava die avond naar de rivier is gevolgd, maar ze houdt bij hoog en laag vol dat ze alleen maar met haar wilde praten. Ze beweert dat ze probeerde haar over te halen de aanklacht in te trekken, maar dat Ava daar niets van wilde weten. Ze kregen ruzie en Ava is in het water gevallen.'

'Maar waarom heeft Ava ons dan niet gewoon gezegd dat het Katya was die haar aanviel?' vraagt Fleet verbaasd.

'Katya zal die nacht wel behoorlijk bedreigend zijn overgekomen', antwoord ik. 'Ze beweerde dat ze getuigen had die konden verklaren dat Ava aanvankelijk op Cartwright viel en zijn geflirt aanmoedigde. Ava heeft waarschijnlijk aangevoeld dat ze steeds zwakker stond met haar aanklacht tegen Cartwright, en toen Katya haar ook nog te lijf ging, krabbelde ze terug en besloot dat ze de hele zaak maar beter kon vergeten en uit Australië vertrekken.'

'Ongelooflijk', zegt Fleet en hij schudt zijn hoofd weer.

We zwijgen even. Ik verplaats mijn arm omdat die weer pijn doet.

'Wanneer denk je dat je weer aan het werk gaat?' vraag ik.

'Net als jij – volgende week. Maar voorlopig alleen op kantoor. Ik wil de kinderen niet laten schrikken.' Hij lacht, maar dan gaat zijn hand weer naar het verband en ik zie zijn gezicht pijnlijk vertrekken. 'Ik heb je laatst gezien', flapt hij eruit.

Ik draai me naar hem toe. 'Wat bedoel je?'

'Ik ging koffiedrinken, de dag dat ik uit het ziekenhuis werd ontslagen. In dat tentje waar wij een paar keer zijn geweest. Je was er met je familie.'

Ik slik en kijk naar mijn schoot, onzeker wat ik moet zeggen. Mijn hart bonkt alsof ik betrapt ben omdat ik ergens uithang waar ik niet hoor te zijn.

Hij kijkt me recht aan. 'Je zoontje lijkt op je. Ik kon meteen zien dat het jouw kind is.'

'Ja, dat is Ben', zeg ik eenvoudig, ook al zijn mijn gevoelens voor Ben verre van eenvoudig. Of misschien juist wel de allereenvoudigste gevoelens.

'Hij woont niet bij je, hè?' vraagt Fleet.

'Nee.' Mijn antwoord komt er op fluistertoon uit.

'Waarom niet?'

'Dat weet ik niet precies.'

Dat accepteert Fleet blijkbaar. We blijven nog even zitten; ik met kramp in mijn buik.

'We zouden niet meer samen moeten werken', zeg ik. 'Dat ga ik met Isaacs bespreken als ik weer aan het werk ga.'

Een trio meeuwen ruziet aan onze voeten en Fleet verjaagt ze met een schop in hun richting.

'Lijkt me verstandig', zegt hij uiteindelijk, weer voor zich uit kijkend.

'Ik heb dit allemaal niet gewild, weet je. Ik ben zo boos op je.' Het zijn niet precies de juiste woorden, maar ze tuimelen uit mijn mond en ze zijn beter dan niets.

'Begrepen, Gemma', zegt hij en hij schopt weer naar de meeuwen. 'Je moet doen wat je moet doen.'

Ik heb mijn handen zo stevig tot vuisten gebald dat mijn nagels in mijn handpalmen prikken. Ik moet hier weg voor ik begin te huilen. Het wordt me duidelijk dat hij me nooit zal geven wat ik wil; hij kan of wil de woorden niet zeggen.

'Ik moet ervandoor', zeg ik stijfjes en ik sta op.

'Doei.' Zijn blik is weer gefixeerd op het treinstation hier tegenover.

Ik loop de brede trap op, weg van hem, terwijl mijn onderlip begint te trillen. Wanneer ik denk dat ik mijn naam hoor, draai ik me met tegenzin om, maar Fleet is niet van zijn plaats gekomen. Hij zit nog steeds voorovergebogen en ik zie nu dat zijn haar tot een slonzige paardenstaart is uitgegroeid. Er kringelt een nieuwe rookwolk boven hem de lucht in.

Maandag 24 september, 7.22 uur

Met een hand boven mijn ogen tuur ik in de zon terwijl ik op het geroezemoes in het midden van het Treasury Gardens-park afkoers. Ik blijf aan de rand van de menigte, adem de zware pollenlucht in en stap door het smaragdgroene gras. Ik ga op een blootliggende boomwortel staan en bekijk het tafereel. Er moeten hier al minstens driehonderd mensen zijn: chique zakenlui die aan bekers koffie nippen, uitbundig getatoeëerde mannen en vrouwen met bungelende sigaretten in hun mondhoek, jonge gezinnen met kinderen die in hun buggy op drinkpakjes yoghurt sabbelen, oudere stellen, hand in hand met verwachtingsvolle blikken.

Door de zee gezichten ontdek ik Macy, helemaal vooraan naast een wegwijzer. Ze draagt een kreukelig hemelsblauw jasje en heeft haar arm om een jong meisje met een slordige paardenstaart geslagen. Iemand tikt tegen een flesje, alsof hij een speech gaat houden, precies op het moment dat ik een folder in de hand krijg gestopt waarop een jonge Walter Miller me toelacht. De foto is in een restaurant of café genomen. Hij heeft een typisch jarentachtigkapsel en draagt een pak met een fleurige das.

De gesprekken verstommen als Tammy Miller naar voren loopt. Ze lacht zenuwachtig naar iemand in het publiek en strijkt dan haar blonde krullen uit haar gezicht. Haar schouders gaan op en neer wanneer ze diep ademhaalt. Ze begroet iedereen en bedankt ons dat we zijn gekomen. Dan vertelt ze het levensverhaal van haar vader. Na dit in memoriam haalt ze een paar jeugdherinneringen op: als klein meisje was Walter haar held, vertelt ze. Vervolgens komen twee vrienden van Walter aan het woord, daklozen, die zijn vriendelijkheid roemen. Zijn fatsoen. Ik kijk naar zijn foto en de tranen prikken in mijn ogen.

Ten slotte wordt iedereen gevraagd in te vallen als zijn lievelingsnummer uit de musical *Brigadoon* wordt gezongen. Overal lachen mensen elkaar in tranen toe tijdens het zingen.

Na de herdenking baan ik me een weg tussen de groepjes mensen door naar een bankje. Ik vang Macy's blik en wenk haar. 'Goedemorgen', groet ik als ze aan komt lopen.

Een stralende lach verspreidt zich over haar gezicht. 'Je bent gekomen.'

'Natuurlijk.'

Door het warme weer is ze nog spraakzamer dan anders. Ze vertelt me dat ze vanochtend een oude vriendin is tegengekomen die ze al meer dan tien jaar geleden uit het oog was verloren, en dat een van de winkeliers op Tammy Miller was afgestapt met het voorstel haar onverkochte kledingvoorraad voor de bijeenkomst van vandaag aan de daklozen te schenken – uiteraard mochten ze die dan houden.

'Staat je goed', zeg ik en ik strijk over het boord van Macy's jasje.

Trots kijkt ze naar beneden en laat haar handen over de stof glijden. 'Dank je. Niet slecht, hè?' Dan stopt ze abrupt, alsof ze zichzelf tot de orde roept. 'Hoe gaat het bij die fijne psycholoog van je?' gaat ze verder.

'Goed', geef ik toe. 'Ik vind het eigenlijk niet erg om erheen te gaan.'

Macy mompelt goedkeurend. Met een lachje knijpt ze stevig in mijn hand.

Dan wordt ze door Lara in beslag genomen, dus ik neem afscheid van de twee en loop de paar straten naar mijn werk. Onderweg luister ik op aanraden van mijn psycholoog naar een klassieke zender. Ik pas mijn tempo aan de muziek aan en voeg me vol vertrouwen bij de stroom mensen die aan de werkweek beginnen.

Wanneer ik op mijn werk kom, voel ik me net een nieuwe leerling op z'n eerste schooldag. Ik loop snel de kantoortuin in en ga verlegen naar mijn bureau. Ik heb vanochtend veel aandacht aan mijn uiterlijk besteed, met mijn goede arm mijn pas geknipte haar zorgvuldig geföhnd en een beetje make-up opgedaan. Ik probeer tegenwoordig goed voor de dag te komen, een beetje beter voor mezelf te zorgen.

Isaacs' deur is dicht, maar er brandt licht in zijn kantoor. De enige geluiden die ik hoor zijn het gezoem van de airco en iemand die aan het typen is. Er staat een bos bloemen in een plastic waterkan op mijn bureau, een paar omgekrulde verdorde bloemblaadjes liggen op mijn toetsenbord. Een ontmoedigende stapel papieren puilt uit mijn postbakje.

Nan leunt achterover aan haar bureau en kijkt me vorsend aan. 'Nou, welkom terug dan maar', zegt ze kortaf, waarna ze zich weer naar haar beeldscherm keert.

Daar moet ik vanbinnen om lachen. 'Dank je, Nan.'

Calvin komt uit de keuken en draagt heel voorzichtig een tot de rand gevulde koffiekop voor zich uit. 'Gemma!' roept hij hartelijk. 'Wat fijn dat je er weer bent. Je ziet er geweldig uit.'

'Dank je, Calvin.'

'Woodstock', zegt Isaacs, die in de deuropening van zijn kantoor verschijnt.

'Hallo, inspecteur', zeg ik en ik kom overeind.

'Welkom terug. Kom je even, alsjeblieft?'

Ik ga zijn kantoor binnen, om onverklaarbare reden nerveus. Sinds de showdown in het park achter Kit Shorts huis heb ik Isaacs drie keer gesproken. Direct na de schietpartij hadden we een heftige woordenwisseling, in het ziekenhuis toen Chloe werd geopereerd en ik buiten mezelf van schuldgevoelens en bezorgdheid was. De volgende dag belde hij om te zeggen dat ik een behandelplan met de bedrijfspsycholoog moest afstemmen, en hij stond erop dat ik een poosje verlof nam. Vorige week belde hij maandagochtend vroeg weer. Hij praatte me bij over de zaak en we spraken af dat ik vandaag weer aan het werk zou gaan. Gedurende de hele tijd heeft hij zich voortvarend en professioneel opgesteld, al weet ik niet goed wat mijn positie is, nu het stof eenmaal is neergedwarreld.

Ik ga op het randje van de stoel tegenover hem zitten.

'Hoe gaat het met je?' vraagt hij vriendelijk.

'Goed, dank u. Ik ben blij dat ik weer terug ben. Met mijn arm gaat het al een stuk beter. Over een paar weken kan ik vast al weer naar de sportschool.'

'Kijk maar hoe het gaat. Niks overhaasten.' Hij speelt met een pen, legt hem neer, pakt hem weer op. 'En je gaat naar de psycholoog?'

'Ja', zeg ik met vaste stem. 'Dat was een goed idee. Hard nodig, waarschijnlijk.' Ik zwijg en schraap mijn keel. 'Ik geloof dat de winter me hier behoorlijk zwaar is gevallen, en ik vond het moeilijk zo ver bij mijn familie vandaan te zijn. Maar nu krijg ik een aantal strategieën om mee aan de slag te gaan.'

Isaacs knikt en tot mijn verrassing glimlacht hij. 'Dat is goed om te horen.' Dan kijkt hij weer ernstig en slaat zijn armen over elkaar. 'Ik weet dat we het hier al over hebben gehad, maar wat Chloe is overkomen, was niet jouw schuld.'

'Dank u. Ik ben alleen maar heel blij dat het goed met haar gaat.'

'Ja, godzijdank.' Hij haalt zijn armen weer uit elkaar. 'Goed, wat deze week betreft: ik wilde je even zeggen dat Fleet niet op kantoor komt. Waarschijnlijk volgende week ook niet. Vandaar dat ik had gedacht dat je met Nan en Calvin kunt samenwerken, zodat je weer een beetje op stoom kunt komen en de zaak-Wade kunt afronden.'

Ik voel een vreemde mengeling van opluchting en ergernis als ik dit hoor. Een deel van me wilde direct de confrontatie met Fleets aanwezigheid aangaan, om uit te zoeken hoe ik daarmee om moet gaan. Ontdekken of ik dat überhaupt wel red.

'Maar Fleet zei dat hij zover hersteld was dat hij weer aan het werk kon', antwoord ik.

'Dit heeft niets met zijn verwondingen te maken. Hij heeft besloten een paar dagen naar huis te gaan. Zijn dochter zit weer in de problemen. Anorexia en drugs deze keer, geloof ik.'

Ik gaap Isaacs wezenloos aan terwijl mijn verstand moeite heeft om het woord 'dochter' te verwerken.

'Fleet wil dat ze de middelbare school afmaakt, maar ze dreigt ermee te kappen, dus het leek hem beter even wat tijd met haar door te brengen. Hij is bang dat ze zichzelf wat aandoet. Ik begrijp dat zijn ex-vrouw momenteel zo haar eigen problemen heeft en dus niet voor haar kan zorgen. Maar ja, daar weet je vast het nodige al van.'

Ik knik, sprakeloos.

Isaacs wacht duidelijk op mijn reactie.

'Inspecteur,' zeg ik, en de zenuwen die ik tot nu toe in bedwang heb kunnen houden, komen opeens hevig opzetten, 'ik wil eigenlijk ergens met u over praten.'

'Ja?' zegt hij verwachtingsvol.

Heel even stel ik me voor dat ik hem alles vertel, de woorden uitspreek en alle gevolgen daarvan laat gebeuren, maar daar ben ik domweg nog niet aan toe.

'Het lijkt me geen goed idee om voortaan samen met Fleet de leiding over een zaak te hebben', zeg ik.

Isaacs' grijze ogen boren zich in de mijne.

'We hebben allebei zo'n verschillende stijl van werken', voeg ik eraan toe, 'en dat doet ons geen goed en het werk ook niet.'

'Tja,' zegt hij, 'wat mij betreft is dat geen probleem, daar valt wel een mouw aan te passen.' Hij tikt zijn vingertoppen tegen elkaar. Dan kijkt hij er kort naar en richt zijn blik weer op mij. 'Is er iets specifieks waarvan ik op de hoogte moet zijn, Woodstock?'

Het bloed raast door mijn aderen. 'Daar ben ik nog niet zeker van.'

'Maar misschien wel?'

'Ja, misschien.'

Hij likt langs zijn lippen, knikt en zet zijn handen in zijn zij. 'Als er iets is wat je kwijt wilt, Gemma, dan ben ik er voor je. Ik sta open voor alles wat volgens jou belangrijk genoeg is. Hopelijk heb je het gevoel dat je met me kunt praten.'

'Dank u. Dat stel ik zeer op prijs. Ik denk alleen dat ik nog wat tijd nodig heb.'

'Geen probleem', zegt hij meteen, en ik vraag me af of hij mijn verwarde gedachten op de een of andere manier kan lezen. 'Je hebt een paar moeilijke maanden achter de rug, Woodstock, en dan heb ik het niet alleen over je werk. Mijn advies: pas goed op jezelf en hou het doel voor ogen. Laat je niet opjutten en zorg dat je weer in het ritme komt. Trek je aan Nan en Calvin op – dat zijn allebei goede rechercheurs.'

'Dat zal ik doen. Dank u wel.' Ik sta op en schuifel achteruit in de richting van de deur.

'Mijn deur staat altijd open, Woodstock, zelfs als hij dicht is', antwoordt hij.

Ik knik vreemd heftig met mijn hoofd, alsof ik een klein meisje ben, en zweef naar mijn bureau terug. Mijn hoofd tolt rond en mijn armen en benen voelen slap aan als de adrenaline oplost.

Nick Fleet heeft een dochter? Een tíenerdochter? Ik herinner me al die keren dat hij driftig op zijn telefoontje zat te typen, zijn vingers die woest over het schermpje vlogen. De herhaaldelijke stemmingswisselingen. Die ene keer in zijn auto, toen hij niet wilde zeggen wat er aan de hand was. En dan ben ik weer in mijn bed, zijn hand op mijn dij, en de vertrouwde gêne komt weer opzetten. Ik ben me bewust van de paradox van mijn eigen gespleten wereld, waarvan ik de helft voor nieuwsgierige blikken verborgen houd, maar toch voel ik me gekwetst door zijn gebrek aan mededeelzaamheid. Ik bedenk weer hoe hij onmogelijk kan toegeven wat hij me heeft aangedaan. Dat hij geen excuses kan maken.

Ik zie zijn lege bureau en ik bedenk hoe graag ik weer van voren af aan zou willen beginnen. Maar ik weet als geen ander dat je wat er gebeurd is niet ongedaan kunt maken. Wat we ook voor elkaar hebben betekend, hij heeft het stuk gemaakt. En dat neem ik hem toch kwalijk.

Ik probeer me zijn dochter voor te stellen. Zou ze op hem lijken? Ik herinner me dat Fleet zei dat hij meteen had geweten dat Ben mijn zoon is. Trots vervult me bij de gedachte dat mijn zoon en ik door de blauwdruk van onze gezichten met elkaar verbonden zijn, wat er ook gebeurt, hoe ver hij ook van mij verwijderd is.

Ik richt mijn aandacht weer op mijn eigen bureau en bekijk de stapel papieren. Ik zal die gedachten aan Fleet uit mijn geest moeten verdrijven. Het gesprek met Isaacs was de eerste stap, houd ik mezelf voor. Ik zal met hem gaan praten over wat Fleet heeft gedaan, maar ik meende het toen ik zei dat ik wat meer tijd nodig had. Vorige week heb ik de psycholoog over Fleet verteld, en gezegd dat ik die nacht in de binnenstad was overvallen, en ik weet dat ik wil doorpraten over wat me is overkomen.

Er komt een berichtje binnen op mijn telefoon: Ben zit op Scotts mobieltje. Toen hij op bezoek was, heb ik hem de sterrenbeelden uitgelegd, en sindsdien stuurt hij me elke dag een tekst die hij van Smithsons nieuwswebsite plukt. Candy vindt het hilarisch, want ze kent de jonge stagiair die de horoscoop met hulp van zijn oma en Google opstelt.

Een nieuw begin lonkt, maar zorg wel dat je trouw blijft aan jezelf.

Ik rol met mijn ogen en leg mijn telefoontje weg.

Ik zie Nan en Calvin met elkaar praten, als altijd op hun kenmerkende onbeholpen manier. Ik voel me alleen, maar niet eenzaam. Eerder vastberaden.

Door het raam zie ik de zon de wolken opzijschuiven, waardoor de lichte ochtendnevels als bij toverslag verdwijnen. De mensen druppelen het politiebureau binnen; afzonderlijke stemmen vermengen zich tot een geruststellend geroezemoes. Telefoons rinkelen. Papieren worden vastgeniet. Zaken afgerond. Ik ben echt blij dat ik weer terug ben. Ik maak me nog steeds zorgen over de toekomst, maar ik kijk er ook naar uit.

Gisteravond belde Rebecca me om afspraken voor Kerstmis te maken. Blijkbaar heeft ze zich officieel als mater familias opgeworpen. 'Je komt toch zeker wel naar huis, Gemma?' vroeg ze voorzichtig. 'Ned zou het geweldig vinden, dat weet ik zeker. En Ben natuurlijk.'

'Ja,' verzekerde ik haar, 'misschien maar voor een paar dagen, maar ik kom naar huis.' Pas toen ik het zei besefte ik dat mijn angst om Kerstmis in Smithson door te moeten brengen, grotendeels was weggeëbd. Rebecca keuvelde verder over Ben en pap en de verkoop van haar huis, en onverwacht werd ik overspoeld door een enorme genegenheid voor haar. Ze is mijn moeder niet, ze is niet eens een vriendin van me, maar ze maakt mijn vader gelukkig en daar kan ik alleen maar dankbaar voor zijn. Op een van de televisies aan een wand achterin verschijnt een foto van Lizzie en Sterling achter een nieuwslezer. Dan volgt een montage van beeldmateriaal uit allerlei tv-programma's en films, waarna er oude foto's van Kit en Lizzie worden getoond. Over niet al te lange tijd begint Lizzies proces, en daarna dat van Kit. Ik zal moeten getuigen. Frank Jacoby's proces staat voor begin januari gepland.

We zullen allemaal de verplichte danspasjes moeten doen. Wat er maar nodig is. Met de verbeten hoop dat het recht zal zegevieren.

Wanneer ik een DNA-analyse doorneem die ik ruim zes weken geleden heb opgevraagd, hoor ik iets achter me bewegen. Twee mannen in donkere pakken gaan Isaacs' kantoor binnen. Beiden hebben de sombere uitstraling van iemand die zojuist een dode heeft gezien. Isaacs' deur gaat achter hen dicht.

Ik kijk in de richting van Nan en Calvin. Nan beantwoordt mijn blik door haar dikke wenkbrauwen op te trekken.

Nog geen vijf minuten later zwaait de deur open en komt Isaacs het kantoor uit.

'Hier komen, graag', zegt hij met zachte, afgemeten stem.

Ik strijk mijn haar achter mijn oren en loop in de pas achter Nan en Calvin aan, schouders recht, kin vooruit, terwijl het bloed door mijn aderen stroomt, voorbereid op wat er ook maar staat te gebeuren.

Dankwoord

Voor het schrijven van een boek is het nodig dat ik permanent kopje-onder ga in een andere wereld, wat betekent dat ik gedurende lange tijd niet in de echte werkelijkheid ben. Daarom wil ik alle mensen bedanken die ervoor hebben gezorgd dat mijn dagelijkse leventje gewoon doorgaat, vooral tijdens de intensieve revisiefases. Dat zijn onder anderen Tom, mijn ouders, Susan en Kevin, mijn zus Jane, mijn werkfamilie bij Mr Smith en een geweldige club mensen die ik tot mijn vreugde mijn vrienden mag noemen.

In het bijzonder wil ik hier mijn lieve en steeds interessantere zoons, Oxford en Linus, bedanken voor hun (relatieve) geduld tijdens de saaie uren waarin mama 'een boek maakt'. Vooral Oxford is een grote hulp gebleken bij het bedenken van namen voor personages. Vooral vermakelijk is de verbeten, verdedigende manier waarop hij lezersrecensies, vooral de negatieve, analyseert. De unieke gave die ze allebei bezitten om mij met beide benen op de grond te houden, is van onschatbare waarde.

Net als bij *Het duistere meer* is dit het resultaat van teamwerk, en het is dan ook dankzij veel mensen dat de aanvankelijke wirwar aan ideeën en woorden een boek is geworden.

Lyn Tranter van het Australian Literary Management: bedankt dat je me altijd stimuleert en gedegen feedback geeft. Ik waardeer je scherpe blik, je hoge verwachtingen en je enthousiasme voor het personage Gemma. Dank ook aan Sarah Minns en Kirsten Tranter voor jullie beoordeling van het manuscript en de geweldige suggesties die uiteindelijk in het boek terecht zijn gekomen.

Het fantastische team van Allen & Unwin: dank voor jullie steun, begeleiding en professionaliteit. In het bijzonder noem ik Tom Gilliatt, Louise Cornegé, Tami Rex, Christa Munns en Sarah Baker, voor hun bijdrage aan de productie en distributie van het boek. Een bijzonder luide juichkreet geldt voor de grandioze Jane Palfreyman, mijn uitgever: ik ben dolgelukkig dat je op mijn pad bent gekomen.

Kate Goldsworthy, topredacteur en -corrector: ik ben onder de indruk van je scherpzinnigheid en stel je nauwgezette feedback, je nieuwsgierigheid, je grappige opmerkingen in de marge en je liefde voor mijn personages bijzonder op prijs. Het was een groot genoegen om met je te kunnen samenwerken.

Ook iedereen die me heeft geholpen met technische informatie en die inzicht heeft gegeven in de wereld van een rechercheur moordzaken wil ik hartelijk bedanken. Dank ook aan de medici die mijn lastige vragen geduldig hebben beantwoord. Alle fouten zijn voor mijn rekening, en wanneer de waarheid soms wat moest worden opgerekt vanwege de plot, is dat uiteraard mijn verantwoordelijkheid.

In de donkere nacht speelt zich voornamelijk af in Melbourne, en ik heb er veel plezier aan beleefd om mijn geboorteplaats eens door Gemma's ogen tot leven te wekken.

Ten slotte wil ik iedereen bedanken die *Het duistere meer* heeft gelezen. Zodra ze zijn verschenen gaan boeken werkelijk een eigen leven leiden, en de feedback van lezers is een ontzettend waardevolle tegenhanger voor het eenzame geploeter achter de schrijftafel.

In het meer bij het Australische stadje Smithson wordt het lichaam van de beeldschone Rosalind Ryan gevonden. De jonge vrouw is vermoord en op de plaats delict drijven rode rozen. Rechercheur Gemma Woodstock van de plaatselijke politie doet er alles aan om op de zaak gezet te worden en daarom verzwijgt ze dat ze de vermoorde vrouw kent: ze heeft jaren geleden met haar op de middelbare school gezeten.

Maar dat is niet het enige wat Gemma probeert achter te houden. Naarmate het onderzoek dieper graaft in het verleden van Rosalind, dreigen er meer geheimen aan het licht te komen, geheimen die beter verborgen hadden kunnen blijven.

ISBN 978 94 6068 452 4 | € 7,50

Colofon

Oorspronkelijke titel: *Into the night*

First published by Allen & Unwin, Australia, in the English language, 2018

Vertaling: Jetty Huisman
Omslagontwerp: Buro Blikgoed
Zetwerk: Mat-Zet bv, Huizen
Druk: Wilco

Eerste druk mei 2020

ISBN: 978 94 6068 447 0
E-ISBN: 978 94 6068 749 5
NUR: 305, 331

Uitgeverij Marmer BV
De Botter 1
3742 GA BAARN
T: +31 6 49 88 14 29
I: www.uitgeverijmarmer.nl
E: info@uitgeverijmarmer.nl